パトリシア・ハイスミスの華麗なる人生

BEAUTIFUL SHADOW:
A LIFE OF PATRICIA HIGHSMITH

アンドリュー・ウィルソン　柿沼瑛子 訳

アンドリュー・ウィルソン　柿沼瑛子 訳

パトリシア・ハイスミスの華麗なる人生

ハイスミスの母方の曽祖父、ギデオン・コーツ。

ミナ・ハートマン（左）ハイスミスの父方の祖母。
1985年に撮影されたもの。

ダニエルとウィリー・メイ・コーツ、ハイスミスの母方の祖父母。ハイスミスは子供時代の多くをふたりと過ごした。

メアリー・コーツ、ハイスミスの母親。メアリーは妊娠していることがわかった時、テレピン油を飲んでまだ生まれてこない子供を堕ろそうとした。「あなたがテレピン油の匂いが好きだなんて、おかしな話よね」と後年娘に語っている。流産の試みは失敗に終わり、夫婦はただひとりの子供が生まれる九日前に離婚した。

J・B・プラングマン、ハイスミスの実父。

メアリーとパッツィ（家族からはこう呼ばれていた）。

メアリーとスタンリー・ハイスミス。ふたりは1924年に結婚するが、後年ハイスミスは日記に、八歳の時「邪悪な考え、例えば、継父を殺そうとする」考えを抱いていたと記している。

フォートワースの祖母の家のベランダに座るパッツィ。彼女は子供時代のことを「小さな地獄」と呼んでいる。

ニューヨーク、バーナード大学時代のパット。「熱望していた自由の味がここにはあった」と在学中に書いている。

ロルフ・ティートゲンスによって撮影された、バーナード大学を卒業した直後のハイスミス 21 歳の時の写真。

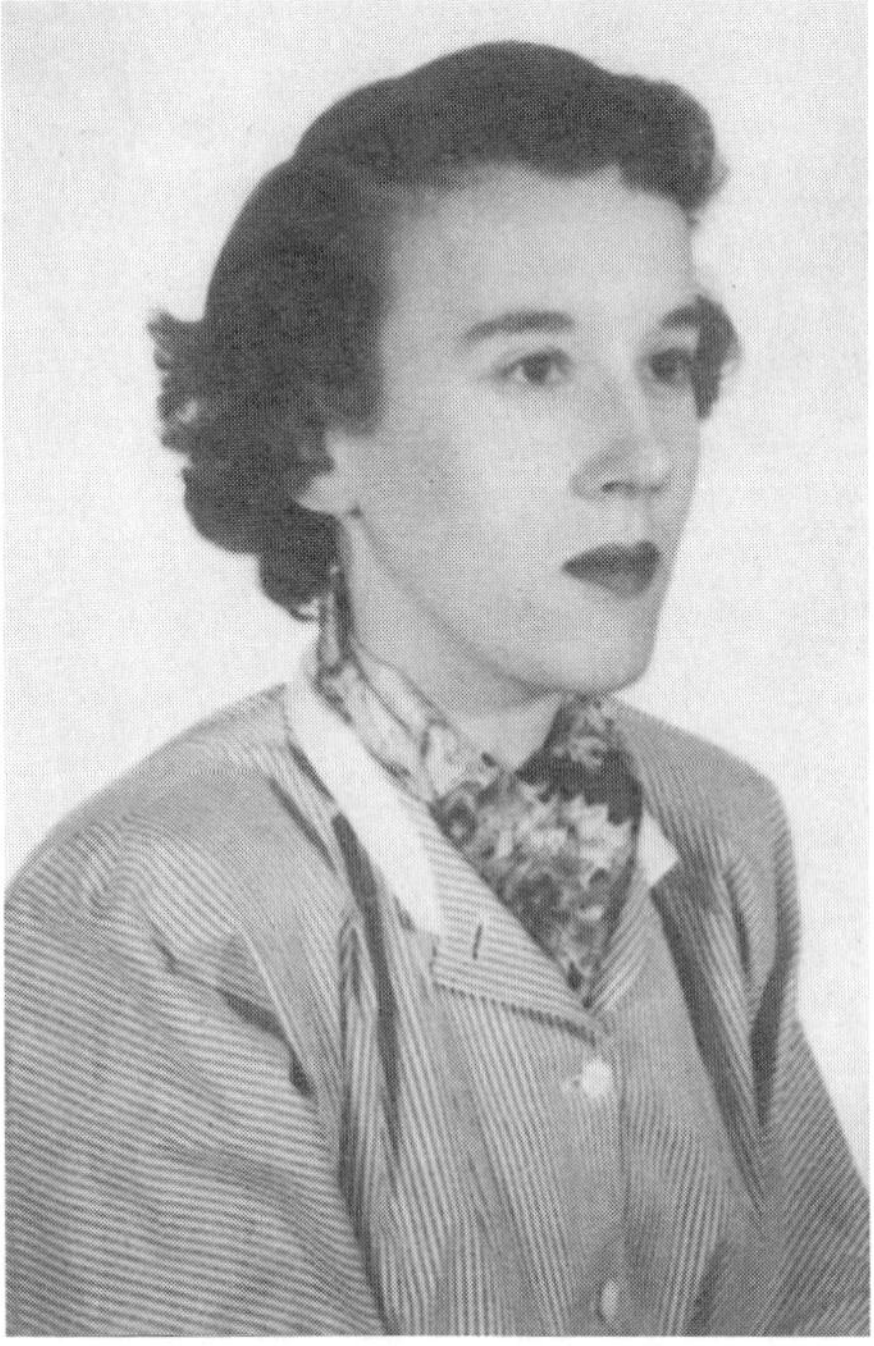

ケイト・キングズレー・スケットボル。バーナード時代からハイスミスが死ぬまでの終生の友。

写真家、ロルフ・ティートゲンス。1942年夏にハイスミスと出会う。彼女が心の底から惹かれた数少ない男性のひとり。

1942年、ロルフ・ティートゲンスによって撮影されたパットのヌード写真。

ヴァージニア・ケント・キャザーウッド。1946年から1947年にかけてハイスミスの恋人だった。ハイスミスの『ザ・プライス・オブ・ソルト（キャロル）』のキャラクターのモデルとなったひとり。「ジニーはわたしがキャロルとして描いたエピソードがあまりにも自分のことに似すぎていると思うかもしれない」とハイスミスは日記に書いている。

ハイスミスの婚約者、小説家マーク・ブランデル。ハイスミスは彼のために異性愛者になろうと六か月間ニューヨークの心理療法士のセラピーを受けた。

ファーリー・グレンジャー扮するガイと、ロバート・ウォーカー扮するブルーノ。1951年公開されたヒッチコック監督『見知らぬ乗客』より。

「わたしが長年抱いてきた持論によれば
アメリカ人はどうしようもなく……真
実のリアリティから外れている。それを
まっとうにとらえているのはヨーロッパ
である」。ニューヨークからクィーン・
メアリー号で就航する前、ハイスミスは
ノートにこう書きつけている。
▼▶

キャサリン・セン。キャロルの「実在」のモデル。ハイスミスはニューヨークのブルーミングデール百貨店で出会った。

エレン・ヒル。1950年代初め、ハイスミスと四年間にわたる波乱万丈な関係を結ぶ。

リン・ロス（左）とアン・クラーク。ともにハイスミスが生涯にわたって思い続けた元恋人たち。

リプリーのいくつもの顔……ルネ・クレマン監督の1959年『太陽がいっぱい』を、ハイスミスは「とても見た目に美しい映画で、知的で面白かった」と評した。

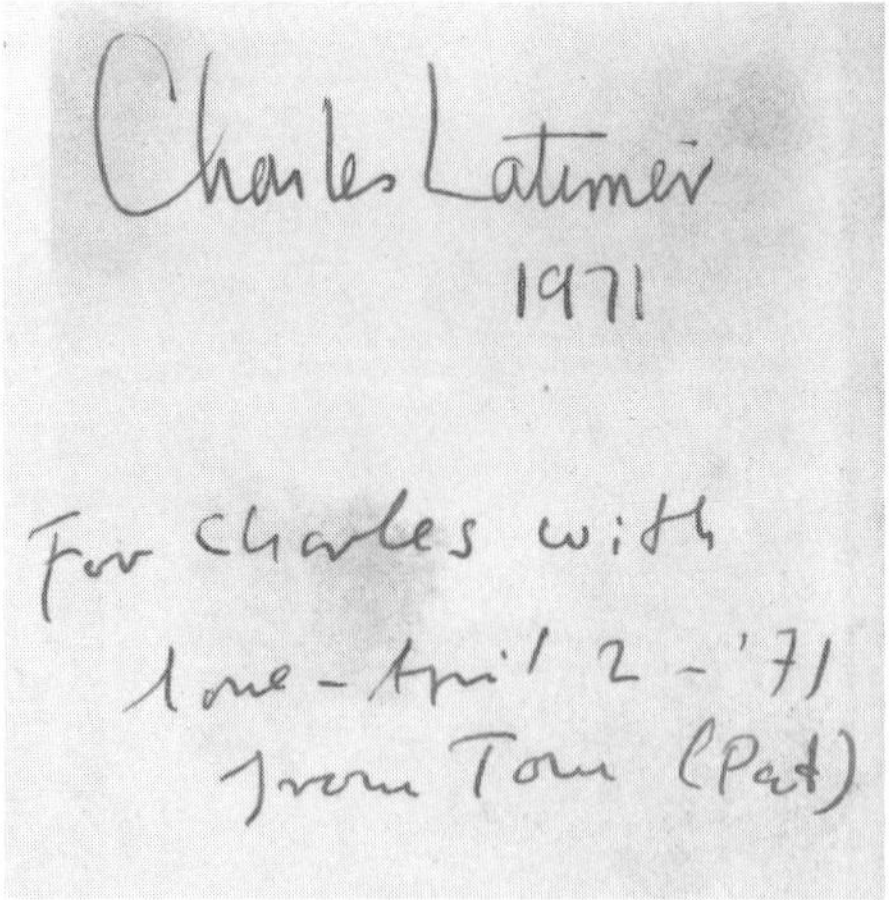

ハイスミスがチャールズ・ラティマーにあてた『贋作』の署名。

アンソニー・ミンゲラ監督、1999年の作品『リプリー』でトム・リプリーを演じたマット・デイモン。この映画にはジュード・ロウ、グウィネス・パルトロウ、ケイト・ブランシェットらが出演している。

ジョナサン・ケントとハイスミス。作者とその創造人物は1982年『サウスバンクショー』で出会った。ジョナサン・ケントは「アラン・ドロン以来、わたしが最もいいと思うリプリー」とハイスミスは語っている。

ヴィム・ヴェンダース監督、1977年の作品『アメリカの友人』に出演したデニス・ホッパー。ハイスミスは「ホッパーはわたしのリプリー像にはあわないのよ」とこぼしている。

ハイスミスがベルリンで出会った女優、タベア・ブルーメンシャイン。「パットは少しばかりタフだけど、とても魅力的で、ちょっとガルトルード・スタインみたいだったわ」と語っている。

ハイスミス、モニーク・ブッフェとともに。「わたしに夢を見させてくれる娘」

ハイスミスは13年間にわたってフランスに住んでいたが、しだいに彼女のいうところの「ちゃちな悪党ばかりのこんな国」を嫌悪するようになっていった。

1994年夏のハイスミス。

もくじ

プロローグ 25
第1章 彷徨い続ける者 1921以前 41
第2章 暗い星のもとに 1921－1927 59
第3章 ばらばらな家族 1927－1933 73
第4章 抑圧 1933－1938 93
第5章 自由の味 1938－1940 117
第6章 愛の遍歴 1940－1942 137
第7章 自分という牢獄 1942－1943 155
第8章 念入りに培われたボヘミアン 1943－1945 175
第9章 未知のかすかな恐怖 1945－1948 195
第10章 愛しのヴァージニアたち 1945－1948 207
第11章 ヤドー、シャドー、シャドー、ヤドー！ 1948 227

第12章　わたしはひと目で恋に落ちた　1948－1949　243
第13章　どの街にもキャロルはいる　1949－1951　255
第14章　ふたつのアイデンティティ　犠牲者にして殺人者　1951－1953　273
第15章　パット・H　別名リプリー　1953－1955　289
第16章　内なる妖怪の支配　1955－1958　307
第17章　愛しすぎた男　1958－1959　323
第18章　法を破る人々へのひそやかなる好意　1959－1960　337
第19章　究極の神経症　1960－1962　351
第20章　しがらみからの自由　1962－1964　371
第21章　愛は外へと出ていくもの　1964－1967　393
第22章　きらめく虚空　1967－1968　415
第23章　嘘・偽物・贋作　1968－1969　435
第24章　女嫌い　1969－1970　449
第25章　イシュマエル　1970－1971　465
第26章　ネコ対ヒト　1971－1973　487

第27章　若い兵士と陽気な志士　1973－1976　505
第28章　恐怖の口づけ　1976－1978　527
第29章　夢を見させてくれるあなた　1978－1980　547
第30章　扉の向こう側　1980－1982　561
第31章　奇妙な内面世界　1982－1983　575
第32章　仕事は最大のお楽しみ　1983－1986　593
第33章　見えない最期　1986－1988　611
第34章　なじみの亡霊　1988　627
第35章　芸術は常に健全だとは限らない　1988－1992　643
第36章　約束はできない　1992－1995　659
エピローグ　677
謝辞　685
ハイスミス断章――あとがきに代えて　691
パトリシア・ハイスミス著作リスト　698
索引　700

ケイト・キングズレー・スケットボルと
チャールズ・ラティマー（1932-2002）に捧げる

パトリシア・ハイスミスの華麗なる人生

本書の表記について

・著者による注記は〔 〕内に示し、訳者による注記は（ ）内に割注で示した。

・本文中の引用箇所について、不適切で差別的な表現が見られるが、引用元のテキストが書かれた時代的背景と歴史性を鑑みて、原文の表記通りの訳とした。

プロローグ

「人は多種多様な影を持っており、それらの影すべては本人に似ているのだが、時として本人自身と同等の権利を主張する」

――キルケゴール『反復』　ハイスミスが一九四九年にノートに引用[1]

ニューヨークのペンシルベニア駅入口で、パトリシア・ハイスミスが、駅舎の壁に明るく輝く時計の文字盤を見上げた時、豪奢な時計の傍らにある二体の乙女の石像を目にしたことだろう。その一対の乙女像は、片方がマンハッタンをじっと見つめて昼を表し、もう一方は目を閉じて夜を象徴している――まさしく「分裂した自己」に魅せられたハイスミスを表すのにふさわしいイメージである。彼女が駅にいた一九五〇年六月三十日、二十九歳のハイスミスは、ある女性の探索に出かけようとしていた。金髪で既婚、自分とはおよそ対照的な女性をモデルに彼女は恋愛小説を書くつもりだった。後にレズビアン小説『ザ・プライス・オブ・ソルト』のアイデアをはからずも、もたらすことになった女性を探しに行こうとしていたのである。

この日より一年半前の一九四八年十二月にもハイスミスはペンシルベニア駅を歩いていた。当時、彼女はブルーミングデール百貨店のおもちゃ売り場で、臨時雇いとして働いていた。そこへミンクのコートを着たエレガントな女性客が現れた。ふたりの出会いはたかだか数分の出来事に過ぎなかったが、ハイスミスの心に衝撃的な印象を残した。短いやりとりの後、女性は自分の娘のひとりに一体の人形を買い求め、配達先を告げて去っていった。後にハイスミスは、この時の気持ちを「妙な気分になって頭がくらくらし、気を失いそうになっていた。同時に神々しい幻視を見たかのように気持ちが高揚していた」と吐露している。[2]その日の仕事を終え、家に帰った彼女は一気にプロットを書き上げる。それが一九五二年に別名義で発表した『ザ・プライス・オブ・ソルト』であり、この小説は、一九九〇年に『キャロル』と改題され、ハイスミス名義で再刊された。金髪女性との出会いから数日後、ハイスミスは水疱瘡に罹って寝込んでしまう。おもちゃ売り場で鼻水をたらしていた子供の菌から感染したのだ。「しかし、わたしのなかには同時に小説の種も植え付けられていた。熱は想像力を飛翔させてくれる」と彼女は述べている。[3]

ブルーミングデールに現れたその女性客は、臨時雇いの若い店員から人形を買っただけに過ぎなかった。しかしハイスミスは、この偶然の出会いにはるかに重要な意味を見いだしていた。彼女はずっとその金髪の女性客が忘れられず、一九五〇年の夏のその日、ニュージャージーにある彼女の家を目指して列車に乗ろうとペンシルベニア駅へやってきたのだ。彼女を探し出し、こっそりその姿をうかがうために。

ハイスミスは、その日の出来事をほとんど写真のように克明に、日記に書き残している。リッジウッド行きの列車に乗りこんだ時には、まるで小説の中の殺人犯のように罪の意識を感じ、目的の郊外の駅に降り立つやいなや、高ぶる神経を鎮めるためにライウィスキーを立て続けに二杯飲まずにいられなかった。リッジウッド駅から九十二番のバスに乗りこんだが、数分後には道が違うのではないかと不安になり、女性の家のあるマレイ・アベニューはもう通り過ぎたかと運転手に確かめる。「マレイ・アベニューだって？」と別の乗客がいったとたん、乗客全員が口々に彼女に向かって正しい行き方をまくしたてた。恥ずかしさに顔を真っ赤にしてバスを降りると、ハイスミスは、整然と区画された郊外の通りを女性の家を目指して歩き始めた。

ノースマレイ・アベニューは森へとつながる細い道で、ようやくたどり着いたものの人目を引くのではないかと不安になり、罪の意識にも駆られていた彼女は早々に引き返そうと決心する。だがその時、一軒の家の私道から一台の淡い青緑色の車が通りへと現れ、こちらに向かって走ってきた。車内の女性は金髪で、淡いブルーのドレスを身につけ、サングラスをかけていた。あの女性だった。

その頃から愛と憎しみの複雑に絡まり合った衝動に魅せられていた彼女はノートにこんなことを書いている。「昨日奇妙なことが起きた。わたしはほとんど人を殺しそうになったのだ。一九四八年十二月にたった一度出会っただけで恋に落ちた女性にわたしは会いにいった。殺人というものはある種のセックスであり、一種の所有にも似ている（これもまた一瞬とはいえ、思いを寄せる相手から情熱的に自分だけを見つめてもらう方法ではないのか？）わたしは突然彼女をとらえて、その首に両手をかけたいと（本当だったらキスしたいはずなのに）思ったのだ。まるで彼女を写真に撮り、一瞬にして彫刻のような冷たい存在に固定しようとするかのように」[4]

ニューヨークへ戻る道すがら、彼女は見知らぬ人々がじろじろ疑いの目で見ているのを感じる――まるで自分の顔に罪の痕跡がべったりとついているかのように。その日、金髪女性とはリッジウッドで実際に出会うことはなかったが、ハイスミスは、それから半年もたたずにもう一度彼女をひと目見ずにはいられなくなってしまう。かくして一九五一年一月、『ザ・プライス・オブ・ソルト』を執筆中に、再びニュージャージーへとおもむいた。ちょうどふたりの女性――おもちゃ売り場の店員のテレーズと既婚者で子供のいる女性客のキャロル――の恋愛模様について書いている最中だった。今回は、あの女性の家がどんな外観であったかについても書き留めている。黒い小さな塔と灰色の大きな塔があり、おとぎ話の中に出てきそうな家。目を閉じてその光景をしっかりと記憶に焼き付けてから、その女性の子供たちが遊んでいるのを眺め、子供たちが母親にほとんど似ていないことに気づく。「わたしにとってのベアトリーチェ（ダンテ『神曲』に登場する永遠の淑女の象徴）がこういう立派な家に住んでいるのは喜ばしい」と日記に書いている。[5]

ハイスミスが複雑に重なり合った多様な感情を投影したことにより、その女性は『ザ・プライス・オブ・ソルト』のキャロルのモデルでありながら、作者の過去の恋人たちを寄せ集めた化身でもあり、ハイスミス自身を突き動かすものや、願望、失望などを統合して肉体化した存在となった。この小説のハイスミスは「ストーカー行為を謳いあげるバラッド詩人と呼ぶべき」かもしれないとスザンナ・クラップは「ザ・ニューヨーカー」誌に書いている。「ある人物の別の人物に対する執着――恋着と嫌悪の間で揺れ動く――は、ハイスミスのほとんどすべての小説に顕著な特徴として見られる」[6]。特に付き合った女性たち――次々と目まぐるしく入れ替わる恋人たち――を創作の女神《ミューズ》として利用し、彼女たちに対する自分の種々多様な対応をも含め、それらの感情を再加工して小説の中に描き出した。

多くのロマンティストがそうであるように、時として彼女は手あたり次第に肉体関係を持ったが、次々に相手を変えていたのは、彼女が理想の相手を絶えず探し求めていたことに対する反証ではなく証明にも思える。ジューナ・バーンズの著作『夜の森』（この本をハイスミスは崇拝する女性のひとりから贈られた）を引用するなら、ハイスミスの心の中には、愛した女性それぞれの化石があり、その人となりが刻まれている。「わたしは一生をかけて、ひとりの女性に捧げられることのない記念碑を作り続けるのだろう」[7]と彼女は日記に書いている。ハイスミス自身も認めていたことだが、こうした女性たちはハイスミスの人物像や作品を理解する手掛かりを握っている。「わたしはいったい何者なのか？」と一九五〇年代のはじめに彼女は自問自答している。「わたしの姿は、わたしを愛してくれる人たちの瞳にだけ映っているのだ」と。[8]

しかし、ハイスミスが公の場で自分の作品について語りたがらなかった一番の理由は、自分自身の痛みを題材にしていることが多かったからだ。「作家の中でも特に非協力的で、自分の著作について語るのを嫌がっていた」とハイスミスに何度もインタビューした経験のあるクレイグ・ブラウンは語っている。[9]一九九〇年に「オブザーバー」誌の記事でジャネット・ワッツは「記者たちの質問に対する彼女のお気に入りの答えはふたつだった」と書いている。「ひとつは《そうね》、もうひとつは《質問の意味がわからないわ》である……彼女は微笑みこそ浮かべていないが握手をすると、その手はしぶしぶ触れているような感じで、むしろわたしから遠ざかっていく気がした」[10]。ワッツが『キャロル』のアイデアとハイスミスの同性愛との関連について質問した時、ハイスミスはこう答えている。「それについては話したくないわ。人の恋愛感情というものは……すべて偶発的に起こるもので、計画されたものではないでしょう。そういうことを話すのはとても難しいのよ[11]」

ハイスミスと親しくなるのが難しかったのは、ジャーナリストたちだけとは限らない。ハイスミスの著作権遺言執行者であり、チューリッヒを本社とする出版社ディオゲネスの経営者であるダニエル・キールは、ハイスミスが自分を信頼して考えや気持ちを共有してくれるまでに二十年はかかったという。「それまではただ《イエス》か《ノー》だけのやりとりで、会話には大きな空白があった」と話している。[12]別の友人の作家で美術コレクターでもあるカール・ラズロは、「彼女は作家であって話す人じゃない――いつも何かを話したり、漏らしたりしないように、小説のアイデアのことだけ考えていた人だった」と語っている。[13]

写真家で実業家の故バーバラ・カー＝セイマーのパートナーであったバーバラ・ロエットは、ハイスミスが触れられるたび身体をこわばらせていたのを覚えているという。「彼女はまったく肉感的な人じゃなかった。彼女と抱き合うと、まるで板を抱いているような感じがしたわ。今も忘れられないのだけれど、わたしが《さあ、お風呂に入ってゆったり体を伸ばしましょう》といったら、彼女はものすごく驚いたのよ。一度もバスタブに横たわったことがなかったみたいで――それどころか、背筋をピンと伸ばして座って入ってたらしいの。思わず訊いちゃったわ。《パット（ハイスミスのこと）ったら、どうかしてるんじゃない。お風呂で背筋を伸ばして座る人なんて聞いたこともないわ》彼女の答えはこうよ。《わたしは横になんかならない》。なんとなく自分の身体に違和感があるんじゃないかと思ったわ」[14]

ハイスミスのスイス時代に近くに住んでいたヴィヴィアン・デ・ベルナルディは、身近な友人で遺言執行者のひとりでもあったが、ハイスミスは親密な関係を築くことに問題を抱えていたという。「セックスの相手はたくさんいたかもしれないけれど、本当に親密な愛情を感じていた相手はそんなにいなかったと思うわ。恋愛関係は長続きしなかったから」

「彼女は誠実で率直で――このふたつはパットを語る時のキーワードよ――いい加減なところは少しもなかった。でも、狂ったようにわめき散らすところや、意地悪な態度、嫌悪を剥き出しにするところは好きになれなかった。ひとつのことに固執すると、諦めて手放そうとはしない。骨にかぶりついている犬みたいなものよ。彼女には話し始めると気が狂ったみたいに手がつけられなくなる話題がいくつかあったみたい。でも。本当に親友と呼べる人たちは、そういうふるまいを見せられても、彼女のことを心から気にかけていたわ」

「こういう激しい感情的な反応を引き起こすのは現実とは何の関係もないことははっきりしていたわ。何か内面的なことや、彼女にとって苦痛なことのせいだってね。あの意地の悪さも自分以外の原因というよりは彼女自身に――精神状態や、絶望や、怒りや、自己嫌悪に起因していた」

「彼女は、自分の身の回りの現実をわかってはいなかったのよ。だってあんな不思議な内面世界を持っていたんだもの。だから自分自身の影を覗き込まなければならなかったんだわ」[15]

一九六〇年代以降、批評家たちは近代文学におけるハイスミスの位置づけに悪戦苦闘してきた。まず書評家や編集者たちが、彼女の小説は他の推理小説家が量産して世に送り出していたパルプ小説群とはかなり違うことに気づき始めた。ハイスミス自身が認めているように、今日でも文学的な文脈や様式の中で彼女を「位置づけ」ることはほとんど不可能である。「文学におけるわたしの居場所なんて考えたこともないし、たぶんそんなものはない。わたしは自分自身をエンターテインメント作家だと思っている。ただ、人が夢中になるような物語を書きたいだけなのだ。だがどの本も自分自身との葛藤の結果であり、出版されようとされまいとわたしは書いていただろう」[16]

ハイスミスのゴシック趣味——グロテスクで、残酷で、不気味なものへの尽きることのない欲求はとりわけ短編小説によく表れている。彼女の嗜好はエドガー・アラン・ポー——彼女と同じ一月十九日生まれの——によるところが大きい。その一方で彼女の小説の文体は一九三〇年代から四〇年代のノワール小説の影響も色濃く受け、小説の中心にあるテーマや哲学的主題は、暗澹たる実存主義者の著作——ドストエフスキー、キルケゴール、ニーチェ、カフカ、サルトル、カミュなど、彼女が読んだすべての作家から影響を受けている。行動や運命というものは予測できないものであり、決定論的な人生の見方は、より下等な生物と人間とを区別するはずのものを、人間から濾過してしまうとハイスミスは感じていた。「もしも人間の生活が理性でコントロールできるとなれば、生きる可能性は失われてしまうだろう」と、彼女はノートの一部にトルストイを引用している。[17] 彼女は非合理性や混沌、精神的な無秩序をたたえ、犯罪者を二十世紀の実存主義者のヒーローの完璧な見本とみなした。彼女にとってそれは「活動的で自由な魂」の持ち主だった。[18]

初出版された長編『見知らぬ乗客』を書く前年、ハイスミスは、カミュの実存主義小説の古典『異邦人』を読み、道を踏み外した主人公であり、語り手でもあるムルソーをいたく気に入った。一九四七年、彼女はムルソーという人物についてノートに次のように記している。「意思の力の持ち主、もしかしたら実存主義者の信者かもしれない」[19]。『異邦人』はハイスミスがドストエフスキーの『地下室の手記』に行き着く前に出会った、これもまた社会とのつながりを失った人間を描いた作品であった。ハイスミスはムルソーに、人というものは合理的な人生や、あらかじめ確立された計画的で予測された人生を我慢して生きるより、自ら存在を消し去ろうとするのだということを見て取ったのだ。

ハイスミスはまたフランシス・ベーコンの絵を愛し、晩年になっても机の上に『習作№6』の絵葉書を置いていた。「わたしにとってフランシス・ベーコンの絵は、この世で何が起きているのかを描いた究極の絵だ。まるで人間たちがいっせいに尻を剥き出しにしてトイレで吐いているかのように」と述べている。[20] ハイスミスの小説は、ベーコンの絵画のように、人間の人生を左右する暗く、邪悪な力を垣間見せる一方で、同時に悪の陳腐さをも物語っている。恐怖や邪悪さがまるで日常のありふれたことと同じように描かれ、それらを同列に扱うことで読者の不安をかきたてるところに彼女の作品の魅力がある。映画評論家のテレンス・ラファティが雑誌「ザ・ニューヨーカー」で書いているように、「パトリシア・ハイスミスの小説はこの上なく不穏である――すっきりとしたカタルシスを感じさせるような悪夢ではなく、いつまでも眠れずにベッドをのたうちまわるような嫌な夢だ……わたしたちの頭はすべてを刻みこむ――ありふれたことも、恐ろしいことも、まったく区別なく。まるで起伏のない茫漠とした場所、砂漠のようなところにひとり取り残された孤独を感じる。そこは何の価値基準もなく、夢なのか現実なのかを知るよすがさえない場所なのだ」[21]。ハイスミスは、サスペンス小説を執筆しているのだが、その境界を超越するだけでなく、まったく新しい形を創り出していた。「大衆小説がこんな風に読者に影響を与えるとは思いもよらなかった」ともラファティは述べている。[22]

作家のウィル・セルフは、BBCのテレビ番組の中で、ハイスミスの功績についてこのように論じた。「ハイスミスは、いわば『ポランスキーがスリラー映画を撮った』と同じ意味で形容できる、唯一の推理作家だね。だが、彼らにはそういうつもりはまったくないんだ。初めてハイスミスの作品を読んだ時、まるで悪と対峙しているような実体感があった……実体のある悪がページから飛び出してくるような気がして思わず閉じてしまったほどだ……彼女は『犯罪精神病理学』という知られざる分野を導く地図を描いた作家のひとりとして記憶されるだろう。そして現在、わたしたちが連続殺人犯や邪悪なものにこぞって夢中になっているのを、ある意味では予見していた、いわば先駆者としても名を残すだろう」[23]

ダニエル・キールは「彼女はフィリップ・ロスやノーマン・メイラーといった作家たちよりも優れていた。もっとも華々しく人気のあった作家たちがいつしか忘れられてしまっても、彼女の名前は将来も長く記憶されるだろう。小説界で彼女ほどユニークな声の持ち主はいないからだ」と語っている。[24]

ハイスミスが生み出したもっとも有名な人物はトム・リプリーであり、長編小説二十二作品のうち五作品は彼を主人公としている。冷血漢の殺人者だが、生活には上質なものに対するこだわりがある。絵やスケッチを描き、バッハのゴルトベルク変奏曲やスカルラッティの曲をハープシコードで弾く。シラーやモリエールを読み、絵画コレクション〔ゴッホやマグリットの作品や、コクトーやピカソのデッサンを所有している〕にかなり自信を持っている。掘ったばかりの墓穴に死体が落ちる音を聞けばあからさまに甘美な喜びを感じ、被害者たちが車の中で焼け死ぬのを見て笑う――だが、その同じ人物は詩人キーツの墓を見て感動のあまり涙をこぼすのである。

ハイスミスは、推理小説の型にはまった約束事を取り払うための仕掛けとしてリプリーを使っている。W・H・オーデンによれば、推理小説の基本形式は次のようにまとめられる。「殺人が起きる。たくさんの容疑者があらわれる。そして一名を除き――つまり真犯人を除いて、他の人物の容疑が晴らされる。殺人犯は逮捕されるかまたは死ぬ[25]」。しかしハイスミスの小説はその通りにはいかない。推理小説についてハイスミスはこう語っている。「フーダニット〔誰がやったか〕というのは、人を小馬鹿にした愚かなやり方だと思う」と彼女はいう。「わたしにはまったく面白くない……それじゃまるでパズルみたいで、わたしはパズルには興味がないの[26]」

ハイスミスは読者を巧妙に取り込んでリプリーに共感するように仕向け、結末にいたるころには読者の善悪の判断力はすっかり陥入し、積極的に殺人者に肩入れして、うまく罪を逃れることを願う。実際リプリーはどの作品においてもますます巧妙に逃げおおせる。ハイスミスは自分の生み出したハイブリッドな殺人犯に惚れこむあまり、彼の犠牲者を二流の俗人とみなすことが多い。「わたしの作品では被害者が邪悪だったりつまらない人物だったりするけれどそれは被害者よりも殺人犯が重要だから。これはあくまでいち小説家としての意見であって、裁判官の考えとは違うのよ」と語っている[27]。グレアム・グリーンはハイスミスの大ファンのひとりであり、彼女のことを「不安の詩人[28]」と呼び、「道徳的な結末などない世界……この境界線を越えてしまうと何ひとつ確実なものなどない[29]」と述べている。

リプリー・シリーズの第二作目から、リプリーは、フランスのフォンテーヌブロー近くで「ベロンブル」という名称の館に住んでいる。館の名は「美しい影」を意味する隠喩で、まさしくハイスミスにふさわしい。彼女は、グレアム・グリーンがいうように、さまざまな「残忍な快楽[30]」を味わえる世界にすんなりとわたしたちを送り込む。だが、同時にその作品では分身や、分裂した自己というモチーフの探求が行われている。アイデンティティの変質について、ハイスミスは哲学的にも個人的にも魅了されていた。「今宵わたしは強い確信を抱いた……わたしはガラスの球のような多面体、あるいは蝿の眼のように無数の顔を持っているのだ」と一九四二年のノートに書いている[31]。ハイスミスの友人のユリア・ディートヘルムは、この記述の通りだと語る。「彼女を知っている人ごとに、常に違うパットが存在していたのです[32]」。さらにディートヘルムの夫バートは「だからこそ彼女がどんな人なのか判断するのはとても難しかった。たくさんの顔を持ち、それぞれに違う人物として見えていたのですから」とつけ加える[33]。

だとすれば、ハイスミスの私的なノートには、真の本人の姿とはいえないまでも、少なくとも彼女が世間に見せようとした自己の像よりも、何らかの形で実体により近い姿が見られるのではないだろうか。信じられないほどこと細かに記された日記に加え、彼女が「カイエ」と呼んでいた創作ノートや執筆に関する日々の記録には、創作上のアイデアや観察記録や感想などが記されている。ハイスミスは手紙も非常に多く書いており、年に数百通は当たり前で、「手紙魔」とあだ名をつけられたほどだ。彼女の日記やノートや手紙類はベルンにあるスイス文学資料館が所蔵しており、そうした作家の私的な資料とともに、友人や、仲間、恋人たちとのインタビューの記録が、本書を執筆する上で中心的な資料となった。

多くの作家の日記は、いわば自分を伝説化した作品であり、自身のフィクションよりも創作の手が入っていることがよくあるのだが、ハイスミスの書いたものは、他の記録資料やインタビューから拾い集めた情報と照らしてみても、なんら創作の手が加えられていない。そこから聞こえる彼女の声は、苦しみに満ちた自己批判的なものだが、何より重要なのは、彼女が赤裸々までに率直であることだ。自分が日記を書き続けるのは、自分の行動の動機を解明したいからだとハイスミス自身が述べている。「それには自分の歩いた跡をたどれるように乾燥豆をまいておかなければならないのだ。暗闇の中でまっすぐ道を示してくれるように[34]」。ハイスミスは、こうしたごく個人的な記録類を焼き捨てようという考えをずっともてあそんでいたし、実際、亡くなる前に都合の悪い資料を全部焼却する機会もあったのだが、結局彼女が処分したのは、自分より若い恋人のひとりから送られた数通の手紙に過ぎなかった。

書くことは、ハイスミスにとって自身の暗部を探る方法だった。ダニエル・キールは「彼女は書かずにはいられなかった。自分の中から湧き上がってくるものを書いていた。自分自身を、自分の人生を源泉としてね」と語っている[35]。何も書かなかったとしたら、自分はほとんど存在しないに等しいと彼女は感じていた。「取りつかれたように書いていた。これらの作品は、彼女の中でぐらぐら煮立って噴き出したものなんだよ[36]」と六〇年代にダブルデイ社の編集者としてハイスミスを担当していたラリー・アシュミードは語る。ハイスミス自身アイデアが尽きることはないと認めていたし、実際ネズミの交尾くらい頻繁にアイデアが浮かんでくると本人が話している。彼女にとって書くことは一種の強迫衝動だった。「書けないと惨めになるのよ」とも述べている[37]。

わたし自身はパトリシア・ハイスミスに会ったことはない。しかし、ほとんどの伝記作家同様、自分が書きたいと思っている対象を夢に見たことはある。最初にハイスミスがわたしの前に「現れた」のは、本書を書く四年前のことだ。大きな木のテーブルの向こう側に彼女は座っていた。最初に気づいたのは、彼女の両手が人並外れて大きいことだった。顔色は緑がかっていて、かなり気難しそうに見えた。その暗い、何かに取りつかれたような瞳でじっとわたしを見つめ、やがて小さくうなずき、彼女の人生を書くことを許してくれた。それは自分の一方的な自己満足だったのかもしれないが、この夢は良い兆しだと思うことにした。ハイスミスは、用心深いまなざしをした、豊かな黒髪の持ち主であり、その前髪で時としてカーテンのように自分の顔を隠してきた。自分のことをほとんど明かさなかったので、亡くなるまでずっとジャーナリストからは「世捨て人」だと誤解され続けてきた。

自身の小説同様ハイスミスは表と裏を使い分け、自分と幻の分身とのふたつの人格を持ち、自己像は常に不安定だった。「ドストエフスキーは、優柔不断だとか、非論理的だとか、矛盾しているとか批判されているが、その中でも最悪なのは思想の二元性《アンビバレンス》というものだ」と一九四七年にハイスミスは書いている。「しかし物事には常に二という数字が含まれている。この素晴らしく、魅力的で、創造的な表裏一体の数字は、宇宙の神秘を隠しているのだ。人は同時にふたりの人間を愛することができるし、誰もが男女両方の性質を持っているし、まったく正反対の感情が共存し得る。わたしも世界を同じように見ている[38]」

それゆえに、ハイスミスについて書くことは危険な企てである。それでもきっと彼女は独特の皮肉な、時として残酷なユーモアをもって、じっくりとそれを味わってくれるに違いない。彼女の日記と向かい合っていると、繊細な薄いページをめくる手が止まることがあった。もちろん、わたしは彼女の秘密を知りたいと思っていたし、過去の中から彼女だけが語れる思いを聴きたいと切に願っていた。しかし、彼女の小説の主人公同様、わたしは罪の意識にとらわれてもいた。とりわけ一九四二年の日記のあるページに次の一節を見つけた時、その思いは強くなった。

行く手をごらん、背後をごらん
まだ、考えは変えられる
背信がゆるされることはない
ページをめくる者に呪いあれ[39]

背筋が寒くなるような言葉である。しかし、別の機会には、自分がとてつもなく祝福されていると思うこともあった。次々とドアが開いていくように、長い間音信のなかった友人たちからの手紙がわたしのもとへと届き、彼女の思い出を守りたがっていた身近な人々が、真実を明かし始めたのだ。ハイスミスは生前、自分の伝記が書かれることを断固として認めず、実際何度か試みられたが阻止している。ただ、もはや自分が完成を見ることもなければ、その結果を心配する必要もない将来、自分の評伝が書かれるだろうとひそかに自負してもいた。ハゲタカのようにぶしつけにやってくる伝記作家たちには辟易しながらも、友人のチャールズ・ラティマーにはこんな本音を漏らしている。「ウィンストン・チャーチルほどの大物というつもりは毛頭ないけれど、わたしが死んだら、きっと誰かが《何か書きたい》と思うような人物だとは自負しているのよ[40]」。また、自分の人間関係を調べることは、伝記執筆上の調査のためには当然のことだとも述べている。「伝記ともなれば、わたしの相手についてもあれこれ詮索されることになる。誰がわたしを引っかけたとか、振られたとかいう話になれば、どうしてもその人たちのことに触れなくてはならない……その問題を避けて通ろうというのは偽善だし、わたしがクィアもしくはゲイであることを世間の誰もが知るべきだと思うわ[41]」

誰かの人生を書くことは、ましてハイスミスくらい理解しにくい人物となればなおさら、どうしても主観的にならざるを得ない。たとえ日記というもっとも私的な資料に全面的に触れる機会を得たとしても、濃密な人生のすべてを書き記すことなど誰にもできない。ハイスミスもまたこのことには気づいており、一九四〇年のノートにこう記している――自分には記録することができなかったある感情や出来事がある。そうした記憶は、彼女が詩で描写したように「脳裏に焼きつき／きっと残り続ける／たとえわたしが死んでからも」[42]。それでも彼女は、過去と現在をつなぐ人々の込み入った関係をたどることは可能だとわかっていた。彼女があまりにも自分の人生を克明に記録し、分析することに熱心だったために、残されたノートや日記、手紙は、資料としてかなり細部にわたって充実しており、本書を執筆するにあたっては、最近の伝記によく見られる小説的な手法をとる必要がなかった。

ドストエフスキーの伝記を論じた日記の記述でハイスミス自身はこう述べている。すなわち、どんな作家であれ、その作家をよりよく知る方法は、彼らの「心の状態や出来事や日常的な行動」[43]の歴史を時系列で追ってみること、またそれに合わせてその時作家が書いたものについて詳しく研究することである、と。それこそはおそらく彼らを理解する最善の方法であり、わたしが本書で試みてきた手法でもある。本書は何よりもまず伝記であり、わたしはハイスミスを彼女と同時代の社会と文化的状況の中に置いて描こうとしたが、文学論にまで踏み込むことは本書の目的ではない。しかしながら、ハイスミスの作品になじみのない読者のために、なぜ彼女の長編小説や短編小説が多くの大衆むけの推理小説よりも優れているのかを説明する上で、作品の魅力を解き明かす一助となるように、彼女が創作上の着想を得たと思われる書籍を引用している。ハイスミスが『妻を殺したかった男』で書いているように、「どんな本をほしがっているかによって、その人柄もわかる」からである[44]。

公開されることも、出版されることもなかった資料を読んで、わたしはハイスミスの告解を聴いているような気分になった。あるいは彼女がノートの中に描いた、自分の話に親身に耳を傾けてくれる想像上の友人になったかのようにな。わたしは暖炉の前に寝転び、両手を頭の後ろに組んで、ハイスミスの語る「過去のちょっとした暗い穴」[45]の話に耳を傾けている。暖炉の煙が渦巻きながらわたしのほうに漂い、ハイスミスは語り始める。「話せることはたくさんある。苦い思い出もあれば、山ほどの不思議な話もね。でも、すべて本当のことよ」[46]

原注

原注の表記について

・ハイスミスのノートはアメリカ式の日付が記入されているが、それ以外は表記のままとした。

・所蔵先等の表記は省略形で示した。

AK　アルフレッド・A・クノップ文書館　ハリー・ランサム・ヒューマニティーズ・リサーチセンター　テキサス大学（オースティン、テキサス）

BCA　バーナード大学文書館（ニューヨーク）

CLA　カルマン=レヴィ文書館

CM　クリスタ・マーカー個人コレクション

DS　ドナルド・L・スウェイム・コレクション　原稿コレクション＃177　文書及び特別コレクション　オハイオ大学図書館

EB　イーディス・ブランデル個人コレクション

FW　フランシス・ウィンダム個人コレクション

GV　ゴア・ヴィダル・コレクション　ウィスコンシン・センター内映画演劇資料館（マディソン、ウィスコンシン）現在はハーバード大学ハウトン図書館所蔵

HA　ハーパー文書館　ハリー・ランサム・ヒューマニティーズ・リサーチセンター　テキサス大学（オースティン、テキサス）

HRA　ハーパー&ロウ文書館　コロンビア大学稀覯書物ならびに文書図書館（ニューヨーク）

JR　ジャニス・ロバートソン個人コレクション

KA　ケストラー資料館　エジンバラ大学

NY　「ザ・ニューヨーカー」記録資料　原稿及び文書課部門　ニューヨーク市立図書館　アスター館　レノックス&ティルデン財団

PH　パトリシア・ハイスミス

PL　ペギー・ルイス個人コレクション

RB　ロナルド・ブライス個人コレクション

SLA　スイス文学資料館（ベルン）

TU　テンプル大学　ペイリー図書館都市資料室（フィラデルフィア）

WBA　ウィリアム・A・ブラッドリー著作権理人資料　ハリー・ランサム・ヒューマニティーズ・リサーチセンター　テキサス大学（オースティン、テキサス）

YA　ヤドー文書館　サラトガ・スプリングス（ニューヨーク）

序章

1 Søren Kierkegaard, 'Repetition', quoted in Walter Lowrie, *A short Life of Kierkegaard*, Princeton University Press, 1942, quoted by PH, Cahier 19, SLA.
（引用された一節の原典邦訳は柿沼によるもの）

2 PH, Afterword, *Carol*, Bloomsbury, London, 1990, p. 260.
ハイスミス『キャロル』（あとがき）柿沼瑛子訳　河出文庫　2016年

3 前掲書

4 PH, Cahier 19, 7/1/50, SLA.

5 PH, Diary 10, 21 January 1951, SLA.

6 Susannah Clapp, 'The Simple Art of Murder', *The New Yorker*, 20 December 1999.

7 PH, Diary 2, 24 May 1942, SLA.

8 PH, Cahier 20, 9/14/51, SLA.

9 Craig Brown, 'Too Busy Writing to be a Writer', *Daily Telegraph*,

29 January 2000.

10 Janet Watts, 'Love and Highsmith', *Observer Magazine*, 9 September 1990.

11 Ibid.

12 ダニエル・キールとのインタビュー　１９９９年10月27日

13 カール・ラズロとのインタビュー　１９９９年８月22日

14 バーバラ・ロエットとのインタビュー　１９９９年５月５日

15 ヴィヴィアン・デ・ベルナルディとのインタビュー
１９９９年７月23日

16 John Wakeman, ed., *World Authors 1950-1970, A Companion Volume to Twentieth-Century Authors*, The H.W. Wilson Company, New York, 1975, p. 642.

17 PH, Cahier 18, inside cover, undated, SLA.
トルストイ『戦争と平和　６』望月哲男訳　光文社古典新訳文庫
２０２１年

18 PH, *Plotting and Writing Suspense Fiction*, The Writer Inc., Boston, 1966, p. 50.
ハイスミス『サスペンス小説の書き方　パトリシア・ハイスミスの創作講座』坪野圭介訳　フィルムアート社　２０２２年

19 PH, Cahier 15, 3/18/47, SLA.

20 *Harper's Bazaar*, February 1989.

21 Terrence Rafferty, 'Fear and Trembling', *The New Yorker*, 4 January 1988.

22 Ibid.

23 *The Late Show*, BBC2, 7 February 1995.

24 ダニエル・キールとのインタビュー

25 W.H. Auden, 'The Guilty Vicarage', 1948, *The Dyer's Hand and Other Essays*, Random House, New York, 1962, p. 147.

26 Diana Cooper-Clark, 'Patricia Highsmith - Interview', *The Armchair Detective*, Vol. 14, No. 4, 1981, p. 320.

27 Ibid.

28 Graham Greene, Foreword, *Eleven*, Heinemann, London, 1970, p. x.
ハイスミス『11の物語』（まえがき）小倉多加志訳
ハヤカワ・ミステリ文庫　２００５年

29 前掲書

30 前掲書

31 PH, Cahier 6, 2/14/42, SLA.

32 ユリア・ディートヘルムとのインタビュー　１９９９年３月27日

33 バート・ディートヘルムとのインタビュー　１９９９年３月27日

34 PH, Diary 8, 21 September 1949, SLA.

35 ダニエル・キールとのインタビュー

36 ラリー・アシュミードとのインタビュー　１９９９年５月20日

37 Craig Brown, 'No Ordinary Crime', *Homes & Gardens*, March 1981.

38 PH, Cahier 15, 3/25/47, SLA.

39 PH, Diary 2, 1942, SLA.

40 ハイスミス　チャールズ・ラティマー宛書簡
１９７９年３月22日付　ＳＬＡ所蔵

41 ハイスミス　チャールズ・ラティマー宛書簡
１９７８年７月20日付　ＳＬＡ所蔵

42 PH, Cahier 2, 7/18/40, SLA.

43 PH, Cahier 22, 10/9/53, SLA.

44 PH, *The Blunderer*, Cresset Press, London, 1956, p. 140.
ハイスミス『妻を殺したかった男』佐宗鈴夫訳　河出文庫
１９９１年

45 PH, Cahier 6, 5/10/42, SLA.

46 Ibid.

第 1 章

彷徨い続ける者

1921 以前

ハイスミスの初期のノートに、ある少年を描いた小品がある。少年はとても幸せだと思った次の瞬間、悲しくなるのはなぜだろうと不思議に思っている。成長するにつれ、彼は意識というものの本質にどんどん惹かれていき、人々は遠方から訪ねてきては彼に問いかける。「わたしは何者であり、なぜ存在するのでしょうか？」[1]この話の中の少年のように、ハイスミスは、自分が何者であるのかを探し続けた作家だった。彼女のノートや日記のあらゆるページに、自分は何者かという同じ問いが何度も何度も繰り返されている。果たして自分は、自身の意識の総体なのだろうか、それとも他の人々から見た集合体にすぎないのだろうか？「落差がますますひどくなる……わたしが自分自身だと思っている心の中の自分と、世間が見ているさまざまな自分の顔との間の」と一九四七年のノートに書いている。[2]作家というものは、作中に登場するキャラクターに絶えずなりかわっていながら、変わらぬ自己を保てるものなのだろうかとも。

晩年にいたるまで、ハイスミスは自分の家系をたどることに熱中し、大量の記録を集めて、母方の祖母の家系であるスチュアート家の系譜をたどってジェイムズ一世にまで行き着いた。彼女は遠い親戚や、系図学者や、ロンドンの紋章院（紋章及び系譜を管理・統括する公的機関）、地方の歴史家などに手紙を送り、一族の歴史のかけらを拾い集めて積み重ねていった。こうした過去の中に自分のルーツを見つけ出したいというやむにやまれぬ思いと並行して、今の現実から逃れたい、手の届かないものをどこまでも追い求めたいという衝動が働いていた。その姿は世界中を巡る遊牧民のような彼女の旅からおのずと浮かび上がってくる——出生地であるテキサス州フォートワースを起点に、ニューヨーク、メキシコ、ドイツ、オーストリア、イタリア、イギリス、フランス、そしてスイスへと。弱冠二十歳の時に書いた詩の中で、ハイスミスは将来自分はどのような心境に達するのだろうかと想像する——世界中を旅したのなら、きっと自分はいろいろな街でたくさんの人々と知り合うだろうが、それでもなお孤独なままだろう。「わたしは永遠に探し続ける者だ」とハイスミスは記している。[3]

十三歳の時、ハイスミスは、南部連合軍のものである南北戦争時代の刀剣一対を十三ドルで買い求めた。後年、居を移すたびに、この由緒ある武器一式をそれにふさわしい、部屋の一番人目を惹く場所に飾っていた。うわべこそヨーロッパ人そのものであったが——彼女はフランス語、ドイツ語、スペイン語、イタリア語を操ることができた——その中身は紛れもないテキサス人だった。好物は伝統的な南部料理——トウモロコシ粉のパン、コラードの煮物、スペアリブ、ササゲ豆、ピーナッツバターなどであり、晩年にもっとも落ち着く服として好んでいたのは、カウボーイの普段着の定番ともいえるウエスト三十四インチのリーバイスのジーンズとスニーカー、そしてスカーフだった。

「パットがテキサス出身だという事実は、彼女の人物像を正確に理解する上でとても重要です」と語るのは、ハイスミスの友人でアメリカ人劇作家フィリス・ナジーである。ナジーは六十歳代のハイスミスを知っていた。「こういうことをアメリカ人以外の人にいうと、ずいぶん短絡的だと思われるかもしれませんが、彼女の中には南部の保守主義が深く根を下ろしていました。みんな彼女が非常に保守的な人であることを忘れていますが、ジェイン・ボウルズ（一九一七—一九七三　アメリカの劇作家。ポール・ボウルズの妻）のような根っからのボヘミアンだったわけではなく、ひどく偏狭で、矛盾した考えの持ち主だったんです」[4]

ハイスミスは一九二一年一月十一日、テキサス州ダラスから西へ五十キロほど離れたフォートワースで生まれた。彼女と同じ一月十九日生まれには、エドガー・アラン・ポーと、南北戦争時代のアメリカ連合国軍〔南軍〕司令官ロバート・Ｅ・リー将軍がいるが、後に彼女は自分が好きな歴史上の人物としてリー将軍の名を挙げている。六歳の時にテキサスを離れてニューヨークに移り住むが、その後も子供時代を通して、時おりテキサスに戻っては短期間暮らすことを断続的に繰り返しており、とりわけ十二歳の時にはつらい一年をテキサスで過ごしている。それでも、州旗《ローン・スター》に象徴されるテキサス魂は、照り輝く灼熱の太陽とともに、「みずからの熱で白くなったもののように」[5]ハイスミスの血の中に脈々と流れていた。後年あるジャーナリストから、自分の性格にテキサス人気質的なものがあるかと質問された彼女はこう答えている。「たぶん独立心みたいなものかしらね」[6]。若い頃には乗馬に親しみ――彼女が好きだと認めた唯一のスポーツでもある――「たぶんそこだけがテキサス人的なところかも」[7]と自身で話している。

学校でハイスミスは、アメリカ史よりも先に自分の生まれ育った州の歴史を学んでいた。「我々はこの土地を選び、手に入れ、実りをもたらした」というのは、テキサスの教室でよく聞く呪文《マントラ》である。このフレーズはまさに「テキサス人の縄張り意識――この土地と仲間に対する心情」[8]と、人々のこの地に対する強い愛着を示している。それはこの地にどの国の旗――スペイン、フランス、メキシコ、テキサス、南部連合、アメリカ――がはためいていようと、人々が一貫して抱き続けてきたものだ。「テキサス人は十九世紀に『有用な過去を』生み出さなかった。あるいは二十世紀アメリカの主流となる思想の礎になるようなものを築かなかった」と語るのは歴史家のT・R・フェーレンバッハである。「テキサス人は『血の記憶』とともに誕生した」とテキサス出身の作家キャサリン・アン・ポーターは印象的な言葉を残している。[9]

ローン・スター旗は四方の空にひるがえり、テキサスの独立を主張したが、十年後にアメリカ合衆国に併合された。それでも開拓地における闘いは続き、アメリカのいわゆる「啓蒙的」世界と原住民の未開世界とが激しく対立した。それぞれのアイデンティティをかけた残虐な戦いは、世代を越えて語りつがれるうちに、英雄伝説のように壮大な、半ば神話的な物語に昇華され、若き日のハイスミスを魅了した。領土をめぐり絶え間なく続く戦いは「フロンティアの癒えない傷跡」[10]と呼ばれた。一八七〇年までは、カイオワ族、コマンチ族、シャイアン族、カイオワ・アパッチ族およびアラパホ族が、テキサス州のほぼ半分の土地に白人が足を踏み入れるのを阻止していた。それはテキサス人に、彼ら独自の法秩序の正義に対する正当性を与えた。敵対する集団が土地の支配権をめぐって戦っている場所では、各自が独自の規律や、自律的な道徳規範を確立しなければならなかった。それもまた晩年のハイスミスの興味を惹いたにちがいない。テキサス人は概して個人主義者で、経験に基づく自身の判断を重んじ、独立心が強く、ハイスミス自身や彼女の作品の登場人物の多くのように、自分自身の肉体的及び精神的な成長を追い求め、群れることを嫌う。

この独特な倫理観の形成と並行して、聖書を読むことによって語り継がれた業火と天罰にまつわる色濃い伝統があり、旧約聖書に登場する善と悪に関する生々しい描写はテキサス人の心情に訴えかけた。「若いテキサス人は、太古の昔から連綿と続く悪が存在し、人間はそれに対して永遠の鍛錬が必要なのだということを聖書から学ぶ。人間には永遠の自制心が必要であり……」とフェーレンバッハは書いている。「はっきりこれとあてはめたり説明することはできないのだが、テキサス人は『男の世界』という、ある種不変のポートレイトを獲得したのだといえる――人生の盛衰、束縛と解放、神の忍耐と怒り、そして他の人間に対する残忍さなどに代表される」[11]

ハイスミスの出生地フォートワースは、かつて数多くの凄惨な戦いの舞台だった。一八四九年、アメリカ陸軍少佐リプリー・アーノルドによって造られた開拓地の町は、コマンチ族の襲撃に備える軍隊の前哨基地として、東側の白人開拓民を保護する役割を果たしていた。駐屯軍は一八五三年に町を離れたが、フォートワースはその三年後に近隣のバードビルに取って代わり、タラント郡の中心地となった。一八七〇年代以降、町は人々の移動や流入、商品、家畜などの自由な流通や移動、活動の拠点となり、テキサスロングホーン種の牛を追いながら運ぶチザム・トレイルの中継地点としての役割を果たした。チザム・トレイルは、テキサス州サンアントニオの南を起点に、オクラホマ州を通ってカンザス州アビリーンまで続いていた。そして一八七六年、テキサス・パシフィック鉄道が開通したことで、家畜出荷拠点としてフォートワースの発展は確実なものとなった。その当時、フォートワースには十三軒もの酒場があり、「レッド・ライト」、「ウェーコ・タップ」、「キャトル・エクスチェンジ」、「アワー・コムレイズ」といった店名がついていた。「フォートワースは、近隣の町よりも倫理観がゆるい町だった」と語る老人の話が記録されている[12]。

一八九三年のフォートワース・ストックヤード会社の開業と鉄道の発展により、フォートワースは、ほこりっぽい牧畜の町から大規模な商業都市へと変貌した。鉄道は、この町の地勢もステイタスも根本的に変え、フォートワースは自らを「大平原《プレーリー》の女王」と誇らしげに宣言した。そしてこの町に惹きつけられた移民の流入は、町のさらなる繁栄につながった。町の人口は一八七六年に三千人、一八九〇年に二万三〇七六人、そして二十世紀への変わり目には二万七千人となった。一九一〇年には市内の住民が七万五千人に達しており[13]、一九一七年にテキサス州北西部で油田が発見されると、さらに経済的な成長を加速させた。一九二四年――ハイスミスの出生の三年後――には、その地区にある九社の石油精製所が生産する石油製品は年間五千二百万ドルにものぼり、フォートワースは、「北テキサスにおける石油の首都」となった。

ハイスミスが生まれた地区は、市街を東西に二分するテキサス・パシフィック鉄道の線路から通り二本南にあった。

初めて出版された小説『見知らぬ乗客』で描写されたように、彼女の耳には、汽車が轟音と「不規則な怒りのリズム」をたて、「薄紅と褐色の毛布」[14]のような大平原を駆け抜けていくのが聞こえていたことだろう。小説の中で主人公のガイは、テキサス州の架空の町メトカーフにある自宅に戻る途中、機関車が遠くでもの悲しげに泣く音を聞く。それは子供の頃を思い出させるような「美しく、純粋で、もの寂しげな音だった。純白のたてがみをふりたてている野生の馬を思わせ」た。[15]鉄道はタランチュラのように独特の線路網を広げ、多くの雇用を生み出し、ハイスミスの家族をフォートワースへと引き寄せたのだった。

一九〇四年、ハイスミスの母方の祖父母ダニエルとウィリー・メイのコーツ夫妻は、フォートワースの好景気に乗じてひと旗あげようとアラバマからテキサスにやってきた。夫妻はどちらも堅実で、比較的地位の高い家の出身だった。ダニエルは大農園主ギデオン・コーツの息子で［この時点での姓の綴りはCoatsである。Coatesという綴りになるのは十九世紀末］、妻のウィリー・メイは、軍医オスカー・ウィルキンソン・スチュアートの娘だった。ハイスミスは、この曾祖父ふたりについて、アメリカ人の冒険心と開拓者魂を象徴する人物として、とりわけ誇りにしていた。彼女には、現在の家族がどうしてこんなに零落してしまったのか理解できなかった。そして自分がいい家の出身だということを確かめるために、絶えず過去を調べずにはいられなかった。

ギデオン・コーツは一八一二年に生まれ、故郷サウスカロライナを出てアラバマへと開拓のため移住した。この顎髭を生やした黒い瞳の青年は、プランテーションを建設するのに適した土地を求めて州内を調べ回り、現在のコーツベンド——当時は鬱蒼とした森とヤマヨモギの生えた平原しかなかった——に目をつけた。コーツは開拓民らしい手法で五千エーカーの土地をチェロキー族から購入した。実際いくら支払ったのかは明らかではない。一八四二年、後にコーツ邸と呼ばれるようになる館を建設した。部屋数は十部屋あり、それぞれが六メートル四方で、天井の高さは四メートル以上あった。館には釘の一本も使わず、その代わりに木材の杭を用いており、ハイスミスはこの技法を好んでいた。事実、その農園の館をたいそう気に入って、写真をアルバムに保存していた。晩年にハイスミスは、マーガレット・ミッチェルの南北戦争を描いた名作『風と共に去りぬ』がお気に入りの本の一冊だと認めている。「南部を描いた本物の小説だからよ」。そしていささか無邪気にこうつけ加えた。「曾祖父はアラバマで百十人くらい奴隷を抱えていたけれど、彼らはちっとも惨めなんかじゃなかったわ[16]」

ギデオン・コーツはサラ・デッカードと一八四二年に結婚し、八人の子供をもうけた。その中のひとりがハイスミスの祖父ダニエルであり、一八五九年十月十三日に生まれた。コーツ家の人間は大きな手足をしていることで有名で、その身体的特徴をハイスミスも受け継いだ。「わたしたちは大きな足だの大きな手だのの話になると、心穏やかではいられなくなる《ベンド・テウー・スーン》ようですね」という一節がハイスミスに宛てた縁者の手紙にあるが、どうやら一族の故郷の地コーツベンド(Coats Bend)にかけたしゃれを書かずにはいられなかったらしい[17]。

祖母のウィリー・メイの父親で軍医のオスカー・ウィルキンソン・スチュアートは、一八二九年にエリザベス・デチャードとウィリアム・スチュアート夫妻の十六人の子供のひとりとして生まれた。父親はスコットランド人で信仰心が篤く「長いこと頻繁にお祈りの時にひざまずいていたため、寝室のカーペットが擦り切れて穴が開いてしまった[18]」ほどだった。オスカーは長じてから医師となり、南部連合軍の軍医として南北戦争に従軍した。妻のメアリー・アン・ポープと八人の子供をもうけ、そのひとりウィリー・メイは、一八六六年九月七日、アラバマ州オーバーンで生まれた。彼女がまだ七歳の時、父親は黄熱病にかかり、テネシー州メンフィスで一八七三年九月に四十四歳で亡くなった。

一八八三年十二月二十五日、ダニエル・コーツとウィリー・メイ・スチュアートがアラバマ州で結婚し、このふたつの家は結ばれた。ダニエルは父親から製粉所と店と製材所を受け継いだが、一九〇〇年代前半に夫妻は五人の子供たちを連れて――エドワード、ダン、ジョン、クロード、メアリーという名の子供たちが一八八四年から一八九五年の間に生まれていた――よりよい暮らしを求めて千キロ西へと旅立つことを決めた。「陶磁器やグラスや銀器といった家財道具を一切合切持って、西を目指したんです」と、ウィリー・メイのひ孫であるドン・コーツは語る。「曾祖父たちが移住を決めた理由には、かなり利己的なものもあったかと思います。彼らは自分の家族の面倒だけを見たかったのでしょう。アラバマに残る一族たちの面倒まで背負い込みたくなかったのです」

「曾祖母は大学に行きませんでしたが、独学で学び続け、本当によく本を読んでいました。ウィリー・メイはまた驚くほど強い意志の持ち主でもあったんですよ。パットみたいにね。ある時曾祖母の家に日曜日のディナーに行ったのですが、そこでちょっと驚くような光景に出くわしました。曾祖母がロッキングチェアに背筋をピンと伸ばして座っていたんですよ。いつものようにゆったり背を預けるのではなく。父が、何かあったのかと曾祖母に問いただすと、彼女は天井にペンキを塗っていた時、梯子から落ちたことをしぶしぶながら認めました。もうかなりの歳なのに四メートル近い高さの天井を塗っていたんですよ。でも、曾祖母はそういう人でした。自分がしたいと思ったことはやるんですから、誰も口は出せませんよね。とにかく我が道を行く女性でした[19]」

ドンの兄弟のダンも、家長然としていたウィリー・メイのことを覚えている。彼女は一九五五年に八十八歳で亡くなった。「曾祖母はとても小柄な女性でした。身長は一五四センチくらいで、細いけれど筋金入りという感じで、小さなメタルフレームの眼鏡をかけていました」と彼は話す。「とても働き者で、頑固で、歯に衣着せずに物をいい、自分の意見を曲げませんでした。非常に自立心が強くて、悪魔とて怖れはしなかった。それに、アメリカで一番おいしいミルクシェイクを作ってくれましたよ。パットは本当に自分を曾祖母そっくりだと思っていたし、曾祖母の仕事に対する姿勢を尊敬していました[20]」。ハイスミスは、ウィリー・メイを非常に高い道徳心を持った女性であり、彼女から善悪の区別を教わったと述べている。「祖母はスコットランド人で、とても分別のある人だった。でも、ユーモアのセンスも抜群で、わたしにはとても優しかった[21]」

一家が居をかまえたフォートワースの南側地区《サウスサイド》は、十九世紀末期にはすでに住宅街となっていたが、二十世紀初頭の十年間で大量の住民が流入してきた。輸送交通の便が発達し、街路に沿って市街地に四角形を描くように路面鉄道網が敷設された。線路はメイン・ストリートを南下してマグノリア・アベニューを西に進み、ヘンダーソン・ストリートを北上して、ダゲット・アベニューを東進し、ジェニングス・アベニューまで達した。

ウィリー・メイとダニエル夫妻は、フォートワースに来た当初、ウエストダゲット・アベニュー五二三番地に住んでいたが、一九一〇年には同じ通りの先の六〇三番地の伝統的な木造家屋に引っ越した。コーツ邸の縮小版のような外観で、一家はそこで賄いつきの下宿屋を始めた。ハイスミスによれば、夫妻がこの仕事を始めた時、「ほとんど蓄えはなかった……最初は才能と感性にあふれた良家の若者たちを相手にしていた[22]」。とことん商売人だった夫妻は家の裏の何軒かの赤く塗った木造の小屋を黒人の家庭にも貸し出した。やがてその場所は赤小路とかニグロ小路と呼ばれるようになった。

「家の裏は通りになっていて、結構広い道だったのですが、赤く塗られた小屋が並んでおり、曾祖母が黒人の家族に貸し出していた」ことをダンは覚えている。「それは曾祖母の収入の一部でした。彼女は優れた商売人で、その役目を見事にこなしていました。ある日、裏の小路に住んでいる人々が大人数でパーティをおっぱじめたんです。みんなひどく酔っぱらっていました。そこには二十五人くらいの黒人がいて、大騒ぎしたり喧嘩したりしていました。曾祖母は白いガウンをひっつかむと——いまだにその姿が忘れられません——どんちゃん騒ぎをしている黒人たちにひとり立ち向かおうと出て行ったんです。まっすぐ彼らのところへ行き、ここに住んでいない者はとっとと自分の家に帰れ、さもないとただじゃおかないよ、といったんですよ。それでどうなったと思います？　彼らはいわれたとおりに従ったんです——いやはや、悄然と帰る彼らの姿を見たら、曾祖母がショットガンでも構えていたと思ったことでしょうね[23]」

時折、「赤小路」に住む黒人の子供たちが、コーツ家の勝手口のドアをノックして残り物はないかとねだることがあった。「祖母は、子供たちにランチの残りもので料理を用意してやり、子供たちはそれを路地裏の家へ持って帰りました」。そうウィリー・メイの孫のダン——ダンとドンの父親——は回想する。彼は、両親が他界した後、一九一三年に祖父母の家で一緒に暮らすようになった[24]。「祖母の家は、質素でがたがきていたし、あちこちに貧しさの気配が漂っていたけれど、いつだってあとひとり分くらいの居場所はあったし、いつだってあとひとりくらい食べさせてくれた。余計者にも気前よく、愛情を注いでくれた」。ハイスミスはノートにそう書き残している[25]。

下宿屋と通りをはさんだ向かいには、煉瓦造りの二階建ての工場があり、エクスライン＝ライマーズ印刷会社が入っていた。そこの従業員たちはウィリー・メイによく世話になっていた。「祖母のところにはかなりの人数の郵便配達人〔郵便物を地区別に分け、鉄道に乗って郵便物を運んでいた〕がいて、みんなそこで食事にあずかっていたのだけれど、向かいのXライマーズ〔原文のまま〕社の人々もよく来ていた[26]」とハイスミスに宛てた従兄弟のダンの手紙にある。

ウィリー・メイとダニエル夫妻の娘メアリーは、一八九五年九月十三日、アラバマ州のコーツベンドで生まれた。五人の子供の末っ子で、ただひとりの女の子だった。印象的な顔立ちで、「グレタ・ガルボにそっくり」だった[27]。

メアリーが娘を生んだ数年後に撮られた写真を見ると、彼女はほっそりとしたエレガントな女性で、二〇年代に流行した都会的で自由なフラッパーのようなショートカットが、完璧な化粧を施した顔を縁取っている。その意図的なポーズ——誘うように片手を膝に置き、足首を可愛らしく組んで、いたずらっぽいまなざしでこちらを見ている——は女性としての自信をあらわにしている。その写真からは、メアリーが自分の容姿に大きな関心を払っているのが明らかだったが、それは当時の女性としてごく当たり前のことだった。当時の広告によれば、女性にとって美しさこそが恋愛における明暗を確実に分けるものだった。「女性にとって第一の義務は、魅力的であること……」と、ある広告は謳い、また別の広告はこう宣言している。「あなたの最高傑作は——あなた自身なのです[28]」。先ほどの写真には、コーツ家の前の芝生の上に彼女と並んで座っている娘のパトリシアも映っている。だが、このおかっぱ頭の、ふっくらとした顔に不安げな表情を浮かべたボーイッシュな娘に、メアリーはまったく無関心のように見える。

メアリーは、自分と母親との間には一定の距離があり、その関係には冷え冷えとしたものが横たわっていたと漏らしていた——父親には溺愛されたが、母親のウィリー・メイには愛しているといわれたことは一度もなく、自分が喜ばせたいと願っている人から拒絶されていると感じながら育ったと。やがてハイスミスもまた、同じ思いを受け継ぐことになる。

「あなたの話を聞いていると、とてもおばあちゃん〔ウィリー・メイ〕のこととは思えない」。メアリーは、日付の書かれていない娘宛ての手紙にこう書いている。「おばあちゃんがあなたにしてくれたことは、わたしにしてくれたのとは雲泥の差だったわ。とても同じ人とは思えないくらい。あの人は、わたしが娘として合格点をとれたのか教えてくれないままお墓に入ってしまったけれど、わたしの父さんはそうじゃなかった。父さんは母さんにわたしのことを、息子たち全部を合わせてもかなわないといってくれたのよ[29]」

メアリーには小さい頃から絵の才能があり、ファッション系のイラストレーターになりたいと思っていた。「メアリーは飛びぬけて創造的で、物を視覚的にとらえる能力が高い人でした。その能力をパットは受け継ぎました。また、ウィリー・メイ、メアリー、パットいずれもが並外れて強い意志を持った女性たちだったことは間違いありません」とドンは語る。「パットは子供の頃、自分に必要なことや、してもらいたいことを母親に与えてもらえなかったと感じていました。でも、そうやって成功し、懸命に働いたおかげで、メアリーは娘に教育を授けてやれたんです。いろいろな形で娘やその将来のために、多くのことをしてやりました。家にいて母親らしいことをしたり、クッキーを焼いたりしていたよりもずっと多くのことをね[30]」。ドンの話に、兄弟のダンはこう付け加える。「メアリーは信じられないほどエキセントリックで、最高に楽しく、本当に素晴らしい女性だった。外交的で、決して最良の母親というわけではなかった。職業的な意識がとても高い人で、専業主婦などに納まる女性ではなかった[31]」

メアリー・コーツがまだ二十代初めのある日、フォートワースの写真館のウィンドーの前を通りかかった。彼女はそこで、黒髪の、暗い色の目をした、どこか猿を思わせる顔つきの、痩せて強靭な体つきの男の写真に出会う。その写真にひどく惹きつけられた彼女はやがてその男性を探し出した。その男性こそは、ハイスミスの実の父親——ジェイ・バーナード・プラングマンであった。

ジェイ・バーナード・プラングマン——後にジェイ・Bと呼ばれるようになる——は、フォートワースのコーツ家から南に通りを一本入ったウエストブロードウェイ五〇八番地で、一八八七年十月九日に生まれた。両親は、ミナ・ハートマンとヘルマン・プラングマン夫妻で、ともにドイツ系の血を引いていた。おそらく珍しいことではあるが、ハイスミスの濃い色の髪や目の色や浅黒い肌色はたぶんに父方の血筋の特徴から来たものと思われる。

ハイスミスは、自分の身体的特徴を気に入ってはいたが、誰かが彼女には黒人の祖先がいるのではないかなどとほのめかそうものなら、即座に断固として否定した。亡くなる五年ほど前、彼女はイギリスのブラッドフォードに住む男性から手紙を受け取った。その手紙には差出人の男性の父方の祖父であるヘンリー・ハイスミス氏の写真が同封されていた。写真の人物はサウスカロライナ州生まれの黒人男性で、差出人は、ハイスミスが自分の祖父の子孫ではないかと問い合わせてきたのだった。ハイスミスは——自らをリベラルとみなしていたが、この時点ではアメリカにおける福祉財政危機は黒人に責任があるとも考えていた——この問い合わせにぶっきらぼうな短い返信を返し、ハイスミスの名は実の父親のもの——スタンリー・ハイスミスは継父である——でもなければ、実の父に黒人の血やレッドインディアンの血は一滴も混じっていないと強調した。

しかし、彼女は浅黒い肌の色を気にして、自分自身の出自をこっそり調べずにはいられなかった。「以前あなたは、わたしの母〔とジェイ・Bの〕が、濃い色の髪と目をしているから、先住民の血を引いているのではないかと訊ねてこられましたが」とハイスミスのおじのウォルター・プラングマンは返事を書いている。「母には先住民の血などまったく混じっていません」[32]

この浅黒い肌は、ジェイ・Bの祖母リーナまでたどることができる。リーナは、他のふたりの姉妹と一緒に一八五〇年代後半にドイツからテキサス州ガルベストンに移民してきた。「祖母たちはガルベストンの裕福な家の使用人でした。ガルベストンは当時テキサス最大の都市だったのです」とジェイ・Bは語っている[33]。

一八五〇年代、百万人近いドイツ人がアメリカに渡り、何度か繰り返されることになるドイツ系移民の流入増大期のひとつのピークを迎えていた。ドイツで民主体制を打ち立てようとした一八四八年の革命が失敗したことに加えて、その後の穀物の不作やジャガイモ飢饉が相次いだことが、何十万人というドイツ人に故郷を離れ、海を越えてアメリカへと渡らせる要因となった。当時のアメリカにおけるドイツ人移民社会は相当に大きく、一八六〇年代には、二百種あまりのドイツ語の雑誌や新聞がアメリカ国内で発行されていた。ドイツ国内では、アメリカでの就業機会のアウトラインをまとめたガイドブックがいくつも出版されており、一方アメリカ国内には移民の手続きを容易にする団体が数多く形成されていた。

テキサスに足を踏み入れてからまもなく、リーナは十六歳で、これもまたドイツ人移民のヘンリー・ハートマンと結婚し、一八六五年九月六日、インディアノーラ（カルフーン郡のかつての中心地で、度重なるハリケーンの被害にあい一八八六年に放棄された）で、ミナという名の女の子を産んだ。ハイスミスは、ミナには数回しか会う機会がなかったが、彼女のことを「とても陽気で、小柄で黒い髪をしていた」[34]と描写している。ミナは二十一歳でハーマン・プラングマンと結婚する。彼は両親のジェシーナとハーマン夫妻とともにドイツのエムデンを離れ、テキサス州で新生活を始めたばかりだった。「家族みんなルター派信徒だったと思うわ。勤勉で、折り目正しくて、暮らしぶりはそれなりに豊かだった」[35]。後年ハイスミスはそう語った。

リーナは、もうひとりの子供、息子のオスカーをもうけたが、結核で夫を亡くした後、再婚した。ハイスミスの曾祖母の次の夫は、商人のアーネスト・オーガスト・クルースで、一八三九年にドイツで生まれ、フォートワースのヒューストン・ストリートとメイン・ストリートに面した地所を所有していた。一八八〇年には、リーナは再婚した夫と娘のミナや三人の孫たち、バーナード、ハーマン、ウォルターが住む家と通りを隔てた向かいに暮らしていた。孫のウォルターは、「祖母は、わたしが英語を覚えるより前にドイツ語を教えました[36]」と回想している。ドイツ系移民の第一世代の多くが、自分たちの生まれ故郷である旧世界の文化の多くを新天地においても再現していたが、第一次世界大戦が起こり、一九一七年にはドイツ系アメリカ移民の大半が、新しい祖国アメリカへの忠誠を示すために市民権を取得していた。

ジェイ・Bは、将来の妻メアリー・コーツと同じく、芸術的才能を幼少期から示し、第六区小学校の生徒だった時のことを、「いつも絵を描くのが好きだった[37]」と思い起こしている。彼と同じ小学校にハイスミスも後に通った。テキサス・パシフィック鉄道でしばらく働いた後――ジェイ・Bは生涯鉄道マニアだった――シカゴ・アカデミー・オブ・ファイン・アーツ（現在のシカゴ美術館付属美術大学）に入学し、一九一二年に卒業した。その翌年、新聞社のフォートワース・スター＝テレグラムで美術担当スタッフとして働き始め、娘が生まれた当時はピアス石油会社で製図工として働いていた。世界恐慌の間はフォートワース公立学校で美術を教えていたが、同僚の教師は彼の気前のよさを覚えている。「彼〔ジェイ・B〕は、日当三ドルで教えていたけれど、そのうちから一ドルをわたしに分けてくれました。どんなタイプの人間かそれでわかると思いますが、プラングマン氏ときたら、本当にお金がない時でも給料の三分の一を人にやってしまうんですよ[38]」。商業美術家のマーヴィン・ヴァン・オーデンはそう語る。

アイデンティティに対する創作上のこだわりと彼女自身の不幸な境遇とを関連づけて考えようとするのはあまりにも短絡的かもしれない。しかし、彼女の家族的な歴史はあまりに変則的であり、それがなんらかの役割を果たさなかったと考えるのは難しい。ハイスミスは彼女の本来の姓ではなく――彼女はメアリー・パトリシア・プラングマンとして生まれた――実の父親とは十二歳になるまで会うことはなかった。

メアリー・コーツとジェイ・バーナード・プラングマンは、一九一九年七月十六日に結婚したが、一年後、夫婦関係は危機に陥り、結局は離婚に至ることになる。一九二〇年の夏、メアリーは自分が妊娠四か月であることに気がついた。彼女は子供を生みたいと思ったが、バーナードは中絶を勧めた。出産の五か月前、メアリーはテレピン油を飲んで子供を堕ろそうとした。「あなたがテレピン油の匂いが好きだなんておかしな話よね、パット[39]」。後年、母親はハイスミスにそういった。五十歳をすぎてから、ハイスミスは今一度両親に未遂に終わった中絶をめぐる正確な事情について訊ねている。

「わたしは中絶も認めるし、人口抑制にも賛成です。だからそのことでわたしが不快になるなどという心配は皆無です」。ハイスミスは、一九七一年に父親にそう書き送っている。「母に訊いたところ、母は子供が欲しかったから、無事に産むためにあなたと離婚したのだといってます[40]」

ジェイ・Bは、中絶が自分の考えだったことを認め、「わたしが中絶を勧めたのは、ふたりともニューヨークで美術関係の仕事を始めたばかりであり、家族を持つのはもっと先のことで、そうするのが一番だと思ったからだ」とハイスミスに書き送った。「テレピン油を勧めたのはメアリーの友人だったが、なんの効果もなかった[41]」。ジェイ・Bは、メアリーとマンハッタンに移住するつもりだった。そこで彼女は商業デザイナーとして働き、自分は彼女のマネージャーをする心づもりだった。「彼はメアリーの才能と自分の営業力があればかなり稼げると思っていた」。従兄弟のダン・コーツはハイスミスに手紙でそう伝えている。「だからメアリーが妊娠した時、中絶すべきだと考えた。その時の彼の計画に赤ん坊は入っていなかったからね[42]」

ふたりはしばらく別居し、メアリーはアラバマ州アニストンに滞在して、三週間ほど休みをとった。その後夫の元に戻り、離婚を切り出したが、それはあながち異例な申し出とはいえないものだった。一八七〇年から一九二〇年の間に、アメリカにおける離婚件数は十五倍に跳ね上がり、統計を見ると、一九二四年には七組に一組の割合で夫婦が離婚していることがわかる。「以前よりも多くの女性が結婚後も賃金を得て働いており、不満を持ったまま結婚生活を続けるよりも別の選択肢があると考えるようになった[43]」。サラ・ジェイン・ドイチュは、一九二〇年から一九四〇年の間の女性史の概要をそのように述べている。女性たちは新たな自由を感じていた——アメリカ婦人参政権運動家たちの七十年に及ぶ闘いの末、一九二〇年代、合衆国全土で女性に男性と同じく国政への参政権が与えられたのだ。「何よりもまず、一九二〇年代は新時代の息吹で満ちあふれていた」とドイチュは付け加えている。[44]当然ながらそれはフラッパーたちの時代であり、フレデリック・ルイス・アレンは、彼の古典的著作『オンリー・イエスタデイ』のなかで、この時代をこう定義している。「女性たちは自由しか頭にない。自由に働き、自由にふるまうことに夢中だ。今に比べれば死んでいたのも同然の以前の人生に女性たちを再び縛りつける軛はない[45]」。女性たちは髪をボブにして、スカート丈も短くし、アレンが未熟な若者たちと呼んだものへと自分たちを変えていった。そんな「即物的な若者たち《ハードボイルド》」はもはや恋愛のことなど考えず、セックスのことしか頭にない。

ジェイ・Bは、「結婚生活を続けるためなら何でもする」[46]といったが、効果はなかった。結婚生活は一年半で終わった。「彼ら〔コーツ家〕が弁護士を雇って離婚を申し立て、先方〔ジェイ・B〕に彼の所有財産の分与はいっさい求めないといっていたのを覚えています」[47]とダンは語る。テキサス第六十七司法管轄区地方裁判所法廷記録は、現在フォートワースにあるタラント郡裁判所に保管されているが、メアリー・コーツ・プラングマンとジェイ・バーナード・プラングマンとの離婚申請は一九二一年一月十日に認められたことがわかる。その九日後の一九二一年一月十九日午前三時三十分、フォートワースのウエストダゲット・アベニュー六〇三番地で、メアリーは女の子を産んだ。ひとり娘だった。

その娘の父親役を担うことになる人物は、メアリーより四歳下の、これまた商業デザイナーであるスタンリー・ハイスミスという男性で、フォートワースのカレッジ・アベニュー二四二四番地に住んでいた。「スタンリーは非常に寡黙で、おとなしい人でしたが、とてもユーモア――とはいっても辛口――のセンスがあって、素晴らしい写真家でした」とダン・コーツは述べる。[48]写真で見るスタンリーは、とてもおしゃれで、きれいに切りそろえられた口ひげに小ぶりの丸いレンズの眼鏡をかけている。一九〇〇年に非嫡出子として生まれ、母親は女手ひとつで息子を育てていたが、後に再婚した。ハイスミスは、かなりあとの四十代になるまで継父の出生時の情況について知らなかった。

「あの人は性格が弱いわけではないけれど、もうひと押しが足りなかった」と彼女は母親に手紙で継父のことを書き送っている。「お母さんがわたしにした話から、あの人が子供の時から自分が臆病で劣っていると思うような『障がい』を抱えてきたのは間違いないと思う」[49]

メアリー・コーツ・プラングマンは、パトリシアが三歳だった一九二四年六月十四日にスタンリー・ハイスミスと結婚した。かくしてハイスミスが後年小さな地獄として振り返ることになる新たな家庭が誕生した。

原注

第1章

1 PH, Cahier 8, 11/18/42, SLA.
2 PH, Cahier 16, 11/13/47, SLA.
3 PH, Cahier 4, 8/7/40, SLA.
4 フィリス・ナジーとのインタビュー　１９９９年10月７日
5 PH, *Strangers on Train*, Cresset Press, London, 1950, p. 36.
ハイスミス『見知らぬ乗客』白石朗訳　河出文庫　２０１７年
6 Duncan Fallowell, 'The Talented Miss Highsmith', *Sunday Telegraph Magazine*, 20 February, 2000.
7 ハイスミス　カルマン＝レヴィ宛書簡　１９５１年11月６日付
ＣＬＡ所蔵
8 T.R. Fehrenbach, *Lone Star: A History of Texas and the Texans*, American Legacy Press, New York, 1983, p. 257.
9 Ibid.
10 Ibid.
11 Ibid.
12 J'Nell L. Pate, *Livestock Legacy: The Fort Worth Stockyards 1887-1987*, Texas A & M University Press, 1988.
13 Tarrant County Historic Resources Survey, Phase III, Fort Worth's Southside, 1986.
14 PH, *Strangers on a Train*, p. 5.
ハイスミス『見知らぬ乗客』
15 前掲書
16 Joan Dupont, 'The Mysterious Patricia Highsmith', *Paris Metro*, 9 November 1977.
17 ラブ・ニーザル　ハイスミス宛書簡　１９６７年11月９日付
ＳＬＡ所蔵
18 Samuel Smith Stewart, Familiy History, 1935, SLA.
19 ドン・コーツとのインタビュー　１９９９年11月26日
20 ダン・コーツとのインタビュー　１９９９年11月20日
21 John Wakeman, ed., *World Authors 1950-1970, A Companion Volume to Twentieth Century Authors*, The H.W. Wilson Company, New York, 1975, p. 641.
22 PH, Cahier 8, 8/23/42, SLA.
23 ダン・コーツとのインタビュー
24 ダン・コーツ　ハイスミス宛書簡　１９９０年４月20日付
ＳＬＡ所蔵
25 PH, Cahier 13, 9/20/45, SLA.
26 ダン・コーツ　ハイスミス宛書簡
27 Joan Juliet Buck, 'A Terrifying Talent', *Observer Magazine*, 20 November 1977.
28 Sarah Jane Deutsch, 'From Ballots To Breadlines 1920-1940', from Nancy F. Cott, ed., *No Small Change: A history of Women in the United States*, Oxford University Press, Oxford, 2000, p. 440.
29 メアリー・ハイスミス　娘ハイスミス宛書簡　日付不明
ＳＬＡ所蔵
30 ドン・コーツとのインタビュー
31 ダン・コーツとのインタビュー
32 ウォルター・プラングマン　ハイスミス宛書簡
１９７３年９月28日付　ＳＬＡ所蔵
33 ジェイ・バーナード・プラングマン　ハイスミス宛書簡
１９７１年１月４日付　ＳＬＡ所蔵
34 ハイスミス　マーク・ブランデル宛書簡　１９８５年11月11日付
ＥＢ所蔵
35 前掲書簡

36 ウォルター・プラングマン　ハイスミス宛書簡　1971年8月22日付　SLA所蔵
37 Pat Patrick, 'Plangman Gave Them Brush With Life', *Fort Worth Star-Telegram*, 19 January 1975.
38 Ibid.
39 Joan Dupont, 'Criminal Pursuits', *New York Times Magazine*, 12 June 1988.
40 ハイスミス　ジェイ・バーナード・プラングマン宛書簡　1971年7月15日付　SLA所蔵
41 ジェイ・バーナード・プラングマン　ハイスミス宛書簡　1971年7月30日付　SLA所蔵
42 ダン・コーツ　ハイスミス宛書簡　1988年8月6日付　SLA所蔵
43 Deutsch, 'From Ballots To Breadlines' in *No small Change*, p. 441.
44 Ibid.
45 Frederick Lewis Allen, *Only Yesterday: An Informal History of the Nineteen-twenties*, Harper & Brothers, New York, London, 1931, p. 108.
F・L・アレン『オンリー・イエスタデイ　1920年代・アメリカ』藤久ミネ訳　ちくま文庫　1993年
46 ジェイ・バーナード・プラングマン　ハイスミス宛書簡　1971年7月30日付　SLA所蔵
47 ダン・コーツ　ハイスミス宛書簡　1988年8月6日付　SLA所蔵
48 ダン・コーツとのインタビュー
49 ハイスミス　メアリー・ハイスミス宛書簡　日付不明　SLA所蔵

第2章

暗い星のもとに

1921 – 1927

ハイスミスが生まれたのは、過去へのノスタルジアと約束された未来への興奮とのはざまに揺れる転換期のアメリカであった。アメリカ合衆国は一九二〇年の国勢調査によれば、都市部の人口が全人口の五十パーセントを超え、建国史上初めて都市を中心とする国家であることが認められた〔十年後の調査では、都市人口比率が六十九パーセントに上昇した〕。

一九二〇年の秋、千六百万人の国民が――投票した有権者の六十パーセント強にあたる――身なりのよい、銀髪を頭にいただくオハイオ州選出の共和党上院議員ウォレン・ハーディングを大統領に選出した。彼は、「常態」への回帰を――「革命ではなく復興を、手術ではなく静養」を約束した。ハーディングは、一般のアメリカ国民が望んでいるのがこれ以上の国際政治への介入ではないことをいち早く察知していた。第一次世界大戦に連合国側として参戦したことによって、戦後アメリカは危機的状態に陥り、インフレが進み、失業者があふれ、社会不安が増大していた。今は対外的なことよりも自国経済の投資増大や発展を最優先させる時だった。ハーディングの一九二一年の大統領就任演説はラジオ放送され、彼はそこで減税と規制緩和を約束した。こうした政策には、個人所得の迅速な向上を後押しする手を打つことによって景気を浮揚させる狙いがあった。ハーディング政権のもとで――その後同じ共和党員であるジョン・カルビン・クーリッジ副大統領が一九二三年に大統領職を継ぐことになる――アメリカは、第一次世界大戦後の不況を脱し、熱に浮かされたような好景気に突入する。経済は繁栄し、消費者たちは浴びるように金を使った。一九二九年までにＧＮＰ（国民総生産）は四十パーセント増大していたが、その間比較的インフレ率は低かった。

一九二〇年代は、最初のマスメディア時代であった。広告主は新しい「意識の司令官」[1]とみなされ、一九二〇年代末には、四人に三人のアメリカ人がラジオを所有し、週に一度は映画を観に行くと述べている。贅沢な製品を安価に大量生産し、かつ労働者に高賃金を支払うことにより消費者の力を押し上げるというヘンリー・フォードの構想に、アメリカの企業は飛びついた。しかしアメリカといえどもそんな過熱した好景気がいつまでも続くはずはなく、やがて、重い双極性障がいに悩む患者のように、一九二九年、アメリカを虜にした熱狂は消え失せ、新たな壊滅的不況に見舞われることになる。

皮肉なことに、アメリカを「常態」に戻すというハーディングの公約にもかかわらず、この時代は、分断や社会不安や文化的危機の時代とみなされている。一九二〇年代の初頭から、革命の恐怖と無秩序な暴動を巡るパラノイアや猜疑心に国全体が覆われており、その様子を、まるで空気に不可解な毒が漂っているようだと証言した評論家もいた。ハイスミスが生まれた一九二一年には、ニコラ・サッコとバルトロメオ・ヴァンゼッティという自称アナーキストのイタリア人移民が、誰が見てもあまりに薄弱としか思えない物的証拠のもとに、マサチューセッツ州プレインツリーにおいて強盗殺人の罪で死刑を宣告されていた。「こんなひどい目にあっているのは、わたしが急進主義者で……イタリア人だからだ」とヴァンゼッティはいった。一方審理にあたった判事は、たとえ被疑者たちが殺人を犯していなかったとしてもやはり「既存の体制に対する敵であり……被告人の目指すものは、犯罪と同類である」と断定した。物理学者のアルベルト・アインシュタインや作家のジョン・ドス・パソス、同じく作家で詩人のドロシー・パーカーなどアメリカ有数の知識人たちがふたりの釈放を求めて運動を展開したが、一九二七年八月、両名の死刑は執行された。この事件をめぐり、世論はまっぷたつに分かれた。「つまり、わたしたちはふたつの別々の国民なのだ」とジョン・ドス・パソスは検察当局に対する大衆の反応について、小説『ＵＳＡ』で述べている。この本をハイスミスも読んでいた。

同時期に、ヨーロッパとアメリカは芸術と文学において文化的亀裂ともいうべきものを経験している。「世界は一九二二年の前とあとでふたつに分断された」と女性作家のウィラ・キャザーは、古い伝統主義と新しいモダニズムとの間を隔てる壁がこの年に築かれたと述べている。同年、ハロルド・スターンズがエッセイ集『合衆国における文明(Civilization in the United States)』を編纂し、その本の中で、アメリカには文明はないと結論し、アーネスト・ヘミングウェイ、エズラ・パウンド、キャサリン・アン・ポーター、ウィリアム・カルロス・ウィリアムズ、そしてF・スコット・フィッツジェラルドのような旧来の価値観に幻滅し、アメリカを離れてヨーロッパへと去った作家たちに共感を表明している。「我々には、すでに自分たちの手の中で干からび、塵と化したもの以外には、よすがとなる歴史的文化的遺産も伝統もないのだ[2]」

危機に瀕した文化という概念は、T・S・エリオットの詩集『荒地』にも反映されている。分断化された現代人の生活について探究したこの作品をハイスミスは一九四一年にバーナード大学で学ぶことになる。この詩集は一九二二年に出版され、同じ年にジェイムズ・ジョイスの『ユリシーズ』、キャサリン・マンスフィールドの『園遊会』、F・スコット・フィッツジェラルドの『美しく呪われた人たち』と『ジャズ・エイジの物語』が世に出ている。その前年のハイスミスが生まれた一九二一年は、アインシュタインがニューヨークのコロンビア大学で相対性理論について講演し、哲学者ウィトゲンシュタインの『論理哲学論考』が出版された年でもあった。またフロイトの『夢判断』がアメリカで出版され、ロールシャッハが編み出したインクの染みによる性格検査法がアメリカにもたらされた。「リビドー」、「イド」、「超自我」といった精神分析学の用語が、一般の会話でも使われるようになったのも二〇年代である。一九二四年には、「スリルキラー〔スリルを求めて殺人を犯す者〕」と呼ばれたレオポルドとローブの裁判が行われた。被告はともにシカゴ大学の学生で裕福な家庭の出身だったが、十四歳の少年を殺害し、ニーチェの「超人」の概念を手本にしようとしたのだと証言し、弁護側はフロイトを引き合いに出した。フロイトの人気は、新しいものに対する憧れや既成概念への反逆といった人々の欲望を取り込み、多くの若いアメリカ人たちはその理論を「従来の常識や慣習の全て、中でも性的な規範に抗うことを正当化するもの」とみなしていたとある歴史学者は語っている[3]。

同じ頃アメリカでは、タブロイド紙の煽情的なストーリーや、陰惨な殺人事件などに対する人々の貪欲な欲望が異様なまでに膨れあがっていた。その中のひとつに、ルース・ブラウン・スナイダーという人妻と愛人のヘンリー・ジャッド・グレイが、ルースの夫を殺害した罪で起訴された裁判があったが、この事件は、より重要な政治や国際的な事件よりもはるかに広く報道された。ハーディング大統領の秘められた愛人で、認知されなかった娘の母親でもあるナン・ブリットンが自伝『大統領の娘（The President's Daughter)』を一九二七年に発表したことで、アメリカの「常態」への回帰の時代は完全なる見掛け倒しだったことが露呈した。新時代《モダンエイジ》の雰囲気――光輝く見せかけのうわべと表裏一体の暗黒――はＦ・スコット・フィッツジェラルドの小説『楽園のこちら側』の主人公エイモリー・ブレインによって見事に浮き彫りにされている。「ここには新たな世代がいる……大人になってすべての神が死んでいることに気づき……人間の信仰心が激しく揺らいでいることに気づく」[4]。パトリシア・ハイスミスはそんな世の中にふさわしい時代の書き手として登場するのである。

伝記作家というものは、執筆対象とする人物の子供時代に、その創造力の秘密を解き明かしてくれそうな手掛かりを何かと求めがちだ。その人物の幼少期に、まだ解明されていない精神的なトラウマを与えるような出来事、自身をアウトサイダーとみなす原因となったアイデンティティの混乱がなかったかと鵜の目鷹の目で探し求める。不幸な幼少期に抑圧をプラスすると作家が出来上がるという公式が成立しているというわけだ。その理屈通りならばとても興味深いし、ハイスミス自身が子供時代について折に触れその通りだと認めてもいる。だが、このもっともらしい説明では、彼女の文学的な創造性を特徴づける、ミステリアスな資質を完全に理解することはできない。たしかにハイスミスの子供時代は、いろいろな面においてとてつもなく不幸なものだったかもしれないが、それはなぜ彼女が作家になったのかという理由を説明することにはならない。

だからといって、ハイスミスの幼少期を詳細に調べてみたところで、作家のパーソナリティを形づくった家庭的文化的影響に迫ることができないというわけではない。一九四一年にハイスミスがノートに書いているとおり、わたしたちのパーソナリティの大部分は幼少期や思春期に形成され、どれだけその見せかけや中身を変えようとしても、自分のパーソナリティを根本的に変えることはほとんど不可能なのだという事実に直面せざるを得ない。こうした成長期の体験は「その人間がどういう人物であるかということも、その後どうなるかということも支配する」[5]と彼女はいう。ハイスミスは遺伝的形質は環境よりも重要だと考えていたが、人生の最初の五年間の経験もまた、その人間のパーソナリティを形づくると感じてもいた[6]。ダイアナ・クーパー＝クラークとの一九八一年の対談で、「悪い遺伝子」すなわち人は生まれながら邪悪であるという概念を信じてはいるが、同時に人間のパーソナリティを変え得る能力にも信頼を置いていると述べている。「〈劣悪な学校〉という表現は笑えるわね。わたしはまさにそういうところに通っていたのよ。大事なのは個人のやる気ね。志とやる気の問題よ」[7]。いくら自分の幼少期を遡ってみても、問題の根源にはたどりつけないと言い張る人々もいるが、ハイスミス自身はちゃんと探せば、いつだってそのようなつながりを見つけることはできると考えていた。「何かとてつもなく小さなことだって原因になり得る……本当にたくさんの些細なことが、砂粒のひとつひとつが砂丘をつくるように、積み重なっていくものなのだ」[8]と一九四二年のノートに書いている。

一歳の時に撮った写真には、ボールをしっかりつかんで小さな椅子に座るハイスミスが写っている。当時彼女は「パッツィ」と家族に呼ばれていた。黒髪はこざっぱりと短く切りそろえられ、アーモンド形の賢そうな目のせいで、ちょっと見には東洋人の幼な子のようだ。事実、フォートワースの家の近隣住民の中には、ハイスミスが中国人の血を引いていると思っている人もいた。母親は自分のキャリアを築こうと家を空けていることが多く――メアリーは娘を出産後わずか三週間でシカゴへ働きに出た[9]――結果的にパッツィは祖母のウィリー・メイに育てられ、読み書きも教わった。「わたしは二歳でおとぎ話をすらすら読めたと家族はいってるけど、たぶん丸暗記していたのよ」[10]とハイスミスは語っている。

母と娘の絆は、スタンリー・ハイスミスが登場するまでは固いものだった。初めて会った時から、この継父のことが嫌いだったとハイスミスはいう。三歳の時にスタンリーがまるで侵入犯みたいに現れた日のことを、それが自分の父親ではないと敏感に感じ取っていたことを彼女は克明に覚えていた。興味深いことにハイスミスは後年、継父が自分の人生に登場したことを、幼い日々の架空の言語世界の喪失と結びつけている。ある日パッツィが本を読んでいると、背の高い男が部屋に入ってきて、読んでいる本のページのある言葉を発音できるかと訊ねた。パッツィは、その魔法の言葉を知っていたので誇らしさもあらわに「開けグーマ!」と叫んだ。するとスタンリーは、「〔開け〕ゴマ」だよ、と彼女の発音を訂正したのだ。パッツィは、もう一度呪文を声に出してみたが、彼女の誇らしさは粉々に打ち砕かれた。スタンリーは優しく笑ってパッツィを見下ろし「閉じられていた赤く厚い唇が、黒い口髭の下で横に広がった」。彼が自分のことを思って正しい発音を教えてくれたのだと理屈ではわかっていたが、ハイスミスは即座に継父を憎んだ[11]。

「継父が正しいということはわかっていたのだが、わたしが彼を憎んだのはそれが大人たちがそうであるように正しかったからであり、わたしのすてきなおまじないの言葉『開けグーマ』を永久にぶち壊しにしたからだ。新しいおまじないはわたしにはもうなんの意味もなく、それはわたしの世界を台無しにして、奇妙で、よそよそしい、わけのわからないものにしてしまったのだ[12]」

結婚式の後、スタンリーはフォートワースのカレッジ・アベニューの家を出て、ウィリー・メイとダニエル・コーツが営む下宿屋の一室に妻と暮らすために引っ越してきた。スタンリーはウィンバリー＝ハバード広告代理店の広告部門で働き、メアリーは商業デザイナーとして、また、イラストレーターとして名を売ろうとしていた。「あの人はまさに女らしさそのものというタイプだったわ」とハイスミスは自分の母親について語っている。「あの人は、女性なら絶対に自分のやっていることに興味を持つはずだ、その通りに動くはずだと考えていた。でも、そのことについて一言も押しつけがましいことはいわなかった。ただ自分でそれを体現していたの[13]」

心根はやさしいが、猟犬のようなウィリー・メイが君臨するコーツ家で育ったことで、パッツィはこの一家では女たちの方が強いのだと思うようになった。男たちはそれに比べるといささか覇気に欠けていた。祖父のダニエルは、地元フォートワースの新聞社スター＝テレグラムで支社長として働いていたが、家族の中で実際に権力を握っていたのは妻の方だった。「家族に強い男性は誰もいなかった」と後年ハイスミスは話している[14]。男女のうちの弱い性が男であるという観点は、男性の方が女性よりもはるかに優れているという後年のハイスミスの信条とは大きく食い違っている――それについて彼女は自身の作品に考えを反映している。とりわけ舌鋒鋭い、辛辣な短編集『女嫌いのための小品集』の中で。この男女観の転換は、まぎれもなくハイスミスの複雑な、そして時折露わになる彼女自身の性的アイデンティティに対する、矛盾した感情的反応と関係があるのは間違いない。

一九八四年に、ハイスミスは作家であり学者であるベッティーナ・バーチとの対談の中で、自分は女性を男性とのかかわりにおいてしか見ていないと語っている。女性たちは、男性の付属品に過ぎない――結婚していようと扶養されていようと。「考えてみればおかしなことよね。わたしの母は……明らかに勇敢な人だったから。二十歳の頃から仕事をしていて……だから子供の頃は、母には相当強くて自立した女性というイメージを持っていた。でも、一般の女性はそんなふうには見えないし、その大部分はくみしやすい人々の群れにしか思えない。本当のところをいうと、ただめそめそ泣きごとをいってるだけの連中にしか見えないのよね……[15]」

スタンリーが家に来て半年ほどたっても、パッツィは継父になじめなかった。一九二四年のクリスマス、パッツィはもうすぐ四歳になるところだったが、母親は当時の娘について「黙り込んで、むっつりとした目つきで、何かに不安を覚えているような顔をしていました。ちょうどわたしと同じように。継父が最後の数か月前、家に現れた時のわたしがそうだったように」[16]と回想している。クリスマスの朝、パッツィは、居間と客間を隔てるスライドドアから客間を――そこにはクリスマスツリーが置かれ、たいまつの形をした赤と銀色の飾りとアルミ箔の氷柱のような飾りが施されていた――覗きこみながら、ひどく不安で心もとない感覚を覚えていた。「子供の頃のわたしは全然活発じゃなかった。外で遊んでる時以外はね」とハイスミスは話している。[17]

クリスマスの日の家族の朝食はコーヒーとオートミールで始まり、その後大きな銀のボウルに入ったエッグノッグが供され、ウィリー・メイが焼いた手作りクッキーをかじりながら、座ってみんなでクリスマスプレゼントを開けるのが習わしだった。教会には行かなかったが、食事のテーブルに着く前に、祖父のダニエルが短い祈りを唱えた。クリスマスの午餐は、ロースト・ターキー、コーンブレッド、マシュマロをトッピングしたクルミ入りのマッシュスイートポテトに玉ねぎとセロリ、そして最後に自家製バニラアイスクリームとウィリー・メイ特製のブランデーを染み込ませたフルーツケーキが出された。

それから一か月ほど後の一九二五年二月、四歳のパッツィは、新聞でフロイド・コリンズの冒険と死の記事を読んで、生まれて初めてサスペンス小説を読む興奮を味わった。それは当時全アメリカ国民の心を鷲づかみにした事件だった。一月三十日、洞窟探検家のコリンズは、ケンタッキー州のマンモスケーブ・システムで、新たな入口を見つけるべく洞窟内を探索していたところ、洞窟の天井から落ちてきた十二キロほどの岩が足に落ちてきて動けなくなり、その場所に閉じ込められてしまった。フロイドは冷たく濡れた洞窟内の細い通路に二週間以上も閉じ込められ、救助を待ち続けたが、その間地上では狂騒ともいえるメディア合戦が繰り広げられていた。

最新情報への大衆の興味はとどまることを知らず、事件はアメリカ全土で報道された。しかし、地下に閉じ込められて十五日後、コリンズは死亡した。当局は遺体を搬出することは危険すぎると判断し、その後八十日間現場に放置した。このドラマ――閉じ込められた男性を死ぬ前に何とか助け出そうとする必死の努力と、おぞましいクライマックスは、幼いスミスの想像力に強烈に訴えかけるものがあった。

「子供用のオーバーオールを着て、裸足で廊下を走って「フォートワース・スター＝テレグラム」を玄関から取ってくると、また台所に走って戻って祖母に読んで聞かせたものよ。スコットランド人の祖母は、朝七時になるとストーブの前に立って、オートミールの鍋をかき回していた。この話はわたしにとって初めての冒険物語で、そこからつながっていくあらゆるサスペンス小説の最初の一冊だったのよ[18]」

四歳の時、ハイスミスは自身の生死にかかわる出来事に遭遇する。一九二五年、近代史において最も致死率が高い感染症といわれるスペイン風邪に罹ったのだ。一九一八年から一九一九年にかけて、全世界で二千万から四千万人がこの病で死亡した。アメリカでは人口の四分の一に当たる二千五百万人が罹患し、三十七万五千人から五十五万人が死亡した。ハイスミスによれば、医者はこの子はもう助からないだろうと考え、これ以上自分の患者に死者を増やしたくないので、往診にも来なくなってしまったという。「祖母は医者の娘だったから、わたしに甘汞《キャロメル》を飲ませたの。それは水銀が入っている下剤の一種だった。おかげでスペイン風邪を乗り切れたのよ[19]」

「罪の意識はどこから生じるものなのだろうか？」とハイスミスは自問する。人は子供の頃から生まれながらに罪の意識を背負っているという考えを彼女は認めていないが、その源泉は幼少期の経験にあると考えていた。自分の小説においてこのことに対する関心がどれだけ作品のテーマに反映しているのか、また罪の意識の存在あるいは欠落によって駆り立てられる登場人物たちをどのように造型するのかについて、後にハイスミスはこう語っている。「わたしはどのような状況のもとで、人々が罪の意識を持ち、あるいは持たないのかに興味があるのです[20]」。一方、批評家たちは――当然ながら――罪の意識あるいはその欠落がハイスミスのもっとも強力なテーマだと強調する。「それは罪悪感の容相とそれがもたらす影響、恐怖とそれがもたらす破壊的な可能性、嘘や自暴自棄や不安といったものについての物語である」と作家のウィリアム・トレヴァーはハイスミスの世界について述べている。「彼女は、愛よりも憎しみに関心があった。普通の人間よりも歪んだ心の持ち主に、成功した人間よりも挫折した人間に興味を惹かれていた[21]」。作家で演劇評論家のスザンナ・クラップは、ハイスミスの小説では「罪悪感が、ひびの入った器から器へと漏れ出してくるように見える」といっている。[22]

ウィリー・メイの描写に触発されたのか、ハイスミスはかつての自分を「小さくて浅黒く」、「警戒心の強い不安そうな顔をした子供で、死への暗い情念を、不幸な未来への予感を漂わせ、そのためにめそめそ泣いてばかりいた」と書いている。[23] 過去の記憶が正しいとは限らないので、はたして子供のハイスミスが当時本当にそう感じていたのか、あるいは後になって過去を振り返った時に上書きされた記憶ではないのかという疑問は残る。ただ、十代が終わるころに幼少期を振り返ったハイスミスは、詩的な憧憬と恐ろしいほどの疎外感が入り混じった感情を抱いている。一九四二年に書いた彼女の詩は次の言葉で始まっている。「わたしは暗い星のもとに生まれた」[24]

晩年に近づき、自分を見つめ直し、自己分析を重ねるようになったハイスミスは、友人のヴィヴィアン・デ・ベルナルディに、自分は四歳か五歳ごろ性的虐待を受けていたかもしれないと打ち明けた。

「彼女は、お祖母さんの家で性的虐待を受けたことがあったかもしれないと話してくれたことがあります」とヴィヴィアンはいう。「彼女はその時のことをはっきりとは覚えていないのですが、彼女がまだ幼い子供で、四つか五つだった時に、ふたりの男——たぶんセールスマンか何か——がいきなり家の中に入ってきたそうです。男たちのひとりが彼女を抱き上げてカウンターか流し台に座らせました。正確にどんなことをされたのかわたしにはわかりませんが、レイプされたというようなことをいっていた印象はまったくありませんでした。自分にはよくわからないやり方でふたりの男性にいたずらされたのではないかという疑いを彼女は抱いていました。彼女には何が起きているのかわからなかったし、その時の記憶は曖昧だったのです[25]」

もちろん、この出来事はハイスミスのセクシュアリティを説明するものではないが、彼女は、アメリカの右派で、反同性愛者権利運動家のアニタ・ブライアントに送った書簡で、そのことについて触れていた可能性がある。「人が生まれつきホモセクシュアルだというつもりはありません」と彼女は述べている。「しかし、六歳かそこいらである種の家庭環境が、その子を同性愛者にしてしまうことはあり得ると思います[26]」。もし本当にハイスミスが性的虐待を受けていたとしたら、彼女に生涯つきまとった孤独感や疎外感の一因となったことはほぼ間違いない。また、幼少期から彼女が苦しんだ過剰なまでの罪悪感のルーツを理解するのにも何らかの助けになるだろう。

幼いハイスミスが何度も繰り返して見る悪夢があった。それは「出生」にまつわる夢で、それが幼少期の彼女に影を落とす罪悪感を象徴しているのは明らかだった。七人の看護婦と医師が彼女の生まれたばかりの小さな体を囲み、どこか「暗く沈んだ」雰囲気に包まれている。彼女は台の上に横たわっているが、まるで身体から離脱したような奇妙な視点から、自分自身と、それを囲む医師たちが好奇と哀れみと怖れのまじった目で自分を見つめている様子を見下ろしていた。「彼らは、わたしの中に何か言葉にするのもはばかられる欠陥があることを認めて厳かにうなずきあった。それは逃れようのない宣告で、死よりも悲惨だった。なぜなら自分はこれから生きなければならないのだから。わたしはこの夢、あるいは幻を六つになる前から見ていて、その後もたびたび繰り返された」とハイスミスは記している[27]。

この頃からハイスミスは、斑点のような幻覚にも悩まされるようになった。それは灰色の染みのような斑点で、左の視界を対角線上にすばやく動いたり踊ったりするネズミの形をした物体だった。その「ネズミ」は、彼女が本を読んでいようが何かを一心に見つめていようがおかまいなく現れた。だが、この幻のような生物は、それが出現した時の彼女の驚きように対するまわりの人々の反応ほどには、ハイスミスを悩ませることはなかった。「みんなにわたしのネズミのことを話すのはもちろん恥ずかしかった。でも、その幻はあまりに本物の生き物のようで、わたしはそのショックを抑えることはできなかった[28]」。この幻は、彼女が五歳から七歳までのあいだ週に四、五回ほど現れた。そして誕生日にブチ模様のネコをもらうと、すぐにネズミは姿を現さなくなった。

幼少期に性的虐待を受けたかどうかはともあれ、ハイスミスには祖母の家での暮らしの楽しい思い出も存在した。彼女はオーバーオールを着て、居間のガスストーブの前に座りこみ、フォートワースの地元紙の連載シリーズに読みふけっている。幼い頃から、紙に書かれた文字にほとんど肉体的愛情に近いものを感じていたし、新聞を読んでいる時には、紙面に鼻を近づけてインクの芳しい香りを吸い込んだりもした。印刷したての新聞がまだ温かかったこともあった。第一次世界大戦の歴史にも夢中になったが、そこには負傷した兵士や死体となった兵士のモノクロ写真が含まれていた。ハイスミスが読んだものすべてがそのように殺伐としていたわけではなく、たくさんのきらびやかな二枚目俳優や売り出し中の女優の写真が誌面を飾るような雑誌をめくることもあった。「金髪でキューピッドの弓のような唇をした美人の鼻の上にガムをくっつけて、大きな家バエがとまったら、バタンと本を閉じて殺すの。もう大笑いよ！」そうハイスミスは回想する。[29]

それでも彼女は人生におけるこの時期、すなわち六歳の時に、自分の感情的及び性的アイデンティティが世間一般とは違うことに初めて気がついたのだという。「わたしの人格は六歳になる前に基本的に出来上がっていました」とハイスミスは継父に書き送っている。[30] 六歳という年齢は、自分のセクシュアリティに気づくにはいささか早すぎるかもしれない。だが彼女はずっと奇妙な違和感に気づいており、それが同性を求める気持ちや、それを我慢しなければならないという思いと関係しているのだという自覚があった。もちろん、子供の時ははっきりとそれを言葉にすることはできなかったが、後に、題名のない自伝的な詩の中でこう表現している。

赤いペンキで書かれたような
「禁断」という言葉、それは悲劇の幕開けで、
「とどまれ」と。六歳の時に、それに気づいた。[31]

ハイスミスが、家庭内のスタンリーの存在を不快に思い、自分と母の間に割り込んできたことで継父を非難していたのは明らかだ。八歳になる頃には、スタンリーを殺すことを繰り返し妄想するようになった。それについて「邪悪な考え。例えば、継父を殺そうとすること。まだ八歳になるかならないかの歳だというのに」[32]と後にノートにしたためている。ハイスミスが二十一歳の時、自分が異常だと非難する母親と口論になった際、自分が普通の人と違うのは、「わたしが赤ん坊の時から生まれついての性とそれに適応できなかったのは、家族の中で抑圧されてきたせいよ。子供にとっては何年もずっとそれが世界のすべてなのに」と母親に反論したことが日記には記されている。[33] ハイスミスは、こうした毒を含む感情を抑え込み、心の内に抱え続けてきた。「わたしはとても幼い頃から激しい、人を殺すほどの憎しみと一緒に生きることを覚えた。そしてより肯定的な感情を抑え込むことも」と書いている。[34] 陰鬱な空想の数々はやがて彼女のゴシック小説的なイマジネーションを育んだ。「これらすべてが、わたしに殺人と暴力の血まみれの物語を書かせる一因となった」と彼女は述べている。[35]

原注

第2章

1　Michael E. Parrish, *Anxious Decades: America in Prosperity and Depression 1920-1941*, W.W. Norton & Company, New York, London, 1992, p. 75.

2　Harold Stearns, *Civilization in the United States*, quoted in Michael E. Parrish, *Anxious Decades*, p. 191.

3　Parrish, *Anxious Decades*, p. 154.

4　F. Scott Fitzgerald, *This Side of Paradise*, W. Collins & Sons & Co., London, 1921, p. 292.
F・スコット・フィッツジェラルド『楽園のこちら側』朝比奈武訳
花泉社　２０１６年

5　PH, Cahier 5, 9/1/41, SLA.

6　PH, 'Daran glaube ich', *Welt am Sonntag*, 9 October 1977.

7　Diana Cooper-Clark, 'Patricia Highsmith - Interview', *The Armchair Detective*, Volume 14, No. 4, 1981, p. 317.

8　PH, Cahier 6, 4/11/42, SLA.

9　Bettina Berch, 'A Talk with Patricia Highsmith', 15 June 1984, unpublished interview, SLA.

10　PH, 'An American Book Bag', 1974, SLA.

11　PH, Cahier 3, 1/30/41, SLA.

12　Ibid.

13　ハイスミス　ベッティーナ・バーチ宛書簡　１９８３年7月2日付
ＳＬＡ所蔵

14　Duncan Fallowell, 'The Talented Miss Highsmith', *Sunday Telegraph Magazine*, 20 February 2000.

15　Berch, 'A Talk with Patricia Highsmith'.

16　PH, 'An Weihnachten gewöhnt man sich' ('Some Christmases - Mine or Anybody's'), *Frankfurter Allgemeine Magazin*, 20 January 1991.

17　Ibid.

18　PH, 'An American Book Bag', 1974, SLA.

19　Duncan Fallowell, 'The Talented Miss Highsmith'.

20　John Wakeman, ed., *World Authors 1950-1970*, A Companion Volume to Twentieth Century Authors, The H.W. Wilson Company, New York, 1975, p. 642.

21　William Trevor, *Independent on Sunday*, 26 March 1995.

22　Susannah Clapp, 'The Simple Art of Murder', *New Yorker*, 20 December 1999.

23　PH, Cahier 17, 3/8/48, SLA.

24　PH, Cahier 6, 4/12/42, SLA.

25　ヴィヴィアン・デ・ベルナルディとのインタビュー
１９９９年7月23日

26　ハイスミス　アニタ・ブライアント宛書簡　１９７８年5月13日付
ＳＬＡ所蔵

27　PH, 'Between Jane Austen and Philby', written for *Vogue*, September 1968, SLA.

28　PH, Cahier 2, 7/8/40, SLA.

29　PH, 'An American Book Bag', 1974, SLA.

30　ハイスミス　スタンリー・ハイスミス宛書簡
１９７０年8月29日付　ＳＬＡ所蔵

31　PH, Cahier 27, 12/28/64, SLA.

32　PH, Cahier 23, 10/16/54, SLA.

33　PH, Diary 2, 11 June 1942, SLA.

34　PH, Cahier 31, 1/12/70, SLA.

35　Hannah Carter, 'Queens of Crime', *Guardian*, 1 May 1968.

第3章

ばらばらな家族

1927 – 1933

パッツィは六歳の時、母親と継父と一緒にフォートワースからニューヨークへ引っ越した。一九二七年のマンハッタンは、美しさと猥雑さが入り混じった混沌とした街で、伝統的な揺るぎなさと、機械時代《マシンエイジ》の心踊るような期待感とのはざまにあった。ニューヨークの建築歴史学者ロバート・スターンは、「一九二七年は、古い時代と新しい時代の間で均衡を保っていたシーソーが、新しい時代へついに傾いた年だといえる」と述べている。[1]

ニューヨークは文化的にも経済的にもアメリカの首都とみなされ、一九二〇年代後半に全米を席巻していた「不可能なことなど何もない」という時代精神の代表格と目されていた。科学技術は驚くべきスピードで発展の道を突き進み、ハイスミス一家がマンハッタンに引っ越したのと同じ年に、最初の全国ラジオ放送ネットワークが設立された。ウエスト・ストリートにあったベル電話会社の研究所では、初めてテレビの公開実験放送が行われた。無線電話がニューヨークとロンドン間で開始され、映画はトーキーとなった。世界初のニューヨーク＝パリ間大西洋単独横断飛行を完遂したチャールズ・リンドバーグが、愛機グレート・ブリザード号とともにニューヨークに戻ったことを歓迎して、千八百トンもの紙吹雪が舞う豪華なパレードが行われた。摩天楼——アメリカ資本家の神話にとってのトーテムポール——は街の通りに聳《そび》えたち、まるでより天国に近づこうとするかのように高さを競いあい、林立していた。

ニューヨーク——当時そこを訪れたある人物はこの街を「若い娘のように意欲的で、健康的で、生き生きとして、いまだ夢にあふれている」[2]と描写している——に移り住むことは、幼いハイスミスには心躍る経験だったかもしれない。そこには力と自信と楽観主義がみなぎっていた——オズワルド・スペングラーいわく、ニューヨークは「世界都市」となった最初の大都市である――しかし、まだ幼い女の子にしてみれば、高層ビル群やスケール違いの群衆に囲まれて、まるで自分が小人になったような気分にならずにはいられなかったかもしれない。一九二五年当時、ロンドン中心部の人口密度は一エーカー当たり一万四千八百人余り、これに対しニューヨーク中心部の同指標は四万人だった。[3] 住民はさまざまな民族によって構成されていた。一九二七年の民族構成は公共事業促進局が発行した『ニューヨーク・ガイドブック』の統計によれば四十六万五千人のユダヤ人がマンハッタンに居住しており、地区人口の四分の一を占めている。それが一九三〇年になると、黒人《ニグロ》が二万四六七〇人、イタリア人十一万七七四〇人、アイルランド自由国人八万六五四八人、ロシア人六万九六八五人、ドイツ人六万九一一一人、ポーランド人五万九一二〇人となっている。[4] さらに、市内の自動車の登録台数も増加し、一九一八年に十二万五一〇一台であったものが、一九二〇年代後半には七十九万〇一二三台と、もはやヨーロッパ全体の自動車台数よりもマンハッタン地区の方が多いという状況を呈していた。[5]

それから二十年後、ハイスミスはニューヨークに到着したばかりの彼女と家族が感じた疎外感を短編小説「まりつきの世界チャンピオン（The World's Champion Ball-Bouncer）」で描いている。この小説は一九四七年に月刊誌「ウーマンズ・ホーム・コンパニオン」に掲載された。レヴァリング一家――母親のレイラ、父親のA・J（ハイスミスの継父スタンリーの名に似ている）、そして娘のエルスペス――は最近南部からニューヨークに引っ越してきたばかりである。エルスペスは、エンパイアステートビルに憧れ、ずっと夢見ていたのだが、朝食にオートミールとクリームを食べながら、幼い胸にあふれんばかりの疎外感となじめなさを感じ、自分は世界一の摩天楼の最上階になど行きたくないということに思い当たる。そしてアパートの壁が汚れていることに気づき――それはこのアパートには自分たちの前に数えきれないくらいの家族が住んでいたことの証だ――この新しい環境に明らかな不快を感じる。歩道でまりつき遊びをしている女の子を見つけると、母親は娘に行って友達になるように勧めるのだが、エルスペスがその子に自己紹介をすると、冷たい目つきで見られ、おまけに「あなたのしゃべり方おかしいわ」といわれてしまう。[6] とたんにエルスペスは顔をくしゃくしゃにして家に逃げ戻るのだが、両親には女の子に話しかけたあとのことについては嘘をつく。両親が娘を慰めているうちに、エルスペスの両頰に涙が伝って落ちる。「娘が声も出さずに泣いている間ずっと、両親もまた押し黙ったままだった[7]」

この時代にマンハッタンじゅうにこだましていた「最新」「最良」「最先端」というけたたましいさえずりとは対照的に、この街を破壊しかねない、より暗い流れが通奏低音のように響いていた。それは一九二九年にウォルター・リップマンが「一千もの叫び声からなる不協和音」と形容し[8]、F・スコット・フィッツジェラルドが「ジャズエイジのこだま」というエッセイで「一九二七年頃になると、ノイローゼが蔓延していることが明らかになってきたが……この頃には、私の同世代は、暴力の暗い奈落へと姿を消し始めていた」[9]と表現したところのものだった。フィッツジェラルドのクラスメイトのひとりは、妻を殺して自分もロングアイランドで自殺した。また別の友人は、ニューヨークの高層ビルから転落して事故死した。さらに別の友人がマンハッタンの潜り酒場でひどく殴られ、プリンストン・クラブに這うようにたどり着いたあげくそこで亡くなった。「これらは、わたしがわざわざ調べた悲劇的な事件というのではない――わたしの友人の話なのだ。しかもこれらは、不況の時期に起こったのでなく、好況時の出来事だ[10]」。統計によれば一九二九年にニューヨークでは四〇一件の殺人事件が記録されているが、シカゴでは一件も起きていない[11]。

これこそは新しい機械時代《マシンエイジ》――マンハッタンの西五十七丁目通りのギャラリーで開かれた一九二七年の展覧会のタイトル――の不幸な副産物ともいうべきものだった。ひたすら進歩へと突き進み、簡便さや金儲けに取りつかれていた時代、人々はそれにともなって人間らしさを失い、魂を喪失していくが、これこそは後にハイスミスが作品で追及していくテーマとなるものだった。フォード・マドックス・フォードは、一九二七年にニューヨークについて「この都市において、繁栄はまさしく金科玉条とされ、人は誰しも自分の追い求めるもののために何をしても許された」と書いている[12]。この街はあまりに多面的でとらえどころがないゆえに、このような街であると明確に規定することはできないと評論家たちも悟っていた。「ニューヨークは他のどの都市とも同列には語れない。その特徴を一言で語ることなど、とてもじゃないができない」とある識者は書いている[13]。

メアリーとスタンリーのハイスミス夫妻が移り住んだのは、そのような背景を持つ都市だった。ともに商業美術界でキャリアを築く夢を持ち、マンハッタンを目指してフォートワースを発った。メアリーは移り住んですぐにイラストレーターとしてフリーランスで働き始めた。「継父のハイスミスは、電話会社の――何ていうんだっけ――イエローページのレイアウトとかレタリングを担当していたわ」とハイスミスはあるインタビューに答えている。「母は新聞やウーマン・

ウェア・デイリーといった雑誌でしばらくファッション関係の仕事をしていた」[14]

ハイスミス家は西百三丁目通りとブロードウェイに面したアパートの一室に住み、六歳の娘はメアリー・パトリシア・ハイスミスの名前で――出生時の姓であるプラングマンではなく――近所の小学校に通うことになった。[15]最初の登校日、母親は娘を伴って、赤いレンガと灰色のセメントの大きな校舎へと歩いて向かった。そこでは二、三百人の小さな子供たちがボールを投げ合ったり奪い合ったりするゲームをしていた。メアリーは娘の手を引いて校庭を通り抜け、大きくて陰気くさい体育館の入口をくぐった。息が詰まりそうな教室の壁はくすんだ灰色と暗い緑色に塗られ、数少ない電灯には、針金のかごのようなカバーがかかっていた。幼いパッツィの目には、外の世界を見ようにも窓は頭上に聳えるように壁のはるか高いところにあった。

パッツィは当初一年A組に入れられたが、読み方のテストを受けたところ、年齢よりも優れていたので、二年B組に編入された。クラスの生徒はみんなハイスミスより二歳年上だった。残念ながら、パッツィの算数の能力は読み方には及ばなかったので、掛け算の記号を足し算の記号が傾いているのだとずっと勘違いしていた。どの授業でも教室の後ろの方に座り、南部訛りのために自分が余所者扱いされていると感じていた。初登校日の終業後、母親が午後三時に迎えに来てみると、娘は黒人の男の子と手をつなぎ、校舎を出て階段を下りてきた。友達ができたとパッツィは思っていた。なぜなら、その子は自分がいうことを理解してくれる数少ない人間のひとりであり、彼女もまたその子にとってそういう存在だったからだ。

「わたしは歩けるようになってからすぐ、祖母の家の小路で走り回ったり遊んだりしていたし、そういう時は祖母が貸していた家の黒人の子供たちと一緒だった。だから黒人の子がいるのは意外でも何でもなく、ニューヨークの学校にもいるのを知って本当に嬉しかった。南部では学校に通っていなかったから人種隔離政策のことを何も知らなかった」とハイスミスは書いている。[16]

母のメアリーはリベラルな考え方の持ち主で、娘が黒人の子供たちと交わることについて何の心配もしていなかったが、祖母のウィリー・メイは震えあがった。ニグロ小路の子供たちと遊ぶのはいいが、孫がニューヨークの学校で黒人の友達を作るとなると別問題だった。ウィリー・メイは、メアリーとスタンリーに孫娘を今の学校から私立校に転校させるよう迫った。その学校はハドソン川に面した百三丁目通りとリバーサイド・ドライブの交差点のそばにあった。肝心の孫娘にはその学校は退屈に思えた。前の学校には子供たちが何百人もいたのに、そこは全校で三十人程度しか生徒がいなかったからだ。

学校から通りをもう一本隔てたリバーサイド・パークを、腰まで積もった雪の中を歩いて行き、寒さに真っ青になって帰ってきたことをハイスミスは覚えている。毎週金曜日のランチには臓物料理が出されたが、彼女はそれが苦手だった。全部残さずきれいに食べるようにといわれ、後で気分が悪くなってよくこっそりトイレに行ったりした。

一九二九年の二月、一家はテキサスに戻り、八歳になったパッツィは旧第六区小学校へと転入する。そこは一九〇四年からスティーブン・F・オースティン小学校という名称で呼ばれており、フォートワースのリップスコーム・ストリート三一九番地にあった。校舎はテキサス・パシフィック鉄道の線路から南へほんの数ブロックのところにあり、校庭からは汽車の走る轟音が聞こえてきた。パッツィの通信簿を見ると、どの教科でも常に良い点を取っていた。読解九十二点、書き取り九十四点、語学八十三点、算数九十点、地理八十一点、図工八十五点、音楽八十八点。最も低い点がペン習字の七十点である。

この学校に在籍中、パッツィはアメリカン・インディアンに心を奪われる。毎週図書館で自由に好きな本を読める授業を彼女は楽しみにしていた。「テントにいるインディアン、弓矢を作るインディアン……そんなことで一週間頭の中をいっぱいにして、翌週また背もたれのないスツール――黒くて小さな木の塊みたいな――にどっかと腰を下ろして本を開き、前の週の続きから読むのが待ちきれなかった。わたしが生まれた土地で、わたしが生まれるよりずっと昔に住んでいた人々のことを[17]」

パッツィはギリシャ神話に関する本も両親から与えられて読んでいたし、アーサー・コナン・ドイルが書いたシャーロック・ホームズ・シリーズにも夢中になった。「その雰囲気とアクションに心を奪われた」と彼女は語っている。「シャーロック・ホームズは天才だと思った[18]」。十一歳から十二歳にかけては、ホームズの物語をラジオでも聞いていたものと思われる。

パッツィが物語を語ることの不思議な力を初めて実感したのは、ヴァージニア州ニューマーケットの近くのエンドレス・キャバーンズ大洞窟へ、母親と継父と一緒の夏の旅行に出かけたあとのことである。夏休みが終わって新学期が始まると、彼女には成し遂げなければならない課題があった。それは「わたしの夏休みの過ごし方」と題して、原稿を見ることなく、クラスメイトの前に立って話をすることだった。当時から引っ込み思案で内気だったパッツィは、緊張して話し始めたが、彼女が洞窟のもようや、花の形をした自然の石灰岩の描写を始めると、クラスメイトたちが自分の話にすっかり引き込まれているのに気がついた。

「その大洞窟はウサギを追いかけていたふたりの幼い少年によって発見された。地表の割れ目に飛び込んだウサギを追いかけた少年たちは、いつのまにか地下世界にいたのだ――そこは巨大で、冷たく、美しく、色彩に満ちていた。わたしの話がこの部分に差し掛かると、教室の雰囲気が変わった。誰もが興味を持って耳を傾け始めたのである。突如としてわたしはみんなを楽しませる存在になり、同時に個人的な感情をも分かち合っていた。いつのまにか恥ずかしさは忘れ去られ、このささやかなスピーチはずっといいものになった。それが物語を通じて人を楽しませた最初の体験となった。それは魔法のようにも思えたが、それでも自分の力で、自分ひとりでなし得たものだったのである」[19]

ハイスミスが幼少期を過ごしたフォートワースと、現在のフォートワースとはかなり異なっている。ウエストダゲットにあったコーツハウスはもはやなく、取り壊されて駐車場となり、南側の大きな区画の大部分は荒廃した工場の跡地と化している。中心街に入ると、ピカピカの高層ビルや無機質なオフィス街が続くばかりで、いささか味気ない。全体として見たフォートワースは現代的で面白みがないが、ハイスミスがこの街を歩いていた時に見ていたであろう建物はまだいくつか残っている。

コーツ家のあったダゲット・アベニューから角を曲がると、リップスコーム・ストリート四二六番地にローゼンバーグ＝クーマーハウスがある。一九〇八年に建設され、平屋の木造住宅で寄棟の屋根と正面と横に小さな破風がある造りは、二十世紀初頭のフォートワースのサウスサイド地区で人気だった住宅建築スタイルの特徴だった。

毎週水曜の午後に、パッツィは祖母と街の中心部にお出かけをしたものだった。高架橋を渡っていくと、メキシコ人街が下に見え、そこでは野良犬や半裸の子供たち、掘っ建て小屋の中でのんびりくつろぎ、あるいは家族用に食料品の包みを抱えて歩いている男たちなどがいた。繁華街まで行くと、ウィリー・メイとパッツィはしばしば映画館に入った。

水曜日は安く観ることができたからだ。映画の上映中、パッツィはハーシーのチョコレートバーをかじっていたが、映画の終わりまで保たせようと、アルミ箔を少しずつ剥いていくうちに、掌の中でチョコレートがどろどろに溶けてしまうのだった。後年、ハイスミスは丁子《クローブ》の匂いを嗅ぐたびに、映画の間じゅう口臭を抑えるために祖母が舌にのせていたクローブの強い匂いを思い出した。映画が終わると、ウィリー・メイはパッツィを連れてクレッセスという安物雑貨店に行き、そこで跳びガエルのおもちゃを買ってくれたこともあった。「それが一九二九年のアメリカ——テキサス——だった」とハイスミスはノートに書いている。[20]同時期のパッツィは同じ学校の女子生徒に片思いもしている。「折りたたんだメモを第六区小学校の古い校舎の石の割れ目に隠しておいて、自分より下の学年の赤毛の女の子に見つけさせようとしたのを思い出した[21]」。ハイスミスはこの名前のわからない赤毛の少女に恋をしたことを、二十年後、ニューヨークの心理療法士との半年間にわたる心理分析の最中に突然思い出した。

一九三〇年一月、ハイスミス一家は再びニューヨークに移り住む——ヨーヨーのようにふたつの州を行ったり来たりするのがハイスミスの子供時代の特徴である——今回はクィーンズ区のアストリアだった。アストリアに住んでいた時に撮られた写真には、家の前と思しき場所で、継父のスタンリーと一緒に立っている姿が映っている。少女は、おしゃれな冬服を着て、毛皮のコートを着込み、帽子を被ってウールの手袋をはめ、初めての自転車を支えている。しかし、カメラを見つめているその顔は、誇らしげでも嬉しそうでもなく、どちらかといえば不安げな面持ちだ。やや切り過ぎた前髪、小さな黒い目を光に細め、口の形から見ると頬の内側を噛んでいるように思われる。

一家がアストリアで最初に住んだのは二十一番通り一九一九番地でアストリアパークの近くだった。その後一九三一年の暮れも押し迫った頃、二十八丁目へと引っ越した[22]——当時クィーンズ地区は好景気の恩恵にあずかっていた。都市交通機関が一九二〇年代に整備され、一律五セントという低運賃が起爆剤となって住宅需要が爆発的に拡大し、突如クィーンズ区の北西の角にあたる地区にホワイトカラー層が大挙して押し寄せてきた。ディトマス・アベニューからほんの徒歩二分、グランドセントラル駅あるいはタイムズスクエアから地下鉄でわずか十五分のところに、月三十四ドル払えば二世帯が新築のレンガ造りの家に住むことができた。[23]山の手〔ザ・ヒルズ〕として知られる、二十七番街北の十二丁目や十四丁目の通り沿いに建ち並ぶ、優雅で貴族趣味な造りの家とは比較にはならなかったが、こうした新しい賃貸住宅には大きな窓があり、玄関に上がる石段や高い天井を備えており、一般的に「より少ない値段で大きな価値」と考えられていた。[24]

マンハッタンの威嚇的な光景も、「木々の緑と水の前景」越しに見るそれは、有名な建築評論家のルイス・マンフォードによれば「世界で最も魅力的な都市景観のひとつ」だった。[25] マンハッタンは劇的な変貌を遂げようとしていた——一九二九年から一九三〇年にかけて、クライスラービルやエンパイアステートビルを含む五棟の大規模な超高層ビルが竣工もしくは建築中で、マンハッタン島と周囲をつなぐ一連の橋や高速道路が次々に完成した。雑誌「ザ・ニューヨーカー」の一九二九年十一月号によると、マンハッタンはかつてこれほどの「大改造」[26]を経験したことはなく、変幻自在に変化するエネルギーによって街自体が大きな変革を遂げようとしていた。

幼いハイスミスもまた自宅近くの光景に惹きつけられたに違いない。三十番街の広い通りには食料品店や衣料品店が賑わいを見せていた。「ザ・ビッグハウス」と呼ばれた華やかなアストリアスタジオは、プレーヤーズ＝ラスキー・コーポレーション〔一九二七年以降パラマウント映画会社となる〕がハリウッドの撮影所と張り合うようにして、一九二〇年に三十五番街と三十五丁目の交差点に面して建てた撮影所で、マルクス兄弟の最初の主演作品『ココナッツ』はここで撮影された。建てられたばかりのモスト・プレシャス・ブラッド教会は三十七丁目にあり、ジャズエイジやラッチェンスのドロゴ城（イギリスのデボンにあるカントリーハウス）、ケルト様式の建築物や世紀末ウィーンの建築様式などがぞくぞくするような融合を見せている。アストリア大通りと九十二丁目の交差点付近にはフェリーターミナルがあり、一九三六年までイースト川を渡る住民たちはここから乗船した。ハイスミスは、ヘルゲート橋の「奇妙な力」[27]に魅せられていた。力強く、堂々たる威容を見せるその橋はカナダとニューイングランドとサウスウエストの鉄路を結んでいた。実際、ハイスミスは二十五歳の時、レティシアというアストリア育ちの若い女性を主人公にした小説の構想を練り、特徴的な放物線を描くこの橋を小説の中心的なイメージに使おうとした。

転入した学校——ディトマース大通り二一〇一番地第一二二分校——でも、ハイスミスは毎学期好成績を修めた。彼女は一九三〇年二月十日に転入し、第四学年に編入された。成績表を見ると、ハイスミスは真面目で勉強熱心な生徒で、素行でも学業成績でもたいていA評価をとっている。アストリアでの学校生活を通して、彼女は一度も遅刻をしていない。[28]一九三二年九月の記録では、体重は三十六キロを少し超えたくらいで、身長は一四六センチと記されている。子供の頃のハイスミスは「陰気でとても大人びていた」[29]と本人が認めている。それゆえにハイスミスがもっと大人向けの読み物に惹かれていたとしても驚くにはあたらない。人間の行動やその動機に魅せられた彼女はクィーンズ区立公共図書館のアストリア分館の会員になり――レンガ造りの建物で、アンドリュー・カーネギーの寄付によって建てられた――心理学の本を借りてきた。「わたしはすぐに心理学のコーナーに行って、本を借り出したり、貸出対象ではない本をよく座って読んだりしていた」と彼女は語っている。[30]

　アストリアに住んでいた時代に、パッツィの精神的「異常」に対する強い関心は育まれ、それは終生続くことになった。同じ年頃の少女たちがおとぎ話を読んでいたのに対し、ハイスミスはカール・メニンガー博士の『人間の心』（日本語での刊行時はメニンジャー表記）に夢中になった。その本には、いわゆる社会規範から逸脱した行動――窃盗癖、統合失調症、放火癖といったものについて詳細に記されていた（興味深いことにメニンガーの研究の中には、ロバート・リプリーが行ったリサーチを使っているものがある。リプリーは、『信じようと信じまいと (Ripley's Believe It or Not!)』でマルチな活躍をしたクリエイターで、二十世紀初頭に世界各地を巡って奇妙な出来事を蒐集し、それらをコラムとして世界の新聞に配給した人物である）。『人間の心』は一九三〇年に出版された、一般読者を対象とした最初の精神医学書の一冊であり、人間の行動の負の側面を理解するために広範にわたる文化的要求を調査している。この本は「リテラリー・ギルド」という会員制組織に選ばれ、一千以上の批評を集め、たちまちベストセラーとなって七万部を売った。「本書はわかりやすく、理屈っぽくもなく、力動精神医学（感情の動きとその原因や心理過程を重視する精神医学）の原理を述べていながら、人間の心の闇の部分に光を当てた」と『人間の心改訂版』の編集者であるシドニー・スミスは述べている。[31]

　メニンガーはカンザス州トピカに精神科診療所を設立し、後にアメリカ精神分析協会の会長になった。彼はいわゆる社会的名士になり、全国からインタビューや講演や助言の依頼が舞い込み、新聞や雑誌記事などにも執筆した。メニンガーの著作が非常に成功を収めたのは、博士が複雑な精神的症状をはっきりと簡潔な形式で説明し、豊富な実際の症例を用いて要点を解説したことも一因である。著書の最初のページの文章を読んだハイスミスは、心惹かれるものを感じたに違いない。

マスが毛鉤に飛びついて跳ね上がった途端に釣針に引っかけられ、もはや自由に泳ぎまわることが出来ないとわかると、魚は水をはね飛ばしてもがき始める。時には逃げおおせる場合もある。だが多くの場合、状況はマスにとってあまりに過酷である。

それと同じように人間も彼の環境と争い、また彼を引っかけた釣針と闘っている。時として彼は自分の困難を克服することもある。時にはその困難に圧倒されてしまう場合もある。世間に見えるのは、彼がもがき苦しんでいる場面だけであって、しかも多くの場合、世間の人はそれを間違って解釈している。自由な魚には釣針に引っかけられた魚に何が起きているのかなかなかわからない。[32]

午後三時半に学校が終わると、パッツィは誰もいない家――メアリーもスタンリーも仕事に出ていた――に帰ってくる。そして居間の緑色の肘掛け椅子に座り、メニンガーの精神障がい者の症例を集めたカタログに読みふけった。幸せな結婚生活を送る二児の母親である女性が子供を撃ち殺しながら、そのことをまったく覚えていなかった症例。あるいは裕福な実業家なのに銀行強盗を止められない男の症例。同性のルームメートに性的魅力を感じてしまう女子大生の症例。「わたしにとっては、それこそが現実であり、おとぎ話や小説などよりもずっと想像力を刺激されたのです」。ハイスミスは、メニンガーが亡くなる一年ほど前の一九八九年にそう書き送っている[33]

自分自身のリアリティに何らかの違和感をすでに覚えていたパッツィは、メニンガーが「正常」という概念を認めていないことに惹かれたに違いない。メニンガーが『人間の心』の序文に書いたように、「人々の正常にしてくれという嘆願にわたしは強い抵抗を覚える。そんな低い水準にとどまって、どこに希望や慰めがあるのか、わたしには理解出来ない。人々がアブノーマル〔正常でない〕ということをそんなにも怖れ、十人並みまたは中くらいの所に自分を置いて「正常」の枠内だと安穏としていられるのは、結局無知から来るものだ。なぜならば何かを成し遂げることの出来る人はもともと『正常でない人』に違いないからである……」[34]

この本は、人間が品行方正な顔の裏に矛盾や屈折した欲望を山ほど抱えているというパッツィの直観的な確信に訴えかけた。それは想像力をはばたかせる精神的な後押しとなった。「わたしにとって何よりも想像力をかきたて、遊ばせ、何かを創造させてくれるのは、通りですれ違った誰かがサディストかもしれない、あるいは強迫神経症の泥棒か、殺人犯でさえあるかもしれないというアイデア――あるいは事実――である」とハイスミスは述べている。[35]

自分と同じ人間の「中身を知りたい」という欲望は、解剖学への関心となって現れた。彼女が影響を受けたもうひとつの「教科書」ともいえる本は、おそらくこれもまた九歳の読む本としては不釣り合いなジョージ・ブリッジマン著『人体組織――人体の解剖学的構造と仕組み(The Human Machine : the anatomical structure and mechanism of the human body)』という芸術系の学生向けテキストとして書かれた人体の基本構造の解説書である。「わたしの母も継父も商業デザイナーだったので、正確な人間の姿形を描く能力も必要だったのでしょう。我が家では大切にされていた本でした」とハイスミスは出版社のディオゲネス宛ての書簡に書いている。[36] 彼女は他にもジャック・ロンドンや、ルイーザ・メイ・オルコットの『若草物語』、ロバート・ルイス・スティーブンソン、ジョン・ラスキンの『胡麻と百合』やブラム・ストーカーの『ドラキュラ』などを読んでいた。彼女は『ドラキュラ』を目の前にたてかけて置き、誰もいないアパートで、ひとりでランチを食べながら読んだ。その本は彼女をすっかり魅了すると同時に恐怖に陥れた。ページをめくりながら、今にも幽霊が玄関に続く廊下に現れるかもしれないとびくびくしていた――たとえ真昼間だとしても。

学校の生物の授業で、彼女はメンデルのエンドウマメの交配実験と遺伝の法則を学んだ。母のメアリーが、スタンリーは実の父親ではないことを告げたのは、パッツィが十歳の時だったが、彼女はそんなことはずっと前から知っていたと主張した。彼女は長いことスタンリーが実の父親ではないのではと疑っていた――鏡を見ただけで、自分の黒い目と黒い髪は母親にも継父にもまったく似ていないことは一目瞭然だった。そしていまやメンデルの法則を学ぶに及んで、疑いは確信となった。「わたしの母は金髪に近い髪の色で、グレーの瞳をしており、継父もグレーの瞳をしているのです」とハイスミスはいっている。[37] その上、祖母の家にあった母が描いた絵には、メアリー・プラングマンと署名があった――メアリー・ハイスミスではなく。「わたしはこう訊ねたのを覚えている――なぜこの名前なの？　継父がわたしの家に来たのは、わたしが三つの時だから当たり前のことなんだけれど」とクレイグ・ブラウンには語っている。[38]

パッツィは母の話に格別衝撃を受けたわけではなかったが、スタンリーが実の父親ではないという事実を確認したことによって、無意識のうちにではあっても、否応なく自分のアイデンティティについて疑問を抱くようになったのは間違いない。母親が明かした事実がどれほど影響を及ぼしたにせよ、ハイスミスの中にはひどく心かき乱される思いが残った。

「九歳か十歳の頃、眠っている間に死んでしまうような気がして、それがとても恐ろしかった。まともに眠れるようになるまでずいぶん時間がかかり、夜中の二時頃まで眠れなかったことが何度もあったことを覚えている。眠っている間に息が止まってしまうかもしれないと恐れ、水を鼻からちょっと吸い込んだりした。そうすれば眠らずに起きていられると思ったからだ。そういうことが数週間か数か月も続いたように思う[39]」

子供の時、ハイスミスは何らかの健康的な問題に苦しんでいたようだ。祖母に宛てた日付のない手紙に――ハイスミスがもっとも幼い頃に書いたもので、今も残っている数少ないものだ――彼女は自身で「毒」と名づけたものについて触れている。

おばあちゃんへ
この夏はビーチで海水浴をいっぱいしました。だから冬の時のようにはおばあちゃんに手紙を書く時間がありませんでした。おばあちゃんがこちらに来る時のためにお小遣いをためています。お母さんとスタンリーもおばあちゃんに楽しんでもらいたいと思っています。
わたしの「毒」はすっかり良くなりました。お母さんが治してくれました。ずっと前に書いた手紙も送るつもりです……スタンリーがみんなによろしくといっています。おばあちゃんが来てくれることを楽しみにしているそうです……おばあちゃんはいかがですか――おばあちゃん家にいれば裏庭で遊べるのにと思います。愛をこめて　パッツィ[40]

＊　＊　＊

一九三一年のある日、学校でハイスミスが三メートル半ほどの木の棹で窓のひとつを開けようとしていると、窓の外をひとりの男が通りを足早に歩いて行くのが見えた。男はダークスーツを着ていたが、帽子は被っておらず、ブリーフケースを小脇に抱えていた。一見なんの変哲もない男だったが、その姿はハイスミスの胸に、自分もその歩道を歩きたい、大人たちや良識ある人々から解放されたいという抑え難い感情を呼び起こした。世の中に出ていろいろな経験をしてみたいとうずうずしている頭のいい十歳の女の子にとって、その男は自由——思いのまま好きなところへ行き、好きなことをする——のパワーの象徴だった。「その光景がすっかり目に焼きついてしまったのは、見た瞬間から、それこそがわたしのやりたいことだとわかったからだ」と後年ハイスミスは書いている[41]。男とそれが体現するものにすっかり心奪われて、パッツィは棹をよじのぼり始めた。窓が開かないふりをして授業を一時的に混乱させようとしたのだった。

「パッツィ、下りてらっしゃい！」担任の先生が注意すると、生徒たちは声をあげて笑いはやした。

「だから仕方なく下りてきたけど」と後年ハイスミスは回想している。「あの姿は今もくっきりと目の奥に焼きついているわ[42]」

この出来事が重要なのは、集団へ帰属することに対するハイスミスの相反する感情を表しているからであり、その葛藤が後に作家としての人生と私生活とを方向づけることになるからだ。彼女は教室という檻から逃れ、ひとり気ままに通りを歩いて行くあの男のようでありたいという思いを強く感じていながらも、クラスメイトを喜ばせたいという強い衝動にも駆られていた。学校生活についてハイスミスは、「まるで働きアリみたいだった。アイデンティティも、意義も、個性も尊厳もない[43]」といい、それ以来、画一化に対する闘いが始まったのだと語っている。十一歳の時、パッツィは、ラテン語の授業を受ける前にフランス語を教えられることを拒否し——サー・ヒュー・ウォルポールの本の主人公ジェレミー少年にならって——自由になった時間を学校の図書室で、ウィリアム・ハズリットの評論を読んだり、ジェイムズ・ボズウェルの『サミュエル・ジョンソン伝』を読んだりして過ごした。ハイスミスは集団の中に埋没して自分を失っていくのを心底嫌っていたが、それでも友人のヴィヴィアン・デ・ベルナルディには、「人生で一番幸せだったのは、十歳のころにやんちゃな遊び仲間のグループにいた時だった」と打ち明けている[44]。

思春期に差し掛かる頃になっても、ハイスミスはまだ性について何も知らなかった。生理が始まったのは十一歳の時で、彼女は母親に精神的な支えを求めた。「十一歳の時に、必要に駆られて母に生理のことを教えてくれるように頼んだ」と継父スタンリー宛ての手紙の中に書いている。「母は、ついでに性についての知識も授けようと思ったのか、『それは男性と関係があるものだとは思わない？』と訊ねてきたので、わたしは『さあ――どうかしら』ととぼけ、それで性知識に関する話はおしまいになりました[45]」

同じ頃、メアリーとスタンリーの夫婦仲はしだいに悪化し始めていた。ハイスミスは後に母親宛ての手紙に、当時家でしょっちゅう喧嘩の声が絶えなかったことを指摘している。「いつも喧嘩ばっかりで、彼はわたしの父親じゃない、もう別れるわといってはスーツケースに荷造りをして（時には荷を解いて）、出ていってやるとかなんとかいって脅していた[46]」

一九三三年の夏、十二歳のパッツィは、地獄のような状態の家から逃れて、ニューヨークのウエストポイントとウォーカーバレー近くで行われたガールスカウトのキャンプに参加し、そこでひと月を過ごした。滞在中、毎日両親宛てに書いた手紙は、二年後に「ウーマンズ・ワールド」誌に掲載され、ハイスミスの文才を早くも示している。そこには朝食にプルーンとシリアルを食べたことや、泳ぎや火のおこしかたを習ったこと、テニスをしたり、マシュマロを焼いたり、大部屋の宿舎で寝たことなどが綴られている。寮長に選ばれて宿舎の部屋を点検したり、ある夜には、裸になって湖で泳ごうというグループに加わったりもした。それは当時「月の女神《ダイアナ》の水浴び」としてよく知られていた遊びで、「ダイアナとは一糸まとわぬ裸になること」だと手紙に書いている。「ダイアナに加わっても大丈夫よね？　どうせ真っ暗なんだし[47]」。手紙からは、ハイスミスがキャンプを存分に楽しんだことは明らかである。友だちについては「中にはばかな子もいるけれど、とってもいい子もいます」と書いている。ハイスミスが特別慕っていたのはテニスコーチのミス・エドナで「素晴らしいサーブを打ちます。ボールを打つ前にいつもラケットを二度振ってみせるの[48]」。彼女にとってのクライマックスのひとつは「キャンプ参加者と指導者の日」で、少女たちとスタッフたちとが制服と役割を交換する日だった。「指導の人たちがキャンプ参加者の服を着ます。わたしたちは役割も交替します《バイス・バーチュー》（vice versa「あべこべ」のことをvice virtueというのをユーモア雑誌から知りました）」と書いており、子供の頃から言葉の持つ響きやユーモアを好んでいたことがわかる[49]。

サマーキャンプの間、パッツィは母親を恋しがり、会いに来てほしいとしきりに手紙で訴えている。夏休みも終わりに近づくと、母メアリーに早く会いたいという思いと、再び会える喜びを書いている。「今晩家に帰るために荷造りします。最高！」[50]パッツィがいない間、メアリーとスタンリーは明らかに夫婦間の溝を埋め合わせるべく努力していたようだった。だが、パッツィが家に帰ってくると、母親は娘にふたりの結婚生活は終わったと告げた。メアリーはスタンリーと離婚してフォートワースへ娘を連れて帰り、ウィリー・メイと同居するつもりだと告げた。また昔と同じような水入らずの女所帯に戻るのだと。「思えばハイスミス家はいつもバラバラ同然だった。まさに破綻寸前」と彼女は母親のメアリー宛ての手紙に書いている。「そしてわたしが十二、三歳の頃、本当に壊れてしまった」[51]

一九三三年の夏の終わり、メアリーは夫のもとを離れ、娘とともにフォートワースへと旅立った。しかし、わずか数週間後にスタンリーがテキサスにやって来て、メアリーをニューヨークに連れ去った。彼らの娘はウィリー・メイと残された。ハイスミスは母を失った喪失感に打ちのめされた。

「彼女はニューヨークで居心地のいい友達グループを見つけたばかりでした。仲間になれたと思ったら、十二歳でテキサスに連れ去られてしまった。あんなに感受性豊かな子供――それもあんなに頭のいい子にとって、ニューヨークはまさに乾きで死にかけている人間にとっての水に等しい場所だった。なのに、あんな牛ばかりの田舎に押し込められてしまうなんて。彼女にとっては信じられないほどの精神的打撃だったに違いないわ」と友人のヴィヴィアン・デ・ベルナルディはいう。[52]

ハイスミスは、人生の大事な時期に裏切られたことで母親をけっして許さなかった。もちろん祖母のことは大好きだったが、母親がこんなふうに自分をだましたことに傷つき、ひどく裏切られた気持ちになった。継父宛ての手紙の中で、母親の仕打ちがどれほど打撃であったかをハイスミスは吐露している。

「テキサスで過ごした十二歳から十三歳にかけての（わたしにとって）ひどい一年間について、母さんは何もいってくれなかった。『わたしたちにはお金がないから、パッツィはおばあちゃんのところに預けることにしたの』とも『わたしはスタンリーのところに戻ることにしたわ。離婚するといったことについては申し訳なく思うけれど、そうはならなかったの』とも。どちらかでもいってくれていたら、まだ耐えられたかもしれないのに」[53]

母のメアリーは「これがわたしにとってどんなにひどい裏切りだったか、当時はまったく気づいていなかった」と、ハイスミスは実の父親のジェイ・B宛ての手紙にも書いている。[54] そしてハイスミスは後に、この時期を自分の人生で最も悲しい時期だったと述べている。[55]

原注

第3章

1 Robert A.M. Stern, Gregory Gilmartin, Thomas Mellins, *New York 1930: Architecture and Urbanism Between the Two World Wars*, Rizzoli International Publications Inc., New York, 1987, p. 29.

2 St. John Ervine, 'New York - The City of Beauty', *Vanity Fair*, March 1921.

3 William Bristol Shaw, quoted in Stern et al, *New York* 1930, p. 35.

4 Works Progress Administration, *New York City Guide*, Guilds' Committee for Federal Writers' Publication Inc., Random House, New York, 1939, p. 52.

5 Ann Douglas, *Terrible Honesty: Mongrel Manhattan in the 1920s*, Picador, London, 1995, p. 17.

6 PH, 'The World's Champion Ball-Bouncer', *Woman's Home Companion*, April 1947.

7 Ibid.

8 Walter Lippmann, *A Preface to Morals*, quoted in Douglas, *Terrible Honesty*, p. 17.

9 F. Scott Fitzgerald, 'My Lost City', in *The Crack-Up*, ed. Edmund Wilson, New Directions, New York, 1945. p. 25.
本文ならびに原注では 'My Lost City' からの引用となっているが実際は 'Echoes of the Jazz Age', in *The Crack-Up*, ed. Edmund Wilson, New Directions, New York, 1945. からの引用。10についても同じ。
スコット・フィッツジェラルド「ジャズエイジのこだま」船越隆子訳『スコット・フィッツジェラルド作品集――わが失われし街』収録 中田耕治編訳 響文社 2003年

10 前掲書

11 Jane Mushabac, *Angela Wigan, A Short and Remarkable History of New York City*, Fordham University Press, New York, 1999.

12 Ford Maddox Ford, *New York is Not America*, Albert & Charles Boni, New York, 1927.

13 Peter Marcus, *New York: The Nation's Metropolis*, Brentano's New York, 1921.

14 ドン・スワイムとのインタビュー CBSラジオ番組『ブック・ビート』1987年10月29日放送

15 ハイスミスの未刊のエッセイ「Try At Freedom」の中では、著者は学校の所在地は西九十九丁目通りとしているが、ニューヨーク歴史協会に確認したところ、そこに学校はないことが判明した。1927年にハイスミスが通ったと思われる学校は、西八十九丁目通り百六十六分校で、C・B・J・スナイダーが1898年に建てたものと考えられる。

16 PH, 'A Try At Freedom', SLA.

17 PH, Cahier 26, 5/3/62, SLA

18 PH, 'Sherlock Holmes From Home', *Queen*, November 1969.

19 PH, *Plotting and Writing Suspense Fiction*, The Writer Inc., Boston, 1966. p. 75.

ハイスミス『サスペンス小説の書き方　パトリシア・ハイスミスの創作講座』坪野圭介訳　フィルムアート社　２０２２年

20 PH, Cahier 7, 6/23/42, SLA.

21 PH, Cahier 11, 5/29/44, SLA.

22 学校の記録によると、ハイスミスの住所は二十八丁目通り二四一八番地であるが、１９３２年夏版のクィーンズの電話帳によると二十八丁目通り二四八二番地である。

23 Vincent F. Seyfried, William Asadorian, *Old Queens, N.Y. in Early Photographs*, Dover Publications Inc., New York, 1991.

24 Arleigh Homers advertisement, *New York Herald*, 10 June 1923.

25 Lewis Mumford, 'The Sky Line: Bridges and Beaches', *The New Yorker*, 17 July 1937.

26 The New Yorker, 13 November 1929, quoted in Douglas, *Terrible Honesty*, p. 17.

27 PH, Cahier 13, 2/8/46, SLA.

28 Pupil Records, PS 122 Queens, Astoria, New York. 学校の記録による

29 PH, Cahier 26, 9/6/62, SLA.

30 PH, 'A Try At Freedom', SLA.

31 Sydney Smith, ed., *The Human Mind Revisited, Essays in Honor of Karl A. Menninger*, International Universities Press Inc., New York, 1978, p. 14.

32 Karl Menninger, *The Human Mind*, Knopf, New York, 1930, p. 3.
カール・A・メニンジャー『人間の心（上・下）』草野栄三良訳
日本教文社　１９５０－５１年（引用箇所は柿沼によるもの）

33 ハイスミス　カール・メニンガー宛書簡　１９８９年４月８日付
ＳＬＡ所蔵

34 Menninger, *The Human Mind*, p.ix.
カール・A・メニンジャー『人間の心（上・下）』（序文）（引用箇所は柿沼によるもの）

35 Janet Watts, 'Love and Highsmith', *Observer Magazine*, 9 September 1990.

36 ハイスミス　ディオゲネス宛書簡　書籍 *Highsmith Chronik zu Leben Und Werk* の注に対する訂正を指示したもの　ＳＬＡ所蔵

37 Ian Hamilton, 'Patricia Highsmith', *New Review*, August 1977.

38 Craig Brown, 'The Hitman and Her', *The Times*, Saturday Review, 28 September 1991.

39 'Patricia Highsmith: A Gift for Murder', *The South Bank Show*, LWT, 14 November 1982.

40 ハイスミス　ウィリー・メイ・コーツ宛書簡　日付不明
ＳＬＡ所蔵

41 PH, 'A Try At Freedom', SLA.

42 Ibid.

43 Ibid.

44 ヴィヴィアン・デ・ベルナルディとのインタビュー
１９９９年７月23日

45 ハイスミス　スタンリー・ハイスミス宛書簡
１９７０年９月１日付　ＳＬＡ所蔵

46 ハイスミス　メアリー・ハイスミス宛書簡　１９７３年３月16日付
ＳＬＡ所蔵

47 PH, 'Girl Campers', *Woman's World*, July 1935.

48 Ibid.

49 Ibid.

50 Ibid.

51 ハイスミス　メアリー・ハイスミス宛書簡　１９７３年３月16日付
ＳＬＡ所蔵

52 ヴィヴィアン・デ・ベルナルディとのインタビュー

53　ハイスミス　スタンリー・ハイスミス宛書簡　1970年8月29日付　SLA所蔵

54　ハイスミス　ジェイ・バーナード・プラングマン宛書簡　1970年8月8日付　SLA所蔵

55　ハイスミス　ニニ・ウェルズ宛書簡　1972年3月29日付　SLA所蔵

第4章

抑圧

1933 – 1938

フォートワース独立学区が保管している記録によると、一九三三年九月十四日、ウィリー・メイは十二歳の孫娘の保護者として、サウスジェニングス・アベニューにある中学校に入学の申請を出している。ニューヨークとフォートワースの間で転校を繰り返していたため、パッツィはなかなか友達を作ることができずにいた。さらにクラスメイトがみんな自分より二歳年上だということが、孤立感をより一層強めた。クラスメイトたちはパッツィを十月三十一日のハロウィーンパーティに招いてくれたが、まだ子供だからと行くのを許されなかった。仲間にも入れず、ひとりぼっちだという気持ちを抱えた彼女は、夜遅くひとりで家を抜け出して歩き回ったあげく、衝動的な怒りに駆られて停めてあった車のタイヤキャップを外してしまった。それから五十年後、ハイスミスはその顚末をノートに書き記している。タイヤの空気を抜けるままにしておこうかという誘惑に煩悶したあげく、結局しないことに決めたが、そうこうしている間も、どれほど自分がやましいスリルを覚えたかが綴られている。[1]

学校では一年間の木工コースをとった。木工は後に彼女の趣味となり、さまざまな木片から人物や動物を彫り出すようになる。だが、この時点でクラスの女子生徒はパッツィひとりしかいなかった。彼女が、自分の混乱する性的アイデンティティを理解する助けになるようなアイデアを導き出したのも、十代のこの頃である。自分は女という外形のなかに明白な男の特質を隠し持っている、と彼女は考えた。「わたしはまさに矛盾の生き見本だった。十二歳の時にいみじくもいったように、女子の身体をした男子なのだ[2]」。後年、一九四八年にニューオーリンズの占い師は彼女の母親にこう告げる。「あなたには子供がひとりいる——息子だ。いや、娘だ。男の子であるはずなのに、女の子だ[3]」。ハイスミスは日記に、その占い師の言葉がずっと尾を引いていることを告白している。

その年の大半、テキサスで孤独に打ちひしがれて過ごしながら、彼女が心のよりどころとしたのは二十三歳のいとこのダン・コーツだった。当時ダンはまだウィリー・メイとダニエル夫妻と一緒に暮らしていた。ふたりはとても仲良くなり、お互いをいとことしてではなく、兄妹とみなすようになった。後にダンが彼女に送る手紙は「妹パットへ」という呼びかけから始まっている。一九六八年にハイスミスがダンに送った手紙は、一緒に過ごした楽しい時を思い起こさせるものだ。ここには家の前庭の芝生でフットボールの真似事をしたことや、台所で皿拭きをしながら「お互いに濡れた布巾でたたき合って」ふざけていたことなどが記されている。[4] 日曜の晩には、ときおり地元の牧師がウィリー・メイの家に夕食に立ち寄った。ダイニングルームで発情したハエに悩まされたことをハイスミスは覚えている。ハエは食卓の上の食べ物には見向きもせず、家族の困惑をもたらすような行為にひたすら夢中になっているようだった。「ダイニングルームにいたハエたちは、後にも先にもわたしが知るハエとはまったく違っていた……相手をつかまえるやいなや、空中で交尾を始めるのだ」[5]とノートに記している。

フォートワースに戻ってほどなく、パッツィは実の父親であるジェイ・バーナード・プラングマンに初めて会った。親子の対面は祖母の家で行われたが、淡々として、むしろあっけないものだった。彼女は気恥ずかしさを感じながらも、この謎に満ちた人物に興味をそそられたことを覚えていたが、ふたりともあまり感情を表に出さなかった。ジェイ・Bは、そう、おまえはわたしの娘だよ、とでもいうかのように彼女の手を握っただけで、「ほとんど赤の他人、どちらかといえば素っ気なくて、他人行儀だった」[6]。この初めての面会の後二、三度、ジェイ・Bは娘の学校の送り迎えをしたが、ふたりの関係は深まらなかった。パッツィが恋しいのはまだ母親の方だった。

パッツィは、彼女自身の弁によれば「ひどく落ち込んだ状態」で、[7] 自分の気持ちをなんとか明るくしようと、一回五十セントで祖父母の家の芝刈りをして、憧れの男性用懐中時計を買うための十二ドルを貯めた。一九七二年に家族ぐるみの友人に宛てた手紙の中で、ハイスミスはその時計が自分にとってお守り同様の存在だったこと、現実の幸せのかわりに自分が持つことができた特別な宝物だったと書いている。母親がひどく恋しかったけれど、その時計のために働き——やがてそれを手に入れたことは、惨めな境遇を少しでも忘れる助けになってくれた。時計は「そのために働き、手に入れ、見ただけで自分自身の力で手に入れたのだとわかるものでなくてはならなかった」[8]。後年、ハイスミスはその時計を継父に贈っている。「あの当時は継父を嫌う理由があったのに、自分でもおかしなことだと思う[9]」

ハイスミスは折に触れて友人たちに、自分の不幸な幼少時代を、とりわけテキサスでのこの惨めな一年間についてよく語った。「彼女の話を聞く限りでは、ずいぶんつらい子供時代を過ごしたように見えました」とバート・ディートヘルムは語る。「彼女に人形を抱えてぴょんぴょんは ね回って歌っていた幼い少女の時代があったなんて、わたしには想像もつきません。どの写真を見ても、彼女は暗い、内気そうな子供にしか見えませんし、それが彼女の作品にも影響を与えたことは間違いありません。彼女は子供時代に疎まれていると感じ、あとになって実際に疎外されたのだと思います。子供としてさまざまに不幸な目にあってきたのでしょう[10]」

ハイスミスは、この時代——そして彼女が母親の裏切りとみなしたもの——を振り返り、それが後の人間関係にとりわけ大きな影響を及ぼしたと思っていた。「わたしは関係が安定すると、相手を拒絶してしまう」と友人の仏文学者であり作家のアレックス・ザァニーに書き送っている。「何度も同じことが繰り返される——むしろわたしの方からそうしてしまう。母がわたしを捨てた時と同じことをわたしも繰り返すのだ。母親がわたしを祖母のところに置き去りにした時わたしは十二歳だった。母は継父と離婚するからと約束してわたしをテキサスへと連れていった……わたしはそこからどうしても立ち直ることができない。だから、同じような形でわたしを傷つけそうな女性を探し出す。そして信頼できそうないい人は——避けてきた[11]」。母親と引き離されたのは一年に過ぎないが、彼女の心の傷はけっして癒えることはなかった。彼女はメアリーと一九三四年に再会するが、継父も一緒だったことに失望する。彼らはパッツィを迎えに来て、一緒にニューヨークで暮らすのが一番いいと彼女を説得した。フォートワースを離れる日、家の玄関の石段で、祖母が彼女の唇にキスをした時のことをハイスミスは克明に覚えていた。車に乗って遠ざかりながら、「祖母のキスで上唇が濡れていたが、わたしはそのままにしておいた。やがて風で乾いて、この冷たさが消えてしまう時が来るのを恐れていた[12]」

一九二九年十月の株式相場の暴落は、すぐにというわけではなかったが壊滅的な影響をニューヨークにも、またマンハッタンに戻ったハイスミスの生活にも及ぼした。彼女はこの街の雰囲気が前回とはまったく異なっていることに気がついたに違いない。一九三二年には、百六十万人のニューヨーカーが何らかの公的援助を受け、三分の一の工場が閉鎖していた。[13] 全米では、状況はより悪化しており、何百万もの人々が仕事を求めてあてもなく国内をさまよっていた。失業者は――一九二九年から一九三三年の間に五十万人から千二百万人に増加する――掘っ立て小屋のスラム街を作り、一九二九年に選出された共和党大統領ハーバート・フーヴァーにちなんで「フーヴァービル」と呼ばれるようになった。フーヴァーの在任期間中、アメリカのいたる都市には、物乞いや、パンの配給の行列や、リンゴ売りの屋台が見られた。フーヴァーは一九三二年の大統領選に敗れ、民主党のフランクリン・D・ルーズベルトが後を継いだ。女優のリリアン・ギッシュが立ち会った一九三三年三月の大統領就任演説で、ルーズベルトは有名な言葉を述べる。「我々が恐れなければならない唯一のものは、恐れそのものなのである」。リリアン・ギッシュは、ニューディール政策の父と呼ばれるようになる大統領のことを「燐に浸けられたかのように」光り輝いて見えたといった。[14]

マンハッタンを覆う不況の暗い影を相殺するべく巨大建設計画――構造改革の一環として高速道路、橋、大量輸送システムを包含する――がニューヨークの新市長フィオレッロ・ラガーディアによって着手された。彼は一九三三年から一九四五年まで市長を務めた。後年、ハイスミスは『見知らぬ乗客』の中でニューヨークについて、屋根や道路が「乱雑で見苦しく」く「こんな都市計画は禁物だと示したジオラマ」を見ているようだと描写している。[15]

ハイスミス家の新居のアパートはバンク・ストリートの一番地にあった。通りの名の由来は、一八二二年に黄熱病の流行のため、ウォール街の銀行が一時的にこの通りに支店を設けたことによるもので、グリニッチビレッジの中心部をなしていた。この地域は当時からすでに慣習にとらわれず、奇抜な芸術活動に対して寛容な土地柄だという評判が定着していた。二十世紀への変わり目には労働者階級のイタリア人が移り住み、続いて作家や芸術家たちが、曲がりくねった道や旧世界の雰囲気や安い家賃、そしていたるところに茂るアリアンサスやその他の植栽に惹かれて流れ込んできた。そうした木々は痩せた土でも、水がなくても、ほとんど日が当たらなくても根付くのだった。公共事業促進局の『ニューヨーク・シティ・ガイド』は、この地区に刻まれた歴史をまとめてこう述べている。「グリニッチ〔ビレッジ〕は、アメリカ版ルネッサンス、あるいは芸術の中心地である。政治的革新、あるいは長髪の急進的な男たちや短髪の急進的な女たちの中心地であり、性的自由、あるいは性的放埒の中心地でもある。この地をどう見るかは人それぞれだ[16]」。ワシントンスクエア東一〇〇番地にあるミュージアム・オブ・リビング・アートは、一九二七年に設立され、マン・レイ、ブランクーシ、マティス、ピカソ、モンドリアン、フェルナン・レジェ、そしてファン・グリスなどの作品が所蔵された。三年後には、西八丁目に「伝統を守るよりもむしろ新たに創り出すことを支援するために」作られた先駆的な空間ともいえるホイットニー美術館が開設された。哲学者のトマス・ペインは晩年の数年間をグローブ・ストリートの家——そこはハイスミス一家が一九四〇年に移り住んだ場所でもある——で過ごしていた。エドガー・アラン・ポーやウォルト・ホイットマンやヘンリー・ジェイムズなどの作家もみなこの地区で人生の一時期を過ごしている。事実、ビレッジの芸術村的な雰囲気はすでに陳腐なものとなり、一九三五年に社会学者のキャロライン・ウエアは、この地区のことを「似非ボヘミアン」[17]ばかりが固まって住んでいる場所と一刀両断した。にもかかわらず、このワシントンスクエア・パークの西側の区域は、世に衝撃を与える力をまだ持っていた。一九三六年、ある作家はビレッジが「あらゆる種類の目立ちたがり屋と性的倒錯者」のメッカだと形容した。[18]

一九三四年にニューヨークに戻ると、ハイスミスはまた新たな学校に転校した。東六十三丁目のジュリア・リッチマン高校に彼女は一九三八年まで在籍することになる。この女子高の名前はニューヨーク市で女性初の学区教育長となった人物にちなんでつけられたものだ。校舎は四棟あって、全校で八千名の生徒がおり、六十パーセントがイタリア人、三十パーセントがユダヤ人、残りがアイルランド人、ドイツ人、ポーランド人の子女と、ほぼニューヨーク市の民族構成を反映していた。学校では、生徒は机のみならず椅子までも共同で使わなければならなかった。移民たちの大量流入、とりわけヒトラー政権下のユダヤ人難民が増加したためである。一九三〇年から三九年の統計によると、新たに市内の学校に編入学した生徒のうち、ユダヤ人が占める割合は三分の一を超えていた。[19]これは、ひとつにはヒトラー政権が行った第二次世界大戦前の「ユダヤ人排除《ユーデンフライ》」政策による難民の増加によるものであったが、同時に一九二一年と一九二四年に施行された移民割当法によるものでもある。この法律により、アメリカへの移民希望者の受け入れ数は、すでにアメリカに居住しているその民族の構成比をもとに算出されることが定められた。ニューヨークにおける学校への就学需要は非常に高く、教育委員会は仮設の木造校舎を設置しなければならなかった。そうした校舎の中には第二次世界大戦後まで使用されたものもある。[20]

「いつも席を誰かと共有しなければならなかった。わたしよりも体格のいい子たちは、ひとりで使うことができたけれど……」とハイスミスは語る。「ヒトラーの時代には、学校はあまりにも生徒数が多かったから、三交替制の時間割だった。一番目は午前八時十五分に始まり、二番目は午前九時始まり、三番目は午前九時四十五分始まり。教室はぎゅうぎゅう詰めで、たとえその必要があったとしても、特別扱いが許される見込みはまったくなかった」とハイスミスは語っている。[21]

学校全体が文化的多様性にあふれていたにも関わらず、ハイスミスは孤独を感じていた。プロテスタントの信者であったので、ユダヤ人や大半を占めるカトリックの生徒たちからのけ者にされているような気がした。こうした社会的分断に、ハイスミスは不快感をあらわにしている。「カトリックでなく、ユダヤ人でもないと、カトリック教徒やユダヤ教徒が主催する十四歳以上のパーティに呼ばれることはない。彼らは他者を締め出しているからだ。パーティを開けるだけの人数のプロテスタントはいなかった[22]」

ハイスミスが入学する二十六年前、ジュリア・リッチマンは一冊の本を出版しており、その内容は当然ながら自らの名を冠した学校の建学の精神を高らかに反映していた。一九〇八年に出版された『良き市民であること（Good Citizenship)』はイザベル・リッチマン・ウォラックとの共著であり、子供たち向けの実用的なガイドブックとして近代的な生活の基本事項のアウトラインが解説されており、消防隊や保険局や街路清掃や警察の役割についてそれぞれ一章が割かれている。リッチマンが犯罪について書いた文章を、もし後のハイスミスが読んだとしたら、きっとあの独特のしわがれた笑い声をあげたに違いない。「犯罪というのは醜い言葉であり、醜い行為を指すもので、無秩序もわたしたちが取り組まねばならない悪ですが、犯罪の方がはるかに悪いものです……人間は怒りや嫉妬、強欲のために犯罪に手を染めます。しかし、警察官が目に入る時は、そのような行為をしないように細心の注意を払うものです[23]」。ハイスミスの作品世界では、犯罪は醜悪であるかもしれないが、心理的に追い込まれた結果でもあり、あまりに論理的で客観的に描写されているので、読者は犯罪がごく普通の行動と地続きの領域にあるものだと思い込まされるようになる。それだけではなく、ハイスミスの小説に登場する警察官は誰であれ、追っている犯人と同じくらい腐敗している場合が多い。このモラルのすり替えによって、読者のものの見方は揺るがされ、視界を歪められ、真実や正義といった社会通念の土台がひそやかに侵食されていく。
女子校という環境への変化は、ハイスミスにとって退屈でしかなかった。「十四歳になるまで通っていた共学の学校の方がもっとずっと楽しかった。男子のユーモアのセンスの方が女子よりも格段に優れていたしどう考えても面白かった。なのに十四歳から十七歳まで突然女子ばかりになって……勉強は機械的な暗記ばかり。本当につまらなかった」と後年話している。[24]
ジュリア・リッチマン高校におけるハイスミスの記録には、学業成績だけではなく——学業では最初からほとんどの科目で好成績をとっていた——彼女の性格に関する考察も記されている。カードに記入された観察記録には「恥ずかしがり屋?」とか、「いつもわたしにはとても感じがいい!」もしくは「様子見の価値あり」というようなコメントが残されている。にもかかわらず、ハイスミスにとっての学校の記憶は、死ぬほど退屈で、自由になる時間があれば常に異次元の世界に——尽きることのないスリルに満ちた小説の世界に逃避していたことくらいしかなかった。目の前の現実にあまりにも退屈していたので、体育の授業に本を一冊持っていき、高いロープにぶら下がりながら読んだりしていた。「先生もクラスメイトも誰も上なんか見やしなかったし」と彼女は語っている。[25]
エドガー・アラン・ポーは大のお気に入りで、特に『謎と幻想の物語(Tales of Mystery and Imagination)』については、「死、復活、埋葬後にも生きているかもしれないという独創的な空想世界」[26]を愛し、「彼の小説には、奔放な想像力がほとばしっている。どんなリスクだって平気で冒す」と述べている。[27]ハイスミスは、ニューヨークから二十キロほど離れたフォーダムのポーの家を訪ね、彼のノートに残る草稿や、妻ヴァージニアと彼の飼いネコが描かれたスケッチを見て楽しんだ。またポーが、この家から歩いてブロンクス・リバー・ブリッジを渡り、マンハッタンまで原稿を届けに行ったことを知りさらなる感銘を受けた。当時の彼女にはもうひとり別の文学的ヒーローがいた。ジョゼフ・コンラッドの短編小説『颱風』はハイスミスの愛読書のひとつである。舞台となるハドソン川は、一家が住むアパートからほんの数ブロックしか離れておらず、ふ頭に停泊する船の船倉奥深くに隠れて逃亡するという空想に彼女は夢中になった。「わたしは……クリストファー・ストリートとモートン・ストリートのはずれに停泊している貨物船の赤茶けた船首を見つめては、そのうちの一隻に乗り込んで学校からも家庭からも逃げ出したいと願ったものだ。それらの船の名前がわたしをいっそう惹きつけた。どれも見慣れない、発音できないものが多かったからだ」[28]。これと同じ願望を、彼女の作品の登場人物のひとりも抱いていた。彼女の最初の出版作『見知らぬ乗客』の主人公ガイは、「十四歳の時には、海へ行くのに夢中になっていた」と述べている[29]。海を舞台にしていること以外にも、このコンラッドの中編小説がハイスミスを魅了した理由は想像に難くない。この小説の構成が、本能のままに行動するマクワー船長と、知性の象徴のような一等航海士ジュークスとの二元的な、そして若干ホモエロティックな関係を軸としているからだ。この男同士の相克をハイスミスは自身の作品の中でより深く突き詰めていくことになる。

パッツィはまた現実逃避も経験し、他人の体験をわがことのように感じることに邪まな楽しみを引き出していた。とりわけ一九三五年一月、人々の耳目を集めたドイツ人移民ブルーノ・リチャード・ハウプトマンの裁判に彼女は興味を抱く。彼はチャールズ・A・リンドバーグの幼い息子を誘拐し、殺害したとして起訴されていた。十四歳のパッツィは、「世紀の裁判」として知られるようになるこの裁判報道にくぎづけになり、明らかになった事実を要約して日記に記している。「ハウプトマンの裁判。怒号。『嘘をつくな……』」。二月に有罪の評決が出ると「ハウプトマンは有罪、電気椅子を宣告される」と書いている[30]。十二年後の一九四七年、『見知らぬ乗客』を執筆中に、彼女はこの二十世紀前半の最もセンセーショナルな犯罪における殺人犯と被害者の名前を連結して、彼女が初めて生み出したサイコパスの殺人犯につけることになる――チャールズ・A・ブルーノと。

パッツィが十四歳の時、母親は彼女に「あなたレズなの？」と訊ね、さらに無慈悲にもこうつけ加えた。「なんだかそれっぽい感じが出始めているわよ」。後になってハイスミスは、この「ずいぶんと無神経でおぞましい物言い」[31]にますます自分が疎外され、内向的になっていったことを思い起こしている。「母の言葉は、路上で誰かにあのせむしを見てごらんなさいよ、滑稽でしょう、というのにも等しかった。おまけにわたしは路上の障がい者なんかではなく、母の家族だったのだ[32]」

学校ではすでに同級生に恋をし始めており、日記には、ある女の子にそっと指を絡めたら、その子がドイツ語の授業をパッツィと一緒に受けるのを嫌がるようになったことが記されている。彼女の恋愛関係はまだロマンティックなものであって、性的な要素はなかったと思われるが、自分の性的アイデンティティはある程度抑えなければならないと感じてもいた。「わたしの人格形成においてもっとも重要なのは、わたしの子供時代と思春期がオープンでも、自由でも、無邪気でも、純真でもなかったということだ。無邪気ではあったかもしれないが、内にこもり、無口だった[33]」

メアリーは、娘のおかしなふるまいが気になってはいたが、娘が何に悩んでいるのかを理解しようと努めることはなかった。「もっとちゃんとしてまともになったらどうなの？[34]」とだけいって部屋を出て行ってしまった。メアリー・ハイスミスは自分の娘に「他の人たちと同じように」なって欲しかっただけだが[35]、パッツィは母の辛辣な言葉に混乱するばかりだった。どうしたら「他の人たちと同じように」なれるのだろう、と少女は自問する。自分の家庭がこんなにおかしいのに？　母親はこれだけ自分の娘を疎んじておきながら、それがどんな影響を娘に及ぼしたかわかっていないのだろうか？　この出来事を大人になって振り返ったハイスミスは、あの母親の言葉がどれだけ自分を委縮させたかを思い出す。もし本当に娘を気にかけていたのなら、何か手を差しのべるなり、少なくとも小児精神科医の診察を受けさせようとするものではないのか？

パッツィは、晩年に偏愛したカタツムリのように、精神的な殻を作ってその中に引きこもるようになった。その殻は自分を外界から守ってくれた。「三十歳頃まで、わたしはもっぱら氷河か岩石のようなものだった」とハイスミスはノートに書いている。「たぶんそうすることで自分の守りを固めていたのだろう。それは自分自身のもっとも大切な情動を完全に隠さなければならなかったことと結びついていた」

「罪悪感を抱く若い同性愛者にとって不幸なことは、自身の性的対象のみならず、人間らしさや、もともと持っている心の温かさをも隠さなければならないことだ[36]」

ジュリア・リッチマン高校の同級生、ミュリエル・マンデルバウム〔旧姓ヴィーゼンタール〕は、当時のハイスミスのことを、非常に聡明だがひどく内向的で、他の生徒たちとは一定の距離を置いていたと回想している。「彼女はわたしと同じように、学校の西側に住んでいたので、学校へは同じバスで一緒に通いました。お互いどちらが先に、最短時間でヘラルド・トリビューン紙のクロスワードパズルを解けるか競い合ったりしたものです。彼女はクロスワードが得意でしたよ」

「彼女は飛びぬけてきれいで、美人で、背も高くてほっそりとしていて、まさに貴族的な容貌というのがぴったりの人でした。ですから晩年に撮られた彼女の写真を見た時はショックでした。わたしが知る彼女は、口紅をつけ、髪を長く伸ばしていました。とても女らしくて、男っぽさを感じさせるものなど何もありませんでした。もちろんあの頃は何もわかってはいませんでしたが、彼女がレズビアンだと思わせるようなものは一切ありませんでしたよ」[37]

ハイスミスは、家や学校で自分の感情を抑え込んでいただけではなく、日記を書く時でさえ自己検閲を課す必要を感じていた。「書きたいことを書いてはならない。抑圧」と一九三五年の日記に書いている。「M〔母親のこと〕は、わたしがとてもxだというし、わたしも初めて自分がそうじゃないのかと思った」と別の日に書いている。[38]

パッツィが自分の性的関心の芽生えを表に出してはならないと感じていたとしても驚くには当たらない。たとえグリニッチビレッジに住んでいたとしても、一九二九年の大恐慌の襲来は女性たちの自立の表明に水を差すものだった。ウォール街での株価大暴落に続く三年間、世間はしだいに働く女性たちに対する反感を強めていく。仕事の口があるならば、それは女性ではなく、男性が就くべきものであるというのが当時の世論の大多数だった。一九三一年、バーナード大学――ハイスミスが十七歳から二十一歳まで学ぶことになる女子大である――の学長は我が校の卒業生はすべからく、どうしても就職する必要性があるのか己の胸に問わねばならないと訓示した。もし必要がないのなら「あなたがたが社会になしえる最大の貢献は……己の利益のための仕事を断る勇気を持つことです」と学長は述べた。[39]

レズビアニズムに対する社会全般の風当りはいっそう厳しさを増した。メニンガーの『人間の心』では、女性同性愛を「愛情と興味の倒錯症」――フェティシズムや小児性愛や、さらには悪魔崇拝と一緒くたに分類し、女子大生がルームメイトに恋情を抱いた事例について論じている。「彼女たちはまるで恋人同士のようにかかわり合う。激しい喧嘩をして、嫉妬をあらわにし、その後で悦びに満ちた仲直りをする」とメニンガーは述べている。[40]一九三五年のニューヨークタイムズ紙は、一面で「副腎除去手術で女性のパーソナリティは変えられる」と見出しを打ち、特集記事を載せた。「男性的な精神状態」に悩む女性たちが――もちろんこれは同性愛を表す婉曲表現である――治療できること、すなわち副腎を片方切除する手術を受ければ、尋常でない欲望が「治癒」できると報じた。手術は「結婚に対する嫌悪」と闘う女性たちにとって救いとなり、かつ男っぽさを減退させることができるだろうとも。[41]

小説の世界でもレズビアンは異常人格者か何かのようにみなされていた。一九二八年に出版されたラドクリフ・ホールの『さびしさの泉』は、レズビアンの認知度を上げるのには役立ったが、あたかも彼女たちを性倒錯者のように——たまたま他の女性を愛した女性としてではなく、女性の身体に閉じ込められた「男性」として描いていた。大衆へのこうした嗜好をそそり、相次いで出版された類似の小説によって、レズビアンに対する嫌悪はさらに増大し、「暗く濁った泥水のなかによどんでいる、歪み、ねじれた怪物」として分類され、大衆紙ではジャーナリストたちが好んで風刺のネタにした。[42] 一九三一年版の「ニューヨーク・イブニング・グラフィック」紙には「グリニッチビレッジのバーで、罪深き金持ち女たちが無垢な少女を罠にかける」という見出しが大々的に躍っている。その記事はバンガローというバーに集う常連たちについて「舌足らずな口をきく男性と低い声の女性たちであふれ……臆面もなく嫉妬心を剥き出しにして、時には互いを爪で引っかき合う。大声で話し、叫び、愚弄しあい、ひっきりなしにジンを注文する。いつもジンなのだ」と記している。[43]

レズビアンは、「一九三〇年代にはモンスター的な存在と考えられ[44]」、ハイスミスのような若い女性たちの多くは、自分たちの欲望を抑えつけなければならないと感じていた。おそらくこの自己検閲の傾向こそが、ハイスミスを空想の中の恋人、彼女の心の中にだけ存在する、幻のような女性への魅惑をかきたてることになったのだろう。もし現実がそれを許さないのなら、代わりの存在を自らの想像力ででっちあげるしかなかった。ハイスミスが十四歳の時、恋に落ちた少女は、ほぼ確実に現実にはごくわずかの接点しかないどこかの少女だった。「十四歳から十七歳までの間で、十四歳の時に学校でほんの数週間見かけた子を好きになった。……わたしたちはニューヨークの別々の高校へ行って、もう二度と会うことはなかった。彼女とは友達であったことはまったくないし、握手をしたことさえなかった[45]」

それはこれから先、何度も繰り返されることになる彼女の恋愛パターンとなる。自分の恋人に、本当はありもしない資質を与えてしまうのだ。ベッティーナ・バーチとの未出版の対談の中で、恋愛というものの本質について訊ねられたハイスミスは次のように答えている。「想像力ね。愛というものは見ている人の目にあるものだから。現実とは関係ないのよ。誰かを愛している時、人は狂気の中にいるものだから[46]」

放課後、彼女は六十八丁目通りと三番街の角にあるカゾスというドラッグストアによくソーダを飲みに寄った。それから十四年後、ハイスミスは再びその店に立ち寄ってみる。二十九歳になった彼女がその前を通りすぎると、少女の頃のほろ苦い記憶がどっとよみがえってきた。「ここで味わったつらい苦しみ、探し求めたいくつもの顔、その顔に会えたり、会えなかったりしたこと、その日学校で起きた打ちのめされるような出来事で一変してしまった午後、人生をすっかり、そして永遠にねじ曲げてしまった日々、そんなことを思い出す[47]」

当時の彼女の生活は、日記の中で告白していたように、「際限のないこの世の地獄」だった。[48]スタンリーとメアリーは喧嘩が絶えず、パッツィはこのふたりが離婚しないかと期待していたが、そうはなりそうになかった。「ＭはＳから離れないだろう。そしてけっして、けっして、本当の幸せを知ることはない」と書いている。[49]夜には、よく泣き疲れて眠った。

しかし、一九三五年四月、パッツィのもとへ「ウーマンズ・ワールド」誌の編集者レイ・ウォレスから嬉しい知らせが届く。雑誌に彼女が二年前のサマーキャンプで両親宛てに出した手紙を掲載するだけでなく、掲載された七月号が刊行されたら二十五ドルの原稿料を払うといってきたのだ。パッツィが書くこと――経験を体系化すること――に惹かれたのは家庭の状況があまりにも無茶苦茶だったからだ。十四歳の時に、初めて物語の最初の一文を書いた後に感じた非常に大きな満足感をハイスミスは覚えていた。「彼は寝る支度をして、靴を脱いでつま先を向こう側にしてそろえ、ベッドの脇に置いた[50]」。その先がどうだったのか彼女は覚えていなかったが、「その一文はわたしに秩序の感覚をもたらし、靴がベッドの脇にきちんとそろえて置かれている様子が見えたのだ……わたしは秩序と安寧とを切望していた[51]」。彼女は十四歳か十五歳の時に詩作も始め、テニスンの『国王牧歌』の形式をまねて叙事詩を書いた。その詩は英国風の叙事詩で、城や戦いの世界を舞台にしたロマンティックな物語だが、現在は残っていない。ハイスミスのＩＱは１２１で、彼女の読む本はウィルキー・コリンズの『月長石』や、ハーマン・メルヴィルの『白鯨』、エーリヒ・マリア・レマルクの『西部戦線異状なし』、そして遺伝や、手相占いやクリスチャン・サイエンスについての本など多岐に及んでいた。

ハイスミスの母親は、メリー・ベーカー・エディが一八七〇年代にマサチューセッツ州で設立したクリスチャン・サイエンスの熱心な信者だった。この運動は南北戦争終結後のアメリカ社会が陥った社会不安の副産物ともいえるものだった。エディの目的は、彼女がいうところの原始キリスト教や、今は失われてしまった霊的なヒーリングに回帰することであり、そのためにホメオパシー〔同毒療法〕を含む数々の代替療法が使われた。病気の要因はさかのぼれば心にその根源があり、真の治癒は霊的なヒーリングによってのみもたらされるとエディは信じていた。一九三〇年には、アメリカ国内のクリスチャン・サイエンス教会の信者数は約二千四百人だったが、一九三六年のアメリカ合衆国国勢調査局の記録では、全国の教会の信者数は合計二十六万九千人にものぼる。「信者たちが求めるのは……センチメンタルな甘ったるさ……楽観主義……さわやかな語り口……」と二十世紀初頭の評論家は述べている。「このストレスと実利主義の時代において、何もかもが楽しく、うまくいっていると信じてだまされる特権を求めて、エディ夫人に高い金を払う」[52]。それでも、一八七五年に初版が出版されて以来三十五年にわたり改訂を重ねた『科学と健康　付聖書の鍵』がなぜ、十代のハイスミスに影響を与えたのかについては理解できなくもない。エディの理論の中核をなすものは、人間の心と魂が現実を決めるという信念である。「物事に良いも悪いもない。考え方によって良くも悪くもなる」とエディはその著書の冒頭にシェイクスピアの『ハムレット』を引用する。ハイスミスはその信念に惹きつけられ、生涯を通じて苦しい時にそれを口にした。「人には精神的な習慣、というよりは自己欺瞞のようなものがある。現実にはそうでなくとも、明るくふるまい続けるため、そして自分が前に進んでいるんだと思い続けるために必要なのだ」と語っている[53]。

やがてハイスミスは二十代初めに、クリスチャン・サイエンスの教義の前提すべてがばかげていると気づき、活動とは距離を置くようになる。二十七歳の時には、人の精神を高揚させるためにエディが提唱する手法や、母親が受けた影響について、あらためて「ヒステリックだ」と結論づけている[54]。しかし、まだこの時は内気で、不安で、自身の性的本能によって異常者だと差別されることを怖れていた少女は、あたかも希望の光であるかのようにクリスチャン・サイエンスに傾倒した。メリー・ベーカー・エディの教えを自分の人生の指針とすると決めてから、パッツィは、自分が確かにこれまでよりずっと「希望を持てる」ように思えた[55]。「クリスチャン・サイエンスの身体的ヒーリングはかつてイエスの時代にそうであったように、神聖な神の摂理の働きとしてなされる」とエディは約束していた。「罪も欲望も人間の意識におけるリアリティを失い、自然かつ必然的に消失する。あたかも光が暗闇に取って代わるかのように、罪が贖罪に取って代わるかのように」[56]

十五歳の時、ハイスミスは「ノート」と呼ぶ記録をつけ始めた。縦二十一センチ横十八センチのノートに、創作の種を――彼女は「ケイミー」と呼んでいる――手あたり次第に書き留め、ヘミングウェイやキャサリン・マンスフィールド、プルースト、T・S・エリオットの作品を小脇にかかえているような「聡明な女学生たち」と交わるようになる。ハイスミスは、毎日登校時のバスでは必ず「ヘラルド・トリビューン」紙を読んでいた。

「十六歳か十七歳の頃から、薄気味悪いといわれるようなアイデアを思いつくようになったが、わたしにはちっとも不快だとは思えなかった[57]」。一九三七年六月、彼女は「犯罪の始まり」という題名の物語を書き、ある教師はその学期で一番の出来だと評価した。そのテーマは、それから先彼女が生涯をかけてさまざまな形で繰り返していくことになるもの――倫理観と罪とのせめぎあい――であり、そのアイデアは個人的な体験から思いついたものだった。

「最初の小説として覚えているのは、十六歳くらいで書いたものだ。わたしが通っていた高校には同じ歴史の本が三冊あった。そして多くの女性徒たちが――女子校だからだが――みなその本を同時に狙っていた。だったら盗んでしまえばいいと思い、本を盗んだ女生徒の話を書いてみた。わたし自身はけっして本を盗んだりはしなかったけれど」。小説の中で、女生徒は分厚いノートをくりぬき、盗んだ本を中に隠す。「悪くない出来だった――それは今と同じスタイル、つまりとてもシンプル、きわめてシンプルなスタイルで書かれていた[58]」

別の物語は、「サクラソウはピンク（Primroses Are Pink）」というタイトルで、一九三七年秋刊行の学校の文芸誌「ブルーバード」に掲載された。サクラソウの花の色という些細なことによってもたらされる精神的危機を描いた作品である。この話にはふたつの版が残っている。ひとつめは「ブルーバード」に掲載された版であり、もうひとつは、少し長く、より確信的で、原稿の形で残っているが、後年書き直した形跡が見られる。学内誌に掲載された作品の冒頭部分は次のように始まる。「フレミング氏は何事に対してもきっちりとした人物だった。書斎にスポーツ競技の絵が欲しいと思っているが、懐具合と好みの両方にふさわしい絵はまだ見つかっていない[59]」。未発表原稿の冒頭部分は、より不穏で、その陳腐さゆえにいっそう恐ろしい。「セオドア・フレミング氏は晴れやかな顔で、アパートのロビーをずかずかと歩き、エレベーターボーイに挨拶すると中に乗り込んだ。十二階でエレベーターを降り、我が家へと陽気な足取りで入って行った。妻は居間にいた[60]」

フレミングは、ダービーの優勝馬に乗った騎手が描かれているモノトーンの絵を購入する。そして騎手の帽子とジャケットが実際はサクラソウの色だと知ると、絵を彩色してもらうために業者に送る。しかし彩色されて戻って来た絵を見たフレミングの妻キャサリンは、騎手のジャケットの色はサクラソウではなくピンクのはずだと主張する——この絵のような緑がかった黄色っぽい色ではないと。実際のところは、彼女の母親がいつも庭に植えていたサクラソウがピンク色だったからにすぎないのだが、猜疑心と心を押し潰さんばかりの不安がフレミングの眼を曇らせ、サクラソウの本当の色が何なのかという強迫観念に取りつかれ、夫婦の間でいさかいが勃発する。それでもアパートの部屋にその絵を飾ることにするのだが、客人には「あれはサクラソウなんですよ。イギリスのサクラソウは黄色なんですってね」といわずにはいられない。[61]明らかにこの出来事によって彼の精神はどこかおかしくなっている。

書くことは、ハイスミスにとって内面を吐露する唯一の手段だった。「自分がなぜ書き始めたのはわかっている。感情を自分の中から外へと出し、紙の上で見えるようにして、自分でできる限り整理していたのだ」と後に語っている。[62]だが同時に書くという体験を通して自分自身を浄化してもいたので、罰のひとつとして意図的に自身を飢えさせようとした。十六歳のパッツィは体重が四十八キロしかなく、十九歳頃までさまざまな健康上の問題——二十世紀後半には摂食障がいと名づけられることになる——に悩んでいた。拒食、低体重、月経不順、便秘、過活動、末梢性チアノーゼ、低心拍数、濃い産毛などである。「わたしはこうした症状すべてを十五歳から十九歳にかけて経験した[63]」。一九六九年、摂食障がいについての新聞記事の横に彼女はそう殴り書きしている。

ハイスミスの場合、摂食障がいは極端に低い自己肯定感が表に出てきたもので、自分自身のアイデンティティから逃れたい、自分を消し去りたいという衝動が、ほとんど病的な徴候となって表出したと思われる。これらの衝動は後にハイスミスの多くの作品で表現され、とりわけ『太陽がいっぱい』ではもっとも顕著である。この自分を消し去りたいという衝動は、幾多もの複雑で感情的な要因に行きつく——不幸な幼少期、思春期の初めに母親に拒否されたこと、現実からの乖離した感覚、自己のセクシュアリティに対する混乱。ハイスミスは自身の行動についてノートに書き記している。「ネズミみたいになんでもかんでも一部をとっておく。自己卑下。思春期における無食欲症。両親の注意を惹きたいがために、そして自身を——自分の性的なものを——罰するために[64]」

書くことと性をめぐってはさまざまな学説があるが、ハイスミス自身は、自分の創造力というものは、フラストレーションや抑圧した欲望の表現だと考えていた。一九四二年に書いた小説の草稿では、ヘンリエッタという名の少女を描くために、十六歳当時のハイスミス自身の経験をかなり織り込んでいる。日曜日ごとにヘンリエッタ〔あるいはハイスミス〕は創作意欲にとらわれる――それは書きたい、描きたいという衝動によって表現されている――だが一日が終わるころには、満たされない思いだけが残り、どうしようもなく惨めで泣きそうになっている。両親が用意してくれたコーヒーとアイスクリームを断り、明かりもともさず部屋に閉じこもる。胃は空腹に引きちぎれ、涙がちくちくと目を刺す。ヘンリエッタにとって書くことは浄化作用であり、自分の中に溜め込まれた感情の毒の塊を排出する行為である。だが、いったん書けなくなると、彼女はひどく惨めな気分になる。「そういう時、彼女はフラストレーションと欲望を、満たされない性衝動に結びつけるのだった。その齢であれば無理からぬことだった」[65]。だが、こうした衝動を満たせるようになるまで、それほど時間はかからなかった。

メアリー・ハイスミスは、娘が異性にほとんど関心がないのを見て、ボーイフレンドを探し始めた。パットとデート相手はダンスに出かけ、その後食事をしたのだが、おやすみのキスは十六歳の彼女にとっておぞましい経験でしかなかった。「まるで牡蠣のバケツに真っ逆さまに浸かったみたい」と彼女は母親に話した[66]。パットは母親らしいアドバイスを期待したのだが、メアリーはその件に関して協力的ではなかった。

「あの晩別れる時に、彼が支払ってくれたわたしの分の食事代の代償がそれだというのなら、むしろその分だけ払ったほうがましだと思った。結局そうはならなかったけれど。だってその男の子とは付き合うのをやめてしまったから――お互いに時間の無駄だもの」[67]

だが、ヴィヴィアン・デ・ベルナルディによれば、パットは十六歳のどこかの時点で、異性との初体験を済ませていた。「ある時、自分の初体験は十六歳だったと話してくれたんです。相手は男性で、彼女は最悪だったといっていました。全然気持ちよくなんてなかった、その人とは取り立てて感情的な関係があったわけでなく、ただの好奇心だったと。いわば医学的実験のようなものだったそうです」[68]

ハイスミスは、自分は女性との方がもっと相手に近しい感情を抱けることに気づき、「偶然女の子と手が触れ合うなんてまさに天国だった」と後に回想している。[69] 一九三七年十一月、パットはジュリア・リッチマン高校の同い年の女の子とデートをした。ジュディ・チュヴィム、後に名前をジュディ・ホリデイと改め、一九五〇年公開の映画『ボーン・イエスタデイ』でオスカーを獲得することになる女性である。ふたりの少女たちには多くの共通点があった。どちらも不幸な幼少時代に苦しんだ。ジュディの両親は彼女が一歳の時に離婚し、その後まだ子供の時分に母親が自殺未遂を起こし、オーブンに頭をつっこんでガスのスイッチをひねったが、辛くも娘に助けられた。ハイスミスもチュヴィムもはみ出し者の十代の少女だったが、自分たちはよりよい人生を切り開くという夢を持っていた「わたしは根っからのスノッブなんだと思う。人と違っていることや自分や周りのみんなを良くすることに快感を覚えるの」。後にジュディはそう語っている。[70]

しかし、ハイスミスが育んだ十代の交友関係は中断を余儀なくされることになる。高校を卒業後、一九三八年一月、彼女は祖父母と数か月を過ごすためにフォートワースへ戻ることにした。ジュリア・リッチモンド高校での最終年度に、彼女はいい成績を取るために猛然と学業に取り組んだ。リージェントと呼ばれるニューヨーク州の共通学力試験で、ハイスミスは百点満点中八十八点という優秀な成績をおさめる。最終学年の成績表では、英語、フランス語、英語の会話が九十点、ドイツ語八十五点、アメリカ史九十三点、保健衛生学九十一点、体育八十五点だった。社会実習の評価は低く、七十五点にしかならなかった。総合すると平均点は七十九・六点で、卒業生総数五百二名中百十六番だった。

ニューヨークを離れる前、ハイスミスは進学先として選択肢のひとつであるワシントンスクエアにあるニューヨーク大学を訪れている。かつては男子と一緒にいるのが楽しかったが、今の彼女は男女共学の環境を受け入れられなくなっていた。「いずれにしても、一九三八年当時、ニューヨーク大学の学生たちは二十五歳くらいに見えた。もちろんそんなことはなかったのだけど」と彼女はいう。「誰もかれもが体重九十キロ以上の巨漢で、毛むくじゃらに見えた。廊下を歩いていたり、階段をのぼったりしている時に、そんな連中とぶつかったらどうしようかと思ったわ」[71]

一月下旬、ハイスミスはニューヨークからヒューストンへと船で向かった。マイアミの海岸沿いを航行しながら、夜明けの街に灯りがきらめき、前方の海上に虹がかかるのを見てわくわくするような興奮を覚えた。フォートワースのウィリー・メイの家にたどり着いた時には二月になっていたが、前回訪ねた時から、だいぶ手入れがされていないように見えた。彼女はまた、実の父のジェイ・Bとも再会した。父と娘は食事に出かけたり、一緒に過ごす時間を増やしていったが、それもジェイ・Bが娘を誘惑するという稚拙な行為に及んだことで終わりを告げた。「わたしの父さんのことだけれど」。三十年以上経ってからハイスミスは継父宛ての手紙にそのことを書いている。「わたしがテキサスにいた十七歳の時、何度かしつこいキスを――それも父親が娘にするようなものじゃない――迫られたことがあるの。起きたことはそれだけで、今さらおおごとにするつもりはないけれど。近親相姦というのはちょっと言い過ぎかしら。だからって父が紳士じゃないというつもりはないわ。それじゃまるで紳士には性的欲求なんてないみたいだし、そんなのは誰が見てもばかげている……」[72]。ジェイ・Bが彼女にポルノ写真を見せた可能性もほのめかされている。彼女のノートには「Bがわたしにポルノ写真を見せた（嫌悪感と興味とBに対するおぞましさが入り混じった複雑な気持ち）」とある[73]。どう見てもふたりの親子関係は普通ではなかった。ジェイ・Bはパットを自分の血を分けた子とみなしてはいなかったし、パットもまた彼のことを本当の意味では父親とみなしていなかった。ハイスミスが家で目の当たりにしていた泥沼の感情的応酬――メアリーとスタンリーの絶え間ない口論や、彼女をさらに内にこもらせる不和の数々――によって、ハイスミスが長年不在だった実の父親に、なんらかの理想的な姿を見ようとしたのは無理からぬことといえる。彼女の人生につきまとうことになるいくつもの影法師のように、遠くから垣間見る謎めいた人物たちは彼女にひらめきを与え、数々の作品が生み出されてきた。ジェイ・Bは、彼女が空想の物語を投影する器としての人物、まっさらな白紙としての役目を果たしたのだ。それだけでなく、ジェイ・Bは間違いなく、ハイスミスが出会った中でも、驚くほど自分と似通った身体的特徴を持ったもっとも近しい人間であった。彼女はジェイ・Bの姿に、自分が男に生まれていればこうなっていたかもしれない姿を垣間見た気がしたのだろう。さらにはその自己陶酔的な魅力がより彼女を惹きつけたに違いない。父親も娘も自分の気持ちに戸惑い、相手への感情移入や承認が、どういうわけか性的な吸引力に変わってしまうことに当惑を覚えただろう。いつもならどんなにトラウマに満ちた出来事でも、嬉々としてノートや日記に書き連ねるハイスミスも、この件に関しては何も詳細を記録していない。おそらく言葉にするにはあまりにも生々しく、苦痛だったのではないだろうか。

フォートワースに滞在中、パットはニューヨークにある女子大で、コロンビア大学の一部であるバーナード大学への進学を決めた。テキサスではひたすら読書をして過ごした。当時お気に入りの作家たちは、プルーストや、十八世紀イギリスの随筆家ジョゼフ・アディソンやリチャード・スティールなどだった。また、フォートワースの友人フローレンス・ブリルハートと乗馬を楽しんだ。ある日ハイスミスはタクシーに乗って、白内障でほとんど目が見えなくなっていた祖母を連れて、フォートワースからよその町の映画館へ『真夏の夜の夢』を観に出かけた。一九三五年制作のこの映画は、マックス・ラインハルトが監督し、ジェイムズ・キャグニー、ディック・パウエル、ミッキー・ルーニー、オリヴィア・デ・ハヴィランドが出演し、音楽にはメンデルスゾーンの作品が使われていた。「その晩わたしは思った。メンデルスゾーンがこの序曲を書いたのは、わたしとほとんど変わらない年齢だった。まさに天才だ！」[74]

夜には故郷の町を歩き回り、立派なお屋敷に住んでいる人々の心理的な苦痛を勝手に思い描いては楽しんだ。少女時代に読んだメニンガーの著作に明らかな影響を受けていた彼女は、街の西側の裕福な住宅街を通りながら、この家には裕福な牧場主の息子である精神障がい者が住んでいる、あるいは別の家には、息子たちのことで肩身の狭い思いをしている白髪交じりの不幸な女性が住んでいるなどと空想をたくましくしていた。「十七歳の時の街の西側への夜の散歩は、あれ以来体験したことはないほど驚異に満ちていた[75]」

この滞在の間、ハイスミスはある少年とも出会っている。彼こそは後に処女作『見知らぬ乗客』でサイコパスの殺人者、ブルーノとして生まれ変わる人物である。「十七歳の時テキサスで、どうしようもなく甘やかされた男の子と知り合いになった。まったくもって自堕落で、まさにブルーノみたいな子」と彼女は記している。「裕福な家の養子だったが、完全なろくでなしで、かなりのサイコパス、まさにブルーノの原型のような人間[76]」

六月になると、ニューヨークへ船で戻った。九月にはバーナード大学が始まり、それまでの三か月間、彼女は都会の生活を楽しむことにした。エジプト美術に関する一連の講座を受講しにメトロポリタン美術館に通い、ディケンズの全集を買い、ジュディ・チュヴィムと再び付き合うようになった。「ジュディとは何度も会ったわ。でも彼女の家族のことは好きになれなかった[77]」

彼女は喜びへの可能性が開かれるのを感じた。「この一か月でわたしはすごく変わったと思う」と一九三八年九月八日の日記に書いている。未来はわくわくするような可能性としてすぐそこにあった。「目の前に良き日々があることを夢に見る。願わくばそうなりますように[78]」

原注
第4章

1 PH, Cahier 36, 31/10/83, SLA.
2 PH, Cahier 19, 7/22/50, SLA.
3 PH, Diary 8, 2 April 1948, SLA.
4 ハイスミス　ダン・コーツ宛書簡　１９６８年12月26日付　ＳＬＡ所蔵
5 PH, Cahier 4, 8/24/40, SLA.
6 Naim Attallah, 'The Oldie Interview, Patricia Highsmith', *The Oldie*, 3 September 1993.
7 ハイスミス　ニニ・ウェルズ宛書簡　１９７２年3月29日付　ＳＬＡ所蔵
8 前掲書簡
9 PH, Cahier 36, 3/9/83, SLA.
10 バート・ディートヘルムとのインタビュー　１９９９年3月27日
11 ハイスミス　アレックス・ザァニー宛書簡　１９６９年2月18日付　ＳＬＡ所蔵
12 PH, Cahier 10, 5/22/43, SLA.
13 George J. Lankevich, *American Metropolis: A History of New York City*, New York University Press, New York & London, 1998, p. 163.
14 Michael E. Parrish, *Anxious Decades: America in Prosperity and Depression 1920-1941*, W.W. Norton & Company, New York, London, 1992, p. 289.
15 PH, *Strangers on a Train*, Cresset Press, London, 1950, p. 212.
ハイスミス『見知らぬ乗客』白石朗訳　河出文庫　２０１７年
16 Works Progress Administration, *New York City Guide*, Guilds' Committee for Federal Writers' Publications Inc., Random House, New York, 1939, p. 124.
17 Caroline F. Ware, *Greenwich Village*, 1920-30, Houghton Mifflin & Co., 1935, quoted in George Chauncey, *Gay New York: The Making of the Gay Male World 1890-1940*, Flamingo, HarperCollins, 1995, p. 233.
18 Bruce Rogers, 'Degenerates of Greenwich Village, Current Psychology and Psychoanalysis', December 1936, p. 29ff, quoted in Chauncey, *Gay New York*, p. 234.
19 Selma Berrol, *The Empire City: New York and its People*, 1624-1996, Praeger Publishers, Westport, Connecticut & London, 1997, p. 117.
20 *New York City School Buildings 1806-1956*, Board of Education, quoted in Robert A.M. Stern, Gregory Gilmartin, Thomas Mellins, *New York 1930:Architecture and Urbanism Between the Two World Wars*, Rizzoli International Publications Inc., New York, 1987, p. 120.
21 PH, 'A Try AT Freedom', SLA.
22 Ibid.
23 Julia Richman Wallach, *Good Citizenship*, American Book Company, 1908, p. 70.
24 Diana Cooper-Clark, 'Patricia Highsmith-Interview', *The Armchair Detective*, Vol.14, No. 4, 1981, p. 318.

25 PH, 'A Try AT Freedom', SLA.
26 PH, 'Books in Childhood', January 1986, SLA.
27 PH, Answers to Q&A for *Ellery Queen's Mystery Magazine*, sent 18 November 1981, SLA.
28 PH, 'Books in Childhood', January 1986, SLA.
29 PH, *Strangers on a Train*, p. 238.
ハイスミス『見知らぬ乗客』
30 PH, Cahier 9, transcription of 1935 diary, SLA.
31 ハイスミス　スタンリー・ハイスミス宛書簡
１９７０年９月１日付　ＳＬＡ所蔵
32 前掲書簡
33 PH, Cahier 26, 2/3/62, SLA.
34 ハイスミス　メアリー・ハイスミス宛書簡
１９６６年４月12日付　ＳＬＡ所蔵
35 前掲書簡
36 PH, Cahier 26, 2/3/62, SLA.
37 ミュリエル・マンデルバウムとのインタビュー
２０００年２月10日
38 PH, Cahier 9, transcription of 1935 diary, SLA.
39 Edna McKnight, 'Jobs - For Men Only? Shall We Send Women Workers Home?', *Outlook and Independent*, 2 September 1931, quoted in Lillian Faderman, *Odd Girls and Twilight Lovers, A History of Lesbian Life in Twentieth-Century America*, Penguin Books, London, 1992, p. 96.
40 Karl Menninger, *The Human Mind*, Knopf, 1930, p. 252.
カール・A・メニンジャー『人間の心（上・下）』草野栄三良訳
日本教文社　１９５０－５１年（引用された原典邦訳は柿沼によるもの）

41 'Women's Personalities Changed by Adrenal Gland Operations', *New York Times*, 28 October 1935, quoted in Faderman, *Odd Girls*, p. 100.
42 Sheila Donisthorpe, *Loveliest of Friends*, Charles Kendall, New York, 1931, quoted in Faderman, *Odd Girls*, p. 101.
43 New York Evening Graphic, 1931, 'Lesbian Herstory Archives', quoted in Faderman, *Odd Girls*, p. 107.
44 Faderman, *Odd Girls*, p. 119.
45 PH, 'First Love', *Sunday Times Magazine*, 20 January 1974.
46 Bettina Berch, 'A Talk with Patricia Highsmith', 15 June 1984, SLA.
47 PH, Cahier 20, 10/20/50, SLA.
48 PH, Cahier 9, Transcription of 1935 diary, SLA.
49 Ibid.
50 PH, 'Between Jane Austen and Philby', written for *Vogue*, September 1968, SLA.
51 Ibid.
52 Eugene Wood, 'What the Public Wants to Read', *Atlantic Monthly*, October 1901, quoted in Stuart E. Knee, 'Christian Science in the Age of Mary Baker Eddy', *Contributions in American History*, No. 154, Greenwood Press, Westport, Connecticut & London, 1994, pp. 117,118.
53 Diana Cooper-Clark, 'Patricia Highsmith - Interview', *The Armchair Detective*, Vol. 14, No. 4, 1981, p. 320.
54 PH, Diary 8, 24 March 1948, SLA.
55 PH, Cahier 9, transcription of 1935 diary, SLA.
56 Mary Baker Eddy, *Science and Health with Key to the Scriptures*, The First Church of Christ, Scientist, Boston, Massachusetts, 1991, p. xi.
57 *Kaleidoscope*, BBC Radio,17 March 1975.
58 'Patricia Highsmith: A Gift for Murder', *The South Bank Show*, LWT,

14 November 1982.

59 PH, 'Primroses Are Pink', *The Bluebird*, Fall 1937, Vol. 25, No.1, p. 57, Julia Richman High School archives, Julia Richman Educational Complex, New York.

60 PH, 'Primroses Are Pink', manuscript, SLA.

61 Ibid.

62 'Why I Write', sent to *Libération*, Paris, 22 February 1985, published March, SLA.

63 PH, Cahier 30, SLA.

64 PH, Cahier 23, 10/16/54, SLA.

65 PH, Cahier 7, 6/7/42, SLA.

66 ハイスミス スタンリー・ハイスミス宛書簡 1970年9月1日付 SLA所蔵

67 前掲書簡

68 ヴィヴィアン・デ・ベルナルディとのインタビュー 1999年7月23日

69 PH, Diary 5, 18 October 1943, translated from the German by Ulrich Weber, SLA.

70 Gray Carey, Judy Holiday, *An Intimate Life Story*, Robson Books, London, 1983, p. 12.

71 PH, 'A Try At Freedom', SLA.

72 ハイスミス スタンリー・ハイスミス宛書簡 1970年8月29日付 SLA所蔵

73 Cahier 9, transcription of 1938 diary, SLA.

74 PH, *Plotting and Writing Suspense Fiction*, The Writer Inc., Boston, 1966, p. 20.
ハイスミス『サスペンス小説の書き方 パトリシア・ハイスミスの創作講座』坪野圭介訳 フィルムアート社 2022年

75 PH, Cahier 13, 12/23/45, SLA.

76 'The Book Programme', *BBC 2*, 11 November 1976.

77 Cahier 9, transcription of 1938 diary, SLA.

78 Ibid.

第5章

自由の味

1938 – 1940

一九三八年九月二十八日、ハイスミスはブロードウェイを歩いてバーナード大学の高い鋼鉄の門をくぐり、文学部英文学科の四年制の学部生となった。「熱望していた自由の味がここにはあった」とハイスミスは大学時代について記している。[1]

女子専用カレッジで、コロンビア大学の一部でもあるバーナード大学は難関として、アイビー・リーグの一端を担う大学として、まだいささか排他的であることでも知られていた。一八八九年秋に創立されてから、バーナードは女性に四年制の学士号を授与するニューヨーク市で最初の独立した大学となった。ハイスミス以前のバーナードの卒業生には、天文学者のヘンリエッタ・スウォープ、文化人類学者のマーガレット・ミード、ハーレム・ルネサンス期の作家として知られるゾラ・ニール・ハーストン、ミステリー作家のフィービー・アトウッド・テイラー、作家で評論家のエリザベス・ジェーンウェイ、詩人で評論家のバヴット・ドイチュなどがいる。バーナードのモットーは、コロンビア大学と同じく「汝の光によって我らは光を見る (In Lumine Tuo Videbimus Lumen)」であるが、バーナードの学生たちは、校章の知恵の女神アテナの両側に書かれているギリシャ語の一句をモットーとしてきた。翻訳すれば「理知の道を追求する」となるが、ハイスミスの場合は「汝の光によって我らは暗闇を見る」あるいは「狂気の道を探求する」の方がふさわしかったかもしれない。

この当時、バーナードの入学選考方法は非常に厳格だった。その資格としてまず高等学校過程において必須とされる十五単位の中には英語、数学、外国語が含まれなければならない。ニューヨーク市共通学力試験で優良成績であること、高校課程において優秀な成績を修めていること、校長からの強力な推薦状があること、そして幅広い科目での知識が問われるバーナードの入学試験で合格水準点以上であること。「一九三〇年代、バーナードのような四年制大学に入学できるのは非常に優れた成績の女子学生に限られていました」とバーナード大学資料館員のドナルド・グラスマンは述べている。[2]

英文学を学ぶのに加えて、ハイスミスは短編小説と戯曲の授業を取り――興味深いことに長編小説の授業を取ったことはない――あわせてギリシャ語、ラテン語、動物学などの授業も取っていた。バーナードの校風は極めてアカデミックで、各講座は毎年九百五十名ずつ入学してくる学生たちに徹底して、幅広く奥深い教育を提供するように組まれていた。ハイスミスは後に「あの頃はまさしく象牙の塔にいた。読んだ本をあげれば長いリストになる」と回想している。[3] 四年間の課程で、ハイスミスは幅広く英文学を学んだ。ウィリアム・ラグランドの『農夫ピアズの幻想』、ともに作者不詳といわれる『真珠』『ガウェイン卿と緑の騎士』、チョーサーの『カンタベリー物語』といった中世の作品から、コンラッド、ヘンリー・ジェイムズ、D・H・ローレンス、T・S・エリオットの作品にいたるまで。また、ホメロスの『オデュッセイア』、オウィディウスの『変身物語』、ダンテの『神曲』、ゲーテの『ファウスト』といった異文化の多数の古典文学、さらにはプルースト、シラー、プーシキンなどの作品も学んだ。バーナードで学んでいる間に、ハイスミスは後に自分にとっての「ユリイカ！」の瞬間だったと述べるような啓示を受けている。それはすべての芸術はひとつだと気づいたことだった。「あらゆる芸術は、伝達することへの欲望、美しさに対する愛、無秩序の中から秩序を作り出そうとする欲求に基づくものだ」と彼女は書いている。[4]

ハイスミスがバーナードに在学していた頃は、ヴァージニア・クロシェロン・ギルダースリーブが学長を務めていた。彼女はバーナードの卒業生で英語の講師も務めていた。同窓生のケイト・キングズレー・スケットボル――当時はグロリア・キャサリン・キングズレーであり、後にハイスミスの親友のひとりとなった彼女は、学長をインテリ女性の典型として回想している。「わたしたちにとって学長はとてつもなく謹厳で、ひどく遠い人に思えました。そもそも個人的にほとんど知り合うことはなかったからです」といっている。「あるスピーチで学長は、バーナードが『研鑽を積んだ頭脳』の運び手となり、わたしたちの受けた教育が社会にとっての有益な貢献となるようにと述べていました」[5]。ギルダースリーブ学長は、大学には、自分達が選んだ学術的なテーマに関する深い知識を得るだけではなく、人間として多方面にわたる教養を身につけた若い女性たちを世に輩出する役割があると考えていた。バーナード大学は「学生生活のあらゆる側面にかかわり、あらゆる面で幅広い啓蒙的な環境を提供しようとしている。世間の人々が大学に期待するのは、家具付きの住居、社会性の発達、保健指導と監督、職業的な助言、卒業後の就職先などである」[6]とある報告書で述べ、冗談めかしてこう付け加えている。「夫も世話するべきだという人たちまでいる」[7]

ハイスミスお気に入りの教師は、英語学の助教授エセル・スタートヴァントで、彼女に短編小説の技法を教わり、後に『生者たちのゲーム』という小説を捧げている。スタートヴァントはジェーン・オースティン、ブロンテ姉妹、ヘンリー・ジェイムズ、ジョージ・メレディスの研究に情熱を注ぐエレガントな女性で、一九一一年からバーナードで教鞭をとり、一九四八年に引退するまで奉職した。「わたしは常に教え子には何事も自分の力でやってほしいと思っています。やっただけのことは覚えているものです」と語っている。[8]

スタートヴァントを知る人によれば、彼女は「チャーミングで、ユーモアがあって、不撓不屈で、うっとりするような声の持ち主で、麗人めいた雰囲気を漂わせていた。ガーデンパーティ用のつばの大きい帽子を被り、首をかしげるさまは、まるでチャールズ・ダナ・ギブソンの絵に描かれた美人のようだった。教え子たちはもちろん彼女を敬愛した」という。[9]彼女が好きな誉め言葉は「意義深い」と「わくわくする」のふたつで、若いハイスミスの作品にその言葉に値する資質を認めていた。ハイスミスと同様生涯独身を貫き、西百十六丁目通りのアパートで母親とともに暮らした。引退に際し、コネチカット州のイーストライムにある古い家族の家に移り、そこを終の棲家とした。一九五〇年、スタートヴァントがバーナードを辞めて二年後、ハイスミスはその家で自身のレズビアン小説『ザ・プライス・オブ・ソルト』(後に『キャロル』と改題して再出版される)の抜粋を恩師に見せて感想を求めることになる。「まさにガツンとやられたわ！これは素晴らしい小説よ、パット」[10]

一九三八年の後半、ハイスミスはチャイコフスキーのワルツに合わせてひとり踊っている亡霊のような少女の幻を見た。少女が部屋の中で踊っているあいだ、ハイスミスは音楽が自分の内部から生み出されているような感覚を覚えた。

メロディが形づくられるまでには長い年月がかかったが、もはやリズムは何の苦もなく生まれ、それ自体が生命を持っているかのようだった。彼女自身と奏でられる音楽に区別はなく、内面と外界を隔てるものもなかった。芸術の源は彼女自身だけではなく、彼女自身が芸術そのものだった。

一冊目のノートの見開きのページに記されていたこの幻想は、彼女の急激に花開いた創造性の象徴とも解釈できる。とてつもなく強大な力で表出しようとする独創的な資質が、今まさに「のびのびと自然に、爆発的に開花」しようとしていた。[11] 大学におけるハイスミスの創作の才能は、大学雑誌にそのはけ口を見いだした。一九三八年十二月、ハイスミスは大学の季刊誌「バーナード・クオータリー」の文芸部員として――四年生では編集長も務めることになる――選ばれ、一九三九年の秋号に短編小説「静かな夜（Quiet Night）」が掲載された。ニューヨークのホテルで同じ部屋に暮らすハティとアリスというふたりの老女をめぐる不気味な物語であり、後の彼女の作品をいろどることになる、優しい愛情と凶暴な憎悪という対をなすテーマがいきいきとした筆致で描かれている。深夜、アリスが眠っている間、ハティははさみを手に取りアリスが姪から贈られた新品のセーターをわざと切り裂いてしまう。「月の光の中で彼女の歯のない、悪魔のような顔が輝いた」とハイスミスは描写する。「彼女はどこにナイフをいれようかとステーキ肉をフォークでつつきまわしている人のようにセーターを検分した」。[12] ハティのしたことに気づいたアリスは完全に理性を失い、仕返しをしようと、ある晩はさみを手にしてハティが唯一自慢にしているもの――六十センチを超える三つ編みにした髪――を切り落とそうとするが、まさにはさみを入れようとしたところで思いとどまる。

ハイスミスは一九六六年にこの短編を書き直し、「愛の叫び」〔短編集『11の物語』に収録〕と改題した。書き直した作品では、アリスは友人の髪を切り落とし、根元しか残っていない無様な姿にしてしまう。ふたりはお互いに謝って和解するのだが、抑え込んだ感情はその後もふたりの暮らしの妨げになることはもとより、どちらもこの奇妙なサド＝マゾ的関係から逃れて生きられないことをそれとなく示してもいる。

この物語の芽は、グラマシー・パークを散歩し、そこでベンチに座っている大勢の老婦人たちを見たことから膨らみ始めた。彼女は小説の素材となるものを得ようと、次第に現実の生活に注意を向けるようになっていく。「現実に存在する人物なしでは――しかもできるだけあるがままの――登場人物の人格を作り上げることなど無理だ。スタートヴァント先生は、現実から離れた世界を作り出す能力は経験で身につくものだという。だが、プルーストでさえ作中の登場人物にはそれぞれ元となった実在の人物がいた。だったらそうすべきなのでは?」[13]後年『サスペンス小説の書き方』の中で、ハイスミスは友人や知り合いから創作上のインスピレーションをどのように引き出しているかについて述べている。まずは自分が知っている人物の身体的特徴から、さらには発展させるために彼らの性格をベースに使う。しかし、実際にはさまざまな要素を組み合わせて作り上げる手法を好み、けっして実在の人物を丸ごとそのまま作品に登場させたりはしないともいっている。

一時夢中になった超自然の物語については、すでに熱は冷めており、ゴーストストーリーは子供っぽく馬鹿げていると思うようになっていた。だがこの時期のハイスミスの小説には、まだゴシック的な視点を残している形跡がうかがえる。彼女の作品が説得力にあふれ、読者の心をかき乱すのは、主題がどんなに幻想的であったり、異常だったり、奇想天外だったとしても、彼女の文体が、余分なものをそぎ落としたドキュメンタリータッチで、ほとんど写実主義ともいえるスタイルを保っているからだろう。一九四〇年、彼女はノートに「作品の経済性」ゆえにモーパッサンを称賛すると書いている。

「彼の作品のように物語を成形できたらどんなに満足だろう! ここではあえて『成形』といっておく。なぜなら単に『書く』だけでなく、彫刻のように肉付けしたり削ぎ落としたり、無駄のないくっきりとした輪郭を作り上げるのだから。そして時という厳しい試練の中に、どうだとばかりに投げ込んでみせるのだ。この六ページの完璧な物語が、ひとりの人間のアイデアのもっとも極上の造形物だと知らしめるために。この満足感こそ芸術家にとって真の報償であり、地上で得られる至高の喜びなのだ」[14]

昔から貪欲に本を読んできたハイスミスだが、この頃になると夕食の誘いを断り、家にいてトーマス・マンやストリンドベリ、ゲーテ、ジョイス、T・S・エリオット、ボードレールなどの、陰鬱でイマジネーションに富んだ作品世界に浸ることを好むようになった。自分がひとりきりで、本に囲まれていると考えるだけで、ほとんど官能的ともいえるほどの喜びを覚えた。部屋を見回すと、手元の読書灯のまわりだけが切り取られたように明るいほかは暗く、本のぼんやりとした輪郭が見える。そして彼女は自問する。「今のわたしは全世界を手に入れたといえるのではないだろうか?」[15]

バーナード在学中、ハイスミスは世界を理解するための手立てとなってくれることを期待して、さまざまな思想に手を出した。十七歳の頃は東洋思想に傾倒し、二年をかけて学び後に自分に「強い」[16]影響力を与えたと認めている。彼女が始めた最初のノートの一九三九年八月の記述では、ヒンドゥー教の主要な神格の特徴を列記し、ヨガ哲学における宇宙の生成についての解説を詳しく書いている。また人間の意識をさらに深めることを目的とした法則や行動規範のあらまし――非暴力、誠実、盗みの禁止、中庸、非所有、純潔、知足、質素、学識の習得、服従――としてまとめている。しかし、これだけの読書や思索を重ねたにもかかわらず、彼女が哲学的な啓示としての東洋思想を捨てたのは、最終的に共感できないと感じたからだった。「西洋世界にいるわたしの人生と実際に結びついているものをまったく感じられなかった[17]」

それなら共産主義思想が探し求めている答えを与えてくれるものだったのだろうか？　十代の頃、自身を知識人とみなしていたハイスミスは、トーマス・マンのような「政治はすべての人々にかかわるものだ[18]」という信条を持つ作家たちに共鳴するものを覚えていた。一九三六年七月、スペイン内戦の勃発のニュースを聞いた――それは内紛として始まり、すぐにイデオロギー闘争へと形を変えていく――十五歳のハイスミスが、フランコによるファシスト軍事政権よりも、民主主義と自由のために闘う共和国派に立つことに共感を覚えるのは自然な成り行きである。それから数か月と経たないうちに、スペインは世界中の反ファシストたちの希望の象徴となり、内戦は知識人の世界にも飛び火し、二十世紀を通じて国際政治に著しい影響を及ぼすことになる覇権争いの前哨戦となった。詩人のW・H・オーデンによればスペイン内戦は、「我々の文明がその上に築かれている数々の虚偽にX線をあてた」ものであり[19]、一方、作家のC・S・ルイスは、この内戦を「光と暗闇との闘い」であると明言している[20]。

スペイン内戦の間、文学はファシストの弾丸から国を守る盾として使われた。ジョン・ドス・パソスの一九三八年の作品『ある青年の冒険』のような、作家たちによる心を奮い立たせる言葉は、若いハイスミスの心にも訴えかけ、自由や共感や寛容性や言論の自由のために、自身も闘っているかのように夢中にさせた。彼女のような多くのアメリカ人知識人を共産主義に向けさせたのは、スペインにおいて民主主義がファシズムの台頭を阻止できず――一九三九年に民族独立派軍が共和国派の武力抵抗を制圧し、フランコが独裁政権を樹立した――自分たちの祖国アメリカの内戦に対する偽善的な態度に失望を感じたからである。ハイスミスは共産主義者となった理由を後にこう語っている。「なぜならアメリカが、ヒトラーとムッソリーニの支援を受けていたフランコに資金を供給していたからだ」[21]。フランコの勝利によって、人々はこれまでの倫理観に疑問を持たざるを得なくなり、またハイスミスのような多くの若い作家たちは、現代社会から疎外され、鬱屈した感情を抱えることとなった。そうした心理状態は、フレデリック・R・ベンソンの著書『武器をとる作家たち　スペイン市民戦争と六人の作家』の中で描写されているが、ハイスミスの作品ととりわけ共鳴するものがある。

この戦争は、ファシズムの場合、人間の中に悪を行う能力が隠されていることを明らかにした。民主主義諸国において「国家社会主義」を擁護する右翼の人たちが提出した、基本的な政治理論を破壊した……個人の良心はしばしば麻痺させられ、それは直ちに、人間のアイデンティティの喪失によって招来されたニヒリズムに対する黙認を生んだ。[22]

スペイン内戦は、「わたしたちの世代にとって非常に大きなインパクトを与えた」[23]とハイスミスは述べているが、彼女もまた一九三九年に青年共産主義連盟に加入した。一九二二年に設立されたこの組織は、一九三五年の時点で会員数は八千名にものぼった。後年、ハイスミスはパトリシア・ロージー——夫の映画監督ジョゼフ・ロージーは赤狩りの時代にブラックリストに載っていた——に自分も一時共産党の支持者だったためにSリストに載せられていたと打ち明けた。ハイスミスは、カール・マルクスの『フランスにおける階級闘争』、マルクス、エンゲルス共著『共産党宣言』、その他多数の主要なマルクス主義のテキストである『フランスにおける内乱』、『ルイ・ボナパルトのブリュメール18日』、そしてスターリン著『レーニン主義の基礎』などを読破していった。「社会主義のなんと魅力的なことか」と彼女は情熱的な調子で書きつけている。そして「わたしは金持ちを憎む!」とも[24]。ヨーロッパ社会の変動にもかかわらず、バーナードの校風は非常に保守的だった。「わたしの寮には民主党支持の子はふたりしかいなかった。あとはみんな共和党支持者よ」と同窓生のリタ・セメルは話す[25]。もしハイスミスが共産党に入党したことを打ち明けていたら、明らかにクラスメイトたちは大きな衝撃を受けたに違いない。

一九三〇年代を通して、共産党はアメリカの崩壊する経済と心理状況とを巧みに利用した。大恐慌の最初の三年間、「アメリカ激震」といみじくも呼ばれた、きわめて巨大な社会変化の中で共産党は党員数を二倍に伸ばし、ルーズベルトのニューディール政策下の最初の二年間でも二倍に増やし、その後の二年でさらに倍に増やした。一九三六年の十月には、党員の大半は移民一世ではなく、アメリカ生まれの二世によって占められるようになっていた。「アメリカ人の二世たちは共産主義活動に反逆の活路を見出した」とアメリカの共産主義を研究する歴史家のジョセフ・スタロビンは書いている。「それは彼らの陥った混沌を癒す手段であり、野心を実現するための表現方法だった」[26]。同じように青年共産主義連盟は国内に増えつつあった、社会のメインストリームに違和感を抱く、不満を抱えた若者や男性や女性たちの心に訴えた。連盟のリーダーであるギル・グリーンによって表明されたように、連盟の第一の野望は、資本家国家を破壊し、プロレタリアート独裁が取って代わることだった。

青年共産主義連盟で二年間メンバーとして過ごすうちに、ハイスミスは連盟が一連のベルトコンベアーのように、社会のあらゆるシステム――そこには学生や若い労働者のネットワークも含まれる――に直接的にも間接的にもつながっている巨大な機械のようなものだと聞かされたかもしれない。「そうして大量にリクルートしながら」と連盟のハンドブックの編纂者であるルイス・ミラーはいう。「青年共産主義連盟に新メンバーを補充していくのです」[27]

一九四一年一月、ハイスミスは、マディソンスクエアガーデンで行われたレーニン記念集会で、合衆国共産党の総書記アール・ブラウダーの演説を聞いた。「レーニンは十七年前に亡くなった」と彼は呼びかける。「だが彼の魂は、敬愛される師として、世界中の何千万という人々の指導者として生き続けている。なぜなら、彼と彼の党だけが前回の帝国主義戦争から脱する道を、平和と社会主義への道を示すものだからである」[28]。ブラウダーはルーズベルト政権を攻撃し、アメリカの民主主義は実際にはうわべだけで、変装した帝国主義に過ぎないのだと断言した。さらにアメリカ国民はソビエト連邦に目を向けるべきであり、ソビエトこそは「人民の支配を体現」する「レーニンの教えを実現」した社会であり、「偉大で賢明なる後継者であり、体制維持者であるスターリンの国」であると、いささか無邪気に主張した。[29]

だが、一九四一年後半になると、ハイスミスは若い共産主義者の同志たちとともにいることに違和感を覚えるようになっていった。「今晩の連盟の集会で、わたしは居心地悪く、自分が役立たずだと感じた。なぜならこれからわたしたちは募金活動をしなければならないからだ。わたしは堕落した、除名してくれというべきだろうか」と一九四一年九月の日記に書いている。[30] 十一月になると、彼女は党を離れる理由を詳細に述べた書簡を一気に書き上げた。その年の暮れには、より洗練された――裕福でもある――人々と付き合うようになり、お金の価値に対する認識を改めたことについて日記に書いている。以前はお金を持つことは芸術的才能を鈍らせると考えていたのだが、今はお金があれば人は美的感受性を磨くことができるという見方に変わっていた。

同世代の多くが、共産党の活動に同じような失望を経験した。ハイスミスと一九五〇年十月に出会い、その後親しい友人となったアーサー・ケストラーは、世界情勢――ファシズムの台頭もヒトラー・スターリン協定も阻むことのできなかったマルクス主義の理想の挫折――にひどく失望していた。彼はかつてのピカソ同様、きれいな泉の水をめがけるがごとく共産主義に馳せ参じたにもかかわらず、今や毒に汚染された川の泥水から必死で這い上がろうとするかのように活動から抜け出そうとしていた。その様子について彼はこのように書き記している。「洪水に襲われた街のがれきや溺死体があちこちに散乱しているような無残な様相を呈していた[31]」

ハイスミスは、青年共産主義連盟を脱退する前から、連盟が自分の創作に与える影響についてすでにかなりの疑念を抱いていた。小説はその構想を発展させていく過程において、普遍的用途が見いだされるように書かれるべきだという考え方を彼女は拒絶した。もしこのやり方の通りにすれば、物語の結末はご都合主義の不毛なものになり、理想を伝達するための手段になり果ててしまう。それよりも文体を作り出すためのもっと豊かなアプローチがあるはずだとハイスミスは確信していた。ある物語を思いつき、それから話の大筋をおおまかに描きだしてみて、それが「普遍的なテーマ」を内包しているどうかを自問することは可能だ。「もしその物語に普遍的なテーマがないのなら、その話は却下するしかない[32]」とノートに書いている。

一九三九年の十月から、マルクスへの興味と並行して、ハイスミスはもうひとりの二十世紀における思想的先駆者について学び始めた――フロイトである。後年、彼女は精神分析を信用しないと語ったが、日記やノートを読む限りは、精神分析が彼女の性格や作品を形づくったことは明らかだ。「意識で考えるなんて最悪だ（冗談じゃない！）」と一九四〇年に書いているが、[33]三年後には、「いちばんいいのは、潜在意識だけを使い、意識をほとんど排除することだ。意識というものはまわりの人々にならって作られる。潜在意識の中にこそ、すべての自分の燃料が、火が、特性が、わたしたち全員に割り当てられた神性なるものが存在する」[34]

最高のアイデアが浮かぶのは、自分の理性のスイッチを切った――アイロンがけとか庭仕事といったことをしている――時であると彼女は信じ、あえて白日夢に身を任せることにした。そのようにして意識の表面に浮かび上がってきた、彼女の初期の実験的小説に形を表すアイデアは、冒頭から暗く、悪意に満ち、人を不安にさせる孤立感に満ちている。一九三九年から一九四二年にかけて「バーナード・クオータリー」誌に掲載された九編の小説でハイスミスは、ごくありふれた日常に不安をかきたて、サスペンスを高めていく熟練したプロの手腕をすでに発揮している。「角帽(Mortarboard)」という一九四二年の作品で大学の季刊誌に彼女が登場した時の紹介文には「異端児パット……天才パット」と書かれている。「パットは傑出した手腕で読者を引き込む……彼女がこの『クオータリー』で発表してきた傑作の筆致に全バーナードが戦慄する……」[35]

「バーナード・クオータリー」に一九四〇年春掲載された「とっても素敵な男」は、甘いお菓子で女の子を誘惑し、車に連れ込もうとしているナンパ男が、ひとりの傍観者に悩まされる話である。後になって母親が女の子に、どうして知らない人の車に乗りたいと思ったのかを訊ねると、女の子はこう答える。「だってとっても素敵な男の人だったからよ」[36]。ハイスミスは、後年「見てのとおりのサスペンス小説よ」と語っている。[37]「浴槽のウナギ(Eel in the Bathtub)」は一九四〇年の秋号に掲載された。題名の由来は、主人公であるニコラス・カーという独身男が、まったくつかみどころがなく、ぬるぬるしたウナギのような人物だからである。自分の身につける物のことでいつも頭がいっぱいで――腕時計や洋服や、アバクロンビー&フィッチの馬革のピクニックセットなど――ひとりになりたいがために友人たちとの週末旅行もガールフレンド候補とのデートも断っている。一九四〇年冬号に掲載された「映画デート(Movie Date)」は、退屈で冴えないニキビ面の男ダニーと彼が愛している女ヘレンの残酷だが胸を打つ物語だ。ヘレンはダニーと一緒にいることに耐えられず、そんなことをいえば彼が打ちのめされることは承知で、年上の男性と結婚するつもりだと彼に告げる。実際、それを聞いてダニーはショックを受け、最終的に仕事を辞めるだけではなく、人生そのものさえ辞めてしまうかもしれないというダニーの告白で終わる。ハイスミスはメロドラマに仕立て上げる代わりに、その陳腐さを通して苦しみを克明に表現することで、その場の心理的な緊張を巧みに抑えて表現している。

一九四一年春号に掲載された「聖フォザリンゲイ女子修道院の伝説（The Legend of The Convent of Saint Fotheringay）」は、メアリーと名付けられ、女の子として育てられた男の赤ん坊の話をコミカルな物語に仕立てたものである。ある日、女性のみの施設であることを掲げる聖フォザリンゲイ修道院の修道女が男の子を見つける。その学校の生徒たちは全員女の子であるばかりでなく、他の性別の存在を否定されている。メアリーは女の子として育てられたが、その間ずっと自分は他の子供たちと違うとわかっていた。しまいには爆竹で修道院を吹き飛ばすと修道女たちを脅し、自分をそこから出すよう強要する。メアリーはついに修道院から脱出することに成功するが、建物はそこにいた修道女や生徒もろとも謎の倒壊を遂げる。この物語をあまり深読みすべきではないかもしれないが、ハイスミスのミドルネームが「メアリー」であること、また、彼女自身も幼少の頃から自分のアイデンティティが男性であると信じていたことと考え合わせると興味深い。「聖フォザリンゲイ修道院の伝説に結び付けて彼の名前を口にすることは禁じられている」。物語の終わりで彼女はこう述べる。「しかし、読者のみなさん、もしわたしがそれを漏らせば、あなた方の誰もがきっと知っている人物であるのは確かだ[38]」

彼女の好みの表現スタイルは、歯切れよく簡潔であることで、無駄をそぎ落としたそのテクニックを晩年まで保ち続けた。だが、ここに一編だけ例外がある。一九四一年冬号の「バーナード・クオータリー」に掲載された「銀の豊穣の角《コルヌピア》（Silrer Horn of Plenty）」という短編である。この物語は「意識の流れ」という手法を用いた散文詩であり、ある女性が大晦日のパーティの準備で大わらわの様子に焦点を絞っている。「わたし自身が参加して観察したいくつかのパーティをモデルにしている。といっても両親と一緒に行ったものに限られるけれど[39]」。後年ハイスミスはその体験がなかったら、この物語をけっして書くことはできなかったと述べている。この物語はモダニズム運動の影響を明らかに受けており、印象に基づく話の展開には、強力な軸となる筋に欠け、一連のばらばらなイメージから構成されている。しかし、その中心となる主題は引き裂かれたアイデンティティであり、爆発寸前の性的欲望であり、独特のハイスミスらしさが見られる。

どんなに立派でバランスの取れているように見える男女でも、その内面に精神的苦悩を抱えていることをメニンガーが暴露してみせたのと同じように、ハイスミスもまたそれを本能的に理解し、正常さという仮面をはぎ取り、その下にひそむ恐怖をあらわにしてみせた。

「世の中の人間はほとんどみな、書斎の非現実的な聖域にいる限りは、自身の繊細な理解力や、寛大さ、親切心、知恵といったものを誇らしげに思う」とハイスミスは一九四〇年に書いている。「しかし、いったん外に出るとなれば、鎧を身につけ、心さえ武装し、ぴったりと唇を結ぶ……それぞれの心の中にあるのは孤独と恥とプライドだ[40]」

こうしたノートの記述の上に、ハイスミスは後に、「重要」と走り書きした。

ハイスミスもまた、勉強部屋の安全な囲いの中から外へと踏み出す時には、ぴかぴかで鉄壁の鎧を身につけていたようだ。彼女が世の中に見せる顔には、内面の個人的苦悩など跡形もなく消し去られていた。バーナードの同級生たちは、ハイスミスが、控えめで、寡黙で、謎に包まれた人物だと思っていた。「彼女はひとりでいるのが好きで、どこか超然としていましたが、とても優秀でした。彼女が誰かと親しく付き合っていたというようなことは覚えていません」とデボラ・カープ〔旧姓バーンスタイン、ハイスミスの跡を継いで「バーナード・クオータリー」の編集長となる[41]〕は語る。

一九四一年当時「バーナード・クオータリー」の編集長だったリタ・セメルは、当時副編集長だったパットのことを、年齢の割には大人びていると思っていた。「彼女は他の女学生の誰とも違っていました。自分が人生をどうしたいかわかってました。彼女がなりたかったのは──作家です。言葉は彼女の人生でしたし、彼女がその望みをかなえることは明らかでした。彼女のことは好きでしたが、わかっていたとはいえませんね。彼女はとても複雑な人間だとは思いましたが、理解するのは難しかったのです。わたしたちは友人関係にあったといってもいいかもしれませんが、彼女は引っ込み思案で、感情を表に出しませんでしたから。クオータリー誌では、彼女と長い時間一緒に仕事をしましたが、それでも彼女のことは何もわかっていないんですよ[42]」

作家のメアリー・ケーブル〔当時プラット〕は、バーナードでハイスミスと同じ創作の授業を受けており、一九四〇年に知り合った。ハイスミスはよそよそしい存在であり、美人だったが、同級生に打ち解けようとする努力はいっさいしていなかったと記憶している。

「あまり話好きではなかったのははっきりと覚えています」と彼女は語る。「まったくクラスに打ち解けようとはしなかった。例えば、わたしと彼女がふたりとも教室に早く来たとしますよね。すると彼女はさっさと後ろに行って座ってしまうんです。まったく一言も交わさずに。正直いってあまりいい気持ちはしませんでしたね」

「でも、彼女はとてもきれいでしたし、いつもきちんとした身なりをして、入念にお化粧していました。わたしたちはふたりともエセル・スタートヴァント先生に教わっていましたが、明らかにパットは最初から創作に才能を見せていました。でも、彼女は褒められてもほとんど感情を外に表しませんでした。たぶん、いつだって自分がよくできているとわかっていたのでしょう[43]」

だが実際のところ、ハイスミスは自信のなさに苦しんでいた。一九三八年に創作の過程についての詩を書いているのだが、それによれば、いざ執筆しようと腰をおろした時には「白熱した」インスピレーションにとらわれるのだが、結局それがもたらすのは殴り書きの紙屑でいっぱいの屑入れや、ニコチンの染みだらけの指や、口の中の不快な後味だけでしかないと嘆いている。[44]彼女は自分の考えや、見解、創作上のアイデアなどをノートに記録するのに何時間も費やした。しかしあらためて目を通すと、自分自身の未熟さや、独創性のなさを露呈していることを発見して失望を覚えるのだった。また、心理的にも非常に不安定で、自分を取り囲む世界に対して違和感を覚え続けており、ノートに一篇の詩として残している。

この深く重い哀しみ
この世にはわたしのためのものは何もない[45]

時としてハイスミスは、ただ消え去りたい、自分のアイデンティティを消してしまいたいと思うあまり、目に見えない抽象的な断片となって、砂漠をふらふらとさまようことを願った。日記には、ある女性とデートできる喜びに高揚していたのに、いざとなるとうまく口がきけず、自意識過剰になって困惑する顛末を描いた胸に迫るエピソードが記されている。思いをうまく伝えられなくなればなるほど、デート相手に馬鹿で、何もいえない女だと思われているのではないかと疑心暗鬼になり、なおさら言葉に詰まってしまう。彼女は歩いて帰りながら、自分のふるまいを恥じ、思っていることも感じていることも表現できない自分を責める。この対人関係に支障がでるほどの臆病さをハイスミスは中年になるまで克服できず、後年アーサー・ケストラー宛ての手紙にこう書いている。「十代と二十代の頃のひどい臆病さといったら、まるで身体的な痛みのように感じられました。精神科医の中には、そういう臆病さを、傲慢さとうぬぼれの裏返しだといってる人もいました。そういわれたところで、あの痛みには何の効き目もありませんけれどね[46]」

家庭でも彼女に居場所はなく、気詰まりなだけだった。一九三九年の後半、一家は同じグリニッチビレッジのモートン・ストリート三五番地に引っ越した。しかし、メアリーとスタンリーの関係は、スタンリーが数か月ほど家を出て、数ブロック北に行ったチャールズ・ストリートに別のアパートを借りるほどまでに悪化していた。パットも自身もまた母親に対して新しい見方をするようになっていた。テキサスの祖母の家に置き去りにされたにもかかわらず、パットはまだメアリーに対して感情的な親密さを感じていた。しかし、十七歳になると、幼い頃からずっと自分のまわりで渦巻いていたとげとげしい口論の責任は、スタンリーではなくメアリーにあるのだと気づき始めた。友人のアレックス・ザァニーに宛てた一九六七年の手紙に書いているように、母親は理不尽なだけでなく、知性にも問題があるのではないかと考えていた。メアリーがすべての根源だったということをしだいに理解し始めた彼女は、自分の「幼少期の地獄」を再検証することになる。「愛情が憎しみに変わる時というのは恐ろしいものだ。これ以上悪いことはない」と彼女は書いている[47]。母親に対するこの相反する気持ちを、彼女は一九四〇年七月の印象的な詩にあらわしている。二行からなるこの断片的な詩は、シルビア・プラスが父親との関係についてあらわした詩の一篇にも比較し得るものである。

母と結婚したわたし
だから誰とも結ばれない[48]

母親と娘にはずっと続いてきた絆こそあったが、最悪の夫婦関係がそうであるように、愛情と憎悪が絡み合った相克が存在し、そこから逃れられないことをハイスミスは悟った。その後の彼女と女性たちとの関係は、メアリー・ハイスミスへの矛盾だらけの愛着に常に影響を受け、その強迫的な欲求が彼女を苦しめたのは間違いない。

ハイスミスの同級生たちは、この疎外感と内面の絶望を、優越感や傲慢さと取り違えていた。また彼女たちの大半は、ハイスミスの皮肉な――しばしば淫靡な――ユーモアの感覚を楽しむには至らなかった。だが、このユーモア感覚は、ケイト・キングズレー・スケットボル、当時グロリア・キャサリン・キングズレーの心をとらえ、一九九五年にハイスミスが亡くなるまでふたりは終生親交を結ぶことになる。ハイスミスは彼女をいつも旧姓で呼んでいた。ふたりの付き合いは、バーナード大学時代に「バーナード・クオータリー」の編集部で、キングズレーが自分の短編小説をハイスミスにおそるおそる差し出し、批評を乞うたところから始まった。次に出会った時には、お互いに五行戯詩《リメリック》を書見台越しに交わし合っていた。ハイスミスは五行戯詩が大好きで、下品であればあるほど好みで、次のような詩を一九四〇年に書いている。

ハムステッドの片隅に住む老嬢《オールドミス》は抜け目ない
忍びこんだる間抜けな泥棒ひとりかくまって
密告すると脅しては泥棒男はいいなりに
夜ごとの閨でのおつとめに励み励めど甲斐はなく
老嬢ついに満たされず、天国までは遠かった[49]

「彼女と一緒にいるのは楽しかった」とキングズレーは語る。「ユーモアのセンスは抜群だったし。人にショックを与えるのが好きでしたね。わたしにとってはカンフル剤みたいな存在でした。彼女が図書館にいる時の姿――いつも立って本を読んでいました――を覚えています。そうやって本に囲まれて立っている姿が今でも脳裏に焼きついて離れません。容姿端麗で、とても細身で、お洒落で、エキゾチックな顔立ちでした。ある種神秘的な雰囲気を漂わせていて、とても魅力的でした。五行戯詩を交換してから、わたしたちは話をするようになり、彼女がとてもたくさん本を読んでいることがわかりました」

「でも、ただひとつ確かなことがあります。わたしが彼女の友人としてこんなに長く付き合いが続いたのは、わたしたちがけっして性的な関係を持たなかったからです。だから恋愛につきものの感情的な脆さにさらされることがなかった。わたしは彼女に対して非常に強い憧れを感じてはいましたが、そこにはまったく性的なものはありませんでした。彼女はわたしに性的魅力を感じませんでしたし、わたしもまったくそういうことは考えませんでした。でも、美しさという点から見れば、彼女は憧れの対象、わたしにとってのアイドルだと思っていました。パットがゲイだということは最初からわかっていたと思います。わたしは演劇業界の周辺で育ったので、ゲイの人たちのことは知っていました。でもパットがゲイであることが、彼女の作品に与えた影響はまったくといっていいほどなかったと思います[50]」

ハイスミスは、性的に無垢からはほど遠かった。一九三八年十一月から、彼女はヴァージニアという――作家のヴァージニア・ウルフに似ていたと彼女は書いている――二十歳の女性と付き合い始めた。しかしバーナードにおける学生生活の当初は、もっと女子学生らしい、女らしい姿形が好みだった。一九四〇年四月十三日、パットは大学の「ギリシャ祭り」でハードル競技に出場する。この催しは、バーナード大学の「古代ギリシャの祝祭行事を、現代の条件下で可能な限り同じように再現する試み[51]」であり、運動競技や、仮装、ダンス、音楽、詩などのコンテストが行われ、古代ギリシャ神話上の文化的英雄とされるプロメテウス神に捧げられた。この行事はパットにとって、短いスカートをはいた他の女学生たちの脚が堪能できるチャンスでもあった。彼女は祭りのプログラムに載っているある競技者の隣に「脚！」と書きつけたりした。

「当時のバーナードはお上品でとてもお高くとまっていました」とリタ・セメルは語る。「今では間が抜けてみえるかもしれませんが、当時のわたしはレズビアンが何なのかさえ知りませんでした。そんな言葉聞いたこともありませんでしたから[52]」。デボラ・カープは、パットがよく乗馬ズボンをはいて大学に来ていたことを覚えている。「彼女はとても颯爽としていたし、わたしたち誰ひとりとして彼女が女性を好きなんだとは思ってもみませんでした[53]」

ハイスミスは、自分とヴァージニアとの関係を理想化し、ふたりが結ばれたことを「この世に降りてきた天国の一端を垣間見た」ようだと描いている[54]。パットは、この少しばかり年上の女性を、自分により鋭い観察力と新たな自尊心を与えてくれる存在とみなしていた。自分たちが分かち合っているのは「本物の愛[55]」であり、その愛には実際に世界を変える力があった。歩道を歩いて、頭上に伸びた枝越しにところどころ木漏れ日がさす木陰を通りながら、ハイスミスはこのままどこまでも歩いていくことができ、世界全体が歌っているような気がした。彼女は太陽をベートーベンにたとえる――草のそよぐ音はショパン、耳障りな鳥の鋭い声はストラヴィンスキー、木々を渡る風はドビュッシー。一九五二年の小説『ザ・プライス・オブ・ソルト』で、彼女はテレーズのキャロルへの愛を語る場面に同じような描写を織り込んでいる。「でもテンポは？　テンポはわたしの速さで……わたしはリズム。その午後全世界はわたしの歩調にあわせて行進した」とハイスミスはノートに書き記した。[56]

恋に落ちることで、自分は他の人と同じように感じたり行動したりできるようになる、と当時の彼女は考えていた。「人が本当の意味で正常に戻るのは、愛を諦めてからだ。愛の真っただ中にいる時ではなく[58]」。興味深いことに、十八歳の「見えるべきものを見ている……感じるべき反応をしている[57]」と。だが後に、意味ありげにこうつけ加えている。「人が本当の意味で正常に戻るのは、愛を諦めてからだ。愛の真っただ中にいる時ではなく[58]」。興味深いことに、十八歳のハイスミスは、早くも個人的な関係がもたらす苦悩を、書くことへの欲求と結びつけている。ヴァージニアの冷たい仕打ちに打ちのめされるたびに、ハイスミスは創作を通じて自分の感情を浄化することへの強い欲求に転化していった。「ヴァージニアが恋しい。思い切れない」と一九三九年三月にノートに書いている。「この気持ちを静め、穏やかにさせるには書くしかないのだ」と。[59] 彼女にとって書くことは自浄作用のプロセスであり、自身の中でわき起こる愛と憎悪という矛盾する反応を表現する手段となった。「わたしは読んで、書いて、創作する」。十二月にはそう書いている。「わたしは執筆に没頭しなければならない。ほかには誰も、何も入り込む余地がなくなるようにするために[60]」

原注

第5章

1 PH, 'A Try At Freedom', SLA.

2 ドナルド・グラスマン　著者宛書簡　2000年5月12日付

3 Joan Dupont, 'The Mysterious Patricia Highsmith', *Paris Metro*, 9 November 1977.

4 PH, *Plotting and Writing Suspense Fiction*, The Writer Inc., Boston, 1966
ハイスミス『サスペンス小説の書き方　パトリシア・ハイスミスの創作講座』坪野圭介訳　フィルムアート社　2022年

5 ケイト・キングズレー・スケットボル　著者宛書簡　2001年5月6日付

6 Virginia Gildersleeve, 'The Dean's Report, 1926', p. 7, quoted in Marian Churchill White, *A History of Barnard College*, Columbia University Press, New York, 1954, p. 124.

7 Ibid.

8 Julia Tracy Wintjen, 'An Interview with Miss Sturtevant', *Barnard College Alumnae Monthly*, January 1939, p. 12, BCA.

9 Professor Cabell Greet, *A Minute on the Death of Miss Ethel G. Sturtevant*, 28 October 1968, BCA.

10 PH, Diary 10, 23 May 1950, SLA.

11 PH, Cahier 1, 1938, SLA.

12 PH, 'Quiet Night', *Barnard Quarterly*, XIV: 1, Fall 1939.

13 PH, Cahier 4, 9/19/40, SLA.

14 PH, Cahier 2, dated February 1940, SLA.

15 PH, Cahier 2, 5/27/40, SLA.

16 ハイスミス　アーサー・ケストラー宛書簡　1966年3月21日付　KA所蔵

17 前掲書簡

18 Frederick R. Benson, *Writers in Arms: The Literary Impact of the Spanish Civil War*, New York University Press, New York, 1967, University of London Press, London, 1968
F・R・ベンソン『武器をとる作家たち　スペイン市民戦争と六人の作家』大西洋三ほか訳　紀伊国屋書店　1971年

19 W.H. Auden, quoted in Hugh Thomas, *The Spanish Civil War*, Eyre & Spottiswoode, London, 1961.
ヒュー・トマス『スペイン市民戦争』都築忠七訳　みすず書房　1988年　新装第1刷

20 C.S. Lewis, 'The Nabara', *Overtures to Death and Other Poems*, Jonathan Cape, London, 1938.

21 ハイスミス　パトリシア・ロージー宛書簡　1992年5月20日付　SLA所蔵

22 Benson, *Writers in Arms*, p. 276.
F・R・ベンソン『武器をとる作家たち　スペイン市民戦争と六人の作家』

23 Auriol Stevens, 'Private Highsmith', *Guardian*, 29 January 1969.

24 PH, Cahier 9, dated August 1939, SLA.

25 リタ・セメルとのインタビュー　2000年4月6日

26 Joseph R. Starobin, *American Communism in Crisis*, 1943-1957, Harvard University Press, Cambridge, Massachusetts, 1972, p. 23.

27 Lewis Miller, quoted in James Oneal & G.A. Werner, *American Communism: A Critical Analysis of Its Origins*, Development and Programs, E.P. Dutton & Co, Inc., 1947, p. 248.

28 Earl Browder, 'The Way Out of the Imperialist War', 13 January 1941, published in his book of collected speeches, *The Way Out*, International Publishers Co. Inc., New York, 1941, p. 199.

29 Browder, *The Way Out*, p. 208.
30 PH, Diary 1, 8 September 1941, SLA.
31 Arthur Koestler, *The Invisible Writing*, Collins with Hamish Hamilton, London, 1954, p. 15.
32 PH, Cahier 2, 7/7/40, SLA.
33 PH, Cahier 4, 1940, undated, SLA.
34 PH, Cahier 10, 7/18/43, SLA.
35 *Mortarboard*, 1942, BCA.
36 PH, 'A Mighty Nice Man', *Barnard Quarterly*, XIV:3, Spring 1940.
37 William Leith, 'Mighty Nice, Really Tasty', *Independent on Sunday*, 7 October 1990.
38 PH, 'The Legend of The Convent of Saint Fotheringay', *Barnard Quarterly*, XV:3, Spring 1941.
39 PH, Cahier 16, 10/24/47, SLA.
40 PH, Cahier 3, 1940, undated, SLA.
41 デボラ・カープとのインタビュー　2000年2月9日
42 リタ・セメルとのインタビュー
43 メアリー・ケーブルとのインタビュー　2000年2月1日
44 PH, Cahier 1, 1938, undated, SLA.
45 PH, Cahier 4, 10/26/40, SLA.
46 ハイスミス　アーサー・ケストラー宛書簡　1965年1月20日付　KA所蔵
47 ハイスミス　アレックス・ザァニー宛書簡　1967年7月10日付　SLA所蔵
48 PH, Cahier 2, 7/9/40, SLA.
49 PH, Cahier 2, 6/6/40, SLA.
50 ケイト・キングズレー・スケットボルとのインタビュー　1999年5月19日
51 Greek Games programme, 13 April 1940, Barnard College, SLA.
52 リタ・セメルとのインタビュー
53 デボラ・カープとのインタビュー
54 PH, Cahier 1, undated, SLA.
55 PH, Cahier 4, 8/12/40, SLA.
56 PH, Cahier 3, 4/16/40, SLA.
57 PH, Cahier 2, dated December 1939, SLA.
58 PH, Cahier 2, 6/19/40, SLA.
59 PH, Cahier 9, 3/3/39, SLA.
60 PH, Cahier 9, 12/9/39, SLA.

第6章

愛の遍歴

1940 − 1942

「一九四〇年、その学生は年齢よりも幼く見えた」とバーナード大学の公式記録係は記している。「ローファーに短い靴下、普段着っぽいセーターとスカートといういで立ちで、よく短いお下げ髪にしていた。化粧といっても口紅がせいぜいで、同世代のお嬢さんたちと同じように屈託なく、楽しげにふるまっていた」[1]。ここに記された口当たりのいい言葉は、周囲の世界から浮き上がっていることに悩む、若い大人の女性としてのハイスミスのイメージとは完全に食い違っている。彼女は常に自問し続ける。人生をもっと正面から受け止めるには自分はどうすべきなのか？　自分の十代は守られたものだった——読んだ本から作り上げた虚構の世界という限られた囲いの内に、閉じこもるようにして生きてきた。十代が過ぎ去った今、想像上の登場人物しか存在しない架空の環境から脱し、生身の人間の住む社会へと足を踏み入れるべき時がきたのだ。理想はこのふたつの世界が結合することだった——本を読むことで得た知識を直接的な経験という果実の木に接ぎ合わせること。

ハイスミスは、アメリカ人作家トーマス・ウルフに心のよりどころを求めた。彼の死後出版された『汝再び故郷に帰れず』を彼女は一九四一年六月に読んでいる。ウルフは、あらゆる偉大な小説の土台には個人的な経験というものがあると信じていた。「どんなに文学上の本物、もしくはずっと長く評価される作品であろうと自伝的にならざるを得ない」[2]と彼は書いている。人間の実際の人生や経験について書くというウルフの考えは、ハイスミスの心に響き、後に彼女は自分自身を肥沃な土壌の畑にたとえ、創作上の養分をそこから吸い取っているのだと思うようになる。「母は、彼［ウルフのこと］はとんでもないエゴイストで、その点でわたしはウルフにそっくりだという」と日記に書いている。「たしかにわたしはエゴイストだ。そして天才でもある」[3]。ハイスミスはウルフのことを詩人であり、自己を作品の中心テーマとする作家であるとみなし、サマセット・モームのような受け身の傍観者として、ただ世間を観察しているだけの作家とは対極に置いていた。ウルフの「過剰に書き込まれた」、どちらかといえば退行的な、カンマやセミコロンだらけの文章スタイルをまねるつもりはなかったが、執筆に身も心も捧げる姿勢や「自身に忠実な」姿勢を尊敬していた。だが、もし彼女が作家として成功を望むのならば、バーナードの日常のおしゃべりよりも面白い素材を見つけなければならないということもわかっていた。

ハイスミスは、文学ジャンキー――現実から自分を守るドラッグとして本を利用する――から脱皮して、急激に成長しつつある性的アイデンティティとともに、現実世界に積極的にかかわろうと心に決めた。十九歳の時――最初はまったく乗り気ではなかったが――バーナードの女学生たちと一緒にグリニッチビレッジのバーへと繰り出した。そこで彼女は、メアリー・サリバンという、男っぽい格好をした身長百五十センチそこそこの中年レズビアン女性に出会う。サリバンは、ウォルドルフ゠アストリアホテルで本屋を営んでいた。彼女はハイスミスをパーティに招き――一緒に行った友人たちは辞退した――それから一週間のうちに彼女の「修道女のような十代は終わりを告げた」[4]。ハイスミスは性に目覚めることになった経緯を細大漏らさず日記に記し、多くの男女――その中にはメアリー・サリバンも含まれている――と関係をもったことを赤裸々に、本能に突き動かされるように書いている。一九四〇年代のニューヨークのゲイ社会は、ほとんど内輪だけの蜘蛛の巣のようなネットワークでつながっている閉ざされた世界であり、その扉の向こうで起きている性的なやりとりの記述は読み応えがある。ハイスミスのメモやノートは、他の作家の作品の引用や、場所や人々のこと、そして「ケイミー」と呼ぶ創作のアイデアの種などに区分され、創作や哲学的思索の倉庫としての役割を果たしている。彼女はたびたび混乱を極める自身の私生活の澱を濾す容器として日記を利用していた。だが、たとえそうであったとしても、なぜ自分の感情的・性的経験を取りつかれたように書き記したのかについては疑問が残る。なぜ彼女は、自分の生活の性的な部分まで、あれほど赤裸々に書き残さずにいられなかったのだろうか？

パットの性の混乱ぶりも、それを記録することに取りつかれたようになるのも、元をたどれば同じ要因に行きつくのかもしれない――より大きな自己を知るための途方もない探求に。[5] 彼女はもっと「自分を知る必要がある」こと、そして日記を通してこの自己とは何かという探求を、互いに密接につながりあったふたつの行為に求めている——すなわち女性との恋愛と執筆に。愛する女性こそが霊感を授けてくれると信じていたし、自分が満足できるような作品を創造する力を呼び起こすミューズだとみなしていた。

「わたしたちの作品は、魂の本当の姿を見せてくれる鏡なのだ」。ハイスミスは一九四一年の日記の最初のページに、トーマス・カーライルの『衣装哲学』の一節を引用している。[6] さらに踏み込むなら、日記から浮かび上がる彼女の肖像は、割れた鏡のキラキラ輝くたくさんの欠片の寄せ集めだ。欠片ひとつひとつに映るのは、絶え間なく変わる自分を見つめ直し、組み立て直そうと試みる彼女自身の姿である——奔放でナイーブで、矛盾に満ち、感動的で、陳腐で、ロマンティック。日記それ自体には、文学的な価値という点で興味を惹くものはないかもしれないが、ハイスミスがそこから小説へと作り変えていく過程を明らかにしてくれる。さまざまな性的関係をあからさまに書くことで、触媒が連鎖反応を起こし、自分の創造力をかきたててくれることを彼女は願っていた。個々の経験を記録することで、その時感じたことや感情のエッセンスをとらえ直し、やがては短編や長編小説に昇華できると信じていた。「このノートの断片的な情報や見聞きしたことのすべてがいつかきっと小説になる」と彼女は語る。「問題は、これらをくっつける接着剤の役目を果たすのが何なのかということだ。わたしの目下の仕事はその接着剤を探すことである」[7]

ハイスミスが心情を吐露した日々の記録からは、彼女の内に相反するふたつの要素が絶えず存在していたことがわかる。ピューリタニズムと性的放埓、心と身体、意識と無意識、形而上と俗世の対立。追い求めて手に入れた喜びは、罪悪感によって損なわれる。ひとつの主張をすれば、後に自ら否定する。恋人たちをやたらに称賛し、理想化するが、別の興味の対象が見つかれば、ぽいと捨ててしまう。それゆえハイスミスの日記は、欲望の詳細な記録としても読めるし、うつろいやすい架空の愛の詳細な記録としても読むことができる。

ハイスミスはバーナード大学時代に、マルセル・プルーストの『失われた時を求めて』に夢中になり、「歓喜と刺激」に満ちた作品だと感じた。[8] 彼女の作品は、文章スタイルから見ればプルーストとはまったく対極に位置する。プルーストのとらえ難い文章表現は、とりとめがなく冗漫だが、ハイスミスの明晰な文体は歯切れがよく簡潔だ。だがテーマとしては同じもの――すなわち愛という幻想の本質を追い求めていることに彼女は惹きつけられた。若きハイスミスがこのフランス文学の大河小説の第一巻『スワン家の方へ』をひも解いた時、本の中に自身の姿を見ているように感じ、欲望の本質についてのプルーストの洞察が、その後の彼女の作品と私生活に大きな影響を与えたことは間違いない。プルーストはいう――人は誰かを愛する時、相手の実際の人となりを見ているのでも、容貌や性格の優れたところを見ているのでもない。われわれは何も知らない相手に対して投影する幻を自らの手で作り出すのだ。それは事実とは異なる虚像であり、愛とは、頭の中にありありと描きだされるイメージなのである。人は恋愛の最初の兆候が認められれば、「記憶や暗示によって恋愛を変形させてゆく。恋愛の兆候がひとつでも認められれば、私たちはそれ以外の兆候を思い出して、それらにふたたび命を与える」のだ。[9] 恋愛の相手はみな単なるシルエットに過ぎず、想像上の幻想を構築するための土台として使うまっさらなカンバスに過ぎない。したがってプルーストの語り手に愛された女性としてのアルベルチーヌは存在しない。絶えず移り変わる海面のように、彼の愛する人の人格は多数存在する。主人公である語り手が、自分の頭の中に生み出した何人ものアルベルチーヌ像に異なる名前をつける必要を感じたように、彼自身もまたたくさんの異なる人格によって成り立っているのだと認めざるを得ない。「正確さを期すなら、私は、のちにアルベルチーヌのことを考えることになるさまざまな私のひとりひとりに異なった名前を与えるべきかもしれない。だが、それよりも私が異なる名前をつけなくてはならなかったと思われるのは、私の前に現れる時に同じであったためしがないアルベルチーヌ」である。[10] 幸せなど不可能だとプルーストはいう。「何かを得れば、それはさらに先を望む出発点となるからである」[11]

ハイスミスはメアリー・サリバンとの関係を続けながら、以前からの恋人のヴァージニアとも付き合っていた。サリバンは、一九四一年七月にふたりが最終的に別れるまで、毎日午後「マイク・トーマス」の名でクチナシの花束をハイスミスに送り続けた。しかしハイスミスは、どちらの女性にも飽き足りないものを感じていた。ハイスミスは、次々と新しい興味の対象に手を出さずにいられない自分の貪欲さも、自身の破滅的な性癖もわかってはいたが、その力に抗うことはできず、自分を「性的倒錯者」の一種とみなしていた。

バーナードでクラスメイトだったリタ・セメルは、ある日パットに自宅へ夕食に招かれた時のことを記憶している。「夕食の時間に彼女の家に行きました。お母さんは留守で、彼女がいきなりわたしに迫ってきたんです。わたしはすっかり驚いてしまい、何が起きているのか飲み込めませんでした。彼女は言葉と行動で、わたしを誘惑しようとしました。でも、わたしは彼女を押しのけてすぐに立ち去りました。彼女が何をしようとしていたのか理解したのは、何年も経ってからのことです。わたしはその日のことについて何もいいませんでしたし、彼女も何もいいませんでした」[12]。ある友人は、当時のハイスミスは片っ端から相手かまわず女たちと寝ていたと証言している。「あんなに派手な出入りを繰り返しながらパットがどうやって授業に出ていたのか——しょっちゅう二日酔いだったんです——今もわかりません。あれだけやることをやって、あれだけの分量の読書をどうやってこなしていたのかは未だに謎です」とキングズレーは語る[13]。

奇妙なことに、ハイスミスのこの一見抑え難い性衝動は、不完全燃焼や要求不満から生じていた。セックスのあいだも、彼女は積極的に行為に参加するというよりは、終始傍観者のように感じていた。彼女にとってセックスとは一種のだまし合いであり、過大評価され過ぎている、サーカスの余興じみた詐欺行為だった。「なのにどうしてわたしはいつも脇で指をくわえて、自分や相手のすることを実演ショーのように眺めていなければならないのか!」と書いている[14]。

当時の相手のひとりは「魅力的で天真爛漫[15]」な画家のバフィー・ジョンソンで、ハイスミスは一九四一年七月に初めて彼女に出会っている。「彼女は人混みの中でも人目を引く、とても凛としてきれいな女性だった」とバフィーは、ハイスミスに初めて会った時のことを話している[16]。パットはバフィーに電話番号を訊ね、もう記憶したから番号を書く必要はないといって彼女を驚かせた。「驚いたことに、彼女は本当に覚えていたのです。わたしはとりわけ記憶が苦手なので、彼女の記憶力にはひどく感心させられました[17]」。テネシー・ウィリアムズ、トルーマン・カポーティ、ポール・ボウルズとジェイン夫妻などといったニューヨークの文学者サークルと付き合いがあったバフィーは七月十九日、この新たな友人をあるパーティに連れて行った。パットが出版界の人物と知り合うよい機会だと思ったからだ。「あの人たちはずいぶん年上だったけれど、彼女は会ってすぐに彼らの間を飛び回っていた」とバフィーは述べている。「わたしは熱心に話し込んでいて、気がつくと他の客は全員帰ったあとだった。パトリシアはおやすみもいわずに編集者たちの一団とどこかへ行ってしまっていたわ[18]」。その中にいた女性のひとりがロザリンド・コンステーブルだった。

ロザリンドはイギリス生まれのエレガントな三十四歳の女性で、フォーチュン誌の記者だったが、ハイスミスの目には、「ボブカットの金髪に冷ややかな明るい色の目をした」[19]このニューヨークの雑誌記者が、プルーストの本のページからそのまま抜け出してきたかのように映ったかもしれない。彼女にとってロザリンドは、現実の人間ではなくシンボルであり、ハイスミスが思い描く理想の恋人を体現していた。「ふたりの間に何かがあったとは思いませんが、パットは間違いなく彼女を崇拝していました」とキングズレーは語っている。「彼女はパットにとってロールモデルそのものでしたから[20]」

出会いの日に別れた後、パットが電話をすると、ロザリンドは彼女をマディソン・アベニューの自宅に招いた。そこでは女性たちがお酒を飲んだり、レコードをかけたりしていた。夜中の二時にハイスミスが帰ろうとすると、ロザリンドは彼女をルームメイトの寝室に泊っていくようにといった。そして「ふたりで面白いことを言い合ったり、たくさん笑ったりした[21]」。パットはとりわけロザリンド――前衛芸術のスペシャリストとして、またタイムズ社においては文化的なトレンドをいち早くキャッチすることでも知られ、当時絶大な名声を築きあげた女性が、ふたりで過ごした時間の記念としてハイスミスのドレスのひもを一本拝借したことにひどく感激した。

このほんの短い邂逅の後、ハイスミスは自分が北欧的な容貌をした年上のロザリンドに恋をしていることに気づく。離れていることがいっそう思いを募らせた。七月下旬から八月に四週間かけて、おじのジョンとグレース夫妻とともに自動車でアメリカ縦断旅行に出かけている間もハイスミスは、ロザリンドをその場にいるかのように生き生きと日記の中で描写している。国を横断する旅は、シカゴ、スーフォールズ、バッドランズとロッキー山脈を越え、リノ、サクラメント、サンフランシスコそしてロサンゼルスにまで及んだが、ハイスミスは必ず滞在場所の郵便局に立ち寄っては、転送するように手配したロザリンドからの手紙を確認するのだった。おじたちと一緒に、どこまでもまっすぐ伸びる道を西へと向かい、夜通し上弦の月の下を車で走りながら「来るべき幸福と愛」のことを考えていた[22]。

ハイスミスがロザリンドを描くのに選んだ表現からは、彼女を新たな崇拝の対象として特別に位置づけ、古代神話の神タイタンや天使にも匹敵する完璧な像として作り上げていたことがうかがえる。ハイスミスにとって、彼女はダンテの『神曲』のベアトリーチェであり、インスピレーションの源であり、「天国の一部」であった[23]。彼女はロザリンドを性的な対象というよりは、教養のある洗練された人物としてプラトニックな意味合いで愛していた。後に彼女のことについてハイスミスは「ロザリンド・コンステーブルは、最新の流行語から第一線の文学形式や新しい芸術潮流にいたるまで、何でも知っている人物として誰もが認めていた」と述べている。[24] その時限りの浅ましい情熱から快楽を得るよりも、むしろふたりの関係を汚れのないプラトニックなままにしておいて、遠くから彼女を崇めていようと思っていたのだとも。ロザリンドと知り合った時から、ハイスミスは彼女には特定の女性――芸術家でギャラリーのオーナーのベティ・パーソンズ――がいることを知っていたし、手に入りそうにもない相手であることが、ハイスミスが心惹かれた要素のひとつでもあった。「報われない相手を想う時にこそ、愛しているという気持ちが非常に強まる。そのことだけしか考えられなくなる」とハイスミスは書いている。「そして愛が報われた時には、わたしの場合はむしろ引いてしまう。完璧すぎることに恐怖すら感じる」[25]

八月の末にニューヨークに戻ってくると、ハイスミスは大勢の男女双方との関係を再開した。当時の恋人のひとりと思われる人物はその様子を見て、ハイスミスが「戦線を広げすぎて、戦力をあまりにも拡散させすぎ」ている連合軍みたいだったと苦々しく語る。[26] だが、本人は「くすぶっている」よりもセックスしている方がいいのだと自分自身に言い聞かせ、性的放埒を正当化した。そうでもしなければ、真に愛している人、ロザリンドとまともにいられる状態ではなかったからだ。「他の事は鼻をつまんでいることにする」と彼女は書いている。「ヒマシ油でも飲むみたいに」[27]

ロザリンドの方はといえば、面白半分にハイスミスに手を出したのは確かである。グリニッチビレッジの通りで手をつないで歩きながら、友人の目の前でこれみよがしにハイスミスを「ベイビー」と呼び、タクシーでは膝の上に座るように誘ったりもした。だが、ふたりの関係はパットが望むほど急速には進展せず、自身の欲望の代替手段として彼女はファンタジーを利用するようになる。ロザリンドに執着すれば自分が不安定になってしまうとわかっていたので、彼女のことを考える回数を制限することを自らに強いた。例えば大勢の人たちがいる部屋の中にいる時とか、ベッドの中にいる時などに。しまいにはロザリンドの脳内イメージが、現実の相手の代役になった。「あなたに何度も会うためにはそうしなければならなかった。でも、そのうちにそうやって自分をだますことがかなり上手になった」と彼女は書いている。[28]

メアリーとスタンリーは、家での娘の奇妙なふるまいの原因がロザリンドへの執心にあると思っていた。「パットの母親は、ロザリンドがパットをたぶらかしていると思っていました」とキングズレーは語っている。[29] メアリー・ハイスミスは後に娘に宛てた手紙にこう書いている。「スタンリーとわたしは、あなたの望んだことにはなんでも百パーセント味方してきました。それがわたしたちの喜びだったから。でもロザリンドに会ってから――あなたは変わってしまった。わたしたちのあいだの親しさは失われてしまった……スタンリーは、あなたがわたしたちのことを無知で、下品で、思慮がない人間だと思いたがってるなんていうのよ。そうすれば自分がどんなにみすぼらしいひどい境遇から飛び出してきたかを見せつけられるからだって[30]」

ハイスミスは、自分にロザリンドのような洗練された友達ができて母親は嫉妬しているのだと考えた。一方メアリーは、なぜ自分の娘がこんな奇矯な行動をとるのかまったく理解できなかった。なんとか娘を正道に戻そうと、パットにバーナードをやめさせるとまで言い出した。しかし、そもそも、メアリーやスタンリーが考えているようなハイスミスの問題行動の原因はロザリンドのせいではなかった。「ロザリンドがわたしの人格を変えたと思っているそうだけれど」とハイスミスは後年継父に送った手紙に書いている。[31] しかし、ハイスミスは二十歳になるまで年上の女性に会ったことはなく、自分の人格はもっとずっと早い時期に形成されていたのだと自身で語っている。問題の本当の根源は、彼女と母親との関係にあった。

それでもメアリーが一九四一年十二月二十八日、父ダニエル・コーツの死去に際してフォートワースに帰郷した時は、ハイスミスは母親を恋しく思っていた。母親のことを「わたしの人生の安定、女性らしさ、癒し、温かさ」を象徴するものだと日記に書いている。[32] しかしメアリーが戻ってくると、数日もしないうちに母と娘の激しい口喧嘩が始まった。ハイスミス自身母親との関係に悩み、それが根深いものだということも身に染みてわかっていた。日記の中で、自分が実の母親に恋をしているのだとさえいっている。スタンリーの存在をいまだに疎ましく思い――母親に対して、スタンリーがそばにいる限り自分たちは幸せになれないと訴えている――家庭内での主導権が継父ではなく、自分にあればもっと平和な気持ちでいられると思っていた。「自分がボスになれたらどんなに幸せだろう。昨日したように母のタバコに火をつけてあげたりひとり占めできるなら[33]」。だがメアリーは、娘が「頭でっかちでお高くとまっている[34]」と考えていたし、娘の方は、母親が退屈で、ロマンティック・ヒーローとしてのフレッド・アステアや、キャロル・ロンバートの飛行機事故死とかいった有名人のゴシップで頭がいっぱいの俗人だとみなしていた。「母はもちろんわたしのことを冷酷だと非難するし、わたしはわたしで母のことを犬のように扱い、家の事なんか一切しなかった――どれもこれも母に対する(a)嫉妬、(b)劣等感、(c)報復であり、効果を奏するどころかよけいに心配させるだけだった」[35]

ハイスミスの母親は、自分の娘が他の若い女性たちとあまりに違うことを心配し、そんなことではバーナードを卒業しても絶対に成功も仕事を得ることもできないと説教を繰り返した。夫と子供こそが女性の幸せの鍵だと母親にいわれるたびに彼女はうんざりした。スタンリーもまた、妻の娘に対する人格攻撃に加担して、お前は自分を嬉しがらせるような人間としか付き合わないと非難した。ハイスミスは、家を出ることを――一家は一九四〇年にはグリニッチビレッジ、グローブ・ストリート四八番地にあるアパートに移り住んでいたが、一九四二年三月に東五十七丁目通り三四五番地に引っ越していた――切望するようになったが、自分には経済力もなく閉塞感を感じるばかりだった。一九四〇年に一家はグリニッチビレッジ、グローブ・ストリート四八番地にあるアパートに移り住んでいたが、一九四二年三月に東五十七丁目通り三四五番地に引っ越した。メアリーはクリスチャン・サイエンスとデール・カーネギーを信奉していた。カーネギーは、世界初の自己啓発の指導者のひとりで、『人を動かす』というベストセラー著書がある。一方ハイスミスは、自分にはどこかおかしなところがあるかもしれないと意識するようになり、精神科専門医に相談する道を探したいと思っていた。「わたしが精神科医のことを話しているのに、母はメリー・ベーカー・エディのことしかいわない！」と日記に書いている。[36]

一九四二年六月、ハイスミスが二十一歳の時、メアリーは「よくもそんなにくだらない話ばかりできるわね」[37]となじった娘の頬を平手打ちした。その九日後、ハイスミスは若い娘が母親をベッドに寝かせる物語のアウトラインを書いた。一見従順な娘は、母親の要求にはなんでも従い――恋人に二度と会わないでほしいという願いにも――いかにも心根のやさしい娘に見える。母親のか弱い体に夜着を着せ、化粧水をつけてやり、かいがいしくホットミルクを持ってくる。そしてポケットからはさみを取り出すと、微笑を浮かべながら母親の胸に突き刺し、力の限りぐりぐりとねじ込む。ハイスミスは、母親とスタンリーについてこう書いている。「ふたりにわたしの何がわかるというのだろう？　わたしの憤怒、焦燥、失望、野心、熱情、絶望、愛と憎しみ、そしてエクスタシーの何が！　何ひとつわかっていないし、けっしてわかりはしない[38]」

空想を現実に置き換えることは、後のハイスミスがその作家人生で数多くの小説で用いることになる中心的なテーマであるが、このテーマが登場するのは、もっとも初期の作品にさかのぼる。一九四一年九月、ハイスミスは「ヒロイン」という身の気もよだつような短編小説を書いた。ルシールという名の住み込みの家庭教師が、ニッキーとエロイーズという子供たちを救いたいという倒錯した願望を満たすために、雇い主の家に放火するという物語である。ルシールは侵入者から子供たちを守ったり、洪水から助け出したり、地震からニッキーとエロイーズを護ることをいつも空想している。そのシナリオでは、ルシールは子供たちだけでなくおもちゃまでも救い出そうと崩壊する家に飛び込んでいく。自分の勇気と愛情を示すために。物語が進展するにつれ、ルシールは現実世界からどんどん乖離していくようになり、ついには自ら火をつければ、自分がどれほど献身的であるかを証明できるのではないかと考えるようになる。「危険度がいちばん高くなるように、焔が高く燃え上がり、子供部屋の窓に届くまで放っておいてから飛び込んでいくことにしようと思った[39]」。微笑みを浮かべたルシールは、ガソリンの入ったドラム缶をガレージから転がして、家の周りに油をまき散らし、火をつけると後ろに下がって燃えあがり具合を観察する。物語はルシールが自らの義務を果たすべく雇い主の家に歩いていこうとしたとたん、ドラム缶が爆発するところで終わる。「ヒロイン」の中でルシールは亡き母の狂気の記憶と闘い、自分が母親からそれを受け継いでいることを意識している。鏡の前にたたずむと、目を大きく見開いて、自分の中に迸る狂熱を必死にコントロールしようとするのだが、ついにはその感情に支配されてしまう。

ハイスミスは、この作品をあちこちの雑誌に送ったが、採用どころかことごとく却下された。「バーナード・クオータリー」でさえ「ヒロイン」の掲載を却下した。作品があまりにおぞましく、精神的に不安定な若い女性がルシールの異常な行動をまねすることを助長しかねないと判断されたのかもしれない。しかし、最終的に「ハーパーズ・バザー」が買い取り、一九四五年八月号に掲載され、一年後に権威ある『O・ヘンリー記念賞受賞作品集一九四六』に収録された。

ハイスミスはしだいに、当時精神分析医が「逸脱」と呼んでいたものに強く惹きつけられていく。「誰もが自分自身の中に地獄のような恐ろしい別世界や未知の世界を抱えている」と一九四二年のノートに書いている。「それは、地球のいかなる噴火口よりも深い穴、あるいは月のはるか向こうまで無限に広がる空間である。だが、己がおぞましく本質的に『人間らしくない』ものであるとよく知っているからこそ、わたしたちは自分自身とは対極にある世界で日々生きているのである」[40]。自分の行いが社会的規範から大きく逸脱していることをハイスミスは自覚していたが、その自由奔放なボヘミアン気質は、強い職業意識や感情を抑制する性向といった、より安定した資質によって抑えられていた。彼女はしばしば自分の心を堰き止められた川にたとえた――いつの日か堤防が決壊し、あふれた水が醜悪さを跡形もなくきれいに洗い流してくれる。自分を前へ前へと駆り立て、達成できないとわかっていたとしても、新たな挑戦を掲げずにはいられない。時折そんな自分を罰したくなり、こうした自虐的欲求そのものを苦悩に満ちた詩で表現した。この頃にハイスミスが書いた詩は次の一節で始まっている。「わたしはあまりにも自分の支配者であり過ぎる」[41]

一九四一年の年末、自らが目指したものと実現したこととのあまりの落差に、ハイスミスは自殺の瀬戸際にまで追い詰められる。なぜもっとできなかったのか？　なぜもっと成功して、創造的になれなかったのか？　「今宵、わたしは初めての自殺の危機をやり過ごした」とノートに書いている。「それは執筆に行き詰った時に、いたるところに散らばった何にも書けない白紙の紙、そして屈辱と慚愧で頭がいっぱいになった時にやってくる」[42]

問題は――本人にもわかっているように――ハイスミスのような創造的な人間には生来、自身を守ってくれるような防護壁がないということだった。抑鬱――彼女の表現を使うならメランコリー――は、自分自身を草のように風になぶらせ、吹きさらしに置き、時に打ち倒され、折られ、踏みにじられたことによってもたらされた結果である。この暗闇、この圧倒的な絶望の感覚は、彼女の作品にも反映されている。自分にはリンゴの花の風情や、バレンタインのカードや、燃え盛る台所のかまどの火や、古風なベッドフレームのことなど絶対に書けはしないし、人間の現状を肯定するような作品には意味がないとまでいっている。彼女はこうした使い古された筋書きには興味がなかった。彼女の手法は、正常さというものを分解し、ひっくり返していくうちに、安穏さや世間的な慣習が危険で邪悪な鋭角を帯びてくるところにある。とどのつまり人間も世界も、あまりに問題があり過ぎた。

一九四一年十二月七日、日本が真珠湾を奇襲攻撃し、これによってアメリカは第二次世界大戦に参戦することになった。ハイスミスはこれまでもよくヨーロッパの戦争の原因を分析し、その年の六月には、継父のスタンリーと戦争の原因について議論していた。スタンリーは「人間生来の邪悪ゆえだ」と非難し、ハイスミスは投機家の権謀術数だと応酬した。一九三〇年代半ば以降、一九三五年から一九三七年の間、アメリカは中立法が定める孤立主義の原則を貫き、一九三九年にナチスがチェコスロバキアに侵攻すると、ルーズベルト大統領は中立法の破棄を試みたが失敗し、アメリカは財政的支援だけにとどまった。同法は最終的にドイツがポーランドに侵攻した後に緩和され、議会はルーズベルト大統領の七十億ドルに及ぶ連合国軍への武器貸与の要請を認可したが、最終的にアメリカに中立政策を放棄させ、民主主義の敵に対する全面戦争を選択させたのは真珠湾攻撃であった。歴史家たちは真珠湾攻撃――ルーズベルト大統領は「恥辱として記憶に刻まれるであろう日」と演説で述べた――をアメリカがそれまでの純真さを失った瞬間だと指摘した。国民感情が真珠湾攻撃によって大きく影響を受けたことは間違いないが、爆撃がもたらしたものは、純真さから大人らしさへの転換というよりはアメリカの傲慢さ、すなわち自国の強さと不可侵性は揺るがないという信念が手ひどく傷つけられたという認識だった。不安の時代――パラノイアの時代は一九三〇年代後半、一九三八年のオーソン・ウェルズの『宇宙戦争』のラジオ放送までさかのぼる――は、決定的な歴史的事件によって具現化したのである。

　戦争遂行体制への協力として、バーナード大学では、学生たちが基礎的な救急医療や地図の判読や航空写真解析などを学ぶ講座を設け、一九四二年三月からしばらく、ハイスミスもまたキングズレーと一緒に敵の航空機の判別法を学ぶ若い女性用の訓練講座に定期的に出席した。しかしながらギルダースリーブ学長は、バーナードの学生は単なる事務的仕事の用員として使われるべきではないと強固に主張した。「我が校の学生の頭脳は、我が国におけるもっとも貴重な資産です……したがって、わたしたちは、科学者、経済学者、数学者、社会における専門家、専門的な秘書官になるような頭脳を、下級の簡単な仕事に浪費してはなりません……戦争に勝つためには、はるかに多くの彼女たちのような頭脳が必要です[43]」

　とはいえ当時のハイスミスは国際紛争の意義よりも、感情的な問題の方にずっと心奪われていた。日記によれば、彼女は別のバーナードの学生ヘレンとの間に短いが、激しい関係を持った。ヘレンは、どこからどう見ても生粋の異性愛者で、若い男性と婚約していた。実際、手の届かない異性愛者の女性に終生ハイスミスはより強く惹かれる傾向があった。日記の中で彼女はヘレンへの欲望を吐露し、彼女の魅力を「わたしがこれまでものすごく好きになったストレートの女の子たち全員と比較してもかなわない」と記している[44]。真珠湾攻撃のニュースが報じられてから初めて大学へ行った日、ふたりでハドソン川を散歩した後、ビールを飲みながら、ハイスミスはヘレンに愛を告白する。ハイスミスは一九四一年十月に付き合い始めてからというもの、この新しい想い人にわざとひどい仕打ちをしてきた。ヘレンの目の前で別の女性といちゃついて見せたり、わざと知らんぷりを装ったりもした。しかし、ヘレンがまもなく徴兵されるボーイフレンドに誓いをたてるのではないかという怖れから、これ以上自分の気持ちを秘めておけないと感じた。告白は痛ましい結果に終わり、ハイスミスは泣きだし、ヘレンは訊ねた。「わたしにどうしろというの、パット？」ヘレンはこのような状況でボーイフレンドを見送ることはできないと感じ、ハイスミスに宛ててもう友達づきあいはできないと書いた手紙を送った。ハイスミスが級友たちに「あんなちんけなボーイフレンド[45]」なんかわたしがすぐに忘れさせてやると言いふらしたことをヘレンが知るに及んで、ふたりの関係はさらに悪化した。ハイスミスはこの時のことをノートにこう書いている。「愛はふたりの間にいる魔物で、左右の拳でわたしたちそれぞれをとらえている[46]」。彼女はこの一文を一九五二年の小説『ザ・プライス・オブ・ソルト』の中に修正して入れ、テレーズとキャロルとの関係の悪化を表すのに使っている。ハイスミスは明らかにヘレンとの関係に高い期待をかけていて、一九四二年の前半を通して交際を続けていたが、彼女がかつてロマンティックな言葉で表現した——「天国のかけらが地上を歩き回っている」——関係を発展させることはできなかった[47]。

二十世紀における諸問題を真に理解できるのは、「正常」という概念を受け入れず、外側から社会や個々の人間の複雑な本質に近づくことのできる人々だとハイスミスは確信していた。ある事実の真相を示すためには、正常性という覆いをはぎ取り、その下にある膿んだ傷口をさらけ出すことが必要なのだと彼女は語る。時代の真実を描くことに関心を持つ作家ならば、その「正常性」という薄皮をはがし、そのただれた核心を探り当てる義務があるのだと。また別の比喩を用いて、このような現実を見事に表現してみせる芸術家を、自分自身の吐いた糸で巣を作るクモになぞらえた。自分の特異な感覚や精神的ねじれを、自分固有の小説世界の土台として使おうと彼女は決心したのだ。創作のためには自分自身を開拓する必要があり、そのために自分が生きる上でもっとも重要な力だと考えるものに頼ることにした――すなわち「性《セックス》」に。「そう、おそらくセックスこそがわたしの文学の主題なのだ――抑圧や否定といった形で、もっとも深い影響をわたしに与えたもの[48]」

一九四二年一月、ハイスミスは短編小説の構想を練っていた。ある女性がひとりで部屋にいるとタンスの中から引っかくような音が聞こえてくる。ネズミを怖れながらも、引き出しをひとつ開けてみると、何も変わったところはなく、ウエディングドレス用の胴着《ボディス》があるだけだ。しかし数日後音が止むと、彼女は胴着のレースの上に硬直した小さなネズミの死体を発見する。二か月後、ハイスミスはインスピレーションが下りてくるのを感じ、「待ち望んだ、第一級の、美しい文章のスリラー、ウィルキー・コリンズの『月長石』のような……もっと形而上学的な要素さえ含んでいるかもしれない」作品を書く機が熟したと判断した[49]。ハイスミスは十代で書いた「犯罪の始まり」を振り返り、サスペンスこそは自分の身上だと実感した。「おぞましいもの、残酷なもの、普通でないものにわたしは惹きつけられる」とノートに記している[50]。

そのような本を書くために効果的な方法は、空想的なアイデアに写実的な文章表現を被せることだと彼女は思った。「本当らしさはリアリズムによって作り出される[51]」。典型的な二十世紀人、すなわち現代における「普通の人」とはサイコパスなのだ。「二十世紀の生活を描写するのに、異常者の視点がうってつけなのは、わたしたちの多くが、自覚していようといまいと異常者であるからだというだけでなく、二十世紀の生活というものが異常性によって確立され、維持されているからだ。わたしとしては、『勇気の赤い勲章』（南北戦争を舞台にした米作家スティーブン・クレインの戦争小説）の文学的美質をすべて備えた文章で、現代生活における異常な人物の視点で描いてみたいと思う。ごく普通の人生ではありながら、異常性に心を惹かれ、最後には読者も主人公がちっとも異常ではなく、もしかしたら自分自身であり得ると考えるような小説を[52]」

このノートの記述は、『見知らぬ乗客』の六年前、『太陽がいっぱい』の十二年前に書かれたものだが、彼女の基本的な文学的手法をわかりやすく要約しており、彼女の小説や短編がなぜこんなにも心に尾を引くのかを解く手がかりとなるだろう。ハイスミスの世界は、「異常者」の歪んだ視界を通して見ているものだが、非常に明晰で平易な文章スタイルのために、しまいには読者までが明らかに不安定で揺れ動く視点に同化してしまう。ハイスミスの作品では、意識と無意識のせめぎ合いが、ほとんど境目を感じさせない滑らかな手法で描かれるため、読者は次第に引き込まれ、不合理で、理不尽で、混沌とした状況にも共感を覚えるようになる。この歪んだ視界を自然に感じさせてしまうものこそが、彼女の淡々とした文体なのだ。

ハイスミスは、毎晩シャワーを浴びるたびに物語のプロットを考えることを自分に課していた。すでに彼女は自身の小説世界を際立たせる、独自のテーマに心を引き寄せられていた——ふたりのまったく異なる人物による、好意と嫌悪という相反する感情というものに。「非常に強いキャラクターが弱みを見せるのは、それぞれ正反対の方向に等しく引っ張られている時である」[53]と彼女はメモしている。この時点でハイスミスはレズビアンをテーマとする小説を書く可能性を模索していたが、その考えはすぐに退けた。ある意味では必要がなかったからだ。「それについては他のテーマでも十分書けそうだったから。自然に出てきちゃうのよ」と述べている[54]。

自分が将来どんな人間になるのかを考えた時、基本的に自分の性格が変わることはないだろう、とハイスミスは気づいていた。前よりも自分自身を律することができるようになったとは思うが、いまだに無意識を用いて創作することしかできなかった。アルコールとタバコへの依存はいっそう強くなるばかりだった。好きな相手に自分の気持ちを正直に出すことはあいかわらず苦手で、それを表に出す段になると情緒的に不安定になった。いつも惚れっぽかったが、ひとりでいる時が一番幸せだった。

ダンテの彷徨える魂のように、ハイスミスは神のためにも悪魔のためにも生きる気はなく、自分自身のために生きるよう定められたのだと思っていた。「慈悲と正義は、どちらも互いを嘲っている」と彼女はノートに書き、『神曲』の地獄篇第三の歌から引用している。「誉れもなく譏《そしり》もなく生涯を送った連中の／哀れな亡霊のすがただ。／神に仕えるでもなく、そむくでもなく、／ただ自分たちのためにだけ存在した／邪悪な天使の群とまじりあっている」。それは、彼女の生み出した多くの登場人物たちの生きる理由でもある。そして、ノートには彼女が引用の後に書き加えた言葉が残されている。「〔これは〕恐るべき考えだ[55]」

原注

第6章

1 Marian Churchill White, *A History of Barnard College*, Columbia University Press, New York, 1954, p. 142.
2 Thomas Wolfe, quoted by David Herbert Donald, *Look Homeward: A Life of Thomas Wolfe*, Bloomsbury, London, 1987, p. 280.
3 PH, Diary 1, 20 June 1941, SLA.
4 ハイスミス　チャールズ・ラティマー宛書簡　1974年3月3日付　SLA所蔵
5 PH, Diary 1, 23 June 1941, SLA.
6 PH, Diary 1, 1941, undated, SLA.
7 PH, Cahier 5, 9/25/41, SLA.
8 PH, Diary 1, 1 September 1941, SLA.
9 Marcel Proust, *Remembrance of Things Past*, Vol. 1, *Swann's Way, Swann in Love*, trans. C.K. Scott Moncrieff, Chatto & Windus, London, 1941, p. 271.
プルースト『失われた時を求めて2　第一篇スワン家のほうへII』高遠弘美訳　光文社古典新訳文庫　2011年
10 Proust, *Remembrance of Things Past*, Vol. 4, *Within a Budding Grove*, Part Two, p. 346.
プルースト『失われた時を求めて4　第二篇花咲く乙女たちのかげにII』高遠弘美訳　光文社古典新訳文庫　2016年
11 Proust, *Remembrance of Things Past*, Vol. 3, *Within a Budding Grove*, Part One, p. 219.
プルースト『失われた時を求めて3　第二篇花咲く乙女たちのかげにI』高遠弘美訳　光文社古典新訳文庫　2013年
12 リタ・セメルとのインタビュー　2000年4月6日
13 ケイト・キングズレー・スケットボルとのインタビュー　1999年5月14日
14 PH, Diary 1, 27 July 1941, SLA.
15 PH, Diary 1, 7 July 1941, SLA.
16 バフィー・ジョンソンとのインタビュー　1999年5月18日
17 Buffie Johnson, *Patricia Highsmith*, unpublished, undated, courtesy of Buffie Johnson.
18 Ibid.
19 'Between the Lines', *New York*, 16 December 1968.
20 ケイト・キングズレー・スケットボルとのインタビュー
21 PH, Diary 1, 22 July 1941, SLA.
22 PH, Diary 1, 1 August 1941, SLA.
23 PH, Diary 1, 23 August 1941, SLA.
24 'Between the Lines'.
25 PH, Cahier 5, 7/16/41, SLA.
26 PH, Diary 2, 11 April 1942, SLA.
27 PH, Diary 1, 11 September 1941, SLA.
28 PH, Cahier 5, 9/29/41, SLA.
29 ケイト・キングズレー・スケットボルとのインタビュー
30 メアリー・ハイスミス　娘ハイスミス宛書簡　日付不詳　SLA所蔵
31 ハイスミス　スタンリー・ハイスミス宛書簡　1970年8月29日付　SLA所蔵
32 PH, Diary 2, 3 January 1942, SLA.
33 PH, Diary 2, 10 January 1942, SLA.
34 PH, Diary 2, 15 January 1942, SLA.
35 PH, Diary 2, 29 March 1942, SLA.
36 PH, Diary 2, 11 June 1942, SLA.
37 PH, Diary 2, 21 June 1942, SLA.

38 Ibid.

39 PH, 'The Heroine', *Eleven*, Heinemann, London, 1970, p. 135.
ハイスミス「ヒロイン」『11の物語』収録　小倉多加志訳
ハヤカワ・ミステリ文庫　２００５年

40 PH, Cahier 7, 7/8/42, SLA.

41 PH, Cahier 6, 12/19/41, SLA.

42 PH, Cahier 6, 12/17/41, SLA.

43 Virginia C. Gildersleeve, 'Educating Girls for the War and the Postwar World', quoted in Marian Churchill White, *A History of Barnard College*, Columbia University Press, New York, 1954, p. 148.

44 PH, Diary 1, 1 November 1941, SLA.

45 PH, Diary 1, 18 December 1941, SLA.

46 PH, Cahier 6, 12/17/41, SLA.

47 PH, Diary 2, 29 April 1942, SLA.

48 PH, Cahier 6, 5/13/42, SLA.

49 PH, Cahier 6, 3/2/42, SLA.

50 Ibid.

51 PH, Diary 2, 2 March 1942, SLA.

52 PH, Cahier 6, 4/14/42, SLA.

53 PH, Cahier 6, 3/26/42, SLA.

54 PH, Diary 2, 22 February 1942, SLA.

55 PH, Cahier 7, 6/27/42, SLA.
ダンテ『神曲　完全版』平川祐弘訳　河出書房新社　２０１０年

第７章

自分という牢獄

1942 − 1943

ハイスミスは文学上のカテゴライズを嫌っていたが、この時期における彼女の文学的こだわりを当てはめられる流派を探すとしたら、「グリーン派」と呼ぶしかないかもしれない。一九四〇年代初め、ハイスミスはフランス生まれのアメリカ人作家ジュリアン・グリーンに夢中だった。一九四一年九月、「ヒロイン」を執筆中、彼女はグリーンの一九三四年の作品『幻を追う人』の英訳版を読み、翌年の暮れには一九四一年の小説『ヴァルーナ』について、他のどの作品よりも多くのものを与えてくれたと日記で称賛している。一九四四年には、自分がいかにグリーンの作品に「人生、勇気、平穏」を見いだしたかを書いている。[1]

一九〇〇年パリで生まれたグリーンは、アイルランド系アメリカ人の血筋と、フランスの教育と文化的影響を受け継いでいた。子供時代、ハイスミスと同じように周囲になじめず、やがて生涯にわたってその当時の孤独感や違和感を描くようになるが、自分の子供時代を「大人になってからもずっと、ひっそりと流れる地下水流」と表現した。[2]十四歳で母親を亡くし、十六歳で厳格なプロテスタントからカトリックに改宗したが、仏教および東洋思想にも強い関心を寄せた。そしてハイスミスと同様、幼少期から同性に性的関心を持ち、やがて精神的願望と肉体的衝動との葛藤を自身の作品のテーマとみなすようになる。二十八歳の時、自身の内部の葛藤を個人的なメモや日記に記録することに決め、当初はフランス語で、後に英語で一九三〇年代後半からずっと書き続けた。「この日記はできるだけ規則正しく書き続けるつもりだ。そうすれば、自分の本心をもっとはっきりとわかるようになると思う」[3]

こうした内心を吐露するグリーンの記録には、その筆致にも内容にも、ハイスミスのノートと顕著な類似点があり、ふたりの作品に数多くみられる共通性を理解する助けとなってくれる。一九四三年にグリーンの『日記』を読んだハイスミスは自身の日記に、一部フランス語でこう書いている。「J・グリーンには特別の親しみを感じる……わたしが考えていることとほとんど同じだ」[4]。ハイスミスと同じように、グリーンも執筆していないとひどく惨めになり、まるで自分など存在しないかのように感じた。彼はエドガー・アラン・ポーの作品を称賛し、自身の成長期の初期における体験に創作の題材を求めた。「ぼくが書くことの一切はぼくの子供の頃からまっすぐに生まれてくる」[5]。そして人間のアイデンティティは、本来いくつも分裂しているものだと考えていた。「ぼくたちひとりひとりのうちには、聖パウロが語っているふたりの人間だけではなく、優に十二人もの人物がいて、彼らはめったに一致せず、ほとんどつねに対立し合っている……これらの人物のひとりは気狂いだ……」[6]と一九三八年に書いている。同じように、現実は個々の人間の思考の投影に過ぎないとみなし――人間はその心の資質によって天国と地獄の間を行ったり来たりしているのだと彼はいう――これもまたハイスミスと同じように、自身に強い興味を持っていた。「つねにぼく自身であることに疲れた。その歎きを誰かひとことでも言ったことがあるだろうか？」[7]と一九四〇年に書いているが、これはグリーンからハイスミスにいたる文学的な「心の叫び」として解釈できよう。ハイスミスがグリーンのこうした言葉を読んでいたかはわからない。我々にわかるのは、彼女がすでに自分自身の作品のなかで、よく似たアイデアを追求するのに夢中だったということだ。

グリーンは、作品は自身の実人生――夢と抑圧――から生み出されると確信し、ハイスミスと同じように、幸せや満足は創作のプロセスを台無しにすると断言した。「本を執筆することは、人生で作家に許されていないあらゆることに対する埋め合わせになる。喜びにあふれ、成功した人生は、作家にとってはつまらない本しかもたらさないともいえる。満ち足りすぎた人間は書いたりしない」[8]。一九四八年にグリーンはそう書き記している。

グリーンの小説『私があなたなら』とハイスミスの『太陽がいっぱい』には驚くほどの相似点が見られる。前者は一九四七年にフランスで、一九四九年にアメリカで出版されているが、グリーンによればミルトンが『闘士サムソン』の中で描写している哀しみを突き詰めたものだという。「おまえはおまえ自身の牢屋になってしまった。おお、この上なく苛酷な牢獄！」[9]主人公はハイスミスのトム・リプリーのように、ほとんど病的に近いまでの自己嫌悪を感じている若者ファビアン・エスペセルである。彼は自分の殻を脱ぎ棄て、別人になり代わりたいという欲望に駆り立てられている。

ファビアンは、「自分がこの世にある限り、たましいは同じ肉体に縛り付けられて」[10]いるという事実に耐えられず、それゆえ、見知らぬ人物に、魔法の言葉を唱えることによってファビアンが選んだ人物に身体が入れ替わる機会を与えられると、何のためらいもなく承諾する。

この本の前書きでグリーンが述べていることを、ハイスミスもまた自分のこととして受け止めたに違いない。「私たちのうち、《私が彼だったら……。あなただったら……》と心に言わなかった人がいるだろうか」と彼は書いている。不満が生じるのは「私たちがいつもいつも同一の人間であるから」[11]であり、我々ひとりひとりが、自分だけの牢獄の壁の中に永遠にとらわれていることを自覚するからだと。このフランス人作家はさらにジョン・ダンの詩――グリーンもハイスミスも影響を受けた詩人である――を引用し、人間は「病める神」であり、「現代の人間性をこれ以上端的に表現する言葉は他にない」と結論づけている。[12]「平易で直接的な言葉使い、ほとんど〈文体〉とは言い難い希薄な表現」[13]ゆえに、グリーンの長編小説や短編作品は、ハイスミスの作品と同様、読者はこれがどの流派に属する小説なのかという判断を留保せざるを得ない。彼の作品はその解釈や分析を拒むが、彼の作品を際立たせているのはその奇妙なハイブリッド――すなわちリアリズムとファンタジーというふたつのまったく異なる文学的様式の融合にある。バルザックとフロベール〔ハイスミスが「強い一体感」[14]を感じると述べている〕の流れを汲むリアリズム、そしてホフマンとポーの作品に体現されたファンタジー。ハイスミスもまた同じように分析されるかもしれない。文学的ミメーシス（模倣によってその対象を如実に表現しようとする修辞法）によって精緻に描かれた真実らしさの表層と、異常性と妄想性という破壊的な暗部とが境目なく一体化した、流れるような文体の作家であると。これはとてつもない魔力をもつ混淆だといえよう。

ハイスミスは一九四二年六月二日、文学士号を取得し、バーナード大学を卒業した。祖母はハイスミスに二十ドルをプレゼントしてくれたが、彼女はそれを自分のために使うよりも〔わずかな金額を彫刻のための木片を購入するために取り分けて〕、友人や家族と一緒に食事をすることに使うと決めた。お金にはいつも困っていたが、今はとにかく一刻も早く家を出て、ひとり暮らしのための部屋を見つけることが、急務だった。

しかし、ハイスミスは自分なりのひとつの基準を決めていた。「実用的なことを学ぶのは避けたかった」とあるインタビューで答えている。「わたしがまともにタイプを習わなかったのは、事務仕事なんてしたくなかったからよ」[15]。雑誌業界で働くことには心惹かれていたし、ロザリンド・コンステーブルに勧められたこともあって、「マドモアゼル」、「グッド・ハウスキーピング」、「タイム」、「フォーチュン」、「ヴォーグ」などの雑誌に応募した。残念ながら雑誌のファッションページから抜け出てきたばかりのように見せる能力は、彼女にはまったくといっていいほど欠除していた。六月の初めにヴォーグ誌の面接を受けてみたが、二週間後に不採用を通知する電報を受け取った。彼女の外見に問題があるのは明らかだった。「あなたはベッドから抜け出したばかりのように見えるとみんないってるわ」とロザリンドはハイスミスに注意した[16]。面接時に着ていたジャケットはその場にふさわしいものだったが、白いブラウスは汚れており、帽子を被ってもいないことで面接官にあきれられた。ハイスミスは落胆したが、「いつか自分が『ヴォーグ』よりも大物になる日がくる。そうしたらきっと彼らの不健全な影響を受けずに済んだ幸運に自分は感謝するだろう」と自らを納得させた[17]。

駆け出しかプロかを問わず、多くの作家たちがそうであるように、ハイスミスも「ザ・ニューヨーカー」誌に書くことを夢見ていた。六月十六日、彼女は、当時の「ザ・ニューヨーカー」誌の編集長であるウィリアム・ショーンに会い、翌日四冊の「バーナード・クオータリー」誌を彼に送って売り込もうとした。その年の後半「町の噂」にいくつかのお試し記事を書くよう依頼されるたが、何の反応もなく、編集長に宛てた手紙で、彼女がいうところの「面白い仕事でなくてもよい」[18]から仕事をくれと頼まざるを得なかった。もらった仕事は、ベン・ザイオン・ゴールドバーグの編集助手だった。ロシア生まれのゴールドバーグは「ジューイッシュ・モーニング・ジャーナル」（ユダヤ系住民向けの日刊紙）の元編集長で、『聖火（The Sacred Fire）』という著書があり、多くの新聞のコラムニストでもあった。ハイスミスは、ＦＦＦという出版社の仕事に応募したのだが、そこは多くのユダヤ系の書店に書籍を供給していた。そして六月下旬、面接の後ゴールドバーグは彼女を週給二十ドルで採用した。「交渉はしなかった」と彼女は日記に書いている。「交渉は苦手だから」[19]

仕事は『ユダヤ家庭年鑑（The Jewish Family Almanac）』の家庭欄の執筆と編集、ユダヤ系の芸術や文化、料理、室内装飾についての記事の編集に携わることだった。ハイスミスが学校時代から反ユダヤ主義的偏見を持っていた事実を考慮すると、この選択は驚くべきことだった。実際、一九九三年に「オールディー」誌の求めで最初に就いた仕事について書いた文章では、かつてユダヤ系出版社で働いていた事実をあえて書いてはいない。「彼女は、当時もその後もＦＦＦ出版との関係を認めたくなかったんです」とキングズレーは述べているが、ハイスミスはゴールドバーグとはその後も連絡を取り続けていた[20]。

アメリカにおけるユダヤ人の歴史的・文化的影響に関する書籍の編集に携わった後、その年の十一月、仕事がないことを理由に出版社はハイスミスを解雇した。それでも彼女はFFF出版で働いた時間を有効に活用して、その後の小説執筆に活用できそうなキャラクターを集めていた。彼女は足を引きずって歩く、ずんぐりした小太りの平凡な従業員に目をつける。彼はいたくハイスミスの想像力を刺激したらしく、後に彼をもとにした物語を書いている。「山の宝物」と題したその短編は、書き直しては送り、拒否されるのを何回か繰り返した後、「ホーム&フード」誌の一九四三年八月号に、「不確かな宝物」という題名で掲載された。

中心となるのはふたりの男――アーチーという身体障がい者と氏名不詳の簿記係――であり、ふたりはともに駅のプラットフォームに残された持ち主不明のカバンに目を止める。奇妙なネコとネズミの追いかけっこがニューヨークの通りで展開され、アーチーはカバンを求めて簿記係の男を追う。最終的に怖れとやましさから簿記係の男はカバンを置いていく。アーチーはそれをうらぶれたアパートの自分の部屋に持ち帰り、興奮をほとんど抑えきれなくなって、カバンのチャックを開ける――と、そこには予想に反して金ではなく、何層ものお菓子とチョコレートが詰まっていた。

この話は物語そのものの面白さだけでなく、ハイスミスが初めて小説上で行った試み、すなわちふたりの人物が互いを追いかけ合うというテーマを探求したことでも興味深い。このテーマは、後年『殺意の迷宮』や『ヴェネツィアで消えた男』といった長編作品へと発展していく。作中のふたりの人物が自分たちのまわりのものに固執するさまや、カバンを手に入れさえすれば、中身が自分を幸せにしてくれると信じこんでいる描写も読む者の心をそそる。「金色のジッパーに触ると、指の先からぞくぞくするような快感が伝わってきた。それを引き下げる時の柔らかな音は、工学の美を讃え、豊かさを讃える歌だった」とハイスミスは描写している[21]。

ハイスミスにとって、小説を書くことは大いなる喜びであったが、作家としてはまだ経済的にひとり立ちできないことは身に染みてわかっていた。金を稼ぐために、雑誌社で手紙をタイプしたり、一九四二年の十二月には、何軒ものデパートの外に立って、体臭防止剤や肝油について入店客にアンケートをとる短期のアルバイトまでした。「ホメロスの

『イリアス』の世界からはずいぶんと離れたものだ。まったくの赤の他人に彼らのわきの下の状態に関心を持ってもらおうとするなんて」と述べている。[22] だが十二月二十三日に、彼女はあらたなフルタイムの仕事を得た知らせを聞いて小躍りした。それは週給三十ドルで、コミック本の制作を手掛けるマイケル・パブリッシャーズ社の仕事だった。「わたしは『ブラック・テラー』のポスターが壁にべたべたと貼られ、空飛ぶキャラクターや、ロケットだのといったコミック本の世界に足を踏み入れた」と後にインタビューで答えている。「それはまるで商売を学んでいるみたいだった……四人の同僚がそこに座って絵を描いていて、三人はわたしの横で原作を書いていた」[23]

仕事を得たことで、一九四三年の初めに彼女は両親の家を出て、アパートでひとり暮らしを始めることができた。東五十六丁目通り三五三番地、一番街との交差点にあるアパートで、彼女はそこに十三年間住むことになる。後年になってハイスミスは、彼女の小さなアパートの部屋をカーソン・マッカラーズが『西八十丁目の中庭』の中で描いた部屋になぞらえてこう語っている。「わたしのアパートは東五十丁目だったけれど、二階のその部屋は小さな中庭に面していて、庭越しの向かい側の部屋の窓や、右の角部屋の窓とさほど距離はなく、たぶん六メートルくらいだった」[24]。自分が名付け親になったウィニファー・スケットボルに宛てた手紙の中で、ハイスミスはその部屋のことを懐かしく思い出して語っている。「居間と寝室を兼ねたワン・ルーム仕様で、寝椅子の役割も果たす四分の三サイズのベッドが付いていたのよ。それから実用本位のキッチンに、バスタブとシャワー付きのバスルームがあったわ」[25]

サットン・プレイス近辺を歩きながら、ハイスミスはその地区の住民の歴然とした経済格差に気づいたことだろう。実際、東五十三丁目通りより南の地域は、シドニー・キングズレーが一九三五年の戯曲『デッド・エンド』で、街の貧富の強烈な差を描くための着想を得たといわれているような場所だった。「冬用のフランネル〔労働者の作業着〕を干しているこの場所は、ウォールストリートの金持ちのお屋敷の窓から釣り竿一本分も離れていない。上流家庭のご婦人の寝室のわずか壁一枚隔てたところには、お湯の出ないアパートで生活保護を受ける家族が暮らしている」と『ニューヨーク・シティ・ガイド』の一節に書かれている。[26] ハイスミスがアパートを出てイースト川の方へと歩いて行けば、大富豪のヴィンセント・アスターの豪華なヨット、ヌールマール号――五十二丁目通りの突き当りのドックによく錨を下ろしていた――と川に流れ込む汚らしい下水の排水口の双方を見ていたことだろう。

ハイスミスのマイケル社における最初の仕事は、ボクサーで第二次世界大戦の英雄であるバーニー・ロスの物語をコミック仕立てにすることだった。続けて手掛けたのは大戦中に二十六機の敵の飛行機を撃墜した第一次世界大戦のエースパイロット、エドワード・リッケンバッカーの半生を伝記化することだった。このふたりの男たちは、第二次世界大戦中非常な人気があり、こうした物語が戦意の高揚に貢献しているのは間違いなかった。ハイスミスの第二次世界大戦における政治的立場はどっちつかずで、もはや共産主義者の単純な反資本主義理論に与することはなかったが、かといって単純な愛国主義にも居心地の悪さを感じていた。「わたしたちは戦争についていつもはっきりとは話したことがなかった」とハイスミスは当時のロザリンド・コンステーブルとの会話を回想する。「わたし自身態度を決めかねていた。だってわたしは共産主義者でもないし、反動主義者でもなかったから」[27]

マイケル社で彼女が手掛けた伝記のモデルは、アインシュタイン、オリバー・クロムウェル、アイザック・ニュートン、ガリレオ、デイヴィッド・リビングストンなどだった。「仕事はまったく文学とは関係なかったけれど、想像力はかき立てられた」と、後年ハイスミスはコミックブックの原作を書いていた当時のことを話している。[28]

作家で批評家のスザンナ・クラップは、コミックブックは若いハイスミスにとって理想的な媒体だったと考えている。「ハイスミスの文体には自意識過剰な流麗さはないし、構文もしなやかというわけではない。散漫でも複雑でもない。彼女は一時コミックブックのプロットを書いていた時期があり、おそらくその刺激性が本人に合っていたのだろう」と述べている。[29] 翌年、マイケル社で働いてから数か月後、彼女は別の出版社、フォーセットへと転職し、そこで『ゴールデン・アロー』、『スパイ・スマッシャー』、『パイロマン』、『ブラック・テラー』、『キャプテン・ミッドナイト』などの脚本を書いた。「こういう突拍子もない物語には、序盤、中盤、結末がなくてはならないのだ」と彼女は後に語っている。「おまけになんとも馬鹿げたお約束があった。例えば二ページ目でかろうじて敵をかわすとか……一日にB級映画を二本ずつ作り続けるようなものだ。一日ふたつずつアイデアを絞り出さなければならなかった」[30]

それでも夜と週末になると、彼女はそれらとはまったく対照的な物語を書いていた。それらはスーパーヒーローを失った世界が舞台で、多くの結末は明るいものではなかった。彼女は昼間「金儲け仕事」をした後に、自分の頭をより想像力が働く状態に切り替えるために、夕方の六時になると仮眠をとり、入浴をして服を着替えた。「こうすることで一日の中にふたつの日があるように自分を錯覚させ、どんな状況でも夜に向けて最大限の活力を得ることができた」[31]

ハイスミスは、にこやかな微笑の陰にひそむ不穏当な衝動や、おぞましいものへの飽くなき欲求を、本能的に察知する能力を持っていた。彼女がおおまかな粗筋だけ考えた物語では、ふたりの殺人者が互いの死を企てる。そのふたりは父親と息子であり、同じ女性——父親にとっては妻、息子にとっては母である——を愛してしまうのだ。母親におやすみのキスをしようと身をかがめた息子を、父親は背後から刃物で刺し殺す。もうひとつのアイデアは、母親と同居しているホモセクシュアルの男ジャックの物語である。母親は息子がホモセクシュアルだとは知らない。ある日、ジャックの日記が紛失し、彼は自分の母親がそれを読んだに違いないと思い込み、秘密が知られたショックに耐えられず、自殺してしまう。実際には、彼の母親は日記を読んでおらず、後になってそれを見つけた時も、亡くなった息子を気遣って、あえて読もうとはしない。

ハイスミスはまた、ごく普通の女性が感じる憤懣や憎しみについて書いてみたいというアイデアをもてあそんでいた。女性が自分の夫の後始末をしながら、石を取り上げて頭蓋骨を打ち砕いて殺すことを妄想する。「赤黒い血がどくどくと大河のように流れ出し、ひたすら、どこまでも血を流し続ける夫を眺める」と彼女は想像する。[32]ハイスミスの描くぞっとするような現代生活のスナップショットは、多くの読者の胃に消化不良をもたらした。「ザ・ニューヨーカー」誌の読み手のひとりは、ハイスミスが依頼もなしに送りつけた短編のひとつ、地下鉄のホームの柱に伝言を書き付けてデートをしようとする男女の物語「哀しみの柱（These Sad Pillars）」について「あまりにも貧乏臭い」と評した。[33]しかしハイスミスは、自分が受け入れられようとなかろうと、落ち込んだりはしないと覚悟を決めていた。なにしろメルヴィルやポーやホイットマンのようなアメリカのもっとも偉大な作家たちでさえ、生きている間は認められなかったのだ。「彼らは孤独の中で書いた——ひとりで」とノートに書きつけている。[34]

一九四二年十二月、彼女は作品に風刺をきかせる新たな手法を取り入れる——後に『女嫌いのための小品集』や『世界の終わりの物語』などの短編集で彼女が用い、絶大な効果を発揮することになる表現スタイルを。彼女は倹約に取りつかれたロデリックという男を主人公にした現代の倫理観を描く物語を構想した。ロデリックは金を崇め、金に執着し、屋根の垂木の中にそれをため込んでいたが、最終的に屋根が崩壊して彼は死に、人々は五十セント玉に埋もれた死体を掘り出さなければならなかった。物語の教訓は何か？「お金を憎むならば遠ざかること。お金が好きならば、使うこと。そしてもし貯め込んでいるなら、少なくとも自分の頭の上にため込むような真似だけはするな[35]」ということだ。この助言はハイスミス自身が晩年に実感したことかもしれない。友人たちは、彼女は歳をとるにつれてだんだんお金を使わないことに執着するようになったと証言している。「彼女は病的にけちだった」と友人のピーター・ヒューバーは語っている。「彼女がどれだけしみったれてたか話し出したら切りがないよ[36]」

ハイスミスは、健康で幸せでバランスのとれた人間について書くことに興味はなかった。満足とは愚かしさと同じものだとみなしていた。それよりは狂気——精神分析医から見ればむしろ治すべきものであり正常に戻すべきもの——を賛美すべきものと考えていた。「人は、自分の逸脱したところや異常性や不満をとことんまで追求することを許されるべきだ」と彼女は一九四二年に自身のノートに書いている。「真にいきいきしているのは狂った人たちだけである。彼らが世界を作っているのだ[37]」

内面の自分と世間に見せるために選ぶ外面との違いに、ハイスミスは深く惹きつけられていた。このふたつの自己の間の淵をうまく隠しおおせている人々は、彼女にいわせれば不正直であり、この根源的な哲学上の問題に気づいていない人々は鈍感なのだとみなしていた。男性であれ女性であれ、こうした心理的な亀裂を隠すことが出来なかったり、隠そうとしなかったりする人々だけをハイスミスは認めた。「わたしは心の苦闘が表に出ている人たちが好きだ」と彼女は述べている[38]。

ハイスミスはウィリアム・ブレイクの詩を貪るように読み、その一節をノートに書き留めている。「能動的な悪は、受動的な善よりもまし[39]」。そして、一九四二年九月にはいささかおぞましくも、こう述べている。「正道から逸脱することにわたしはもっとも興味があるし、それが闇へとわたしを導いてくれる原動力ともなっている。残虐な行為を書くのは好きだ。とりわけ殺人に強く惹かれる……身体的虐待はいつだってわたしを魅了する。目に見えるし、ドラマチックだ。そんなわたしでも精神的虐待は考えただけでも苦痛だ。わたし自身が知りすぎるほど知っているからだ[40]」。これをノートに記してから二週間後、自分が書いたことを「サイコパスみたい[41]」と自身で認めている。

ハイスミスが物語のプロットを構築し始めたのは、このような精神状態の時だった。それは最終的に『掛け金の締まる音（The Click of the Shutting）』というタイトルの彼女にとっては初めての、しかしながら未完で出版されることもなかった長編小説の土台となるものだった。

彼女は小説の題材を探して、自分が書いた以前のノートや日記を見返し、それらを読むことによって、無意識から物語が生まれるのを促し、そうすることで「心の中の感情の黒い滓をひたすら蒸留しようとした」[42]。ハイスミスは自分のなかで想像力がぐんぐん育ち、動き始めていると感じ、「出産の時が迫る妊婦のように、自分にもその時が来ようとしている」と日記に書いている[43]。自分の私生活の中に作品の感情的な核となるものを探し、初期の草稿では自身と自分が愛した若い女性たちを登場人物のキャラクターに置き換えている。アレックスはジュディ・チュヴィム――ジュリア・リッチマン高校時代の友人で、当時女優の卵であったジュディ・ホリデイ――であり、クリスティーナはヴァージニアをモデルとしており、作家でこの小説の主人公であるグレゴリーは明らかにハイスミス自身を投影したものであろう。

ハイスミスは、同性愛者の女性を中性的な男性に置き換えるのは――性を変換する手法はプルーストの著作から学んでいた――実在の人物にただ架空の男性名をつければ済むというほど単純な問題ではないことに気づいていた。同性愛を描くことは当然タブーとされており、もしハイスミスがこの根源的な性的指向を登場人物から取り除いてしまったら、異なったセクシュアリティという、自分たちを成り立たせている資質を奪われた、奇妙な日陰者たちしか残らないだろう。「もし、登場人物をアブノーマルで禁じられた人間として描くなら、ほとんどの場合それは生命力を失った、性的に弱々しく、精神的に不安定で抑圧された人物像となる[44]」

登場人物の性別とセクシュアリティに対する創作上の難題にどう決着をつけたにせよ、ハイスミスが中心人物であるグレゴリーの思春期から大人として成熟するまでの過程を、ある程度自身に基づいて描こうとしたのは明らかだ。グレゴリーは、「眠る前に……別人になる感覚――むろん自分の知らない人物になる感覚をよく楽しんだ」[45]。ハイスミスは「自分は何者なのかという答えのない問題」[46]にも取りつかれていた。自分自身を喪失することで、彼女は自分の想像が生み出した架空の人物たちの世界の住人となり得たが、同時に自分のアイデンティティが失われていくことも痛感していた。

別の草稿では、グレゴリーの友だちで人気者であるマイケルという人物が登場する。ふたりの間に生じる心理的及び性的な緊張は、やがて後の『見知らぬ乗客』や『太陽がいっぱい』といった長編小説でさらに深く追求されていくことになる。ある場面で、グレゴリーはマイケルに不思議な性的魅力を感じ、彼に向って多くの歴史上の英雄たちはみなホモセクシュアルだったと説く。この部分は、『太陽がいっぱい』におけるトム・リプリーとディッキー・グリーンリーフのホモエロティックな関係との強い類似が見られる。

「グレゴリーには、常に英雄の存在が不可欠なのだ」とハイスミスはノートに記している。「彼自身は何者でもない……彼は同性愛について知り尽くしており、ふたりで散歩をしている時にマイケルに対して……アレクサンダー大王、ジュリアス・シーザーなどホモセクシュアルだった歴史上の人物名を挙げてみせる」

だが、マイケルは次のような言葉でグレゴリーを拒絶する。

「くだらない！　……そもそも、連中がホモだなんてどうやって知ったんだい？」

（その言葉にグレゴリーは背筋に恥辱の旋律が走るのを感じる……）[47]

同性愛は、その理論においても実践においても、ハイスミスの作品すべてに示されている。どのノートでも、同性愛に関する考察には冒頭にN・O・E・P・S《Notes On Ever Present Subject（永遠につきまとい続ける問題）》の頭文字が記されていた。十九歳の時、彼女はすでに同性との恋愛関係はいつも一時的なもので、結局満たされずに終わる、なぜならお互い、常にもっといい相手がいるのではないかと考えてしまうからだと述べている。さらにその一年後には、同性愛者の抱える問題は、無意識のうちに感情を隠さなければならないと考えてしまうので、どんなに温かく幸福な感情を抱いていたとしても、互いに自身を抑制してしまうことだとも述べている。同性愛者の女性たちの大半は、ハイスミスをうんざりさせた。その大多数が愚かしくて下品だからというだけでなく、社会的にも彼女より下の存在だとみなしていたからである。同性に対して否定的になるあまり、ホモセクシュアルの男性は知的水準が同等の相手を探し出すが、レズビアンたちはふさわしい相手など見つける気もない、なりそこないの男と同じだとまで言い切った。

「レズビアン、それも典型的なレズビアンは、自分と同等の相手をけっして求めようとしない。彼女たちは男性を自称し、相手がふさわしい伴侶となることを期待しておらず自分はなれもしないくせに、この世での足掛かりとして女性を搾取する」[48]

ゲイ男性たちに対するハイスミスの称賛は単に理論上のものだけではなかった。一九四二年の夏、彼女はドイツ生まれの写真家ロルフ・ティートゲンスと出会う。お互い共通の知り合いである写真家のルース・バーンハードからの紹介だった。そして八月にはゲイ男性であるティートゲンスと、レズビアン女性であるハイスミスは、互いに奇妙に惹かれ合うものがあることに気がついた。ティートゲンスと共同でスタジオを借りていたバーンハードは――ハイスミスはいつも彼女を姓で呼んだ――彼にパットと寝るチャンスはみじんもないわよ、と忠告していた。

「パット・ハイスミスは本当に面白くて美人だったわ」とルースは語る。「野生的で、いつもきまじめな顔をして、わたしは彼女がすごく好きだった。とても率直で、思ったとおりのことをすぐに口に出すの――忘れられないわ。彼女のヌード写真も何枚か撮ったのよ。とてもほっそりして、少年のようだった。寡黙だったから、彼女のことはあまりよく知らなかった。でも、一緒に過ごす時はいつもとても面白い人だった。わたしたちの関係はプラトニックだったけれど親密だった。彼女とはロマンスはなかったけれど」とバーンハードは振り返っている。[49]

八月、ふたりの女性はティートゲンスと一緒に、ロングアイランドのヴァレーストリームにある芸術家のジャック・オーガスティンの家で数日間を楽しんだ。湿地帯の森の中を散歩している時、ハイスミスがお尻を警察犬に咬まれるというアクシデントが起こった。この出来事は、咬まれた本人よりもバーンハードの方が動揺が激しかったらしい。「最高におかしかったのは、事故が起こったとたん、バーンハードが震え、泣き出したことである。彼女は帰る道すがらずっとわたしを抱いていてくれたけれど、実際にショックの治療を受けなければいけなかったのは彼女の方だった」とハイスミスは日記に書いている。[50]

バーンハードはハイスミスに熱を上げていたように見えるが、ハイスミスは彼女のことを「残念ながら中身は女性的」[51]と断じている。ニューヨークに戻ると、ハイスミスはゲイだとわかっていながらも、どんどんティートゲンスに惹かれていくのを感じていた。「いつか結婚するなら彼みたいな人」と述べている。[52]彼は背が高く、浅黒く、ハンサムだったが、ハイスミスにとっての魅力はまずその知性だった。彼は「キリストやジョン・ダンのように[53]」話すと書いている。また後年『殺意の迷宮』をティートゲンスに捧げている。彼はある意味「ハイスミスの分身」だったと、「ハーパーズ・バザー」の共同編集者、ドロシー・エドソンはいう。彼女はティートゲンスともハイスミスとも親交が深かった。「ロルフがパトリシアに、レズビアンはどうやってベッドで愛し合うのかと訊ねたことがあります。彼女が《ただ一緒に横になって抱き合うのよ》というと、ロルフは《なんだ、つまらない》といったことを覚えています」[54]

ティートゲンスもまたハイスミスのセクシーな写真を撮っている。ヌードも数枚あるが、彼はむしろ少年のような彼女の姿形に魅力を感じていた。ハイスミスに自分が撮った肖像写真を見せながら彼はこんなことをいっている。「君がこの写真を気に入ってるのはわかっているよ。男の子みたいに見えるからね。君は男の子なんだよ」[55]。彼がハイスミスを好きだったのは、引き締まった生硬な肢体と、怖れることなく率直に自分の考えをいうからだと彼女もわかっていた。「そうね、彼はわたしが少年だったらよかったのにと思っていたのよ」とハイスミスは述べている。[56]

ふたりは五十七丁目通りをハドソン川へと歩き、そこでボートを見ながら抱き合った。「彼は何度かわたしにキスをした——お互いに変化を求めてのことだった。それは素晴らしく完璧な瞬間で、いっときわたしは幸福を味わい、空を仰げば、まるで初めて見る文字のようにそれが書かれていた。彼は時々キスを中断して、女の子を好きになった自分を笑った。これまでさんざん女の子たちに追いかけられるたびに、彼は巧みにかわしてきたのだから……そして今夜、わたしは新しくなる……彼とすごく寝たいと思う。彼もそう望んでるのがわかる」と彼女は日記に書いている。[57]

ふたりは互いのセクシュアリティについて率直に話し合ったが、そのことで互いに対する境界線がきっぱり引かれたわけではなく、かえって互いに惹かれ合う気持ちが高まるばかりだった。九月の半ば頃、ふたりは一緒に寝てみることにした。服を脱ぎ、ベッドに横たわったが、「わたしたちのどちらも身体的な興奮を感じなかったし、何かしたいとも思わなかった」[58]。ハイスミスは、ティートゲンスに自分の過去の恋愛について、特にロザリンド・コンステーブルに対する感情的な執着について考えているうちに、あることに気づく。「誰かと一緒にいる時のわたしは、明らかに精神的に病んでいる」と彼女は綴る。「長く関係を続けられない。たぶん世界中でロザリンドだけが、何時間一緒にいても穏やかな気持ちでいられる人なのだ[59]」。

だがその二日後、トゥールーズ・ロートレック展を午後に見て、ハイスミスの母親と一緒にチキンの夕食を食べた後、ふたりは彼のアパートでもう一度セックスを試みた。彼女は興奮したが、ティートゲンスは勃起しなかった。セックスの試みは不首尾に終わったが、それはそれで悪くなかったと彼女は結論づける。とどのつまり、彼女が求めているのはロザリンドだけなのだから。「わたしはロザリンドを愛しているが、身体的な意味ではなく――本当に彼女が欲しいわけではない。なぜなら彼女への愛はこんなにも美しいものだから。要するに、わたしは彼女を崇拝しているのだ[60]」

ロザリンドを金髪の女神とみなし、ハイスミスはそれから八年間彼女を崇め続ける――最終的にふたりの関係が冷えるまで――が、生涯を通じて彼女は崇拝に値する女性を探し求めた。どの関係においてもセックスはけっして重要な要素とはならなかった。むしろ、彼女が相手に渇望したのは神に近い属性で、それこそがもっとも重要なものだった。

一九四三年に入り、ハイスミスはロザリンドに対する愛情の空白を埋められる存在を求めて何人もの女性と付き合った。そのうちのひとり画家アリーラ・コーネルとは、短くも狂おしい関係が五月から九月まで続いた。ハイスミスは最初からこの新しい恋人を精神的な同志とみなしていた。彼女は風変わりな外見の女性で、痩せて、少年のようで、ぼさぼさの黒髪に、小さな丸眼鏡をかけ、レンズが彼女の目を大きく見せていた。ハイスミスが描いた、コーネルが本を読んでいるスケッチでは、その目はふたつの大きな渦巻として描かれている。それは無限の小さな渦巻を巻いており、明らかに彼女が情緒的に不安定な女性だという印象を与えていた。

「アリーラは魅力的とはいえず、むしろ醜いといってもいいくらいでした」と語るのは、彼女の友人で作曲家のディヴィッド・ダイアモンドで、グリニッチビレッジの屋根裏部屋をスタジオとして彼女と共同で借りていた。「パットにはアリーラを通じて知り合ったんですが、彼女がパットと親密だと聞いて驚きました。パットは驚くほど美しかった――きれいな肌をして、まるで桃のような感触で、顔立ちは美しかった。彼女の手は大きくて、指がとても表情豊かだった。いつもグレタ・ガルボのような帽子を被って歩き、男性用の開襟シャツを着て、仕立ての良いジャケットを羽織っていました。おしゃべりというよりは物静かでしたが、どこか不思議でとても神秘的なものがありました。外見的にはまったく違うのにもかかわらず、パットとアリーラは非常にお互いのことが気に入っていました[61]」

アリーラはすでに画家としてそこそこの成功を収めていた。一九三四年にはニューヨークウォーターカラークラブ（アメリカ水彩画協会に対抗して一八九〇年につくられた団体）に出品し、五年後には、サンフランシスコのゴールデンゲート展で賞も獲っている。しかし商業的には認められず、ニューヨークの歩道で一回一ドルでペン画の似顔絵描きをしていた。アリーラとハイスミスは絵画クラスで一緒になり、ハイスミスはよくこの新しい恋人のためにポーズをとった。アリーラが油絵で描いた大きなハイスミスの肖像画は――ハイスミスは赤いジャケットと白いブラウスを着て、不安げなフクロウのような大きな目で見つめ、肌は緑色を帯びている――後年、世界中あちこちのハイスミスの家を飾ることになる。「パットはその肖像画をとても気に入っていました」とキングズレーはいう。「でも、わたしにはその絵の顔に何かほとんど邪悪なものさえ感じます。まるでお墓から今出てきたばかりとでもいうような」[62]

ハイスミスはアリーラに肉体的な魅力を見いだしてはいなかった。生身の女性としてではなく、「ある理想、X線によって透視できるような」ものとして見ていた。[63]やがてふたりの関係は壊れてしまう。ハイスミスはさしあたっての代替えを、三十歳の既婚者でモデルの女性クロエに見いだす。「細身」で「陰鬱」で「ひどく神経質」と彼女は描写している。[64]ふたりが付き合い始めた頃、クロエはハイスミスに、限られた肉体的関係しか持つつもりはないと宣言していた。ハイスミスは、ベッドで添い寝することとキスすることは許されたが、それ以上は許されなかった。この「美しくも――残酷」[65]な拷問は、ハイスミスのフェティシズムに訴えるものがあり、彼女はクロエの美貌をまるで白く滑らかな石像か、お店のウィンドーのマネキン人形であるかのように崇めた。しかし、十月にふたりは関係を終わらせ、ひどく落ち込んだハイスミスは、ロザリンドにこのように打ち明けている。「わたしの中に何かおかしなものがあって、わたしがその人を愛している以上に彼女がわたしを愛するようになったら、もう愛せなくなるの」[66]。ロザリンドはハイスミスのノートを一冊取ってページをめくり、クロエに関する記述にいくつか目を通すと、このノートは日記なのかとハイスミスに訊ねた。若き作家は違うと答え、それは単なる創作用のノートで、長編や短編のアイデアを記録しているだけだといった。「そう、それならあなたの日記は、さぞかしにぎやかにちがいないわね」とロザリンドは言葉を返した。[67]

ハイスミスはコミックスの仕事に飽き、どんどんつまらなくなっていくように感じた。そして狂躁的なニューヨークからメキシコへ逃れ、そこで小説を書くことを夢見た。クロエが一緒に来てくれることになり、最初こそは心が躍ったものの、彼女はこの新しい恋人にほとんど魅力を感じなくなっていることに気がついた。雇い主と交渉して――最初は彼女がニューヨークを離れれば即刻クビだといわれたが、メキシコからニューヨークの編集部にストーリーを送るということでようやく妥結した――ハイスミスはさっそく国境の南への大旅行の準備に取り掛かった。東五十六丁目通りのアパートをひと月六十五ドルでまた貸しする手配を整え、ラジオとレコードプレーヤーを母と継父に七十五ドルで売り、スペイン語の学習に勤しみ、列車の切符を手配し、腸チフスのワクチン注射の痛みにも耐えた。だが、クロエがこの旅にハイスミスほど熱意を示さないことに苛立ってもいた。「クロエはロシア戦線よりも目まぐるしく〔予定を〕変える」と日記に書いている。[68]

十二月に入り、ハイスミスがどうにか貯めた三百五十ドルを手に、ふたりはニューヨークからメキシコへと旅立った。

原注

第7章

1 PH, Diary 6, 15 December 1944, translated by Ulrich Weber, SLA.

2 Julian Green, quoted in Glenn S. Burne, *Julian Green*, Twayne Publishers Inc., New York, 1972, p. 29.

3 Julian Green, 17 September 1928, *Diary*, 1928-1957, selected by Kurt Wolff, trans. By Anne Green, A Helen and Kurt Wolff Book, Collins & Harvill Press, London, 1961, p 3; English translation, Harcourt, Brace & World Inc. & Harvill Press, 1964.

4 PH, Diary 4, 21 July 1943, translated by Ulrich Weber, SLA.

5 Green, 31 December 1931, *Diary*, p. 21.
グリーン『日記　ジュリアン・グリーン全集7』小佐井伸二訳　人文書院　１９８０年

6 Green, February 1938, *Diary*, p. 78.
グリーン『日記　ジュリアン・グリーン全集14』小佐井伸二訳　人文書院　１９８３年

7 Green, 1 October 1940, *Diary*, p. 102.
グリーン『日記　ジュリアン・グリーン全集14』

8 Green, 20 August 1948, *Diary*, p. 201.

9 Julian Green, *If I Were You*, translated by J.H.F. McEwen, Eyre & Spottiswoode, London, 1950 p. v.
グリーン『私があなたなら』原田武邦訳　青山社　１９７９年

10 前掲書

11 前掲書

12 Green, 6 December 1952, *Diary*, p. 306.

13 Burne, *Julian Green*, p. 45.

14 PH, Cahier 10, 2/20/43, SLA.

15 *Book Beat*, Interview with Donald Swaim, CBS Radio, 29 October 1987, DS.

16 PH, Diary 2, 17 June 1942, SLA.

17 Ibid.

18 ハイスミス　ウィリアム・ショーン宛書簡　１９４２年7月8日付
ＮＹ所蔵

19 PH, Diary 2, 25 June 1942, SLA.

20 ケイト・キングズレー・スケットボル　著者宛書簡
２０００年５月５日付
21 PH, 'Uncertain Treasure', Home & Food, August 1943.
ハイスミス「不確かな宝物」『回転する世界の静止点　初期短編集1938-1949』収録　宮脇孝雄訳　河出書房新社　２００５年
22 PH, 'My First Job', *The Oldie*, 14 May 1993.
23 *Book Beat*, Interview with Donald Swaim, CBS Radio, 29 October 1987, DS.
24 PH, Foreword to *New York Stories*, Librarie A Hatier, SLA.
25 ハイスミス　ウィニファー・スケットボル宛書簡
１９８３年１月９日付　ＳＬＡ所蔵
26 Works Progress Administration, *New York City Guide*, Guilds' committee for Federal Writers' Publications Inc., Random House, New York, 1939, p. 226.
27 PH, Diary 3, 7 September 1942, SLA.
28 PH, Lleida Speech, 26 April 1987, SLA.
29 Susannah Clapp, 'The Simple Art of Murder', *The New Yorker*, 20 December 1999.
30 *The Book Programme*, BBC2, 11 November 1976.
31 PH, *Plotting and Writing Suspense Fiction*, The Writer Inc., Boston, 1966, p. 47.
ハイスミス『サスペンス小説の書き方　パトリシア・ハイスミスの創作講座』坪野圭介訳　フィルムアート社　２０２２年
32 PH, Cahier 7, 6/21/42, SLA.
33 筆者不明のメモ　ウィリアム・ショーンからハイスミス宛書簡
１９４２年９月24日付に添付されていたもの　ＳＬＡ所蔵
34 PH, Cahier 6, 2/23/42, SLA.
35 PH, Cahier 9, 12/5/42, SLA.
36 ピーター・ウィーバーとのインタビュー　１９９９年３月14日
37 PH, Cahier 8, 9/27/42, SLA.
38 PH, Cahier 9, 10/25/42, SLA.
39 PH, Cahier 8, August 1942, SLA.
40 PH, Cahier 8, 9/27/42, SLA.
41 PH, Cahier 8, 10/10/42, SLA.
42 PH, Diary 3, 13 September 1942, SLA.
43 Ibid.
44 PH, Cahier 9, 12/2/43, SLA.
45 PH, Cahier 9, 12/29/42, SLA.
46 PH, Cahier 8, 9/27/42, SLA.
47 PH, Cahier 9, 1942, SLA.
48 PH, Cahier 8, 11/18/42, SLA.
49 ルース・バーンハードとのインタビュー　２０００年６月９日
50 PH, Diary 3, 9 August 1942, SLA.
51 Ibid.
52 PH, Diary 3, 11 August 1942, SLA.
53 PH, 'An American Book Bag', 1974, SLA.
54 ドロシー・エドソン　著者宛書簡　２０００年２月29日付
55 PH, Diary 3, 13 August 1942, SLA.
56 PH, Diary 3, 21 August 1942, SLA.
57 PH, Diary 3, 16 August 1942, SLA.
58 PH, Diary 3, 18 September 1942, SLA.
59 Ibid.
60 PH, Diary 3, 20 September 1942, SLA.
61 デイヴィッド・ダイアモンドとのインタビュー
２０００年８月17日
62 ケイト・キングズレー・スケットボルとのインタビュー

1999年8月31日
63　PH, Diary 5, 15 October 1943, translated by Ulrich Weber, SLA.
64　PH, List of Lovers, undated, SLA.
65　PH, Diary 4, 10 September 1943, SLA.
66　Ibid.
67　PH, Diary 5, 21 October 1943, translated by Ulrich Weber, SLA.
68　PH, Diary 5, 8 November 1943, translated by Ulrich Weber, SLA.

第8章

念入りに培われたボヘミアン

1943 – 1945

「メキシコではかならずしも論理的にことが運ぶとは限らない」[1]と、ハイスミスは一九五八年の小説『生者たちのゲーム』に書いている。だが彼女を惹きつけたのは、まさにその不合理さだった。自分は夜に一番いい執筆ができる——知性の働きがもっとも弱く、夢を見ている状態こそが「最高に頭が働いている時」[2]であると信じていた。後年、友人のキングズレーに宛てた手紙には、ドストエフスキーの『罪と罰』よりはむしろルイス・キャロルの『不思議の国のアリス』に共通する小説を書くことが自分の抱負だと書いている。[3]

ハイスミスは、この国が作家たちを魅了してきたことを知っていた。D・H・ロレンス、ハート・クレイン（二〇年代のモダニズムの詩人）、オルダス・ハクスリー、キャサリン・アン・ポーター、ジョン・ドス・パソス、テネシー・ウィリアムズ、マルカム・ラウリー、ジェインとポール・ボウルズ夫妻らは、みなこの国境の南の国を旅していた。大恐慌時代、作家や芸術家たちは革命後のメキシコを「約束の地」とみなし、反文明主義の精髄を、より「洗練された」国々における「機械時代《マシン・エイジ》」の文化にはない、力強い泥臭さを見いだせる土地だと考えた。「ここに人生は実在すると感じる。「ここで人々は確かに生き、そして死ぬ」とハート・クレインはキャサリン・アン・ポーターに語っている。「パリでは……人々は単なる薄っぺらな紙人形だ」[4]。一九三五年にアメリカ市場向けに書かれたメキシコ旅行案内書は、その内容の過激さにもかかわらず、大ブームを巻き起こした。「メキシコは激しい落差の宝庫である。灼熱の国でありながら山々が連なる国でもある。物静かで高貴な容貌のインディオたちと（時として陽気で、時として荒っぽい）酔っ払いのインディオたち。山刀《マチェーテ》やカービン銃や四五口径オートマチックはよく目にするが、実際に使われることは極めて少ない……」と案内書には書かれている。「生も死もここではすべて鮮やかに存在している。それらは我々が見なれていたよりも少しばかり身近にある」[5]
活気に満ちた空気や感情的な激しやすさといった評判と並んで、メキシコには芸術的感性を損なう力があることでもよく知られていた。「メキシコは……世界最悪の場所だ。そこで人はあらゆる形の苦悩に陥る」とマルカム・ラウリーは、小説『賄賂（La Mordida）』に書いており[6]、ハイスミス自身も「このラテン的な空気によっていつの間にか致命的な影響を受ける」と認めている。[7]

ニューヨークを出て最初の目的地テキサス州サンアントニオに、十二月十四日クロエと一緒に到着し、そこからメキシコシティへ移動して、クリスマスを過ごした。その二週間でふたりの関係はどんどん悪化していった――クロエはハイスミスをノイローゼ呼ばわりし、そもそも自分をどうしてメキシコなどに連れてきたのかと詰問する始末だった。クリスマス当日、ハイスミスはメキシコシティの静かな通りを歩き、丘を登ってチャプルテペック城まで行き、そこでひとしきりメキシコ軍兵士の一団とおしゃべりをした。「わたしのスペイン語力は限られていたから、話しているよりも笑っているほうが多かった」と書いている。「今でも、彼らの背が小さかったことや、頑丈な軍靴をはいた小さな足や、彼らの笑顔や人懐っこさを思い出す」[8]。しかし、翌年のクリスマスには、メキシコシティでの時間を哀しい気持ちで振り返り、「一年前わたしは惨めだった」と日記に書いている。[9]

そのクリスマスの夜、テディ・シュタウファーというスイス生まれのジャズミュージシャン兼クラブのオーナー――女優のヘディ・ラマーと後に結婚し、アカプルコを国際的リゾート地として確立した人物――と飲みに出かけ、さんざんな一夜を過ごしたハイスミスは、クロエが自分には害になるという結論に達した。彼女と付き合い続ける限り、自分は執筆できないだろう。ハイスミスは自身の日記に、クロエはいまだに夫を愛しており、自分と過ごすよりもシュタウファーと飲みに出かける方を明らかに喜んでいると記している。どんなに強がっていても、ハイスミスがクロエとの関係の破綻に痛手を受けたことは日記から明らかだ。年が明けて数日のうちに、未来は強力な間欠泉のように空へ噴き上がって最高点に達したとたん、また地面に消えていくだけのものだと書いている。自分の恋人について「あなたの肉体はあんなに豊かなのに、魂はなんと貧しいのだろう」と嘆いてもいる。[10]
メキシコシティから、ハイスミスはひとりで南へと旅をし、一月七日タスコに到着した。そこは海抜千八百メートルに広がる魅力的な町で、アタチ山地の南東の斜面に沿って広がっていた。この町をひどく気に入った彼女は――女性がズボンをはくことができるメキシコでは数少ない町だと日記に書いている――しばらくここに滞在することにした。町の発祥は定かではない。伝説では一七一七年にフランス人の鉱山技師ジョセフ・デュ・ラ・ボーデ、後にホセ・デ・ラ・ボルデとして知られるようになる男が、不首尾に終わったアカプルコへの旅から戻る途中、乗っていたロバが岩につまずいた。近寄って調べてみると、岩に輝く細い銀の鉱脈が走っているのが見えた。その後、ボルダの銀鉱山で巨万の富を築き上げた彼は、一七四八年に自身の幸運を神に感謝するためにサンタプリスカ大聖堂を建てる資金を出した。二本の塔があるバロック様式の夢の遺物は、今もあたりを圧倒する光景である。オルダス・ハクスリーは、タスコを訪ねた後、これまで彼が見た大聖堂の中でも「もっとも壮麗で、もっとも醜い」もののひとつであり、「天才がさかさまに創ったもの[11]」と呼び、マルカム・ラウリーは、「ボルダの不愉快で美しい大聖堂」と評した。[12]

十八世紀に銀がタスコの経済を押し上げたのと同様、銀は二十世紀にもこの町に活況をもたらした。一九三一年、建築家のウィリアム・スプラットリングは、銀細工師に職を変え、ラスデリシアスに店を構えた。彼はタスコに一九二九年に家を買い、後にハイスミスがタスコに滞在している間に知り合いになった人物のひとりでもあった。ウィリアム・フォークナーやディエゴ・リベラの友人で、文化的灯台のような役割を果たし、幅広く芸術家や作家たちをタスコに招き入れた。スペインによるメキシコ征服に関する叙事詩を書こうとしたハート・クレインもそのひとりで、たびたびタスコを訪れ、サンタプリスカ大聖堂の鐘楼に登って、町じゅう響きわたるほどの大音響で鳴らし、その後も長い間町の人々の語り草となった。「こんなことを彼がやっていいはずがないのだが、どうやら罰せられてもいないらしいところを見ると、あの寛容な地では、アルコール依存症はそれほどの罪悪とは考えられていないようだ」とポール・ボウルズは述べている。[13]

ボウルズは妻のジェインとともに、一九四〇年にタスコにやって来て、翌一九四一年の夏にも訪れている。ジェインは、アカプルコよりもタスコを気に入っていたが、ボウルズはこの町の芸術的なみせかけに我慢がならず、「その念入りに培われたボヘミアン的な雰囲気[14]」をこき下ろしている。一九三〇年代初頭この地を訪れたオルダス・ハクスリーもまた、ボウルズと同じような意見だった。タスコが「芸術家やその取り巻き連中であふれ、彼らの知的な美に対する貢献というのは、もっぱら毎日数時間、少しばかりあるいは完全に酔っぱらっていることだ」と記している。[15]

タスコに滞在して数か月後、ポール・ボウルズは作曲家のヴァージル・トムソンに宛てた手紙で、この町を覆っている創造意欲の停滞は、重苦しく息が詰まる熱だまりのようだと訴えている。「ここではいつもながらの無気力が人の意識をとらえています。この場所も本質的には存在していない……自分のつま先をじっと見つめ、生と死について考えたくなるのです」[16]と彼はいった。事実、ボウルズはあやうくこの町で死にかけた。一九四一年夏、彼は重い黄疸にかかり、病のためにジェインとともにタスコを永久に離れなければならなくなった。

ハイスミスがタスコに着いたのは、一九四四年一月の初めであり、その町の作家や芸術家のグループについては十分知っていたと思われる。ディエゴ・リベラが序文を寄せ、作家本人が挿絵を描いたウィリアム・スプラットリングの一九三二年の本『リトル・メキシコ（Little Mexico）』も読んでいたかもしれない。その薄い冊子は一九三〇年代初頭のタスコの、印象主義的スケッチともいうべきもので、十年後に町を歩き回りながら、ハイスミスもその詳細を自分の目で確かめた違いない。「上方から見ると、町を通る主要道路、カミーノ・レアル〔王の道〕は、巻きひげのあるねじれたつる植物のようだ……十二宮星座図、勇敢な雄牛、星やそのほか人気のある紋章が、カミーノ・レアルの丸石の石畳に黒玄武岩のモザイクで描かれている」とスプラットリングは書いている。[17]

ごくありふれた夕方には、老いた女性たちが石畳に一列になって座り、膝に手籠を載せ、タマーリ（チリ味のひき肉をトウモロコシの皮で包んで蒸したメキシコ料理）か蒸した熱いトルティーヤを売っている。六時には毎日決まって広場で同じ光景が繰り返される。母親たちが生まれたばかりの赤ん坊を優しくあやし、男連中は巨大な木の下に座り込み、金の話か近くの鉱山のニュースについて話している。おしゃべりに花を咲かせる男たちの上方では、眠気を起こさせるようなギターの音色と穏やかな歌声が、漆喰の塗られていない日干しレンガの家やヤシの葉で作った粗末な小屋から流れてくる。

ハイスミスの住む家は借家で、「ロスカスティーリョの小さな家」と呼ばれていた。彼女が描いたスケッチでは、平屋のメキシコ伝統家屋で、玄関の戸口を装飾タイルが彩り、庭にはみずみずしいサボテンが生えていた。小さなトガケたちが家に出たり入ったり、あるいは勾配のある屋根を走りまわったり、豚が残飯をむさぼる騒がしい音が家の窓のひとつから彼女の耳にも届いた。家賃と食事とパートタイムのメイドに月五十四ドル支払い、日記にはタスコで一番きれいな家だと記している。ここには書くための場所があり、メキシコで数か月暮らすのに十分な金が〔計算上は〕あり、ニューヨークから自分で運んできたタイプライターもあった。その家で、友人や母親、祖母宛てに、新しい環境での生活のことや、メイドとのいざこざや、恐ろしいプルガ〔ノミ〕に貪り食われたことなどの愚痴を手紙に書いて送った。

午前中を絵やスケッチに費やし、午後には散歩をする傍ら、夕方から夜遅くにかけてはひたすら執筆に励んだ。時間が空くと、ネコにまつわる詩を書き留めたり――四月には子猫を飼い始め、フランスのロココ時代の画家にちなんでフラゴナールと名付けた――メキシコ史の本や、彼女が「魂に塗る薬」[18]と称した東洋思想に関する本を読んだりした。汁気の多いトマトを気に入ってよく食べ、その形を巾着型のハンドバッグに例えたりしたが、数週間後にはメキシコ料理の単調な味付けや肉の硬さにうんざりしてきた。夕刻には時折りヴィクトリアホテルまで歩いて行き、この町に住むアメリカ人たちと酒を酌み交わした。ノートに、タスコの人々は「人との距離を縮めるために酒を飲むのではなく、何もかも忘れるために飲む」と記している。[19]アルコールは、ハイスミスにとって自分の無意識につながるための別の手立てでもあった。彼女はノートや日記を通して、真の芸術家には酒が欠かせないと繰り返し言及している。酒は「芸術家に真実を、単純さを、原始的な感情をもう一度見せてくれる」[20]。しかし、彼女は酒が破壊的な影響を及ぼす可能性を常に意識していた。とりわけ、タスコの知人たちがアルコール依存症に苦しんでいるのを見てからは。ハイスミスは日記の中で、五月にはタスコを離れると決めたことや、町で飲んだくれている人物やその「荒んだ雰囲気」[21]から遠ざかったほうが、執筆に本腰を入れることができると書いている。村のいかにも牧歌的な環境にもかかわらず、ハイスミスはそこでの暮らしは難しいと判断した――とりわけ金銭面が心細くなった今は。時として、彼女は何もかももうたくさんだと思うこともあった。「ノミ、アリ、ネコ、イヌ、メキシコ人たち――みんなわたしを食いものにしようとする。あるものは金を欲しがり、あるものは食べ物を、あるものはわたしの肌を、どいつもこいつも何かを欲しがるものばかり。そして郷に入っては郷に従えとばかりに手に入れる」[22]と綴っている。

タスコの活発な社交シーンに参加していた時にも、時としてハイスミスはひどく孤独を感じ、アリーラ・コーネルやロザリンド・コンステーブルのことを考えた。夜になると「しっかりと抱きしめる」存在に恋焦がれたが、その欲求を抑え込まなければならなかった。「ときおり欲望が幻のようなわたしの分身となり、悲しげにわたしの傍らに立っている。

夜ごとわたしは横たわり、月を見ている……」と日記には記されている。[23]
三月、以前の雇い主ベン・ザイオン・ゴールドバーグが彼女を訪ねてやってきた。彼はよく夜遅くにやって来ては、ハイスミスの作品について話した。「彼はわたしと同じ方法で多くのことをやる」と彼女は日記にスペイン語で書いている。「自分は異端者だと彼はいう（そしてこのやり方で成功してきたのだ）」[24]
三月中旬、ふたりはほかのタスコの友人と一緒に南に下り、アカプルコまで車で行った。後にハイスミスは自作『生者たちのゲーム』の中で、「午前のなかばにアカプルコが、そのまぶしく晴れやかな三日月形の姿を現した。金緑色の山や丘が連なり、房飾りを思わせるホテル群は青い海原の真ん中に鎮座しているかのようだった。点々と浮かぶ船の帆は湾の水面の上に完全に静止しているように見えた」と描写している。[25]
アカプルコに滞在する間、ハイスミスは嵐で海が怒って暴れる怪物のように荒れ狂う光景に遭遇し、その様子を一九四六年に、未完で出版されずじまいだった小説『舞い降りる鳩（The Dove Descending）』に詳しく書いている。嵐は海岸に大きな被害をもたらし、海水は燐光で輝いていた。濡れた砂を足で踏むと、無数の緑の燐光が浜辺で輝いた。
タスコに戻ると、ハイスミスは執筆に専念した。彼女はタスコのアメリカ人移住者のグループを題材にした短編小説を一冊の本にまとめてみようかと考えていた。彼女はその中で、アメリカ人移住者たちが直面する、この新たな環境に同化していくのか、距離を置き続けるのかという困難な選択に光を当てようと考えていた。「彼らはその両方をやろうとして、魂やもっと多くのものを失い、狂っていく……」と彼女は書き、「この人格の二分こそが、アメリカ人を打ちのめし、まっぷたつに引き裂くのだ」[26]とも書いている。ハイスミスは本を完成できなかったが、異国の環境になじむことの出来ないアメリカ人というヘンリー・ジェイムズ的な観点を、その後の多くの作品において探求し続け、『太陽がいっぱい』で結実させた。執筆中、ハイスミスの気分は執筆の量と質に比例して無上の喜びと絶望のどん底の間を揺れ動いた。特に落ち込んだ日には、日記にスペイン語でこう書いている。「自分の人生について、作品のことについて考えていると、自分には何も成し遂げられはしないと思ってしまう」[27]
メキシコにいた五か月間、ハイスミスは前年から書き始めた長編小説『掛け金の締まる音』を執筆していた。小説はこの時点で舞台を現代のニューヨークに置く、ふたりの少年を主人公とするゴシック・ノベルとなっていた、少年のひとりグレゴリー・ブリックは、グリニッチビレッジで粗暴なアルコール依存症の父親と住んでおり、当初ハイスミスは自身をモデルにしていた。もうひとりのジョージ・ウィルソンは特権階級の若者で、家族は裕福で贅沢なライフスタイルを楽しんでいる。「このふたりの若者には、後に多くの小説の中で追い続けることになるひな形が見てとれる。お互い似たところのないふたりの人間が出会い、親密な友情を築くのだ」と彼女は書いている。[28] 小説を書きながら、彼女は新人小説家が陥りがちな危険について常に考えていた——つまり「どの登場人物も自分自身になってしまう」ことを。[29]

今も残っているのはタイプ原稿二百七十二ページ分だけで、未完のままに終わったが、ハイスミス的なテーマ——ホモエロティシズムやもうひとつの自分への憧れ、アイデンティティの消失など——の特徴を備えている小説として興味深い。小説は次の一文で始まる。「《僕は自分がそこに住んでいるふりをしよう》とそのブロックに足を踏み入れたグレゴリーはつぶやいた[30]」。この文章は、「ロスカスティーリョの小さな家」に住んでいた時に書いたもので、彼女が気に入っていた一文だ。冒頭の数ページには、このよるべない若者が、帰宅途中の裕福で魅力的なジョージのあとをつけながら、自分のアイデンティティを脱ぎ捨てて、今の自分とは比べ物にならない、はるかに魅力的な別の人間になれたらどんな気がするのだろうかなどと想像するところが描かれている。「グレゴリーはよく、自分が本当はジョージ・ウィルソンとして生まれていたはずだったのではないか、時には本当にそうだったのではという不気味な感覚に襲われた……自分の身体にいるのは自分なのか、それとも誰か別のものが棲んでいるのかと[31]」

ハイスミスはこの構想を後の作品、特に『太陽がいっぱい』の中でさらに追求することになる。グレゴリーの性格は、リプリーのどっちつかずで曖昧なセクシュアリティに受け継がれている。『掛け金の締まる音』の最初の二十ページは、どこかセクシュアルな夢の描写で占められており、ジョージは学校の友人チャールズとバーナードが、川のそばの救命所で目を覚ますところを夢に見る。バーナードはまつ毛や声が少女のように描かれ、チャールズが部屋の中を裸のまま歩くのを見つめている。「腕を頭の後ろで軽く組んでいたので、バーナードは彼の胸の筋肉が、中央に溝のような線を描いて、巨大な昆虫の胸部か甲冑か何かのように分割されているのをたっぷりと鑑賞した[32]」

グレゴリーが見る別の夢は、ハイスミスの分身に対する強いこだわりを示す象徴とみなすことができる。ニューヨークから脱出しなければならないのに、グレゴリーは最後の船を逃し、その街にひとりだけ取り残される。五番街まで歩いていくと、遠くに人影が見えたので、彼はそれを追いかけようと走り始める。「怖れと好奇心が背筋を駆け上がった。その影は彼から逃れようとするかのように通りから通りへと出たり隠れたりした[33]」。彼がようやく相手をまともにみると、その姿は友人であり人気者のポールへと変貌した。「グレゴリーを嫌っていたポールは彼をにらみつけた。何か以前に彼がしたことに怒っていた[34]」

最終的にグレゴリーは、エキセントリックなウィルソン家に首尾よく入り込み、特に母親のマーガレットと親しくなる。小説は屋敷の屋根裏部屋に住まわせてもらえないかとグレゴリーが頼み込む場面で終わっている。ハイスミスは小説の続きを書くつもりで、その後に迎えるクライマックス部分の草稿には、グレゴリーとジョージがマーガレットを巡って争い、その間にマーガレットが頭を打って死んでしまう場面が含まれている。

ハイスミスはしばしば精神的な不安や疑念に苛まれ、そのたびにどうやってこの話をまとめ上げるのか、そもそも書くだけの価値のあるものを自分は持っているのかと自問せずにはいられなかった。だが同時に、この小説が自分自身の成長に必要不可欠だとも自覚していた。「それはわたし自身の希望の最高点であり、理想化であり、見いだした喜びであり、世俗からの覚醒であり、わたしが心底の精神的な目覚めとみなすものと結びついている」と日記に書いている[35]。第一章を読み終えて、彼女はその表現スタイルをカーソン・マッカラーズに例えたが、初稿を読んだ友人たちからは強く訴えるものがないといわれた。

ハイスミス自身、メキシコで書いたものに満足していなかった。キングズレー宛ての一九四四年五月十二日付の手紙で、最初の六ページを除いてこれまで書いたものは全部破棄しようと考えていることを明かしている。だが、この『掛け金の締まる音』は、ぎこちない文章やメロドラマ風のプロットにもかかわらず、彼女にインスピレーションを与えたと思われる作品――アンドレ・ジッドの一九二五年の小説『贋金つくり』に比べると明らかにこれまでにない斬新な観点を持っている。ハイスミスがこの小説を初めて読んだのは一九四一年で、その翌年には「思春期の若者たちというものは、小説において実に大いなる可能性を秘めた題材である。アンドレ・ジッドが『贋金つくり』で彼らを使って成し遂げたことを見るがいい。若者たちが優れているのは彼らの極端さである……この小説の根底をなす、二十世紀において本来あるべき場所から外れた個人という考えに、わたしは立ち返らずにはいられない」と記した。[36]

『掛け金の締まる音』同様、ジッドの小説も若者の分裂した世界に焦点を当てている。『贋金つくり』には、ベルナール、ジョルジュ、マルゲリートという人物が登場し、ホモエロティシズムや偽りのパーソナリティといった同じようなテーマが登場する。クライマックスでは、ボリスが教室に銃を持ち込み自殺するのだが、これはハイスミス作品の中の、チャールズとバーナードが死んだイヌを学校に持っていくというグレゴリーの夢と相似をなしている。プルーストと同じように、ジッドは作家のエドゥアルドという人物を通して――その日記がこの小説の主要な部分を占める――愛とは基本的に幻想だという持論を述べている。「愛し合うふたりは、そうとは知らず無意識のうちに、相手の要求に合うように自分を仕立て、相手の心の中に認めるあの偶像に似ようと努めるのだ……」。これはエドゥアルドの日記に書かれた一節だ。「真に愛する者は、自己への誠実さなど、放棄するものなのだ[37]」

ハイスミスもまた、愛とは幻想に基づくものだと信じており、それは『掛け金の締まる音』というタイトルにも表れている。このタイトルは、エリザベス・バレット・ブラウニングの詩集『ポルトガル語からのソネット集』から拝借してきたものだ。このソネット第二十四番で描かれているのは、自分で創りあげた閉鎖的な世界であり、その中で愛し合うふたりを部外者から隠し守ろうとする、自分だけの観念上の場所であり、作者は折りたたみ式ナイフをしっかりと握りしめる温かい手に例えている。「そして掛け金の締まる音を最後に、（略）生命相寄って――《愛しのあなた》、私は心安らかにあなたに寄りかか」（『エリザベス・バレット・ブラウニング詩集』桂文子訳　丸善プラネット　２０２０年）るのだ。

ジッドやハイスミスの作品において、愛のような感情はしばしば気まぐれな変動を起こす。ハイスミスの主人公は、ジッドの見解を裏づけるように、『贋金つくり』の結末に言及し、相手になりすまして偽装する時の感情は、本当に「そうなったような気を起こさせる」ものだという。ジッドが、偽装のための人格という概念を象徴するものとして偽物の金貨を使ったように、ハイスミスもまた人間のアイデンティティというものが変わりやすく流動的であることを表現するために、なりすましや詐欺師を使って緻密なプロットを作り出そうとした。

ハイスミスはある意味でジッドの小説を自分の作品の青写真として使用したようにも見える。一九四七年の暮れに『贋金つくり』を読み直し、彼の日記と『コリドン』も併せて読んで、エドゥアルドという人物に一種の小説上の導師《メンター》を見いだした。エドゥアルドと同じように、ハイスミスはそれが自分のノートに再現されない限り、リアリティとして存在しないと確信する一方で、ジッドの非人格化のセオリー、すなわち自分のアイデンティティを無効化し、他人の人格を取り入れる作家の能力という概念に賛同していた。そうした作家としての自己移入は、エドゥアルドが述べているとおり、「他人の気持ちを自分の気持ちとして感じ」られるようにしてくれる。同じようにハイスミスは、想像力というものが、彼女の内なる体験――実際に身のまわりで起こった出来事よりもずっとリアリティがある――をいかに豊かにしてくれたか、しばしばノートに記している。彼女はたびたび一貫性がなく、不合理な登場人物を作り出すと批判されるが、ハイスミスにいわせれば人間とは本来矛盾に満ちた存在であり、文明化された理性的な人間にひそむ不合理さを明らかにしているのだ。ジッドは『贋金つくり』の中で、また別の矛盾を表現している――小説では、何人もの合理的なふるまいをする男女が登場するものだが、実際の生活では不合理な行動をする人物に出会うほうがごく普通なのだと。「矛盾。小説あるいは劇で、登場する人々は終始一貫、かくあるべしと予想した通りに行動する……わたしたちに称賛するように差し出される一貫性こそ、逆にそれらが実は人工的な作り物だとわからせてくれるものなのだ[38]」

この点は、ハイスミスの短編集『11の物語』に序文を寄せたグレアム・グリーンも指摘している。「彼女の描く登場人物は無分別で、まったく理由がないままに、ある生活にとびつく。そのうちにふと読者は、多くの小説の登場人物というものが一から十まで信じられないほど合理的で、通勤者が毎朝同じ列車に乗るような生活を送っていることに気づく[39]」

結局のところ、ハイスミスは、ジッドの小説に展開される哲学的主張に刺激は受けたものの、メタフィクション的な文学上の自意識過剰は退け、簡潔な表現スタイルを選択した。ジェイムズ・M・ケインの作品――『郵便配達は二度ベルを鳴らす』、『ミルドレッド・ピアース　未必の故意』、『殺人保険』の著者――に傾倒し、ケインについて「一種の天才[40]」とまで述べ、彼の作品『セレナーデ』を「偉大な本――才気にあふれている[41]」と評価している。カフカには共感を持ったが、その表現スタイルに挑戦したり手本にしたりはしないと決めた。「肉体的あるいは精神的なものにせよ、恐怖というものをあるいは奇想天外な、驚くべき出来事を描くには」と、『変身』を読んだ後の一九四四年十月ノートに記している。「普通の（しかし素晴らしい）言葉で語られたほうがよりインパクトが増す。日常の言語にあらわされる日常の世界のユニークさによってより印象に残る」[42]

メキシコに滞在して五か月が経ち、金を使い果たしたハイスミスは、五月の初めに帰国の途に就いた。五月八日にメキシコシティのモンテカルロホテルに一泊する――『見知らぬ乗客』の中で「以前は軍の将軍の邸宅だったといわれてもおかしくなさそうな、馬鹿でかい薄汚れた建物」[43]と描写されているホテルだ。そこで彼女は「アルコール依存症の美女」[44]であるクロエに再会するが、彼女はメキシコに滞在することを決めていた。四日後モンテレイの町で、ハイスミスは国境の町ラレドの役人たちと対決するためにエネルギーをかき集めて備えなければならなかった。荷物にたくさんの本や原稿があると特に疑いの目で見られると知っていたからだ。モントレイからはキングズレーに手紙を書いて、自分の小説の進み具合を知らせている。『掛け金の締まる音』はタイプ原稿で百六十枚まで進んでいたが、その出来は「二流の代物」[45]だと書いている。当時ジョイスの『若い芸術家の肖像』を読んでいたことは何の助けにもならず、「こんなものが出てしまった以上、何を書けというのだ？」[46]と自問している。彼女はキングズレーに、バーナード時代の学友たちの中で、戦争遂行のために国に協力している者たちがいるかどうかを訊ねてみた。当時おおよそ六百万人の女性が軍需工場へと働きに出ており、一方で約十万人が軍務についていた。しかしハイスミスは、多くの高い教育を受けた若い女性たち同様、その活動に加わらなかった。当時女性に門戸が開かれていた軍の仕事からひとつ選ばなければならないとしたら、彼女はいっそロシアに逃亡してやるといった。そこでなら少なくとも戦闘機パイロットとして訓練してくれそうだから。

たしかにそうした役割のほうが、厨房の清掃よりははるかにましではないか？「パットは、女性軍人として軍服を着た隊列に埋没する人でもなければ、女性工場労働者の騒々しい一団の中で〈リベット打ちのロージー〉になる人でもありません」とキングズレーは語る。「でも、もし個人として自分自身を認めさせる機会があれば、話は違っていたかもしれません。戦争を遂行していたのが誰にせよ、彼女が戦争を忌み嫌っていたことは考慮に入れるべきだと思います」[47]

ハイスミスがフォートワースの祖母の家に帰り着いたのは六月で、彼女はそこで執筆したり、本を読んだり、絵を描いたりして過ごした。滞在は初めのうちこそ楽しかったが、格別創作意欲を刺激するものもなく、地元のゴルフコースの自慢話や、ラジオで流れる歌の選曲や天気のよしあしといった、ありきたりな話題に付き合うことにだんだん耐えられなくなってきた。フォートワースは、「まさしく死んだような街[48]」だと述べている。いとこのひとりに、肖像画を描く間じっと座っているのはもう嫌だといわれたハイスミスは、憤懣やるかたなく家を飛び出し、町の外れまで歩いた。本来ならこんな些細な出来事が、心の中にこれほどまで強い感情を巻き起こすはずがないと頭ではわかっていた。それでもなお、彼女は精神的に自殺寸前まで追い込まれていると感じていた。「こうした逆上の瞬間に、《自殺》という言葉が浮かんだ。稲光から雷が生じるのと同じくらい自然に」と彼女は書いている。「家に向かって歩きながら、この名づけようのない憂鬱な感情は、いったい何なのだろうと考えていた[49]」

とはいえ、そのようなことでハイスミス独特のユーモアのセンスが失われることはなく、それは家族が飼っていたトリクシー・クィーンという名のフォックステリア犬についてノートに綴っていたことからも明らかだ。「彼女がおしっこで自分のイニシャル――ＴＱ――を描くところを見てみたい。イヌにとってはいい訓練になるし、飼い主にとってはちょっとした記念になるだろう[50]」

ハイスミスが絵を描くのをことのほか愛していたことを考えれば、モデルとして座っていることを拒否されたことにあれほどまで極端な反応を示したのも驚くにはあたらない。現に十代終わりから二十代初めにかけて、創作の代わりに絵を描くことに一生を捧げようかと迷ったこともあった。「二十三歳頃まで、自分が絵を描いていきたいのか物書きをしていきたいのか、どちらか決めかねていた」と語っているが[51]、彼女にとって絵を描くことは、創作することほどには知的、創造的やりがいを与えてくれるものではなかった。一九四七年には自分が小説に専念すると決意したことは正しい判断だったと考えるようになっていった。「絵を描くことは、わたしを満足させるほどには、十分に複雑でも、十分に奥深くも、明確でもなかった」と述べている[52]。しかしながら、美術から学んだことが自分の創作に影響していることを実感してもいた。「これから書くべき物語を考える時、わたしは絵を描き始めるように思い浮かべる。絵画の用語を用いるほうがよりはっきりとしたイメージがつかめるのだ。ガッシュ技法か透明水彩技法かを選ぶように、言葉も選んでいく」と記している[53]。執筆に専念している時でも、ハイスミスは絵を描くこともスケッチをすることも続けていた。描くことは自分の心を開くことだとも語っている[54]。

ハイスミスの死後、ディオゲネス社は、彼女の描いた絵画やスケッチやデッサンを集めて編纂し、一九九五年に『パトリシア・ハイスミス画集(Patricia Highsmith Zeichnungen)』という一冊の本にして出版したが、これは彼女の画家としての活動――風景画や恋人の肖像画やペットたち〔特にネコ〕――のごく一部が収録されているに過ぎない。ニューヨーク、ニューオーリンズ、ヴェネツィア、ローマ、フィレンツェ、ポジターノ、パリの家の窓から見た風景に加え、彼女がしばしば好んだシュールレアリスム絵画も収められている。例えば『自分の風呂の水を調べるマルセル・プルースト』と題された絵には、隈に縁どられた目をして、目の前に置かれたミニチュアのバスタブから試験管にいっぱいの水を汲んで手にしている作家の姿が描かれている。一九四八年の作品『出発』には、先端を切った円錐形をした女性の姿が描かれており、胸は四角い目に形を変え、へそには鼻が描かれ、ウエストラインには微笑する口が描かれている。ヴィヴィアン・デ・ベルナルディはこう語っている。「パットは画家としての才能に非常に恵まれていたと思います。本物の才能があったんです。並外れた描写力と類まれな観察眼を持っていました。その才能のほとんどは両親から受け継いだ遺伝的形質だったと思います。彼女のお母さんも同じような線に対する目をもっていました[55]」。ロンドンの出版社ハイネマンのハイスミス担当編集者ジャニス・ロバートソンは、一九七〇年代初めにフランスのモンクールにあった自宅にハイスミスを訪ねた時、床の一部が「華やかな赤と鮮やかな青で、宝石のような色に塗られていた」ことに気づいた。「ほとんど魔法かと思うほど印象的でした。まぎれもなく、芸術家にふさわしい床でしたね[56]」

スケッチすることでパットは好きなようにその精神《エスプリ》を自由に遊ばせることができたのだとキングズレーはいう。「彼女の手による生き生きしたイメージは、ある種のリアリティを与え、平凡なものを本来よりもよりよく見せてくれました。雰囲気や、意思や、微妙な陰影が、ペンの動かし方に現れてくるのです。何ものにも縛られず、非常に自然体だったからこそ、描こうと選んだものが何であれ、目に見えるものの形を超えて『そのもの』を見ることができたのです。わたしは彼女の絵に選ばれた少数者だけがわかる希少性など求めません。そこにはただユーモアと、個性と、視覚的な共感があるだけです――自分はあの通りの風景を知っている、鐘楼も、あそこやここにいる人にも見覚えがある。たぶん、ドガだったと思いますが、芸術は目に見えるものを描くのではなく、目に見えるように描き出すのだといっています。わたしがいいたいのもそれと同じです。パットの絵は、ものの本質を想起させることができました」

「もし、彼女が視覚芸術を天職として選んでいたら、どのくらいその道を究めて大成したかは知る由もありません。パットの人生は芸術の喜びなくしてはあり得ないし、彼女の持って生まれた創造性を開花させ、歓喜に浸らせるのは、恋愛以上に芸術の力でした。どんな形態の美術にも惹かれていましたが、とりわけデッサン、絵画、彫刻、それら全部に加えてさらに木彫や大工仕事にも取り組んでいました。そして彼女の手の驚異的なこと――実際に『標準』よりもサイズも大きくて力強い手をしていました[57]」

ハイスミスの作品の登場人物たちの多くが、何らかの芸術家であるのはけっして偶然ではない。『見知らぬ乗客』のガイは建築家で、ニューヨークの建物や人々のスケッチをすることを趣味にしていた。『孤独の街角』のジャック・サザーランドは、イラストレーター兼グラフィックアーティストだ。『太陽がいっぱい』のディッキーは画家で、『生者たちのゲーム』のテオドール、『ヴェネツィアで消えた男』のエド・コールマンも『変身の恐怖』のジャンセンもみな画家であり、『キャロル』のテレーズは舞台美術家だ。この小説の中で、テレーズは、白い空のかなたへと開いている四角い窓をモンドリアンによる作品に例え、シカゴではぼんやりと見える水平線をピサロの絵に例え、ある友人のほっそりとした長い体型をエル・グレコの絵に似ていると表現したりしている。座ってスケッチをすることは、ハイスミス自身がそうであったように、テレーズに何か新しいものを創造する時の生き生きとした感覚を与える。「テレーズを取り巻くひとつの世界が生まれようとしていた。幾百万のきらめく葉を茂らせた輝く森のような世界が」とハイスミスは芸術家としてのテレーズを描いている[58]。

彼女の生み出した主人公のひとりトム・リプリーは後年、熱心なアマチュア画家で絵画収集家になっている（彼はヴァン・ゴッホ、ルネ・マグリット、ピカソの絵画やコクトーのデッサンなどをたくさん所有している）。一方で、『贋作』のプロットは、すでに死亡している画家の真贋が疑われる一連の作品をめぐって展開される。ハイスミスは作中のある場面で、「もし画家が自分自身の作品よりも贋作のほうを多く描いたとしたら、その画家にとっては贋作が自作よりもずっと自然なずっとリアルな、ずっと本当のものになるのではなかろうか?」と書いている[59]。

ハイスミスは世界に対して常に芸術家の目で見ていた。詩的な閉鎖世界に閉じこもって登場人物たちを取り囲む事物を綿密に描写するだけでなく、その言葉は視覚性に優れ、画家が描いたかのような比喩に満ちている。缶詰の桃のスライスのデザートは、小鉢の中で「オレンジ色の小魚のよう〔『キャロル』[60]〕」に漂い、同じ作品の中で、山岳地帯の風景を「山々は威風堂々たる赤いライオンのようにテレーズを見下ろしている[61]」と描いている。『妻を殺したかった男』では、キンメルの分厚い唇を「肥大した心臓を横に断ち切った[62]」ようだと形容し、観葉植物がいっぱいに茂っている甕は抽象画に、柳の木の群生林は、ウィリアム・ブレイクの版画に登場する、死者の墓石の上に浮遊する翼ある亡霊に例えられている。

優れた視覚的想像力のおかげで、ハイスミスはコミックブックのプロットを作り出すのにはなんの苦労もなかったにもかかわらず、ニューヨークに戻って七月にこの仕事を再開した時には、自分を人生の失敗者とみなしていた。お金もなく、書いた小説が出版できる代物ではないこともわかっていた。残された道は、卒業後最初に就いた仕事に戻ることだったが、今回はフルタイムの社員と同等の仕事量で三倍稼げるフリーランスにしようと決めていた。大衆向けの市場で書くことには気がかりもあった。このジャンル特有のいい加減なプロットや画一的な人物造形をまねたいとは思わなかったし、コミックブックのプロットを量産することで、本業に何らかの悪影響がでるのではないかと、自分の才能をシロアリに少しずつ浸食されていく建物に例えて案じてもいた。

ハイスミスはこのコミックブックのプロット作りをその後も六年間続けるのだが、すぐに新しいアイデアをひねりだすことにうんざりしていた。そこで、これは一ページ分あたり換算で四ドルから七ドルの、手っ取り早く稼ぐための仕事として割り切ることにした。コミックブックのプロットには厳しい制約があり、最低限の労力でアイデアを出さねばならないが、少なくともこの面白くもない仕事のおかげで、小説を書く十分な時間をハイスミスは確保できたのである。

一九四四年の夏が過ぎていく中で、ハイスミスの恋愛生活は、これまでになく混乱を極めていた。日記の中でも何人かと複数の関係を持っていることを告白しており、そこには二十三歳のナティカ・ウォーターベリーも含まれていた。ウォーターベリーは魅力的な金髪美人でニューヨークに生まれ、後に写真家、パイロット、抽象絵画や彫刻などの芸術の後援者になるほど多才であり、パリの出版社で書店でもあるシェイクスピア&カンパニーでシルヴィア・ビーチの編集助手を務めていた。ハイスミスは、自分の気持ちを良好に保つには、不安定な状態にいることだと悟り、一時的に幸せな状態にあっても、至福の時が続くとは期待せず、いつか恋愛が終わるのを待っていた。ついにはパットの恋愛は感情的な麻痺を引きおこさせ、「胸の奥まで、非常に厚く堆積して、もはや何も感じられなくなった[63]」。しかし、多くの同性愛者と対照的に、ハイスミスは、自分の本質は基本的にロマンティストなのだといっている。一見したところとるにたらない仕草や、ちょっとした記念の品——恋人のひと房の髪、待ちわびたあげくやっときた手紙、どうしても消すことの出来ない靴の傷、そして自分を天国か地獄へ運ぶかもしれない電話など——にも心を躍らせずにはいられない。ナティカとの関係についてハイスミスはこう書いている。「わたしたちはふたりとも影の中にいるかのようだ。生まれつきメランコリー気質のわたしは、たとえ、たとえあなたと一緒にいる時でも、別れの予感につきまとわれている[64]」

短い、けれど激しい恋愛関係が破局するたびにハイスミスは落ち込み、時にはもう書けないと思うことすらあった。メランコリーがあまりにひどく、心が麻痺したようになり、自殺する気力すら絞り出すことができなかった。しまいには、この痛みに値するどんな愛情があるのかと疑うようになる。「愛情というものは」と彼女は語る。「最終的に単純な不等式におさまってしまう。一方には愛の始まりのこの上ない幸福な日々があり、もう一方には終わりの避けられない地獄がある[65]」

原注

第8章

1 PH, *A Game for the Living*, Heinemann, London, 1959, p. 58.
ハイスミス『生者たちのゲーム』松本剛史訳　扶桑社ミステリー　2000年

2 PH, Cahier 9, 1/10/43 SLA.

3 ハイスミス　ケイト・キングズレー・スケットボル宛書簡　1952年3月22日付　SLA所蔵

4 Katherine Anne Porter, 'A Country and Some People I Love', interview by Hank Lopez, *Harper's*, September 1965, quoted in John Unterecker, *Voyager*: A Life of Hart Crane, Anthony Blond, London, 1970, p. 658.

5 Edith Mackie, Sheldon Dick, *Mexican Journey: An Intimate Guide To Mexico*, Dodge Publishing Company, New York, 1935, p. xi.

6 Malcolm Lowry, *La Mordida*, quoted in Gordon Bowker, *Pursued by Furies*: A Life of Malcolm Lowry, HaperCollins, London, 1993, p. 205.

7 ハイスミス　ケイト・キングズレー・スケットボル宛書簡　1944年5月12日付　SLA所蔵

8 PH, 'An Weihnachten gewöhnt man sich' ('Some Christmases - Mine or Anybody's'), *Frankfurter Allgemeine Magazin*, 20 January 1991,

SLA.

9 PH, Diary 6, 25 December 1944, translated by Ulrich Weber, SLA.

10 PH, Cahier 11, 1/6/44, SLA.

11 Aldous Huxley, *Beyond The Mexique Bay,* Chatto & Windus, London, 1934, p. 309.

12 Malcolm Lowry, Letter to Jonathan Cape, 2 January 1946, *Sursum Corda! The Collected Letters of Malcolm Lowry, Vol. 1*, 1926-1946, edited with an introduction and annotations by Sheril E. Grace, Jonathan Cape, London, 1995, p. 502.

13 Paul Bowles, Foreword to *O My Land, My Friends: The Selected Letters of Hart Crane*, ed. Langdon Hammer and Brom Weber, four Walls Eight Windows, New York, London, 1997, p. vii.

14 Paul Bowles, quoted in Millicent Dillon, *A Little Original Sin: The Life and Work of Jane Bowles*, 1st ed. 1981, University of California Press, Berkeley, Los Angeles, London, 1998, p. 88.
ミリセント・ディロン『伝説のジェイン・ボウルズ』篠目清美訳 晶文社　１９９６年

15 Aldous Huxley, *Beyond The Mexique Bay,* p. 309.

16 Paul Bowles, Letter to Virgil Thomson, 27 July 1941, Virgil Thomson Archive, Music Library, Yale University, quoted by Dillon, *A Little Original Sin*, p. 97.

17 William Spratling, *A Small Mexican World*, Little, Brown & Co., Boston, Toronto, 1964, originally published as Little Mexico, 1932, pp. 6,12.

18 PH, Mexico Diary, 25 April 1944, SLA.

19 PH, Cahier 11, 4/16/44, SLA.

20 PH, Cahier 11, 2/10/44, SLA.

21 PH, Mexico Diary, 9 April 1944, SLA.

22 PH, Mexico Diary, 17 April 1944, SLA.

23 PH, Cahier 11, 4/2/44, SLA.

24 PH, Mexico Diary, 19 March 1944, translated by Anna von Planta, SLA.

25 PH, *A Game for the Living*, p. 241.
ハイスミス『生者たちのゲーム』

26 PH, Cahier 11, 4/14/44, SLA.

27 PH, Mexico Diary, 30 March 1944, translated by Anna von Planta, SLA.

28 PH, Lleida speech, 26 April 1987, SLA.

29 PH, Cahier 12, 11/24/44, SLA.

30 PH, *The Click of the Shutting*, p. 1, SLA.

31 Ibid.

32 Ibid.

33 Ibid.

34 Ibid.

35 PH, Mexico Diary, 6 April 1944, SLA.

36 PH, Cahier 8, 9/25/42, SLA.

37 Andre Gide, *The Counterfeiters*, translated by Dorothy Bussy, Alfred Knopf, London, 1928, p. 63.
ジッド『贋金つくり（上・下）』川口篤訳　岩波文庫　１９６２年

38 前掲書

39 Graham Greene, Foreword, *Eleven*, Heinemann, London, 1970, p. x.
ハイスミス『11の物語』小倉多加志訳　ハヤカワ・ミステリ文庫 ２００５年

40 PH, Cahier 11, 4/16/44, SLA.

41 PH, Mexico Diary, 13 April 1944, SLA.

42 PH, Cahier 11, 10/16/44, SLA.

43 PH, *Strangers on a Train*, Cresset Press, London, p. 56.
ハイスミス『見知らぬ乗客』白石朗訳　河出文庫　2017年
44 ハイスミス　ケイト・キングズレー・スケットボル宛書簡
1944年5月12日付　SLA所蔵
45 前掲書簡
46 前掲書簡
47 ケイト・キングズレー・スケットボル　著者宛書簡
2001年7月13日付
48 PH, Cahier 11, 6/11/44, SLA.
49 PH, Cahier 11, 6/22/44, SLA.
50 PH, Cahier 11, 6/25/44, SLA.
51 Lucretia Stewart, 'Animal Lover's Beastly Murders', *Sunday Telegraph*, 8 September 1991.
52 PH, Cahier 16, 12/4/47, SLA.
53 PH, Cahier 14, 12/18/46, SLA.
54 PH, Diary 9, 30 June 1947, SLA.
55 ヴィヴィアン・デ・ベルナルディ　著者宛書簡
2001年8月9日付
56 ジャニス・ロバートソンとのインタビュー　2002年10月10日
57 ケイト・キングズレー・スケットボル　著者宛書簡　2001年
7月23日付　2001年7月28日付　2001年8月1日付
58 PH writing as Claire Morgan, *The Price of Salt*, Coward-McCann Inc., New York, 1952.
ハイスミス『キャロル』柿沼瑛子訳　河出文庫　2016年
59 PH, *Ripley Under Ground*, Heinemann, London, 1971, p. 15.
ハイスミス『贋作』上田公子訳　河出文庫　2016年
60 PH, The Price of Salt, p. 7.
ハイスミス『キャロル』
61 前掲書
62 PH, *The Blunderer*, Cresset Press, London, p. 77.
ハイスミス『妻を殺したかった男』佐宗鈴夫訳　河出文庫
1991年
63 PH, Cahier 11, 9/29/44, SLA.
64 PH, Cahier 12, 11/26/44, SLA.
65 PH, Cahier 12, 3/20/45, SLA.

第9章

未知のかすかな恐怖

1945 – 1948

第二次世界大戦終了直後のニューヨークは、ヒトラーから逃れてアメリカに移住してきたヨーロッパの知識人たちによって、爆発的かつ創造的活動の中心地となっていた。移住してきた知識人の中には作家のトーマス・マンやナボコフ、哲学者のマルクーゼ、劇作家のブレヒト、作曲家のストラヴィンスキー、そして建築家のミース・ファン・デル・ローエなどといった多彩な顔触れがいた。歴史家によっては、世界の頭脳集団の中心が大移動したこのヨーロッパ知識人のアメリカ移住を、一九二五年以降の四半世紀における最も重要な文化的事件として分類する者もいる。アメリカは両大戦間にヨーロッパ人の近代意識を激震させた数々の思想にさらされ、W・H・オーデンの一九四七年の詩『不安の時代』はまさにそれをテーマとしている。「今、アメリカ人は初めて自分達の孤独と向き合っているように思える」。作家で評論家のアナトール・ブロイヤードは、戦後の数年間についてこう記している。「孤独は、戦争が終わった朝の、ひどい二日酔いのようなものだ。戦争は、アメリカ社会のリズムを破壊し、我々がもう一度それを取り戻そうとしても、見つけ出すことはかなわない——もうそこにはないのだから。それはまるで巨大爆弾によってアメリカの意識の大爆発が起こり、何もかもが砕け散ったかのようだった」[1]

旺盛な創作活動の中心を担ったのは、グリニッチビレッジに居住する作家や芸術家たちだった。コーネリア・ストリートで書店を経営していたブロイヤードは、ビレッジの住人や周辺にたむろしていた作家や芸術家たちが、これまでにない新たなアイデンティティを築こうとしていると述べている。それはアメリカの伝統というぬくぬくした平凡さとは明らかに一線を画していた。ブロイヤードと同世代人たちは、ハイスミスと同じように「どこまでが自分で、どこからが書物なのかわからなかった……我々はただ本を読んでいたわけではない。本そのものになったのだ……本は私たちにとって、六〇年代の若者のドラッグと同じだった」[2]。特に彼らの心をとらえたのは、カフカが描いた荒涼たる実存主義的な現代の悪夢だった。とりわけ戦後の数年間「カフカはブームを巻き起こし」[3]、「ビレッジにおけるその人気は、ヴィクトリア朝のロンドンにおけるディケンズの人気に比肩するほどだった」[4]

ハイスミスが初めてカフカの作品を読んだのは一九四二年の暮れから一九四三年にかけてである。『城』は一九三〇年にアメリカで出版されており、彼女は何とか読み終えてはいたものの、その入り組んだ小説世界を理解しきれなかったと感じていた。しかし、一九四五年の八月頃には、明らかにこのチェコ生まれの作家をより理解できるようになったという自信を深め、カフカに対してある種の親近感を持つようになっていたことがわかる。ニューヨークタイムズ紙に掲載された作家のチャールズ・ナイダーのカフカの作品分析を読んで、ナイダーが自分自身の抱えるそれと同じ問題を取り上げていることについてハイスミスはノートに記している。理想主義と現実主義との妥協がいかにして罪の意識を生みだしたか、現代社会がどのようにしてモラルの確信を失ったのか、また、どうして「何もかもが流動的で曖昧で、《正道》とされるものにまったく確信が持てない」[5]のか。ナイダーは続けてこう書いている。「知識が深まり、善悪の判断力が発達することは、より大きな罪を生み出すのかもしれない。それゆえに罪の意識と心理的葛藤は、我々の時代の特徴だといえる。そしてフランツ・カフカが唯一無二の存在であるのは、こうした事実を想像的、感情的、詩的領域において完全なまでに見抜いているからである。彼の意識の夢を読むことで、我々は、自分たちの内にあるこうした要素に、より完璧に、あますところなく、あたかも実体験したかのように気づかされるのだ」[6]

一九四八年二月、ハイスミスはエドウィン・ベリー・バーガムの、近現代小説を分析した『小説と世界のジレンマ(The Novel and the World's Dilemma)』を読んだ。プルースト、マン、ジョイス、ヴァージニア・ウルフ、ハクスリー、トーマス・ウルフ、フォークナー、カフカに関する評論を含むこの本の中で、カフカは「病的なパーソナリティ」で「サイコパスも同然」の人物であり、信仰の破綻と神秘主義の崩壊について語る作家と論じられている。「今やファンタジーと幻覚は、人間性に信を置かず、神に対する確固たる信仰を持ちえない人間の最後のよりどころになっている」[7]とバーガムは述べている。この本を読み終えたハイスミスはノートに、カフカのように自分も悲観論者だし、人が神や政府や自分自身を信じられるような思考のシステムを築くことができないでいると書いている。さらにまたカフカと同じように、彼女もまた精神世界と現実世界とを分かつ深淵を覗き込み、誰の心の奥にもある恐るべき虚無や空洞や疎外感をそこに見いだし、それこそが自分が小説の中で追求しなければならないものなのだとみなしていた。自分は建築家を新たな主人公として、「ひとりの若者が芸術こそ至上のものと考え、それゆえ自分もそうだと思いこみ」、人を殺しても「法の裁きを考える時も罪の意識も、あるいは恐怖さえも感じない」[8]人物を描こうと決めた。カフカを読めば読むほど、ハイスミスは恐ろしくなっていく。なぜなら「わたしはカフカにあまりにも似ている」[9]からだ。

「ヒロイン」の精神的に不安定な主人公ルシールのように、ハイスミスは自らが「歪んだレンズ」[10]と呼ぶものを通してこの世界を見ていることを自覚していた。出来事や経験を額面通りに受けとる代わりに、その重要性を誇張したり、その影響を――喜びであれ不幸であれ――鋭敏すぎるほど感じる傾向があった。彼女のノートにはそれについての言及が書き連ねられ、小さな微調整を重ねていくことだけは続けるだろうが、自分の歪んだ心理的眼鏡をかけ替えようとは思わないと結論づけている。しかし、時として自分の精神的不安定に脅かされることもあった。しばしば「未知のかすかな恐怖に引っ張られる感覚」[11]に脅かされたが、自分に襲いかかるこの不安感を説明することはできなかった。自分にはホルモン上の問題があるのではないかと心配し――何か月も月経がないこともあった――医者の診察を受けて、月経周期を正常化させる子宮収縮剤を処方されている。

歩道を歩いてくる知り合いを見かけようものなら、ハイスミスは相手と顔を合わせないですむように道の反対側に渡った。コミュニケーションを取ろうとするたびに、自分が何人もの異なる、偽の人格に分裂することを彼女は自覚していた。だが、嘘をついたり人をだましたりすることを忌み嫌っていた彼女は、そのような仮面をかぶるよりは、いなくなってしまう方を選んだ。ハイスミスはこの特性を「わたしの中で永遠に居座る偽善」[12]の一例だと解釈したが、彼女の精神的な変幻自在性は、他人の経験を自分の経験として共感できる並外れた能力に由来していた。まわりの人々の人格になりきる一方で――これは負の能力といえる――自分自身をそこに包含させてしまうハイスミスの想像力は非常に強大で、自分の内なる世界は、外の世界とは比べ物にならないくらいリアルに感じられると彼女自身が述べている。自分を狂人や悲惨な人々と同列に置き、「自身を全人類、全生命と一体化しているとみなす精神障がい者は、頭がおかしくなる途中で自我を、自分自身を失っているから」だという。[13] しかし、そのような状態にいるからこそ自分は小説の着想を得られるのだということもわかっていた。自分の望みは、この「多彩な惑星」[14]の病の根幹について書くことであり、人間のありようの本質――すなわち永遠の失望――をとらえることなのだと彼女は述べている。当時の彼女にとって小説のプロットはそれほど重要というわけではなかった。彼女の関心はもっぱら人間の意識の探求に、登場人物の頭の中に入り込んで、それを本のページの上に描き出すことに向けられていた。

「ハーパーズ・バザー」一九四五年八月号に「ヒロイン」が掲載されると、クノップ社の編集者エミリー・モリソンが関心を示した。「ルシールの人物造形は、並外れてリアルで胸を打つものがあります」とハイスミスに書き送っている。彼女はまた悲劇的な結末を巧みに描く手腕や、簡潔で直截的な文体も誉めている。さらには「この小説にとても感銘を受け、あなたの本を読みたいと非常に思います。もちろん、出版を視野にいれて[15]」と書き添えている。ハイスミスとの面談後、モリソンは社内メモとしてハイスミスが四十ページの短編小説を執筆中であること、書き上げたらモリソンに見せる約束をしたことを記録している。また、ハイスミスは、冬には新しい小説を書き始めるつもりであること、何章か書いたらプロットともどもクノップ社に送ると話した。しかし、原稿を送るようにと何度か催促したにもかかわらず――モリソンはハイスミスに一九四六年と一九四八年に手紙を送っている――クノップ社はハイスミスを獲得できなかった。

クノップ社が示した強い関心にもかかわらず、一九四五年の夏の終わりから秋にかけて、ハイスミスが小説を出版することはまだできそうになかった。ニューヨークの代理人たちは短編の結末をもっと明るいものにしないと、作品のほとんどはこのままでは売れないだろうと彼女に指摘した。「あのようにしか書けないのは残念です」と彼らはいった。「書いておきながら出版されないというのは悲しむべきことです」。だが、そんな見込みもハイスミスを落胆させることはなかった。代理人のオフィスからまぶしい八月の陽光の中へと踏み出しながら、ハイスミスは、自分の世の中に対する理解の仕方は、代理人たちの商売優先のやり方とは大きく違うのだと思った。「わたしたちは同じ言葉を話していないのだ」とノートに書いている。[16]

一九四五年十月、ジャン＝ポール・サルトルは「実存主義はヒューマニズムであるか」と題する講演を行い、大きな反響を巻き起こした。講演は英訳され、一九四七年に『実存主義とは何か』としてアメリカ国内で出版されるのだが、その著作の中でサルトルは、人間にとって「実存は本質に先立つ」と述べた。あらかじめ定められた人間の本質というものはないと彼はみなし、むしろ人間は何かを選択できる自由な存在であり、自分がどのような人間であるかを決定するのは個人の責任だと考えていた。この思想は、サルトルの戯曲『出口なし』において「あなたは、あなたの人生以外の何者でもない」と明確に述べられている。彼の七百ページを超える大著『存在と無』は、一九四三年に出版され、その中でサルトルは、からかうような口ぶりで謎めいた一節を残している。「意識の本質とは、同時に、それがあらぬところのものであり、それがあるところのものであらぬ」

サルトルの思想が即座にパリの知識人の心をとらえたのは、大戦後解放されたフランスの希望や不安をその中に包含していたからである。「かつて人々がシュールレアリスムに飛びついたように、サルトルが今や流行の最先端なのだ」と後年ハイスミスの友人となるジャネット・フラナーは、一九四五年十二月号の「ザ・ニューヨーカー」のコラムで書いている。[17] 個人の自由を基軸とするこの革命的哲学の話でニューヨークは持ちきりになり、サルトルの入り組んだ思想をひも解こうとするおびただしい解説記事が次々に書かれた。「パリでも、グリニッチビレッジでも、マンハッタン中心部でさえも、存在と実存主義について多くの議論が交わされた」と、フランス人哲学者のジャン・ヴァールは、雑誌「ザ・ニュー・リパブリック」の十月号で述べている。[18] 一方、大衆向けの雑誌「タイム」では、一九四六年一月号で、実存主義は「どんな知的運動よりも多くの言葉とインクを動員した。ダダイズムが第一次世界大戦後のヨーロッパの《失われた世代》を先導したように。実存主義は若者の反抗的で鼻持ちならない一派の専有物だった……だが、実存主義という言葉は、いまや老若男女問わず誰でも知っているほど浸透している」[19]。この思想は、大戦後の悲観論的な意識に訴えるものでもあった。一九四五年八月広島に原爆が投下された後、ある歴史家が述べたように、「原子爆弾が全世界を破滅させる武器であることが明らかになり、アメリカ人たちはその爆弾と自分たちはどのように共存していけばいいのだろうかといぶかしんでいる。あたかも人類の文明が不治の病を遺伝形質として受け継いだかのように[20]」

ハイスミスは常に存在と無をめぐる哲学的問題に興味を惹かれ、サルトルの著作を読んだ後は、伝統的な思考に対する彼の大胆な攻撃に感銘を受けた。「全人類の謎とは、自己と他者との関係、自己と人類全体との関係である」[21]とノートに書いている。特に興味を惹かれたのは、サルトルの主体と客体の関係――他者がわたしたちの意識に与える衝撃――についてであり、サルトルはこれを逸話的な例を用いて説明している。著作『存在と無』の中でサルトルは嫉妬にかられ、ドアの向こうで何が行われているのかを知るために鍵穴からのぞいている自分自身を想像する。最初、彼は完全に目の前の光景に没頭しており、この状態においては――意識は非措定的〔自己意識〕あるいは非反省的〔自分を客観的に見ない〕な状態である――自分の存在に自分自身が気づいておらず、自分の目の前の想像だけしかない。しかし、背後に足音を聞きつけ、誰かが自分の恥ずかしい姿を見ていることに気がつく。彼は自分自身が客体であることを、別の人間の意識に見られる者であることを知って衝撃を受ける。とどのつまり人間の自己は、世界の延長線上にあるのではなく、世界の中に含まれる別の客体にすぎず、また完全にそうならざるを得ない。この強烈な発見をハイスミスは自身の小説の中で追求した。事実、『太陽がいっぱい』に登場するリプリーがディッキーを殺すのは、彼とも誰とも一体化できないことを悟った衝撃も一因となっている。

リプリーが感じた違和感――疎外、孤立、絶望――こそは、サルトルが「実存的な吐き気」と表現したものである。人間が自分自身を解き放つ方法の中には、書くことと読むことがあると、サルトルは講演録『文学とは何か』の中で説いているが、ハイスミスはそれを一九四八年一月に読んでいた。文学とは、単なる現実逃避として営まれるものではなく、解放の手段に、個人が自由に向かって突き進むことを可能にする真の変革の触媒にもなり得るのだ。その一例がアルベール・カミュの『異邦人』であり、初めにフランス語で一九四二年に出版され、ハイスミスが英語で読んだのは一九四六年の春であった。「《休戦以来の最傑作》だと、口々に繰り返された」とジャン＝ポール・サルトルは一九四三年二月に書いている。「当時の文学作品の中で、この小説《ロマン》こそは《異邦人》であった」[22]

ムルソーの口から語られる『異邦人』は「きょうママンが死んだ。もしかすると、昨日かも知れないが、私にはわからない」[23]という一節で始まる。ムルソーもまたハイスミスの主人公のように、現実から切り離された人物である。自分を守るためにアラブ人を殺すが、裁判では自分の運命にあまりにも無頓着で、社会の不文律に従って行動することを拒否し、結果として殺人罪で死刑を宣告される。公判の最終弁論で検察官はこう述べる。「陪審員の方々、その母の死の翌日、この男は、海水浴へゆき、女と情事をはじめ、喜劇映画を観に行って笑いころげたのです。もうこれ以上あなたがたに申すことはありません[24]」

彼の最大の徳は期待された答えを拒絶する正直さであるが、それは彼の破滅をも招くことになる。牢獄で待つ間、人生は実在しないと彼は悟る。死に直面してようやく今、自由についてじっくり考えることができるようになったのである。アルベール・カミュは一九五五年に出版された版の序文で、ムルソーとは真実を求める情熱に突き動かされた人間なのだと説明している。「彼は自分が何者であるかを語り、自分の気持ちを隠すことを拒み、あっという間に社会の脅威となった。彼は昔からの流儀にしたがって、自分が犯した罪を後悔しているというように求められる。だが、本当に後悔するよりも、そんなことをいう方がよほど不快だと返答する。そしてこの微妙な差異こそが彼を有罪にしたのだ[25]」

この本を読んだハイスミスは、これこそは「二十世紀における個人の消滅の見本……これこそ大傑作。素晴らしい印象主義の逸品[26]」と記した。カミュ同様ハイスミスは、自分たちの世代のもっとも悲しむべき側面である「パーソナリティの欠如[27]」を探求することに関心を持っていた。フランス人作家のカミュのアンチヒーローが、小説の最初から最後までとりとめもなく感情的な無気力のまま淡々と語り続けたように、ハイスミスも「その身に降りかかることがどんどん現実から離れていく人物[28]」について書くことを考え始める。

一九四五年の暮れのある日、ハドソン川のほとりを母親と継父と一緒に歩いていたハイスミスは、ふたりの男が交換殺人をする小説のアイデアを思いついた。十二月十六日、ノートを開いておおまかなプロットを組み立て始めるが、それは最終的に長編第一作『見知らぬ乗客』として結実する。もともとのプロットはふたりの男――どちらももはや愛していない女性を殺したいと思っている、アルフレッドとローレンスを基軸とするものだった。

「被害者を交換すれば、考えられるあらゆる動機から自分達を除外できる」とアルフレッドは考える。後にハイスミスは彼の名前をブルーノに変えた。「そうだ、僕たちはそれぞれ殺人罪で捕まるだろうが、警察は動機を見つけられやしない。僕たちはきっと自由になれる！[29]」

アルフレッドは殺人をやってのけるが、ローレンスは当初自分の責務を果たすことができず、自分の分身であるアルフレッドを憎み始める。しかし、ついにはアルフレッドの妻を殺し、逮捕される。罪悪感がローレンスを破滅させたのだ。それから四年間というもの、ハイスミスは登場人物と動機を何度も書き換えこそしたが、二重殺人という中心テーマはそのまま据え置いた。一九四七年の春に再び想像力に火がつくまで、彼女はこのアイデアを温存しておいた。

執筆しようという気持ちを起こさせるためのお気に入りの方法はベッドに座り、タバコ、灰皿、マッチ、コーヒーをいれたマグカップ、こぼした砂糖を受け止めるための皿にのせたドーナツなどに囲まれて過ごすことだった。あらゆる礼儀作法を取っ払って、書くという行為をできるだけ快適なものにする必要があった。そうした過程の最中でハイスミスは胎児のような姿勢を取るが、それはいわば「自分の子宮を[30]」創り出すためだったと述べている。後年『サスペンス小説の書き方』の中で、執筆するためによくわざと自分自身をまったく違う心の状態に置くと打ち明けている。自分自身でないふりをし、自分を日常生活の厄介事や心配事から解放された「まっさらな状態に」おくふりをするのだ。「思うに、どれだけ素早くそのように振舞えるかが、いかにプロフェッショナルであるかの尺度なのである」と彼女は述べている。「その能力は練習によって確かに上がっていく」とも。[31]

一九四七年六月二十三日、ハイスミスは『見知らぬ乗客』の執筆に着手し、自身の日記に冒頭部分のアウトラインについての見通しを書き留めている。「最初の部分は短く、ふたりの若者のことと、殺人が起こる可能性を示したい[32]」。一心不乱に執筆し、ひと月足らずで八十ページを書いた。かつての上司ベン・ザイオン・ゴールドバーグは第一章を誉め、「素晴らしい話」になると評価した。一方、八月に出会った黒人の詩人兼作家のオーウェン・ドットソンは、無駄のない文体を称賛した。ハイスミスは書くことの治療効果を実感し、この作品を「自分の気持ちも、わたし自身の謎についても、両方ありのままに描いた[33]」ものだと述べている。ゴールドバーグはさらに、小説のテーマは「男性ふたりの関係性にあり、ほとんどの場合性格は大きく異なり、時として善と悪のあざやかなコントラストをなし、たまに単なる不釣り合いな友人となる[34]」が、これは彼女が『掛け金の締まる音』でも土台として使っていたテーマだと指摘している。このふたりの登場人物の関係性を探求しながら――サイコパスのブルーノと彼が堕落に巻き込む相手は、この時点ではタッカーという名だが、のちにガイに変更される――ハイスミスは自分がこの道徳心のない殺人者にすっかり夢中になっていることに気がついた。「ブルーノがこの小説に再び登場してわたしはとても幸せだ。わたしは彼を愛してる！」と日記にも書いている。[35]

ハイスミスは、この小説を創作という子宮の中の九か月めの胎児とみなしていた。彼女は執筆しながら「粗悪な」小説、あるいはパルプ小説と呼ばれるものを読み、それらの小説のテクニックを研究した。彼女はそうした小説の歯切れのよい語り口や簡潔な文体に感心したが、一種の優越感のようなものも味わっていた。自分のほうがうまく書けるとわかっていたからだ。十一月の終わり、彼女は自身のために文体上の指針をリストアップした。書いている時は、状況説明をさっと済ませることや、単刀直入であることを忘れてはならない。スピーディにかつ流れるように書くこと。いたずらに努力してみたところでうんざりするような文体にしかならない。主要な登場人物の感情や物の見方だけを描写すること。最終的には確実に面白い読み物にすること。それこそが読者が小説を手に取る一番の理由なのだから。そして絶えず読者にもっと先を読みたいという気にさせること。[36]

ある古いノートの中に――後年ハイスミスは、そのノートを料理のレシピのスクラップブックとして使っていたが――この小説の草稿の一部が残されている。その中でタッカーは最終稿のガイと同様に建築家で、妻のミリアムを憎んでおり、新しいガールフレンドとの結婚を熱望している。一方、ブルーノは金持ちの父親に我慢がならない。物語の基本的な前提は出版された小説と大差ないのだが、ハイスミスの文章はそこまで完成されていない。例えば列車内で会ったブルーノがミリアムを殺す企てをもちかけてきた前夜の出来事を、タッカーが思い出すこの場面だ。

「彼は妻を見た。列車に乗り合わせた男とした昨夜の会話を思い出したからだ。彼女を殺すだって？……彼はブルーノの上機嫌な顔を思い出していた。《もし僕が君の奥さんを殺したら》ブルーノのような人間ならきっとやるだろう。ミリアムが死んだら何もかもがどんなに簡単になることだろう！」[37]

タッカーの野心は、ガラス張りの壮観な街並み――ミース・ファン・デル・ローエやフランク・ロイド・ライトの建築に彼は敬服している――をつくることである。だが、いまや彼の視界は「影」によって曇らされている。四六時中取りついて離れないブルーノという存在のために。この二元性に対する作者の執着ぶりは、初期の段階でつけられた題名『鏡の向こう側 (The Otherside of the Mirror)』、『鏡の裏側 (Back of the Mirror)』、『他者 (The Other)』などによく表れており、そこにはドストエフスキーの作品への共感もうかがえる。

しかし、ハイスミスのふたつに分かれた視点は出版社を困惑させた。新たな代理人A&Sライオンズのマーゴット・ジョンソンは、ハイスミスの未完成原稿を出版社のドッド・ミード&カンパニーのマリオン・チェンバレンに送って事前評価を求めた。チェンバレンは書籍化に意欲を示したが、それにはまだ相当な作業が必要だと感じていた。

「彼女は取捨選択をするべきで、そうしないとそれが作品の致命的な欠陥となる恐れがあります」と書いた書簡を一九四八年一月、チェンバレンはジョンソンに送った。「わたしが思うには、この作品は、ブルーノの物語として、輪郭をはっきりさせ、そこからぶれないようにするか、あるいは〔グレアム・〕グリーン流の《エンターテインメント》にするか、どちらかでなければなりません。その場合、このふたりの若者はプレーヤーであり、ストーリー自体はいわば観客のいるスポーツのようなものになり——観客たちは彼らに夢中になりますが、最後にはふたりから自由になります[38]」

マリオン・チェンバレンのハイスミスに対する助言は、ブルーノに「光を当て」、タッカーを「目立たない」ようにするということだった。もしハイスミスがその通りにしていたら、結果は悲劇的な小説ではあるが「不快だが感動的な」一篇となったことだろう。だが、ハイスミスは契約には時期尚早だと判断した。重要なのはこの小説を考え直し、組み立て直すことだった。自作が受け入れられなかったことにがっかりはしたが、打ちのめされたりはしなかった。登場人物について新しい友人の前衛芸術家リル・ピカードに相談したところ、タッカーはブルーノに比べてどこか存在感が薄いという指摘を受けた。「わたしは考えに考えた——おじのハーマンのこと、それからロルフのことも」。彼女はタッカーの容姿を具体的に描こうとしていた。「そう、彼はロルフ・T〔ティートゲンス〕をもっと暗くして背を低くした男になるだろう[39]」。ハイスミスは小説を書き直し始めたが、ドッド・ミード社の編集者の意見の真意も理解していた。「彼女は、おそらく自分が考えているよりも重要な本を書いています。自分の持てるすべてを必要とするでしょう[40]」

原注

第9章

1 Anatole Broyard, *Kafka was the Rage: A Greenwich Village Memoir,* Carol Southern Books, New York, 1993, p. 80.

2 Ibid.

3 Ibid.

4 Ibid.

5 Charles Neider, *New York Times Book Review*, 5 August 1945.

6 Ibid.
7 Edwin Berry Burgum, *The Novel and the World's Dilemma*, Oxford University Press, New York, 1947, p. 93.
8 PH, Cahier 17, 2/16/48, SLA.
9 PH, Diary 9, 22 February 1948, Translated by Ulrich Weever, SLA.
10 PH, Cahier 13, 10/31/45, SLA.
11 PH, Cahier 13, 8/16/45, SLA.
12 PH, Cahier 13, 9/8/45, SLA.
13 PH, Cahier 12, 4/11/45, SLA.
14 PH, Cahier 13, 10/19/45, SLA.
15 エミリー・M・モリソン　ハイスミス宛書簡　１９４５年８月８日付　ＡＫ所蔵
16 PH, Cahier 13, 8/21/45, SLA.
17 Janet Flanner, *Paris Journal*, Vol. 1, 1944-1965, Atheneum, New York, 1965, p. 49.
18 Jean Wahl, 'Existentialism: A Preface', *New Republic*, 1 October 1945, p. 442.
19 *Time*, 28 January 1946, p. 16.
20 John Patrick Diggins, *The Proud Decades: America in War and Peace*, 1941-1960, W. W. Norton & Company, New York, London, 1988. p. 51.
21 PH, Cahier 13, 5/8/46, SLA.
22 Jean-Paul Sartre, 'Camus' *The Outsider*, February 1943, anthologised in *Literary and Philosophical Essays*, translated by Annette Michelson, Rider and Company, London, 1955, p. 24.
サルトル「『異邦人』解説」『サルトル全集　第10巻　シチュアシオンⅢ』収録　窪田啓作ほか訳　人文書院　１９６５年改訂版
23 Albert Camus, *The Outsider*, translated by Stuart Gilbert, Hamish Hamilton, London, 1946, p. 9; published under the title The Stranger, Alfred A. Knopf Inc., New York, 1946.
カミュ『異邦人』窪田啓作訳　新潮文庫　２００７年
24 前掲書
25 Albert Camus, preface, *The Outsider*, American University Edition, Appleton-Century-Crofts Inc., 1955.
26 PH, Cahier 13, 5/3/46, SLA.
27 PH, Cahier 13, 11/25/45, SLA.
28 PH, Cahier 14, 12/26/46, SLA.
29 PH, Cahier 13, 12/16/45, SLA.
30 PH, Cahier 16, 8/28/47, SLA.
31 PH, *Plotting and Writing Suspense Fiction*, The Writer Inc., Boston, 1966, p. 47.
ハイスミス『サスペンス小説の書き方　パトリシア・ハイスミスの創作講座』坪野圭介訳　フィルムアート社　２０２２年
32 PH, Diary 9, 23 June 1947, translated by Ulrich Weber, SLA.
33 PH, Diary 9, 30 August 1947, translated by Ulrich Weber, SLA.
34 PH, *Plotting and Writing Suspense Fiction*, p. 145.
ハイスミス『サスペンス小説の書き方　パトリシア・ハイスミスの創作講座』
35 PH, Diary 9, 3 August 1947, translated by Ulrich Weber, SLA.
36 PH, Cahier 16, 11/22/47, SLA.
37 PH, Diary 21, undated, SLA.
38 マリオン・チェンバレン　マーゴット・ジョンソン宛書簡　１９４８年１月15日付　ＳＬＡ所蔵
39 PH, Diary 9, 20 January 1948, translated by Ulrich Weber, SLA.
40 マリオン・チェンバレン　マーゴット・ジョンソン宛書簡

第10章

愛しのヴァージニアたち

1945 – 1948

ハイスミスの長きにわたるドストエフスキー作品に対する知的恋愛は、彼女が十三歳の時から始まった。「『罪と罰』はわたしに大きな影響を与えてきた」と彼女はいう。「ラスコーリニコフが自分を納得させるために罪を正当化しようとしても、結局はできなかったというテーマに、とても感銘を受けた。間違いなく重要な影響を受けたと思う」[1]。一九四五年の夏、十三冊めの創作用ノートの表紙の裏側には、ドストエフスキーからの引用が書き留められている。「ああ、人間の融和など信じることなかれ！」[2]この十九世紀のロシア人作家が伝統的な自然主義を退け、より感情を揺さぶる心理的リアリズムを選択したことにハイスミスは敬意を抱いていた。とりわけその著作『罪と罰』を一九四七年五月に再び読み返したことが、自作の執筆にあたって多大な影響を与えたことは間違いない。事実、『罪と罰』読了後、ドストエフスキーのことを自分の「師匠」であると日記に記している。後に『罪と罰』はサスペンス小説として読むこともできると述べ、これにはトーマス・マンも意見を同じくしている。一九四六年初めにアメリカで出版されたドストエフスキーの短編集の序文に、マンは、この本は「史上最高の推理小説」であると書いているのだ。[3]

『罪と罰』――貧しい大学生ラスコーリニコフがなぜ質屋の老女とその妹を殺すに至ったのかという物語――とハイスミスの出版デビュー作『見知らぬ乗客』には驚くほどの類似が見られる。『見知らぬ乗客』では、ドストエフスキーのアンチヒーローのように、列車に乗り合わせた他人同士のブルーノとガイは、これから実行する殺人のことを頭の中に思いめぐらせる。頭の中で繰り返される殺人のリハーサルはあまりに完璧で、ふたりとも実際に殺人を犯した気になるほどだ。ラスコーリニコフはほとんどヒステリックな興奮状態の中で自問する。「あんな大それたことを決行しようとしているのに、こんな愚にもつかぬことにびくついたりして！」[4]同様にブルーノは、カーニバルを思わせるテキサス遊園地の中で、ガイの妻ミリアムを影のように尾行しながら、彼女を殺すあらゆる方法を頭の中で反芻する。彼女の頭を抱えて水の中に押さえつけようか、彼の愛する「きれいな道具」であるナイフで刺し殺そうか、それともこの手で彼女の口をふさいで息の根を止めようか――そして最終的に絞殺することに決める。ガイはといえば、罪悪感で眠ることも食べることもできず、どうやってブルーノの父親を殺すのかを頭に思い浮かべ、いかにして息子に罪を負わせるような手がかりを残せるかを考えている。「頭の中で殺人のリハーサルをおこなった。これが麻薬のようにガイの心をなごませた」[5]。当然のことながら、いかにもハイスミスらしいやり方で、空想は現実へと形を変え、理性の世界は覆されてしまう。

意識的かどうかはわからないが、ハイスミスのブルーノの描写は、ドストエフスキーの描く堕落した金持ちのロシア人ズヴィドリガイロフを思わせる。ロングアイランド出身の裕福なサイコパスは、「背の高いブロンドの若者」で、「青白くて小づくりな顔」をして、その肌は「女のようになめらかで、ろうみたいにきれい」[6]である。一方ズヴィドリガイロフは、金髪で、顔は「どこか仮面を思わせる、なんとも異様な顔だった。肌は白くて血色がよく、かがやくような赤い唇、あごひげは明るいブロンド、髪もブロンドでまだふさふさしていた。目の色は妙に青すぎるようで、まなざしはどこか暗くうちしずみ、じっとすわったような感じ」[7]である。ラスコーリニコフはズヴィドリガイロフに嫌悪感を持っているものの、愛と憎しみの入り混じった不可思議な感情によって彼に惹きつけられていく。ラスコーリニコフは、この自分の分身に会おうと急ぎながら、その姿形に秘められた見えない力に強く引き寄せられていることに気づくが、それと同じ感覚をガイもブルーノに対して抱く。それは彼の無意識の欲望を象徴している。「ブルーノと自分が似ていることも前から知っていたのでは？　そうでなくて、どうしてブルーノのことが好きになるだろう？　自分はブルーノを愛している」[8]

法学部の学生ラスコーリニコフ同様、建築家のガイは秩序を代表する男性である。一方、ズヴィドリガイロフは混乱を体現し、それはブルーノも同じだ。実際このふたつの小説は、意識と無意識の間の葛藤、アポロとディオニソスの間の永遠に続く架空の闘争として読むことができる。

「わたしは芸術に対して独自の見解がある――それは次のようなものだ。すなわち大半の人が現実離れしているとか、普遍性に欠けているとみなすことにこそ、真実の究極の本質があるということである」[9]というドストエフスキーの手紙の一節を、ハイスミスはノートに書き写している。人間の行動様式の一面をありきたりに切り取るカリカチュアやステレオタイプではなく、ラスコーリニコフはあらゆる人々の中にある葛藤を例示する存在なのだと。「彼の中にまったく対極的なふたつの性格が、互いに優位になろうとくるくる入れ替わってるみたいだ」[10]。同じように人間の二重性に魅せられていたハイスミスは、『見知らぬ乗客』でこの問題をさらに追求していく。理性と秩序の典型ともいえるガイは、プラトンの著作やトーマス・ブラウン（一七世紀イギリスの医学者）『医師の信仰』を読んでおり、最初のうちは悪を外部からの力であり、自分の内部ではなく、はるか遠くにあるものだと考えている。それゆえに犯罪の欲求は普遍的なものであり、人はみんな潜在的な殺人者を心に隠しているというブルーノの考えを認めようとしない。だが、実際にブルーノの父親を殺害した後、彼は真実を悟る。「愛と憎しみや善と悪は、人間の心のなかでならびたっている」[11]のだということを。ズヴィドリガイロフがラスコーリニコフと分かちがたく結びついて存在しているように、ブルーノはガイにとって「追放されたもうひとりの自分であり、憎んでいると思い込んではいたが本心では愛しているもうひとりの自分」なのだ[12]。

『罪と罰』において、ドストエフスキーの反合理主義はラズミーヒンという人物に体現されている。友人であるラスコーリニコフの、犯罪と社会との関係に関する論文について論じ合っているうちに、彼は生きている人間は論理の法則にしたがってはいないのだと結論づける。およそ人が何かをする動機は明白とはほど遠いものであり、行動はしばしば多くの相矛盾する衝動によって引き起こされる。どちらの作家も、小説の中の特定の登場人物をすっきりわかりやすいキャラクターとして提示する代わりに、小説を通して意識というものは垣間見えるかもしれないが、言葉では表現できないものだと示唆している。ハイスミスはノートの一冊に、ドストエフスキーの作品『白痴』から、まさにこの主題について本質を突く一節を抜き書きしている。「人間の行動の原因というものは、ふつうわれわれがあとになって説明するよりもはるかに複雑なこみいったもので、それがはっきりしている場合はまれである。時には、語り手にとって単なる事件の記述にとどめておくほうが、何よりも便利な場合がある」[13]。これは、ハイスミスの文章スタイルを端的にまとめているだけではなく、あらゆる伝記作家への賢明な助言でもある。

　ドストエフスキーを足掛かりとして、ハイスミスはこうした多義性や矛盾、人間の心のパラドックスをより巧みに、かつ鋭く掘り下げていくようになる。たとえば、『見知らぬ乗客』の中で、ブルーノはアストリアのアパートメントに押し入り、ただスリルを味わうだけのために、テーブルの上の模型や色のついたグラスやライターなどを盗み、「欲しくないからこそ盗んだ」[14]とのたまう。小説の結末で、ガイは元妻の愛人オーエンに罪を告白した後、その告白を全部聞いていた探偵のジェラルドに向かって口を開くが、「出てきたのは自分でも思ってもいなかった言葉だった」[15]。この場面は、『罪と罰』の中のラスコーリニコフがソーニャに心の内を打ち明けようとする場面を暗示させる。ガイ同様、彼も感情を激発させた後に「こんなふうな告白のしかたをするなど、まるで考えもしなかったが、じっさいにそのようなかたちになった」[16]のである。

ハイスミスの小説は既存のカテゴリーにはめこもうとすると軋轢が生じるが、もし彼女の作品に、強いて説明のためのひな型をあてはめようとするならば、ドストエフスキー同様、幻想的リアリズムの流れに属していたといえるのではないだろうか。実際、ドストエフスキーの作品の多くの主題は、ハイスミス自身のものと共鳴するところがある。ふたりともエドガー・アラン・ポーの著作に多大なる影響を受けていた。一八六一年に発表したある小論で、ドストエフスキーはポーの小説における幻想とリアリズムの関係性について論じている。「しかしながら、ポーの物語では、イメージも事象もあらゆる細かい点が読者に提示され、厚みと質感をもって描きだされているために、それが本物ではないのか、あるいは現実そのものではないのかと読者は思ってしまう。取り上げている対象が、ほぼ絶対ありえないことでも、あるいはこの世で一度も起きたことがないとしても」[17]。この点をさらに分析して、一八八〇年六月、ある作家の卵に宛てた手紙ではこう書いている。「空想の世界は、君がほとんど現実だと信じられるくらいまで現実に近づけて書かなければなりません」[18]。ハイスミスもまた小説を現実に根差したものにするために、うんざりするほど多くの細かい点――洋服、身体的な外見、食べ物やワイン、家屋――といった生活の細部描写を並べることで、異様な世界へと違和感なく読者を誘導する。ジャン＝ポール・サルトルは、幻想文学に関する評論で、そのような手法を記号論的過剰のひとつであり、「なにも意味しない無数の道路標識がある」[19]――すなわち現代社会を描写したり、批評するのに適した手法であると述べている。

ツヴェタン・トドロフ（一九三九―二〇一七　ブルガリア出身のフランスの思想家・哲学者・文芸評論家）は、幻想文学に関する重要な著作の中で、どのようにして現代の探偵小説が過去の幽霊譚に取って代わったのかを示している。実際、トドロフが述べる幻想小説の定義の多くは、そのまま直接ハイスミスの小説にも当てはめることができる。幻想文学のあらゆる作品には多くの共通の要素があると彼はいう――砕かれたアイデンティティ、個人と周囲との境界の消滅、外界の現実と自己の内なる意識との境界の曖昧性といったものと。これらの特徴は「幻想的テーマの根底のネットワークに不可欠な要素」[20]だと彼は結論づけている。ハイスミスの作品の登場人物は、ドストエフスキーの作品の人物と同様、近軸上の世界に生きている。ミハイル・バフチン（一八九五生―一九七五ソヴィエト時代の哲学者、思想家、評論家）が述べたように、「ドストエフスキーの中では、事件の参加者は境界線上に（生と死の、嘘と真実の、理性と狂気の境界線上に）立っている……《現代の死者たち》は、死ぬこともできなければ、復活することもできない」[21]。ハイスミスの読者は主人公と同じ視点へと引きずられずにはいられない。彼女の主人公の役割は、ギリシャ神話のカロンのように、暗い川を渡って黄泉の国のような異世界へと読者を連れて行く渡し守である。「知ってのとおり小説を読みはじめた読者は、小説の主人公に成りきるものだ」とジャン＝ポール・サルトルはいう。「そこで主人公は、その視点を我々に教えて、幻想に接近するための一本道を作ってくれる」[22]

ハイスミスは、ドストエフスキーに対して個人的な親近感も抱いていた。彼と同様、自分がある程度まで精神的苦痛を愛しており、自分が傷つくとわかっている状況に身をさらさずにはいられない傾向があることにも気づいていた。一九五九年にドストエフスキーの伝記を読む傍らで、自分もまたしばしば恥辱を求め、「心の一番柔らかい部分」を「貶められ、呪われ、唾を吐かれたい」[23]と記している。自分が二重性や両義性に引き付けられる要因を子供時代にまでさかのぼり、愛と憎しみがより合わさった糸で織りあげられたような登場人物たちのキャラクターは、幼少期の両親との関係に根本的な原因があるのだと認めている。しかし、そうした暗くよどんだ領域こそが自分の創作にとって肥沃な土壌であるということもよくわかっていた。「ここから、創造し、発見し、考え出し、証明し、明らかにするのだ」と述べている[24]。

しかしながらハイスミスに近しい人々、特に家族は、彼女の現実を見る目がいかに歪んでいるかをしばしば本人に指摘した。一九四七年四月にハイスミスは、おそらくは彼女自身と母親が実際に交わしたと思われる対話をノートに書き留めている。メアリーは、娘が世の中にまっすぐ向き合っていないと非難した。一方ハイスミスは、自分は実際に社会を「斜めに見ているかもしれないが、世の中の方が現実を斜めに見ているのだから、斜めからしか本当の世の中は見えない」[25]と言い返している。問題は、自分の精神的な眼鏡が周囲の人間とは違うことだと彼女がいうと、母親は、それだったら新しい眼鏡をかけるべきだと返している。ハイスミスは引き下がらず、「それなら生まれ変わることが必要だ」[26]と応酬した。

スタンリー・ハイスミスは一九四六年の十一月、ニューヨーク州ウエストチェスター郡の検認裁判所における聴聞会において最終的にパトリシアを養女とした、パットはパスポートを確実に入手するためにそうする必要があった。一九二四年に自分の母親がスタンリーと結婚して以来、彼と一緒に暮らしてきたことを、彼女は正式に宣誓陳述した。これまでも娘らしい愛情と敬意を持って彼に接し、尊敬してきた。そして今、法律的観点からも養父として認めてもらうことを切望する」[27]と述べた。さらに職業上も世間的にも、自分が子供の時からメアリー・パトリシア・ハイスミスとして通用してきたこと、そして法律上も自分の名をプラングマンからハイスミスに変更することを望んでいるといった。「過去二十一年間、母、ハイスミス氏、わたしの三人は、強い絆で結ばれた家族としてともに暮らしてきました」と口にするのは、おそらくハイスミスの人生でもっとも苦々しい瞬間だったかもしれない。[28]

『見知らぬ乗客』は、当初のアイデアを思いついてからプロットを立て、実際に書きだすまでにかなりの期間が空いたため、ハイスミスはさらに別の小説を書き始めた。『鳩は舞い降りる(The Dove Descending)』と題されたこの小説を、彼女は一九四六年夏に書き始め、題名をT・S・エリオットの詩集『四つの四重奏』に収録されている「リトル・ギディング」の、精神的な救済を暗示する一節からとった。未完成の原稿は七十七ページ、八章分の長さしかなかったが、ノートには小説のプロット全体が残されている。小説は抑圧された若い女性の一人称――ハイスミスがまったく得意としていなかった形式――で語られている。建築家の父親を結核で、母親を自動車事故で亡くした女性はおばに育てられる。主人公の名はシノプシスではレオノーラとなっていたが、残された原稿ではマーシャという名前になり、ハイスミス自身に非常によく似ている。「黒い目」で「ほっそりした顔をして」おり、ブライアリー・アカデミーという女子大に通って英語を学ぶのも、バーナード時代のハイスミスを思わせる。

シノプシスによれば、彼女の愛情は、幼馴染の恋人マーティン——優しいが平凡な男——と、アルコール依存症のメキシコの彫刻家カール——アナーキーな乱暴者——の間で引き裂かれている。ヒロインはおばと一緒にメキシコに旅をし、そこでカールと駆け落ちする。だがアカプルコでカールは大嵐に遭い、溺死してしまう。しかし、カールの死はけっして無駄になることはなく、ヒロインは彼の死によって感情的な覚醒を体験することとなり、マーティンとの平穏な生活に甘んじることを良しとせず、より情熱的な気性を持つ第三の男キャピーを選ぶ。このプロットはそこそこ考えられており、ハイスミスは毎日呻吟しては、八ページずつタイプで清書して書き進め、第一稿として読めるところまで仕上げたのだが、恋人を喜ばせることのできなかった人間の苦しみと、彼女自身の感情を比較して、どうしても満足がいかなかった。

もしハイスミスが、自身でいっているように、愛こそが創造と変革を起こす源であると信じていたのなら、最強の女神《ミューズ》のひとりは、間違いなく一九四六年六月に交際を始めた女性だろう。その名はヴァージニア・ケント・キャザーウッドという。

ハイスミスが彼女に初めて出会ったのは、一九四四年十一月にロザリンド・コンステーブルが開いたパーティの席上だったが、ハイスミスとはこれ以上ないというくらいかけ離れた家柄の出身だった。一九一五年生まれのヴァージニアは、フィラデルフィアの裕福な発明家でラジオ製造会社を営むアトウォーター・ケントの娘だった。若き日のヴァージニア・タッカー・ケントは、両家の子女のための教養学校に通い、パリで彫刻を学び、一九三三年にはジョージ五世英国王とメアリー王妃に拝謁している。社交界デビューの舞踏会は、一九三三年の十二月末に行われたが、大恐慌の前を含めても、フィラデルフィアでは最も豪勢な規模で行われた。アトウォーター・ケントは六十人編成のオーケストラを雇い、豪華なベルビュー・ストラッドフォード・ホテルで演奏させた。オーケストラの演奏だけでも五千ドルから一万ドルはかかったといわれ、「もう長いこと誰もこんな壮大なオーケストラを私的なパーティに雇うような大盤振る舞いをしていなかった」とフィラデルフィアの新聞は報じている。[29]

ヴァージニアはまたゴシップ記事の格好の的でもあった。一九三五年一月に、フランクリン・ルーズベルト・ジュニアのお相手として名前が挙がったが、同じ年の四月、裕福な銀行家カミンズ・キャザーウッドと結婚した。結婚式の日、フィラデルフィア郊外のブリンマー聖公会救世主教会で、ヴァージニアはぴったりフィットした袖のついた「光沢のある白い繻子」のハイウエストのドレスに身を包み、五メートルはある長い裾を後ろに引いていた。新聞記事はこの花嫁衣裳について長々と報じている。「チュール生地のベールと同じ生地のぴったりした帽子、額に巻かれた繻子のヘアバンドには、横にオレンジの小さな花束が飾られている。チュール生地を三枚はぎ合わせたベールは、七メートルはあろうかという長さで、ドレスの裾を完全に覆っている。足元の白い繻子の靴が花嫁に最後の仕上げを加えている。彼女は白いランとスズランのブーケをその手に持つことになるだろう」[30]

新婚旅行から帰ってくると、夫妻はブリンマーにあるカントリーハウスを借りた。それは、当時の金額で二十万ドルに相当する二十部屋もあるお屋敷で、庭師の小屋に自動車四台分のガレージ、プールまでついていた。しかしながら、ロマンティックな田舎暮らしは長く続くことはなく、一九四一年四月四日、夫妻はアイダホ州ブレイン郡で離婚した。離婚の経緯は明らかにされていないが、アン・クラークによれば、夫婦関係が破綻したのは、夫のカミンズ・キャザーウッドに、妻がレズビアンであることが発覚したからだということだった。クラークとハイスミスは一九四〇年代後半に関係を持っていた。

「パットがその小説の話をしたのは一度きりですが、ヴァージニアが親権を失ったのは、ホテルの部屋に録音機が仕掛けられ、それが法廷で再生されて、レズビアンの関係を暴露されてからのことでした。当然、『ザ・プライス・オブ・ソルト』の中にこの話は形を変えて織り込まれています」[31]

ハイスミス自身も自分の小説に似ているという認識を持っていた。「ヴァージニアは、わたしがキャロルとして描いたエピソードが、あまりにも自分のことに似すぎていると思うかもしれない。アンは同じような窮地に陥った別の女性だとわかってくれているけれど」[32]と一九五〇年の日記に書いている。後年ハイスミスは、ヴァージニアがどれほど自分の創作世界で中心的な位置を占めていたか、またどれだけ彼女のことを自分の作品に登場させたかについて述べている。「ジニーはどこにいるのだろう――ジニーなしには『ザ・プライス・オブ・ソルト』はけっして書けなかった」と一九六八年の日記にも書いている。それはヴァージニアが五十一歳で亡くなってから二年後のことだった。「わたしはどれほどヴァージニアたちを愛していることか。彼女は『変身の恐怖』のロッテなのだ――物語のヒーローが身体も心も賭けて愛さずにいられないような[33]」

ヴァージニアとの関係が始まって二週間後、ハイスミスはノートに自分の人生における恋人の重要性について書いている。彼女たちは世の中のすべての驚異に光を投じることができる存在であり、彼女たちがいなければ、自分は単なる影に過ぎない。愛は機械にとっての潤滑油、新たな化学反応を引き起こす触媒のような役割を果たしてくれる。たしかにこの裕福で魅力あふれる社交界の華の存在が、ハイスミスに「独自性」や「不変性」の感覚を与え、創作しやすい精神状態に入らせてくれたことは間違いない[34]。ヴァージニアは「世界のもう半分」であり、「ふたり一緒で完全になる[35]」存在だった。彼女は自分自身とヴァージニアを原子の陰と陽の構成要素になぞらえ、単一ではなく、一緒にいて初めてひとつのものとして存在すると認識していた。そしてこの自分の特定の分身を探し出そうという欲求は、それ以降のハイスミスの作品において重要な主題となっていく。

しかし、ヴァージニアと幸せになれるかもしれないと感じ始めた矢先の一九四六年九月、ハイスミスは、かつての恋人で画家のアリーラ・コーネルが、硝酸を飲んで自殺を図ったという知らせを受ける。硝酸の毒は即効性がないので、アリーラは非常な苦しみを味わいながら、病院のベッドで二週間意識を保ち続けた。悲劇的なことに、彼女はこの二週間で自分が死にたくないのだと悟ってしまった。そして健康を回復したらやりたいことを、医師のひとりに打ち明けていた。「わたしの絵のモデルになってほしいわ。そうすればもう二度とモデルを探す必要はなくなるでしょう」。彼女はひと月もせずに退院できると信じていた――その望みに、モデルをリクエストされた医師は両手で顔を覆って泣いた――だがその後十月四日、アリーラは昏睡状態に陥り、亡くなった。

アリーラが自殺した理由はハイスミスとはまったく関係ないように思える。「アリーラは孤独でした」と友人のひとりマギー・エヴァーソルはいう[36]。「パットは彼女の自殺には関係ありませんよ[37]」。また作曲家のデイヴィッド・ダイアモンドは「別の女性と関係を持って、その人にひどい仕打ちを受けたんです」と語る。「その女性と行ったアラバマへの旅行はさんざんだったようで、帰っては来たんですが――アリーラは彼女に恋をしていたけれど、相手は同じように思っていないのは歴然としていました――それから数週間して、彼女は硝酸をひと瓶飲み干したのです[38]」

たとえそうであったとしても、ハイスミスは自分を責めずにはいられなかった。アリーラはそもそもなぜ自分などを愛したのだろうかと自問し、当然ながら激しく自分を追い詰めずにはいられなかった。彼女は自分自身を「邪悪なもの」[39]と呼び、アリーラからのラブレターを読み返し、一緒に過ごした時間を振り返りながら、自分のアリーラへのふるまいに罪悪感を覚えた。天使のようなアリーラに比べたら、自分や残された者たちはみな、地球のゴミを養分としているただの雑草にすぎないとハイスミスは述べている。

アリーラ・コーネルの死を悼む一方で、アリーラを死に奪われたように、ヴァージニア・ケント・キャザーウッドも過度の飲酒によって彼女から奪われてしまうのではないかと、ハイスミスは危惧していた。『見知らぬ乗客』の中でブルーノが苦しめられる痙攣の発作は、アルコール依存症が神経細胞を侵すことによって引き起こされるものであり、明らかにヴァージニアが一九四七年五月にひどい身体の不調に苦しんだ時の症状にヒントを得ている。ヴァージニアは声を失い、指の感覚を失った。その情景をハイスミスは小説の中でこう描いている。

　ブルーノは息をあえがせた。しゃべれないし、舌を動かせなくなっていた。声帯が病気にやられていたのだ！　ブルーノはいかれた両手で、なんとか口をさし示そうとしたが。小走りにクロゼットの鏡の前へ行く。顔は血の気が失せていたばかりか、口のまわりは誰かに板でぶん殴られたかのように妙に平べったく、唇が左右に引き延ばされたようになって、歯が剥き出しになっている。それに両手！　もうグラスもてないし、タバコに火もつけられない。このありさまでは車の運転もできまい。いや、これではひとりでトイレに行くこともおぼつかないではないか！[40]

一九四七年の夏、ともに過ごしてわずか一年足らずで、すでにヴァージニアとの関係は雲行きが怪しくなり、喧嘩のはずみでヴァージニアがパットを拳で殴りつけるまでに悪化していた。ヴァージニアはシーラという写真家との新たな関係に熱を上げていたが、それはハイスミスを苦しめ、七月に入って彼女はふたりが裸でベッドにいるところに行き合わせてしまう。ハイスミスはなんとかしてヴァージニアをシーラから引き離そうとしたが、それが失敗に終わると、今度は恋敵を殺すことを夢想し、ノートに「今宵わたしの心に殺意はあふれる」[41]と題した一篇の詩を書いた。ヴァージニアとシーラが一緒にいると思うと耐えられず、愛、憎しみ、羨望、怒りそして欲求不満が入り混じった激情のせいで、長い間不眠症に悩まされた。

十月二十三日午前四時、ハイスミスはベッドに座り、ノートを取り出して自分の苦悩を書き綴った。「夜中にたったひとりで眠りから覚めて、わたしは正気でいられない……分別を失い、判断力も、道徳規範も失っている。なんだってやってしまいそうだ。殺人、破壊、不道徳な性行為。でも、わたしは聖書を読む[42]」。それから数か月間、ハイスミスはヴァージニアを心の中で生かし続けた。かつて現実に愛したのと同じように自分のファンタジーの中の彼女を崇めたてた。自分がヴァージニアをけっして忘れられないことはわかっていた。なぜなら「わたしはほとんど彼女のことを知らなかったし、わたしの中の彼女は完全無欠で不変である[43]」からだ。しかしその秋、ふたりの関係が破綻したことによって、自分の心の状態に疑問を持たざるを得なくなり、十一月にはノートにその不安を書き留めている。「自分の中に何人もの人物がいるようで怖い……中年になってから危険な統合失調症患者になったとしても不思議ではない[44]」

一九四八年一月、いまだタイトルを最終的には決定していない『見知らぬ乗客』の原稿に目を通しながら、ハイスミスがヴァージニアと別れた後に書いた原稿は――それは七十ページに及んでいたが――説得力に乏しく、徹底的な見直しが必要と思われた。「これを書いた時はまるで足を骨折していたみたいだった[45]」

愛する女性がいなければ、「生活に平穏も、安らぎも、美しさもない[46]」とハイスミスはいう。彼女は仕事をするためにも、ただ生きるためにも女性を必要としていた。だが、恋愛関係が人生を幸せにするなどという考えは嘘っぱちで、昆虫世界の繁殖行動は、しばしば死なないまでも、深刻な損傷をもたらすとも述べている。

バーナード大学時代に動物学を一年間学んだハイスミスは、生涯を通じて動物に強い愛情を示し、とりわけネコとカタツムリを愛してどちらもペットとして飼い続けた。腹足類に夢中になるあまり、自作自演の架空インタビューの形でその魅力を語っているほどである。「ミス・H、この風変わりな気晴らしと申しますか、ご趣味を思いついた経緯は？」と彼女は自らに訊ねている。カタツムリに対する恋着が生まれたのは一九四六年ニューヨークで、とある魚屋の前を通り過ぎた時に、二匹のカタツムリを目にしたことがきっかけである。濃いクリーム色に茶色い縞が入ったその二匹は、奇妙な体勢で抱き合ってじっと動かずにいた。ハイスミスは、そのつがいを買って家に連れ帰り、金魚鉢にいれて彼らが交配する様子を観察し、詳細に、ほとんど科学的な細かさでその行動を記録した。後年ラジオのインタビューの中で、カタツムリをペットとしている理由を訊かれ、「あの子たちはわたしに一種の穏やかさをくれるのよ」と語っている。[47]

一九四七年二月、カタツムリについて科学とファンタジーを混ぜ合わせた短編小説を書こうと思い立つが、それを読んだ代理人に「気持ち悪すぎて編集者に見せられない」と却下された。[48] それから四半世紀近く経って、グレアム・グリーンはその作品を称賛する文章を寄せることになる。「かたつむり観察者」は、腹足類を繁殖させているピーター・ノッパードがおぞましい無残な結末を迎える物語である。「作中のノッパート氏は、ミス・ハイスミスが人間に対して見せたのと同様な態度を、飼っているカタツムリに向けている」[49]

作品の中で二元性を追い求め続けたハイスミスは、私生活においても、精神的に求めるものと肉体の無軌道な衝動との間で、常に引き裂かれていた。知性では禁欲主義に傾きながら、肉体的には不特定多数と関係を持つのを止められずにいた。そして一九四七年の夏と冬の間は、似たような考え方をもつ芸術家や作家や知識人たちの小さなボヘミアン集団に交わりたいという欲望を抱いていた。コミックブックや短編や小説を書くという日中の仕事を終えると、彼女は大戦後のマンハッタンの活気に満ちた社会の渦へと飛び込んでいった。

ハイスミスがジェイン・ボウルズに初めて会ったのは一九四四年の後半、タスコから帰国した直後だったが、ヴァージニア・ケント・キャザーウッドと破局したあとに、ふたりの作家は、お互いにより頻繁に会うようになった。ハイスミスはジェインとの短い付き合いについて日記に記している。一時はアフリカを一緒に旅行しようという計画さえ立てた時期もあったが、この関係は消滅することになる。ジェイン・ボウルズの伝記の著者ミリセント・ディロンがハイスミスに取材した際も、彼女はジェインとの関係を何も語らず、ただグリニッチビレッジの西十丁目にあったボウルズの家でのパーティに参加した時のことだけを語った。そこにはイギリス人俳優のジョン・ギールグッドを初め、振付師のジェローム・ロビンス、舞台美術家のオリヴァー・スミスなど綺羅星のごとき様々な人々がいて、「わたし以外はみんな有名人ばかり、って感じだったわ！」と話している。[50] ジェイン・ボウルズの家で行われた別のパーティについても日記に記しているが、それはシモーヌ・ド・ボーヴォワールとドロシー・パーカーのために企画されたもので、残念なことに主賓の双方が出席できずに終わった。そんなことがありながらもハイスミスはこの時期、ボウルズから作家としてあるアドバイスを受けている――すなわち執筆はあまり計画的に進めず、むしろ想像力のおもむくままに書くべきであり、後で書き直せばいいのだと。

この当時、ハイスミスは女優のステラ・アドラーや、作曲家のマーク・ブリッツスタイン、作家で編集者のレオ・ラーマン、作家のメアリー・マッカーシーの三番目の夫で、雑誌「ザ・ニューヨーカー」で働いていたボーデン・ブロードウォーター、ドイツ生まれの前衛芸術家であり後に「ニューヨーク美術界のガートルード・スタイン」あるいは「ヒッピーの祖母」として知られるようになるリル・ピカードに出会っている。ピカードは、ヴァージニアとの関係が破綻したショックから立ち直れずにいるハイスミスを支え、同じスケッチの教室に通ったり、メトロポリタン美術館で開催された『クリュニーの一角獣』のタペストリー展からメキシコの画家ルフィーノ・タマヨやスペインの画家サルヴァドール・ダリの展覧会に至るまで、様々な展覧会をふたりで訪れたりした。

「パットは、画廊や美術館の熱心なリピーターで、小さな手帳サイズのらせん綴じのスケッチブックを必ず持って家を出ました。思いついた時に描いたり、何か特別面白い光景を描いたりするために」とキングズレーは語っている。「素描をしたり、絵を描いたり、音楽を奏でることは、人間の成し遂げた最も高貴な仕事の部類に入る――『至高』とはいわないまでも――と信じていました[51]」

バーナード大学を卒業して五年が経っていたが、ハイスミスはいまだに、古典と現代双方の文化をもっと学びたいと貪欲に欲していた。一九四七年後半と一九四八年の前半には、エディット・ピアフ、バッハ、パウル・ヒンデミットのコンサートを聴き、ヘイスティングス＝オン＝ハドソンにある両親の新しい家でピアノを弾いたり、実存主義の演劇について友人と語り合ったりした。テネシー・ウィリアムズの舞台『欲望という名の電車』の初演を観劇し、映画化された『罪と罰』やユージン・オニールの『喪服の似合うエレクトラ』の映画版も観て「アメリカで観た最高の映画。三時間息もつかせない悲劇、人はここに人生を見る。ただし殺人や自殺を通して。これこそはわたしのめざしているものだ[52]」と日記に書いている。

さすがのハイスミスも画廊のオープニングや、映画や演劇のはしごや、ひっきりなしのカクテルパーティ巡りに疲れを覚えることもあった。だが一九四八年二月、そのような集まりのひとつで、彼女は作家のトルーマン・カポーティに出会う。彼は後にハイスミスがニューヨーク州北部にある芸術家や作家たちの共同体ヤドーに参加する際に重要な役割を果たすことになる。ハイスミスは一時期、カポーティの作品をずっと小馬鹿にしており、「次から次へと言葉を繰り出して華麗に語る」[53]ことに長けてはいるが、登場人物を掘り下げることができないという根本的な欠点があるとみなしていた。だが、ひとたび彼と会ったとたん、すっかり彼が気に入ってしまった。「可愛いトルーマンと一緒に出かけるのは楽しい」と日記に書いている。「彼は、とてもよく気がつく人で、すごい有名人なのだ！」[54]自分が同性愛者であることを、これほどまでにあけっぴろげに認めている人物を見るのは初めてだったし、彼が十四歳の時に両親に向かって「みんな女の子に関心があるけれど、僕、T・C（トルーマン・カポーティのイニシャル）だけは、男の子に関心があるのさ！」[55]と宣言した逸話に心励まされるものを感じた。

　この新たな友人は、すでにちょっとしたマンハッタンの有名人だった。三月一日、ハイスミスはカポーティを東五十六丁目の彼女のアパートに招いた。カポーティの推薦があれば、ヤドーの選考委員会の目に留まる可能性もあった。彼は一九四六年の夏の間その施設に滞在し、同時期にはカーソン・マッカラーズもいた。「彼はヤドーの人たちに気に入られていた」とハイスミスは回想する。「そしたら彼が《ここをまた貸ししてくれたら、ヤドーに参加できるよう手助けするよ》といってくれた。かくして取引は成立した」[56]。カポーティは、彼女から借りたアパートに住んでいる間に『夜の樹』を書き上げた。だが、同時にハイスミスはカポーティの影響を受けすぎると、堕落してしまう可能性があることにも気づいていた。ある日曜、カポーティに会ったすぐあと、彼から電話でお茶の誘いがあった。「そのティーパーティというのは、作曲家のアーヴィング・バーリンやバーンスタインやら何やら大勢の人たちが集まるような類のものだったの。でもわたしは日曜日は仕事をすることにしているからと断ったの。仕事をしている方がよかった。いっぺんに両方はできないものよ」[57]と後に批評家で風刺作家のクレイグ・ブラウンに語っている。

　三月の初め、ハイスミスはヤドーに志願書を送った。小説はまだ三分の一しか書けていなかったし、自分には「ヤドーが提供してくれるような静かな集中できる時間」[58]が必要だと思っていた。彼女は未完成の作品、「本質的に心理的小説」であり「殺人を実行する約束を交わしたふたりの若者に関する小説」[59]の一部と、「ヒロイン」を含む雑誌に掲載された短編小説数篇を送った。推薦人になってくれたのは、恩師エセル・スタートヴァント、ロザリンド・コンステーブル、代理人のマーゴット・ジョンソンで、彼女は推薦書に「本格的な若手作家で、我々は非常に優れた才能を持っていると確信しています」[60]と書いてくれた。「ハーパーズ・バザー」の文芸編集者メアリー・ルイーズ・アズウェル、そしてもちろんトルーマン・カポーティも推薦人のひとりに名を連ねていた。

ハイスミスがヤドーに提出した作品は、特に文学的に優れているとはみなされなかったものの、相当の実力があると認められ、作品を読んだヤドー選考委員のひとりによれば、より「高尚な」純文学的分野で執筆している作家たちよりずっとよく書けていると評価された。「ここにいるほとんどの作家たちよりも良い書き手である。最優秀という意味ではもちろんないが、展開や、文章の練度、平明さや、自由さといった意味において優れている」と選考委員のひとりは書いている。「世に傑作といわれるもの、あるいはその一部がレベル的に落ちていることを考えれば、このような作家にはしかるべき場所が与えられるべきだと考える……ともあれ、わたし自身は『合格』に票を投じたい――他の本当に並外れた作家たちよりは相当なプレッシャーがあるだろうが」[61]

この報告書が書かれてから十日後、ハイスミスは、彼女の志願書が通ったと通知を受け取った。彼女は小躍りした。「本当にほっとした」と日記に書いている。「次の二、三か月の自分の人生がかっきり決められるなんてまるで兵隊みたい！」[62]祖母のウィリー・メイは、ことのほか喜んで、ヤドーから送られてきたパンフレットをわざわざ読んだくらいだった。ハイスミスはこの祖母のことを「あらゆるものに実に幅広い関心を持っていた」と書いている。「その子孫と比べればはるかに偉大な女性だった」とも。[63]

ヤドーへの参加は、新たな人生のスタートを切ることだとハイスミスは位置づけていた。だから、そこに向かう旅の前に、自分のこれまでの過ちについてじっくりと考えてみようと思い立った。自分のパートナーの選び方が、どれだけ自分の精神的健康を左右してきたか自覚していた彼女は、自分がどうしてそうなるのかを理解しようと、最も影響力があった恋人たちを、そのイニシャル、年齢、体格、髪や肌の色、性格の類型、付き合った期間、別れた理由、そして別れた後も彼女たちのことを考え続けた期間を一覧表にした。さらにそれぞれの名前に、符号をつけ、検証するためのキーワードとした――「こちらが相手に冷めて別れた」、「相手がわたしに冷めて別れた」、「こちらの判断ミス」、「もっとも有益だった」。

この表は一枚の紙片に書かれ、一冊のノートのページの間に挟まれて残っていたものだが、読んでいるうちに惹き込まれてしまうような魅力をもっている。ハイスミスの恋人について書かれているからというだけではなく、ハイスミスという人間そのものがそこに表れているからである。このような表を作って体系化し、自分の恋愛関係をほとんど数学的な几帳面さをもって解剖していること自体が、心の冷たさや、生来のロマンティックな性格を否定するような無慈悲さをさらけだしていると思えるかも知れない。だが、これはむしろ自分はなぜずっと続く幸せを見つけられないのかという、その後も生涯にわたって彼女を苦しめることになる問題を理解しようとする必死の試みではなかったかと思われる。この自己分析がもたらしたのは、残酷なほど正直なもので、いささかフロイト流のバイアスがかかっているとはいえ、自分の性格に対する告発であり、それについて彼女は次のように結論づけている。「共感能力に欠け、自分を惹きつけるものに対して我慢することができない。それゆえ無意識のうちに自虐的になる。よりよくなると決め、自分自身の性格を根本的に変える必要がある[64]」

原注

第10章

1 PH, Answers to Q&A for *Ellery Queen's Mystery Magazine*, sent 18 November 1981, SLA.

2 Fyodor Dostoevsky quoted by PH, Cahier 13, undated, SLA.

3 Thomas Mann, Introduction, *The Short Novels of Dostoevsky*, Dial Press, New York, 1946.

4 Fyodor Dostoevsky, *Crime and Punishment*, translated by Frederick Whishaw, Everyman, J.M. Dent, London, E.P. Dutton, New York, 1911, p. 8.
ドストエフスキー『罪と罰　1』亀山郁夫訳　光文社古典新訳文庫　２００８年

5 PH, Strangers on a Train, Cresset Press, London, 1950, p. 149.
ハイスミス『見知らぬ乗客』白石朗訳　河出文庫　２０１７年

6 前掲書

7 Dostoevsky, Crime and Punishment

ドストエフスキー『罪と罰　3』亀山郁夫訳　光文社古典新訳文庫　２００９年

8 PH, *Strangers on a Train*, p. 158.
ハイスミス『見知らぬ乗客』

9 PH, Cahier 15, undated, SLA.

10 Dostoevsky, *Crime and Punishment*, p. 167.
ドストエフスキー『罪と罰　2』亀山郁夫訳　光文社古典新訳文庫　２００９年

11 PH, *Strangers on a Train*, p. 193.
ハイスミス『見知らぬ乗客』白石朗訳

12 前掲書

13 PH, Cahier 33, 8/30/75, SLA.
ドストエフスキー『白痴（下）』木村浩訳　新潮文庫　１９７１年

14 PH, *Strangers on a Train*, p. 20.
ハイスミス『見知らぬ乗客』

15 前掲書

16 Dostoevsky, *Crime and Punishment*, p. 343.
ドストエフスキー『罪と罰　3』

17 Dostoevsky, quoted in Sven Linner, *Dostoevsky on Realism*, Almqvist & Wiksell, Stockholm, 1967, p. 35.

18 Dostoevsky, quoted in Linner, *Dostoevsky on Realism*, p. 178.

19 Jean-Paul Sartre, 'Aminadab or the fantastic considered as a language', *Literary and Philosophical Essays*, translated by Annette Michelson, Rider and Company, London, 1955, p. 62.
サルトル「アミナダブ　または、言語として考えられた幻想について」『サルトル全集　第10巻　シチュアシオンⅢ』収録　佐藤朔ほか訳　人文書院　１９６５年改訂版

20 Tzvetan Todorov, *The Fantastic: A Structural Approach to a Literary Genre*, originally published in 1970, translated by Richard Howard, Cornell University Press, Ithaca, New York, 1975, p. 120.
ツヴェタン・トドロフ『幻想文学論序説』三好郁郎訳
創元ライブラリ　１９９９年
（引用された一節の原典邦訳は柿沼によるもの）

21 Mikhail Bakhtin, *Problems of Dostoevsky's Poetics*, translated by R.W. Rotsel, Ardis Publishers, New York, 1973, p. 122.
ミハイル・バフチン『ドストエフスキーの詩学』
望月哲男・鈴木淳一訳　ちくま学芸文庫　１９９５年

22 Sartre, 'Aminadab', *Literary and Philosophical Essays*, p. 65.
サルトル「アミナダブ」『サルトル全集　第10巻　シチュアシオンⅢ』収録

23 PH, Cahier 25, 2/18/59, SLA.

24 PH, Cahier 19, 7/22/50, SLA.

25 PH, Cahier 15, 4/16/47, SLA.

26 Ibid.

27 Adoption Papers, Surrogate's Court, Westchester County, New York, November 1946, SLA.

28 Ibid.

29 'Cholly Knickerbocker Says', 21 December 1933, unknown newspaper, TU.

30 *Philadelphia Evening Bulletin*, 24 April 1935, TU.

31 アン・クラーク　著者宛書簡　２０００年2月5日付

32 PH, Diary 10, 11 October 1950, SLA.

33 PH, Diary 15, 9 February 1968, SLA.

34 PH, Cahier 15, 4/29/47, SLA.

35 PH, Cahier 16, 9/1/47, SLA.

36 マギー・エヴァーソルとのインタビュー　２０００年3月13日

37 マギー・エヴァーソル　著者宛書簡　２０００年4月4日付
38 デイヴィッド・ダイアモンドとのインタビュー　２０００年8月17日
39 PH, Cahier 14, October 1946, SLA.
40 PH, *Strangers on a Train*, p. 242.
ハイスミス『見知らぬ乗客』
41 PH, Cahier 16, 9/4/47, SLA.
42 PH, Cahier 16, 10/23/47, SLA.
43 PH, Diary 11, 28 July 1951, SLA.
44 PH, Cahier 16, 11/13/47, SLA.
45 PH, Diary 9, 4 January 1948, translated by Ulrich Weber, SLA.
46 PH, Cahier 16, 9/24/47, SLA.
47 *Women's Hour*, BBC Radio, 29 June 1965.
48 ハイスミス　ケイト・キングズレー・スケットボル宛書簡　１９４８年6月2日付　ＳＬＡ所蔵
49 Graham Greene, Foreword, Eleven, Heinemann, London, 1970, p. xi.
ハイスミス『11の物語』小倉多加志訳　ハヤカワ・ミステリ文庫　２００５年
50 ハイスミス　ミリセント・ディロン宛書簡　１９７７年6月5日付　ＳＬＡ所蔵
51 ケイト・キングズレー・スケットボル　著者宛書簡　２００１年7月28日付　ＳＬＡ所蔵
52 PH, Diary 9, December 1947, translated by Ulrich Weber, SLA.
53 PH, Diary 9, 11 December 1947, translated by Ulrich Weber, SLA.
54 PH, Diary 9, 11 March 1947, translated by Ulrich Weber, SLA.
55 Ibid.
56 Susan Smith, 'A painter of psychological portraits', *Fort Worth Star-Telegram*, 15 June 1976.
57 Craig Brown, 'The Hitman and Her', *The Times*, Saturday Review, 28 September 1991.
58 PH, Yaddo application, 2 March 1948, YA.
59 PH, Yaddo application, 15 March 1948, YA.
60 マーゴット・ジョンソン　エリザベス・エイムズ宛書簡　１９４８年3月11日付　ＹＡ所蔵
61 匿名　エリザベス・エイムズ宛書簡　１９４８年4月9日付　ＹＡ所蔵
62 PH, Diary 8, 19 April 1948, SLA.
63 Ibid.
64 PH, Analysis of relationships, undated, SLA.

第11章

ヤドー、シャドー、シャドー、ヤドー！

1948

ヤドーに寄贈した『見知らぬ乗客』の一ページ目に、ハイスミスは次のような献辞を記している。「ヤドーへ——深甚なる感謝の念を込めて。あの平穏な夏のおかげでこの本を書くことができました[1]」。最晩年、彼女はこの芸術家や作家の共同体を遺産相続人として指定しただけでなく、三百万ドル相当の遺産に加え、将来発生する印税の受取の権利も保証し、感謝の意を示した。五十年余り前、しかも二か月しか過ごしていないことを考えれば、これは法外な感謝のしるしといえる。

彼女がヤドーに到着したのは一九四八年五月十日のことだった。暗く、陰鬱な空気に包まれた荒涼たる修道院のような雰囲気が、ハイスミスのゴシック趣味に訴えかけたのは間違いない。エドガー・アラン・ポーが彼の詩「大鴉」の一部を書いた場所が後にヤドーになったといわれ、その歴史はまさしく十九世紀の煽情小説の筋書きそのものである。まず一八八一年、現在ヤドーの施設が建っている土地をウォール街の銀行家スペンサー・トラスクと妻のカトリーナが購入した。トラスクの父親アランソンは、南北戦争時代に北軍の軍靴を製造して財を成し、一方息子のスペンサーは多くの事業に投資をして、その中には一八八〇年代のニューヨークタイムズ紙の事業再生も含まれている。またトーマス・エジソンの白熱電球やニューヨーク市における送配電事業にも投資した。後年はコン・エジソンとジェネラル・エレクトリック・カンパニーの初代社長にも就任している。

スペンサーとカトリーナはブルックリンに住んでいたが、一八八〇年に息子のアランを五歳で亡くした後、ニューヨーク州北部サラトガ・スプリングスに夏の別荘を買い、最終的にそこに永住することに決めた。松の木に囲まれた古びた館は、もともと一八五〇年代に建てられたもので、そこに落ち着いてまもなく、その館の呼称をめぐって家族会議が開かれた。トラスク一族の家族史によれば、カトリーナは娘のクリスティーナに、館の名前は何がよいかと訊ねたという。一家はまだ喪服を着ていて、クリスティーナはアランの死の悲劇がどれほど彼らの生活に影を落としたかという親戚たちの話をよく聞かされていた。そこで少女は目を手で覆ってじっと考え、こういった。「わかったわ。《ヤドー》にしましょうよ、ママ、だって詩ができたんだもの！　ヤドー、影《シャドー》、影《シャドー》、ヤドー！　影《シャドー》みたいに聞こえるけれど、影《シャドー》じゃない[2]」

クリスティーナが意図せず選んだ言葉は、古い英語で「きらめき」を意味する言葉だった。「彼女はその《シャドー》がわたしたち家族の中にあると思ったのでしょう」と当時のことを思い出してカトリーナ・トラスクは語る。「なおかつ本能的にそのつながりを遠ざけようとした。無意識のうちに、何年も先に起きることを予言したのです。次第に影という意味は薄れ、やがてこの場所も生命の輝きの中で、光を意味するようになったのです[3]」

トラスク家は、その後も次々に悲劇に見舞われる。クリスティーナと弟のスペンサー・ジュニアは、母親から感染したジフテリアに冒され、一八八八年に亡くなった。ジフテリアで死の床にあったカトリーナは、もはや病は感染する時期を過ぎているといわれ、子供たちふたりを自分のそばに連れてきてお別れをいいたいと希望した。しかし医師たちはひどい間違いを犯していた。子供たちはその後数日のうちにあいついで亡くなり、母親は生き残った。一年後の一八八九年、第四子のカトリーナが生まれたが、出生十二日後に出産時合併症でやはり亡くなってしまう。その後、一八九一年にトラスク家の館は火事で焼失した。

それでもトラスク夫妻は、悲しみに押しつぶされることを拒絶した。彼らは新しい館の建築を発注し、一八九三年に完成させた。暖炉の上にはティファニー製のモザイクタイルが貼られ、鮮やかな彩色の文字が描かれた――「Flammis Invicta per Ignem Yaddo Resurgo ad Pacem（輝きは炎に打ち負かされず、ヤドーは平安の内に再び立ち上がる）」。一八九九年、松林を散策中にカトリーナは幻を見る。カトリーナが物語るヤドー誕生の夢は、えせスピリチュアルと感傷的なメロドラマが混じったもので、読むのが気恥ずかしくなるような内容ではあるが、それでもやはり彼女の考えは崇高なものだったといわねばならない。ヤドーは一九〇〇年に法人化され、一九二六年には最初の滞在者が迎え入れられた。

「ヤドーの未来の光景をわたしははっきりと見たの」とカトリーナは夫に語った。夫妻の館は作家や芸術家の避難所となるのだと。「彼らはヤドーで聖なる火を見いだし、彼らの松明に火をともすのよ。見て、スペンサー！　彼らが森の中を歩き、庭を散策し、松の木陰に座っている——男性も女性も——創造し、創作し、創り出している姿を！」[4]

現在ヤドーの施設を見て歩くと、どことなく落ち着かない気分にさせられる。館は不格好な、ほとんど奇怪ともいえる建物で、室内はヴィクトリア朝様式の家具と、金色の額縁におさめられたトラスク一家の感傷的な肖像画であふれている。館は松の木に囲まれ、松林が投げかける木陰に覆われている。四つの湖は早世したトラスク家の四人の子供たちをそれぞれ表しており、陽光にきらめいている。地元では、子供たちがこれらの湖で溺れると見つからないと噂されていたが、この周囲から孤絶した四百エーカーもある土地にいると、そんな噂が立つのも、さもありなんという気がしてくる。

ハイスミスはヤドーでの二か月間の滞在中、西館に住んでいた。おとぎ話に出てくるような小塔のある建物の一階で、部屋は本館から数百メートル離れた場所にあった。ヤドーに来た初日、彼女は事務局長のエリザベス・エイムズに面会した。トルーマン・カポーティにいわせると、近代ゴシック小説から抜け出してきた人物のような見た目とふるまいの持ち主だったようだ。「ちょっと変わった不気味な感じの女性だった。『レベッカ』に登場するミセス・ダンヴァーズみたいにいつも黙っていて、どことなく薄気味悪い」とカポーティは形容している。「しじゅううろつき回って動静をうかがい、だれが仕事をし、だれがしていないか、みんなが何をしているかを探っていた」[5]

エリザベス・エイムズはハイスミスから目を離さず、極めて的確に「大酒飲み」[6]だと判断した。ハイスミスは午前中仕事に取り掛かる前に、強い酒を一杯ひっかける必要があると感じていた。執筆に勢いをつけるためではなく、ともすれば躁状態にまで達してしまう興奮を抑えるためである。「滞在期限が終わるまで」[7]と、ハイスミスと同時期に、廊下をはさんで向かい側の部屋に滞在していた黒人の犯罪小説家チェスター・ハイムズは書いている。「それこそ毎日飲んだくれていたよ」。他にも後にハイスミスの婚約者になる作家のマーク・ブランデルがアイリーン・オーゲルと一緒に滞在していたし、さらにはフラナリー・オコナー、ポール・ムーア（俳優でもあった）、英文学者のヴィヴィアン・コッホ・マクラウド、スタンリー・レヴィーン、作曲家のゲイル・キュービック、詩人のW・S・グラハム、画家のクリフォード・ライト、作曲家のハロルド・シャペロとその妻で画家のエスター・ゲラー・シャペロなどの人々が滞在していた。ハイスミスは彼らのことを気さくで気取らない人たちと描写している。一九六七年に作家のロナルド・ブライスに宛てた手紙の中で、フラナリー・オコナーについて「とても物静かで、いつもひとりきりでいた。一方で、やたら群れをつくって作家らしくない人たちもいる。あの当時、わたしはその中間だった」と書いている。[8]

ハイスミスは友人のキングズレー宛ての手紙の中で、問題は日中狭い自室に閉じこもったあとで、入居者の多くが「交配中のサケみたいな勢いで」ビールを求めて三キロ以上離れたサラトガ・スプリングスまで歩かずにはいられないことだと述べている。みんな飲み過ぎて、二日酔いが三日にも及ぶとも書いている。[9] ヤドーに来てから十日目、みんなで町に繰り出し、地元のバーでカクテルを飲んだ。そこでハイスミスは五、六杯のマティーニとマンハッタンを二杯飲んだところで、ほとんど意識を失ってしまった。「お酒をちゃんぽんにしたのはスリルが欲しかったからだ。マークは、すぐに酔いつぶれて、ニンジンのスープの中に赤毛の頭を突っ込んでいた[10]」

それでも、ハイスミスは日常生活の規律を厳格に守っていた。朝食は午前八時〔日曜はこれより三十分遅い〕、午前中に弁当を受け取り、夕方近くまでひたすら執筆を続けた。午前中にはよく聖書を読んだ。この規則正しい日課がよほど性に合っていたのか、「ああした環境なら人は三割増しでよく働く」と後に話している。[11] その時書いていた小説が胎内に宿る赤ん坊だとしたなら、ヤドーはさしずめ「最上の病院[12]」であり、小説を生み出すには完璧な場所であった。

ヤドーに来て八日後、ハイスミスは雑誌でドイツ系スイス人の物理学者アルベルト・アインシュタインの記事を読み、彼の研究が、自分の抱いていた二元性の概念と同じものだと知って興奮を覚えた。彼女が日記に書いた文章は、『見知らぬ乗客』の第二十八章、主人公のガイが殺人を犯した直後、人間の本質と宇宙について考えるくだりと同じである。「もしかしたらひとつひとつの電子のまわりで、神と悪魔が手に手をとって踊っているかもしれない！[13]」自分の小説には哲学的なテーマが根底にあると意識していたが、だからといってそれが文体の迸る流れをさえぎったり、サスペンスの興を削ぐようなことはなかった。ヤドーでハイスミスは、画家のクリフォード・ライトに拳銃の構え方を知っているかと訊ねたが[14]、残念ながら彼は知らなかった。また、彼女は二十四歳の幼い顔立ちをした殺人犯ロバート・マール・ダニエルズの事件についても関心を抱き、殺人犯の顔写真と「殺人犯逮捕」という見出しを日記に並べて張りつけていた。そしてその下に「ブルーノ」と自分の小説のサイコパス殺人者の名前を書きつけた。「わたしは『見知らぬ乗客』を書く以前に、この上機嫌な若者の写真を持っていた。二人だか三人、あるいは四人もの人を殺したというのに、明らかに警官とジョークを飛ばし、笑いあっているのを見て、それがひどく印象に残った[15]」

六月十七日まで、ハイスミスは小説の新たな草稿が完成に近づいていると自負していた。だが、ストーリーの構成を筋道立てて考えられなくなり、「まるで目の見えない人間になって[16]」書いているかのように感じた。疲労のために打ちひしがれ、気弱になることもあったが、それでも、夜になると眠れないほど活力が湧いてきた。この小説はあまりに熱狂した状態で書かれ、今もって第一章は気に入っていないし、全体的なトーンにも満足がいかなかった。「わたし自身がもっと肩の力を抜かないと。心を空っぽにして、黙想と再検証のレンズを通してもう一度確かめる必要がある[17]」と日記に書いている。フルスピードで創作している時は、いつもそれなりの後遺症が伴うもので、机に張りついていた一日が終わると、しばしば自分が「コイルばね[18]」になったように感じた。ここには心と身体の欲求を満たしてくれるものがなかった。彼女はヤドーの規則に逆らって恋人の女性にサラトガ・スプリングスまで来てもらい、そこからグレンフォールズへ行き、さらにヘイスティングスまで足を延ばした。恋人と過ごした二晩を、ハイスミスはこのうえない恵みの雨だったと語っている。恋人はまるでインドか太平洋の島からもたらされた植物の葉のようで、立ち去ったあともハイスミスはその存在を感じとることができた。「口づけの感触がまだ残っているように感じられた。それはわたしを脅かし、喜ばせ、狂わせる。だってJはわたしと一緒にいないのだから[19]」

彼女はまた、マーク・ブランデルとの仲が深まりつつあるのを感じていた。彼は二十九歳で、英国人作家ジョン・デイヴィス・ベレスフォードの息子であり、本名をマーカス・ベレスフォードといった。一九一九年三月二十八日ロンドンに生まれ、ケンブリッジ大学のセント・キャサリンズ・カレッジおよびウエストミンスター・カレッジに学び、一九四五年に処女作『七時前の雨 (Rain before Seven)』――イギリスでは『七月十五日 (The Ides of Summer)』という題名で出版された――で若くして成功を収め、続いて『鞭と杖 (The Rod and the Staff)』が一九四七年に出版された。あるアメリカ人批評家は、第二作目を「読者が優れた文章に敏感ならば、これは第一級の小説であり、いうべきものを持った小説家だとわかるだろう」と評価している。[20]

六月二十六日、ハイスミスとブランデルは湖に向かって歩きながら、同性愛について語り合った。ハイスミスにとって、同性愛に対するブランデルの姿勢は信じられないくらい寛容で肯定的なものにうつり、自分自身にも確信がもてるようになった。彼女が自分の性的指向を明かしても、それはブランデルの求婚を――四度にもわたる――阻む障がいにはならなかった。ブランデルは六月二十八日にヤドーを離れたが、翌週には手紙をよこし、その中で再び彼女に対する愛を告白し、一緒に旅をしようと誘ってきた。「彼はわたしをとても女らしいと思っている」とハイスミスは日記に書いている。「彼がわたしを好きなのは、わたしにゲイっぽいところがあるからだ。それが彼の特殊な気質にとっての釈明になると思っているのだ[21]」

七月にニューヨークに戻った後も、ハイスミスはブランデルと交際を続けた。出版経験のある小説家である彼の意見を尊重していたし、だからこそ彼女が書いた二百三十五ページ分の原稿を「本当にとても優れている[22]」といってくれた時には喜んだ。ハイスミスは、ブランデルとの関係を発展させたいと強く望んではいたが、自分が性的に惹かれるのは女性だけだということもよくわかっていた。「マークはいつも彼女のことをとても美しかった、それが彼にとっての第一印象だったとよくいっていました」とブランデルの二番目の妻のイーディスは語る。彼女は、晩年のハイスミスの友人のひとりとなる。「当時彼は本当に彼女のことを愛していたんです。ふたりは一緒に寝てはいたものの、翌朝になると彼女はひどく腹を立てていました。それは彼女自身が自分のしたことに腹を立てていたからだと思います[23]」

九月に入り、マーク・ブランデルはコッド岬の先端にある漁村、プロヴィンスタウンに家を借りた。そこで数週間一緒に過ごせば、ふたりは書きかけの小説を仕上げられるだけでなく、互いの問題を解決して、より深い関係へと進めるのではないかと期待していた。プロヴィンスタウンはそうした面でも個人面でもちょっとした奇跡を起こすにはうってつけの場所だった。なぜならこの古風な美しい村は、ちょうど握りこぶしの形をしたコッド岬の指関節に位置し、これまでずっと多様な芸術家や作家たちが、ひらめきやアイデアを求めて引き寄せられてきた場所だったからだ。一八九九年、この地中海のような光に魅了された、印象派の画家チャールズ・ホーソンがコッド岬で美術学校を開設した。彼はよく浜辺や波止場といった屋外で授業を行い、長年プロヴィンスタウンを棲み処となしてきたポルトガル人漁夫の魂をとらえさせようとした。一九一六年には、劇作家ユージン・オニールの第一作『カーディフを指して東へ』がプロヴィンスタウン・プレイヤーズ（当初は同村で設立された芸術家を中心としたアマチュア演劇集団）によって初演が行われた。村には五つの夏季美術学校があり、一九二〇年代以降同地はモダニズムを信奉する作家たちの創作のメッカとしての役割を担い、マースデン・ハートレーやチャールズ・デムス、スチュアート・デイヴィス、後には抽象的表現主義の発展に尽力したハンス・ホフマンのような教育者が集まってきた。また一九四〇年代から五〇年代には、劇作家のテネシー・ウィリアムズや俳優のマーロン・ブランド、画家のジャクソン・ポロックやマーク・ロスコも滞在した。

一九四八年にハイスミスがやってくる頃には、プロヴィンスタウンは「海辺のグリニッチビレッジ」として、またボヘミアニズムと前衛的な実験主義の中心地としての名声を確立していた。ブランデルはこの村の鷹揚な雰囲気は知っていたものの、ハイスミスが来たらどうなるかについてはまったく予想していなかった。プロヴィンスタウンは、ふたりを固く結びつけるどころか、両者の間の距離をいっそう広げただけだった。パットの到着に不安を覚えたブランデルは、近隣の漁師小屋に休暇で滞在していた、ろくに面識もないアン・クラーク〔当時はスミス〕に助けを求めた。彼にはハイスミスとクラークが出会ってまもなく恋人同士になることなど思いもよらなかった。当時二十五歳、画家でありデザイナーでもあるクラークは、ボーイッシュですらりとした長身のヴォーグ誌の元ファッションモデルだった。ハイスミスが描いた肖像画の彼女は、少女のような容姿でありながら、あり得ないほど脚が長い。

「前の晩にマークに会って、とたんに嫌いになった。彼に魅力を感じなかったのは、あまりにも人を小馬鹿にしていたし、たちの悪い酒飲みだったからというのもあるけれど、真っ白な肌をしてそばかすだらけで、不健康そうに見えたからというのもあるかもしれない。第一作の小説がイギリスで大成功したとか、彼自身は評価していないけれど作家のエリザベス・ボーエンに称賛されただとかいった自慢を始めて、さんざん不快な話をしたあげく、テラスの柵から乗り出して吐いちゃったのよ」

「翌朝、わたしの家のテラスにやってきた時には廃人みたいなありさまだったわ。彼は自分がヤドーにいて、そこで作家のパトリシア・ハイスミスに出会ったことや、彼女はゲイだけれど、自分は彼女にぞっこんで、結婚したいと思っているとかいってたのね。一緒にプロヴィンスタウンで数週間過ごし、お互い作品を完成させようと彼女を説得して、その日の五時のバスで到着することになっていた。彼はひどく神経質になっていて、五時に一杯やりに家に来てもらえないかとわたしに懇願したの。何度も何度も頼まれているうちに気の毒に思えてきて、わたしは彼にいってやったの。その週末一緒に過ごすことになっている友人と一緒に五時にお宅にうかがうわ、とね」

「気温が下がり始めていて、雨も降っていたから、マークが暖房を入れていてくれればいいなと思ったわ。マークは玄関で出迎えてくれて、わたしたちは洞窟のような薄暗いリビングに入って行った。そこの、ひとつしかないランプのそばに机があって、その後ろにパットが立っていた。いかにもパットらしいんだけど、彼女ったらあとずさりしたのよ。前に出るんじゃなくて。わたしたちを見ても、ひとことも言葉を発しなかった。不安そうに見えたけれど、完璧に美しかった」

「さんざん飲んだあげく、次に気づいたら、大きな波止場に立っていたわ。マークが隣にいて、飛び込みしないかってしきりに誘いかけるの。パットとわたしが惹かれ合っているのは一目瞭然だったし、生涯の中で女性を賭けて男性と競争じみたことをするはめになったのはこれ一回きりよ。マークはそのまま飛び込んだけれど、わたしは怖くなってイガイで覆われた杭を滑り降りることにしたの。ところが脚を切っちゃって、はいていたパンツに血が滲みだしたけれど、まったく痛みは感じなかった。次に覚えているのは、大きなダンスホールの化粧室にいて、ホールでは黒人のバンドが演奏してたことね。パットがひざまずいて血をぬぐってくれて、わたしは《いいから、たいしたことないもの》としきりにいっていた。それから覚えていることといえば、雨が降っていたことと、パットとふたりわたしの家のテラスの近くの小さな波止場で積んであるロープの上にいて、ふたりで愛し合ったこと、完全に頭がぶっ飛んじゃってたことくらい。あんな気持ちになったことは人生でほかになかったわ」

「翌朝はもちろん脚がずきずき痛んだし、恥ずかしかったし、二日酔いにもなっていた。もう二度とパットに会えないんじゃないかと怖れてもいた。ニューヨークに戻る荷造りを始めた時、ドアをノックする音がして、そこに彼女がいたの」[24]

ふたりは住所を教え合い、ハイスミスは九月末にマンハッタンに戻るとすぐ、西十二丁目通りにあるアン・クラークの小さな、ゴキブリの出没するアパートへとタクシーを走らせ、着いたとたんベッドに直行した。

「自分でも思い出せないくらい多くの男性と寝てきた割には、自分に何が起きているのか信じられなかった。翌朝彼女に《あなたが初めてよ》と告白したけれど、彼女はわたしがそれまで女性と寝たことが一度もないなんて信じなかった。でも本当のことなのよ。あなたにはわたしがこれまでの相手に求めてきたすべてがあるって彼女にいったわ——本気でね。自分のセクシュアリティをわかっているつもりだったけれど、実は何もわかってなかったから打ちのめされているとも。《わたしが発明したわけじゃないわよ》と彼女がいったので、《わたしにしてみればあなたが発明したのよ》と答えたわ。彼女がくれた最初のプレゼントは、小さな三分間のゆで卵用タイマーで、両端がスターリング・シルバーだった。それにはメモが付いていた。《親愛なるアン——人生で最良のことは少なくとも三分は続くものよ——愛をこめて　パット》[25]」

アン・クラークは、東五十六丁目通りにあったハイスミスのアパートを鮮明に覚えている。鉄の門から入ると、別の住居棟とならんで中庭が広がっており、そこで右に折れ、独立した二階建ての建物の入り口の階段を二階へと上がる。玄関はまっすぐ小さなキッチンにつながっており、バスルームとクローゼットがあり、リビングを隔てる壁にはルース・バーンハードの写真作品——一本の木製の腕が人形の頭を抱えている——が飾られている。天井がアーチ型の廊下を通るとリビングになっていて、ふたつある窓から中庭が見下ろせる。しかし、向かい側の建物には中庭に面した窓がないため、彼女の住む棟はまったく人目を気にしなくてよかった。寝室にはセミダブルのベッドがあり、壁にはアリーラ・コーネルの描いた絵がかかっている。窓のそばにテーブルが置かれ、その上には植物とカタツムリの入った鉢がのっていた。寝室には他にも机があり、タイプライターが据えられ、その上の棚にはノートや辞書が置いてあり、彼女は新しい言葉に出会うたびに語彙を増やしていった［「辞書を読むのはなんて楽しいのだろう！　わたしが知る限り正しくて誠実な本は辞書だけだ」とハイスミスはノートに書いている[26]］。レコードプレーヤーと、たくさんのレコードもあり、その中にはふたりとも好きだったリー・ワイリーが歌う『帆のない船』も含まれていた。

アンは、ハイスミスのアパートから数ブロックしか離れていないところで働いていたので、仕事が終わると五十七丁目通りのはずれの小さな公園で待ち合わせるか、アパートに帰って、パットがニンニクを効かせたラムチョップかステーキとサラダをふるまった。「わたしたちは、ぶらぶら歩いて彼女のアパートに戻ってコーヒーを飲み、一時間か二時間したら服を脱いでシャワーを浴び、キスを始めた。何時間もそのままで、きっと傍目には、動けなくなったように見えたでしょうね」と彼女は語る。「他の人とはそんなふうにはけっしてならなかった――触れたら、火のように熱かった。最後にはベッドに入って明け方まで愛し合った。わたしは仕事に間に合うように起きて、眠る彼女を残して出かけた。ぐっすり眠っていて、とても安らかに見えたわ。彼女にはどこかとても静謐さを感じさせるところがあったのよ[27]」

「ふたりとも言葉遊びが大好きで、パットには並外れた機知とユーモアがあることをアンは発見した。部屋中をふざけ回っては音楽に合わせて踊ったり、馬鹿げたことを言い合ったりした。一緒にいる時は、ふたりともまるで子供のようにふるまっていたとアンは語る。一九九五年にパットが亡くなった直後、アンは深い悲しみに打ちのめされ、自分の胸にぽっかりと開いた穴を抱いてさまよっているような気がしたという」

「彼女はわたしが本当に深く愛したたったひとりの人だった――わたしの目を、心を、身体を、魂を喜ばせてくれた。彼女はわたしがベッドをともにした初めての女性で、もしも最後の女性だったらどんなに幸せだったことか」

「パットとの思い出は、笑いと音楽と情熱的なセックスのことばかり。でも、彼女は自分の最良の能力の扉を自ら閉ざしているようにわたしには見えた――彼女が持っていたユーモア、優しさ、愛したり笑ったりする力、そして影の中ではなく太陽の下で過ごす素晴らしい時間」

「わたしはずっとパットのことを基本的にはとても女らしい人だと思っていたわ。たしかに少年っぽい性格も時折見せたし、体つきもどこか少年っぽかった。でもわたしの腕の中ではいつでもとても脆そうだった――わたしのほうが背は高かったけれど、骨格はきゃしゃだった。でも、いつだってパットよりも強いと感じていたし、彼女を守ってあげたいと思っていた。彼女の健康状態がよく見えたことは一度もないわ。食習慣にもすごく気をつけていたし、体重も変わらなかった。彼女は少し食べ残す癖があって、わたしにいつも食べさせていたけれど、けっしてたくさん食べようとはしなかった。時々ひどく疲れているように見えたし、顔色があまりにも悪いこともあった。まあ、作家はよく何かに憑かれたような顔をしているものだけれど[28]」

一九四八年十一月末、作曲家のデイヴィッド・ダイアモンドから勧められ、ハイスミスはニューヨークの精神分析医エヴァ・クライン・リプシッツの心理療法を受けることにした。第二次世界大戦後のニューヨークでは、精神分析はほとんど必要不可欠とされていた。「精神分析については必然性があった」とアナトール・ブロイヤードは語る。「それはどこへ行くにも地下鉄を使わなければならないようなものである。精神分析は空気や湿度や煙のように空気中に漂っていた……戦争は悪い夢だった。だから、今それを分析しようというわけだ……わたしたちはどう生きればいいかを忘れてしまったかのようだった[29]」。ハイスミスは、以前に心理療法のセラピーを一度受けてみたことがあった――その前年の三月、男性とのセックスがうまくいかなかったあとのことだ。彼女がルドルフ・ローエンスタイン医師を訪ねると、だいたい二年くらいは精神分析に通う必要があるといわれた。ただ、今回彼女は精神分析を受けて自分を変えようと決めていた。ハイスミスはこの心理療法によって、結婚を考えているマークとのセックスを楽しめるようになれるかもしれないと期待していたのだ。果たして異性愛者になることを学べるのだろうか？

フロイトは、同性愛者が同性に欲望を持つことを治療するのは無意味であると考えていた。むしろ、心理療法は同性愛者が自分の性的指向を受け入れる手助けとして有効だと考えていた。しかし、アメリカの一九四〇年代後半から一九五〇年代初めの心理療法士たちは、自己改善熱のカルトに浮かされ、「正常さ」は回復できるという保証のもとにフロイトの学説を、「不健全な」性衝動をなくし、あらゆる同性愛的痕跡を消し去ることができるという自分たちの教条に無理やり当てはめようとした。

「戦後登場した精神科医の中には、同性への愛を、もっと大きな性格的問題の兆候のひとつとして位置付ける者もいた。だから根本の問題が解決されればその兆候も消え失せ、女性は喜んで家にとどまって子を産み子育てや夫の世話にせいをだすはずだ、というのだ[30]」と『レズビアンの歴史』の著者リリアン・フェダマンは書いている。同性愛を「精神的病気」だと理解した心理療法士たちのゲイ治療熱は、一九五〇年代を通じて続いた。アルバート・エリスという心理療法士は治療の結果、レズビアンの患者の三分の一は従来の性的指向への転換が「明らかに改善」し、残り三分の二の患者も「相当に改善」したと主張するほどだった。「都市在住のレズビアンで、正確な時期はともかく、改善が見られなかった者は極めてまれである」とリチャード・ロベルティエッロ博士は一九五〇年の著作『レスボスからの航海――一女性の同性愛の分析（Voyage from Lesbos: The Psychoanalysis of Female Homosexual）』の中で述べている。[31]この本は不眠症を訴えて心理療法士の元を訪れた、自分の性的指向に満足しているあるレズビアン女性に焦点を当てている。ロベルティエッロは、彼女の症例を取り上げて、「倒錯」を治療したと豪語した〔残念ながら不眠症は治療できなかった〕。

ハイスミスの療法士エヴァ・クライン・リプシッツは——ハイスミスはずっと独身時の名前でしか記録していない——精神分析の学位をコロンビア大学で一九四七年に取得し、その後もアルコール依存患者の治療や、グループ療法における夢の比較分析や、皮膚病にあらわれる精神力学に関する研究論文をいくつも発表していた。ハイスミスがリプシッツのもとに助けを求めにきた当時、クラインはニューヨーク・メディカル・カレッジで働いていた。ハイスミスがコミックブックで得る収入は週に平均五十五ドルだったが、セラピーにかかる費用は一回三十一ドルで、彼女にとってこれは明らかに大きな負担だった。だが、もし心理療法が異性愛者になる助けになるのなら、お金を払うだけの価値はあるとハイスミスは考えていた。クラインは彼女に、男性とのセックスは「きわめて普通のことで、みんなやっている」[32]ことだといったが、パットにはどうしても肉体的に受けつけられなかった。後年継父宛ての手紙の中で、マーク・ブランデルとのことをこのように説明している。「〔彼との〕セックスは、スチールウールで顔をこすられているみたいだった。間違った身体の部位をレイプされている感じで、即座に便意を催してしまう。この説明が読むに堪えないというのなら、ベッドの中では確実にさらにもっと不快なことだとわかってもらえるでしょう。試してはみたのだけれど……」[33]

今日ならば、この心理療法士のハイスミスの症例の診断は、あまりに安易で失笑ものであるし、フロイト理論に過度に依存しているように見える。しかし当時のハイスミスは、クラインがいうことを真面目に受けとめて、心理療法を受けるたびにその内容を心理療法日記として別の場所に書き留め、クラインの診断を自ら分析しようと取り組んだ。十一月の末に最初の療法期間を終えたハイスミスは、この心理療法は「自分のため」[34]になると判断し、まもなくクラインのことを母親の代役とみなすようになる。「気分的にはすでに、クライン先生はわたしの母親である」と書いている。[35]クラインは、ハイスミスに幼少期のことを訊ね、特に一九二六年に何が起きたかを聞き出そうとした。その年は、ヴィヴィアン・デ・ベルナルディによれば、彼女が性的虐待を受けた可能性のある時期である。「一九二六年という年のことを思いだそうとしたけれど、自分の親の性的指向のことなど何も覚えてはいない」[36]とハイスミスは書いている。

ロールシャッハテストを受け、自由連想療法を受けた後、クラインはハイスミスの根本的な問題は、母親に怒りを抱いていることだと判断した。母親を憎むことに罪悪感を覚え、埋め合わせをするために過剰反応して、他の女性と関係を持ち、愛しては別れるというパターンを繰り返す。ヴァージニア・ケント・キャザーウッドとの関係は、あらゆる彼女の恋愛体験の象徴である。「たしかに彼女の何を愛したかといえば、彼女はわたしにとって母親だということ。そして彼女はいつもわたしのことを子供だといっていたではないか？」[37]とハイスミスは日記に書いている。

クラインはハイスミスがこれまでずっと幸せではなかったこと、本当は女性を憎んでおり、男性を愛していること、そしていささか馬鹿げているが、トイレを流す夢や、浴室が水浸しになる夢を見るのは、自分の母親を排泄物と同様下水に流してしまいたいと思っているからだと解釈した。ハイスミスは「基本的に対人関係不適応と初期肛門サディズムからの性的不適応である」[38]とクラインは結論づけ、潜在的な同性愛者である四人の既婚女性とのグループセラピーを始めることを勧めた。「たぶんその中の二、三人を口説くことで楽しめるだろう」とハイスミスは日記に書いている。[39]

この心理療法が実際にハイスミスの助けになったかどうかは疑問だ。それが自分の無意識の本質を見極めることを課したのは確かだが——彼女はよく去勢すると脅される夢を見た——とどのつまり無意識こそはハイスミスの創作の源であった。心理療法を受けている間に、自分はいわゆる「健康的な」対人関係が持てないのだということも受け入れた。男性であれ女性であれ、誰とも同化することは自分には無理だとわかったからだ。しかし、同性愛は精神病であるとするクラインの解釈は、ハイスミスが同時期に精神分析医のエドモンド・バーグラーの著作から得た知見とあわせて——バーグラーはレズビアンは病気であり、週三回の集中的な心理療法を一年か二年受けた場合にのみ幸せになれると考えていた——彼女の困惑をますます深めることになった。

ハイスミスの同性愛を治療するためになされた心理療法は、皮肉なことにレズビアンの恋愛を描く小説を生み出すのに必要な土壌をはからずしももたらすことになる。エヴァ・クラインに支払いをするために、ハイスミスはアルバイトをせざるを得なくなり、十二月初めにマンハッタンの有名なデパートである、ブルーミングデールのおもちゃ売り場で働くことになった。その体験は個人的にも創作の上にもとてつもない影響を与え、二十世紀ゲイ文学の歴史において、またそれだけで強力な影響力をふるうことになる作品のアイデアをもたらした。その小説こそは『ザ・プライス・オブ・

ソルト』、後に改題されて『キャロル』となった作品である。

原注

第11章

1 PH, Inscription, *Strangers on a Train*, 1950, YA.
2 Marjorie Peabody Waite, *Yaddo Yesterday and Today*, 1933, reprinted Argus Press, Albany, New York, 1995, p. 22.
3 Katrina Trask, *Yaddo Chronicles of 1888*, quoted in Waite, *Yaddo Yesterday*, p. 22.
4 Katrina Trask, *Yaddo*, written 1917-1918, published in 1923, quoted in Waite, *Yaddo Yesterday*, p. 26.
5 Gerald Clarke, *Capote: A Biography*, Hamish Hamilton, London, 1988, p. 100.
ジェラルド・クラーク『カポーティ』中野圭二訳　文藝春秋　１９９９年
6 PH, Diary 8, 5 July 1948, SLA.
7 Chester Himes, *The Quality of Hurt, The Autobiography of Chester Himes, Volume I*, Michael Joseph, London, 1971, p. 104.
8 ハイスミス　ロナルド・ブライス宛書簡　１９６７年９月３日付　RB所蔵
9 ハイスミス　ケイト・キングズレー・スケットボル宛書簡　１９４８年６月２日付　SLA所蔵
10 PH, Diary 8, 11 May 1948, SLA.
11 Ian Hamilton, 'Patricia Highsmith', *New Review*, August 1977.
12 PH, Diary 8, 17 June 1948, SLA.
13 PH, *Strangers on a Train*, Cresset Press, London, 1950, p. 194.
ハイスミス『見知らぬ乗客』白石朗訳　河出文庫　２０１７年
14 Clifford Wright, Letter to PH, 13 December 1976, EB.
15 *Kaleidoscope*, BBC Radio, 17 March 1975.
16 PH, Diary 8, 17 June 1948, SLA.
17 PH, Diary 8, 5 July 1948, SLA.
18 Ibid.
19 PH, Diary 8, 24 June 1948, SLA.
20 J.H. Jackson, *San Francisco Chronicle*, 14 February 1947.
21 PH, Diary 8, 5 July 1948, SLA.
22 PH, Diary 8, 26 August 1948, translated by Ulrich Weber, SLA.
23 イーディス・ブランデルとのインタビュー　１９９９年９月７日
24 アン・クラーク　著者宛書簡　２０００年４月12日付
25 前掲書簡
26 PH, Cahier 25, 10/8/58, SLA.
27 アン・クラーク　著者宛書簡　２００４年４月12日付
28 前掲書簡
29 Anatole Broyard, *Kafka was the Rage: A Greenwich Village Memoir*, Carol Southern Books, New York,1993, p. 45.
30 Lillian Faderman, *Odds Girls and Twilight Lovers: A History of Lesbian Life in Twentieth-Century America*, Penguin Books, London, 1992, p. 132.
リリアン・フェダマン『レズビアンの歴史』富岡明美・原美奈子訳　筑摩書房　１９９６年
31 Dr. Richard Robertiello, *Voyage From Lesbos: The Psychoanalysis of*

a Female Homosexual, Citadel Press, New York, 1959.

32 ハイスミス　スタンリー・ハイスミス宛書簡
１９７０年9月1日付　ＳＬＡ所蔵

33 前掲書簡

34 PH, Diary 8, Therapy Diary, First visit, translated by Ulrich Weber, SLA.

35 Ibid.

36 PH, Diary 8, Therapy Diary, Sixth visit, translated by Ulrich Weber, SLA.

37 PH, Diary 8, Therapy Diary, Fourteenth visit, translated by Ulrich Weber, SLA.

38 PH, Diary 8, 18 May 1949, SLA.

39 PH, Diary 8, 6 May 1949, SLA.

第12章

わたしはひと目で恋に落ちた

1948 – 1949

一九四八年十二月八日、ブルーミングデールで働き始めてから数日後、おもちゃ売り場で働いていたハイスミスの前にひとりのエレガントなブロンド女性が現れた。パットはこれまでその女性に会ったことはなかったが、たちまち惹きつけられた。女性は美しく魅惑的だっただけでなく、ハイスミスの日記によればヴァージニア・ケント・キャザーウッドを思わせたからだ。女性は自分の娘のために人形を購入し、名前と住所と配達の指示を残し、そのままデパートを立ち去った。ふたりの女性は二度と会うことはなかったが、彼女の与えた影響は絶大であり、ハイスミスが後に語るように『ザ・プライス・オブ・ソルト』のキャロルとしてよみがえることになる。

この作品がハイスミス名義で再刊されることになった時、彼女はあとがきにこう記した。「わたしが彼女に目を留めたのは、彼女がひとりだったから、あるいはミンクのコートが珍しかったからかもしれない。そのブロンドの髪はまるで光を放っているかのように見えた[1]」

だが、はたしてそのような女性は本当に存在したのだろうか？　もしいたとすれば、いったい何者なのか？　一九九〇年に同書が『キャロル』というタイトルで刊行された際、ジャーナリストは作品の源になったインスピレーションについてハイスミスに質問したが、頑固なまでに秘密主義で知られる作家はそれ以上の追及を拒否した。「わたしは個人的な質問にも、わたしの知り合いについての質問にも一切答える気はありません。それは友人の電話番号を公表しろというのと同じです[2]」と彼女はBBC2の『ザ・レイト・ショー』でサラ・デュナントに語っている。だが、日記には「ニュージャージー、リッジウッド、ノースマレイ・アベニューのミセス・E・R・セン」と記しており、小説にもニュージャージー在住のミセス・H・F・エアドとして登場している。リッジウッド公立図書館の参考図書コーナーに所蔵されている、一九五二年度版のリッジウッド人名録を参照すると、ミスター・E・R・センの記載があり、それによればファーストネームはアーネストで、ニューヨーク市の会社重役と記されている。地元ハイスクールの卒業生名簿を調べたところ、卒業生の中にふたりのセン姓がおり、おそらくは彼らの子供ではないかと思われた。両者に手紙を書いて問い合わせると、数週間後に残念ながらわたしの父はお訊ねのE・R・センではありません、という返事が戻ってきた。さらに数週間後、今度は別のセン家の娘たちのひとりから次のような返事を受け取った。

「あなたの手紙を読んでどんなに驚いたことか！　母の名前からわたしたちの存在を突き止めるにはさぞかしご苦労されたことと思います」。数か月にわたるやり取りの末、ついにミセス・センの娘たちのひとりである、プリシラ・ケネディと面会を果たすことができた。アメリカからロンドンにやってくる予定のあった彼女は、一九四八年にハイスミスの想像力をとらえた女性について話してくれるという。

女性の名前はキャサリン・センであり、夫であるアーネスト・リチャードソンと結婚し、ニュージャージー州リッジウッドのマレイ・アベニューに家族とともに住んでいた。キャサリン・センは一九一一年コロラド州デンバーに生まれ、父親はマサチューセッツ州デダムを拠点とするウィギンズ航空の創設者エルマー・W・ウィギンズである。これはあのブロンド女性についてハイスミスが知っていた以上の情報だった。彼女は女性の背景はおろか、クリスチャンネームでさえ知らなかったのだ。もし知っていたら、彼女はたちまち恋に落ちていたことだろう。

「母はスキッドモア・カレッジに在学し、一種の社交界の花形的存在だったようです」とプリシラは語る。「家の中の些末な仕事はすべてメイドにまかせ、ほとんどの時間をカントリー・クラブで過ごしていました。信じられないほど強い自立心の持ち主で、怖いもの知らずでしたが、不幸なことにアルコールに依存し、ニューヨークの病院に入退院を繰り返していました[3]」

ブルーミングデールでのあまりにも短すぎる出会いの直後、ハイスミスは体調の不良を覚えながら帰宅した。そして翌十二月九日、彼女は若いデパートガールと年上の洗練された女性とのレズビアン・ラブストーリーのプロットを一気に書き上げていた。「彼女がわたしを見た瞬間、わたしも彼女を見た。そして恋に落ちた」と彼女は日記に書いている。

「わたしはたちまち畏れを抱いた。なぜならわたしが畏れ、彼女を愛していることを相手に悟られてしまったからだ」[4]

当初この草稿は一人称で書かれていた。ハイスミスはこの若い店員を十八歳の孤児リゼル・フレイヤー、ブロンド女性をニュージャージー州リッジフィールドに住むミセス・ショーンと名付けた。年上の女性はリゼルをランチに誘い、カクテルのあとでリゼルの美しさを褒める。内気な孤児の娘は、勇気を振り絞ってミセス・ショーンにあなたは素晴らしい人だと思いますと告白し、ふたりは翌土曜日に会うことを約束する。ミセス・ショーンはニューヨークでリゼルを車で拾い、郊外にある彼女の家へと連れていく。ふたりはそこでキスを交わすが、ミセス・ショーンは彼女を子供のようにベッドに寝かしつけ、カップ一杯のホットミルクを与える。

「わたしには本の隅々までが見渡せた」とハイスミスは書いている。「七階のおもちゃ売り場を舞台に繰り広げられる人間ドラマ……商業主義の監獄の中にあるおもちゃの世界……囚われた夢……子供たちをだますことができるのはごく一部である。子供たちは知っているのだ。おもちゃ売り場で喜びに輝いている子供などひとりも見たことはなかった」[5]

これを書いてから三日後、ハイスミスはブルーミングデールを退職した。そして十二月二十二日、彼女は高熱を出して地下鉄で倒れてしまった。後に彼女の心理療法士、エヴァ・クラインが意識を失った時に、何を考えていたのかと訊ねると「死について」とハイスミスは答えた。[6]彼女は水疱瘡と診断され、クリスマスにかけて彼女の顔、体、頭皮、上腕、耳、喉までがびっしりと発疹に覆われ、血と膿が噴き出した。本人いわくまるで弾丸の雨に撃たれたみたいなありさまだった。

ヘイスティングス＝オン＝ハドソンの実家で、彼女はベッドに縛りつけられたが、ちゃんとした医療を受ける代わりに、母親のクリスチャン・サイエンスの実験台にされるはめになった。「メリー・ベイカー・エディの一節を読んであげましょうか？」と母親は訊ね「いいから、アスピリンをちょうだい」[7]とハイスミスは答えた。病状が悪化し、医者が呼ばれたが、彼はメアリーの明らかに異常な治療法に気づいていながら、何もいわなかった。

ハイスミスは一九四九年初頭になってもまだ心理療法を続け、その進捗具合を日記に記していた。そもそもの動機は「結婚できる状態にすること」[8]だったが、自身を分析すればするほど、マーク・ブランデルとの結婚は悲惨なものになるだろうとわかってきた。それでも彼女は関係を断つことはできず、続く何か月もの間、なんとかして結婚しようという思いと、もしそんなことをしたら彼だけでなく、自分自身をも滅ぼすことになるというおぞましい予想との間を激しく揺れ動いていた。三月の末、彼女は妊娠したのではないかと怖れるあまり、尿検査を依頼した。「電話してきた時はずいぶんヒステリックになっていたわ」とアン・クラークは語る。「だから、いざとなったら中絶するという方法がある——わたしも一度経験があったから——と教えてあげたの。幸い、そんなことにはならなかったけれど」[9]。妊娠していないことが判明すると、ふたりはビールで祝杯をあげた。「一瞬のうちに世界がこんなに素晴らしいものに変わるなんて！」とハイスミスは日記に記している[10]。彼女は避妊具を入れ、マークとはあいかわらず寝ていたが、彼が望むように毎日ではなく、週二回に限定した。そう決心したにもかかわらず、翌日彼女はマークと正式に婚約することを同意した。「自分が誰を愛するのかちゃんと決めなきゃだめよ」とアンは忠告した。「あなたはずいぶん貴重な時間を無駄にしているんだから」[11]。このふたりの愛人のどちらかを選べない優柔不断さは、続く数年間彼女の精神状態を著しく不安定なものにした。マークと離れることができなかった理由のひとつは、彼の知性を理想化していたことにあった。彼がれっきとしたプロフェッショナルの作家であり、そのような人物に関心を持ってもらえていることに自尊心をくすぐられていたのは間違いない。ハイスミスは自身をただの女性以上の存在だと思っていたし、ふたりを引き寄せている心理的な引力は、伝統的な男女関係よりはるかに上等なものと考えていた。双方とも芸術家であり、自分たちは世間のルールの外に生きていると彼女は思い込んでいたが、結局、頭の中だけで生きてきた人生は、自分の感情に破滅的な効果をもたらすことを知る。

一九四九年五月二十四日、四十七回めにして最後となったセラピーの日、彼女の療法士は、これからの数か月、なるべく誰とも距離を置くようにと助言した。そうすれば拒絶されて失望することもないからと。だが、この問題についてのパットの最後の言葉はもっと現実的なものだった。「会計で大枚を払わされ、はらわたが煮えくりかえるほどの怒りを覚えた」[12]。だが、彼女の夢であるヨーロッパ旅行はようやく現実のものとなろうとしていた。希望に満ちた大陸が彼女を差し招いていた。

長年にわたり、ヨーロッパとりわけイギリスはハイスミスの想像力をとりこにしてきた。ティーンエイジャーの時に観たジョージ・キューカー監督による一九三五年制作の『孤児ダビド物語』には涙を流すほど感激し、トーマス・ヒューズの『トム・ブラウンの学校生活』を読んだあとは、あまりの感銘にこの小説をもとにした小品を書き上げたほどだ。一九四七年、彼女はこのように記している。「わたしが長年抱いてきた持論によればアメリカ人はどうしようもなく……真実のリアリティから外れている。それをまっとうにとらえているのはヨーロッパである」[13]。彼女にとってヨーロッパは洗練と、知識に対する崇敬と、知性を広げてくれる哲学の源であり、何よりも自由の象徴であった。「国外移住者は」と彼女は一九五三年に記している。「祖国から逃げたとして非難されるが、そうではなく、彼らは探求に出るのだ」[14]。ヨーロッパを旅したいという強い衝動は、おそらく彼女の読書歴から来ていると思われるが、「彼女の文学的関心のほとんどは、現代の政治的正しさの観点から見れば、死んでいる西洋白人男性（死んだ白人男性であるがゆえに才能、業績が過大に評価された人物）のものと形容されるような小説に集中しています」とキングズレーはいう。「だからといって当時の時代背景を軽んじるべきではないと思います。彼女にとってこれらは元気を取り戻すためのバッテリーであり、冒険への興味を、これまでとはまったく違う体験への機会を与えてくれたのですから[15]」

すでに一九四八年九月にリル・ピカードから大西洋横断の誘いを受け、いったん断ってはいたが、彼女は大陸への旅こそが今の自分にとってもっとも切実かつ不可欠な望みであることを自覚していた。そしてコミックブックの原作を書き飛ばして金を貯め、一九四九年五月ついに船のチケットを予約した。彼女は旅行について楽観的な見通しをたてていた——クィーン・メリー号で出航するほんの二週間前、エージェントからハーパー&ブラザーズがまだ題名すら決まっていない『見知らぬ乗客』を出版したいという意向を伝えてきたのだ。その夜、彼女はお祝いのシャンペンのボトルを開けて、マークとクリスマスに結婚することを決めた。「素晴らしい出来事が三つたて続けに起こるなんて——まさしく人生最良の時！」と彼女は日記に書いている[16]。

ヨーロッパに発つ前、彼女はハーパー&ブラザーズの編集者であり、この後十三年間ハイスミスと密接な仕事仲間となるジョーン・カーンとランチをともにした。ランチの前までハイスミスはひどく不安だったが。ジョーンはこの本が素晴らしいデビュー作だと請け合ってくれた。六月四日、彼女はマークやロザリンド、そして母親に見送られて出発する。だが、船室を見たとたん失望に襲われた。一等船室ではなく、最下層のDデッキの一番安いツーリストクラスで、他に三人の女性と相部屋だったからだ。彼女は旅費の不足をもたらした心理療法士を呪った。ノエル・カワードも乗船しているはずだったが、彼女のような最下層の客には出会いをもくろむすべはなかった。食事は投げるようにして提供され、さっさと片づけられた。「ツーリストクラスでは、誰ひとり興味を持てる人間などいなかった」[17]と彼女は愚痴っている。

ハイスミスは船室で眠り、コミックの原作をタイプライターで書き飛ばし、アメリカに戻ってきてからの生活に思いを馳せた。だが、マークとの結婚を考えれば考えるほど、恐ろしくなってきた。家庭は自分をうんざりさせると彼女はいう――出産育児、料理、作り笑い、家族旅行、映画、セックス……とりわけ最後のそれは彼女をぞっとさせた。六月十日、船がサザンプトン港に到着するころには、結婚による幸福は自分には向いていないと結論を下していた。彼女は一等客車で首都に向かい、ウォータールー駅でロンドンにおけるホスト役の出迎えを受けた。金満家でクレセット・プレスの創設者でもある〔後にイギリス版『見知らぬ乗客』『妻を殺したかった男』そして『太陽がいっぱい』を出版する〕デニス・コーエンとその妻キャサリン・コーエンである。夫妻はロールス・ロイスに彼女を乗せてオールドチャーチ・ストリートの邸宅に連れていき、豪華なランチとリースリング・ワインでもてなした。ハイスミスが初めてコーエン夫妻に出会ったのは、三月十日に行われたロザリンド・コンスタブルのパーティの会場であり、作家のメアリー・マッカーシーとその夫も同席していた。

パットはたちまち美しいキャサリン・コーエンに夢中になった。彼女はロンドンの聖ジョージ病院に医師として勤めていた。もともとはアメリカ生まれで――彼女の旧姓はハミルである――イギリスに渡ってからはコクランの『レビュー・スケッチ』、ファージョンの『ナイン・オ・クロック・レビュー』などで女優として活躍し、『ジークフリード・フォリーズ』に出演していた時に夫のデニスと出会った。その後政治家アナイリン・ベヴァンの秘書を短期間勤めた後、医学を学ぶためにケンブリッジ大学ニューナム・カレッジに入学した。

キャサリンは洗練された――そして顔の広い――完璧なホステス役を演じた。彼女はパットをランチに招き、そこで出会った女優のペギー・アシュクロフトは彼女をテート美術館に案内し、さらにストラトフォード・アポン・エイボンへの小旅行に誘い、デズデモーナ役を演じていたダイアナ・ウィンヤードを紹介してくれた。コーエン家における二週間の滞在のあいだに、ふたりの女性は急速に親交を深め、パットは自分の複雑な感情生活を率直に打ち明けられるまでになっていた。そして自分を悩ませているホルモン不足についてキャサリンのアドバイスを求めた。「あなたに関していうならば」とキャサリンはいった。「どちらかといえば男性ホルモンが多いんじゃないかしら。あなたの男性に対する反応から判断して、という意味だけど[18]」

六月二十五日、ハイスミスはヴィクトリア駅から列車に乗り、英仏海峡を船で渡り、さらに別の列車に乗り換えてパリに向かった。街の無秩序ぶりについてハイスミスは「むこうみずで、やかましく、不潔で、千にひとつの素晴らしい場所[19]」と評している。彼女はラテン・クォーターの悪名高い〈ル・モノクル〉を含む怪しげなクラブに足しげく通い、キャサリンのこともきれいさっぱり忘れられるかに思えた。だが、彼女はその場の性的満足では得られない、親密な感情による絆を求めていた。「かつてない放縦に身をゆだねた三日間」と彼女は日記に書く。「でも孤独は消えない。わたしにはキャサリンが、アンが、必要なのだ！[20]」パリ滞在中に彼女はルーブル美術館を訪れ、サモトラケのニケ像に出会う。この頭のないギリシャ彫刻は、後に勇気と女性の美しさの結実したものとして『ザ・プライス・オブ・ソルト』の中でテレーズのキャロルへの憧れを「キャロルの美しさは、サモトラケのニケを見たかのような衝撃をテレーズに与えた[21]」と表現している。

マルセーユに南下して数日後、家族の友人の家に滞在している間、ハイスミスは心身の健康を保つためにエヴァ・クラインのアドバイスを受け入れ、これから先の感情的執着を断ち切るべきだと考えた。彼女はマークに一時的な別れを告げる手紙を書いた。そしてマルセーユからジェノバに向かうバスで、持ってきたパジャマ――彼女の婚約者からのおぞましい贈り物――を廃棄した。翌日のミラノでは、黄昏時の大聖堂を訪れ娼婦と間違えられている。ヴェネツィア、ボローニャ、フィレンツェ、さらにはローマへと彼女は旅を続ける。ローマに到着してから二日後、体調を崩してホステルのベッドで寝込むはめになり、今ここで自分が死んでも誰も気にかけてくれないのではないかと悲観的な気分になった。思い切ってロンドンのキャサリンに電報を打つと、翌日電話がかかってきた。いいわ、と彼女は答えた。これからイタリアに行くから、ナポリで落ち合いましょう、と。ハイスミスはたちまち元気を取り戻した。

八月二十四日、南イタリアの中心地《メッゾジョルノ》であるナポリに到着したパットはたちまちこの街に恋をした。不衛生な通りに立つと、教会の鐘の音、エスプレッソ・マシンのシューッという音や、絶え間なく吠え続けるイヌの鳴き声、やかましいクラクションや、皿が触れ合うカチャカチャという音、哀愁に満ちたアメリカのヒットソングを流し続けるラジオの音。いたるところに乞食がうろつき、街にはすえた汗や、腐った果物や、小便や糞便の匂いがした。ブルーミングデールの体験をもとにした小説に着手しようというインスピレーションを得たのもこの場所だった。

キャサリンは九月三日にナポリに到着した。当初ふたりは互いに気後れを感じていた。パットはおやすみのキスをしたかったが、拒絶されるのが怖くて一歩踏み出す勇気はなかった。トム・リプリーのように彼女は憧れの対象と並ぶと、自分がひどくみっともないように思え、自分の虫歯や乱れっぱなしの髪や汚れた靴が気になって仕方がなかった。九月七日、ふたりはキャサリンの友人とともにアマルフィ海岸の魔法のように美しい町ポジターノ、後に『太陽がいっぱい』でモンジベロとして登場することになる町に向かった。ハイスミスはこの町に魅了された。「町の名前がいい」と彼女はいった。「海におりれば、そこには岩に囲まれた理想的な入り江がある……」[22]

キャサリンとパットはナポリからシシリー島のパレルモに向かう船に乗った。ふたりは月夜の明かりのもとでデッキに座り、船が速度を増し、波が舳先でうねり、船の明かりがまるで神秘的な森の火のように銀色にきらめくさまを眺めていた。「夜、トップデッキに座って優しい風になぶられながら、幸福と希望が熱のように満たされていくのを感じる。まるで神々のかけた魔法のように。無償の愛に満たされたこんな夜には、誰であってもそばにいる者に恋せずにはいられない」[23]

続く旅の日々のうちにふたりは恋人同士になった。だが、夜間にナポリへと戻る船の中で、残された時間がわずかしかないことを自覚していた。キャサリンはイギリスに戻らなければならなかったし、ハイスミスの夏の小旅行も終わりに近づこうとしていた。そして九月二十三日「恐ろしい日」に、ハイスミスは悄然として泊まっていたホテルの部屋のドアを閉めた。キャサリンは別れのプレゼントとして、カプリで買ったピンクと青のスカーフをくれた。ハイスミスはジェノバに向かい、そこからアメリカ行きの船に乗った。

この旅を振り返り、英国、フランス、イタリアで過ごした三か月半がどれほど彼女の感覚と文学的イマジネーションに刺激を与えてくれたかをあらためて実感した。「ものに対する好奇心をふたたび広げてくれた」と彼女はヨーロッパについて語っている。「まるで十七歳の頃に戻ったみたいだった[24]」。暗紅色の海を船で渡りながら、ハイスミスは自分の未来について思いを巡らせていた。キャサリンとの関係は激しく情熱的だったが、自分の本質的に移り気な性格では、せいぜい二、三年しか続かないだろうとわかっていた。「たとえ二年間でも充分に値するはずだ——何ものにも代えられないほど」と彼女は結論する。「わたしはイギリスとキャサリンのことをいつでも思い浮かべることができる……[25]」

ロンドン滞在中にハイスミスはロバート・ブレトールが編纂したキルケゴールのアンソロジーを買い求め、そこに「真実とは主観である」と走り書きしたが、それこそはこのオランダ人作家の哲学を見事に簡略化したものである。彼女はこの論文集を読んだ後、キルケゴールに、ドストエフスキーに与えたのと同じ「師匠」という称号を与えた。実際、ふたりの作家は同じようなテーマを探求していた——不合理、アイデンティティの喪失、そして自意識の脆弱さ——これらのモチーフはハイスミスのあらゆる作品にくまなく入り込んでいる。一八四九年に書かれた『死にいたる病』で、哲学者はアイデンティティを失おうと必死になる人間を描いている。「かくのごとく絶望した者はひたすら変身することに血道をあげる。この変身がまるで上着を変えるように簡単だと思いたがる……そして自分が外側だけでできていると自覚するのだ[26]」。この言葉はハイスミスの作品におけるアンチヒーローの多くを支配するモチベーションをなしている。とりわけ『太陽がいっぱい』のリプリーにはそれが顕著にあらわれている。

セーレン・キルケゴールは一八五五年に亡くなっているが、英語圏読者は一九三〇年代と四〇年代に全作品が翻訳されるまで待たなければならなかった。ブレトールがいうところの「あまりに遅すぎる評価[27]」はキルケゴールがいわゆるマイナー言語の作家だったからだけではない。そのアイデアや概念のあまりの斬新さは、むしろ十九世紀よりも二十世紀のほうがより大きな共感を得られたに違いない。事実キルケゴールは実存主義の父と呼ばれている。自由というのは選択にあるのではなく、どちらを選ぶかという意思にあるのだと彼は信じていた。「ゆえに、それは悪と善を選ぶかどうかの問題ではない[28]」とキルケゴールはいう。「選ぼうとする意志の問題なのである。だが、それは善と悪を自明のものと断定することになる[29]」。唯一の真実とは「主観」「本質」にあるのだとキルケゴールはみなした。この流動する非理性的な意識こそはハイスミスがもっとも書き表したいと願うものだった。一九五〇年のノートのなかで、彼女はもし自分が死ぬとしたら、どのような作品を書きたいかと問いかけている。「自意識のみ。一九五〇年という年に存在するわたしの意識を[30]」

　ハイスミスはキルケゴールとプルーストとの間に、とりわけ両者の愛の本質に対するとらえ方についても類似点を見いだしていた。愛することが義務だと信じ、愛情の対象を固定した不動のものとみなせば、愛は長続きするだろう。「愛は続くものと信じさえすればそれは続くのだ」とキルケゴールは書いている。「だがどれほど自信があろうとも、不安は残る――変化の可能性に対する不安は[31]」。キルケゴールの愛についての概念をハイスミスがロマンティックだと受け止めたのも無理からぬことだろう。

原注

第12章

1 PH, Afterword, *Carol* ,Bloomsbury, London, 1990, p. 260.
　『キャロル』(作者あとがき)柿沼瑛子訳　河出文庫　２０１５年
2 *The Late Show*, BBC2, 3 October 1990.
3 プリシラ・ケネディとのインタビュー　２０００年4月19日
4 PH, Cahier, 18, 12/9/48, SLA.
5 Ibid.
6 PH, Diary 8, 22 December 1948, SLA.
7 ハイスミス　バーバラ・カー＝セイマー宛書簡
　１９６９年3月5日付　ＳＬＡ所蔵
8 ハイスミス　スタンリー・ハイスミス宛書簡
　１９７０年8月29日付　ＳＬＡ所蔵
9 アン・クラークとのインタビュー　２０００年2月18日
10 PH, Diar y8 ,30 March 1949, SLA.
11 PH, Diary 8 ,8 May 1949, SLA.
12 PH, Diary 8 ,24 May 1949, SLA.
13 PH, Cahier 16, 11/20/47, SLA.
14 PH, Cahier 22, 10/27/53 , SLA.
15 ケイト・キングズレー・スケットボル　著者宛書簡
　２００１年8月13日付
16 PH, Diary 8, 20 May 1949, SLA.
17 PH, Diary 8, 4 June 1949, SLA.
18 PH, Diary 8, 26 June 1949, SLA.
19 PH, Cahier 18, Undated , SLA.
20 PH, Diary 8, 1 July 1949, SLA.
21 PH, writing as Claire Morgan, *The Price of Salt*, Coward-MaCann inc., New York, 1952, p. 169.
　クレア・モーガン名義　ハイスミス『キャロル』
22 PH, Diary 8, 7 September 1949, SLA.

23 PH, Diary 8, 8 September 1949, SLA.

24 PH, Cahier 18, 7/29/49, SLA.

25 PH, Diary 8, 3 October 1949, SLA.

26 Søren Kierkegaard, *A Kierkegaard Anthology*, ed. Robert Bretall, Princeton University Press, Princeton, New Jersey, 1946, p. 353.

27 Robert Bretall, Introduction, *A Kierkegaard Anthology*, p. xvii.

28 Kierkegaard, *A Kierkegaard Anthology*, p. 107.

29 Ibid.

30 PH, Cahier 20, 11/2/50, SLA.

31 Kierkegaard, *A Kierkegaard Anthology*, p. 296.

第13章

どの街にもキャロルはいる

1949 − 1951

ヨーロッパ旅行が彼女の未解決の感情的問題に決着をつけてくれると考えていたのだとしたら、それはハイスミスの計算違いだった。旅はむしろ状況を悪化させただけだった。フィラデルフィアに船が着岸すると、ハイスミスはニューヨークまで鉄路で向かい、一九四九年十月十五日、マンハッタンに到着した。四日後、彼女はマークとディナーを自宅のアパートでともにしたが、マークはあいかわらず彼女との結婚に固執し、残りの人生を彼女と過ごしたいと心に決めていた。ふたりは再びベッドをともにするようになったが、彼女が求めていたのはキャサリンただひとりだった。「わたしは彼女と恋に落ちてしまったようだ」と彼女は書いている。「こんな気持ちはジニー以来誰にも感じたことはなかった[1]」

彼女は毎日キャサリンからの手紙を待ちわびた。パットは口紅やバター、イチジクやチョコレート――戦後のイギリスではまだ配給でしか手に入らなかった――を彼女に送ったが、愛を告白する手紙を送る勇気はなかった。キャサリンからの手紙を待つことの苦しさにインスピレーションを得たハイスミスは、十月の終わり、同じような苦しみを抱えた男のストーリーを思いつく。物語はこのように始まる。「毎朝、ドンは郵便箱をのぞくが、彼女の手紙が入っていたためしはなかった[2]」

短いひと夏の恋が終わっても、主人公ドンはロザリンドにのぼせあがり、彼女と結婚したいとまで思いつめている。ドンは彼女に手紙を送るが返事はなく、彼はしだいに彼女からの返事が間違って隣の郵便受けに配達されたのだと信じこむようになる。理性を失ったドンはついに隣のデューゼンベリーという男の郵便受けを開き、そこに入っていた彼に恋焦がれるイーディスという女性の手紙を読んでしまう。ドンは隣人の性格を想像し、彼になりすまして彼女に返事を書く。そしてグランド・セントラル駅で待ち合わせようともちかける。やがてロザリンドからプロポーズを断る手紙が届く。ほとんど半狂乱の状態で、彼はイーディスとの約束だけは守ろうとする。彼女を遠目に眺め、やがて彼女のもとに歩み寄り、通りすがりに「すみません」とつぶやく。小説の最後は、レキシントン街を急ぎ歩きながら、涙にかきくれるドンが、ロザリンドに手紙を書こうと決心するところで終わる。

彼女は十一月半ばにこの物語のタイプ原稿を完成させ「愛とは恐ろしいもの(Love is a Terrible Thing)」というタイトルをつけた。それはハイスミス自身の人生のサブタイトルとしても通用するものだった。「この物語はまさしくわたしとKのことだ」[3]と彼女は日記に書いている。それは一九六八年にエラリー・クィーンズ・ミステリーマガジンに「恋盗人」というタイトルで掲載され、後にハイスミスの短編集『11の物語』に編入された。この物語を家族の前で朗読した時の反応は「退廃的すぎる」、「神経症的だ」というものだった。そしてなぜこんな暗い題材を選ぶのかと問いただした。この感想はスタンリーとメアリーが娘の小説の源を、その圧倒的なパワーをまったく理解していなかったことをよく表している。

一九四九年の秋、ハイスミスはなおもあのレズビアン小説を書き続けていた。一九四九年十二月のブルーミングデールの出会いや、ヴァージニア・ケント・キャザーウッドやキャサリン・ハミル・コーエンとの関係を通じて、この本がいわば自伝的告白小説になっていることに彼女は気がついた。十月、男友達に作品の一部を見せると、彼は「まるできみ自身のことじゃないかといった」とハイスミスは書いている。「たぶん、そうなのだろう。だからこそ、あんなにも確信をもって書けたのだ。あんなふうに全身全霊を注ぎこんでいる気分になったことはなかった――どのような創作の形においても。まるで巨大な奔流のようだった」[4]

この作品はハイスミスの他のサスペンス小説と同じように、簡潔な――だが、同時に人を不安にさせる――スタイルで書かれているが、本質的にラブストーリーであり、そのプロットはきわめて単純である。主人公のテレーズ・ベリヴェットは成功を夢見る舞台美術家見習いで、ニューヨークの百貨店フランケンバーグで臨時にアルバイト店員として働いている。クリスマスも近いある日、彼女は娘のために人形を買いにきたという客のキャロル・エアドに激しく惹きつけられる。ふたりはデートを重ね、恋に落ち、アメリカを横断するドライブ旅行に出るが、そのプロットは一九五七年のジャック・ケルアック『路上』に先立つものだ。だが、ふたりの背後をキャロルの夫に雇われた探偵が追いかけてくる。探偵は離婚に不利になるような証拠を集め、親権を母親から奪うために雇われたのだ。

　キャロルは明らかにハイスミスの崇める女性の美質のすべてを融合したような存在である。ブルーミングデールに現れたキャサリン・センのように彼女はブロンドの髪にグレイの瞳の持ち主であり、その特徴——優雅さ、エレガンス、女性らしさ、そして女神のような近寄り難さ——はハイスミスのもっとも魅惑的なミューズたちの特質を反映している。ハイスミスはテレーズを実際の自分よりも少し年下で、うぶな娘として描いている。作者と同じようにテレーズもまた自身のアイデンティティに不安を抱いており、自己を確立できていないと感じ、他人——それもとりわけ恋人の——を通してしか自分の姿をとらえることができない。「彼女の見るすべてはキャロルを通して見ているように感じられた」[5]。ハイスミスはさらにこの作品で自身の言葉を、かつてノートに記したものを小説の分身にそのままいわせている。一九四二年、彼女は自分のノートの一冊に、ホットミルクを飲んだあとの感想をこのように書き留めた。「それは肉体の味が、血液や髪、肉や骨のような味がする。まるで胎内から吸い出された胎児そのもののようにいきいきとしている」[6]。小説の中の、キャロルがテレーズにミルクを差し出す場面で、ハイスミスはこのように書いている。「骨と血液の味がする。温かい肉のような髪のような味、粉乳のように味気なく、それでいて、成長しつつある胎児のように生命に満ちている」[7]

　テレーズの恋人であるリチャード——後にキャロルの登場でふられることになる——のキャラクターも一部はマーク・ブランデルがモデルになっている。ふたりの作家のセックスはいつもうまくいかず——ハイスミスは単純にそれを嫌悪していた——小説の中でも彼らのセックスは次のように記されている。

> 　リチャードを初めて泊めた晩を思い出すと、またしても心のなかで身悶えした。それは快感からはほど遠く、思わず事の最中にこう訊ねずにはいられなかった。「本当にこれでいいの?」間違っていないのなら、なぜこれほど不快なのか不思議だった[8]。

小説中のリチャードはガールフレンドの「不自然」な嗜好を知るや、テレーズにその嫌悪をぶちまけた手紙を送り、キャロルと彼女の関係が「穢《けが》らわしい病的なもの」、「不安定で子供じみた行為」と非難する。一九五〇年、マークもまたハイスミスに同じような手紙を書いていた。「まるで小さい女の子が人形に執着するように、自分の忌まわしい、子供じみた、病気にしがみついていると彼はいう[9]」

だが『ザ・プライス・オブ・ソルト』のリチャードとは違い、手紙の追伸はあらためて結婚したいと結ばれていた。彼のパットに対する感情は、リチャードのテレーズに対するそれに比べるとはるかに複雑だった。パットの粘り強い説得により、彼女に惹かれる理由のひとつが兄弟のひとりに似ているからだとしぶしぶながら認めた。「彼がわたしに惹かれるのはホモセクシュアル的な理由からだと教えるのは彼の分析医にまかせよう。わたしにはずっとわかっていた」と彼女は日記に書いている[10]。さらに、彼はレズビアンの嗜好がある女性に惹かれるのだとも告白した。

この段階において『ザ・プライス・オブ・ソルト』はギリシャ神話から取られた『タンタロスの論争』という仮タイトルがつけられていた。ペロプスとニオベの父親であるタンタロスは、己の罪業のためにさまざまな方法で罰せられる。ハイスミスはそれらを通して当時の社会における同性愛者の苦悩に満ちた状況を象徴化しようとしたのである。現在使われている tantalise の語源はタンタロスに由来している。黄泉《ハデス》の国でタンタロスは飢えと渇きにさいなまれながら、湖の傍らの、果実をつけた樹木のそばにいる。彼が果実をもぎ取ろうと手を伸ばすたびに風が吹いて遠ざけてしまい、唇を湿らそうと湖に口をつけるたびに、たちまち湖は干上がってしまう。別の説によればタンタロスは豪華な饗宴の席に座っているが、ほんのわずかでも食物に手を触れようとすれば、たちまち頭上に吊るされた石が落ちてきて彼を殺してしまう。

同じようにハイスミスの目から見れば、同性愛者たちは勝ち目のない状況に置かれていた。彼らは精神的にも肉体的にも生き延びるために、同性の仲間たちの愛を必要としていた。だが彼らがそれを求めようとしても、たちまち社会から罰せられ、自分たちの欲望を怖れながらも、抑えつけられた切望を克服することができない。「当時は」とハイスミスは死の五年前『キャロル』というタイトルで再刊された際、あとがきにこう書いている。「ゲイバーといえばマンハッタンのどこかにある薄暗い店で、客は同性愛者であると疑われないよう、地下鉄を店の最寄りのひとつ手前か、先の駅で降りるような時代だった[11]」

ハイスミスの当初のアイデアによれば、結末はアンハッピーな悲劇になる予定で、テレーズとキャロルは別れて別々の道を行くことになるはずだったが、それらはすべて彼女の体験に基づいていた。それまでの彼女は一度として、安定した、とりわけ長い期間における関係を結ぶことができないでいたからだ。一九五〇年十月、ハイスミスがもうひとつの代案としてより希望を感じさせるエンディングを見せると、こちらのより明るいバージョンにすることを積極的に勧めたのは代理人のマーゴット・ジョンソンだった。「MJには両方のバージョンを見せるべきだろう」とハイスミスは述べている。「彼女はきっと明るいほうを、TとCがふたたびやり直す結末を好むだろう[12]」

より明るい結末の選択――テレーズがキャロルに向かって歩いていくというラストシーンは、当時アメリカを吹き荒れていた恐怖の嵐を考えると、より驚くべきものだったかもしれない。共和党議員のマッカーシーは、戦後アメリカのパラノイアを利用し、魔女狩りの先頭にたって運動を推進していた。当初の矛先は「内なる敵」と呼ばれた国内の共産主義者に向けられていた。だがマッカーシーはさらに知的階級への妬みを利用して、共産主義者は「銀の匙をくわえて生まれてきた」若者たちであるとして攻撃し、イデオロギー上の社会的対立を、単純な「善」と「悪」の戦いに転化し、資本主義と道徳的必然性を正しい側に置いた。政治的に望ましくない者たちは刈り取らなければならないと彼は主張した――そうしなければアメリカ人の知る文明は終末を迎えるだろうと。共産主義者に対する集団ヒステリーを焚きつけ、赤狩りにまんまと成功したマッカーシーは、その対象を同性愛者たちにまで広げた。「共産主義者と並んで危険なのは、近年われわれの政府に侵入しつつある性的倒錯者どもである[13]」。共和党当主ジョージ・ガブリエルソンは一九五〇年の年次白書にそう記している。

マッカーシーは、同性愛者が治安上のリスクをもたらすと決めつけ、上院はそうした者たちを公職から追放する権利があると主張したが、これはレズビアンたちやゲイたちに対する疑惑をかきたてるさらなる口実に過ぎなかった。上院小委員会白書によれば同性愛というものは「社会的規範からあまりに反しているものであり、そうした行動にふける者たちは一般的な社会から外れた追放者とみなすべきである[14]」。一九五〇年四月までには国務省だけで九十一人の同性愛者たちが追放され、公的機関で働くゲイたちは、自分たちが危機にさらされていることを感じていた。マッカーシーの社会規範に従わない人々に対する悪意ある攻撃は、彼自身が上院で罷免される一九五四年まで続く。彼はその三年後に亡くなるが、その及ぼした悪影響ははかり知れなかった。同性愛の存在は大衆を道徳的パニックにおとしいれ、多くの雑誌は国民を精神的肉体的な脅威にさらすものとして、殺人やその他の犯罪、麻薬中毒などに結びつけて大々的に書き立てた。一方で専門職やビジネスリーダーを読者層とする「ヒューマン・イベンツ」のようないわゆる品格ある雑誌は、ゲイやレズビアンは狩りだされるべきだと主張した。「その悪徳ゆえに、彼らは邪悪な、未知の、かつ強力な国際的謀略の一部なのである[15]」

ハイスミスはこうした一九五〇年代アメリカを席捲していた終末論的なビジョンを痛烈に意識していた。『ザ・プライス・オブ・ソルト』のなかに核シェルターについての言及があり、テレーズは知り合いの物理学者に、あなたも原子爆弾製造にかかわるのかと訊ねている。実際、『ザ・プライス・オブ・ソルト』はまるごとマッカーシズムに対する批判として解釈することもできる。テレーズは魂を押しつぶす画一性の象徴である監獄のようなデパートから、息苦しさしか感じないリチャードとの関係から逃れてキャロルとともに自由の夢――精神的な意味においても肉体的な意味においても――を追いかける。だが、ふたりの女性はアメリカを縦断するあいだも、キャロルの夫――明らかにかの邪悪な上院議員の象徴でもある――の雇った私立探偵にこっそり監視され追いかけられることになる。テレーズには、探偵がふたりを別れさせることにサディスティックな喜びを覚えているように思える。

これまでは漠然と感じていただけだったが、テレーズは今青天の霹靂のように悟っていた。わたしたちは世界中を敵にまわそうとしているのだ。そして自分とキャロルが共有しているものはもはや愛でも幸福でもなく、突然あらわれた怪物と化していた。わたしたちはその両手にひとりずつ握られているのだ[16]。

マッカーシーとその協力者たちが犠牲者を罠にかけるために、ありとあらゆる陰険な手段に訴えたように、この私立探偵もふたりの女性たちの泊まったホテルの部屋に隠しマイクを仕掛け、それをネタにキャロルを脅し、テレーズと別れさせるように仕向ける。「今朝は何もかもが簡単だった——わたしはただ降伏したのよ[17]」と彼女は若い恋人に向けて手紙を書くが、結局は子供の親権を犠牲にしてテレーズを選ぶことを決心する。「それでも彼女はキャロルであり、ほかの誰でもないキャロルだった。ふたりでこれから訪れる千の都市、千の家々のキャロル、ふたりが巡る異国の地、天国あるいは地獄のキャロルだった[18]」

こんにちの基準から比べれば、いささか大人しすぎるように思えるかもしれないが、ふたりの女性がともに暮らしていくことを示唆する結末は、当時としては非常にラディカルだった。一九九〇年、再版時のあとがきにハイスミスはこう書いている。「この本より前のアメリカ小説に登場する同性愛者は男女を問わず、世間の規範から逸脱した代償として手首を切ったり、プールで入水自殺を遂げたり、異性愛者に転向していった(といわれていた)。あるいはひとりぼっちで、みじめに、人々から避けられて地獄にも等しい憂鬱に転落していった[19]」

ペーパーバック版のレズビアン小説は、もともとソフト・ポルノのファンタジーとしてヘテロセクシュアル男性向けに書かれたもので、一九五〇年代初めから人気があった。その性的表現の自由と、社会的規範とのバランスは実に巧妙にとられていた。たとえばフォーセット社のゴールド・メダル・シリーズから刊行されたテレスカ・トーレスのベストセラー『女たちの兵舎(Women's Barracks)』のカバーには「フランス女兵士の赤裸々な自伝」と大々的に銘打たれ、上院委員会のポルノ規制の標的そのものになった。この人気ある、もうかるサブジャンルの刊行を続けるために、出版社は作家たちに厳しい規制を課した。レズビアン・パルプ作家のアン・バノンは「登場人物たちがちょっとした楽しみを味わい、読者たちが満足を得るためには、最後になんらかの報いを受けなければならなかった[20]」

後にハイスミスとも関係を持つようになる作家メリージェーン・ミーカーは当時フォーセット社で秘書をつとめていた。ある時、編集者から寄宿学校や大学での同性愛について訊ねられた彼女はヴィン・パーカーのペンネームで『スプリング・ファイヤー(Spring Fire)』という小説を書いて一九五二年に出版した。小説の最後で、レズビアンの片方は異性愛者に転向し、もうひとりは精神病院に収容される。ミーカーは編集者からエンディングを不幸なものにするようにと指示され「そうでないと郵便局にわいせつ文書として押収されてしまう[21]」といわれた。『ストレンジ・シスターズ　レズビアン・パルプフィクションのアート　一九四九—一九六九(Strange Sisters: The Art of Lesbian Pulp Fiction 1949–1969)』

の作者ジェーン・ジメットは次のように語る。「最後にはレズビアンたちはその報いを受けなければならない……結婚するか、狂気に走るか、さもなくば……自殺するか[22]」

一九五〇年八月、ハイスミスはジョン・ヒューストン監督の映画『アスファルト・ジャングル』を観にひとりで映画館に出かけた。この作品はW・R・バーネットの小説を映画化したもので、高級宝石店に押し入ったギャング団が、犯行後それぞれ破滅していくさまが描かれている。ハイスミスは映画としての面白さだけではなく、犯罪者の視点に観客を感情移入させてしまう手法に感銘を受ける。彼女は三番街を歩きながら、怪しい禁じられたものに出会えはしないかと、影に閉ざされた角や薄暗い小路に目をやったりした。フィクションにおける犯罪心理学の探求は、戦後の人々の感受性にぴったりの主題ではないかと彼女は考えていた。「全世界の混沌《カオス》と自分自身の心の混沌をひとまとめにして、小説にすることができたら！[23]」と彼女は記し、その作品の源が自分を取り巻く世界だけではなく、自分自身の中の、恐ろしいほど無秩序な感情世界にあることを示している。一九四九年の冬から一九五〇年にかけてのハイスミスの私生活はもつれにもつれ、自分が時として現実世界に対する感覚を失ってるような気さえしたと書いている。本質的に自分が「ポリガミー[24]」であると自覚し、自分自身の奔放なセクシュアリティと、近しい関係の相手にのめりこんでしまう傾向は、精神的な崩壊へとたやすく彼女を導きかねなかった。蜘蛛の糸のように紡がれるイマジネーションの世界は、実際に目にする世界よりもはるかに彼女にとっては現実に近かった。あたかも自身の小説のように、彼女は平行する世界に住んでいた——『見知らぬ乗客』の仮タイトル『壁の向こう側』のように。

一九五〇年一月、ニューヨークからフォートワースまで友人とドライブに出かけて戻ってきたパットはそのノートに狂気への怖れを書きつけている。それは不条理な思考というよりは「人を形づくっている情報の構造がまるごと崩れていく感じ[25]」、北極点や南極点のような揺るぎないはずの場所が突然位置を交換したかのような感覚だった。同時期に彼女はニューヨークでひとり暮らしをする女性が、夜ごと引っかくようなノイズを聞きつけるという物語のプロットを書き留めている。やがて女性はその音が外部のモンスターではなく、自らの内部から、しかも「彼女の知らない場所[26]」から発していることに気づくのである。この恐怖は後に「からっぽの巣箱」や「かご編みの恐怖」といった短編によりはっきりとした形で描かれることになる。

四月、彼女はマークに宛ててついに最終的な別れを告げる手紙を書いた——これまでさんざん引き延ばしにしてきた最終通告を。ほぼ同時にキャサリン・コーエンからは、これ以上の親密な関係になることを拒絶する丁寧な断り状が届いた。ふたりのイタリアでの関係は互いに対する深い感情に基づいていたにもかかわらず、キャサリンがこれ以上自分たちに未来はないと考えていることは明らかだった。マークがパットからの手紙を受け取った日が、自分がキャサリンからの手紙を受け取った日と同じだったという皮肉はなんとも耐え難いものだった。「かくしてわたしたちは同じ日にこっぴどく振られるはめになったのだ[27]」

この最後の拒絶に心傷つけられたハイスミスは、イマジネーションの世界に引きこもり、キャロルとテレーズのいるフィクションの世界にのめりこんだ。彼女は書くという行程と、自分の生い立ちを語るという行為を比べ、どちらも苦痛に満ちたプロセスではあるが、いったん完成すれば生涯最高の傑作になりそうな予感があった。それは彼女が小説の一部を見せた恩師のエセル・スタートヴァントも同じだった。スタートヴァントは一ページの半分を読んだところで、かつての教え子を見てこう叫んだ。「これこそは愛の物語よ!」テレーズとキャロルの関係が「愛」であることを認めるのにまだ気後れを感じていたパットは、それが母性への憧れを取り違えただけのものに過ぎないと恩師を納得させようとした。だが、スタートヴァントは聞く耳を持たなかった。「これは性の目覚めの物語よ」と彼女は反駁した。「それもひどく魅力的な[28]」

ハイスミスの一体化はすさまじく、テレーズと同じように彼女はキャロルに心を奪われてしまう。「わたしは今やふたりと一緒に生きている」と彼女はいう。「ほかの女性のことなんて考えられないくらい(わたしもキャロルを愛している)[29]」。現実世界とイマジネーションの世界は今は危険なほど近づき、六月になると、これまでの数か月にわたるうつ状態はほとんど躁状態に入れ替わっていた。キャロルのことを考えると、恍惚に満たされ、熱に浮かされたような幸福感に包まれた。「彼女に対して誠実でありたい」とパットは書いている。[30] 副鼻腔炎に苦しめられた彼女が病院に行くと、医者は神経性疲労と診断を下し、鎮静剤を処方された。彼女はロザリンド・コンスタブルとのひどい仲違い——年上の女友達はパットに対してあなたは常軌を逸している、怠け者で、尻軽で、最低の娼婦以外の何者でもないと非難した——

の衝撃で心がひどく弱り、動揺していた。

経験を表現に昇華していくうちに、ハイスミスはいつのまにか小説の登場人物と同じ行動をとるようになっていた。六月三十日、彼女は列車に乗ってニュージャージー州リッジウッドに向かった。目的はキャサリン・センをこっそり見るためだった。「今日わたしはとても奇妙な気分を味わった。まるで自分の小説の殺人犯のようにわたしはニュージャージー州リッジウッド行きの列車に乗った」[31]と彼女は日記に記している。ニューヨークに戻ると、彼女はこの、未知の女性に詩を捧げ、彼女への愛を詳細に書きつらねた——その愛は染みのようにかすかではあるが、永遠に心から消すことはできない[32]。

だが、同時に彼女はその女性の喉に手をかけ、彫像のように硬く冷たくなるまで締めつけることを夢見る。それは憎しみではなく愛ゆえの殺人だ。自分が愛を捧げられる誰かを見つけたということが大事なのだ。もしいなければ、その役を務めてくれる女性を探せばいい。自分の感情が報われるかどうかは問題ではなかった。「そういうジェスチャーが必要なのだ！　そう思うこと、熱愛という特権が！」[33]

一九五〇年三月十五日に刊行された『見知らぬ乗客』の献辞には「すべてのヴァージニアたちへ」と記されている。この小説を形づくる重要な役割を担い、最後の章を書き直すよう促し、タイトルまで与えてくれたマーク・ブランデルに、彼女は巻頭のページに登場する栄誉を与えなかった。その代わりに彼女が選んだのは本当に愛した女たち、最初の恋人だったヴァージニアと、ヴァージニア・ケント・キャザーウッドだった。

刊行から二日後、ハイスミスは出版記念パーティを開いた。出席者はキングズレーやロザリンド・コンスタブル、担当編集者のジョーン・カーン、そして少数の報道関係者だけだった。当初はジューナ・バーンズも出席する予定だったが、背中を痛めてしまったので出席できないと電話で伝えてきた。後年ハイスミスは初めて出版された自分の小説を見た時の感想をこのように述べている。「ニューヨークのわたしのアパートで、〔本の詰まった〕ボール函を開けた時のことを覚えている。最初に思い浮かんだのは『世界中にこれらの函がスペースを占めているのだ』ということだった。その立方体をした物体がでんとそこにあるのを見て、わたしはおかしな考えを抱いた。さほど誇らしい気持ちにはならなかったが……ともかくも『どこかのスペースを占めているのだ』と[34]」。彼女はさらに数年後の一九七一年、ロナルド・ブライスにその時の当惑に近い気持ちを今でも覚えていると語っている。「自分がディケンズや、グレアム・グリーンのような作家のように、人々を楽しませる存在になれると考えるなんて、よくもそんな恐ろしいことをいえたものだと思うわ[35]」

だが、さしあたって書評は好意的だった。「ブックカバーの警告にもあるとおり、読者は列車で見知らぬ乗客に話しかけるのをためらうようになるだろう。お薦めの一冊[36]」と「ザ・ニューヨーカー」誌では無署名記事で紹介している。「控えめにいっても、この本は間違いなくこの年一番の傑作である……ありとあらゆるコンプレックスを抱えた、婚約中の奇妙な若い男性の恐るべき肖像」。また「ニューヨーク・ヘラルド・トリビューン・ブックレビュー」はこの小説が「今年出版された中でもっとも不穏な作品。この小説には明らかな欠陥がある。すべてを信用できないし、登場人物の造型は必ずしも納得のいくものではない。それにもかかわらず、この小説の説得力には並々ならぬものがある。読者はページをめくる手をとめられず、この邪悪なサスペンスにとらわれ、しまいまで読んでしまうだろう。やがてそれは予想を越える信憑性をもたらす——犯罪心理学に対するまれにみる洞察力あふれる分析[37]」

刊行から数日もしないうちに『見知らぬ乗客』は映像化に熱心な映画会社の興味を惹きつけた。三月二十二日、彼女の代理人は四千ドルのオファーを却下し、最終的に〔無期限の原作使用料として〕六千ドルと、脚本が改稿されるたびに千五百ドル支払う追加条件で受け入れた。落札したのはアルフレッド・ヒッチコックだったが、マーゴット・ジョンソンが契約を締結するまで正体を明かさなかった。五月十七日になってヒッチコックはハーパー&ブラザーズの宣伝担当であるラモーナ・ハードマンにあてた手紙で、小説本を送ってくれたことに対する感謝の意と、次の映画の原作として使用することを明らかにした[38]〔一九六一年、ヒッチコックはハイスミスの『愛しすぎた男』を翌年十一月のテレビ番組用に映像化する権利を買い取った。一九六七年にハイスミスはフランスの出版社ロベール・カルマン＝レヴィに宛ててこう書いている。「もちろんヒッチコックはすべての権利を持ってるわけよ。しかも『永久』に[39]〕。後にハイスミスはヒッチコックの『見知らぬ乗客』に対する報酬の安さに怒りを表明しているが、同時に「初めての本の対価として悪いものではなかった。当時のわたしときたら、生活費と家賃を稼ぐためにひたすら働いていたのだから[40]」と認めている。九月、プロヴィンスタウンでアン・クラークと休暇を過ごしていたが、そこにヒッチコックから現場での立会いを求める電報が届く。提示された報酬にもかかわらず、彼女はその申し出を断った。「あれにはびっくりしたわ。当時の彼女は喉から手が出るほどお金が欲しかったはずなのに」とアンは語る。[41] それでもハイスミスは自分の最初に出た小説が、有名な監督に買い取られたことに大きな誇りを抱いていた。作家のブライアン・グレンヴィルによれば、一九五二年のフィレンツェで初めて彼女に出会った時も「アルフレッド・ヒッチコックからの手紙を後生大事に持っていたよ。次の映画で『見知らぬ乗客』を使うことを決定したという、たかだか数行だけの手紙をね[42]」

だがハイスミスの小説を脚色化するのは非常に困難な作業だった。七月、ヒッチコックはレイモンド・チャンドラーに週給二千五百ドルで脚本化を依頼する。チャンドラーはバーニス・バウムガーデンに宛てた九月十三日付けの手紙にこう書いている。「ひどく面白いと思える時もあれば、どうしようもない駄作だと思える時もある。報酬は良く見えたが、実際にやってみるととてもそれに見合うものではなかった[43]」。チャンドラーは九月二十六日に脚本を完成させ、代理人経由でヒッチコックに送ったが、クビを告げるそっけない電報が帰ってきただけだった。ヒッチコックはチェンツィ・オルモンドにリライトを依頼する。「脚本化にあたっての最大の困難は、あまりにも馬鹿げているガイの行動を観客に納得させなければならなかったことだ」とチャンドラーはヒッチコックへの手紙――実際には投函されなかった――に書いている。[44]「中身なし、登場人物も、会話もあり得ない[45]」。彼はさらに自分の代理人宛てにこのように書いている。「ヒッチコックの映画はすべてヒッチコック色でなければならない。少しでも脚本にオリジナリティを加えようとすれば、その部分は抹消されるか、原型をとどめないほどに改変されるかだ[46]」

後にチャンドラーについてのエッセイ集で、ハイスミスはフィリップ・マーロウの創造者が彼女の小説を脚色した際の彼の苦闘を語っている。「わたしの『見知らぬ乗客』という作品は、ハリウッドで脚本家生活をしていたチャンドラーをさんざん苦しめた。そして今、墓場からわたしにしっぺ返しを食らわせている」とハイスミスは一九七七年に語っている。「レイモンド・チャンドラーという作家をひとことで要約するのは難しい。チャンドラーはある手紙にこう書いている。『作家というのはみなどこか狂っている……もしいいところがあるとすれば、彼らが恐ろしいほど正直であることかもしれない』。たしかに作家とはそういうものかもしれない。怖気づくことなく仕事に向かい、自らの真理の光にどこまでも正直に従い、心のうちを絞り出す――おそらくは二重の意味で[47]」

映画はアメリカ本国で一九五一年七月に公開されたが、当時ハイスミスはヨーロッパにいたので、十月になるまで観ることはなかった。当初は映画の出来栄えに満足し、とりわけブルーノを演じたロバート・ウォーカーを称賛したが、あとになってからヒッチコックが原作の衝撃力を骨抜きにしてしまったと非難するようになる。映画の中でファーリー・グレンジャー演じるガイ・ヘインズは建築家でなくプロのテニス・プレイヤーになっており、自分に課せられた殺人の実行に失敗してしまう。それにガイの愛の対象であるアンにルース・ローマンをあてたのも「馬鹿げている」と彼女はいう。「それにガイが政治家志望だなんてもっと馬鹿げてるし、おまけにあんな石の天使像みたいな女と恋に落ちるなんて[48]」

決定的な別れをさんざん引き延ばしたあげく、一九五〇年秋、ハイスミスとマーク・ブランデルとの関係はついに終わりを迎えた。十一月、ブランデルの新しい小説『選択（The Choice）』を開いたハイスミスは、冒頭部分に記されたおなじみの断り書きを読んだ。「ここに登場する人物はいっさいの現実の人間とは関係ない」。だが、ちょっと目を通しただけで、現実の人間をモデルにしていることは明らかだった。「わたしは細部にいたるまでまさしくこのジル・ヒルサイドだ……[49]」

ブランデルの本は表向きスリラー小説ということになっている。匿名で中傷の手紙を出している、害虫駆除業者で下着泥棒のナット・メイソンの奇妙な物語がメインであるが、実態はハイスミスとのうまくいかなかった恋愛をほじくり返そうとするための隠れ蓑に過ぎない。この本の中心となるのは、フリーランスのコミック作者のネッド・マーロウと、その恋人のジル、そして彼女のレズビアンの恋人であるアン・ドーソンとの三角関係であり、現実のブランデルとハイスミスとアン・スミスの三角関係を小説化したものだ。ジルはほっそりとした黒髪の、角張った力強い手の持ち主で、太腿は細く、胸は子供みたいに小さい。ネッドはジルを愛しているが、時折彼女がよそよそしくなるのを「とりわけセックスの最中は」感じている。キスしている最中でもいきなり「水曜日は何日だった？」と訊ねてきたり、明日の朝は歯磨き粉を買うのを忘れないようにしなくちゃ、といったりするのだ。「ああ、一度でいいから、彼女の心に届くことができれば」とブランデルは嘆じる。[50]

ジルとアンの関係を知るや、彼は衝撃を受けて嫌悪を覚え、包帯を取ったあとの発見になぞらえる。「それがどれほどひどいものかわかっていて、医者にもくわしく聞いていたにもかかわらず、自分の足の切断部分を見るまでは信じられなかった[51]」。ホモセクシュアルの世界は彼に吐き気を催させた。それは嫉妬と、矮小さと、ヒステリーが渦巻く世界であり、ゲイバーは「フリークショーの会場[52]」だった。ネッドは恋人を取り返すためならどんなことでもしたが、ある日アンに出会い、ジルは彼のことを醜い獣としか思っていないと宣告される。だが、駆逐業者の犯罪が明らかにされ、彼が自殺を遂げるという馬鹿げたクライマックスの後で、ネッドとジルがまたよりを戻しそうな気配を暗示させる。それは現実のブランデルとハイスミスにはもはやあり得ないことだった。

一九五〇年十月、ハイスミスはキャロルとテレーズの愛の物語を公にするべきかどうか迷いを抱くようになっていた。『見知らぬ乗客』の刊行以来、彼女はミステリー作家のレッテルを貼られるようになっていたが、レズビアン小説家として知られるのは望むところではなかった。マーゴット・ジョンソンが別名で出版することを提案し、代理人と作家は折り合いをつけた。ハイスミスがもうひとつ心配していたのは八十四歳になる祖母のウィリー・メイがどう思うかということだった。「パットが別名義を使おうとしたのは、お祖母さんをいたずらに動揺させたくなかったからよ」とアンは回想する[53]。

結局一九五一年一月、クレア・モーガン名義で発表することになるが、これはアンのアイデアでもあった。彼女の母親のいとこがレックス・モーガンという建築家と結婚しており、クレアというのは母親の友人の名前だった[54]。ハイスミスは日記にこう記している。「これで一時的にせよ、恥さらしの心配からは解放された[55]」

一九五一年、ハーパー&ブラザーズ社から出版の運びとなったこのレズビアン小説は、希望を暗示させるエンディングだったが、これまで挫折と拒絶しか味わってこなかった自身のことを思うとなんとも皮肉だとハイスミスは語っている。「たしかにわたしはハッピーエンディングの小説を書いたかもしれないけれど、本当にそんな理想の恋人があらわれたらどうなるだろう?」と彼女は問う[56]。恋人として、またミューズとなってくれる女性を探すのは彼女が生きていくために必要不可欠だった。そのような女性がいなければ「わたしは作家としてこれ以上成長することはできない。それどころか存在することさえも[57]」。彼女はもう一度ヨーロッパに行く計画を立てていた。『見知らぬ乗客』はイギリスでクレセット・プレスから一九五一年二月に出版される予定だったし、フランスでも翌年初めに出版予定が決まっていた。しかしアメリカに戻ってきたら、愛する女性と一緒に暮らしたいとも考えていた。これは高望みが過ぎるだろうか？

アメリカを離れる前、彼女は今一度キャサリン・センに会いに行こうと決心していた。一月二十一日、彼女はニュージャージー州リッジウッドに向かった。彼女にレズビアン小説を書くきっかけを与えてくれた女性を今一度、最後に目に焼きつけるために。目をつぶっても思い出せるように、家の形やそのおとぎ話の館のような小塔をしっかりと記憶に刻みこんだ。おもちゃ売り場で出会った時のことを思いだし、あの瞬間がどれだけ自分の人生を変えてしまったかを噛みしめた。

『ザ・プライス・オブ・ソルト』が一九五二年五月に出版されると、ニューヨークタイムズ・ブックレビューは「真摯で上品に描かれている」と評したが、同じ文面で厳しい意見も述べている。「強力な主題を扱いながら……明らかにそれをいかせずに終わっている。主人公テレーズは曖昧なキャラクターのままで、他の登場人物の造型ときたら影のように薄っぺらい」[58]。だが、人々はそのもっともらしい酷評には耳を貸さなかった。一九五三年にバンタム社が二十五セントのペーパーバック版を出すと、百万部を超える売り上げを記録した。このマスマーケット向けの表紙にはでかでかと「禁断の愛の物語」と煽り文句が印刷され、その下には思い悩む無垢な若い乙女と、その肩に触れている年上の洗練された大人の女性、そして背後にはいかにも衝撃を受けた様子の若い男が、毒々しい色彩で描かれている。アメリカじゅうのゲイ男性とゲイ女性からの反響はまさに爆発的としかいいようのないものだった。ハイスミスのもとには何か月ものあいだ週二回、十から十五通の手紙が舞い込んできた。

「手紙はどれも心打たれるものばかりで、アメリカの小さな町に住むレズビアン女性が、聖書とそこに記された罪にどんなにひどく苦しめられているのか身に染みてわかったわ」とアン・クラークは語る。「とりわけ印象に残っているのはやはり小さな町に住んでいる女性の手紙で、その人はこの本を読むまで女性に対して恋情を抱くのは世界で自分ひとりだと思っていたそうよ」[59]

だが、キャサリン・センは自身が知らぬうちにモデルとなっていたこの本を読むことはなかった。一九五一年十月三十日、彼女はガレージに入り、車のドアを閉めて、エンジンをかけた。ハイスミスは現実のキャロルが、どんな運命をたどったのか、ましてやどんな最期を遂げたのかなど知るよしもなかった。

原注

第13章

1 PH, Diary 8, 22 October 1949, SLA.
2 PH, 'The birds Poised to Fly, *Eleven*, Heinemann, London, 1970, p. 13.
　ハイスミス「恋盗人」『11の短編』収録　小倉多加志訳
　ハヤカワ・ミステリ文庫　２００５年
3 PH, Diary 10, 15 November 1949, SLA.
4 PH, Diary 8, 9 October 1949, SLA.
5 PH, writing as Claire Morgan, *The Price of Salt*, Coward-MaCann inc., New York, 1952, p. 67.
　クレア・モーガン名義　ハイスミス『キャロル』柿沼瑛子訳
　河出文庫　２０１５年
6 PH, Cahier 8, 9/22/42, SLA.
7 PH, *The Price of Salt*, p. 60.
　ハイスミス『キャロル』
8 前掲書
9 PH, Diary 10, 5 May, 1949, SLA.
10 PH, Diary 10 , 19 November 1949, SLA.
11 PH, Afterword, *Carol*, Bloomsbury, London, 1990, p. 261.
　ハイスミス『キャロル』(あとがき)
12 PH, Diary 10, 12 October 1950, SLA.
13 Lillian Faderman, *Odd Girls and Twilight Lovers, A History of Lesbian life in Twentieth-Century America*, Penguin Books, London, 1992, p. 141.
　リリアン・フェダマン『レスビアンの歴史』富岡明美・林美奈子訳
　筑摩書房　１９９６年
14 前掲書
15 Rosie G. Waldeck, 'Homosexual International', *Human Events*, New York Lesbian Herstory Archives, 1950s file, quoted in Faderman, *Odd Girls*, p. 146.
　リリアン・フェダマン『レスビアンの歴史』に引用されている
16 PH, *The price of Salt*, p. 221.
　ハイスミス『キャロル』
17 前掲書
18 前掲書
19 前掲書（あとがき）
20 *Forbidden Love: The Unashamed Stories of Lesbian lives*, National Film Board of Canada, quoted in Jaye Zimet, *Strange Sisters: The Art of Lesbian Pulp Fiction 1949-1969*, Viking Studio, Penguin, New York, 1999, p. 20.
21 Ibid.
22 Zimet, *Strange Sisters*, p. 27.
23 PH, Cahier 19, 8/7/50, SLA.
24 PH, Diary 10, 1 January 1950, SLA.
25 PH, Cahier 19, 1/26/50, SLA.
26 PH, Cahier 19, 1/19/50, SLA.
27 PH, Diary 10, 19 April 1950, SLA.

28 PH, Diary 10, 23 May 1950, SLA.
29 PH, Diary 10, 31May 1950, SLA.
30 PH, Cahier 19, 6/6/50, SLA.
31 PH, Diary 10, 30 June 1950, SLA.
32 PH, Cahier 19, 6/30/50, SLA.
33 PH, Cahier 19, 7/2/50, SLA.
34 *Book Beat*, Interview with Donald Swaim, CBS Radio, 29 October 1987, DS.
35 ハイスミス　ロナルド・ブライス宛書簡　１９７１年８月30日付　ＲＢ所蔵
36 *The New Yorker*, 18 March 1950, p. 114.
37 *New York Herald Tribune Book Review*, 16 April, 1950, p. 26.
38 アルフレッド・ヒッチコック　ラモーナ・ハードマン宛書簡　１９５０年５月17日付　ＳＬＡ所蔵
39 ハイスミス　ロベール・カルマン＝レヴィ宛書簡　１９６７年１月21日付　ＣＬＡ所蔵
40 Gerald Peary, 'Highsmith', *Sight and Sound*, Spring 1988
41 アン・クラーク　著者宛書簡　２０００年４月12日付
42 Brian Glanville, 'Sad finale to a literary life's work', *European Magazine*, 10-16 March 1995.
43 Raymond Chandler, Letter to Bernice Baumgarten, 13 September 1950, *The Raymond Chandler Papers, Selected Letters and Non-Fiction*, 1909-1959, ed. Tom Hiney and Frank MacShane, Hamish Hamilton, London, 2000, p. 135.
44 Raymond Chandler, Letter to Alfred Hitchcock(unsent), 6 December 1950, *Selected Letters of Raymond Chandler*, ed. Frank MacShane, Jonathan Cape, London, 1981, p. 244.
45 Tom Hiney, *Raymond Chandler : A Biography*, Chatto & Windus, London 1997, p. 193.
46 Raymond Chandler, Letter to Carl Brandt, 11 December 1950, *Selected Letters*, p. 247.
47 PH, Introduction, *The World of Raymond Chandler*, ed. Miriam Gross, Weidenfeld and Nicholson, London, 1977, p. 5-6.
48 Gerald Peary, 'Highsmith', *Sight & Sound*, Spring 1988.
49 PH, Diary 10, 24 November 1950, SLA.
50 Marc Brandel, *The Choice*, Harper & Brothers, New York, 1950; Eyre & Spottiswoode London, 1952, p. 34.
51 Ibid.
52 Ibid.
53 アン・クラーク　著者宛書簡　２０００年４月12日付
54 前掲書簡
55 PH, Diary 10, 29 October 1950. SLA.
56 PH, Diary 10, 6 January 1951, SLA.
57 Ibid.
58 Charles J. Rolo, 'Carol and Therese', *New York Times Book Review*, 18 May 1952, p. 23.
59 アン・クラーク　著者宛書簡　２０００年４月27日付

第 14 章

ふたつのアイデンティティ　犠牲者にして殺人者

1951 − 1953

いささか二日酔い気味の頭を抱え、ハイスミスはニューヨークから飛行機に乗り、一九五一年二月の朝、パリのオルリー空港に到着した。続く二年間をヨーロッパで過ごし、ロンドン、パリ、フィレンツェ、ローマ、ザルツブルグ、ミュンヘンを回るつもりだった。彼女が三年後に創り出す主人公トム・リプリーのように決まった住所を持たないため、手紙はアメリカン・エクスプレスのオフィスまで取りに行かなければならなかった。彼女が記すところによれば、「家がないのでいつも『ミセス・〇〇方』で送ってもらわなければならなかった」[1]。それでもヨーロッパに行ったことはいろいろな意味において良かったと後にキングズレーに語っている。まずアメリカよりも友人が作りやすかった。故郷の人々より、ヨーロッパの人々のほうが真摯で思慮深くて好ましいし、環境の変化は人生に新たな展望を与え、創作のイマジネーションを刺激した。現実面においても、日々の出費はアメリカにいるより少なくてすんだ。実際は、ティッシュペーパーのような実用品はアメリカより高かったが、友人への手紙には「美しいものに囲まれて優雅な時間を過ごせることを考えたら安いもの」と書いている。[2]

ハイスミスは、パリで数日ジャネット・フラナー——ジュネのペンネームでザ・ニューヨーカーの「パリ便り」を書いていた女性特派員——と、彼女のパートナーで出版社を経営するナタリア・ダネージ・マレイとカクテルを楽しんだ。そして二月十六日、ロンドン行きの飛行機に搭乗した。雨のノーソルトで彼女を出迎えた報道陣は『見知らぬ乗客』についてインタビューを求めた。「イブニング・ニュース」ではこのように書かれている。「控えめで、真面目な人柄のミス・ハイスミスは、この日は黒いスーツに灰色のセーター、ヒールのない靴で我々の前にあらわれた」[3]

ハイスミスは空港からタクシーで、チェルシーのオールドチャーチ・ストリート六四番地に向かった。キャサリン・コーエンは前よりも痩せ、かつての輝きを失っているようにみえた。前のような情熱的な関係は二度と結べないとパットは承知していたが、それでもキャサリンは温かく歓迎してくれた。ベッドに入ったものの、夜じゅう眠ることができなかったハイスミスは次の作品『眠れない夜（Sleepless Night）』のアイデアを考えていた。その筋立ては「乱暴な……セックスがふんだんに盛り込まれ、暴力シーンもあたりまえに出てくるようなもの」[4]で、妻が友人の愛人になることを許してしまうような、ひとりの若い男に焦点を当てるつもりだった。翌日彼女は三十九度を越える熱を出した。まるで『ザ・プライス・オブ・ソルト』誕生の際に水疱瘡にかかったように──今回は気管支炎で、三日も床を離れられなかった。

今回の小説のアイデアそのものは新しいものではなかった。メインテーマは数か月も前からずっと、彼女の頭の中を占めていた。前の年の十一月には、妻が他の男が寝ている傍らにたたずむ夫の物語の骨子を、大まかに書き留めていた。寝取られ男は人生の痛みのシンボル以外のなにものでもない。「所有している最愛の者が娼婦のまねをしている間、人はみな怒りをくすぶらせ、諦めや当惑の気持ちで待つしかない。それこそが人生の意味だ。漠然とわかっていながら、知ることのない人生の側面だ」[5]

キャサリンの家に滞在し、自分のためにデニスと別れてくれるわけでもないのを知らされるのは苦痛に満ちた体験で、日が経つにつれて、ふたりがともに過ごした時間は夢だったとしか思えなくなってきた。キャサリンに例のレズビアン小説を見せたが、どうでもいいような冷淡な受け取り方を見て失望した。「気に入ってもらえなかった。デニスに働きかけて出版するという展開も、およそありそうになかった」。人間としても作家としても失望させてしまった心地をハイスミスはそう記している。[6]

ロンドンの次にパリに飛び、マルセイユに向かい、四月十七日にはローマに着いた。そのころ街はエリザベス女王とフィリップ殿下の訪問姿をひと目見ようとする人々が、押し合いへし合いしていた。ローマ滞在中、『見知らぬ乗客』がアメリカで、あの権威あるエドガー・アラン・ポー賞の候補に選ばれたというニュースを聞いた。こういう場合には「凱旋旅行」[7]に出るものだと知っていたが、彼女は自分には不相応だと思い意気消沈していた。ナタリア・ダネージ・マレイに会った時も——彼女はイタリアの出版者モンダドーリ出版のアメリカ部門担当者で、ローマにアパートメント、カプリ島に別荘を持っていた——ハイスミスは気後れし、ろくにものもいえなかった。

　このイタリアの首都で彼女はスペイン広場にあるキーツ・シェリー記念館を訪問し、ローマ誕生二七〇〇年周年の記事を書き、フォートワースの「スター・テレグラム」紙に記事を送った。ナタリアと一緒にナポリに行き、カプリ島まで船旅をした。キャサリンとともにしたあの旅行をなぞるのは非常な苦痛だった。何をしても一九四九年の夏に分けあった幸福の記憶がよみがえってくる。ローマに戻り、サン・カリストのカタコンベを見学していると、シラクサの地下墓地の暗がりでキャサリンとキスしたことが思い出された。キャサリンはなぜ手紙を書いてくれないのかとハイスミスは思い悩み、きっと自分を憎んでいるのだと思い込もうとした。そのほうがまったくの無関心よりもずっとましだった。

　ハイスミスは彼女流の大陸巡遊《グランド・ツアー》旅行を続け、フィレンツェとヴェネツィアを訪れた。彼女はこの町の美しさと永続性は奇跡だと書いている。ヴェネツィアではペギー・グッゲンハイムとサマセット・モームとカクテルを楽しんだ。ふたりは仕事の話をまったくしなかったが、モームは「小柄で吃音だが、たいへん品のいい人」[8]であり、完璧なドライ・マティーニを作るその手腕をハイスミスは賞賛した。

　旅行中、ハイスミスはデビュー作がエドガー賞を惜しくも逃したとの報を聞く。その年の処女長編賞はトマス・ウォルシュの警察小説『マンハッタンの悪夢』だった。ミュンヘンに着くと、今度はハーパー&ブラザーズ社から、やはり『ザ・プライス・オブ・ソルト』を出版できないという悪い知らせを受け取った。どうやら編集会議で、このテーマがあまりに私的すぎること、また手法的にも未熟だということが問題になったようだ。しかし、この挫折が彼女を落ち込ませることはなく、三週間後の七月六日、マーゴットから出版のめどがたったという連絡が来た。カワード・マッキャン社が五百ドルで完成稿を買うと申し出たのだ。

　ミュンヘンではオームシュトラッセにあるオリーブという下宿屋に滞在していたが、そこから母親に宛てて手紙を書いている。最近の観光旅行の様子や、だいぶ体調が良くなってきたこと——以前より牛乳を飲み、簡素な食事を取っていることなどを記している。当時彼女は人の心臓というのは何回再生するのだろうと考えていた。「わたしの場合、たぶん三十年間に五回か六回は再生している」[9]。そして自分がどれだけ生きられるのだろうと思いをめぐらした。七月四日——

―ヒッチコックの映画が公開された日――彼女は自分がすっかり年を取り、どうしようもなく太ったような気分で床についた。自分の心臓の音を聞きながら、自分もいずれ死ぬのだという事実に直面せざるを得なかった。カプリ島でナタリア・マレイが「人生は三十からよ」といった言葉を思い出したが、それでも死の概念は彼女を動揺させていた。

口の中に腫物ができて、歯を二本も抜くことを余儀なくされたが、八月までには、題名をつけなおした『ザ・プライス・オブ・ソルト』に手を入れて仕上げ、『眠れない夜（Sleepless Night）』のおおよそのプロットを完成させ、創造力が息を吹き返すのを感じていた。「ここのところよく集中できている。これほど生きている実感（こわいほどの!）を得たのは初めてだ」[10]と書いている。後に『ヤコブの梯子（The Traffic of Jacob's Ladder）』と改題されるこの作品は四百ページにもわたるもので、「とても長い純文学だ……たったひとりでなく、八人の人間がかかわっている」[11]。この本は一九五二年十月、カワード・マッキャン社に突き返され、ハーパー&ブラザーズ社からも出版を拒否された。ハイスミスはキングズレーに宛てて、その理由をこう書いている。「全体がばらばらに見えただろうし、一番の原因は結論がそのどれにもついていないからだと思います。陳腐な発想だという人もいたかもしれない」[12]。この原稿はなぜか一九五八年に行方がわからなくなり、スイス文学資料館の箱の底に、最後の十ページだけが保管されている。この小説を通して読んだキングズレーによれば「サスペンスとはまったく違う……厳粛な物語で、こういうものを書き続けていれば、かなりのところまで行けたでしょう」[13]。

この残された断片〔タイプされた原稿で、歳月を経て変色している〕からはこの小説のクライマックスがどのようなものかうかがい知ることができる。舞台はパリで、ジェラルドとオスカーというふたりの親密な関係をめぐる物語である。ふたりの男性の絆はいつものハイスミス流で、ホモエロティックなものが根底に流れている[14]。

〔ジェラルドは〕彼を愛で無条件に再生し続けようと思った。兄弟としてありとあらゆる意味で、いっさいの批判なしに支えようと。その熱は彼の指から腕に広がり、兄弟の情や友愛を越え、背後にいる第三者を抱き締めたいという欲望となった。

この最終場面でジェラルドはオスカーが睡眠薬の過剰摂取をしたことを知り、この友人の遺産の唯一の受取人であることがわかる［『太陽がいっぱい』の結末との興味深い類似］。この本の終わりでジェラルドは、スーツケースを手に、闇の中に消えていく、不確かな未来に向き合う孤独な姿として描かれている。

肉体的にも精神的にも問題を抱えていたにもかかわらず、一九五一年八月、ハイスミスはこれ以上にないほど晴れがましい気分だった。ミュンヘンの公園で、月光に照らされ、シダレヤナギの下をそぞろ歩きながら、あらゆる可能性を信じ、自分の想像力があらたな高みに飛翔したことを意識していた。「わたしは生きている！　この旅のおかげだ！　中途半端ではなく、常に欲望を刺激する程度のセックス体験が創作にはちょうどいい……」[15]

このようなことをノートに記した二週間後、ハイスミスは社会学者のエレン・ヒルと出会う。エレンは彼女のそれからの四年間をすっかり変えてしまうが、その後もハイスミスとの絆は切れることなく、愛憎半ばする感情は死の数年前まで続いた。エレンは今までの恋人とおなじように、ハイスミスの傑作に影響を与えている。ひとつだけ違うのはフィクションの中で描かれるエレンの肖像は、まったく美化されていないということだ。

ふたりの関係は、最初から苦痛に満ちたものだった。「エレンは意地悪な女教師みたいだった。ふたりは愛憎関係で結ばれていたのよ」[16]とキングズレーはいう。「彼女は才気あふれる、非常に知的な女性だったけれど、人を見下すところがあったわね」とふたりを知るペギー・ルイスは語る。「知る限り、もっとも不快な人間だったよ」とハイスミスの友人で、テニャに住んでいた頃の友人ピーター・ヒューバーは語る。[17]「でもどういうわけかあんなに互いを苦しめ合っているのに、ふたりの間には絆としかいいようのないものがあった。パットが言葉遊びを楽しみながら、灰皿を作っていたのを思い出すよ。それにForellen（エレンのために）と刻んでいた。ドイツ語では鱒を意味するので、三匹の魚も描いていたな。エレンはその灰皿を気に入らなかったので、パットが持って帰っていったっけ」[18]

パットとエレンは一九五一年九月、ふたりの共通の友人を通じて出会った。エレンは最初のデートをどうするか考えて、パットにロココ様式とバロック様式の城のどちらが好きかと訊ねた。ふたりは郊外の城、テーゲルンゼーまでドライブし、ランチの前にコーヒーとワインを飲んだ。ハイスミスはこのほっそりとした、一分の隙もない身なりの四十二歳女性を「舌鋒鋭い、ユーモアにはいささか欠けるが、礼儀正しい女性[19]」と記し、いくらか心惹かれるものを感じていた。二日後、エレンはカール・テオドールシュトラッセにある自分のアパートメントに彼女を招き、ラジオから流れる詩と音楽をふたりで鑑賞した。パットはエレンに、ソファに来て一緒に座ってくれないかと頼んだ。エレンの手や身体はヴァージニア・ケント・キャザーウッドを思わせたし、寝た時の反応がいちばん似ていた。「ああ、なんとヴァージニアに似ているのだろう」と日記に書いている。「今宵の素晴らしさ――ジニーと彼女のあいだにあったすべての人間が消し飛んでしまった[20]」

エレンもまた、パットにあなたは今までに最高の恋人で、読んだり聞いたりしたすべてを凌いでいるといった。「エレン・ヒルは、パットは最高の恋人だったとわたしにいってたわ[21]」とキングズレーも認めている。しかしエレンは非常に鋭い知性の持ち主で、ハイスミスが恋人を想像力で飾りたがる衝動を見抜いており、そういった傾向が幸せな関係に結びつかないことも知っていた。年長の女性は作家に対して、彼女の何が問題なのか正確に要約してみせた。「彼女はこうもいった。わたしは自分の理想を人に押しつけようとする、しかし、自分の望んだものと違うと気づくと、進んで縁を切ろうとする」とハイスミスは記している。「彼女はそんな、わたしの過去のパターンを分析していた[22]」

不幸なことに、それは今回も繰り返されることになった。だが、ふたりともその危険をわかっていながら、関係を終わらせる用意がなかった。パットはむしろこの恋愛に情熱的に溺れていった――寝食も忘れ、ウエストは人形のように細くなってしまった――にもかかわらず、というよりもっと正確にいうならば、エレンは明らかに彼女に悪影響を及ぼしていた。エレンには驚くほど温かみというものがなく、友人を見下すスノビッシュな態度は彼女を驚かせた。「凡人は嫌い」とエレンはよくいった[23]。それはいつまでも変わることのない認識だった。「わたしは社会学者の友人とよく話すのだけれど」とハイスミスは一九八一年のインタビューで語っている。「彼女は、人はだいたい凡人で、一般的な教育は彼らの望む幸せも美ももたらすことはない、といってたわ[24]」

エレンは一月前の出会いの頃からちゃんと眠れないと文句をいっていた。パットは飲み過ぎる、だらしなく不注意で、いつも上の空だと。ハイスミスがちょっとミルクでもこぼそうものなら、エレンは怒りを爆発させた。出会いから六週間後、まるでハルピュイア（ギリシャ神話に登場する、顔と体が女性で鳥の翼と爪を持つ強欲な怪物）のようなエレンとの暮らしは彼女に消化不良をもたらすほどだった。「彼女はわたしを支配することが好きなのだ。おそらく」とハイスミスは日記に書いている。「わたしに命令することで、わたしに無力感を与え、依存させようとしている」[25]

一九五二年の初め、エレンとパットはミュンヘンからパリまでドライブし、それからニース、カンヌ、ペルテニ、バルセロナまで車で行き、マヨルカ島に船で渡った。旅行が続くにつれ、ふたりの関係は確実に悪化していった。エレンがハイスミスのステーキの半分を自分の愛犬にやるようにいったりするので、彼女はイヌに対する怒りを募らせた。このイヌへの嫌悪は、自分の敵意がどこから生じるのかをハイスミスに考えさせるきっかけになった。いささか精神分析に偏りすぎているかもしれないが、イヌに対する気持ちは、自分が幼い頃、継父や母が自分に向けていた感情に近いと考えた。それに加えてエレンは、彼女を作家として尊敬していないように思われ、頭の悪い人間扱いしていると感じた。マヨルカ島では別々のベッドに寝て、おやすみのキスもしなかった。三月にカンヌ・シュル・メールに戻ると、ふたりは月三十五ドルで三階建ての家を借り、パットはそこで互いの憎しみをつぶさに語った詩を書いた。それでもふたりは一緒にいた。エレンから離れようとパットは必死に考えたが、その感情は憎しみと、彼女なしでは正気を保てないという怖れの間を激しく揺れ動いた。四月になるとふたりは、フィレンツェに家を借りて数か月暮らした。エレンがふさわしい仕事を探している間、ハイスミスは『ヤコブの梯子』を完成させようとした。しかしエレンと一緒では、それも不可能だった。彼女は、家の中のことで絶え間なく小言をいって邪魔をした。「その妨害はあまりにひどく、これ以上効果的な方法といったら原稿を焼く以外なかった」[26]とパットは記している。昼間は絶えず言い合い、夜は愛し合う――「エレンがわたしを引き留めようとする時の最終(というよりいつもの)手段」[27]。ふたりの間の空気はすっかり腐敗し、木々に咲く花をも枯らしかねない勢いだった。

一九五二年六月、フィレンツェの暖かな夜、ハイスミスは夢を見ていた。彼女はキャサリン・コーエンと、自分によく似た裸の少女と同じ部屋にいた。ハイスミスはその少女に火をつけたいという衝動に負けて、バスタブに立つようにと命じた。祖母に似た小さな人形を与え、少女に火をつける。炎が燃え上がり少女をなめ始めると、キャサリンは泣き出して、ハイスミスの肩に顔を埋めた。彼女はキャサリンに、この少女自身が火をつけるよう頼んだのを忘れないように、彼女がそれを望んだのだといった。次の瞬間、犠牲者の唇が動き、苦しみに身をよじり、残酷な炎を逃れようとする。ハイスミスはその炎上するさまを見て、自分のしたことに怖れを抱いたが、少女が立ち上がり、バスタブから出てくると、肌を少し焦がした跡がある以外は無事であるとわかった。罪悪感に襲われ、少女がこのひどい犯罪を警察に通報するのでは、と不安になった瞬間、彼女は目覚めた。この夢をじっくり思い返しながら、ハイスミスはバスタブの少女が自分自身を表しているような気がした。この心乱される生々しい夢について、彼女は日記に記している。「そこではわたしはふたつのアイデンティティを持っていた。犠牲者にして殺人者の[28]」

パットとエレンはフィレンツェからポジターノに向かった。それはアマルフィ海岸の漁師町で、めまいがするような崖の中腹にあり、傍らには地中海独特の、空のように青い海がきらめいていた。この地でアルベルゴ・ミラマーリ・ホテルに滞在していた時、ある朝の六時頃、ハイスミスはバルコニーに出て、若い男が海岸を散歩しているのを見た――この青年のイメージは後にトム・リプリーとなって、彼女の筆から生み出されることになる。「すべてがひんやりと静かだった。後ろは高く崖がそびえたっていたので、崖の端しか見えなかった……短いパンツとサンダル姿の青年が、肩にタオルをかけ、海岸を右から左へとひとり歩いていくのに気がついた……髪はまっすぐで黒かった。どことなくもの思わしげで、悩んでいるような雰囲気があった。なぜ彼はひとりなのか？　……誰かと喧嘩でもしたのだろうか？　何を考えているのだろう？　彼を二度と見ることはなかった。自分のノートに彼について何か書くことすらしなかった[29]」

彼女がこの時抱いたイメージは二年後『太陽がいっぱい』を書き始めた時によみがえる。しかし一九五二年の夏は、エレン・ヒルとの愛憎関係に基づく別の小説に想像力を傾けていた。他人が起こした犯罪を模倣して殺人を犯そうとする男というのが基本のアイデアで、「不幸な結婚の絶望的な悲劇性を、軽い皮肉をきかせて、簡潔に凝縮する」と七月四日の日記には書いている。「おそらく、それは実生活の最悪の部分から生まれてくるだろう[30]」。この小説は執筆中『腹を立てた男 (A Man Provoked)』、『おそるべきお人好し (A Deadly Innocence)』という課題をつけられていたが、一九五四年に『妻を殺したかった男 (The Blunderer)』として刊行された。読んでみると、同時期のハイスミスの日記に書かれたエレン・ヒルとのおぞましい体験が、ヒロインの性格として活写されている。ウォルター・スタックハウスの妻クララは非常に神経質で、人を巧みに支配し、威張りちらす。エレンと同じように、クララは自分の夫よりもイヌのジェフを愛しており、その愛情は夫を怒らせる。ある夜、レストランでクララは夫に当たりちらす。「またお魚だったら、ジェフにやるものがなにもないでしょ!」[31]クララはエレンのように酒やセックスが嫌いなばかりか、夫の友人も憎んでいた。ウォルターは「極度に神経質な女、実際にいくつかの点でおかしいところがある女と結婚してしまったこと、しかもその神経質な女を愛していることにはじめて気づいた[32]」。ウォルターはニューヨークのタリータウンで、女性の遺体が発見されたという新聞記事を見た。その女性はメルキオール・キンメルの妻で、この男が実際殺したのだが——その時から彼はクララを殺すことを空想し始める。

この『妻を殺したかった男』に描かれている悪意に満ちた感情の源は、現実の生活にあった。きらめく青い海、天国のような眺め、柑橘系の花の香りがそよ風に乗って漂うアマルフィ海岸の牧歌的な風景の中で、ふたりの女性は心理的な戦いを繰り広げていた。エレンがまたもパットが睡眠を妨げると文句をつけてきたので、何か読みたいと思った時はバスルームにこもり、便器の上に座ってドアを閉めて汗だくになりながら読書するしかなかった。ジンとベルモットを二本買っただけで、エレンは怒り狂い、自分の目を盗んで飲む気かとずっと責め続けた。ふたりの間にはもはやセックスもなく、エレンは出来の悪い生徒に対する気難しい女教師のようにふるまった。

ウォルターのように、ハイスミスは不健康な関係の囚人だった。歯痛と低血圧にエネルギーを吸い取られ、意気消沈していた。論理的にはエレンと離れるべきだとわかっているのに、感情的な絆を断ち切ることができなかった。「別れによって引き起こされる凄惨な結果を恐れる心があまりに強すぎた[33]」

七月の終わり、ハイスミスはフォリオの自宅にいるW・H・オーデンを訊ねた。彼は裸足で過ごし、彼女いわく、若いイタリア人のオカマにかしずかれていた。「詩の話をしようと準備していったのに」と彼女はキングズレーへの手紙に書いている。「オーデンが話したのは、ここの物価がいかに安いかということだけ[34]」

九月、スイスのアスコナからミュンヘンへ旅したあと、ふたりはパリにやってきた。エレンはこの地でトルストイ財団の仕事をすることになっていた。こういった環境の変化も、ふたりの関係を改善することはなく、九月十日の真夜中、エレンは怒り狂いながらパットを起こし、拳を振り上げて若い恋人に殴りかかった。ふたりが一時間も争ったその内容はほぼ、パットが人づきあいにどれだけ夜の時間を割くつもりかとエレンが問いただすことに終始した。もしパットが友人に会うなら、週に何回会うか自分は知っておく必要があるというのだ。エレンはすっかりヒステリックになり、悲劇のヒロインよろしく「あなたのためならイヌを殺してもいい」と宣言した。「もう我慢できない」とハイスミスは記している。「結婚より悪い[35]」

ふたりはユニヴェルシテ八三番地のアパートメントに引っ越したが、口論は続き、ハイスミスはフィレンツェに逃げてひとりで暮らすことを考え始めた。「わたしのどうしようもない欠点は、自分のような芸術家タイプを好きにならなかったこと」とキングズレーに語っている。「遅かれ早かれ（あえて別の言い方をするならば）浅瀬にぶつかって座礁する。根本的に両立しないのよ[36]」

最大の危機をむかえたのは十一月初め、エレンがベッドで仲直りを求めてすり寄ってきた時だった。「彼女を殴ってしまった」とハイスミスは日記に書いている。「それ以外に身をかわす方法がなかったからだ。彼女は正気を失っている、そう思った[37]」。ジュネーヴへの小旅行についていくことも拒否した。翌朝目覚めると、エレンは姿を消していた。ハイスミスは別れの決心を固めた。フィレンツェに戻る飛行機のチケットを買い、〈ル・モノクル〉に出かけて何人もの女の子と踊ったが、どれも魅力的とは思えず、エレンに向けて別れの詩を書いたりもした。

エレンがスイス旅行から帰ってくると、ふたりは関係の清算を冷静に話し合おうとした。しかしまたもやエレンは泣き崩れ、パットが自分を捨てるなら自殺すると脅し、ヴェネツィアでクリスマスイブにデートしてほしいと懇願した。そうすればふたりはまた寝ることができるようになるというのだ。「彼女は自分が寝たいと思うのはわたしが最初で最後だという」と日記に書いている[38]。ハイスミスはその願いを断った。翌朝、疲れ切ったみじめなありさまで、パットとエレンはアンヴァリッド駅で別れた。飛行機の窓から外を見ると、雪の帽子をかぶったアルプスが見え、ハイスミスはその瞬間、自分が解放されたのを感じた。

その十一月の後半、フィレンツェの身を切るような寒さのなか、ハイスミスはひとりペンシオーネ・バルトリーニという宿に泊まっていた。彼女のような洗練された若い女性には、この安宿の暗い回廊の迷路と寒々しい部屋、粗末な配管システムはなじまなかったことだろう。当時、同じ宿に泊まっていた——イギリスの作家・スポーツジャーナリストで当時二十一歳だった——ブライアン・グランヴィルはいう。「バルトリーニはまったく彼女には合わなかったと思う。イタリア人なら《学生向け》というだろう。実際、学生や画家であふれていた[39]」。彼女の印象といえば「当時はふっくらした顔をしていたね。後年の、容貌が衰えた時代の厳しい表情の写真は、高い頬骨のせいで、まるでネイティブ・アメリカンの風貌を思わせた[40]」。ふたりはすぐ友達になり、日が暮れると、エクセルシオールホテルのバーで会った。そこにはゲイ小説『画廊（The Gallery)』を書いたジョン・ホーン・バーンズもいて、酒を飲みながら緩慢な自殺への道をたどりつつあった。

グランヴィルによれば「彼女はとても魅力的で、素晴しいユーモアのセンスもあった。しかし、自分のセクシュアリティについては一切語らなかったし、レズビアンらしいそぶりも見せなかった。明らかに孤独で不幸せそうに見えた。すっかり自信を失っていて、おそらく『妻を殺したかった男』になるはずだった小説の一部分もよく見せられたけれど、また粗雑で未熟で出来も悪かった。もちろんそうはいわなかったけれど、結局、彼女はその草稿を捨ててしまった[41]」

フィレンツェで数日過ごしただけで、パットはもうエレンを求め始めた。夜中の二時、どうにも眠れなかった彼女はエレンに電話し、心のうちを伝えた。十二月になると、自分を苦しめるだけとわかっていても、彼女と離れていることが耐えられなくなってきた。エレンから手紙を受け取ると、フィレンツェから電車でジェノバに向かい、そこのホテルで落ち合った。そこからパリに戻り、バーゼル、サンモリッツ、ヴェネツィア、それからトリエステへと旅をして、一月にヴィア・スチューパヴィク二二番地に落ち着いた。文学的歴史という観点からみれば、トリエステはハイスミスにとって特別な共鳴を感じる場所になるはずだった——フロイトとジョイスはここに住み、ジョイスが『ダブリン市民』の後半を、『若き芸術家の肖像』や戯曲『さまよえる人たち』を書き、『ユリシーズ』の草稿をしたためたのもこの街にいた時だった。「トリエステ、ああトリエステが私の情熱を食べてしまう!」と『フィネガンズ・ウェイク』の中でジョイスは書いている。アドリア海に面したこの港町は高台にあり、湾からカルソ・ヒルまで続いているが、そこかしこに粉々になったアイデンティティを象徴するものがひしめいている。第二次世界大戦の直後、トリエステは東と西に引き裂かれていた——ユーゴスラビア軍と英米軍がこの地を解放したので——一九五四年にようやく分割案がまとまり、イタリアとユーゴスラビアの土地となった。ハイスミスは陰鬱で意気消沈させられる街だと感じ、トリエステに夢中になれなかった。このヴィア・スチューパヴィクという場所は、通りの名は特にいい響きでもないが、エレンと借りた家はきわめて心地よく、この地特有の、骨まで凍るような季節風「ボーラ」がやむ夏が待ち遠しい、とパリに拠点を置くウィリアム・A・ブラッドレイ社のフランスにおける代理人、ジェニー・ブラッドレイに宛てて書いている〔彼女とは一九五一年から仕事をしていた〕。彼女は最低一年はトリエステに滞在しようと思っていたが、結局はたった四か月で限界が来てしまった。それもインフルエンザと歯痛に悩まされる惨めな幕間によって。歯の状態の悪さはたびたび夢に見るほどだった。もしこの歯の痛みがなければ、人生はすっかり変わっていただろうと彼女は思っていた。

この街の印象にエレンとの生活が影を落としていたのは間違いない。ふたりの口論は前と同じように激しく、エレンは年下の恋人を批判し続けた。寝室の箪笥がきちんとしまっていない、チップもまともに払えない、キッチンのテーブルに染みをつけた等々。絶えざる言葉の暴力にパットは落ち込み、心をくじかれた。ふたりの収入に格差があるのも問題で、もっと稼がないとエレンの尊敬は得られないということをハイスミスは理解していた。『破局（Breakup）』と題した煽情的なレズビアンパルプ小説を書くことに手を染め、週給四十五ドルの英語教師の仕事も申し込んだが、両方ともかんばしい結果は得られなかった。すっかりうつ状態に陥ったハイスミスは、三月に精神的な挫折を告白し、もう関係は終わったとエレンに伝えた。予想どおりエレンはこの話を過度に悪く受け取り、泣き崩れ、関係を終わらせまいと、例によってセックスでよりを戻そうとした。しかし、ふたりがともに暮らすのはもはや不可能だった。それでも別れることができず、一九五三年四月、ふたりはトリエステからジェノバへと旅した。ジブラルタル海峡を渡って、南スペインを観光した後、船でニューヨークに向って五月十三日に到着した。船がロングアイランドからマンハッタンに向かうと、早朝の霧は晴れ、太陽がのぼり、光が街を温かく包み込んでいた。

ニューヨークに戻ると、ハイスミスは友人のアパートを二か月百五十ドルで又借りした。最初はエレンとの将来を楽天的に考えており、彼女と同じ家に住むことをどれだけ楽しみにしているか、と日記にも記している。しかし、そう書いた後、妙に惹かれるものを感じていて、ロルフ・ティートゲンスというホモセクシュアルの写真家とデートし、ステーキをともに食べたあと、一緒にベッドに行った。この密通は完全な成功をおさめたとはいえなかったが、これまで男性と寝た中ではベストな経験で、少なくとも彼女は楽しめた。「わたしのモラル的観点からすれば」と彼女はこうつけ加えている。「この行為がエレンに対して不誠実だとはみじんも感じなかった[42]」

新しいサスペンス小説の執筆で、パットは精神的にも肉体的にも疲弊し、六月にはうつ状態に陥っていた。これは一九四八年から翌年にかけて味わった苦しみと同じくらい、深刻で悲惨だった。ニューヨークで、エレンの嫉妬は尋常でないほど膨れあがり、彼女はなぜパットが毎晩自分と一緒に過ごしたがらないのか理解できなくなっていた。ハイスミスがパーティに出かけようとすると、エレンはいつもどおり許さず——彼女は怒りのあまり、若い恋人のシャツを後ろから引き裂いた。七月一日、ハイスミスはもうたくさんだと思い、きっぱり別れなければと決意した。エレンはヒステリックになり、マティーニを二杯作り、水のようにがぶ飲みし、ヴェロナール〔睡眠薬〕を飲んでやると脅かした。「心から愛してるのよ」。エレンは裸でベッドに腰かけ、ヴェロナールを八錠飲み下した。ハイスミスはその光景をまのあたりにして気分が悪くなり、アパートメントを出た。その足でキングズレーとその夫ラースのもとを訪れ、夕食に友人たちとハンバーガーを食べにいった。午前二時に帰宅すると、エレンは昏睡状態だった。タイプライターには遺書がはさまれていた。「わたしはもう二十年前にこうすべきだったのだ。あなたを咎めだてしてるのではない……」。コーヒーも冷たいタオルも役にたたず、パットは医者に電話して胃洗浄を頼んだ。しかし、エレンの意識は戻らず、しかたなく警察に電話し、精神病棟で有名なベルビュー病院に入院させた。

だが、翌日になってもエレンは昏睡状態のままだった。医者は意識が戻る確率は半々だといったが、パットは恋人のベッドの脇をうろうろしているのが嫌で、エレンの車に乗り、友人とファイヤーアイランドに向かい、そこで独立記念日の休暇の週末を過ごした。「わたしは地獄から逃げ出した[43]」と彼女は書いている。「エレンはこの瞬間にはもう死んでいるのだ[44]」と自分に言い聞かせ、カメラの前でポーズを取り、無理やり執筆に励んだ。夜になると泥酔し、興奮した女たちと喧嘩になり、殴られた。

エレンは以前も、本気ではないが自殺を試みていた——一九五二年六月、ハイスミスの日記を読んだあとで——しかしこの二度目の自殺は本気で、しかもハイスミスが『妻を殺したかった男』の中で書いた事件をふまえていた。極度に神経質なクララはヴェロナールを飲むと夫を脅かすが、ウォルターはハイスミスと同じように妻を無視し、むしろ彼女が自殺できるよう、わざと家を出ていく。「睡眠薬を飲むことはわかっていた。その事実は消すことができない[45]」とハイスミスは作中で書いている。ウォルターは自分の取った行動が、一種の殺人とみなされるかどうか悩むが、ハイスミスも、エレンを置いて出ていくという無慈悲な決定を下せば、ヴェロナールを飲むだろうということはわかっていたので、ある意味では同じ穴のむじなだった。彼女は日記にこう記している。「この本に描かれた自殺のくだりとエレンの人となりは、あまりに不穏で、生々しすぎる[46]」

週末が終わり、ファイヤーアイランドからマンハッタンに戻ると、エレンは一命を取りとめていた。病院でパットは年上の女性を一時間も抱き締めていた。エレンは復縁を望んだ。答えははっきりしていたが、ハイスミスの心は揺れていた。「ひどくみじめな気分だった——なんという優柔不断……」と書いている。「これが飲まずにいられようか[47]」

原注
第14章
1 PH, Cahier 21, 11/30/52, SLA.
2 ハイスミス　ケイト・キングズレー・スケットボル宛書簡　1952年6月14日付　SLA所蔵
3 *Evening News*, 16 February 1951.
4 PH, Cahier 20, 2/16/51, SLA.
5 PH, Cahier 20, 11/2/50, SLA.
6 PH, Diary 11, 25 February 1951, SLA.
7 PH, Diary 11, 20 April 1951, SLA.
8 PH, Diary 11, 17 May 1951, SLA.
9 PH, Cahier 20, 5/5/51, SLA.
10 PH, Diary 11, 11 August 1951, SLA.
11 Ian Hamilton, 'Patricia Highsmith', *New Review*, August 1977.
12 ハイスミス　ケイト・キングズレー・スケットボル宛書簡　1953年3月23日付　SLA所蔵
13 ケイト・キングズレー・スケットボルとのインタビュー　1999年5月14日
14 PH, *The Traffic of Jacob's Ladder*, SLA.
15 PH, Cahier 20, 8/15/51, SLA.
16 ケイト・キングズレー・スケットボルとのインタビュー
17 ペギー・ルイスとのインタビュー　1999年12月14日
18 ピーター・ヒューバーとのインタビュー　1999年3月14日
19 PH, Diary 11, 2 September 1951, SLA.
20 PH, Diary 11, 4 September 1951, SLA.
21 ケイト・キングズレー・スケットボルとのインタビュー
22 PH, Diary 11, 14 October 1951, SLA.
23 PH, Cahier 20, undated, SLA.

24 Diana Cooper-Clark, 'Patricia Highsmith Interveiw', *The Armchair Detective*, Vol.14, No.4,1981, p. 313.

25 PH, Diary 11, 29 December 1951, SLA.

26 PH, Diary 11, 21 May 1952, SLA.

27 PH, Diary 11, 22 May 1952, SLA.

28 PH, Cahier 22, 6/18/52, SLA.

29 PH, 'Scene of the Crime', *Granta*, Vol.29, Winter 1989; published in German as 'Tom Ripleys Geburt', *Frankfurter Allgemaine Zeitung*, 24, August 1991.

30 PH, Diary 11, 4 July 1952, SLA.

31 PH, *The Blunderer*, Cresset Press, London, 1956, p. 18.
ハイスミス『妻を殺したかった男』佐宗鈴夫訳　河出文庫　１９９１年

32 前掲書

33 PH, Diary 11, 15 August 1952, SLA.

34 ハイスミス　ケイト・キングズレー・スケットボル宛書簡　１９５２年10月27日付　ＳＬＡ所蔵

35 PH, Diary 11, 10 September 1952, SLA.

36 ハイスミス　ケイト・キングズレー・スケットボル宛書簡　１９５３年10月26日付　ＳＬＡ所蔵

37 PH, Diary 11, 6 November 1952, SLA.

38 PH, Diary 11, 11 November 1952, SLA.

39 Brian Granville, 'Sad finale to a literary life's work', *European Magazine*, 10-16 March 1995.

40 Ibid.

41 ブライアン・クランヴィルとのインタビュー　１９９９年９月12日

42 PH, Diary 12, 24 May 1953, SLA.

43 PH, Diary 12, 3 July 1953, SLA.

44 PH, Diary 12, 4 July 1953, SLA.

45 PH, *The Blunderer*, p. 60.

46 PH, Diary 12, 14 August 1953, SLA.

47 PH, Diary 12, 7 August 1953, SLA.

第15章

パット・H　別名リプリー

1953 － 1955

「わたしの個人的な病や不快感は、わたしの生きる世代と時代に共通するものであり、いっそう悪化するばかりだった」。ハイスミスは一九五〇年九月のノートにそう記している。[1] アメリカを離れていたことで洞察力がいっそう研ぎ澄まされ、一九五三年に帰国した際にアウトサイダーの視点から自国を見た彼女は、当時国内を覆い尽くしていたパラノイア的な空気にショックを受けた。一九五〇年から五三年にかけて勃発した朝鮮戦争——中国をバックにつけていた共産主義の北朝鮮と、アメリカが支援する反共産主義韓国との戦争は、イデオロギーの戦いの象徴として米国内を席捲していた。一九五三年、ようやく休戦を迎えたこの戦争は、五百万を超える死者を出したにもかかわらず、アメリカ人の大多数は、はるか遠い国へ軍隊を送ったことで、共産主義の脅威から安全を保障し、自分たちを守ることができたと信じており、その犠牲は尊いものとみなされた。一九五三年に大統領に就任したアイゼンハワーは、戦争終結のために核兵器を使うことまで考えていた。

ハイスミスは、原子爆弾の機密を旧ソ連に売り渡したとして死刑を目前にしたユダヤ人夫妻、ジュリアスとエセル・ローゼンバーグのニュースに狼狽し、急速に下落していくアメリカの国際的な評判を懸念した。マッカーシーの赤狩りは続いており、ほとんどヒステリー状態にまで達していた——当時の雰囲気は一九五三年のアーサー・ミラーの戯曲『るつぼ』でも赤裸々に描かれている。同年、図書館職員は「共産主義者やそのシンパ」によって書かれた本はすべて撤去するようにという指示を受けた。「これらに対して、人道主義的な観点から、あるいは国際的な名声を危険にさらす恐れから全米で抗議の声があがっている」とハイスミスはローゼンバーグ夫妻がニューヨーク州立シンシン刑務所において電気椅子で処刑されたことに触れている。「しかし、今アメリカ・ハウザー図書館で起こっている禁書ほど最悪の事態は考えられない。ダシール・ハメットの『影なき男』、ハワード・ファスト、ラングストン・ヒューズまでも、図書館から追放されてしまった」[2]

朝鮮戦争後のアイゼンハワーの時代は、平和と繁栄の時代、《豊かな新世界》[3]と称された。それはテレビドラマ『アイ・ラブ・ルーシー』やボビー・ソックス、カシミアのカーディガンをはおったプレッピー族、ドライブイン・ムービー、バーベキュー、生活に便利な設備に代表される時代だった。一九五〇年から一九五八年の間に経済成長は年四・七パーセントを遂げ、生活水準は上がり続けた。それはベビーブームの時代でもあった——一九四〇年にはアメリカの人口は一億三千万人だったが、一九五〇年代に半ばには一億六千五百万人にまで増えている。一九五〇年代そのものを凝縮した郊外《サバービア》はどんどん広がり、消費者は取りつかれたように濫費した。だが、この新たな画一的な生活は、アメリカン・ドリームの空しさを象徴するものでもあった。この現象をコラムニストのウィリアム・シャノンは次のように書いている。「アイゼンハワーの時代は、贅肉、自己満足、下品な物質主義に満ちている」。またノーマン・メイラーは、一九五〇年代が「人類の歴史の、最悪の十年だ」[4]と言い切っている。

一九五〇年、社会学者で弁護士のデイヴィッド・リースマンが『孤独な群衆』を発表した。この問題作はアメリカの精神の変化をめぐって、全米的な論争を巻き起こし、ハイスミスもこの本を読んでいた。リースマンはこの著作の中で、現代的な、急激なメディア操作が進む社会における個人の立ち位置を分析し、人間の性格類型を三つに分類した。ひとつは《伝統指向型》——すなわち産業革命以前の社会のように、祖先からその伝統的価値を受け継いでいる人々。それから《内部指向型》——資本主義ブームの十九世紀にあらわれた、内面的な道徳観によってその行動が決定される人々。最後は《他者指向型》——現代アメリカのような大衆社会におけるメディアや同輩者たちの動向に左右される人々。リースマンは、人々がこれまでの内部指向から他者指向へ、産業と達成の時代から、画一性と順応の時代へと変わる過渡期にあるとみなす。《他者指向型》の人々に共通しているのは、個人にとっての指向が同世代人のそれであること、直接知っている人間かどうかは関係なく、友人たちやマスメディアによって左右されるとリースマンは書いている。[5]

問題は、過度の社会化の弊害にアメリカ人が苦しんでいることだった。「何世紀にもわたってモラリストたちは、人は欲しい物を手にすると不幸になると警告してきた」と歴史家ジョン・パトリック・ディギンズは一九五〇年代について書いている。「郊外生活は、計画的な共同体における清潔さと安全を与えてくれるが、計画的な幸せなどというものは、絶望以外のなにものでもない」[6]

ハイスミスの『妻を殺したかった男』もまた、このようなアイデンティティの危機と、アメリカ男性の心に居座る空しさを追求した作品である。物語は典型的な《他者指向型》であるウォルター・スタックハウスを中心に展開される。表向きの世界では、三十歳のウォルターはすべてを持っているように見える――不動産業者で成功した高給取りの妻のクララ、クララの母から贈られたロングアイランドの家、マンハッタンの弁護士という素晴らしい仕事、誰からもうらやましがられるようなライフスタイル。しかし、ウォルター自身は疎外感を感じていた。ハイスミスはこのように描写している。「近所の家の庭で、二杯目のハイボールを手に、ウォルターは自問する。『こうした陽気で、きざなくらい裕福で、根っからつまらない人々に囲まれながら、自分は一体なにをしているんだろう、どういう人生を生きるのだろう』[7]と」。「とげとげしさがある」[8]声をした喜びを否定する女性との結婚は不幸だった。ニューヨークの大手法律事務所の仕事もやりがいのないものだった。ウォルターは独立して、西四十丁目に法律事務所を開業し、他の事務所では断られるような、マイナーな事件を扱うのを夢見ている。彼は自分の生活の陳腐さをいやというほど意識していた。「三十になれば不満があって、とうぜんなのだ。それがウォルターの結論だった。多くの人々にとっては、夢がひとつひとつ少しずつ破れていくのが人生なのだと思う」[9]。自由になる時間に、ウォルターは《取るに足らない友情》というエッセイのためにリストを作成し、ふたりの人間の間に存在する対等ではない関係について分析した――この力関係についてハイスミスはたびたび自分の作品内で再現している。ほとんどの人間は、最低でもひとりは自分より劣った人間と友情を結ぶものだとウォルターは信じている。「明らかに満たされない思いと弱さのためであり、そうした思いや弱さは自分以下の相手によって映し出されたり、補足されたりする」[10]。皮肉なことに、ウォルター自身、メルキオール・キンメルとそのような関係に陥ることになる。彼がその名を見たのは「ニューヨーク州タリータウンの近くで女性の遺体発見」という新聞の見出しだった。キンメルの妻ヘレンの遺体は、断崖の底で、刺され、殴られた姿で発見されるが、その事件はウォルターの脳裏に強く焼きついてしまう。クララとの関係が悪化するにつれ、彼はその映像を細部までありありと思い浮かべるようになる。木立の中に倒れ、顔に大きな深手を負って血を流している女性の死体。ハイスミスの他の主人公たちと同じように、ウォルターは自分の空想、すなわち殺人を頭の中で再構築し、実行計画のリハーサルを心の中で行うことで、自身を窮地に陥れることになる。彼は実際にクララを殺したりはしない――キンメルの事件を再現するかのように、クララは自分で崖から身を投げる――だがメルキオールへの執着が、ウォルター自身の破滅をもたらす。小説の最後でウォルターは、リースマンの孤独な群衆と同じく、自分のアイデンティティをはぎ取られてしまう。「自分は生きながら無になった、とウォルターは思った……無であるつまらぬ人間は愛する資格を持つのだろうか？」[11]クライマックス場面でキンメルはセントラルパークを歩くウォルターをずっとつけていく。ウォルターはもう無についてしか考えられず、彼のアイデンティティは消えかけていた。そこにはただひとつの結論しかない――すなわち死である。キンメルはウォルターに飛びかかり、ナイフを振り上げて顔を切り裂く。ウォルターはナイフが自分の歯をこする音を聞き――さらに喉を切られる。血が流れだすと同時にウォルターは生きる気力を失う。外部の事件が、崩壊しつつある意識の断片と対照をなすこの大団円は、まさに人の心を動かさずにはいられない見事な作品に仕上げている。

八月二十六日、ハイスミスは後に『妻を殺したかった男』となる小説の百ページほどを書きあげていた。小説の大部分は彼女がフォートワースに滞在した一九五三年九月から一九五四年一月にかけて書かれ、『列に並んだ男（The Man on the Queue)』『おそるべきお人好し』という仮題がつけられていた。最初はおじのクロードが経営するコーツホテルというアパートメント・ホテルに滞在し、次にアッシュパーク・ドライブにある、いとこのミリー・アルフォードの家に移った。この小説は『見知らぬ乗客』より複雑で洗練されたものであり、それゆえに執筆は困難に満ちたものになると思われた。しかしながら彼女の第一の目標は、この小説を楽しい読み物にすることだった。「人を楽しませるものになってほしいというのが唯一の望みよ」と彼女はキングズレーに書き送っている。「それが最大の目的[12]」なのだと。

フォートワースの地方紙のインタビューで、ハイスミスは成功の秘密は、「ありあまる静寂と午後のビール[13]」にあると述べ、好きなアメリカ人作家にロバート・ベン・ウォレンとウィリアム・フォークナーを挙げている。彼女はほとんど白熱した状態で執筆に没頭していた――「執筆というものは実に健康に悪い[14]」といっている。ハイスミスはエレンとの不幸な関係にかかわる感情のいっさいを浄化しようと努め、結局九月に関係は破局を迎えた。ニューヨークを離れてヨーロッパへ行ったエレンが、また自殺をはかろうとするのではないかとハイスミスは怖れていた。現実の生活と、自分が小説中で書いている事件の相似もまた彼女を不安にさせていた。「どうやら現実がわたしを先回りしているようだ。睡眠薬騒ぎとわたしが小説中に書いたあのエピソードみたいに。本当に気味が悪い」[15]

ハイスミスはひどく落ち込み、ささいな出来事でも心がくじけ、泣きだしたい気持ちに襲われた。だが、表面的にはそのようなメランコリーを覚えるような要因はまったくなかった。これは「明らかなマゾヒズム」[16]だと自覚し、日々を耐えるために、常に支えてくれる友人や恋人を求めた。だがテキサスの人々はあまりに「うわべにこだわりすぎている」ように見え、執筆に集中するために、早くベッドに入ったふりをするなどして孤独を保った。

最初の原稿は十一月初めに完成し、同九日、彼女はタイトルを『妻を殺したかった男』に決定した。ハイスミスはフランス語で「これは単なる犯罪ではない」と書き、作中のウォルターの行動については「まったくの過ちである（道徳的な意味で）。ウォルターはただ、へまをした人間（Blunderer『妻を殺しかった男』原題）なのだ」[17]と記す。彼女は満足のいく結果になるまで原稿を書き直し、タイプし直して、クリスマスイブにキングズレーへ宛てて書いた手紙に最終ページを同封した。

執筆以外の時間は、親族と過ごした。古い友人であるフローレンス・ブリルハートと乗馬に行き写生をしたり、テレビを観たり〔といってもほとんど関心を持つことはなかったが〕時にはダラスにランチを食べに出かけ、ゴルフを楽しんだ。親しくなったいとこのミリーとはしょっちゅう酒を過ごして酔っぱらった。彼女はバーナード大学の頃からかなりの酒飲みだったが、いまやその消費量――マティーニ、ジン、ライウィスキー、バーボン、ワイン――は危険なほどまでに増加し、一九五四年の一月初頭、ニューヨークに戻ったあとも酒量は変わらなかった。ニューヨークに戻ってきた最初の日、彼女は午後四時にベッドにもぐりこんだが、その時にもジンの壜を抱えていたし、そのあとアン・スミスとディナーに出かけた際もマティーニを七杯、ワインを二杯飲んでいる。

「去年はすべてが無意味だった」。一九五三年について彼女はこう語っている。「わたしのしたことといえば《ねえ、もう一杯》……まるで酔いどれ水夫のような金の使い方をしていた」[18]。何よりも腹立たしいのは、悪いのは自分だということを一番よくわかっていたことだった。たとえ将来巨大な負債を負うことになろうと、それは誰のせいでもなかった。

ハイスミスの堕落への傾向――酒の飲みすぎ、奔放な性行為――は己の快楽を罰しようという本能で、多少の歯止めはかかっていた。「わたしがどれだけ賢明に働こうと、ほかの人たちよりどれだけ頑張ろうと問題ではない」と書いている。「わたしはとにかく無分別で生意気で、自分自身を欺いていた[19]」

一九五四年九月、『妻を殺したかった男』が出版された。献辞はごくシンプルに「Lへ」となっていたが、このイニシャルの女性こそはハイスミスの新しいミューズだった。エレンとの関係のあとで――というよりはふたりの関係が終わりかけているさなかといったほうが正解かもしれない――ハイスミスはアン・スミスの元彼女で、野心的な女優のリン・ロスと関係を築き始めていた。リンは当時二十八歳、ほっそりした金髪美人で、妖精のような雰囲気の持ち主だった。リンの影響がどれほど大きかったかについては、二十五年後、ハイスミスの前にリンに似た女性があらわれた時の浮かれようからうかがい知ることができる。彼女はその若い女性――二十五歳のタベア・ブルーメンシャイン、女優で衣装デザイナーでもある――への情熱に駆り立てられ、その身体的特徴や性格についてこまごまとリスト化したほどだった。ハイスミスはふたりを比べて、彼女たちの芸術的気質や自由な精神を賛美した。彼女はプルーストの言葉を借り、つまるところ根本的に人の「好み」というのは変わらないのだという。「だからこそ人は『いつも』同じタイプの人間に恋をしてしまうのであり、そうした感情は変わることはない[20]」

ハイスミスとリンは一九五三年七月にデートを始め――エレンの自殺未遂から二週間後のことである――短い間ではあるが、グリニッチビレッジのリンのアパートメントで、関係が終わる一九五四年の春まで一緒に暮らした。だがハイスミスはまたしても、なぜ自分のためにはならない女性を選んでしまったのかという疑問に直面する。リン・ロスを失って精神的に不安定な状態に陥った彼女は、ついには自分の正気を疑い始める。「人間としての自分はどこかおかしくなってしまったようだ[21]」と書いている。またノートにも躁鬱状態を繰り返すのは精神疾患の兆候で「先天的な」ものであるため、「治療はほとんど不可能[22]」といわれたことを記している。自分の精神がまだ損なわれていないことを確かめるために、彼女は自らにテストを課すことにした。それはラジオの前に座り、ニュースを聞き、放送を聞き取って書き写すというものだった。むろん、こんなテストが正気の目安になるはずはないのだが、ハイスミスはどん底に落ち込んでしまった状態から脱するための何かが必要だったのであり、このテストにパスしたことを喜んだ。

歯周病に苦しめられ、家財道具はあちこちに散らばったまま、恋人には捨てられた。それにもかかわらず、内にある何かが——本人はそれを「力」と書いている——彼女を駆り立てていた。リン・ロスとの関係の終わりは彼女を精神的に後退させ、この関係の崩壊もまた過去の関係すべてを象徴しているように思われた。「これまでも、これからも絶望とワンセットになっている」[23]。しかし自己憐憫に浸る代わりに、ハイスミスは新たな小説のプロットを練り始める。それは彼女の作品の中でも、もっとも強力で、もっとも有名な小説となる。その小説の初期のタイトル候補は『悪の追及（Pursuit of Evil)』、『戦慄すべき若者たち（The Thrill Boys)』、『ビジネスは我が悦び（Business is my Pleasure)』などだったが、結局『太陽がいっぱい（才能あるリプリー氏）』に落ち着いた。

『太陽がいっぱい』は、ハイスミスが五作書いたリプリーものの第一作で、一九五四年、執筆期間六か月というハイスピードで書き上げられた。「まるでリプリー自身が書いているかのようだった」と後にハイスミスは語っている。「それはただ流れ出てきたのだ」[24]。この小説の中心となるのはトーマス・リプリーという、アメリカ人の不安定な若者だ。彼は裕福な年配の男と知り合いになり、疎遠になっている男の息子ディッキー・グリーンリーフをイタリアから連れ戻してほしいという依頼に協力することになる。トムはディッキーのライフスタイルに「そしてディッキー本人にも少なからず」恋をするが、やがて彼とは一体になれないことを思い知らされたリプリーは、ディッキーを殺害し、彼になりすます。

このストーリーはいわばヘンリー・ジェイムズの『大使たち』の陰鬱な改訂版ともいうべきものだ。ハイスミスは一九四〇年にこの本を読んでいたが、文体が凝り過ぎて、冗長だと感じていた。このふたつの小説の共通点に気づく読者を想定して、ハイスミスは『大使たち』について——ランバート・ストレザーという中年男が、ミセス・ニューサムの依頼を受けて、パリにいる息子チャドをアメリカに連れ戻そうとする——二度も作中で触れている。最初にそれが出てくるのは、ハーバート・グリーンリーフが面白半分に、トムに対してジェイムズのある作品を読んだことがあるかと訊ねる場面である。二度めはリプリーがアメリカからヨーロッパへの船旅の途中で、船の図書館に行ってその本をリクエストする場面だ。

『太陽がいっぱい』の中心的なテーマ――変幻自在なアイデンティティの本質、そして見かけと中身の差――は、われわれも知ってのとおり、ハイスミスが若い頃からずっとこだわり続けてきたものだった。「早いうちに仮面をつければ、それはやがて本当の人格になる……」と彼女は一九四九年に記している。「人間の本質における奇妙な真実、それは偽物も最終的には本物になってしまうということである」[25]。彼女はまたとうてい手に入らないものを求める苦悩をたっぷり味わっていたため、フィクションとして追求するにはぴったりの主題だと考えた。「テーマは激しいフラストレーション。ある人間が、自分には手の届かない、あるいは一緒になることのできないような相手を愛している状態」[26]。一九四九年のノートにはそう記している。

小説のプロットをたて始めたのは一九四五年三月の終わり、ちょうどリン・ロスと別れる直前のことで、中心人物となるヨーロッパ在住の若いアメリカ人について最初の着想を書き留めている。彼女がその時スケッチしたキャラクターは完成稿のリプリーとは、大きくかけ離れてはいるものの、道徳基準をもたない、魅力あるサイコパスの若者と、彼の被害者であり愛の対象でもあるディッキー・グリーンリーフの痕跡をとどめている。この時点では、主人公はアマチュア画家で、ホモセクシュアルの傾向があり、十分な不労所得がありながら、いつのまにか麻薬の密輸に巻きこまれていく、と想定していた。ストーリーが進展していくうち、主人公は自分に殺人という才能があることを発見し、そこに喜びを見いだし、その結果ギャングたちの不正行為に利用されるはめになるという構想に変わっていく。「ブルーノのように奇矯な人間にしてはいけない――自分自身が危機に陥った時に、必要とあれば役に立つ情報を得るためにそのような役割を演ずることはあるが……」と書いている。「彼の名前はクリフォード、デイヴィッド、もしくはマシュー」[27]

ハイスミスは一九五二年のポジターノで、朝六時にひとりビーチを歩いていた若者を思い起こした。彼女はこのイメージに意識を集中させ、顕微鏡の下で細胞組織を切り分ける科学者のようにそれをふたつに切り分けた。そしてリチャード〔ディッキー〕・グリーンリーフとトーマス・リプリーというふたつのキャラクターを創り出すことで、強力な男同士の力関係をあらたに生み出した。

「リチャード・グリーンリーフ――ポジターノの海岸で見た若者」と彼女は回想する。「もうひとりの若者……トムには、つねにかき消すことができないような怯えた表情が残っている。ハンサムといえないこともないが、同時にきわめてありきたりな、すぐにも忘れられてしまいそうな存在だ[28]」

ハイスミスの初期のシナリオでは、ポジターノにやってきたディッキーの父を、ふたりの若者が協力して突き落として殺してしまうという設定になっていた。リプリーは今度はディッキーを同じ場所におびきだし、転落したのを見届けて、彼は死んだものと思い込む。しかしディッキーは生き延び、家に戻ってくると、リプリーに麻薬密輸の片棒を担げと迫る。別の設定では、トムは最初から密輸にかかわっていることになっている。ポジターノの家にグリーンリーフ氏があらわれ、トムに出ていくように命し、トムはその腹いせにこの父親を殺し、呆れたことにその死体をアヘンの輸送に利用するのである。

このアイデアは、ハイスミスの多くの小説がそうであるように、彼女の実生活から生まれたものだった。彼女は一九五四年の夏を過ごすためにマサチューセッツ州レノックスにコテージを借り、この小説を書き始めた。彼女の家主は葬儀屋で、その作業のこまごまとした工程にハイスミスは惹きつけられた。とりわけ内蔵を処理する際に死体につける、木のような形をした傷や、死体の中に詰めるものの材料など〔おがくずは彼の企業秘密だった〕に興味を持った。「わたしはリプリーが麻薬の密輸にかかわるというアイデアをひねくりまわしていた……リプリーに麻薬をたっぷり詰めた死体を搬送させるというアイデアを」。彼女は後にそう書いている。「もちろんこれは間違った方針であり、決してそういう展開にはしなかった[29]」

幸いなことにハイスミスはこのグロテスクなプロットを、完成稿にコミカルなエピソードとして残すことにした。トムは本物の死体に麻薬を詰め、ふたりも棺桶に入ってトリエステからパリまで移動することを提案するが、その事件はふたりの関係の悪化の象徴として使われることになる。ディッキーがこの提案を却下すると、トムは個人的に拒絶されたと思い込み、ふたりの本質的な隔たりが殺人の決定的な動機となっていく。

ふたりは友人なんかじゃない。おたがいなにもわかっていない。それがトムには恐ろしい真実のように思われた。いつでもそうなのだ。かつての知り合いも、将来知り合う相手も、そうだろう。みんな彼の前に立っていたし、これからも立つことになるにちがいない。だが、けっして相手を知ることはないのだ。[30]

この本の大前提――ひとりの人間がまるで蛇の脱皮のように簡単にアイデンティティを脱ぎ捨てる――については、現実の生活からもインスピレーションを受けている。一九五四年四月十六日、ハイスミスは「ヘラルド・トリビューン」の見出し記事に目を通していた――「焼死体として《埋葬された》男性、殺人犯として逮捕される」。セントルイスのアルベルト・パグリーノは、セントルイスで黒焦げの死体となって発見され、警察によって本人と判定された。しかし《埋葬》の後、酒を飲んでいるところを目撃され、男は逮捕された。ハイスミスは新聞からこの記事を切り抜き、彼女のイマジネーションを養ってくれる創作用のノートに資料として貼りつけた。

「もとのアイデアを放棄するつもりはない」と彼女は書いている。「ある程度似ている――そっくりとまではいかないが――ふたりの若者が片方を殺し、そのアイデンティティを我がものにする。それがこの物語の、もっとも重要な部分だ」[31]

彼女は本人がいうところの《牧歌的》な気分で執筆を開始した。ここ数年のもつれにもつれた感情生活から解き放たれた彼女は、はるかにリラックスした状態だった。レノックスで地方図書館に行ってトクヴィルの『アメリカのデモクラシー』を読み、イタリア語の文法書のページを繰った。だが、やがてこの落ち着いた生活に、彼女が書こうとしている異様な主題がなじまないことに気がついた。七十五ページほど書いたところで、自分の文章には緊密さが欠けていると感じた。彼女は原稿の大部分を捨て去り、椅子の端に腰かけて緊張感を生み出し、ふたたび書き始めた。「この作品は、熱に浮かされたような文章と、リプリーの尊大さと大胆さも手伝って、広く読まれることになった」と彼女は記している。「このようなキャラクターの内側に入りこんで考えることで、わたしの文体は、本来そうなるべきものよりは、ずっと自信に満ちたものとなる。それはエンターテインメントになった」[32]

だが、彼女にとってトム・リプリーのように考えるのは決して難しいことではなかった。このキャラクターを長年あたためていたというだけでなく、リプリーの声の響きやトーンは驚くほど彼女に似ているからであり、後に本人もそれを認めている。一九七一年イギリスで二作目のリプリーもの『贋作』が刊行されたあとに、ハイスミスは友人のチャールズ・ラティマーに本を進呈しているが、献辞にはこう書かれている「愛をこめて、チャールズに。一九七一年四月二日トム（パット）より[33]」
ラティマーは「パットの死後、ジョン・モーティマーが追悼文の中で、彼女はリプリーに恋していたと書いていたが、実際は彼女こそがリプリーだったのであり、あるいは彼のようになりたかったのではないかと思う[34]」と書いている。

後年、彼女はリプリーを語る際、「非常に近しい人間のように話していた」とベッティーナ・バーチはいう。「彼を擁し、こういう時なら彼はきっとこういうだろうと考えていた。彼女にとっては実在の人物と同じだったんでしょう[35]」。写真家のバーバラ・カー＝セイマーによればハイスミスは「パット・H　またの名をリプリー[36]」とサインしていたという。

現在ニューヨーク在住の画家ピーター・トムソンは、一九六三年のポジターノのある夜のもようをこのように語っている。夜を徹してのパーティのあと、彼が海岸に降りていくと、当時この漁村に住んでいたハイスミスが近づいてきてこういった。「あなたはトム・リプリーを思い出させるわ」。トムソンは回想する。「彼女はまるで知り合いについて話しているような口調だった[37]」

もちろん彼女はリプリーをよく知っていた。なぜならそれは彼女の創造的イマジネーションの具現化であり、作者自身の抑圧され、禁じられた、時として暴力的な欲望の暗いシンボルでもあったからだ。彼女が『太陽がいっぱい』を書いている時に使っていた二十三冊目の創作ノートには、「主題」という見出しの横に大文字で「悪」と書きつけられている。ノートをつけ始めた頃から彼女は小説のテーマとしての「悪」の力に魅了され、一九四二年にはとりわけ強く惹きつけられていることを告白している。一九五四年に小説のプロットを練りながら、彼女はこのように書いている。「いつかやるだろうと予言していたことを、今わたしはまさにこの本（トム・リプリー）でやっている。すなわち善に対する悪の圧倒的勝利、その喜びを。読者にもまた喜んでもらわなければならない。こんなふうにまるで夢の中のように、無意識は常に意識や現実を圧倒する[38]」

リプリーは職業作家ではないが、それを暗示させる部分がある——少なくともシリーズ第一作目では——彼には卓越した模倣の才能があり、力強い創造的イマジネーションがあるので、創作が彼のもっともすぐれた才能だということはあり得るかもしれない。とどのつまりフィクションとは、入念に計算された信用詐欺以外のなにものでもないからだ。ハイスミスはリプリーについてこう書いている。「彼の話は完全だ。なぜなら、彼はその話をあまりにも入り込んで創り上げているので、しまいには自分でもそれを信じるようになっていたからだ[39]」

小説の冒頭、ヨーロッパに向かう船旅——グリーンリーフ氏の好意で一等船客——に出たリプリーは、腰を落ち着けるとまず、このような豪華な旅をプレゼントしてくれたことに対し、丁重な礼状をしたためようとする。だが、途中でイマジネーションが暴走し、まだ会ってもいないディッキーのモンジベロの村における生活を描いた妄想の手紙に変わっていく［この地名はダンテの『地獄篇』第十四歌で述べられているとおりエトナ山の別名でもある］。村での釣りや水泳やカフェについてこまごまと述べ、リプリーはディッキーがマージに対してさほどロマンティックな気持ちを抱いていないこと、あわせて彼女の性格に対する完璧な分析も綴っていく。「しまいにはテーブルの上が便箋でいっぱいになる[40]」まで。

リプリーのカメレオンのようなキャラクター——周囲にいる人間のアイデンティティを乗っ取る能力は、作家としてもっとも重要な要素である——は、ディッキーがマージにキスしている場面を目撃したあとにも発揮される。彼は嫌悪のあまり、ディッキーなったふりをして、ディッキーの服一式を完璧に着込むことさえやってのける。そしてグロテスクな活人画よろしくディッキーを演じながら、マージを捕まえて絞め殺す場面を想像する。「『マージ、いいか、ぼくはおまえを愛していないんだ』トムは鏡に向かい、ディッキーの声色をつかって言った[41]」

彼が愛する男を殺す決意を固めるのは、自分がディッキーのアイデンティティを乗っ取ることができないと悟った時である。そして殺人を犯した後——彼はサン・レモ沖のボートの上でディッキーをオールで殴り殺す——リプリーのフィクションを作り出す才能と、たえまない自己変身の才能はその本分を発揮し、めくるめく逆転に次ぐ逆転を経ながら変装と嘘をまじえて切り抜けていく。トムは自分の創り上げた世界に没頭する作家のように、それまで持っていたアイデンティティを失っていく。「即座に彼のキャラクターに戻れる練習をしておいたのは、いい思いつきだった」とハイスミスは書いている。「なぜなら、ほんの数秒でそれをしなければならない時が来るかもしれないし、なぜかトム・リプリーの正確な声のトーンをすぐ忘れてしまうからだ[42]」

中心となる人物の話し方のリズムや特徴に充分耳を慣らしてから、リプリーはディッキーになりすまして、グリーンリーフ夫妻にあてた手紙をタイプし直す。あまりにコンマを多用しすぎていたし、数週間も死んだ友人のアイデンティティを帯びて生活していくうちに、ディッキーとして書いているほうが、自分自身として書くよりもたやすくなっていることに気づく。「ディッキーの単調な文章は、自分の手紙を書いた時よりもすらすらと出てきた[43]」

最終章でリプリーは自分自身に戻らなければならなくなるが、主人公に恋している作家がそうなるように、惨めな気分に陥る。とどのつまり、自分に戻るということは、他者を演じる興奮とドラマの後ではあまりに退屈だったからだ。「トーマス・リプリーには戻りたくなかったし、取り柄のない人間でいるのもいやだった……買った当時でも大したことはなかったのに、油の染みがつき、皺の寄ったスーツ、そんなよれよれのスーツを着たくないように、ほんとうの自分には戻りたくなかった[44]」

リプリーは読者の圧倒的支持のもとに、ふたつの殺人を行いながらも逃げ延びる。小説の終わりでは、逮捕されたり罰せられたりするかわりに、すべてを免れて自由になる。彼の最後のせりふは「Il meglio albergo. Il meglio, il meglio!〔ホテルへ行ってください、最高級のホテルに。最高級の、最高級だよ〕」である。この小説は、反道徳に対するラディカルな祝福であるだけでなく、リプリーはハイスミスの想像力の、きわめて逸脱したイマジネーションの隠喩ともいえるだろう。

彼女本人もサイコパスと作家との相似性に気づいていた。「もしサイコパスと呼ばれる人々について将来書くとすれば」と彼女は一九四九年のノートに記している。「創作というものは何かをそぎ落とし、さらに鮮明なものにすることだと思う。小説に登場するサイコパスは、世間が許容するよりも際立った生き方をする人間のことだ[45]」

彼女自身、リプリーの特徴を多く体験している――引き裂かれたアイデンティティ、不安、劣等感、愛する者への執着、抑圧から発生する暴力。彼女の若きアンチヒーローと同じように、ハイスミスは生きるために心理学的なファンタジーで己を支える必要があった。「わたしにとって幸福というのは、空想の産物である」。ハイスミスは『太陽がいっぱい』の創作ノートにそう記している。「実存とは、否定的で悲観的な考え方の無意識的な排除である。これは生き延びるためにそうするのだ。それはすべての人にも当てはまる。わたしたちはひそかに、生の営みの下で自分たちを殺して生きているのだ[46]」

一九五四年九月、ハイスミスはマサチューセッツの借家を引き払って、ニューメキシコに向かい、サンタフェに居を定めた。「そして着いたすぐ翌日から書き始めた」と手紙には書いている。「こんなのは別にめずらしいことじゃない。スーツケースの荷解きがまだだなんてことはどうでもよかったのよ[47]」

この時、彼女と一緒にいたのはアメリカに戻ってきたばかりのエレン・ヒルだった。一九五四年から一九六二年まで、エレン・ヒルが日記を読もうとするので、ハイスミスは日記をつけるのをやめていた。そのため、どうしてこの年上の女性とふたたび旧交を温めることになったのか正確なことはわからない。だが、友人のアレックス・ソジーにあてた手紙で、エレンとの関係が四年続いたことを明らかにしている。一九五一年と五二年にかけてはヨーロッパで、一九五四年と五五年の二年間はアメリカでともに過ごしていたようだ。「わたしは四年間エレンと暮らしたけれど、彼女から受けたトラウマはもっと長く続いた[48]」

あれだけ過去にトラブルがあったにもかかわらず、パットは依然としてエレンの知性を高く評価しており、ふたりは日々闊達な会話を交わしていた。「彼女の会話は挑発的で、しばしば人を苛立たせ、話の要点はいつも正しいわけではなかったが、それが会話に刺激を与えていた」と日記に書いている[49]。

十二月の終わり、ふたりとエレンのフレンチプードルは、サンタフェからエルパソの国境の町を車で訪ね、さらにメキシコに南下し、イダルゴ・デル・パレルの町で泊まり、翌朝目覚めると山は雪で覆われていた。もしハイスミスがエレンとの二度目の関係がよりよいものになると考えていたのだとしたら、それは間違いだった。ふたりの共通の友人であるペギー・ルイスはメキシコで一緒に滞在し、緊張感あふれる三週間をこのように回想している。「あの人たちときたら聞くに堪えないほどつまらないことで言い争っていたわ」と彼女はいう。「誰をディナーに呼ぶかどうかなんてことでいがみあっていた。自分たちの好む人たち、交友を深めるべき人物について、それぞれ異なった立場を取っていたわ。エレンはいつも、見当違いの理由で他人と関係を結ぼうとしているような印象があった。自分にとって利益があるかどうかしか考えていないから。彼女は人を利用することしか考えてなかったんじゃないかしら[50]」

ハイスミスは『太陽がいっぱい』を脱稿すると、原稿を一部フォートワースに住む最愛の祖母ウィリー・メイに送った。一九五五年末の出版を待たずに、彼女が亡くなってしまうのではないかと怖れたからだ。一九五五年二月五日、八十八歳の祖母は、ハイスミスが生まれた家の外で倒れた。

「花壇の手入れをしていたんだ――彼女はあちこちに花を植えていて、おまけに魚の池まである、それは美しい庭だった。そこで動脈瘤が破裂したんだ」とダン・コーツは語る。その場でこときれたから、まったく苦しむことなく、息絶える瞬間まで元気だった。僕たちは子供みたいに、よく祖母をからかって『おばあちゃん、九十まであと二年しかないよ』といっていた。その返事は『何いってるの、百になるまであと十二年しかないわ』だった[51]」

パットは祖母の死にさぞかし衝撃を受けたに違いない。「覚えてるわ――彼女は穏当にお祖母さんを愛していたのよ」とキングズレーはいう。「スリッパがお祖母さんの足の形に膨らんでいるのを見ただけで、ひどく心が乱されたといっていたわ[52]」

祖母に送った原稿は、ウィリー・メイが亡くなってから数週間後に行方不明になり、ハイスミスは母を責めた。「不運なことに母があの原稿を失くしてしまった」と後に彼女はいっている。「許しがたい行為よ、本当に。母に『どうして紛失したのよ』と訊いたら『ニグロの使用人が片づけちゃったのよ』と答え、わたしは言い返した。『ニグロの使用人が片づけたって……笑わせないでよ[53]』って」

『太陽がいっぱい』は一九五五年十二月に刊行され、好評をもって迎えられた。「ザ・ニューヨーカー」誌はこの主人公を、現代における「もっとも虫のすかない、だが魅力的なキャラクター」と評し、さらにこうもつけ加えている。リプリーは「強いホモセクシュアル的愛情を感じた若い男性を殺して金を奪い、さらにはほとんど面識もない男も、事情を知り過ぎたために殺してしまう[54]」。そしてこの匿名の書評子はハイスミスが「この非常にインモラルな物語を小説として魅力的に描いている[55]」と結論づけている。推理小説評論家で目利きとして知られるアンソニー・バウチャーは「ある種の犯罪者への、非凡な洞察」とハイスミスを絶賛した。リプリーに対しては「犯罪心理学者がいうところの、『先天性精神病疾者』の肖像が立体的に描きだされている」。この小説は「キャラクターの創造にしても、その分析にしても『見知らぬ乗客』や『妻を殺したかった男』よりもさらに充実した試みになっている」。さらに非常に「巧みである」が「いささか冗長気味」ともつけ加えている[56]。

この小説は多くの賞を獲得し、アメリカ探偵小説作家協会が主催する一九五六年のエドガー・アラン・ポー賞の特別賞にも選ばれた。数年後、賞状にカビがはえると、ハイスミスはガラスを取り外してきれいにし、もう一度バスルームの壁にかける際に、自分の名前の前に「ミスター・リプリーと」と書き加えた。リプリーが自分と同じくらいこの栄誉を受ける資格があると考えていたからだ。そしてある意味ではそのとおりだった。「わたしはしばしばこれを書いているのはリプリーで、自分はタイプしているだけだと感じていた」と彼女は述べている。[57]

原注

第15章

1 PH, Cahier 20, 9/10/50, SLA.

2 PH, Diary 12, 16 June 1953, SLA.

3 John Patrick Diggins, *The Proud Decades: America in War and Peace*, 1941-1960, W.W. Norton & Company, New York, London, 1988, p. 181.

4 Ibid.

5 David Riesman, with Nathan Glazer 38; Ruel Denny, *The Lonely Crowd: A Study of the Changing American Character*, Yale University Press, New Haven, 1950, p. 22.

6 Diggins, *The Proud Decades*, p. 187.

7 PH, *The Blunderer*, Cresset Press, London, 1956, p. 25.
ハイスミス『妻を殺したかった男』佐宗鈴夫訳　河出文庫　１９９１年

8 前掲書

9 前掲書

10 前掲書

11 前掲書

12 ハイスミス　ケイト・キングズレー・スケットボル宛書簡　１９５３年10月27日付　ＳＬＡ所蔵

13 'Plenty of Quiet and Afternoon Beer One Author's Recipe for Success', *Fort Worth Telegram*, dated by PH as September or October 1953, SLA.

14 ハイスミス　ケイト・キングズレー・スケットボル宛書簡　１９５３年12月24日付　ＳＬＡ所蔵

15 ハイスミス　ケイト・キングズレー・スケットボル宛書簡　１９５３年10月27日付　ＳＬＡ所蔵

16 PH, Cahier 22, 10/7/53, SLA.

17 PH Diary 12, 9 November 1953, translated by Anna von Planta, SLA.

18 PH Diary 12, 16 March 1954, SLA.

19 Ibid.

20 PH, Cf, LR, TB, undated, SLA.

21 PH, Cahier 23, 5/8/54, SLA.

22 PH, Cahier 23, 4/22/54, SLA.

23 PH, Cahier 23, 7/30/54, SLA.

24 'Patricia Highsmith: A Gift for Murder', *The South Bank Show*, LWT, 14 November 1982.

25 PH, Cahier 18, 4/19/49, SLA.
26 PH, Cahier 18, 9/26/49, SLA.
27 PH, Cahier 23, 3/28/54, SLA.
28 PH, Cahier 23, 6/15/54, SLA.
29 PH, *Plotting and Writing Suspense Fiction*, The Writers's Inc., Boston, 1966, p. 68.
ハイスミス『サスペンス小説の書き方　パトリシア・ハイスミスの創作講座』坪野慶介訳　フィルムアート社　２０２２年
30 PH, *The Talented Mr.Ripley*, Cresset Press, London, 1957., p. 83.
ハイスミス『太陽がいっぱい』佐宗鈴夫訳　河出書房新社　２０１６年
31 PH, Plotting and Writing Suspense Fiction, p. 69.
ハイスミス『サスペンス小説の書き方　パトリシア・ハイスミスの創作講座』
32 前掲書
33 PH, personal dedication to Charles Latimer, *Ripley Under Ground*, 2 April 1971, Charles Latimer Collection, The University of British Columbia.
34 チャールズ・ラティマーとのインタビュー　１９９８年11月2日
35 ベッティーナ・バーチとのインタビュー　１９９９年5月18日
36 ハイスミス　バーバラ・カー＝セイマー宛書簡　１９６９年5月24日付
37 ピーター・トマソンとのインタビュー　２０００年5月16日
38 PH, Cahier 23, 10/1/54, SLA.
39 PH, *The Talented Mr Ripley*.
ハイスミス『太陽がいっぱい』
40 前掲書
41 前掲書
42 前掲書
43 前掲書
44 前掲書
45 PH, Cahier 18, 10/1/49, SLA.
46 PH, Cahier 23, 10/1/54, SLA.
47 'Patricia Highsmith: A Gift for Murder', *The South Bank Show*.
48 ハイスミス　アレックス・ソジー宛書簡　１９６９年1月8日付
ＳＬＡ所蔵
49 PH, Cahier 23, 11/19/54, SLA.
50 ペギー・ルイスとのインタビュー　１９９９年12月14日
51 ダン・コーツとのインタビュー　１９９９年11月20日
52 ケイト・キングズレー・スケットボルとのインタビュー
１９９９年5月14日
53 Craig Brown, 'The Hitman and her', *The Times*, Saturday Review, 28 September 1991.
54 *The New Yorker*, 7 January 1956.
55 Ibid.
56 Anthony Boucher, *New York Times Book Review*, 25 December 1955.
57 PH, *Plotting and Writing Suspense Fiction*, p. 69.
ハイスミス『サスペンス小説の書き方　パトリシア・ハイスミスの創作講座』

第16章

内なる妖怪の支配

1955 – 1958

自身やまわりの環境にうんざりするたびに、ハイスミスはいつも、内なる豊かな想像の世界に――いくぶん屈折しているとはいえ――逃げ込んできた。そこでなら彼女は自身のさまざまな側面を体現する、風変りで不合理な人々が住まうもうひとつの世界を創りだすことができた。ハイスミスが次の小説の構想を考え始めた一九五五年の年明けも、まさにそのような精神状態にあった。ストーリーの語り口を形成するプロセスそのものについては満足するものを覚えていた。「小説ならどんどん進んでいくのに、わたしはそうはいかない。小説には完璧な答えがあるが、わたし自身の問題の解決となるとそうはいかない」と述べている。「その解決は満足がいくものだけれど、わたし自身についてはまったくどうしようもない」[1]

新しい小説の題名は当初『まぐさ桶の中の犬（The Dog in the Manger）』だったが、一九五七年に刊行された時には『水の墓碑銘（Deep Water）』となっていた。この題名が最初に日記に登場するのは一九五〇年であり、中心となるテーマは書き始めた時から変わることなく、夫のヴィクと妻のメリンダの間に存在する病的なまでの憎悪であった。何よりも重要なのはこの憎悪の空気を伝えることだとハイスミスは述べている。互いに愛し合っているはずの人々の間に生じる「なじり合い、支配、罠」に焦点をあて、ふたりが「剥き出しの神経をすり減らしながら踊」っているかのようにがんじがらめになっていくさまを描き出した。[2]

ハイスミス自身、その年の四月末にエレン・ヒルとアカプルコへの旅をした際、同じダンスを踊っていた。彼女はいつのまにか、あの身を切るような苦痛に満ちた、おなじみのステップを踏んでいることを自覚していた。アカプルコには約一か月滞在し、あいかわらずエレンと離れられないままアヒヒクへ行き、六月にはタスコへと移った。その後オアハカに向かい、さらにその一か月後メキシコ東部へとたどり着いた。今回はエレンとヨーロッパとアメリカを巡った時のような憎悪の記録を残すことはなかった――年上の女性が間違いなく日記を読もうとすることがわかっていたからだ。だが、その旅が不快なものだったことは、ノートの記述からはっきりと読み取ることができる。エレンは、ハイスミスのタイプライターの音に四六時中文句をつけ、[3]ふたりが一緒にいる理由が何であったにせよ、もはや愛情と呼ぶようなものでないことは明らかだった。パットは愛情のない相手と一緒に暮らすことを、世界が歪んで見えるレンズの眼鏡をかけているようなものだとたとえた。「芸術家にとってなんと耐え難い悲運！[4]」

『妻を殺したかった男』で夫婦間の愛憎を描くために自分たちの険悪な関係を利用したように、彼女は自分自身の抑え込まれた感情の反応を突き詰めて、抑圧によって狂気に駆り立てられていく主人公ヴィクを描き出した。ハイスミスは『水の墓碑銘』について、「この物語の教訓」は、どのように「抑圧された感情が人格を崩壊させていくか[5]」であると述べている。ヴィクの外見はエレンそのままで、「邪気のない青い目の上に固く縮れた眉毛がくっきりと輪郭を描いている」。ごく普通のサイズの「口は……堅く引き結ばれ、たいていは右端が下がっている。これをユーモアのあらわれと見るか、ねじ曲がった信念のせいと見るかは、見る者の気持ちしだいだった[6]」。「大きく聡明で決して驚くこと」がない、青い目は「何を考え、何を感じているのか」を知る手がかりにはならない。[7]

ヴィクは、三年前に妻が他の男と浮気するようになってからというもの、彼女とセックスをしていない。それでいながら妻の不倫に嫉妬を覚えるのをよしとせず、仕事に精を出し、趣味に熱中することでその感情を転化させている。彼は小さな、だが高尚な作品を手掛ける出版社を経営し、カタツムリの繁殖を趣味［ハイスミスにとっても趣味のひとつ］としている。ニューヨークから離れた、リトルウェズリーの富裕な郊外に住む友人たちの目には、ヴィクは成功と教養を身に着けた名士として映る。だが、彼の名士としての仮面の裏側には、アメリカン・ドリームの暗黒面を示すような、まったく異なる感情が隠されていた。

「性的な抑圧がもたらす病について描いてみたかった」と、この小説のプロットを練りながら、ハイスミスはノートに記している。「この不自然な抑圧から邪悪なものが生まれる。たとえばよどんで腐った井戸水に発生する毒虫のような。

妄想と憎しみ、邪な動機を慈悲深い寛大な行動に転化させる忌まわしき性癖」[8]

ハイスミスの多くの主人公と同様、ヴィクもまたある妄想にとらわれている。自分がメリンダの愛人のひとりマクレーを殺したという虚偽の噂をわざと流すのだが、殺人というアイデアはほどなくして現実となる。それはむしろ夢のように思える――「自分が実際にしたことでなく、想像の中で起こったできごとのような」[9]。ヴィクには自分の犯した凶暴な犯罪行為の重大さが理解できず、それゆえ罪の意識を感じることもない。やがて恐怖が身体に広がり、不安にさいなまれるのを待つが、その時浮かんだのは、子供の頃に卵の殻とファイバーグラスで作ったエスキモー村の模型が地理の授業で賞をとった時の他愛もない思い出だけだった。殺人という行為はヴィクを抑圧から解放し、パーティでメリンダの愛人をプールで溺死させると、彼は意外なほど自分が解放されるのを感じる。この性格描写は当時「ニューヨークタイムズ・ブックレビュー」の評者だったアンソニー・バウチャーをいたく感心させ、彼はこの作品を「哀れみと皮肉でたっぷり肉付けされた小説」と評した。[10]

皮肉にも殺人を犯したことで、ヴィクは自分が普通の人間よりもはるかに優れていると思うようになり、この小説の最後の一節で、自分が「超人」すなわちニーチェ哲学におけるスーパーヒーローであり、その秀でた知性によって群衆の中から選びだされた存在になるのだと信じ込む。いくつものキャラクターを持つリプリーとは違い、ヴィクは小説の最後で逮捕されてしまう。ヴィクに破滅をもたらすのがドン・ウィルソンという探偵小説家であること、そして『水の墓碑銘』における結末部分は、反伝統的なハイスミスの作家宣言であると同時に、彼女の作品のアンチヒーローたちが犯罪小説というジャンルにおいて、いかに破壊的な存在であるかを示している。

ヴィクに正義の鉄槌を下すのは推理小説家であり、ハイスミス以前の犯罪小説においては秩序の回復者、倫理観のよりどころをフィクションで示す存在だった。だがヴィクは、物語にきれいな決着をつけるというウィルソンの役割にも反旗をひるがえす。従来のサスペンス小説の使い古された結末をあえてあざ笑い、型にはまった倫理観の凡庸さに呪いの言葉を吐く。殺人によって自分は偉大な人間になったのだ。彼はそう信じている。翼などなくてもワシのように卑小な鳥の群れの上を飛ぶことができるのだと。

この小説では、モラルの基準というものが取り上げられている。現代社会は個人の魂の喪失の責任の一端を負うべきであり、また殺人犯をヒーローのように見せるメディアによって広められた倫理観の転倒にも寄与しているとハイスミスは考えていた。ヴィクの六歳の娘ビアトリクスことトリクシーは、まさにそのような第二次世界大戦後の社会の申し子である。「その小さな金色の頭のなかには、まだ善悪の区別など——少なくとも殺人という大事の前には——存在しないも同然だった」とハイスミスは書いている。[11] むろんトリクシーは学校のチョークを盗もうなどということは夢にも思わないだろうが、殺人となれば話は別だ。「毎日のように漫画の本でそれを読み、あるいはジェイニーの家のテレビで見たりしてきた彼女にとって、殺人と言うのはエキサイティングで、ある意味では英雄的な行為ですらあるのだ。西部劇で正義に与するカウボーイがそうであるように」[12]

ハイスミスがあまりに読者を彼女のアンチヒーローの異常な心理に引き込む手腕に長けているので、実は政治的な作家でもあったことは忘れられがちである。『水の墓碑銘』には、その当時の東西冷戦や、水爆用シェルターや、共産主義をめぐる社会的なパラノイアなどが、さりげなくではあるが織り込まれている。たとえば、ヴィクは次のように述べる。「アメリカ人が共産主義者に転向すると《裏切り者》呼ばわりされる。だが共産主義者たちがわれわれの側に転向すれば《自由を愛する人間》ということになる。要はどちらの側にたって眺めるかの問題だということだね」[13]

英文学者のラッセル・ハリソンは、ハイスミスがこうした遠回しな形で政治的な言及をしたのは、一九五〇年代のアメリカの抑圧的な政治状況を反映しているからだと考えている。「この立場の転換は、アメリカ人の生活に影響を与えた転換を模しているからだ……それはより深く潜航し、より見えにくい」とハリソンは述べる。「ハイスミスの小説にはセックスがいたるところに見られるが、必ずしも直接的に描かれているわけではない。それと同じように、政治に関する言及もより見えにくい形ではあるにしても、全体に散りばめられている。一九六〇年代後半からは、もっと直接的にアメリカの社会的・政治的変化を小説内で扱うようになるが、初期の作品は、東西冷戦時代のアメリカの趨勢を占めていた政治的〔弾圧の〕産物なのである」[14]

一九五五年末にハイスミスとエレン・ヒルは別れることになるが、今回は完全な決別だった。ハイスミスが亡くなる数年前まで友人としての付き合いはあったものの、この時点で親密な関係は終わっていた。ハイスミスはニューヨークに戻り、東五十六丁目の小さなアパートで『水の墓碑銘』の第一稿を書き上げた。十二月の半ば、彼女は今一度――またしても――エレンとの関係が失敗に終わってしまった理由を分析せずにはいられなかった。そして、ふたりが根っからの悲観論者であるからだという結論に達した。これからは明るくて快活な性格の女性としか付き合わないようにしよう、ともつけ加えている。

年が明けると、彼女はすっかり感情的麻痺状態に落ち込み、本を読むことも電話に出ることもできなくなった。「自分がどんどん正気ではなくなっていくのがわかる」と彼女は書いている。「奈落の底に落ちまいと必死に支えている手から、力が抜けていくみたいだ[15]」。今自分が味わっている最悪な状態を言い表すのに「絶望」という言葉はあまりになまやさしく、もっとふさわしい言葉を彼女は探し求めていた。死にたいと願いながらも、この悲惨な状況が過ぎ去るまで耐え抜くことが、最善の対処方法なのだともわかっていた。「死ではない。かといって生きていることでもない。とにかくただ、これが終わる時」が来るのを願っていた[16]。

この絶望のさなか、ハイスミスは爆弾の破裂で発生したガスが、全国民の記憶を消し去るというアイデアを思いつく。そのアイデアは「記憶喪失(Blackout)」という作品に結実したが、一九七四年十二月に破棄されてしまったようだ。都会の苛酷さが、当時の彼女にとって関心のあったテーマであることは間違いなく、一九五六年二月、同じような不安を描いた別の作品を思いつく。そもそもは数か月前、ハイスミスがアパートの一階の自室に帰ってきた時、デスクのまわりを五、六人の少年が取り囲んでいる場面に遭遇した事件がきっかけだった。うっかり窓のひとつを開けたまま外出しているあいだに、少年たちは非常階段をつたって窓から侵入してきたようだった。少年たちは彼女を見ると一目散に逃げだしたが、スーツケースにペンキを塗りたくっていったので、テレピン油で拭き取らなければならなかった。何か月も経ってデスクに座っていた時、非常階段の方から叫び声を聞きつけたハイスミスはとたんに記憶をよみがえらせ、反射的に、まるで怯えたネズミのように部屋の片隅に避難したのだった。

「騒音をたてたがる人間がわたしには理解できない。だからそういう人たちが怖いし、怖いからその人たちを憎む。まるで負の感情の悪循環だ[17]」と彼女はいう。この体験がきっかけとなって後に短編集『11の物語』に収められることになる「野蛮人たち」という短編が生まれた。主人公はスタンリー・ハッベルという男で、彼は毎週日曜に絵を描くのを楽しみ

書肆侃侃房
Shoshikankanbou

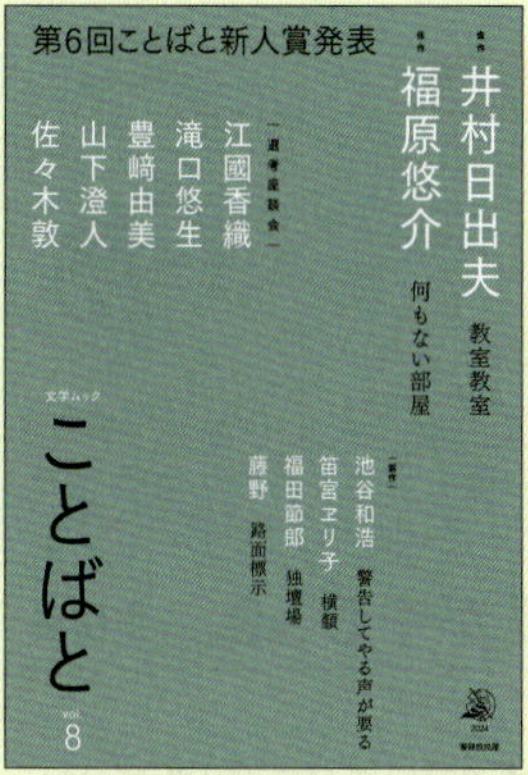

文学ムック　ことばと　vol.8

本体1,600円＋税　978-4-86385-642-4

今号から本誌は「ことばと新人賞」発表のための（…）文学ムックにリニューアルされました。（…）文学雑誌、小説の雑誌が数ある中、後発の小さな雑誌がするべきことは、何よりもまず、新たな価値観の提示だと思ってきたからです。新人賞は、いわばその核心です。── 佐々木敦（巻頭言より）

第6回ことばと新人賞

佳作　井村日出夫「教室教室」
佳作　福原悠介「何もない部屋」
選考座談会 江國香織、滝口悠生、豊﨑由美、山下澄人、佐々木敦

創作
池谷和浩「警告してやる声が要る」／笛宮ヱリ子「横顔」／福田節郎「独壇場」／藤野「路面標示」

女の子が死にたくなる前に見ておくべきサバイバルのためのガールズ洋画100選　北村紗衣

本体1,800円＋税　978-4-86385-641-7

「もうダメかも……」を「楽しく生きよう！」に変える、映画の力でサバイブするための100選

あのヒロインみたいになれたらいいな、私と同じだな、私とは違うけどステキだな……。

映画を見ることで、女性であること、少数派であること、自分自身でいることの楽しさに気づける。

もっと楽しく生きる準備をするために、あなたを待っている映画がきっとある。

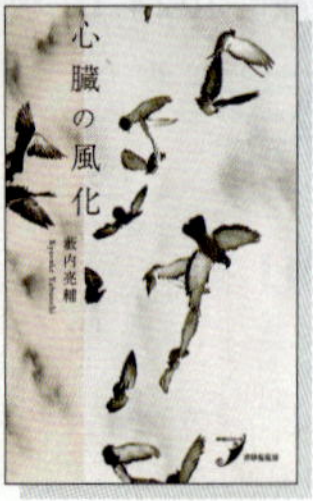

現代歌人シリーズ38　心臓の風化　藪内亮輔

本体2,400円＋税　978-4-86385-635-6

空をゆく鳥、雪がふり傘をさすあなた　心臓は風化しない

藪内亮輔久びさの第二歌集は恐ろしいほどの虚無と死を孕んで差し出される。世界中に戦争の火種が見え隠れする今、歌は痛みであり、出血を伴うかなしみである。

沁み込んだ――滴《しづく》が。甃《いし》に。手のひらに。―― 血液といふ出口なき川
名を持つてしまつた君が名を持たぬ花を掲げて　その燃える赤

レテ／移動祝祭日　小俵鱚太

第2回笹井宏之賞 長嶋有賞受賞！

本体2,200円＋税　978-4-86385-631-8

レテ　それはかんぺきな夏。それはまたthe very best みたいなやつだ

新しい平熱

人は皆、四季の中に生きている。そのことを小俵さんはとても素直に受け止める。花鳥風月を高らかに歌い上げるのでない、さりとて照れることもなく短歌に落とし込む。ときに無駄や余白も厭わないその手つきは「平熱」「等身大」とでも言い表せられるけど、どこか「新しい平熱」とでも呼ばないと気が済まないものがここにはある。――長嶋有

ユニヴェール21　デカンの風がやむとき　須田覚

本体2,100円＋税　978-4-86385-640-0

空港に揺れる国旗はゆうゆうとデカンの風を手繰り寄せつつ

インド↔日本　無意識の混沌が押し寄せてくる
イメージと音による　シュルレアリスムの世界――加藤治郎

目に見えぬものに追われて夕暮れの西ベンガルに息をひそめる
水差しの静けさだけを受け入れて僕は光とひとつになった

シュレーディンガー詩集　恋する物理学者

エルヴィン・シュレーディンガー　宮岡絵美 訳・編

本体1,900円＋税　978-4-86385-637-0

静かに満たされて眼を閉じる

時は止まり、すべての願いは沈黙する／そして広大な静寂の空間に溶けてゆく／しかしあなたは、遥かなる境界に目をひらく

エルヴィン・シュレーディンガーが詩集を一冊残していることを知ったのは、詩を書き始めた頃でした。(…)二度の世界大戦を越え、激動の人生を歩んだシュレーディンガーの作品は、一篇のなかでさえ、起伏に富んでいます。(訳者あとがきより)

にしている。だが、窓の下の空き地で野球をするやかましい一団に邪魔をされる。ハイスミスは、スタンリーが大きな石をこの乱暴な若者たちのひとりの頭上に落とす顛末を描くことによって、アパートの部屋の外で騒ぐ少年たちに対して感じた憎しみを浄化した[18]。だが、読者は解けない疑問とともにとり残される。スタンリーと若者たちでは、はたしてどちらがより野蛮人なのか？

ニューヨークにも春の暖かさが感じられるようになる頃、ハイスミスの気分がようやく上向くような出来事があった。名前は明かせないが、三十四歳のコピーライターの女性との新たな恋が始まったのである。一九五六年五月には、彼女に捧げる詩を書くようになり、六月になるとニューヨークでお試しの同棲期間を経て、ふたりは田舎へと引っ越した。メタルグレーと黒のフォードコンバーチブルの新車とボクサー犬一頭、シャム猫二匹が一緒だった。ハイスミスは、夏のあいだ東五十六丁目のアパートを借りたままにしていたが、九月の初めにそれも引き払った。

ふたりの新居は、四エーカーの土地に立つ納屋を改装したもので、マンハッタンから車で一時間程度のところにあるパラセイズ地区のスネデンズ・ランディング（ニューヨーク州ロックランド郡オレンジタウンにある）に位置していた。そこでの生活は牧歌的なもので、毎晩ハイスミスは目覚まし時計を朝七時にセットし、恋人はニューヨークへと車で仕事に出かけ、まだタイトルも決めていない『水の墓碑銘』をその夏中に書き上げた。「自分を愛している女性の瞳に映る信頼は、この世でもっとも美しいものだ」とハイスミスは述べている[19]。

しかし、ふたりの関係が始まってわずか四か月後、ハイスミスはこの生活にすでに居心地の悪さを感じ始める。自分にはあまりにも安楽で快適すぎ、安全すぎたと彼女はいう。「わたしにとって誰かと一緒に暮らす危険とは、情熱という栄養なしに生きる危険である」と七月末には書いている[20]。エレン・ヒルとの生活があれほどの情熱に満ちていたのは、年上のエレンの言動にひどく腹をたてたり、憤慨するたびに、感情がかきたてられ、刺激を受けていたからなのだ。だが、新しい恋人はあまりにも善い人すぎた。新しい家具も、新たに飼ったペットも、家事労働の手間を省いてくれる最新の家電製品も、ハイスミスの精神や心の渇望を満たしてはくれない。それは彼女が書こうとする主題にも原因があった。憎しみ、性的な抑圧、殺人や暴力などについて書いていると、愛情を表現するスペースはわずかしか残されない。「わたしには愛情を表現することが必要なのに、夢の中でしかそれができないようだ」と彼女はいう[21]。

友人には心理療法を勧められたが、エヴァ・クラインとの苦い体験のあとでは、すぐに受けようという気にはなれなかった。自分にとっての最善の解決策は、執筆や絵を描くことを通して自身を表現することなのだとハイスミスは思っていた。「それにこれまでのあれやこれやを考えても、最終的なコメントは（少なくともわたしからすれば）『だから何？』に尽きる。わたしは自分の神経症と生きていく。自分の問題あるパーソナリティとともに忍耐強く生きていくつもりだ。というよりも、神経症と付き合いながらそれを最大限活用するほうがいいと思っている[22]」

一九五六年六月、ハイスミスは六番目の長編となる『生者たちのゲーム』の創作メモを取り始める。その中心となるのはふたりの男性――黒髪のラモンと、よりドイツ人的な容貌のテオドールで、ふたりとも同じ女性を愛している。この作品は、サスペンス小説の一級品にふさわしい特質を備えているだけでなく、より深く哲学的な問題――とりわけ実存主義について掘り下げていくような作品にしたいと彼女は思っていた。執筆中にキルケゴールの著作を読み、とりわけお気に入りの一節をノートに書き留めた。やがてそれは『生者たちのゲーム』の冒頭に使われることになる。「信仰はあらゆる見込みを考慮に入れるものだ……人が愛さねばならないということを努めて理解しようとするなら、その者の愛は永遠にゆるぎないものとなる」。この一節の次にハイスミスはこのようにノートに記している。「この言葉は、現代の神経症患者にキルケゴールの魅力を教えてくれる[23]」

だが、ミステリーと哲学的探求を融合するというハイスミスの試みはあまり成功しなかった。他の長編作品では、作者の意図を登場人物の力関係や切れ味のいい文体によって巧みに伝えることに成功していたが、『生者たちのゲーム』では哲学的主題が、自意識過剰気味な手法でそこここに道標のように掲げられ、結論はいささかこじつけ気味に見えてしまう。ハイスミスは主人公テオドールのことを小説の中でこう描写している。「彼は、この世界には意味も目的もなく、あるのは虚無ばかりで、人間の営為のすべてはいつか滅びる――人間という存在と同じ、壮大な冗談なのだと信じている[24]」

小説の舞台は、一九五七年初めにコピーライターの恋人と旅したメキシコシティ、ヴェラクルス、アカプルコをめぐるメキシコでの二か月に着想を得ている。ハイスミスはアカプルコのホテルのテラスに腰を落ち着け、スケッチブックを取り出し、周囲に広がる息をのむような美しい景観をスケッチした。自分が見たものをアートとして描き出すことが、ハイスミスの心に秩序の感覚をもたらしたのは間違いない――その感覚は、自分が感じとったものを吸収し、日々の感情的な生活に秩序をもたらす助けとなってくれた。

「人生に秩序を」と二月二十日付けのノートには書かれている。「むろんそれは内面の秩序でなければならない。アカプルコのホテルのテラスから見える風景をスケッチすることは、目の前のどろどろした局面を乗り越えさせてくれる……けれどもそれは、わたしが愛しているはずの人間とわたしとの間にベールを下ろすことでもある。そうなりたくはないが、どうすることもできない。わたしが愛したり、一緒に暮らしたりする人間とは、ひとり残らずそうなってしまうのだ[25]」

アカプルコ滞在中、ハイスミスはデイヴィッド・リースマンの学説を用いて自己を分析した。一九五一年以降、自分は「内部指向型」――野心的で、理想的で、自己主導的であることからそう判断される――から、より「他人指向型」の人間になったと彼女は述べている。この兆候は、金に無頓着になったことや、毎日の運動習慣をやめてしまったこと、怠惰、そして凡庸さに対する許容や、「自分の主題における視点の全般的な低下[26]」に現れているという。

三月、スネデンズ・ランディングに戻ったハイスミスは『生者たちのゲーム』の執筆に取り掛かった。同じ月に「完全なるアリバイ(A Perfect Alibi)」が、その後数多く掲載されることになる彼女の短編小説として初めて、「エラリー・クィーンズ・ミステリーマガジン」に掲載された。しかし二か月後、『生者たちのゲーム』を五十八ページまで書き進めたところで、依然として執筆した内容に不満を覚えていた。テオドールのキャラクターを完全につかみ切れておらず、あまりにコミカルな人物にしすぎてしまったと考えていたし、一方でラモンのこれまでの心の動きはいまだはっきりしていなかった。「どこへ行こうとしているのか自分でもわからない。それが停止状態をもたらしている」と述べている[27]。しかし、キルケゴールを読んだことがラモンの動機を具体化する助けになり、七月二十七日には、担当編集者のジョーン・カーンに、すでに二百八十五ページを書き、あと十二ページ足らずで書き上がると告げている。

「わたしからすれば、これまでとは《違う》本なのだ。あくまでわたしにとってではということであり、たぶん批評家からは使い古された主題だといわれるかもしれないけれど……」とカーンに宛てて書いている。「没にされる覚悟はできてるわ。ここ何週間もずっとそればかり考えていたから。最初のうちは確信が持てなかったことも、うまくやれたと思っている」[28]

だが、ハイスミスの代理人の考えは違っていた。この作品は「ひどく退屈で……サスペンスはないし、みんなしゃべりすぎ」だと判断した。[29]あらためて作品を読み直したハイスミスは代理人の評価を受け入れ、ただちに根気のいる書き直し作業に取り掛かった。その作業をしながら、彼女はこれまでノートに書き留めていた文章を書くためのヒントをたどり、九月末に記事としてまとめた。それは最終的に「ザ・ライター」誌に掲載され、のちに加筆訂正して一九六六年に『サスペンス小説の書き方』というノンフィクションとして出版された。

プライバシー。現代社会においては贅沢品である……自分のことを真面目に考えるべきだ。ちゃんとした決まった手順を設けること。ひとりになったら、リラックスして、やりたいようにすればいい……本を一冊書いているあいだ、作家は感情がころころ変わる登場人物でいっぱいの舞台を持ち歩かねばならない――別の舞台など持つ余裕はないのだ。[30]

同じ月に、ハイスミスは、文学および芸術における疎外についての研究書として反響をよんだコリン・ウィルソンの著作『アウトサイダー』を読んだ。この本の主題は、ブレイク、カフカ、ドストエフスキー、キルケゴール、ニーチェなどの作家や芸術家の作品の検証であるが、いずれもハイスミスがこれまで常に個人としても知識人としても強く関心を抱いてきた作家たちでもある。「意識の、自己の、運命の謎というものにわたしはずっと魅了され続けてきた」と彼女は書いている。「とりわけ十七歳以降、わたしが『なぜ』ではなく、『どのように』自分が他者と異なるのかを自問するようになってからは。この本は、わたしの心の暗く濁った深部（感情的な奥底）までかき乱す。その中で生きていた十代のわたしは、ヴァン・ゴッホやT・E・ロレンスと同じように、断食したり、運動したり、何をするにも決まったやり方を通すことで、自分をコントロールしようとしていた[31]」

『アウトサイダー』は、一九五六年に出版され、「アウトサイダー」（社会から疎外された人物）と創造性の関係を、極めて広範な文学や芸術の文献を渉猟して分析し、二十世紀を生きる典型的人間の特質を具体的に示した。その人間像は、ハイスミスが描くアンチヒーローが持つあらゆる特性を備えている。ウィルソンは、「アウトサイダー」についてこう結論付けている。「あまりに深く、あまりに多くを見とおす」[32]〔アンリ・バルビュス著『地獄』から引用〕。また、あたかも「すでに死んでしまって、今は死後の生活を送っている」[33]ような気持ちになる〔キーツが死の直前にブラウンへ宛てた手紙より〕。あるいはアイデンティティがばらばらに壊れていくのに気づき、自分がどのように「いくつもの部分に分裂してゆく」[34]のかを観察している〔T・E・ロレンス著『知恵の七柱』より〕。あるいは強い吐き気にとらわれる――「吐き気は、わたしたちの内部にあるのではない。外部のここかしこ、わたしの周囲のいたるところに、壁やズボン吊りに、わたしはそれを感じる。それは、この酒場と一体になり、わたしはその内側にいる」[35]〔ジャン＝ポール・サルトル著「アントワーヌ・ロカンタンの日記」――『嘔吐』より〕。感情的な無気力や、人生に対する無関心、自分が隠れた一部によってコントロールされているのかもしれないという恐怖、それらが「アウトサイダー」の人物像を作り上げているのだ。ハイスミスの長編小説はすべて、ブレイクが詩に書き、ウィルソンが『アウトサイダー』で引用した「人はすべて各自の《妖怪》に支配される」[36]というテーマを取り上げていることは注目に値する。この一節は、ユング心理学における「影の元型」をあらわすものであり、「影の像は、主体は認めていないが、それでも何度でも彼に――直接的にしろ間接的にしろ――しつこく迫ってくるものすべてを、例えば劣等な性格特性やその他の〔主体と〕相容れない性向を、人格化したものである」[37]

今や、ある程度まで自分の人生をコントロールできるようになっていた――安定し、一見幸せな恋愛関係にある――ハイスミスが、全著作中で最低の出来といわれるような作品を生み出すことになったのは、なんとも皮肉な話だ。十一月になると、「ヴォルテール風の政治風刺」[38]を目指した『真っ正直な嘘(The Straightforward Lie)』という作品の執筆を始める。完成はしたものの、賢明にも出版されなかったこの小説は、ジョージ・ステファノストという二十一歳の工学部大学生が、国に選ばれた非公式の代表として世界を旅する顛末を描いている。このピカレスク小説は文化によって異なる倫理観――とりわけアメリカ的価値観に対する批判――をテーマにしているのだが、ハイスミスの風刺の効いた筆致は強烈すぎ、もはやユーモア小説とは呼べないような代物になっていた。小説の半ば、身長百二十センチほどの生物がジョージの前に現れ、わたしにはお前の心が読める、おまえは邪悪で利己的な考えを持っていると告げる。この小人のような生物と出会ったことをきっかけに、ジョージは国に戻り、政府の役人に世界中で自分が見聞してきた衝撃的な光景を報告する。彼はキーツを逆にして「真実は邪悪で、邪悪なものは真実だ」と主張する。「善きものもあるが見つけ出すのは困難だ。もしこれを疑う者があるのなら、その者は世界をめぐる旅に出るべきだ……さあ、わたしのあとについてわれわれの信条を唱えよ。真実は邪悪だ——[39]」。しかし、政府がこの駆け出し外交官の見聞をすんなり受け入れるはずがなく、小説はジョージが精神病院に収容されて終わる。

『真っ正直な嘘』は出版社がまったく見つからなかったが、少なくとも題名については、『生者たちのゲーム』の中で、テオドールが挿絵を描くことになる、友人の作家クルト・ツヴィングリの作品に使い道を見出した。テオドールは、小説の中でその本について自分の日記にこう記している。「現代生活の風刺。こんな若者は存在しない。時代遅れの文法本の練習問題に出てくるロンドンの下宿屋に英語を習うために滞在する人たちのようだ……それが現代の世界中を旅して、誰もがあらゆることの良い点や価値を疑い、ひねくれて悲観的であることを知るのだ[40]」

ハイスミス自身、自分が十分実力を発揮できていないとわかっていた。おそらく次のように自問自答したかもしれない——これは新しい恋人との関係が心地よすぎるからではないか？　翌月になると事態はさらに思わしくない方向に進む。『太陽がいっぱい』がフランス推理小説大賞の翻訳作品賞を獲ったという知らせが届き、ハイスミスは自分の才能が何であるのかあらためて気づいた。一九五八年が明けて三日後、ハイスミスはノートを開き、一体どこで間違ったのかを解明しようとした。そしてかつての自分を振り返り——「思春期から若年成人期」と呼ぶところの状態——すなわち、もっとひとりきりで多くの時間を過ごし、感情的な高揚と絶望の間を揺れ動いていた時にこそ、もっとも良い作品を生み出していたことを確認したのだった。

もし新作の『生者たちのゲーム』が評価されれば、世論がどうあろうと心は休まるだろうが、わたし自身の心についてはそうもいかない……

今の家はふたりで住むのに十分な広さではない。特に一方が作家の場合には……興味深いのはなぜ自分がこの状況を我慢しているのかということだ。ブルジョワ的で健康的、慣習的で安楽な規律ある生活という偽装のもとに行われる無駄遣いほどの放埒があるだろうか？　わたしにとってこれは偽装などではない。わたしはいつもそれを憎んできた。

おそらくわたしはあまりにも享受しすぎたのだ。それがあの作品に費やした努力を無駄にした。わたしは自分自身を救おうとしているのだ！　ジッドのように生きることはできるし、成長することもできるが、それは変わることによってのみ――わたしが受け入れなければならない、どんなに衝撃的であろうと、最終的には自分のためになるような挑戦によってのみ可能である。たとえその過程で片目や片足を失うことになろうとも。もしそれによって人が魂を失うのなら、平穏や秩序正しさなど、いったいなんの益があるだろうか？[41]

二月十四日、ハイスミスは半ば予期していた報告を受け取った。ジョーン・カーンの五ページにわたる手紙には、『生者たちのゲーム』がなぜここまで欠点だらけなのか的確に分析されていた。たとえば、サルバドールという路上生活者の少年がレイラを殺害するのはまったく説得力がないとカーンは指摘する。「この少年のことは、七十一ページで二行ほど書かれていますが――その後二百二ページまで触れられることはありません……。サスペンス小説の説得力というのは、それはどんな小説でも同じですが、たとえどれだけ作者が面白く思おうと、今書いている本に特に関係のないことならば、特定の登場人物のキャラクターや出来事をこと細かに説明しないことです。……上記のことから明らかなように、結末を変えることを考えてはいかがでしょうか[42]」

ハイスミスは、カーンの手紙に「すこしばかり神経性消化不良に苦しんだ[43]」と書いているが、その後指摘どおり作品のプロットを立て直し、三月の半ばまでに第二稿を仕上げた。カーンは、結末については良くなっていると認めたものの、編集者としての厳しい目でチェックを怠ることなく、さらに作品に手を入れ、最初の数ページに登場人物のもっと詳細な描写を追加するよう要求した。一九五八年九月、この作品に対する評価コメントを求めて、カーンは何人かの著名人たちにゲラ刷りを送った。その中には、アルフレッド・ヒッチコックやキャサンリン・アン・ポーター、そして『孤独な場所で』で知られるミステリー小説家のドロシー・B・ヒューズもいた。十一月九日、ヒューズは返事が遅れたことを詫び、さらに自分には評価コメントがつけられないことを簡潔に述べた手紙をよこした。その中で彼女はハイスミスの小説が好きではないことを打ち明け、「とりわけこの小説で好きなれないのは、作者が（わたしから見れば）メキシコ国民に対しての共感に欠けているところです。メキシコの描写は素晴らしいのに」と述べている。[44] カーンは、ハイスミスが「万人受けはしない」と認めていた。[45]

後年ハイスミスは、一九五八年十一月に刊行された『生者たちのゲーム』を、自分の作品の中で最も出来の悪い一冊とみなした。「殺人犯がほとんど登場しないために」と彼女はいう。「『生者たちのゲーム』はある意味でフーダニットのミステリーになった。間違いなく自分の得意分野ではない」。[46] この本について彼女はこう結論づけている。「自分が書いた中で唯一のつまらない本」[47]であり、自分の小説には欠かせない、いくつかの構成要素が欠けている――「意外性、アクションのスピード、読者の軽信を引き伸ばすこと、そして何より殺人者に感じる親密さである……結果は凡庸だった」[48]

小説の執筆に煮詰まると、パットはちょっとした息抜きをしようとスケッチブックに向かった。最初のころは、「ザ・ニューヨーカー」向けと思えるようなスケッチを数点ほどものしたが、売り込もうとする対象があまりにも高級すぎて、怖気づいてしまった。やがてその絵の才能は子供向けの本に本格的に発揮されることになり、『パンダのミランダはベランダにいるよ（Miranda the Panda is on the Veranda）』を友人のドリス・サンダースとともに制作した。ハイスミスが絵を描き、ドリスが言葉遊びのキャプションを添えた。「ガゼルが鳴らす自転車のベル」「タートル（カメ）にマートル（銀梅花）」「スネール（カタツムリ）にベール」「モンク（修道僧）とスカンクとジャンク（がらくた）がゾウのトランク（長い鼻）にのっている」この絵本は、カワード・マッキャン社が出版に応じ、一九五八年の暮れに刊行された。

子供向けの本に取り組んでいる頃、ハイスミスと恋人との関係はこじれ始めていた。スネデンズ・ランディングの家が息苦しい緊張感に包まれているように思え、六月になると、喧嘩することよりも、仲直りしてしまうことを自分がどれほど怖れているかとノートに書いている。「いつだって夢がほしい！ 手の届かないような素敵な彼女と寝る夢を……」[49]

この本心を吐露する言葉は、まもなく次の長編作品である『愛しすぎた男』の執筆のみならず、ハイスミスの私生活にもおのずと影響を与えることになる。

原注

第16章

1 PH, Cahier 23, 2/14/55, SLA.

2 PH, Cahier 23, 3/21/55, SLA.

3 PH, Diary 14, 7 June 1962, SLA.

4 PH, Cahier 23, 4/30/55, SLA.

5 PH, Cahier 23, 7/12/55, SLA.

6 PH, *Deep Water*, Heinemann, London, 1958, p. 1-2.
ハイスミス『水の墓碑銘』柿沼瑛子訳　河出文庫　２０２２年

7 前掲書

8 PH, Cahier 23, 4/6/55, SLA.

9 PH, *Deep Water*, p. 91.
ハイスミス『水の墓碑銘』

10 Anthony Boucher, *New York Times Book Review*, 6 October 1957.

11 PH, *Deep Water*.
ハイスミス『水の墓碑銘』

12 前掲書

13 前掲書

14 Russell Harrison, *Patricia Highsmith*, Twayne Publishers, New York, 1997, Preface, p. x.

15 PH, Cahier 24, 1/13/56, SLA.

16 Ibid.

17 PH, *Plotting and Writing Suspense Fiction*, The Writer Inc., Boston, 1966, p. 17.
ハイスミス『サスペンス小説の書き方　パトリシア・ハイスミスの創作講座』坪野圭介訳　フィルムアート社　２０２２年

18 PH, ‘The Barbarians’, *Eleven*, Heinemann, London, 1970, p. 168.
ハイスミス『11の物語』小倉多加志訳　ハヤカワ・ミステリ文庫　２００５年

19 PH, Cahier 24, 6/8/56, SLA.

20 PH, Cahier 24, 7/31/56, SLA.

21 PH, Cahier 24, 10/21/56, SLA.

22 Ibid.

23 PH, Cahier 24, 5/22/57, SLA.

24 PH, *A Game for the Living*, Heinemann, London, 1959, p. 5.
ハイスミス『生者たちのゲーム』松本剛史訳　扶桑社ミステリー　２０００年

25 PH, Cahier 24, 2/20/57, SLA.

26 PH, Cahier 24, 1/18/57, SLA.

27 PH, Cahier 24, 5/1/57, SLA.

28 ハイスミス　ジョーン・カーン宛書簡　１９５７年7月27日付
HA所蔵

29 ハイスミス　ジョーン・カーン宛書簡　１９５７年10月5日付
HA所蔵

30 PH, Cahier 24, 9/29/57, SLA.

31 PH, Cahier 24, 9/30/57, SLA.

32 Quoted in Colin Wilson, *The Outsider*, Victor Gollanz, London, 1956, p. 12.
コリン・ウィルソン『アウトサイダー（上）』中村保男訳　中公文庫　２０１２年

33 前掲書

34 前掲書

35 前掲書

36 William Blake, “Each Man is in His Spectres power”, Notebook Poems c. 1800-1806’, *The Complete Poems*, edited by Alicia Ostriker, Penguin Books, London, p. 494.

コリン・ウィルソン『アウトサイダー（下）』中村保男訳
中公文庫　２０１２年

37 Carl Jung, 'Conscious, Unconscious, and Individuation', 1939, quoted in *The Essential Jung*, Selected and Introduced by Anthony Storr, Fontana Press, London, 1998, p. 221.
C・G・ユング「意識、無意識、および個性化」『個性化とマンダラ』収録　林道義訳　みすず書房　２０１６年

38 Francis Wyndham, 'Sick of Psychopaths', *Sunday Times*, 11 April 1965.

39 PH, *The Straightforward Lie*, unpublished manuscript, p. 240, SLA.

40 PH, *A Game for the Living*, p. 122.
ハイスミス『生者たちのゲーム』

41 PH, Cahier 24, 1/3/58, SLA.

42 ジョーン・カーン　ハイスミス宛書簡　１９５８年2月14日付
ＨＲＡ所蔵

43 ハイスミス　ジョーン・カーン宛書簡
１９５８年2月19日付　ＨＲＡ所蔵

44 ドロシー・Ｂ・ヒューズ　ジョーン・カーン宛書簡
１９５８年11月9日付　ＨＲＡ所蔵

45 ジョーン・カーン　ドロシー・Ｂ・ヒューズ宛書簡
１９５８年11月12日付　ＨＲＡ所蔵

46 PH, *Plotting and Writing Suspense Fiction*, revised edition, Poplar Press, London, 1983, p. 139.
ハイスミス『サスペンス小説の書き方』

47 前掲書

48 前掲書

49 PH, Cahier 25, 6/3/58, SLA.

第 17 章

愛しすぎた男

1958 − 1959

一九六〇年に刊行された『愛しすぎた男』は、デイヴィッド・ケルシーの物語である。化学者であり、ニューヨーク州の架空の町フラウズバーグにある紡績会社の技術主任である主人公は、かつての恋人アナベル・スタントンを忘れられずにいる。アナベルは彼をふった後、ジェラルドという別の男性と結婚していたが、彼はそれを「状態」と呼び、その理由を「きみのいない人生は完全とはいえません」[1]と正当化している。ケルシーはこの元恋人のことばかり考えているうちに、自分の中にウィリアム・ノイマイスターという別人格を作り出し、その人格を通して鬱屈した欲望を満たし、幻想のアナベルとの幸福な家庭生活の夢を実現する。

主人公の分身の名前であるノイマイスターは、「新たな主人」を意味するドイツ語をそのまま英語にしたもので、ニーチェ哲学の「力」「罪」「抑圧」というテーマと、「超人」の概念に取りつかれていたハイスミスらしい命名である。ハイスミスがニーチェの『この人を見よ』を初めて読んだのは一九三九年、バーナード大学の学生時代のことだった。自分にとって、当時もっとも切迫した問題だと思っていたことの多くがそこには説明されていた。「学問は個人的必要に応えるべきもので、他の目的などない」[2]。当時彼女はノートにそう記している。ニーチェの自伝は一八八八年に書かれ、彼の死後の一九〇八年に出版された。彼の道徳観というものに対するラディカルな再検証、伝統的な権力構造の大胆な解体、破壊への陽気な精神は、ハイスミスの想像力に火をつけた。

著名なニヒリストであるニーチェは、晩年の十一年間を完全に精神が崩壊した状態で過ごし、ワーグナー夫人コジマに宛てた最後の手紙には、「アリアドネ、我はそなたを愛す。ディオニソスより」と書かれていた。作家人生を通してハイスミスはニーチェの影響を強く受けていた。実際、『見知らぬ乗客』のブルーノ、『太陽がいっぱい』をはじめとするリプリー・シリーズのリプリー、『水の墓碑銘』のヴィクは、いずれもニーチェ哲学における「超人」だといえる。だが、その中でも文字通り「新しい主人」として変身するデイヴィッド・ケルシーはハイスミスの作品中で、最も完全に「超人」を体現した存在であるのは間違いない。「活動的で成功をとげる天性の人たちは、例の《汝自身を知れ》の格言に従って行動せず、《ひとつの自己たらんと欲せ、されば汝はひとつの自己とならん》という命令を眼前に浮かべるがごとくして行動する」[3]とニーチェは、『人間的、あまりに人間的』で書いている。

この新たな自分を創り出すというアイデアは、当初は思いがけなくうまくいく。自分がふられたという不愉快な真実に向き合いたくないがために、彼は空想上の生活というよりは、それまでの生活に並行して存在する新たなリアリティの世界に逃げ込むことを選ぶ。友人や、彼が住むおんぼろ下宿屋の住人たちには、介護施設に入居する病身の母親を見舞うので週末は手一杯だと思わせていたが、実際には毎週金曜の夜になるたびに、単調な実生活を捨て、もっと華やかなウィリアム・ノイマイスターとしての生活に切り替え、ニューヨーク州の田園地帯にある大きくて瀟洒な館で恋人と暮らしているのだと思い込むのだった。

「その新しい名前を得たことで、ある程度新しい人物となった――何ひとつ、少なくとも大切なことは何ひとつ失敗したことがない、従ってアナベルも勝ち取った、ウィリアム・ノイマイスターに」[4]とハイスミスは書く。こうした自己の分裂――孤独で、みすぼらしく、エドワード・ホッパーの絵画のような都会生活を送るケルシーと、豪奢で、洗練されてはいるが完全な幻想としての夢の田舎暮らしを送るノイマイスター――は、ニーチェの「力への意思」の哲学を、小説の形に書き直したものとしても読める。「必要でもない、欲望でもない――否、力への愛こそ人間のもつ魔物である」とニーチェはいう。[5]この衝動は非常に強力で、自制心を取り戻すために、自分自身を罰する手段を求める者さえいるとニーチェは主張する。週末以外は殺風景な下宿に自分自身を閉じ込めているケルシーのように。

ニーチェは『人間的、あまりに人間的な』の中で自身の思考のあらましを述べている。「或る種の人間は、自分の権力や支配欲を行使したいという欲求が強いので、他の対象がない場合とか他ではいつも成功したことがなかったとかで、ついには彼ら自身の本質のある部分、いわば彼ら自身の断片または段階を虐待しようと思いつく。……それで人間は、自分の臆病やガタガタする膝に嘲笑をあびせるために、最高の山脈へと危険な道を登っていく……自己自身のこうした毀損、自分の本性に対するこうした嘲弄、諸宗教が非常に多くのものを得てきたところの、この自己が軽視されることの軽視は、元来きわめて高度の虚栄心なのである……どのような禁欲的道徳においても、人間は自己の一部を神として崇拝し、そのために残りの部分を悪魔扱いすることが必要なのである」[6]

ハイスミスが描くニーチェ的主人公の二面性は、そのような相克的パターンに陥りやすい。ケルシーはあまりに純粋で、下宿の住民たちには「聖人」とあだ名をつけられている。女性に何の興味も示さないように見えるので、たいがいの人々はみな、毎週末彼が病身の母親を見舞うので忙しいのだとばかり思っている。しかし、ウィリアム・ノイマイスターというアイデンティティに反映されたケルシーの内なる悪魔的部分は、ひたすら享楽に溺れ、ブルゴーニュ産のプイイ・フュイッセや、イタリア産のフラスカーティなどのワインやマティーニや輸入物のマスタード、上質のステーキなどを偏愛する。ノイマイスターのインテリアに関する趣味は非の打ちどころがなく、ケルシーのフラウズバーグの下宿の醜い黄色い壁や擦り切れたカーペットや、みすぼらしい茶色のダブルベッドとはまったく対照的だ。バラードという町の近くの屋敷は、アナベルのための聖堂であり、茶と白の牛革のラグが敷かれ、座り心地の良いソファをはじめ、戦後のアメリカ人が夢見る田舎暮らしそのままにしつらえられている。

そうしたものたちに囲まれて初めて、ケルシーはノイマイスターという新たなアイデンティティになり代わり、「状態」を忘れることができる。「この家、彼の家では、デイヴィッドは好んで、自分はウィリアム・ノイマイスター——望むものをすべて掌中にしている男、生き方を、笑い方を、幸福を享受するすべを心得ている男——だと思い込もうとした」[7]。別の自分に成りきることによって、ノイマイスターはアナベルもこの田舎の家にある数々の美しい物と同列にみなすようになる。まるで現代のピグマリオンがガラテアを夢見るように、現実よりも幻想を、アナベルの不在よりも実在を信じるようになるのだ。「もの思いに耽りながら食事をしている時ですら、彼女がそばにいるかのようにふるまった」[8]とハイスミスは書く。アナベルのことを考えるたびに覚える身震いは、明らかにエロティックなものであり、ベッドに横たわると、隣の誰もいない空間に横たわる愛する女性の存在を幻想で埋めるようになる。「腕には彼女の頭がのっており、彼女の方を向いて抱き寄せると、欲望の波は一度ならず頂点に達し、彼女の身体の重みを想像するとともに彼を覆いつくした……」[9]

ケルシーがさらに幻想にのめり込むようになるにつれ、超人としてのノイマイスターが彼の人格を支配するようになる。「征服せよ、高人たちよ」とニーチェは語る。「小さい徳を、小さい賢らを、砂粒のような斟酌を、蟻どものうごめきを、憐れむべき安穏を、《最大多数の幸福》を」[10]。ニーチェの命令に従うかのように、ケルシーは下宿での日常世界を否定し、周囲にいる普通の人々より自分は優れているのだと思い込む。ジェラルドの下唇を「猿の尻」[11]と表現し、自分がいないアナベルの生活は耐え難いほど「つまらない」[12]ものだとみなし、彼女の新しい夫を「またしても名もない男……つまらないやつ」[13]とくさし、アナベルの結婚指輪を「厚みのあるかまぼこ形のあっさりした金の指輪だが、デイヴィッドの好みからいえば、今ではもうあまりにもありふれていた」[14]とこき下ろすのだった。

彼の「超人」としての最後の行動は、世界の無意味さ――「人生に対する疲れと果てしのない失望以外、真実など一片もなかった」[15]――をニヒリスティックに語ったあとに起こる。争っている最中にあやまってジェラルドを殺してしまった彼は、警察から逃げる途上で、マンハッタンの八階建てのアパートの窓の張り出しの上に追い詰められる。このままとらえられ、自分が作ったわけでもない法律で罰せられるという考えを受け入れることができず、彼は虚空に踏み出すことを選ぶ。しっかりした足場から踏み出した時、彼の脳裏に浮かんだのは、アナベルの「記憶に残っている、何にも覆われていない彼女の肩――じっさいに目にしたことは一度としてなかった、その肩の線」[16]だけである。公衆の非難を浴びることは、ニーチェ信奉者にとって至福の瞬間なのだ。

「自分自身を告発し、自分自身にその罰を公に課すという状態は、考えられないことであるか？　……これが、考えうる将来の犯罪者である。それはもちろん将来の立法、すなわち、《ひとつひとつとしても、全体としても、私は自分がつくった法だけに屈服する》という根本思想の立法をも、前提とする」[17]とニーチェは書いている。

純粋な恋愛というものは空想の世界にしか存在しないという事実は、長年ハイスミスの想像力を駆り立て続けてきた。『愛しすぎた男』のおおまかなスケッチはすでに一九四七年の初めに書き留めていたが、この主題を長編小説として書くというアイデアが具体的な形を取り始めたのは、一九五八年の夏のことである。この小説が生まれたのは、コピーライターの恋人とまだ暮らしていた頃のことで、「第二の人格を創り出し、その人格に人生のある時期を操られる」男の話を書いてみたらどうかと彼女から提案されたのがきっかけだった。[18] 主人公のバリーは、彼が作り出した架空の人物を想像上で「抹殺する」。すると今度は本物の殺人現場で彼の指紋が見つかり、殺人容疑をかけられてしまう。第一稿は、当時『我、汝に与えん（I Thee Endow）』という題名がつけられていたが、もし作品のあらゆるページにその影を落とすような女性がハイスミスの生活に現れなければ、この作品は『太陽がいっぱい』の焼き直しになっていたかもしれない。

ハイスミスの一九五八年の記録には、その本のひらめきを与えてくれたミューズは、大文字一字で――「M」としか書かれてない。しかし、未公開のノートのあちこちに残された記述と、他の資料から得られる断片的な情報をつなぎ合わせると、ある女性の姿がモザイクのように浮かび上がってくる――画家でイラストレーターでもあったメアリー・ローニンである。これまでの、あるいは以後の女性たちと同様、ローニンもまたハイスミスの作品のミューズを務めた。一九五八年八月十二日のノートの記述で、ハイスミスは、この新しい「恋人」に対する自分の気持ちと、この時には『愛しすぎた男』と題名が決まっていた最新作の構想中に抱いていた自分の感情とを対比してみせている。ハイスミスの心に訴えかけたのは、自分の恋愛も、小説も、どちらも自分の想像の世界の中にしか存在しないということだった。想像の世界にとどめておくことで、恋愛関係を純粋なままに取っておくことができる。同時に、日常の現実から虚構の世界に引きこもることで得られる先々の期待感も味わえる。デイヴィッド・ケルシーがアナベル・スタントンとのありもしない恋愛関係を夢想したのとまさしく同じように、ハイスミスも、おそらく七月には出会っていたと思われるメアリー・ローニンとの恋愛を夢想したのである。十一月五日付のノートの記述で、彼女がいなければ、新作は「まったく違う小説になっていたことだろう」と認めている。[19]

メアリー・ジェーン・ローニンは、一九一二年十二月十八日イリノイ州シカモアで、馬の調教師であるジャス・ローニンとブランチ・ダーリング夫妻のもとに生まれ、子供時代をネブラスカ州で過ごした。オマハ大学で美術を学んだ後、二十五歳でニューヨークに出て、一九三八年六月にブルーミングデールの広告部門で働き始める――十年後にハイスミスがアルバイトをすることになる同じマンハッタンの百貨店だ。「百貨店で売るものなら何でも描いたわ。ポット、鍋、靴、家具――あらゆるものを」[20]とローニンは語る。ブルーミングデールから大手広告代理店のヤング&ルビカムに移り、アートディレクターの地位を得、ニューヨークで女性アートディレクターとなった草分けのひとりでもあった。広告代理店で七年働いたのち、一年間フランスに滞在し、一九五三年ニューヨークに戻るとフリーランスで仕事を始めた。眼鏡を手にデザイン用デスクに向かうローニンの写真が残っている。細身に、繊細な顔立ちをしたお洒落な装いのエレガントな女性だ。コネティカット州ウエストポートにある自宅は、森が広がる丘の斜面にあって「ヘンゼルとグレーテルの家」[21]のようであり、一方彼女のアトリエは色にあふれ、スケッチや水彩画や美術関係の本でいっぱいだったと自身が語っている。

一九五八年の秋には、ハイスミスとメアリー・ローニンの関係は空想の世界を脱して現実のものとなった。十月五日付のノートには、ローニンが知り合って三か月もたって初めて自分のことを「ダーリン」と呼んでくれたと記している。また、自分に楽しい夏をくれたという感謝をこめた詩を彼女に贈ってもいる。メアリーからの手紙は、小文字で「m」とサインがあり、ハイスミスはそれをノートのページの間にはさんで保存し、一九五八年の十月または十一月の日付をあとから書きこんでいた。それらの手紙から、ふたりが情熱的な恋愛関係にあったことがおのずと伝わってくる。ある手紙の中でメアリーは、シェーンベルクの『浄められた夜』という曲が好きだといい、「なぜかわたしたちのことが心に浮かぶのよ！」と書いている。[22]また、ハイスミスの見た目の特徴について、アブラハム・ウェルナーの一八二一年刊行の本『ウェルナーの色の命名法（Werner's Nomenclature of Colours）』で命名されている多くの色の中から選んで解説している。専門家であるメアリーの目には、ハイスミスの髪の色は単純な黒ではなく、ウェルナーの色見本に照らせばスコッチブルー、動物界で言えばアオガラの喉の羽毛の色、鉱物なら青色銅鉱石の色に例えられるという。続けて、ハイスミスの唇は、口紅をつけていない素の色はオーロラレッド、動物界ならアカゲラの総排泄腔周辺の羽毛の色、植物でいえばネイキッド・アップルと雄黄の赤、肌の色はセランディン・グリーン、植物ではフキタンポポの葉の裏の色、緑柱石《ベリル》の色だと述べている。手紙の終わりの方には、行間の間違いのあとで、「上の一行飛ばした部分は、恋をしている人間がいかによよい〔原文もタイプミス〕タイピストにはなれないか、あなたにばれてしまったわね」[23]と書いている。こうした手紙から、ハイスミスがメアリーに、にわかに降りだした雪の中で花を届けに来たことや、メアリーがハイスミスのことを「美しい容姿とサラブレッドのような脚をしている」[24]と熱に浮かされたようにほめそやすのを見て取ることができる。ハイスミスは、この恋人の中に無邪気さと見識が絶妙なバランスで存在していると思った——十代の少女のように衝動に駆られるだけでなく、寛大で善意にも満ちている。ハイスミスは自問する。どうして彼女はあんなにも初々しく、人生の失望に傷ついたことなどないように見えるのだろう。「それともそんな経験自体ないのだろうか？」ハイスミスはなおも自問する。「たぶん彼女は、わたしのように何度も何度も同じ過ちを繰り返さなかったのだ[25]」

パットは一九五八年九月終わりに『愛しすぎた男』の執筆に着手した。ひと月半足らずで小説は半ば近くに差しかかっていたが、そこでいったん中断した際、自分の創作プロセスについて思い当たることがあった。彼女はそれについて、劇場でショーを楽しんでいる最中に舞台装置が剥き出しになり、夢の世界の裏のぶざまな機械装置があらわになることになぞらえている。この認識——創造の暗部を覗きこんでしまったこと——は「わたし自身の中心にある奈落の底[26]」に対する怖れと怯えをもたらした。興味深いことに、ハイスミスは自分の内にある黒い奈落——明らかに彼女の創造性の象徴——と、その空間が常に「無垢な犠牲者[27]」によって満たされなければならないことを認識していた。およそ恋に落ちる感覚——人を完全に夢中にさせ、人に天国のひらめきを与える、精神と肉体の感覚の混淆ほど素晴らしいものがあるだろうか、と彼女はいう。たとえ自分が七十五歳でそう長く生きられないと悟っていたとしても、自分は愛が人を変容する力を信じるに違いない、もはやその影響を受けることができなくなったとしても、その及ぼす力を決して忘れることはないと述べている。

メアリー・ローニンとの熱愛にも関わらず、ハイスミスはコピーライターの恋人とも一緒に暮らし続けた。九月下旬、ふたりでスパーキルの近くのそれまでより大きな家に移り住んだが、一九五八年の暮れに関係は壊れた。十二月の初め、ハイスミスはニューヨーク市内に戻り、アービングプレイス七六番地のアパートで、ひとり暮らしを始めることになる。恋人との二年間の同棲生活を終え、ひとりになった感覚を味わいながら、自分の意識の流れを遮る者が誰もまわりにいないことを感謝した。その一方で、自分がおかしな言動をしているのではないかとより神経質になり、自分の狂気への怖れをいっそう意識するようになった。一九五九年一月に、『愛しすぎた男』の第二稿を書き、二月十二日に友人のキングズレーに宛てて「本当にあっという間に書けた本で、『愛しすぎた男』というぴったりの題名も気に入っている」と手紙を送っている[28]。ジョーン・カーンに原稿を送ると、カーンは、五月八日付で、批評を述べた返事をよこした。カーンの懸念は、主にデイヴィッド・ケルシーに対する周囲の人物の受けとめ方に関するもので、「ケルシーや彼の二面性等々に対する周囲の反応が説得力に欠けており、読者は、みんながやけに主人公をひいきしていると感じてしまう」[29]ということだった。続けてカーンは編集上の些末な疑問点を列挙したが、それでも最終的に「この本はとても素晴らしいから、世の中とこの感動を分かち合いたい」と結んでいる。[30]

一九五九年になってまもなく、ハイスミスは、かつてはあれほど情熱にあふれていたメアリー・ローニンとの恋愛が、少しばかり色褪せてきたように思い始めていた。メアリーには最初からずっと別の女性がいたことは今や明らかになっていた――ハイスミスはその人物のことをR・Bというイニシャルでしか記していない。二月十八日付でノートに「あの本を書かせてくれた彼女に対する信頼が揺らいでしまった」[31]と書いている。だがこれはメアリーのせいではなく、ハイスミス自身の移り気のせいだった。彼女はふたたび熱に浮かされたように相手を漁り、そのリビドーは頂点に達し、一日十回はセックスしているような気がすると述べている。「おまけに女の子たちはよりどりみどりだった!」[32]三月、メアリーはふとした誤解から選択をつきつけられていると思い込み、もし自分がハイスミスを選ばなければ、彼女はふたりの仲を終わりにして別の女性のところへ行くつもりなのだと責め立て、ふたりは大喧嘩をした。その最中にメアリーの平静な仮面が崩れ落ちた――彼女は黙って座って床を見つめ、その様子は突然十五歳も歳をとったようだったとハイスミスは語っている。

パットは絶えず不安を感じていた。ペットのネコたちが車にはねられはしないか、あるいはマンハッタンのアパートの窓から落ちるのではないかと。そこには自分の中にわだかまっている罪の意識が投影されていたと彼女はいう。自分が他の女性の恋人と関係を持っていることによって生じた罪悪感が「無意識のうちにMと自分の関係に責任を感じる。わたしはRに悪いことをしていると思う」とノートに書き記している。だが、なぜハイスミスは別の女性を傷つけることを気に病む必要があったのだろうか？　「自分を信じられないからだ。それは終わりのない連鎖、無意識の世界に帰結する。さっさと葬り去ったほうがいい、卑小な罪悪感のせいだ[33]」

ハイスミスはメアリー・ローニンとどんな別れ方をしたのか何も書き残していないが、ふたりが関係を持って八か月後の一九五九年六月に「愛の火は消えた[34]」と記している。ハイスミスはメアリーがギリシャ旅行に誘ってくれるものと期待していたが、十月、彼女がまだパリにいる頃、メアリーからもう彼女と付き合う気はないという報せを受けとってひどく落胆した。自分はこれから外国の町をたったひとりで旅を続けるのだろう——ホテルの小さな部屋、ひとりだけで食事をする近くのレストランのまぶしい灯り。「こうしたものからわたしの物語が、本が、そして生きる感覚が生まれるのだ[35]」と彼女は書いている。

「一九五〇年代後半はずっと金欠だったし、物事がうまくいかなかった」と当時の経済状態を振り返り、そろそろ何とかしなければと考えていたとハイスミスは述べる[36]。一九五八年の末、アービングプレイスのアパートに移った直後、ハイスミスは代理人のマーゴット・ジョンソンとの契約を解消している。一九五三年からこの方、ジョンソンの代理人としての能力を疑問視しており、ハイスミスの作品を売り込んだり、出版契約の前払金を値上げさせたりすることに、きちんと取り組んでいないと考えていた。一九五八年の暮れ、ハイスミスは、フランスの代理人ジェニー・ブラッドリー——ウィリアム・A・ブラッドリー・リテラリー・エージェンシーの役員である——にもっと出版契約金を上げるよう強気な要求に出た。彼女にはそれだけの自信があった。一九五七年十月、『太陽がいっぱい』の映画化権を一万ドルで買い取るという話があったのだが、製作側が監督を見つけられずに話が流れてしまい、ハイスミスを失望させていた。だが、一年がたち、さすがにもう少し高く売ってもいい頃合いだと彼女は踏んだ。一九五八年十月二九日、ジェニー・ブラッドリー宛てに手紙を書き、友好的な口調で、自分としては一万二千ドルか、できれば一万五千ドルで『太陽がいっぱい』の映画化権を売りたいと伝え、「必要ならこちらはいつでも値下げする用意はある」とも述べている[37]（一九五九年初めにロベールとレイモンド・アキム兄弟が製作者としてこの本の映画化権を買い、それをもとにして、主演にアラン・ドロン、監督にルネ・クレマンを起用して豪華な映画を制作する）。

一九五九年初め、ハイスミスは、ジョンソンに代えて、ニューヨークを拠点とする著作権エージェント、コンスタンス・スミス・アソシエイツの共同経営者パトリシア・シャートルをアメリカにおける著作権代理人に指名した。「当時、わたしがハイスミスにじかに［なぜマーゴット・ジョンソンから離れたか］訊ねてみたら、彼女は売上に失望したからだと答えた」とシャートルはいう。シャートルはのちに作家のアントン・マイラーと結婚し、ハイスミスの代理人を二十年間務めることになる。[38] 彼女は会社の出版部門のトップで、経営者のコンスタンス・スミスが引退する際に、会社がマッキントッシュ&オーティスと合併することになり、自分が新会社の社長になることが決まってからも、引き続きハイスミスの代理人を務めた。彼女は、当時ハイスミスの作品や他のサスペンス作家たちの作品を売ることは難しかったと回想している。「五〇年代初め、アメリカの貸本屋市場はほとんど一夜にして壊滅してしまった。出版社はパニックに陥り、代理人や書店の努力にもかかわらず、ミステリーの販売は落ち込んだ。彼らはみな市場は戻ってくる、もう一度活気を取り戻すと信じていた。でも、アガサ・クリスティーとハードボイルド作家のミッキー・スピレインだけしか売れなくて、P・D・ジェイムズが登場するまで市場全体は回復しなかった。ハイスミスもまた一九五〇年代後半と六〇年代は苦戦していた[39]」

シャートルは、ハイスミスは作家として「ほぼ完璧な才知のひらめきを二度[40]」体験していると語る。一度めは『見知らぬ乗客』の着想を得たこと、二度目はリプリーという人物を創造したことである。「サスペンス小説を書くには悪党がいるのは当然だけれど、彼女の道徳観念の無さや邪悪さのセンスは、リプリーに顕著に表れている――批評家たちが考えているほど意識的にではないけれど。彼女はしょっちゅう人間に対する軽蔑を表明していたから」

「彼女に対する第一印象は、孤独感、悲しみ、まだとても若いのに（わたしたちは互いにまだ三十代の初めだった）まったく喜びやバランスという感覚に欠けていたことね。人見知りがひどくて、体つきも貧弱で、男の子っぽくて、彼女と打ち解けるなんてとうてい無理な話だった。あらゆることに対して根深い不信感を持っているような印象を受けたわね。自分の過去についてはまったく明かさず――テキサスのことをいくつか訊ねてみたけれど、まったく答えようとはしなかった。彼女はアメリカ人としての出自についても極力知られたくなくて、いつもその話題を避けていたわ。初めて会った時でさえ、ヨーロッパの優越性をひけらかそうとしていて、むしろ痛々しく思えた。ハイスミスはまったく礼儀知らずで――気の毒な女性だった。エスプレッソ・マシンを持っていれば洗練された人間になれると思っていたのよ」

「彼女のとてもいいところは、自分がレズビアンであることを隠さなかったことね。彼女とは一度もそのことについて話したことはないけれど。彼女がよく海外に行っていたのは……フランスやドイツにいた方が自由に過ごせていたからじゃないかという気がしていた。ミュンヘンみたいな退屈なところでも、彼女には素晴らしく感じられたんでしょうね……でも彼女には勇気があったわ。『見知らぬ乗客』の成功の後で自分が同性愛者であることをカミングアウトしたのよ。そうすることが簡単ではない時代にね。もしかしたら彼女はそれが作家としてのキャリアの利点になると思って、海外へ行き、評価を高めようとしたのじゃないのかしら。そうすれば作家としてもっと注目を浴びる存在になれると考えたのかもしれない。といっても当時の彼女はまだコレットとかスタンダールとかジョルジュ・サンドをまったく知らなかったんだけれど。それと彼女の作家としての倫理感には感服したわ——毎日きちんと決めた仕事の予定を、ほとんどドイツ人的勤勉さでこなし続けた」

「嫌いなところですって？　陰険で、ひどく意地悪なところかしら。どんな分野であれ他の本格的なアーティストにはまったく興味を示さない。相手が相当に有名でない限りはね。それに変なところでブルジョワ的だった——まったく正反対のものが交り合っていて、それはきっと彼女にとって心の負担になっていたんじゃないかしら。彼女についてわたしが個人的に大嫌いだと思うようなところが、きっと作家としての個性を確立する助けになっていたのよ。人間不信、強い悪意——それが彼女の奥深くに流れていたのだと思う[41]」。ハイスミスがたった一度だけ笑った時のことをシャートルは覚えている。それは「ニューヨークの地下鉄の中のポスター広告で、怪人が子供の目をくりぬいているところが描かれていた[42]」

原注

第17章

1 PH, *This Sweet Sickness*, Heinemann, London, 1961, p. 19.
ハイスミス『愛しすぎた男』岡田葉子訳　扶桑社ミステリー　1996年

2 PH, Cahier 2, undated entry but the notebook covers the period 1939/1940, SLA.

3 Friedrich Nietzsche, 'Assorted Opinions and Maxims', *A Nietzsche Reader*, Selected and Translated by R.J. Hollingdale, Penguin Books, London, 1977, p. 232.
フリードリッヒ・ニーチェ『ニーチェ全集 6——人間的、あまりに人間的2』中島義生訳　ちくま学芸文庫　1996年

4 PH, *This Sweet sickness*.
ハイスミス『愛しすぎた男』

5 Nietzsche, 'Daybreak', *A Nietzsche Reader*, p. 221.
フリードリッヒ・ニーチェ『ニーチェ全集 7——曙光』

茅野良男訳　ちくま学芸文庫　１９９３年
6 Nietzsche, 'Human, All Too Human', *A Nietzsche Reader*, p. 221.
フリードリッヒ・ニーチェ『ニーチェ全集　5――人間的、あまりに人間的1』池尾健一訳　ちくま学芸文庫
7 PH, This Sweet Sickness, p. 14.
ハイスミス『愛しすぎた男』
8 前掲書
9 前掲書
10 Nietzsche, 'Thus Spoke Zarathstra', *A Nietzsche Reader*, p. 243.
フリードリッヒ・ニーチェ『ツアラトゥストラ』手塚富雄訳　中公文庫　２０１８年
11 PH, *This Sweet Sickness*, p. 23.
ハイスミス『愛しすぎた男』
12 前掲書
13 前掲書
14 前掲書
15 前掲書
16 前掲書
17 Nietzsche, 'Daybreak', A Nietzsche Reader, p. 234.
フリードリッヒ・ニーチェ『ニーチェ全集　7――曙光』
18 PH, Cahier 25, 6/13/58, SLA.
19 PH, Cahier 25, 11/5/58, SLA.
20 'Meet your Instructor...Mary Ronin', Famous Artists School, Westport, Connecticut, undated.
21 Ibid.
22 Mと署名されたハイスミス宛書簡　１９５８年10月または11月とハイスミスが記した日付入り　ＳＬＡ所蔵
23 前掲書簡
24 前掲書簡
25 PH, Cahier 25, 12/30/58, SLA.
26 PH, Cahier 25, 11/5/58, SLA.
27 Ibid.
28 ハイスミス　ケイト・キングズレー・スケットボル宛書簡　１９５９年２月12日付　ＳＬＡ所蔵
29 ジョーン・カーン　ハイスミス宛書簡　１９５９年５月８日付　ＨＲＡ所蔵
30 Ibid.
31 PH, Cahier 25, 2/18/59, SLA.
32 PH, Cahier 25, 2/15/59, SLA.
33 PH, Cahier 25, 5/24/59, SLA.
34 PH, Cahier 25, 6/11/59, SLA.
35 PH, Cahier 25, 10/21/59, SLA.
36 Duncan Fallowell, 'The Talented Miss Highsmith', *Sunday Telegraph Magazine*, 20 February 2000.
37 ハイスミス　ジェニー・ブラッドリー宛書簡　１９５８年12月29日付　ＷＢＡ所蔵
38 パトリシア・Ｓ・マイラー　著者宛書簡　２０００年10月１日付
39 パトリシア・Ｓ・マイラー　著者宛書簡　２００１年２月24日付
40 パトリシア・Ｓ・マイラー　著者宛書簡　２０００年10月１日付
41 前掲書簡
42 パトリシア・Ｓ・マイラー　著者宛書簡　２０００年９月３日付

第18章

法を破る人々へのひそやかなる好意

1959 − 1960

一九五九年の暮れ、ハイスミスは道徳そのものよりも興味を惹くことがあると書き記している——それは戦後の時代に影を落としている道徳観の崩壊と絶望感だ。「わたしたちは《美徳による報酬》を疑わねばならず、次世代そして今世代に幸福をもたらすとされる美徳の力も疑わずにはいられない」[1]。それはアイゼンハワー時代のアメリカにじわじわと広がりつつあった、新たなモラルの相対性を性急に定義しようとする社会評論家たちの見解をなぞるものだった。

共和党の大統領アイゼンハワーは、アメリカの本質を宗教と結びつけ、「神を認めることこそが、第一の、そしてもっとも基本的な合衆国精神の形である。神がおられなければ、合衆国政府も、アメリカ人の生活様式もありえなかった」と一九五五年に述べた——だが、それはおよそ現実とはかけ離れていた。より洞察力に富み、かつ率直に道徳観の現状を述べたのは、一九五二年の大統領選でアイゼンハワーと争った民主党候補アドレー・スティーブンソンだ。「ある者たちはキリストの教会に通い、ある者たちはシナゴーグに、ある者たちはゴルフコースに通う」と彼はいった。たしかに一九五五年当時、毎週教会に通う成人は四千九百万人——成人人口の半数を占める——にのぼっていたが、それにもかかわらず、根強い不安が国全体の健全性をむしばんでいた。たしかにアメリカは前例のない経済的繁栄を享受しているかに見えるが、研究者たちが述べているように、この新たな物質主義的繁栄こそが国家の病理の根本的原因なのだろうか？　一九五七年のある雑誌が実施した現代アメリカ人の道徳観に関する調査によると、平均的なアメリカ人男女は、それが周囲の人間に受容される限り、好きなように行動するべきだという考えを支持している。

アメリカ人が個人の富により執着するようになったことが、現在の道徳観の崩壊要因のひとつであるという説を、デイヴィッド・M・ポッターは一九五四年刊行の著書『アメリカの富と国民性』で唱えている。彼は精神分析医のカレン・ホーニーの研究を借用し、物質的豊かさが現代の神経症の主要因のひとつであるとし、ハイスミスの小説世界のこだわりのまさに要約とも思えるような所見を述べている。「キリスト教の兄弟愛に一致させえないほど明確に生長するところの攻撃的態度、第二は満足させえないほど強烈に刺激されるところの物欲、第三はわれわれを制限しているところの多数の責任と制約に一致させえないほどに高められた拘束されざる自由[2]」

アメリカは地球上でもっとも裕福な国に数えられるが、他のどの国よりも、国民が不安にさいなまれ、職場からも自分自身からも孤立していると感じているという事実は驚くに当たらない。社会学者のC・ライト・ミルズは、一九五一年の著作で、アメリカの国民性は、もっと心理学的概念から分析される必要があると述べている。また、「現代的問題の多くは、精神医学の領域に関連している」[3]、「かれら〔アメリカの中産階級〕は、内部では分裂し、断片化している」[4]とも述べている。本書でもこれまでみてきたように、ハイスミスをはじめとして、他の多くの作家や芸術家や映画製作者も、すでにその課題に対応し、現代アメリカの闇の奥深くを描き出してきた。ハイスミスもその著作を読んだことがある社会学者のダニエル・ベルは「犯罪は、いろいろな意味で、コニーアイランド（ニューヨーク近郊の観光地。遊園地や水族館がある）そっくりであり、社会的道徳と規範を戯画化している」[5]と述べ、その伝でいうならば犯罪小説も同様の目的を果たしているとも述べている。イギリスの週刊誌「ラジオ・タイムズ」の、一九七二年に制作されたBBC1の番組『オムニバス・ファイル――スリラーと犯罪小説』に関連した記事でハイスミスは、自分こそは犯罪が「道徳的善悪の問題を描写するのに適している」[6]ことを発見した小説家だと明言している。この、自分は退廃を記録する作家であるというこだわりを彼女は生涯貫き、一九九二年、アメリカにおける『死者と踊るリプリー』の出版時に行われたニール・ゴードンとの対談の際もその姿勢を崩してはいない。ゴードンは、ハイスミスが、「アメリカ文化の衰退とテレビというものの恐ろしさについて長々と語った。レーガンもブッシュも大嫌いだが、自分達の文化を守ることに対していかに無責任であったかを考えてみれば、我々にはお似合いだと考えているように見えた」と語っている。[7]

初期の作品が示しているように、道徳についてのハイスミスの見方は一筋縄では行かない。『見知らぬ乗客』では、本質的に「善人」であるガイが、ブルーノの邪悪さにむしばまれて悪に堕ちていくさまが描かれている。小説の山場で、ガイはオーエン・マークマン――元妻のミリアムの愛人――に、これまでのことをすべて告白し、個人の道徳的責任についてオーエンに議論を吹っかけようとするが、相手は酔っぱらってどうでもよくなっており、「人は人、自分は自分」というなげやりな反応しか返ってこない。ガイは殺人を犯してしまったが、マークマンのうつろで、無感動な虚無に同調する気はなく、探偵のジェラードに告白を立ち聞きされていたと知る場面でも、ただ「わたしを連れていってくれ」という。小説の結末はある意味型どおりである。最終的に法が執行され、罪は罰せられる。『妻を殺したかった男』でも、『水の墓碑銘』でも、『生者たちのゲーム』でも、『見知らぬ乗客』でも、罪人たちには一様に正義がもたらされる。だが読者は、法秩序がもたらされたのは、登場人物たちが理性的で、神が支配する世界に生きているからではなく、偶然あるいは状況がもたらした結果にすぎないのではないかと思わされる。たしかに彼女の小説では罪なき者が罪深き者と同様に罰せられることが少なくない。『妻を殺したかった男』で、ウォルターはキンメルに殺されてしまい、そのあとでキンメルは警察によってとらえられる。法の執行者であるはずの警察は、彼らがとらえようとしている犯罪者よりも道徳的に堕落しているようにも見える。『妻を殺したかった男』の一場面でウォルターは、妻殺しのキンメルが天使のように見え、対照的に警官のコルビーが「悪魔みたい」[8]に見えるといっている。それだけでなく、ハイスミスの描く空虚な人物から漏れ出る超道徳的な毒は読者をじわじわとむしばみ、その歪んだビジョンで堕落させていく。ある批評家は「読後戦慄を覚えた。パトリシア・ハイスミスにとって、朝食をとることとイヌを散歩させることと、殺人を犯すことは、道徳的には同列に位置づけられているかに見える」[9]と書いている。

ハイスミスは、善悪を超越した超道徳的人物を取り上げることで、小説に期待されてきたことを覆し、西欧的伝統における中心的な常識のひとつ――芸術は道徳を啓発するものであるべきだという――にも公然と反抗した。ハイスミスは殺人を一種の「生きる喜び」として描き出しており、それは登場人物の多くが――ブルーノ、キンメル、ヴィク、むろんリプリーも――他者の命を奪うという行為を楽しんでいることからもうかがえる。そうした正常から逸脱した、道徳を超越する人物について描く時の力の入れよう、そして『太陽がいっぱい』、『水の墓碑銘』、『愛しすぎた男』に描かれた独特の世界観――作品それぞれの主人公の歪んだ世界観に封じ込められることによってもたらされる――はある疑問を呼び起こさずにはいられない。ハイスミス自身の道徳観についてはどうなのか？　彼女はいったいどちらの立場に立っているのかと。

作家のクレイグ・ブラウンは、かつて一度ハイスミスと『水の墓碑銘』について対談したことがあり、ヴィクは妻の愛人を殺そうという使命に着手するまでは、どちらかといえば意思の弱い哀れな男だったのではないかとほのめかした時のハイスミスの激烈ともいえる反応を覚えている。「彼女は即座にヴィクを擁護した。『彼の考え方は少しばかり奇妙だけれど、少なくともいざという時にはやるタイプよ。自分はもうこれ以上我慢できないことを妻にわからせるために、つまらない愛人たちを抹殺するの。少なくともやってみようとする。最低でも挑戦はする』その時の彼女の剣幕には唖然とした。犠牲者に対する同情のなさが、彼女が時代に合わなかった理由だね[10]」

ミステリー専門の出版社ミステリアスプレスの創業者であるオットー・ペンズラーは、一九八五年から一九八八年にかけてアメリカでハイスミスの著作を五冊出版しているが、ハイスミスが生前アメリカで人気作家にならなかったのは、彼女の小説が一般の道徳観から外れていることが理由だと考えている。広く一般に読まれるにはダークすぎたのだ。彼はハイスミスの作品についてこう語る。「彼女の作品すべてには、どこか人を嫌な気分にさせるところがある。とりわけリプリー・シリーズはまったく道徳を超越していたから、多くの人々を取り残されたような気分にさせた。そこには善悪のわかりやすい目印も、『ほら、ここに憎むべきやつがいるよ』という作者のお導きがあるわけでもなく、読者は彼女の小説の中で途方に暮れてしまう。誰が善人で誰が悪人かわからないのは、善良な人物など存在しないからだ。誰ひとりとして善良でも、正直でもない。共感できる人物がひとりもおらず、それが多くの読者を不安にさせたのだと思う[11]」。イギリスのベテラン推理作家で、ディテクション・クラブの会長も務めたH・R・F・キーティングは、「ハイスミスがディテクション・クラブの会員に推薦された時、あるメンバーが彼女の小説に道徳観念がないことに激怒し、『彼女が加入するなら、わたしは脱退する』とみな口々に言い出した[12]」と回想している。

推理小説家であり、伝記作家であり、ディテクション・クラブの元会長でもあった故ジュリアン・シモンズは、読者が犯罪者の視点に同化するというのは、別に新しくもなんともない、E・W・ホーナングが十九世紀の上流階級の紳士で泥棒でもあるラッフルズという人物を生み出しており、そのことで彼の義兄であるコナン・ドイルに「犯罪者を英雄扱いしてはならない[13]」と忠告を受けたという先例があるが、ハイスミスの作品はさらに一歩踏みこんでいると述べている。「トム・リプリーはときおり殺人者になる紳士であり、十九世紀後半と二十世紀後半の倫理観のギャップをあらわす人物だ[14]」。シモンズはまた、ハイスミスの小説が優れているのは、それらが「人それぞれにまったく異なる道徳規範こそが、社会全般が重要だとみなす規範に置き換えられるべきだ[15]」と示していることだといっている。実際、ハイスミスは、一九六六年の著作『サスペンス小説の書き方』で、同じようなことを書いている。「大衆の正義への情熱はきわめて退屈だし、人工的なものだと感じる——生命も自然も、正義が果たされるかどうかなど気にしないのだから[16]」。一九八一年、ハイスミスはこの点について、ダイアナ・クーパー＝クラークとの対談で、善悪の判断にとらわれない超道徳性への強い興味について詳しく述べている。「偽善的で、まがいものばかりのステレオタイプな道徳観とのコントラストが興味深いと思ったのよね。口先だけの道徳をあざ笑い、リプリーのような超道徳的な登場人物を登場させるのも面白いんじゃないかと[17]」。だから、人々が彼女の作品を道徳的に好ましくないと考えたとしても、彼女は単に現代社会をありのまま作品に反映させただけだということに気づくべきなのだ。「これが世の中というものなのよ。それに何年か前にどこかで読んだのだけれど、殺人事件の解決率はたった十一パーセントなんですって。それはたしかに不幸なことだけれど、多くの被害者は、合衆国大統領ほど重要ってわけじゃないものね。警察はある程度努力しているし、それもいい方向に努力しているのかもしれないけれど、高い確率で事件は迷宮入りになる。それなら、わたしが野放しの人物を書いちゃいけない理由があるかしらと思ったのよ[18]」とハイスミスは述べている。また、あるインタビューでは、自分が犯罪者の考え方に同調するのは、自分が生まれつき持っている違和感のせいであり、その原因は自分の家庭環境に根ざしていると述べている。「たしかにわたしは、常軌を逸していたり、心が歪んでいたり、おかしくなった人たちのことが理解できるといえるわね。むしろ普通の人たちの方がわからない。主婦とかね。たぶんわたしがまったくノーマルじゃないからよ！わたしという人間には犯罪的な傾向があるんだと思うわ……法を破るような人々にひそやかな好意を抱いているし、それがわたしのいやらしいところかしらね[19]」。クレマン監督の映画『太陽がいっぱい』をハイスミスは一九六一年九月、当時滞在していたミネソタ州ニュー・ホープで観ていた。「とても見た目に美しい映画で、知的で面白かった[20]」と述べてはいたが、自分の小説に道徳的な結末を追加されたことにひどくがっかりしてもいた。映画の製作者であるロバートとレイモンドのアキム兄弟は、当初小説の根底にあるホモセクシュアル的要素をもっと打ち出したいと思っていたが、お偉方の許可が出ない恐れがあるので、その問題について強く主張することはできなかったのだとハイスミスに説明している。後年彼女はリプリーが逮捕された失望を、あるインタビューでこう語ってもいる。「犯罪者は必ず捕まらなければならないという公道徳に対するひどい譲歩よね[21]」

ハイスミスは、道徳を超越した出来事や暴力と遭遇するたびに――むろん安全な距離を保ってではあるが――心躍るスリルを味わっていたにちがいない。殺人者の心理について読むのが大好きだったし、ノートには殺人犯たちの新聞記事が貼り付けられていた。サイコパスについて書くのは「容易だ[22]」と認めてもいる。後年には『カラー図解法医学大全』のページを好んでめくったが、そこにはさまざまな血まみれの画像が、ハイスミスがあるジャーナリストに語ったところによれば「自動車事故、殺人事件やレイプ事件のカラー写真など、世間にはそのまま公表されない本当に衝撃的な写真[23]」が満載されていた。作家でジャーナリストでもあるロジャー・クラークは、一九八二年にハイスミスに会っており、「〔ハイスミスの作品における〕超道徳性は本物である。作家の中には、マーティン・エイミス（イギリスの小説家『時の矢――罪の性質』など）ように超道徳性について非常に優れた作品を書いた作家もいるが、エイミス本人はおそらく超道徳的な人間ではない。だが、わたしが思うにパットは真に超道徳的な人間だ。彼女にはこの得体の知れない道徳的空白がある[24]」

別の友人たちは、後年ハイスミスが、人がどう生きるべきかについて、とてつもなく禁欲的で――かつひどく道徳主義的な――考えを持っていたと指摘している。「彼女の近所にある女性が五年ほどある男性と一緒に暮らしていました。パットときたらこのふたりの仲のことを、女性の〈最近のお相手〉についてとうとうとしゃべりだすんですよ」とヴィヴィアン・デ・ベルナルディはいう。「だから一度いってやったんです。『パット、その男性が彼女の〈最近のお相手〉から格上げされるには、いったい何年一緒に暮らせばいいわけ？』とね。でも、パットは認めようとしませんでした。彼女は他人のセクシュアリティについては非常に厳しかったんです。彼女自身のことを考えればおかしな話なんですが。それは彼女自身の知を理想化していた裏面だったのだと思います――表では論理を奉っていましたが、その裏にはセックスに対する途方もない嫌悪感が満ちていました。わたしは彼女にいったんです。『まったくあなたに中庸ってものはないのかしら？　そもそも理屈だけで判断できることは限られているのよ。人は一緒に寝るものなのよ、パット――それが人間というものなの[25]』」。キングズレーはこうもいっている。「ハイスミスは超道徳的だけれど、あくまでそれは他人の体験を自分のものとしてとらえているだけです。人としての彼女はきわめて保守的だといえるでしょう。ただ当時広く知られていた芸術家というものは社会の規範外にいるという考えに従っていただけなんです[26]」

ハイスミスのノートには似たような矛盾する記述が見られる。一九四二年の初め、彼女は自身の移り気なパーソナリティを一般的な道徳に合わせるのは、不可能といわないまでも、非常に難しいと記している。彼女はしばしば自身を、一般に受容され、あたりまえだと思われている善悪の規範の圏外に置き、社会の周縁の疎外された位置にいると考えていた。一九五四年にはこんなことも書いている。

わたしの人生に道徳なんてありえない
すべてをわたしは受入れる
本能だけがそこにある[27]

それにもかかわらず、ハイスミスは理想からは程遠い自分がいることをはっきりと自覚していた。一九五〇年十月、自身の行動をひどく恥じ、過度の飲酒、乱れた性関係、自分を抑えられないことなどに対する自己嫌悪を日記に綴っている。「今のわたしはビレッジでも道徳的に最低の人間になってしまった。生まれてから見たことも、聞いたことも、知ることもなかったような、自分が彼らのようになるとは思いもよらなかったろくでなしに[28]」。一九五五年六月、エレン・ヒルが覗き見するのを避けるために日記を書くのをやめてから一年後、日記を書くことは、自分が道徳的に正しい道から外れないために必要だったと語っている。むろん彼女は陳腐な道徳など信じてはいなかったし、彼女の鋭い知性をもってすれば、そのようなものは本心をごまかすための見せかけだと即座に見抜いていたはずだ。だがハイスミスは、超道徳に対する強い憧れがありながらも、自らがよりどころとする規範をいくつか持っていた。人が持つ道徳観の土台は、人生の最初の五年間に作られるものだとハイスミスはあるインタビューで述べている。「きちんとした」家で育てられた子供は、その後も善良な人間に育つ可能性が高いが、崩壊した家庭やそれに等しい不安定な環境で育った子供は、やがて犯罪につながる誘惑に直面しやすくなると。

一九五〇年代の多くの人々と同様、ハイスミスは道徳に対して矛盾した立場を取っていた。その矛盾はノートに生々しい心の葛藤として書き記され、作品に反映されている。ハイスミスがいっているように、おのおのの作品は、明確な道徳的主張とはほど遠い、自分自身との議論そのものなのだ。『生者たちのゲーム』の中で、彼女が主張している両義性こそは「人生の奥義であり、まさしく普遍への鍵なのだ[29]」。この説明しがたさこそが、ハイスミスの作品にこれだけの力を与えているのである。

「人の犯す悪徳の中（自分のも含めて）で何を許すべきか決めるのは、わたしにとっては非常に難しい作業である」と一九五九年のノートに記述している[30]。他者の、それどころか自分自身の道徳観の良し悪しに判断を下すことなどできるだろうか？　人はどの時点で自分たちの内に秘めている生来の善良さを信じられなくなるのだろうか――そう彼女は自問する。彼女には、善悪の判断に対してきっぱりとした考えを抱きながら成長するヨーロッパ人の方が、アメリカ人よりも現代の揺れ動く道徳観に対し、少なくとも自分なりの確固たる姿勢を保っているという確信があった。自分はアメリカ人であるというだけでなく、「個人的なカオスや失敗や屈辱の中からのみ、真実や人間の本性が生まれる」と信じており、それゆえに、善悪の判断が「わたしには二倍難しいのだ[31]」と述べている。結局、いかなる道徳に対しても確固たる規範を築くことができないのは、動機を見極めることの難しさと、人の行動を判断することは科学ではなく芸術であるというところにある。「その融通性がわたしを苦しめるのだ」と彼女は述べている[32]。

一九五九年九月二十八日、ハイスミスは飛行機でニューヨークを発ち、目的地であるフランスの首都パリに降り立った。この旅は本の宣伝のためだったが、ハイスミスは母親のメアリーを同伴していた。ふたりはホテル・デュ・ケ・ヴォルテールに宿泊し、ハイスミスはそこで数日後に何人かの記者のインタビューを受けることになっていた。約束の日、彼女は部屋で記者たちを待っていたが、時間になっても記者は現れなかった。なぜ遅れているのだろうかと考えているところに部屋の電話が鳴った。「記者たちの話では、母は階下で五分以上ねばって、自分がパトリシア・ハイスミスだと思わせようとしていたらしいわ」と彼女はいとこのダン・コーツに手紙で書いている。「記者たちは母を満足させるために写真を撮ってやったのよ[33]」。さらに、彼女やダンがこの出来事について触れようとすれば、メアリーはそんなことはなかったと否定するか、たわいもないジョークとして片付けるだろうともつけ加えている。「精神分析医はきっと別の理由をつけると思うけれど」[34]

ハイスミスは、ヘイスティングス＝オン＝ハドソンに引っ越した一九四〇年代半ばから母親の精神状態に懸念を抱いていた。一九四九年、メアリーに会ったマーク・ブランデルは、ハイスミスの母親の精神状態が「おかしい」のではないかと彼女に報告している。[35]その翌年の日記には、母親の精神的不調と神経症や心理的な問題についての記述があり、それらの要因が、母親を自殺に導くのではないかと案じていた。一九五九年には、メアリーの精神状態はそれとわかるほど深刻なものになり、パリに滞在中、ハイスミスは六十四歳の母親の状態が、母親よりはずっと高齢だったはずの祖母ウィリー・メイの最晩年の様子と恐ろしく似ていることに気がついた。メアリーは一種の認知症を患っているのではないかと彼女は疑っていた――ぼんやりしていたかと思えば、同じことをとめどなく繰り返し、娘からみれば馬鹿げて、自己顕示としか思えないことを突然言い出して会話にならない。ハイスミスは、「母親はすでに耄碌してしまったようだ」とノートに記し、「あと二十五年後には、わたしもまたああなるのだと考えずにはいられない」ともつけ加えている。[36]

パリで母娘がともに過ごしたのはひと月足らずにすぎなかったが、母親をローマ行きの飛行機に乗せて送り出すと、パットはどっと解放感がこみあげてくるのを感じた。ヨーロッパでの母親のふるまいに、何かに対してあれほどの嫌悪感を覚えたのは実にひさしぶりだと書いている。こうした感想を逐一ノートに記しながら、彼女は個人的な思いを一般的なものへと広げ、このようなパーソナリティ――外見的にはしとやかで女性らしいが、実は狡猾で利己的な人物――を小説の中でどのようにいかせるだろうかと考えていた。「彼女の無意識は、意識よりもずっと知的である」とも書いている。[37]

ハイスミスは、一週間ほど休暇を取ってパリからマルセイユへ行き、十一月にパリへと戻ってきた。十二月初め、ザルツブルクに友人と旅行し、そこからギリシャに向かい、アテネに到着したのは暮れも押し迫った頃だった。「クリスマスにはエッグノックのかわりに、ギリシャのウーゾを飲んでるでしょうね」と旅行の前にジョーン・カーンに書き送っている。[38]ただし、アテネにはあまり感銘を受けなかったようで、街並みはどれも黄ばんで埃まみれで、建物はちゃちで、人々はみな粗野で不作法だという印象を受けた。新年の初日はペロポネソス地方のナフプリオンという、近代ギリシャ最初の首都である優美な要塞の町で過ごした。クレタ島のイラクリオンからフランスの著作権代理人であるジェニー・ブラッドリーに宛てて陽気な絵葉書を送り、休暇を楽しんでいると書いてはいるものの、現地の生活はかなり前近代的だとも感じていた。さらに同時期のノートの記述からは、ひとりで来たことを後悔していることがわかる。おそらく地中海の冷たい碧青色の海を眺めながら、キャサリン・コーエンと過ごした、この上なく幸せだった一九四九年の夏の休暇のことを思い出していたに違いない。事実、コーエンの存在は、ギリシャに出発する前からハイスミスの脳裏にとりつき、一九五九年の九月の末、パリに滞在していた時にも夢に見ている。夢の中のコーエンは男性で、激しく咳き込み、まっさらな白いナプキンに青味がかったラベンダー色の血を吐く。医者はそれを見て重篤だと診断した。ハイスミスはこの夢を分析しながら、自分がラベンダーとコーエンを、さらには十年前のロンドン滞在とを結びつけているのだと考えた。その夢は悪い予兆だった。一九六〇年、年が明けて最初の週末、ちょうどハイスミスがギリシャを旅行中に、五十四歳のキャサリン・コーエンは、イギリスのチェルシーの自宅でバルビツールを過剰摂取して自殺した。「ジーグフェルド・ガール（ニューヨークのブロードウェイで上演された『ジーグフェルド・フォーリーズ』というレビューに出演していたコーラスガールたちの呼称）の死」と一九六〇年一月五日のデイリーメール紙は大々的に書き立てた。この訃報をいつどのように知ったのかハイスミスは何も記録していない――コーエンの死を報じた新聞記事の切り抜きを彼女はずっと持っていた――だが二月三日、自分がどれほど悲嘆に打ちひしがれたかを書き残している。「もうこれ以上落ちることなどできないところまで来た……」と自分の絶望について語っている。「どん底まで落ちた者にとってはこれ以上悪くなりようがない……[39]」。そして同じ月、人類全体を憎むことはなんとたやすいことかと書いた上で、こうつけ加えている。「どうして生きていかなければならないのかわからない[40]」

原注

第18章

1 PH, Cahier 25, 11/14/59, SLA.

2 David M. Potter, *People of Plenty: Economic Abundance and the American Character*, University of Chicago Press, Chicago, 1954, p. 71.
D・M・ポッター『アメリカの富と国民性』渡辺徳郎訳　国際文化研究所　１９５７年

3 C. Wright Mills, *White Collar: The American Middle Classes*, Oxford University Press, New York, 1951, p. xx.

C・ライト・ミルズ『ホワイト・カラー』(原著者序文)杉政孝訳　東京創元社　1957年

4 前掲書

5 Daniel Bell, *The End of Ideology: On the Exhaustion of Political Ideas in the Fifties*, The Free Press of Glencoe, Illinois, 1960, p. 116.
ダニエル・ベル『イデオロギーの終焉』岡田直之訳　東京創元新社　1969年

6 Chris Matthew, 'Writing the wrong-doers', *Radio Times*, 2 December 1972.

7 Neil Gordon, Letter to the author, 9 November 2001.

8 PH, *The Blunderer*, Cresset Press, London, 1956, p. 178.
ハイスミス『妻を殺したかった男』佐宗鈴夫訳　河出文庫　1991年

9 *Current Biography Yearbook*, 1990, p. 302.

10 Craig Brown, 'Too Busy Writing to be a Writer', *Daily Telegraph*, 29 January 2000.

11 オットー・ペンズラーとのインタビュー　1999年5月21日

12 H・R・Fキーティングとのインタビュー　2000年6月20日

13 Julian Symons, *Bloody Murder, From the Detective Story to the Crime Novel: A History*, Faber & Faber, London, 1972, p. 91.
ジュリアン・シモンズ『ブラッディ・マーダー　探偵小説から犯罪小説への歴史』宇野利泰訳　早川書房　2003年

14 Julian Symons, 'Life with a likeable Killer', *New York Times Book Review*, 18 October 1992.

15 Julian Symons, *The Modern Crime Story*, The Tragara Press, Edinburgh, 1980, p. 14.

16 PH, *Plotting and Writing Suspense Fiction*, The Writer Inc., Boston, 1966, p. 51.
ハイスミス『サスペンス小説の書き方　パトリシア・ハイスミスの創作講座』坪野圭介訳　フィルムアート社　2022年

17 Diana Cooper-Clark, 'Patricia Highsmith - Interview', *The Armchair Detective*, Vol. 14, No. 4, 1981.

18 Ibid.

19 Hannah Carter, 'Queens of Crime', *Guardian*, 1 May 1968.

20 ハイスミス　ジェニー・ブラッドリー宛書簡　1961年9月30日付　WBA所蔵

21 Margaret Pringle, 'The Criminal Not The Crime', *Nova*, May 1971.

22 Francis Wyndham, 'Sick of Psychopaths', *Sunday Times*, 11 April 1965.

23 Louise Roddon, 'View to a kill', *Today*, 6 April 1986.

24 ロジャー・クラークとのインタビュー　2001年1月15日

25 ヴィヴィアン・デ・ベルナルディとのインタビュー　1999年6月23日

26 ケイト・キングズレー・スケットボルとのインタビュー　2001年12月12日

27 PH, Cahier 23, 4/2/54, SLA.

28 PH, Diary 10, 27 October 1950, SLA.

29 PH, *A Game for the Living*, Heinemann, London, 1959, p. 87.
ハイスミス『生者たちのゲーム』松本剛史訳　扶桑社ミステリー　2000年

30 PH, Cahier 25, 2/7/59, SLA.

31 Ibid.

32 Ibid.

33 PH, Letter to Dan Coates, 12 December 1974, SLA.
ハイスミス　ダン・コーツ宛書簡　1974年12月12日付　SLA所蔵

34 Ibid.
35 PH, Diary 8, 23 May 1949, SLA.
36 PH, Cahier 25, 9/28/59, SLA.
37 PH, Cahier 25, 11/20/59, SLA.
38 ハイスミス　ジョーン・カーン宛書簡　１９５９年11月17日付　ＨＲＡ所蔵
39 PH, Cahier 25, 2/3/60, SLA.
40 PH, Cahier 25, 2/11/60, SLA.

第19章

究極の神経症

1960 − 1962

一九六〇年二月、ヨーロッパから帰国してニューヨークのアパートに戻ったハイスミスを迎えたのは、同月に発売されたばかりの『愛しすぎた男』に対する好意的な批評だった。「異才パトリシア・ハイスミスの異常者の世界に対するクールな親和力」とジェイムズ・サンドーは「ニューヨーク・ヘラルド・トリビューン・ブックレビュー」誌に書いている。「彼女は主題を客観的にでなく心理的に掘り下げ、ただのケーススタディとしてではなく、著しい臨場感を生み出している……ハイスミス女史は事の成り行きを必ずしも理路整然と語るのではなく、ただそこに起きていることとして語っている。わたしがハイスミス女史の世界を思うのは、わたしがその手にがっちりとらえられている以上、彼女は世界そのものだからである」[1]

執筆に戻ったハイスミスは、ヨーロッパでの見聞を、とりわけ季節外れのギリシャの旅から得たものを小説に取り入れられないかと考え始めた。「アテネで立ち寄った黴臭いホテルを思い出す。サービスは良くなく、カーペットは擦り切れていて、廊下では多種多様な言語が一日中飛び交っている。そのホテルを作品の舞台にしたいと思った。さらに旅行中に訪れたクノッソスの迷宮も」[2]と述べている。同じ旅行で「アメリカでもっとも評価の高い大学出身の中年男性に、ちょっとした詐欺に引っかけられかけた」体験も思い出し、その男をモデルにした詐欺師のキャラクターを登場させようと考えた。五月の初め、ハイスミスは「悲喜劇的小説」[3]と称するアイデアをノートに書き留め、ありもしない会社の株を売って得た三万五千ドルもの金を着服してアテネにやってきた、チェスター・マクファーランドという男の行動を中心に描くことにした。ハイスミスが、キャサリン・コーエンの死による深い悲嘆の後に生み出したこのアイデアは、最終的に長編小説『殺意の迷宮』として一九六四年に刊行されることになる。

一九六〇年はずっと執筆にかかりきりで、七月の半ば頃、フランスの代理人ジェニー・ブラッドリーに半ばほどまで書いたと知らせているが、まだ題名もつけていなかった。九月の初めには、ニューヨークからペンシルベニアへ引っ越しているが、そこはニューホープの町から十五キロあまり離れたオールドフェリー・ロード沿いで、広い敷地の真ん中に建つ慎ましい二階建ての家だった。その家で作家のメリージェーン・ミーカー〔M・E・カー、ヴィン・パッカー、アン・アルドリッチなどのペンネームもある〕と半年間暮らしながら、引き続きこの作品に取り組んだ。「六月の熱気のさなかにこの本を書き始めた……」と担当編集者のジョーン・カーンに九月六日付の手紙に書いている。「いつも真ん中あたりにさしかかると必ずといっていいほど考え直すはめになるものだけれど、今回はそれが街から田舎への大掛かりな引っ越しの最中に引っかかってしまった。もう一度この静かな雰囲気のなかで執筆に取り掛かるつもり。クリスマス前には終わらせたいと思っている」[4]。十月にはジェニー・ブラッドリーに宛てた手紙で、日常生活に譲歩しなければならないことの難しさを嘆いている。小説を書くことにエネルギーのほとんどを集中しなければならないのに、田舎暮らしだとどうしても雑務が多くなり、時間をとられて困っている、そしてまだその問題を解決できていないとも打ち明けている[5]。

ハイスミスは、執筆中の作家が安定したキャラクターでいられないのは「作家は常に、自分の作品の登場人物の一部だから」[6]だと述べている。十一月には、『否定的思考の力 (The Power of Negative Thinking)』――このタイトルは、のちに『変身の恐怖』の中で主人公の作家ハワード・インガムの作品の題名に使われる――と『ライダルの愚行 (Rydal's Folly)』というタイトルを検討した後、最終的に『殺意の迷宮（一月のふたつの顔　The Two Faces of January）』とすることに決めた。ローマ神話の神ヤヌス（一月を司る神でもある）のように表と裏の顔を持つ、いかにもつかみどころのない主人公にふさわしいタイトルだ。十二月七日付のジェニー・ブラッドリー宛ての手紙で彼女は小説を書き上げたことを知らせている。しかし、担当編集者のジョーン・カーンはこの作品が気に入らず、のちにハイスミスも「最初のバージョンはひどくとっ散らかって」いたと認めざるを得なかった[7]。

ハイスミスは完成稿を出版社のハーパー＆ブラザーズに一九六一年の初めに送ったが、二月になると、ジョーン・カーンはハイスミスの代理人パトリシア・シャートルに宛てて次のように書き送ってきた。カーンはその書簡でこの作品について「文体はいいけれど、やはりこの本には興味をそそられない」[8]と書いてきた。カーンの目には、三人の登場人物――ライダル、チェスター、そしてチェスターの妻――この時点では、オルガという名前だったが後にコレットに改められる――に構造的欠陥があると映ったのだ。「この話はライダルとチェスターが同性愛関係にないと成り立たない……登場人物の誰にも好感がもてません。もっと大きな問題は、彼らを信用できないこと……これまでのことが何もかも夢だったというのではお話にならない。わたしたちの心配に納得してくれるなら、まだ救われる見込みはあると思うけれど――ただこのままでは出版できない……」とカーンは指摘している。[9]

ハイスミスは、さっそく本の書き直しに取り掛かった。カーンには「断固たる意志をもって書き直す」[10]といったものの、内心は登場人物たちの見直しを強いられたことに憤慨していた。四月の半ばには第二稿を送っているのだが、それでもまだジョーン・カーンのお眼鏡にはかなわなかった。彼女には、物語から登場人物たちが生き生きと立ち上がって来ないよう思えたのだ。「小説のつじつまを合わせるためには、主人公の見直しが必要だと思う。たぶんあなたはそんなことは絶対したくないでしょうけれど……」とハイスミスに宛てて書き送っている。[11]

この作品を没にするかわりに、ハイスミスは登場人物たちの設定を根本から見直し、同時にふたりの男性間の同性愛的な要素をすべて排除することにした。書き直しには同意したものの、『生者たちのゲーム』だって「ぞっとするような問題があった」[12]が、最終的には克服できたのにと内心不満に思っていた。フランスの代理人ジェニー・ブラッドリーが、自分の目にはそのような書き直しは「理不尽」に思えるといってくれたのがせめてもの慰めだった。[13]

『殺意の迷宮』を書き直す作業は一九六二年に入っても続いたが、ジョーン・カーンはいまだに作品の出来に納得していなかった。一九六二年五月二十八日付の読者によるレポートがカーンに送られていたが、それによれば書き直した後でも、作品は改善されていないとのことだった。事実、読者たちは「作者の手法と登場人物の思考は神経症的で、おぞましく感じる。彼らの行動には納得のいく理由や動機がない……退廃的な空気が全体に漂っており、読後強い嫌悪感に襲われた」[14]とさんざんな評価を下している。

結果としてカーンは代理人のパトリシア・シャートルに原稿を返さざるを得ないと判断した。「本当に残念だけれど、やはり『殺意の迷宮』は好きになれません。登場人物の誰ひとりとして信用できないし――なんといえばいいか、本当に残念極まりないけれど[15]」

だが、この本はハーパー&ブラザーズには断られたが、最終的にアメリカではダブルデイから、イギリスではハイネマンから一九六四年に刊行された。皮肉なことに、この本の「退廃的な空気」とハイスミスの「神経症的なおぞましい感覚」は批評家の注目を集めた。イギリス人作家のブリジッド・ブロフィは、ハイスミスの大ファンでもあったが、「ハイスミスは、犯罪小説を文学に高めるというディケンズの遺した課題を見事にやり遂げた」と評価した[16]。ブロフィは、作中の人物の「冷めたパンケーキのようなじっとりとした冷たさ」を称讃し、この本を「主に優れた小説がそうであるという意味においてスリラー小説である……犯人を追いかけるというよりは、動き続けることによる不安がそうさせるのだ。視点が変わるのは関係性が変わることを意味し、人物の心理が、舞台である埃っぽい《土地柄》の描写に見事に織り込まれている[17]」と総括している。ジュリアン・シモンズは、イギリスの「タイムズ」紙日曜版で、ハイスミスの繊細な人物造形と現代社会に対する冷徹な洞察力を絶賛して次のように述べている。「犯罪小説とは、危機的状況にある世界を描くものだ。その中ではあらゆる人間が心に傷や欠陥を持ち、精神的に歪んでしまい、何か壊滅的事件や戦争が起こるというわけでもないのに、人間同士が互いに殺し合う。破滅的な世界を見せてくれるという点において、犯罪小説作家でハイスミス女史の右に出る者はいないことは確かなものになった[18]」。この小説は、一九六五年に英国推理作家協会［CWA］において、前年に外国で出版されたもっとも優れた推理小説に与えられるシルバー・ダガーを受賞する。ハイスミスはいこの時授与された短剣《ダガー》をレターオープナーとして使い続けていた。

このような拒絶はすべての未来ある作家たちが、この世界で一度は直面しなければならない経験だとハイスミスはいう。

時には数千ドルに値する時間を費やすことにもなるが、作家はこうしたちょっとした後退をスパルタ式に受け止める術を学ばなければならない。少しばかり悪態をつくにせよ、それからベルトをぎゅっときつくして、新しいものに向かうのだ――もちろん、熱意と勇気と楽観する力を持って。なぜならこれら三つの要素なしに、良いものは何も生み出せないのだから。[19]

『殺意の迷宮』の構想を練りながら、ハイスミスは自分自身の特性をどの程度まで自身に基づいて作中人物に投影させるかについて考えているかを書き留めていた。自分の矛盾したニヒリスティックな側面を、さらに強く打ち出したいと願っていた彼女は、ドストエフスキー『地下室の手記』にそれにぴったりの人物像を見出した。「究極の神経症的人物、これこそわたし自身だ。この地下室の男はわたしなのだ」とノートに記している。「読者がごく普通に自分と同一視できる主人公とか、共感を呼ぶ人物なんてくそくらえだ[20]」。ハイスミスの小説と一八六四年に書かれた虚無的なロシア人作家の小説には著しい類似性がある。

ハイスミスの作品の大半には、アイデンティティのうつろいやすさや不可解さが取り上げられているが、『殺意の迷宮』ではその概念を極限まで押し進め、三人の主な登場人物それぞれ――チェスター、コレット、ライダル――が驚くほどめまぐるしく新しい自分になりすまし、あるいは脱ぎ捨てたりする。チェスター・マクファーランドはたしかに「本名」であるのだが、当局から逃亡中の裕福なアメリカ人詐欺師で、話が進むにつれてさまざまな偽名、年齢、経歴の仮面を帯びていく――ハワード・チーヴァー、リチャード・ドンレヴィ、ルイズ・ファーガスン、ウィリアム・チェンバレン、フィリップ・ジェフリーズ・ヴェーデキント、そしてオリヴァー・ドナルドソンといった具合に。彼の妻コレットは本名エリザベスであるが、十四歳の時気まぐれに名前を変えている。知識人だが抑圧的な大学教授を父に持つライダル・キーナーは、ジョーイ、フランス生まれのピエール・ウィンクル、あるいはイタリア人のエンリコ・ペラッシなどのさまざまな偽名を使っている。三人はアテネとクレタ島の間を行き来し、作品の後半ではチェスターとライダルがフランスに活動の場を移す。彼らはそれぞれ自分とは何者なのかを探し求めるのだが、何もつかみきれずに麻痺したような失望感だけが残される。チェスターはいずれ自分が「ミスター・何某[21]」として生きるのだろうと考え、一方ライダルは警察から逃げている最中に、偽造の身分証明書すら持たない状況にあって、「何よりも自由がある。現代の名もなき人々に等しく許されているのと同じ自由が[22]」と心の中で叫ぶ。

この作品はドストエフスキーの『地下室の手記』の語り手の、辛辣な嘲りを帯びた声と同じ響きを持っている。地下室の語り手は、どれほど他人になりすまそうとしても「もうどこにも逃げ道はないし、いまさら別人に成り代わるわけにもいかない」と警告する。[23] コリン・ウィルソンが一九四七年の著作で「近代文学で《アウトサイダー》の問題を扱った最初の大作」として論じたこの作品をハイスミスはあらかじめ読んでいたようだ。[24] 彼女は『地下室の手記』を読み、ドストエフスキーの語り手の信念に共感し、「人間性があらわになった時、そこに見いだされるのは、知性ではなく自由意志なのだ」とノートに書いていた。[25] ドストエフスキーのこの小説は、あえて邪悪さや逆説的な曖昧さを称賛し、不確かなことばかり述べては、後になってすべて覆すということが繰り返される。これほどとらえどころがなく不可解に見えても、『地下室の手記』はある種の道理を示しているように見える。それは人間の理性や利己心や論理的思考というものは、混乱や欲望、自己破滅へのやみがたい衝動によって、絶えず崩壊する運命にあるということだ。

それ以外に、『殺意の迷宮』の最初の数ページであらかた述べられているライダルの奇妙にねじれた、自己破壊的な行動を説明するものがあるだろうか？　ライダルは自ら進んで、チェスターが殺害したギリシャ人刑事の死体をアテネのホテルの清掃用具室に遺棄するのを手伝う。それを「なぜなのかは、当のライダル自身もわからなかった。とっさの判断でやったこと」だとハイスミスは書いている。[26] ライダルがそんな選択をしたのは、死んだ父親を連想させるチェスターと、ライダルが十五歳の時レイプしたと疑われたいとこにどこか似ているコレットと、いつまでも一緒にいるという不合理なファンタジーをかなえるためである。だが、彼は何が自分を駆り立てるのか説明をつけることができず、そのことを弟に宛てた手紙に書いている。「目下はこの男を、僕自身の内面に抱えている目的のために利用しているしだいだ……我ながらまだ漠然としてはいるが、前と同じような役回りに収まることで、心理的浄化ともいうべきことが僕の心の中におこりつつ[27]」あるのだと彼は書く。当然のことながら、ハイスミス自身もまた、同様の入り組んだ心理ドラマに惹かれる傾向があり、昔から友人や恋人や見知らぬ人間でさえも利用してそれぞれの役割を演じさせてきた。作中のある場面で、ライダルは天啓にも似た衝撃を受ける。「人間は情緒的には成長しない、というプルーストの言葉が胸に浮かんだ。ふいに思い出したこの言葉にライダルはどきりとした[28]」

ふたりの男性間の愛憎に満ちた絆が、担当編集者に懸念を抱かせたのは間違いなく、「尾行といういささかうしろ暗い勝負[29]」として描いた部分もまたドストエフスキーの作品に前例がある。

『殺意の迷宮』で描かれているように、現実や、意識や、自己認識は、疎外感、激しい嫌悪、地獄の苦しみをもたらす。作品中でほとんど酒浸りで朦朧としながら逃げ回っているチェスターは、自分の正体をあらためて顧みることで、明らかな不安に陥る。「まさしく正真正銘このおれだ。とうとう恐ろしいことになってしまった」[30]。同様に、『地下室の手記』の語り手は、「あまりに意識しすぎるのは、病気である。正真正銘の完全な病気である。……およそいっさいの意識は病気なのである」と述べる。[31] ドストエフスキーの語り手は、この手記を書くことは「懲役刑[32]」みたいなものだと断じる。折に触れて同じような思いにハイスミス自身も突き動かされていたのかもしれない。

一九五〇年代末から六〇年代初頭、ペンシルベニア州バックス郡にあるデラウェア川沿いの町ニューホープはまだのどかな場所だった。「ニューホープは、まさにヨーロッパ風の景観とほとんどおとぎ話のような雰囲気のある美しい町ですよ」と「バックス・カウンティ・ライフ」誌で書評欄の編集を担当し、ニューヨーク時代からハイスミスの友人であるペギー・ルイスはいう。「住むのには、とても素晴らしいところです。住民はお互いに親切だし、一年に一度はストリートフェアもあります」[33]。この地域は芸術や文学とのゆかりも深いことで知られている。バックス郡は一六八〇年にウィリアム・ペンが拓いた植民地で、イギリスのバッキンガムシャーにちなんで郡の名前が付けられた。十九世紀のバックス郡は、森に囲まれた田園の景観に魅了された画家たちの楽園であり、一九三〇年代から四〇年代には、ニューヨークから来た作家たちの大勢がこのあたりにこぞって土地を買った。ナサニエル・ウエストは、妹の夫S・J・ペレルマンと共同で改築された農場を買い、ドロシー・パーカーは、ジェイムズ・A・ミッチェナー同様、当時近隣のパイパースビルに暮らしていた。ノーベル賞作家のパール・バックはパーカーシーの近くに住み、五〇年代初めにはアーサー・ケストラーが、ニューホープの近くのデラウェア川に浮かぶ島を買った。ニューホープはまた、一九三九年に開業した有名なバックスカウンティプレイハウスの本拠地として知られている。「三〇年代から四〇年代にかけて多くの著名作家たちが大挙してバックス郡に別荘を持ったものです」と伝記作家のドロシー・ハーマンはいう。「ニューヨークのメディアでは、あの地域を《天才地帯《ジーニアスベルト》》と呼ぶほどでした」[34]

『殺意の迷宮』を書いている──そして改稿している──最中にも、ハイスミスはいくつもの短編を発表している。たとえば一九六〇年には雑誌「コスモポリタン」に「カメラ・マニア」が、その翌年には「エラリー・クィーンズ・ミステリーマガジン」誌に「すっぽん」が掲載されている。同誌のアンソロジーは、一九六二年のアメリカ探偵作家クラブのエドガー賞最優秀短編小説賞の最終候補となった。「バックス・カウンティ・ライフ」誌にも書評を連載し、三〇年代アメリカ社会や、先史時代のクレタ島、刑務所に関する分析など、多様なテーマで執筆している。また、彼女が温めていた二冊目のレズビアン小説のアイデアについても思い巡らしていた。一九六〇年五月には『ザ・プライス・オブ・ソルト』の続編を書こうとしたものの、物語の中でテレーズをどう描いていくか行き詰り、新たなキャラクターを創り出す方がいいと思い直した。その年の暮れ、十二月に入ってから、もうひとつのペンネーム、クレア・モーガンで発表する予定の作品のおおまかなアイデアを書き留めている。七つの断章からなる物語は、それぞれハイスミスの過去の恋愛関係をもとにしていた。「それぞれの物語は、老いた者の視点から、あるいは若者の視点によって描かれる」と彼女はノートに書いている。「それぞれの断章は完全に新たな始まりと終わりが与えられる」[35]。その後一九六一年一月には、この小説の草稿に着手している。執筆初期のタイトルは「女たちの本（Girl's Book）」、のちに「ひとりがたり（First Person Novel）」と変更されたが、完成することはなく、出版もされなかった。

この小説は、ジュリエット・タリファ・ドーンという女性の手紙と日記で構成されている。ジュリエットは、フィラデルフィア生まれで四十一歳の教師である。家族とスイスのジュネーブに住み、夫のエリックは電気技師で、ふたりの間には十七歳の息子のフィリップ・ジョンがいる。ジュリエットは夏のあいだ架空の町ギメルズバッハに滞在しており、日に二時間ほど机に向かっては、過去の同性との恋愛関係を夫に読ませるために書いている。「わたしは先に自分の人生について書くべきなのかしら？　それとも初めての恋人について？」と彼女は自問自答する。「わたしの人生はあなたの知っているようなものではなく、ひたすら惚れたはれたの繰り返しの軌跡なの。あとに残されたのは思い出だけ――でも、なんという素晴らしい思い出であることか！」[36]

ジュリエットの初恋は子供時代にさかのぼり、彼女は六歳、相手の女の子は十歳のマージョリーという少女だった。「重要なのは、相手が女の子だったこと、つまり女性だったことだ」とハイスミスは書く[37]。そして十歳の時、ジュリエットは別の少女ヘレンに恋をした。むろんふたりとも互いに手も触れたことはなかった。「恋の悦びについてわたしは知り尽くしていた。夢想を通して、その激しさを通して、名づけようのない感覚を通して。それが禁忌であり、異常なことだともわかっていた。もし見つかれば罰を受けるだろうということも、そしてたぶんわたしが恋する相手にそれ以上近づこうとすれば、軽蔑されるだろうということも。それらはすべて自分の中に抑え込んでおくべきことだった」[38]

十一歳の時、地元の図書館の心理学コーナーで本を見て歩いているうちに「レズビアン」という言葉に出会った時の衝撃をジュリエットは記している。その言葉に彼女は背筋が凍る思いがした。三年後、十四歳の彼女は、ある少女にひと目惚れをして、それから三年の間恋焦がれ続けた。そして十六歳の時、十九歳の男性とセックスを試みるのだが、特にこれといった印象もなく、とりたててもう一度したいとも思わなかった。十七歳を前にして両親がスイスに引っ越し、自分が人と違うということに気づく。ハイスミスと同じように、ジュリエットは拒食症になり、それが原因で低血圧と貧血に悩まされる。全寮制の女子校でヴェロニカ・ミニガーという女生徒に出会うが、彼女はすでに何人もの女性との性体験があった。ふたりの関係は三年ほど続いたが、ヴェロニカの母親に娘の同性愛が発覚したために終わりを迎えた。この短い小説は、結末で現在に戻り、ジュリエットの現在の恋人、二十三歳のバレエ・ダンサー、ペネロープ・クィンからの何通もの手紙で終わる。

この本はもちろんフィクションであるが、明らかにハイスミス自身の人生をもとにしている。実際、彼女は一九六一年が明けてから三月頃まで、アイデアを求めて自身の恋愛を振り返り、過去の何人もの恋人たちのイニシャルと、彼女たちがどのような影響を自分に及ぼしたかについてノートに書き出している。ヒロイン自身のモデルは「魅力的なところを強調して、欠点をほとんどなくした」[39]エレン・ヒル以外にあり得なかった。そのほかにも小説の中で彼女がその関係を描こうとした女性たちは何人もいる。最初の恋人だったヴァージニア、ヘレン〔バーナード大の学生〕、アリーラ・コーネル、そして「間違いなくリリスである。純粋で率直な存在」[40]ヴァージニア・ケント・キャザーウッド。おそらくメキシコ旅行に同伴したクロエと思われる女性には、「わたしに何のよりどころも与えてくれなかったし、彼女のことはどうしたって恋人として書く気にはなれない」と記している。[41]この本を書く目的は、「成熟した大人の女性（あらゆる意味で）を描くこと。彼女が同性愛という禁忌を犯さざるを得なかったことを、たとえ社会的理由から彼女があってもそれを望まなかったとして」[42]

だがこのレズビアン小説は五十九ページまでしか書かれていない。一九六一年の月、メリージェーン・ミーカーと別れた頃、ハイスミスは、自分の人生により深く関わる物語を書かないではいられない気分になっていた――すなわち『ふくろうの叫び』を。物語の一部はランバーヴィルが舞台で、ハイスミスが住むニューホープとはデラウェア川を挟んだ対岸の町だ。小説は、ストーカーのロバート・フォレスターと相手のジェニー・ティーロルフとの間の歪んだ関係がメインに描かれる。冒頭の場面は、ロバートがおとぎ話に登場するようなジェニーの家の庭で、彼女を見つめながら、ぞくぞくするスリルを味わっているところから始まる。その家は、ハイスミスがブルーミングデールでアルバイト店員をしている時に出会った女性、キャサリン・センのリッジウッドの自宅にかなりよく似ていた。読者はハイスミスが、十一年前に自分が覗き見をしていた時の喜びを書いているのではという印象を受ける。

二、三週間おきに夜訪ねてきて、彼女の姿を眺めるたびに、ロバートは足元をすくわれるような衝撃を味わい、その後しばらく動悸が治まらなくなる。……ロバートがやっていることは、ひどい喉の渇きを癒すのと同じだ。どうしても彼女の姿を目にしなくてはいられないのだ。[43]

一九六一年五月末、ちょうどこの作品のプロットを練っていた頃、ハイスミスは友人のキングズレーに手紙を書いている。「わたしは自分の内にあるものを書いているけれど、別にセラピーというほどの意味はない。わたしの作品は全部わたしの内から出てきたものだけれど、この作品にはいっそうそれを感じている。わたしは本当の意味で距離を置いておきたいの。やりたいのは芸術であって心理療法じゃない。とにかく何か別のことをする前に、やってしまわなければならないとわかっているだけ。これは《わたしのパーソナリティ》から生まれたたったひとりの登場人物なの。もちろん物語は完全に創作で、現実の人生を題材にはしていないけれど[44]」

六月の半ば頃、ハイスミスは光がまぶしくてたまらず、いつもより神経が過敏になっていると感じた。その後、腹部や背中や二の腕にぽつぽつと発疹が広がりはじめる。彼女は風疹に罹っていた。症状はかなり重く、発疹に加えて首のリンパ腺が腫れて痛みを伴い、顔が真っ赤になった。だが、以前水疱瘡に罹った時に『ザ・プライス・オブ・ソルト』のアイデアを思いついたように、ハイスミスは今回も風疹によって想像力が活発に働いているとも感じていた。病に臥せっているあいだに、彼女は小説の結末を固めていた。七月七日には、二百六十三ページの第一稿が出来上がった。「いい本はひとりでに書き上がるものだ[45]」とハイスミスは語っている、その言葉どおり一九六二年二月には小説を書き終えていた。

しかし、『ふくろうの叫び』が一九六二年にハーパーから、翌六三年にイギリスのハイネマンから刊行された後になって、ハイスミスはこの本が自分の作品の中でもっとも出来が悪い作品だとみなし、主人公を「堅物で……邪悪な人物にとっては大人しいだけの格好のカモであり、いいなりになっているだけの退屈な男[46]」として描いたことを後悔するようになる。だが、批評家たちはハイスミスの作品中で傑作のひとつに数えられると考えていた。「ソフォクレスが近親相姦を思いついたように、ハイスミス女史は無意識のうちに、ひとりでに殺人を思いついた」とブリジッド・ブロフィは見解を述べている。「『ふくろうの叫び』は、ジョン・ウェブスター（十七世紀の劇作家。『白い悪魔』『モルフィ公爵夫人』などがある）ばりの暗く残忍な悲劇的世界を作り上げている」。そしてさらに、ハイスミスが「ディケンズが一度ならず挑みながら達し得なかった、自ら犠牲者となる者の心理に取り組んでいる」と称賛している[47]。一九六七年、ブロフィは、「ニューヨークタイムズ・ブックレビュー」誌のインタビューに答えて、「過去二十年間で、非常に優れた小説であるといえるのは、せいぜい五、六作品といった程度しかないと思う。パトリシア・ハイスミスの『ふくろうの叫び』とナボコフの『ロリータ』は間違いなくこのふたつに入るわね」と述べている[48]。

この小説の根幹にあるのは窃視衝動と、思い込みでしかない空想の不穏な結びつきである。ロバートがジェニーをこっそり見ずにはいられないのは、キッチンで料理をしていたり、自宅でのんびりくつろぐ姿を見ることで、明らかにいつもより幸福で穏やかな気持ちになれるからだ。ジェニーは、理想的な家庭生活を象徴しており、それは『愛しすぎた男』のアナベルの現実離れした女性らしさのイメージにも重なる。「ロバートには、そのどれもがよくまとまっているように思えた。そう、まるで彫像のように[49]」。ジェニーを見ていると、「どこかで見た写真や知人の顔」を思い起こし[50]、ロバートが心の内で無意識のうちに求めているものを彼女が満たしてくれるような気がする。

茂みに身を潜めて覗き見ている見知らぬ男をジェニーが発見する場面は、ハイスミスほどの作家の手にかからなければば、いたずらに恐怖や不安感を強調するメロドラマじみたシーンになっていただろう。だが、自分を覗き見ているロバートを目にして、ジェニーはヒステリーも起こさなければ警察も呼ばず、そんな場合にふつうの人間が取るような「合理的な」反応をしない。それどころかこの挙動不審な男を家に招き入れ、コーヒーを勧める。「家に入ってもらうなんて、変な女だと思っているでしょう」と彼女はいう。[51]彼女のおかしなところは、ロバートのジェニーに対する思い込みのように、ろくに知りもしない他人が、何かより大きな、自分には完全に理解できない存在を象徴していると思い込むところだ。ジェニーが心奪われたのは自分の心に焼きついた人物像であり、現実のロバート・フォレスターの人柄や、知性や、風体といったものを愛したわけではない。ロバートが次第にジェニーへの関心を失っていくにつれ――現実の彼女はロバートには耐え難かったのだ――逆にジェニーはかつてのストーカーとしてのロバートに執着を募らせていくのである。

ジェニーの婚約者のグレッグ・ワインクープもまたジェニーとロバート・フォレスターの両方を監視する病的な欲望がこうじるあまり、窃視のサイクルを完成させることになる。「もし世の中の人みんなが、他人のやっていることに目を光らせなくなったら、誰もがめちゃくちゃなことをやりだすでしょう」とロバートは精神科医に語る。「放り出されたら、人はどうやって暮らせばいいかわからなくなりますよ[52]」

『ふくろうの叫び』はハイスミス独特の冷めた、突き放した筆致で書かれており、日常と非日常、取るに足らない些末事と本物の悲劇とが同列に描かれている。たとえばロバートの兵役時代の友人カーミットは、朝鮮戦争中に戦死したのではなく、アラスカで訓練中に空母の射出機に巻き込まれるという変則的な事故で死ぬ。この作品は一貫して、過剰なメロドラマへと陥りそうな場面を、世俗的なありふれた日常が押しとどめている。グレッグと殴り合いをしたことをロバートが警察に対して認めるかどうかについて、ジェニーとの言い合いが高じた時にも、夕食に冷凍のチキン・パイを料理するというくだりをハイスミスは挿入する。「チキン・パイは三十分じゃできないわ」とジェニーはいい、料理が完成するかどうか、それをいつ食べるべきなのか――警察が来る前か後なのか――心配するのである。[53]逆にありふれた日常のものが、わけのわからない別の世界のもののように思えてくる――かくして中古車の展示場は、「車はよろいを着た死んだ兵士の大群[54]」のように見え、森のふくろうの鳴き声は死を象徴するものとなる。

グレッグが行方不明になり、やがて身元不明の遺体が川の下流で発見されると、ジェニーはすぐさまロバートが自分の婚約者の死に関わっていると思い込み、混乱した精神状態の中で、木立の中から自分を見ていた男が何を意味していたのかを悟る。ロバートは、あのふくろうの叫びのように、死を呼ぶものなのだ。この章におけるジェニーの不安定な精神状態、これから命を絶とうという場面は、小説における自殺の描写としては最も真に迫り、説得力あるものといえるだろう。同時にハイスミスは意識の流れをとらえて、絶望し、死にゆく心に次々に浮かんでくるイメージをも描いてもいる。ジェニーはロバートに初めて出会った庭へとさまよい出るが、睡眠薬を飲んだためにおぼつかない足取りで、ロバートのために編んでいた編みかけのセーターを手にしている。そして彼女は地面に横たわり、手首を切る。「暗いせいか、目蓋がくっついているのか、切り傷は見えないが、上げた上腕のほうに生温かい血が伝わってくるのがわかる……」[55]

物語のクライマックスは、ブリジッド・ブロフィも指摘しているように、アメリカ郊外の町における、ジェイムズ一世時代の復讐悲劇を彷彿とさせるバイオレンスとカタストロフィだ。その場面——ロバート、元妻のニッキー、グレッグの三者が入り乱れる——はまさに流血の惨劇であり、傷は、「鮮やかな血を噴き出している小さな口のような深い裂け目」[56]として描かれ、怪我をした人物の服についた血の染みは、名も知らぬ真紅の「花」[57]のように見える。

この小説を読んだ読者は、まるで幻覚剤を飲んだかのように知覚に異常をきたし、足元の現実が揺らぐ不快感を覚えるかもしれない。それゆえに担当編集者のジョーン・カーンが、原稿を読んだ後、一九六二年二月八日付の書簡でこの本について「強い酒のようなもので、万人に面白いといえる本ではない……」と評したのもうなずける。[58]だが、数日後には前払い金千五百ドルを約束する契約書が作られている。要求の厳しい編集者であり、めったに作品の出来栄えに満足しないことをハイスミスもわかりすぎるほどわかっていたが、その彼女さえこの小説には強い感銘を受けていた。「あなたは素晴らしい仕事をしたわね」とさえいっている。[59]

破滅的な恋愛関係が続いた後では当然のことながら、ハイスミスは新たな恋愛を始めることに不安を感じていた。過去の日記を読み返し、自分の人生はこれまで「信じがたいほどの過ちの歴史」だったという結論に達している。[60]なぜ同じ過ちを自分は繰り返すのだろうか？　いい加減に何か教訓を学ぶべきではないのか？　自分は幸せになどなれるのか？

これからはサディスティックな気質の女性とはいっさい関係を持たないと決意したところで、問題はあまりにもそれが自分のパーソナリティに深く染み込んでしまっているので、今さら変えようがないことにハイスミスは気づいていた。「わたしはなにものをも避けたりはしない」とノートに書きつけている。「感じていることはすべて表に出す――たとえ口に出さなくとも。慎重に何かをやろうとなんて考えていないし、心の問題から自分を救おうなんて思ってもいない」[61]

一九六一年三月、彼女はオールドフェリー・ロードから、市内のサウススーガン・ドライブ一一三番地の、寝室が三つあり、せせらぎが見渡せる二階建ての借家に引っ越した。同じ年の夏、当時三十九歳で、ウェイトレスとして働いていたデイジー・ウィンストンと恋愛関係になる。「デイジーは黒髪で、小柄でした」とハイスミスの友人のペギー・ルイスは語る。「とても利発でいきいきとした女性だったことを覚えているわ[62]」。デイジーの一番の友人は、一九四七年にこの町に移住してきた、ニューホープで木こりとして働き、木工職人でもあったフィリップ・パウエルだった。「パットは、かなり変わった人でね、気難しかったけれど、第一印象は人見知りだったことかな。何をするにも酒を飲まずにはいられなかったのは明らかだった」と彼は語る。「デイジーは、パットと親密な関係にあることをけっして認めようとしなかった。ニューホープはとても自由だけれど、デイジーは自分のことをあまり話したがらなかった。ふたりの間に短く激しい関係があったことは確かだけれど、それでも何も話さなかったよ[63]」

一九六一年八月、あいかわらずロマンティストのハイスミスは、デイジーに捧げる詩を作り、その中でこの新しい恋人、自分にとっての「小さな黒と金色の宝石[64]」に愛を誓った。デイジーは後にハイスミスに宛てて書いた手紙の中で、一九九一年になってハイスミスが彼女宛てに書いたものを見つけたことを報告し、「何かとても可愛らしくて、どこかユーモラスで、でも何もかも懐かしい思い出ばかり[65]」だと、三十年前のことを懐かしんだ。「でも、あなたは一度もわたしに花を贈ってくれたことはなかったわね――まあ、いいわ――わたしはそんなことを根に持ったりしないから」と書き、こうつけ加える。「でも心配しないで――何もかも煙と消えたから[66]」。デイジーとの親密な日々は一年ともたなかったが、それでもふたりの心の絆は深く長く続き、ハイスミスは『ふくろうの叫び』を彼女に捧げている。ハイスミスがヨーロッパで暮らすようになると、デイジーは自らを「パットの養女」と称し、チリパウダーやキャンベルの干しエンドウマメのスープ缶や靴――アメリカンサイズの九号――を詰めた小包をアメリカから送り続けた。一方ハイスミスは、後に吝嗇家として悪名を馳せるようになるが、この友人が困ってる時には何もいわずに金を融通してやった。実際、一九六七年にハイスミスは、デイジーに彼女の「おしゃべりな物たち（wordly goods)」の半分を譲る旨の遺言書を書くのだが、後に誤字に気づいて訂正している。「なんとすてきなフロイト的間違いであることか」とキングズレー宛ての手紙にその時の様子を書いている。「わたしはたしかに、口数の……また間違えてしまった。わたしはたしかに財産（worldly goods)を……[67]」

一九六一年十二月、ある冬の寒い夜、ハイスミスは再び殺人の夢を見た。夢の中で彼女は斧をゆっくりと頭の上に振りかざし、無防備な年老いた女性の顔めがけて振り下ろす。何度も振り下ろすうちに、老女は切り刻まれた血まみれの肉塊と化した。これは殺意なき殺人であるが、警察は彼女が犯人に間違いないとしてすぐさま逮捕する。この夢は、「罪の象徴であり、いつかこういうことをするのではないかという深い怖れの象徴なのだ。酔った勢いで、あるいは怒りに駆られて。だが夢の中の被害者は見知らぬ人物であり、この殺人に目的はなかった。まだしも純然たる残忍さや、無慈悲、あるいは狂気による犯罪の方がましである[68]」

一九六二年三月、ハイスミスはニューホープの家をまた貸しするために広告を出すことにした。デイジーとの関係が終わり、三か月ほどヨーロッパを旅する予定をたてていたので、誰かに月百五十ドルの家賃負担と二匹のネコたちの世話を頼む必要があった。出発前に彼女は友人のアレックス・ザァニーに別れを告げている。彼とは一九六〇年からの知り合いで、当時ザァニーはコネティカット州ミドルタウンにあるウエズリア大学のフランス語の教授を務めていた。後にハイスミスは自身の短編集『11の物語』をザァニーに捧げている。

「彼女はまさに素晴らしい人だったと思うよ」とアレックスは語る。「当時は本当に美しい人だったが、苦悩のためにどんどん衰えていき、多くの人々が若く美しかった頃の彼女ではなく、そのイメージで覚えているのは実に残念なことだ。最初に出会ったパーティで、わたしたちは何時間も話をして、すぐに親しくなった——彼女はわたしにこれからもずっと友達でいてほしいといった。わたしを気に入ってくれたことがとても誇らしかった。わたしは彼女が決して持つことはなかった男兄弟みたいなものだったのかもしれない。ふたりともひとりっ子だし、お互い親との関係に問題を抱えていた。ここに彼女がずっといたならば、わたしたちはおそらく一緒に暮らしていただろうと思う。わたしはバイセクシュアルなのでね。そういうことも起こり得たかもしれないけれど、そうはならなかった。彼女は遠くへ行ってしまい、わたしの人生から去っていった。わたしはひどく内気だったしね。出発の前に、わたしに自分の執筆用の机をくれてね、それは今も使っているよ」

「わたしの知る限り、彼女は幸せだったとはいえなかったんじゃないかな。でも、好奇心旺盛で人間に興味があったし、友人に対して誠実だった。とはいってもわたしの友人たちの一部は彼女を怖がっていた——彼女は心底から彼らの奥底を探ろうとしたからね。彼女は作家だから徹底した知りたがり屋だった。徹底的に調べる人だったよ。常に物事をとことん深く理解しようとしていた。パットはいつでも体験の奥底まで知ろうとした。いっときたりとも気を抜くことはなく、だからこそ彼女はアメリカの一流作家なのだとわたしは確信している。だが、晩年になってから、彼女はひどく独占欲や支配欲や嫉妬心が強くなり、わたしたちの友情関係も難しくなってしまった」[69]

ハイスミスは一九六二年五月半ば、パリに到着し、十日ほど滞在したのちローマへと飛び、サルディーニャ島のカリアリの町を訪ねた。この夏の旅にはエレン・ヒルが同行したようだ。ふたりはサルディーニャ島から船に乗ってナポリへと渡り、ポジターノに借りておいた家に着いたのは六月の初めだった。

モンテ通り一五番地の家に落着いてすぐにかつて恋人同士だった女たちの心理戦が再燃した。エレンはハイスミスから受けたひどい仕打ちや無視されたことを蒸し返し、ハイスミスはエレンの無礼なふるまいや自殺未遂のことをあげつらった。ハイスミスは、今後絶対に誰かと一緒には住むまいと心に決めた［結局は破ることになる誓いだが］。あれこれ指図されたり、支配されたりするのはまっぴらだった。「そういうことをする人間を見つける才覚がわたしにはあるようだ」と彼女は書いている。「それだけでなく、わたしの過去の相手たちはみんな精神的にも金銭的にもわたしを破綻させてきた。またしてもそのようなどん底から自分を引きずり出すことを思うと本当にうんざりする。もうそんな勇気があるほど若くはないのだから」[70]

ポジターノからふたりはローマへと旅し、六月の終わりにハイスミスはヴェネツィアに向かい、ペンシオーネ・セグーゾというホテルに滞在したが、そのホテルは後に一九六七年刊行の長編小説『ヴェネツィアで消えた男』に登場することになる。七月十二日、ハイスミスはパリ東部のペール・ラシューズ墓地にあるオスカー・ワイルドの墓に足を延ばし、その後パリに戻った。ワイルドの墓は、ジェイコブ・エプスタインが設計し、『レディング牢獄の歌』からとられた詩句が墓石に刻まれている。

違法の民の涙はあの男のため
哀憐のひどく破れた瓶をみたすことだらう、
あの男を悲しむものはさすらひ人であらうから、
流離の人はとかく哀しむでをるものである。
（日夏耿之介訳）

ハイスミスは、ワイルドにずっと共感を覚えており、その年の初めに彼の手紙の一節をノートに書き写している。それは『贋作』の題辞として使われることになるが、ハイスミス自身の人生に対する銘文ともいえるかもしれない。

ぼくなら、真実のためよりも自分自身の信じていないもののために死ぬほうがいい。そのほうが喜んで死ねると思う……

芸術家の生涯は一種の長くて美しい自殺だと思うことがある。ぼくはそれを悔やんではいない。[71]

原注
第19章
1 James Sandoe, *New York Herald Tribune Book Review*, 7 February 1960, p. 11.
2 PH, *Plotting and Writing Suspense Fiction*, The Writer Inc., Boston, 1966, p. 9.
ハイスミス『サスペンス小説の書き方　パトリシア・ハイスミスの創作講座』坪野圭介訳　フィルムアート社　２０２２年

3　PH, Cahier 25, 5/3/60, SLA.
4　ハイスミス　ジョーン・カーン宛書簡　１９６０年９月６日付　ＨＲＡ所蔵
5　ハイスミス　ジェニー・ブラッドリー宛書簡　１９６０年10月13日付　ＷＢＡ所蔵
6　PH, Cahier 26, 10/14/60, SLA.
7　PH, *Plotting and Writing Suspense Fiction*, p. 121.
ハイスミス『サスペンス小説の書き方　パトリシア・ハイスミスの創作講座』
8　ジョーン・カーン　パトリシア・シャートル宛書簡　１９６１年2月21日付　ＨＲＡ所蔵
9　前掲書簡
10　ハイスミス　ジョーン・カーン宛書簡　１９６１年２月29日付　ＨＲＡ所蔵
11　ジョーン・カーン　ハイスミス宛書簡　１９６１年５月３日付　ＨＲＡ所蔵
12　ハイスミス　ジョーン・カーン宛書簡　１９６１年５月10日付　ＨＲＡ所蔵
13　ハイスミス　ジェニー・ブラッドリー宛書簡　１９６１年5月31日付　ＷＢＡ所蔵
14　Anonymous reader report sent to Joan Kahn, 28 May 1962, HRA.
15　ジョーン・カーン　ハイスミス宛書簡　１９６２年６月６日付　ＨＲＡ所蔵
16　Brigid Brophy, *Don't Never Forget, Collected Views and Reviews*, Jonathan Cape, London,1966, p. 155.
17　Brigid Brophy, 'Swindler and Son', *New Statesman*, 28 February 1964.
18　Julian Symons, 'Terror all the way', *Sunday Times*, 23 February 1964.
19　PH, *Plotting and Writing Suspense Fiction*, p. 122.
ハイスミス『サスペンス小説の書き方　パトリシア・ハイスミスの創作講座』
20　PH, Cahier 26, 3/3/61, SLA.
21　PH, *The Two Faces of January*, Heinemann, London, 1964, p. 204.
ハイスミス『殺意の迷宮』榊優子訳　創元推理文庫　１９８８年
22　前掲書
23　Fyodor Dostoevsky, *Notes from Underground*, translated by Richard Pevear and Larissa Volokhonsky, Vintage, Random House, London, 1993, p. 8.
ドストエフスキー『地下室の手記』江川卓訳　新潮文庫　１９７０年
24　Colin Wilson, The Outsider, Victor Gollanz, London, 1956, p. 157.
コリン・ウィルソン『アウトサイダー（上・下）』中村保男訳　中公文庫　２０１２年
25　PH, Cahier 15, 3/18/47, SLA.
26　PH, *The Two Faces of January*, p. 30.
ハイスミス『殺意の迷宮』
27　前掲書
28　前掲書
29　前掲書
30　前掲書
31　Dostoevsky, *Notes from Underground*, p. 6.
ドストエフスキー『地下室の手記』
32　前掲書
33　ペギー・ルイスとのインタビュー　２０００年８月25日
34　Dorothy Herrmann, *The Genius Belt: The Story of the Arts in Bucks County, Pennsylvania*, James A. Michener Art Museum, Doylestown, Pennsylvania, 1996, p. 46.

35 PH, Cahier 26, 12/16/60, SLA.
36 PH, *First Person Novel, unpublished*, c. 1961, SLA.
37 Ibid.
38 Ibid.
39 PH, Cahier 26, 2/9/61, SLA.
40 PH, Cahier 26, 2/4/61, SLA.
41 Ibid.
42 PH, Cahier 26, 2/9/61, SLA.
43 PH, *The Cry of the Owl*, Heinemann, London, 1963, pp. 5-7.
ハイスミス『ふくろうの叫び』宮脇裕子訳　河出文庫　１９９１年
44 ハイスミス　ケイト・キングズレー・スケットボル宛書簡　１９６１年5月30日付　ＳＬＡ所蔵
45 PH, Cahier 26, 8/31/61, SLA.
46 PH, 'Suspense: Rules and Non-Rules', *Writer Magazine*, November 1964.
47 Brophy, *Don't Never Forget*, p. 154.
48 Phillis Meras, 'A Talk with Brigid Brophy', *New York Times Book Review*, 21 May 1967.
49 PH, *The Cry of the Owl*, p. 5.
ハイスミス『ふくろうの叫び』
50 前掲書
51 前掲書
52 前掲書
53 前掲書
54 前掲書
55 前掲書
56 前掲書
57 前掲書
58 ジョーン・カーン　ハイスミス宛書簡　１９６２年2月8日付
ＨＲＡ所蔵
59 前掲書簡
60 PH, Cahier 26, 6/1/61, SLA.
61 Ibid.
62 ペギー・ルイスとのインタビュー　２０００年8月25日
63 フィリップ・パウエルとのインタビュー　２０００年8月25日
64 PH, Cahier 26, 8/8/61, SLA.
65 デイジー・ウィンストン　ハイスミス宛書簡
１９９１年12月28日付　ＳＬＡ所蔵
66 前掲書簡
67 ハイスミス　ケイト・キングズレー・スケットボル宛書簡
１９６７年4月29日付　ＳＬＡ所蔵
68 PH, Cahier 26, 12/22/61, SLA.
69 アレックス・ザァニーとのインタビュー　１９９９年5月16日
70 PH, Cahier 26, 6/8/62, SLA.
71 Oscar Wilde, 'Letter to H. C. Mariller', *The Letter of Oscar Wilde*, ed. Rupert Hart-Davis, Rupert Hart-Davis Ltd, London, 1962, p. 185, quoted by PH, Cahier 26, 2/7/62.
ハイスミス『贋作』上田公子訳　河出文庫　２０１６年

第 20 章

しがらみからの自由

1962 – 1964

ハイスミスは、自分の経験の中で深く印象に刻みつけられたものを小説の土台としてためらうことなく使った。むしろ、その小説が自分の手から離れてからの方が不安になることが多かった。一九六二年の夏、彼女はその後四年間にわたる恋愛関係を築くことになるロンドンのさる実業家夫人と出会う。この女性との関係は、未完のまま出版されることのなかった小説『ひとりがたり』にも描かれている。この小説は既婚の中年女性が、自分の同性愛遍歴とそれがもたらしたものを解き明かしていく形で描かれている。

ハイスミスはこの女性——今後は「X」と呼ぶことにする——に出会ったとたん、たちまち夢中になった。新しい崇拝の対象は、中産階級で子供のいる中年の女性だったが、ハイスミスは、彼女を山間の洞穴に咲く白い胡蝶蘭に例えた詩を書き、その夏にアメリカに戻る際には、変わらぬ愛を彼女に誓っている。珍しくもこの女性とハイスミスの互いへの愛の思いは同じくらいだったと思われる。Xの手紙には、ハイスミスがイギリスを去ってからというもの、まるで酸素を絶たれてしまったかのように感じると書かれている。

ニューホープへ戻ったハイスミスは、仕事に専念しようとするが、頭に浮かぶのは彼女の心をとらえてしまったXのことばかりだった。「サンデータイムズマガジン」誌に一九七四年に掲載された文章で、当時四十一歳の自分を回想し、朝早くニューホープの家の流しのへりに腰かけて、恋に落ちるのはなんと素晴しいことだろうと思ったと書いている。「《ただ生きているだけでこんなに嬉しいなんて！》と思った。《今までこんなことを思ってもみなかったのはどうしてなんだろう？》その時のわたしにはそんなことを考えたことも、感じたこともこれまでなかったように思われたのである」[1]。ただ、ハイスミスは、自分の手紙がXの夫に読まれているかもしれないと知り、苛立ちを感じていた。どこか手紙を送ってもよい別の場所はないだろうか、そうしたら自分の思いを率直に書くことができるのにとXに訊ねてもいる。残念ながらそれはできないと彼女は返信してきた。それでも、Xがイギリスから送ってくる手紙の数――五週間で八通もの――と文面にあふれる愛情の深さに、ハイスミスの不安な心は慰められた。

ハイスミスは、どうしようもなくXが恋しかった。「ほとんど病気だ。気を確かに持っていないと、押しつぶされてしまいそうだ」[2]と日記に書いている。友人たちには、大西洋の向こうにいる女性より、ニューホープから車で一時間以内のところで恋人を見つけるようにと忠告されたし、そうしたもっともな助言に従うべきだと自分でも頭ではわかっていた。しかし、自分の小説の主人公たちと同じように、彼女は完全に理性のたがが外れた、抗いがたい欲望に突き動かされていた。「たしかにわたしは恋愛にどっぷりはまってしまっていて、他に何も見えなかったのだ」とハイスミスは後に書いている[3]。

一九六一年の秋、パリに一週間滞在する予定があるから、現地で落ち合わないかとXがいって寄こした時も、ハイスミスは躊躇しなかった。ニューヨークのアイドルワイルド空港（現在のジョン・F・ケネディ国際空港）からパリへと飛び、翌日列車でロンドンからパリ北駅に到着する恋人を迎えに行った。ハイスミスによれば、再会直後のぎこちなさはあっという間に激しい情熱に変わり、夕食後にサンジェルマン大通りを歩きながらふたりで熱いキスを交わした。その道すがらハイスミスはイヤリングを片方なくしている。「彼女は自分の魅力をよくわかっている。ローマ神話のウルカヌス（火山・鍛冶の神）が自ら炉で熱したかのように、わたしの腕の中に熱い身体がなだれ込んできた」と日記に書いている[4]。ふたりは、別々にイギリスに渡った。ハイスミスは飛行機に乗り、Xは鉄道を使ったが、ロンドンではハイスミスのホテルや、Xの家で会っていた。ふたりは、Xの夫に自分達の関係を打ち明けるべきか話し合ったが、ハイスミスは打ち明けないよう彼女に釘を刺した。Xの夫の言動があまりにも常軌を逸していると彼女がいっていたからだ。Xの夫は、どうやらイプセンの戯曲『棟梁ソルネス』を下敷きにしたとおぼしき奇妙な夢の話を妻に語って聞かせ、「おかしな名前をした女たちが人々の生活に入り込んでめちゃくちゃにしていく」というのだ。夫がハイスミスの名を夢の中のおかしな名前と関連づけしていたのは明らかだった。

十一月に帰国し、ニューホープに帰り着くと、ハイスミスは再び仕事が手につかなくなってしまう。日記にはXが恋しくておかしくなりそうだと綴り、少しでもXの近くにという思いが高じたのか、その月の内にアメリカを離れてイタリアのポジターノに借りた家に拠点を移すと決め、翌一九六三年の初め以降、ヨーロッパに永住している。あるインタビューでなぜアメリカを離れてヨーロッパで暮らすのかと訊かれ、「行ったり来たりするのにも飽きたし、ヨーロッパの方が面白いと思ったから」だと答えている。[5] その言葉にはいくばくかの真実はあるにせよ、それだけの理由でハイスミスが永住を決意したとは思えない。そこにはある女性への愛が——やがて彼女を狂気の淵にまで追いつめることになる女性の存在があった。

一九六二年九月、ハイスミスは新しい本の構想を練り始めた。それは書き直しては突き返されることを繰り返し、ハーパーからは最終的に出版を断られたが、アメリカではダブルデイから、イギリスではハイネマンから、『ガラスの独房』として刊行されることになる。本の舞台を刑務所にしようと考えたのは、一九六一年に、シカゴ連邦刑務所の男性受刑者から一通の手紙を受け取ったことがきっかけだった。彼は三十六歳で、文書偽造と住居不法侵入、仮釈放中の逃亡の罪で収監されていたのだが、ハイスミスに『水の墓碑銘』がとても面白かったと感想を送ってきたのだ。「刑務所の図書館にわたしの本を置いておくべきとは思わない」とハイスミスは後に語っている。[6] ふたりの間で文通は続き、ハイスミスは受刑者に、刑務所での普段の日課を書いて送ってくれるよう頼んだ。すると、タイプされた三ページにわたる返信が届き、そこには食事内容や刑務所内の靴工場での作業や、同房の囚人との付き合いや、消灯後に刑務所内に響き渡る音などについて詳しく書かれていた。「どんな本からも入手できない類の情報」[7]だとハイスミスはいい、この受刑者との往復書簡に触発され、次第に刑務所内の様子に興味をかき立てられていった。「その数か月後……わたしは囚人たちについて書かれたノンフィクションの本を読んだ——そこには、不当に投獄された建築技師の体験が語られていた。男はサディスティックな看守に親指から吊るされ、その後消えることのない痛みに耐えようとモルヒネ中毒になってしまう」と書いている。「以上が出来合いの物語の部分だ」[8]。実際、『ガラスの独房』は、その男性の体験を軸に展開する話である。主人公のフィリップ・カーターは、自分がやってもいない詐欺の罪で六年の刑に服しており、二日間も親指を縛られたまま吊るされ、その後刑務所の病院にいる間にモルヒネ中毒になる。

この小説のためにいろいろ調べている間にハイスミスはジョン・バートロウ・マーティンの著作『壁を破壊せよ (Break Down the Walls)』に出会っている。一九五二年にミシガン州ジャクソンにある州立刑務所で起きた暴動の顛末について解明したノンフィクションで、著者はその暴動を「アメリカの歴史における最悪の監獄暴動だった」[9]と述べている。主題という点においても、ドキュメンタリーという手法の点においても、ハイスミスがこの本に影響を受けたことは明らかである。マーティンは「穴」と呼ばれる独居房について、重い鉄の扉と横になるための剥き出しの木のベンチがあるのみで、洗面器もベッドも電球もないと克明に記述している。ハイスミスは、『ガラスの独房』で「穴」という名称をそのまま借りて、周囲から隔絶され、閉ざされた一画の地獄のようなありさまを伝えようとした。マーティンはジャクソンにおける刑務所暴動の根源を探り、刑務所制度の歴史をたどって、暴動までに至る制度の失敗の原因を考察し、犯罪と刑罰の問題に対する解決策を示唆している。『ガラスの独房』の中でハイスミスは、刑務所制度を糾弾する姿勢を明確にし、監獄はフィリップ・カーターという無実の人間を堕落させることしかできないとみなした。彼女の考えは、マーティンが著作の最後で述べた大胆な結論を反映している。「アメリカの刑務所制度は理不尽だ。刑務所は、犯罪の抑止力とはなり得ていない。更生施設として失敗している……刑務所は廃止すべきだ……刑務所は囚人の敵というだけではない。社会の敵なのである」[10]

ハイスミスは、自分の目で刑務所の内部をどうしても見たくなり、一九六二年十二月十九日、アメリカ人の刑事弁護士と同行して、ニューホープの自宅近くのドイルズタウンにある刑務所を訪ねた。「その弁護士もわたしを柵の内側までは通せなかったが、すぐそばのロビーに待機して、ドアを開けたまま独房を自由に出入りして歩き回る囚人たちを観察させてもらえた……わたしはおそらく四十分ほどその様子を見ていた」[11]。ハイスミスは、小説のために丹念な調査を重ね、「自分の想像力への挑戦であり、成し遂げるのが困難な仕事になりそうだった」と認めてもいる。[12]ただ、この本の執筆に関して彼女を待ち受けるトラブルまでは見通すことはできなかったようだ。

当初ハイスミスは、刑務所を社会の縮図としてとらえ、寓意的な物語として描こうと思っていたのだが、そのように強引な手法は通用しないとすぐに気がついた。ドイルズタウンの刑務所を訪れる直前の十二月の半ばには、すぐにも執筆に取り掛かれると思っていたが、ロンドンにいるXが恋しくてたまらず、精神的バランスを崩しそうなほど憔悴していた。「今日みたいに惨めで孤独な気分は、仕事で何とか埋め合わせられるようにしなければならない。さもないときっと狂ってしまう」と日記に書いている。[13]

一九六三年の一月十一日には、すでに四十ページほど書き進めていたが、体調を崩して執筆が止まってしまう。二月の初め、医師から極度の疲労と診断を受け、ビタミン剤を処方され、レバーをもっと食べるようにと勧められた。それからまもなく彼女はニューホープを離れ、イタリアのポジターノに引っ越した。大西洋を船で渡り、リスボンを経由してポジターノのモンテ通り一一五番地の家に到着したのは二月の末で、現地は寒波に見舞われていた。なんとか新居に落ち着いて仕事に取り掛かろうとしていた矢先、ロンドンのXからすぐに来てほしいという電報を受け取る。彼女はひどく動揺しており、もはやハイスミスとの関係を夫に隠しておくことが出来ない様子だった。ハイスミスによれば、Xの夫はふたりの本当の関係に勘づいてはいたものの、自分達に嫌悪感を抱くことはなく、むしろハイスミスがロンドンに来れば妻も元気が出るだろうと考えてさえいたという。「もはや穏やかな生活だとか、再び仕事に取り組むなどということは不可能だった」とハイスミスは日記に書いている。「刑務所の本のことは頭にあったけれど、一体どうやってそれを執筆すればいいのだろう？」[14]電報の届いた翌日、ハイスミスはナポリまでタクシーで出て、鉄道でローマへ行き、ロンドンへと飛んだ。それから数日のうちにXの気持ちは少しずつ落ち着き、社交的な集まりにも夫に同伴して出られるまでに回復した。その間ハイスミスは、家にひとり残されていた。後年、ふたりの関係が壊れた後の一九六八年の日記に、Xの急激な回復に振り回されていた自分の愚しさを記し、「いつか彼女のことは本に書かねば」と締めくくっている。[15]

ロンドンにいる間、イギリスで五月に出版が予定されていた『ふくろうの叫び』の宣伝活動のために、ハイスミスはいくつかのインタビューをこなしている。その中には、文芸ジャーナリストのフランシス・ウィンダムとのラジオ放送用のインタビューも含まれていた。その時の様子をウィンダムはこう語っている。「ふたりとも、ものすごく緊張していたから一杯やらずにはいられなくてね。でも彼女の手があんまり震えるものだから、氷がグラスにぶつかる音で彼女の声がかき消されてしまうほどだった。彼女のことはあっという間に好きになったよ。全然気取っていないし、大作家ぶったふるまいもしなかった――自分の本がどのくらい売れたとかそんなことを話したんだ。彼女は内気で控えめで、とても感じやすく、愛情深い人だったけれど、気難しくもあった。あまり幸せそうには見えなかったね。美人ではなかったけれど、魅力的ではあった。スラックスをはくタイプのアメリカ人女性で、まったく女らしいところはなかった。素晴らしい作品を書いているけれど、そんな人物が裏の顔を持たないはずがないとすぐにわかった[16]」。ウィンダムはこのインタビューに続いて一本の記事を「ニュースティツマン」誌に書き、それはイギリスの新聞や雑誌では初めて、ハイスミスを大衆小説家としてではなく、本格的作家として取り上げた評論となった。ハイスミスはその評論をたいそう気に入り、ポジターノからウィンダムに宛てて謝意を述べる手紙を送っている。「彼女のテーマは《罪》であり、そのテーマに迫るためにふたりの対照的な人物を主人公にした。端的にいうならば、罪を犯していながら自分の罪を正当化する男、自分に罪があると信じる無実の男のふたつに[17]」。一九五五年の小説『太陽がいっぱい』について、ウィンダムは「当世風の主題を様々な角度からもっともらしく描くというよりは、《アイデンティティの問題》を明らかにしようとしているのだ」と考えた[18]。『ふくろうの叫び』におけるハイスミスの文章は「絶好調の時の冴えには及ばない」が、それでも「巧みな語り口で読者をずっと飽きさせないのはさすがだ……ハイスミス女史の筋立ては独創的だと称賛されることが多いが、それらはけっして単純明快ではない。めぐりあわせ、偶然の出会い、ばかげた思い違いなどが重要な役目を果たすのは、我々の人生と同様だ。人間は必ずしも常に自分の利益になる行動をするわけではないということも、心理作家たちがしばしば認めるよりもずっと曖昧な動機で人間は行動するものだということも、彼女は承知している[19]」。ハイスミスの作品に対するウィンダムの鋭い考察は、彼女の人生に対する洞察を与えてくれる。ノートや日記に書かれている自己分析にも関わらず、ハイスミスを突き動かしているのは、彼女が生み出した数々の登場人物同様、自分を破壊したいという思いや、不合理で不可解な感情だった。

一九六三年の春、ハイスミスはXとイタリアへ戻って来た。しかしポジターノへ到着してまもなく、ハイスミスは酸血症《アセドーシス》を起こして嘔吐し、二十時間も苦しみ続けた。「人生で一番苦しい夜だった」と日記には書いている[20]。恋人の優しさに心を打たれたとはいえ、ふたりの関係には問題が山積していた。Xは、同性愛関係にはどこか欠陥があるという考えがぬぐえず、絶えず伝統的価値観と自由奔放を望む衝動との間で引き裂かれていた。Xがひと月足らずでロンドンに帰らなければならなくなった時、ハイスミスはひどく不安になった。実際、イースター休暇中彼女から手紙が一通も来ないと、ハイスミスはこの関係は完全に終わりなのだと日記に気持ちをぶちまけている。「自殺することばかり考えている。おかしなことに以前の誰との関係よりも、今回はより強く自殺について考える……こんなことを書いているのは、今回初めて自殺を思い浮かべたからだ——たぶん少しばかりロマンティシズムに酔っていたのだろう……それはたいてい自分勝手な話で、だからこそ自殺などするものではないのだ[21]」。もしXが実際にハイスミスから去っていたなら、彼女はきっと自殺していただろう。だが、変わらず愛しているというXからの手紙を受け取ると、一転して有頂天になり、遺言を書き換えるほどだった。そして自分の財産の半分を母親に残し、残りの半分をロンドンのXに、そして作品の原稿類はキングズレーに遺贈するとした。

ポジターノで、ハイスミスはひたすら『ガラスの独房』の執筆に打ち込んだ。五月三日、「本はまだどうなるかわからない」が、もう百四ページも書いたと日記に記している。「心の奥ではまだ完全とはいえないが、この何か月かに比べたら、ここひと月はまあまあ自信も戻ったし、楽しくもある[22]」。しかし、一か月ほどが経ち、さらに百五十ページほど書いたところで、「二百四十五ページでようやく本題に入っていく！」ことに気がついた[23]。ほとんどの夜を、ハイスミスはひとりきりで過ごしている。彼女は間近に迫った夏休暇をイギリスのサフォーク州オールドバラで過ごしたいとXに手紙を書いた。T・E・ロレンスの『ミント(The Mint)』、ゴールディングの『蠅の王』、バルザックの『ゴリオ爺さん』などを読み、スパゲッティ・ミートソースばかり食べていた。時おり、同じ建物の住人のピーター・トムソンと会って酒を飲んだ。ハイスミスは彼のことをポジターノ一の才能がある画家だと思っていた。「パットはとんでもなく魅力的な人で、ばかな真似をしようものならそれは厳しかった」とトムソンは当時を思い出している。「彼女は基本的にすごく正直で、思ったことをそのまま口にするんだ。彼女自身もとても絵が上手だった。彼女が描いた巨大なネコの頭の絵を思い出すよ。ほんとに不思議な絵だと思った。僕らはあの頃、お互いひどい酒飲みで、彼女の飲む量といったら確かにすさまじいものがあったよ[24]」

一九六三年の夏、『ガラスの独房』の最終的な仕上げで頭がいっぱいだったちょうどその頃、ロンドンからすぐに来てほしいというXからの電報を受け取った。Xがまた精神的に不安定になったのだとハイスミスは後に説明している。彼女はいそいそと荷物をまとめてロンドンに飛び、そこからふたりでオールドバラに一か月の休暇を過ごしに出かけた。

サフォークの海辺の町は「一九一〇年様式とかエドワード朝様式とかいう建物の装飾様式や、その時代の雰囲気にあふれている」とハイスミスは書いており、ノートには美容院で髪を切るのに二ポンド六シリング、小さなロブスターが一尾五ポンド六シリングだったなどと物の値段を記録している。[25]

　ハイスミスがポジターノへ戻ったのは、一九六三年の八月初めになってからで『ガラスの独房』の初稿について「ところどころ混乱をきたしているし、そうでなくてもあまりにも長い」[26]と認め、別の結末を考えることにした。ローマで冬を過ごすのもいいかもしれないと考え、まだ十月の初めだというのにイタリアの首都にアパートを借りた。だがこのヴェッキアレッリ通り三八番地のアパートに住んだのは、ほんの短い間にすぎなかった。十月五日にジェニー・ブラッドリーに、『ガラスの独房』を書き上げたと手紙で知らせ、原稿をアメリカに送った。十日後、ハーパーのジョーン・カーンは、代理人のパトリシア・シャートルにその小説の前半百八十八ページまでを送ってくれた礼状を送っている。この小説には、囚人生活の恐ろしさが目に見えるように描かれているが、細かすぎてかなり冗漫に感じられるところもあった。加えて、話の展開があまりにも遅すぎるというのが彼女の意見だった。「しかし、もっと重要なことは――登場人物たちが読者の期待に合わないこと……読者が登場人物に共感できないことです……この原稿では、《出版契約はできない》といわねばなりません」[27]。シャートルはハーパーに残りの原稿も送った。まだローマに滞在していたハイスミスに、カーンは十一月十三日付で、原稿に関する問題をまとめて手紙に書いて送っている。カーンによれば、主人公のカーターの人物像が不明瞭だという。「刑務所に入る前のカーターについて読者は何も知らないも同然です。出所後のカーターはまさしく荒廃している――だが、読者には、この荒廃ぶりが刑務所生活によって進んだように見え、おそらく以前からそういう部分を持っていたと思えます……だから意外性も、興味をもつだけの強烈さも、読みたいと思わせるものが欠けている」[28]

　カーンの書簡を受け取る以前に、すでにハイスミスの気分は落ち込んでいた。ポジターノを離れてローマに来たことを後悔していたし、お金のことも気がかりだった。一九六三年十月末の時点でその年の年収は四千四百ドルくらいだろうと見積もっていたが、稼ぎ以上に出費がかさんでいるのは確かだった。十月二十六日の日記には、自分の精神状態に対する不安が膨らんでいると記している。「月曜から水曜まではひどく取り乱したり、ぐったり疲れ切っているような状態で、病院に行ったほうがいいのではないかとさえ思えてきた。精神科医でもなんでもいいから心を鎮めてくれるようなところへ。金銭的には何もかもがうまくいかない一年だった。ハイネマンが『殺意の迷宮』を買ってくれたのを唯一の例外として、過去十五か月にやってきた仕事は何ひとつ売れていない。これで落ち込まない方がおかしいのでは？」[29]

ハイスミスはローマを十一月の初めに離れ、ひとしきりロンドンに滞在した後、オールドバラのキング・ストリート二七番地にある借家に落ち着いた。家賃は週に五ギニーだった。このサフォークの海辺の町にある大勢のアメリカ人で混み合うジェイズホテルで、十一月二十二日、ハイスミスは、ジョン・F・ケネディの暗殺のニュースを聞く。「一度だけ彼女の打ちひしがれた顔を見たことがあるが、それはケネディが殺された直後のことだ」とリチャード・インガムは語る。当時彼はオールドバラに住んでいた。「彼女はうちのアパートに飛び込んできた……ほんの数メートルのところに住んでいたからね。すごく大きな声で叫んだんだ。《おお、リチャード、アメリカはいったいどうなっちゃたの？》ってね」[30]。ハイスミスの日記には、アメリカ同様世界全体がどれほどの衝撃を受けたかが書かれている。

オールドバラでひとり、ハイスミスは『ガラスの独房』をどう書き直したらいいのか思いあぐねていた。Xにとってこの家は、ずっと住む家というよりは休日用の別荘のようなもので、週末しか訪ねてこない。それでも、ハイスミスが自信を取り戻すような出来事があった。クリスマス直前にパトリシア・シャートルから、何も売れなかったこの一年半余りの「悪運」から脱する知らせが来たのだ。ダブルデイは、三十二ページ分削除するなら『殺意の迷宮』を出版するつもりだといってきた。さらに、「エラリー・クィーンズ・ミステリーマガジン」誌が短編「おかしいのは誰（Who is Crazy）」を買ってくれたという。その短編はハイスミスが十月に書いたものだった。年が明けて一九六四年一月十三日、『ガラスの独房』をどうするべきかようやく考えがまとまり、百二十ページ以降を書き直すことにした。一月の終わり頃には結末の構想もまとまっている。

三月二十二日には膨大な書き直し作業も終わり、六月になると、ハイネマンが一九六五年の初めにこの本を出版する予定だという知らせを受けた。ハイスミスはダブルデイにも原稿を送り、四十ページ分削ることを条件に採用され、一九六四年十二月に刊行された。「はじめは黒で、それから二周目には赤ですべての削除を行った後には、三行分しか残っていないページもあった」とハイスミスは書いている。[31]

この本が出版された時、批評家の中にはこの本に困惑したと認める者もいた。「ハイスミス女史の本を、わたしは正確にどう判断したらいいのかわからない」と「ニューヨークタイムズ・ブックレビュー」の批評家は書いている。[32] 近代的とされる司法制度によって善良な人物が悪に毒され、殺人を行い、まったく罰せられることなく終わるという世界の容赦ない描写を批判した書評もあった。「パトリシア・ハイスミスの作品世界以上に胸の悪くなる小説がこの世にあるだろうか。吊るされて身をよじる哀れな囚人を見て嗜虐的な快感を覚えるサディスティックな覗き魔の世界には、即座に気分が悪くなる」と「タイムズ・リテラリー・サプリメント」誌の書評家は書いている。「彼女の新たなアンチヒーロー、フィリップ・カーターに対しては憐れみを感じるか、その苦しみを楽しむか以外の選択肢はないのだが、前者を取ったとしてもカタルシスを得られることはないので、読者は後者と同じ道をたどることになる」[33]。だが、同時にこの書評家は、この小説はよく筋が練られ、うまくまとめられており、小説に対するどんな反論も「道徳的観点からなされるのであって、小説の技巧についてではない」と結んでいる。[34]

ハイスミスはよく周囲の状況からインスピレーションを得ては、都市や国について事細かくノートに書き留め、「場所」と見出しをつけて保存している。外国へ旅することは、もちろん「この世で一番価値あること」[35] だと、まだ十代の頃に宣言している。一九四七年には、旅というものが――アイロンがけや裁縫や歯の治療を受けることと同様――いかに創作の役に立ってきたかを記している。後になって、若かりし日々に見知らぬ外国の町を歩き回り、「ところかまわず興味を持って」[36] 知らない場所を探索することをいかに愛していたかについても触れている。「世界の作家たち（World Authors)」というシリーズに寄稿した一編では、ニューヨークを離れて以来「山あり谷ありの人生」を過ごしてきたと書いているが、「実際は、旅をして、新しい出来事に出会うのがとても好きなのだ。いつだってそういう場面を小説に取り入れている」と打ち明けている。[37] メキシコへの旅は、『生者たちのゲーム』をもたらし、ギリシャとクレタ島から戻る途中では『殺意の迷宮』のプロットを構想した。ヴェネツィアでの休暇から『ヴェネツィアで消えた男』が生まれ、チュニジアのハンマメットを訪れた時は、『変身の恐怖』の舞台として使った。ハイスミスの小説のほとんどは、外国を舞台として、アメリカ人の登場人物たちが見知らぬ街をさまよう。ジュリアン・シモンズは、そうした場所を舞台とするのは、

「ハイスミスの描く人物たちに行動の自由を与える。彼らは世間のしがらみから自由になったと感じるがゆえに、思いもよらない行動をとる。ただし、彼らのいる場所や人の置かれた状況では、そうすることが納得のいく行動なのである」[38]と述べている。

一九六四年四月二十六日、ハイスミスはサフォーク州アール・ソハムに「ブリッジ・コテージ」と呼ばれる、十七世紀に建てられた、寝室が三つある薄いピンク色の壁のコテージを購入した。彼女が作家でジャーナリストのアーサー・ケストラーに語ったところによれば、この家は「仕事をするのにとてもいいのよ、きわめてイギリス的な静けさがね」ということだが、その時彼女が家を買った理由の九割は、恋人がロンドンにいたからである。[39]引っ越しの直前に友人のキングズレーに宛てた手紙で、その家は使用人用の家を二軒つなぎ合わせて作られており、黒い風見鶏があり、「絵のようにとても美しくて、なんだか信じられないくらい」と説明している。[40]家の外には、ほどほどの大きさの庭があり、オールドローズとツバキが植えられ、足元には小川が流れていた。作家のロナルド・ブライスは、近隣のデバッハ村に住んでおり、ハイスミスとは一九六四年一月に知り合い、たびたびブリッジ・コテージを訪れている。「とても清潔で快適だった。整頓されていて、暖かかったけれど、いわゆる《上等な》ものは何もなかったよ」とブライスはいう。「まるで彼女が今去ったばかりのようで、備え付けのものだけが残ったという感じだった。彼女はちっとももてなし上手じゃなかった——むしろまったく苦手だったね——それでも私をよく夕食に招いてくれた。だけどしばらくすると、自分ひとりの時間に戻りたそうなのがありありとわかる。タイプライターの前で仕事するためにね。それこそが他でもない彼女の本質なんだ——書くという行為に幸せを感じ、他の何物からも得られないものを得ていたんだろう」[41]

新居に移って十日ほどすると、ハイスミスはノートにサフォークを舞台とした新たな本の筋書きを書いた。それはやがて『殺人者の烙印（慈悲の猶予）』として世に出るのだが「アメリカでは『The Story-Teller』という題名で出版された」、冒頭のサフォーク地方の描写は、明らかに自宅周辺から着想を得ている。「せっかくサフォークに住んでいるからには、新しい土地と雰囲気を執筆に用いたかったし、本の舞台に据えようと思っていたのだ」とハイスミスは語っている。[42]だからといってとりたてて凝った仰々しい文章表現にしようとした形跡はない。どちらかといえばありふれた平凡な風景として描いている。

シドニーとアリシア・バートルビー夫婦の住む二階建てのコテージ周辺の土地は、サフォーク州の大半の土地とおなじに平坦だった。二車線の舗装道路が、家から二十ヤードほど離れたところを走っていて、わずかな勾配をなした原研前の敷石道の片側には、五本の楡の若木が並び、多少のプライバシーをつくり出している。反対側には、丈の高い、繁茂した生け垣が、三十フィートにわたって恰好の目隠しをなしていて、このためシドニーは、けっしてこの生け垣を刈ろうとしない……[43]

『殺人者の烙印』は、ハイスミスが新進作家のリチャード・インガムと共同で仕事をしたことから生まれた作品である。インガムは当時ウッドブリッジ寄宿学校で数学の教師をしていた。一九六四年の春、ハイスミスは時間をやりくりしてテレビの連続サスペンス番組『取引成立』の脚本の仕事をインガムと共同で執筆した。作中に登場する小説家のシドニーと共同執筆者のアレックスのように、ハイスミスがあらすじを考え、インガムが実際に脚本を書いた。脚本によれば、ルーシー・ルーカスは、ロビー・ヴァンダーホールトと浮気をしている[44]。毎週金曜日の午後、ふたりは逢引きのために会うのだが、ルーシーには次第にこの関係が卑しいものに思えてくる。お互いもっときちんとした関係にしたいと相手を説得しようとしたが、ロビーは暴言を浴びせ、殴り、泣いている彼女を置き去りにする。そこへルーシーの夫のジョエルが帰宅する。暴力を振るわれた形跡を見て妻の情事を悟ったジョエルは、ルーシーを殺してその罪をロビーに着せようともくろむ。ロビーが好んで着るような庭仕事用の服を着て、ジョエルは妻の死体を森近くの、最近植林されたばかりの木の根元に埋める。地面を掘り返している最中にエリナーという若い女性に見つかるが、顔は見られていなかったので、ロビーのふりをして殺害を告白する。ジョエルは妻が失踪したと警察に通報し、エリナーは自分の目撃した犯罪を通報する。警察の捜査によって林の木の下から死体が見つかる。ロビーは有罪を宣告され、ドラマの結末の場面でジョエルが妻を厄介払いできたことに祝杯をあげようとした時、隣家の身持ちの悪い女ベティが家にやってきてあることを告げる。ベティは、ルーシーを殺したのはロビーではなく、ジョエルであることを知っており、ジョエルが自分との結婚を承知しなければ、そのことを警察に通報するつもりだといった。怖れをなしたジョエルはいう。「取引成立だ[45]」

「『取引成立』は、内容が今ひとつで説得力がない」とインガムは認めつつも、「でもパットの考えは反映していると思う。それはどんなに知恵があり、才覚を働かせようと、人生は土壇場で裏切るということだ」と述べた[46]。後年、ロナルド・ブライスに宛てた手紙の中で、ハイスミスは、実際のリチャード・インガムの人となりを小説の中にどう移植したかについて打ち明けている。「わたしは、インガムを『殺人者の烙印』の中で共同執筆者として利用させてもらったのよ」。一九六九年に彼女はそう書いている[47]。

この本——執筆中につけた仮の題名は、『夜明けのひばり（A Lark at Dawn）』だった——のアイデアは、ハイスミスがかつて書き直しを余儀なくされた「カーペットに巻かれた死体」という手垢のついたテーマに端を発している。もしカーペットの中に死体などなかったとしたらどうなるだろう、と彼女は考えた。もしカーペットを運ぶ人物が怪しげな素振りをしていたら、殺人犯と疑われるだろうか？　ハイスミスはこのアイデアを主人公に関する別のアイデア——すなわち頭の中にある構想と実際の現実との区別がつかず、どんどん混迷度を深めていく作家と結びつけた。「思うに、こうしたタイプの作家型主人公は（喜劇的という意味において）愉快であるばかりではなく、ほとんど害のない日常的な統合失調症状態にはまり込んでいくことにもなる。本来いたるところに待ち構えている状況である——そう、あなたにも私にも」と『サスペンス小説の書き方』で解説している[48]。執筆中の七月二十七日、キングズレー宛ての手紙に、この点をさらに押し広げ、新作の主人公のシドニー・バートルビーはサフォークに住むアメリカ人である以外にも、自分との共通点がもっとあるのだと書いている。「彼は作家で、実生活と創作とを少しばかり混同する。わたしにもそういうことがよくあるわ。それにどこか統合失調症の気味もあるから要注意よ[49]」

ハイスミスとしては、もともと主人公の作家はまったく殺人には関与させず、ただ殺人の容疑がかけられるだけにしようと思っていたようだが、結局そうはならなかったらしい。「シドニーは最終的に奇妙な殺人を犯す——彼はその殺人が自分にとっては《慈悲による感覚の停止》であると考えるのだ[50]」とハイスミスはいう。シドニーは妻の恋人に大量の睡眠薬を摂取させて殺してしまう。だが、わずかに疑われはするものの証拠は何もみつからない。

物書きと犯罪行為の相関関係は、ハイスミスの作品の中で最も印象的な要素として挙げられるもののひとつだ。彼女が描く犯罪者の主人公の多くは「とりわけリプリーは」、自分達が実際に生きている現実を忘れ去り、頭の中の架空の世界を生きることができるイマジネーションの持ち主である。だが、シドニー・バートルビーが初めて主人公にした物書きなのだ。その後『変身の恐怖』のハワード・インガム〔小説家〕、『イーディスの日記』のイーディス〔フリーランスのライター〕、短編「頭の中で小説を書いた男」のE・テイラー・チーヴァー〔新聞社の編集助手で作家志望だがうまくいかない〕、「一生背負っていくもの」のスタンリーとジニー・ブリクストン夫妻〔夫婦とも小説家兼批評家〕、そして「池」のエリナー・シーヴァート〔フリーランスの記者〕が物書きとして登場することになる〔以上短編三作品は『風に吹かれて』に収録されている〕。一九八一年に刊行されたダイアナ・クーパー＝クラークとの対談集の中でハイスミスは芸術家と犯罪の関係性についてクラークから質問を受けている。このふたつの職業にはいくつもの著しい類似性があるというジョージ・バーナード・ショーの見解にハイスミスは同意するだろうか？　ハイスミスはこう答えている。「考えられるとしたら、ひとつだけ少し似ているところがあるわね。それは、想像力が豊かな作家はとても無責任で自由だということよ。作家が、特に犯罪者について書いている場合には、自分の道徳観念など忘れなくてはいけないものだから。どんなことでもやっていいんだと思わなければいけないのよ[51]」。同じ対談で、その点をさらに掘り下げて、犯罪者は「たとえ短時間であっても自由になったら、したいことは何だってやる」のだとつけ加えている[52]。一九八四年、ベッティーナ・バーチも、この話題を取り上げている。主人公の作家は、ハイスミス自身の分身としての役割を果たしているのかという問いに、「そうね、シドニーの場合は間違いなくそうよ」と『殺人者の烙印』を引き合いに出して答えている。「自分が殺人というものをわかっていないという事実に興味を抱いたのね——ある人間が他の人間の意識を奪う瞬間、つまり相手を殺す瞬間ということだけれど、この現象もしくは事象について、自分が本当にわかっていないんだと……[53]」

作家というものは、犯罪者と同じように、世間の慣習のくびきの外に生き、いわゆる『ノーマル』な道徳観念の境界をしばしば超える世界を創り出す。『殺人者の烙印』を執筆中に、「小説家が書く主人公が《同じようなタイプ》になりがちなのは当然だろう。主人公は小説家自身と同じように考え、行動するのだから[54]」とハイスミスはノートに書きつけている。チャールズ・ラティマーは、一九六〇年代の初めにハイスミスと出会った当時、出版社のウィリアム・ハイネマンで宣伝担当マネージャーを務めていた。ハイスミスと親しい友人関係を築いた彼は、作家がどのように執筆の準備をしていたかを覚えている。「登場人物たちがどんなふうに感じるのかを理解するために実際に演じてみることがありました。『殺人者の烙印』のために何らかのアイデアもしくは感情をかきたてようと、コテージの裏の森にカタツムリを何匹か埋めたことを覚えています。同じように、スイスのテニャにあったパットの自宅に泊まっていた時、夜遅くにたびたび家の中をうろついていました。彼女は夜型だったんです。家の中は真っ暗だったんですが、パットは青と白の縦縞のパジャマにカーキのズボンをはき、タオル地のガウンを羽織り、そろそろと部屋から部屋へと歩いていくんです。懐中電灯であちこち照らしながら、時々ほんの一瞬外へ出たりしてね。家の中で侵入者を見つけるのはどんな感じがするものなのか、あるいはたぶん侵入者自身がどう感じるのかを確かめていたんだろうとわたしは想像していました」[55]。ラティマーによれば、ハイスミスは理論家だと思われるのを嫌っていたらしい。「そういわれるのをたいそう嫌がって、自分は直感で物事をやるんだといってましたね。執筆中は、本の中で登場人物に成りきっていました」と語っている[56]。

　ロナルド・ブライスは、ハイスミスのブリッジ・コテージから自転車でデバッハの自宅に戻ってくるたびに、心が騒ぎ、不安な気持ちになったという。「時おり彼女と一緒にいると、お互い暗黙の裡に何でもやりたいことをしていい世界に入り込んでいくんだ。そこでは犯罪者であるかのように自由なんだよ」とブライスは語る。「彼女の小説で見られるサイコパス的側面は理解できなかったけれど、同じような絶望感や苦悩に圧倒されてしまうことはあった。わたしたちは、ただ同じ部屋で一緒に座っていただけなんだがね。大半の人が《実社会》だとみなしている世界とのつながりを、彼女が持っていたとは思えない。わたしたちが通常の生活だとみなすものから彼女は切り離されていた。たぶん才能が邪魔して適応できなかったのさ」

「彼女の家に夕食を食べに行った日のことを覚えている。まだ食事が始まったばかりだったが、上からテーブルに水滴が落ちてきた。見上げたら、電灯を覆うガラスのボウルのうちひとつが水でいっぱいになっていた。天井からしたたる水でね。パットは、修理屋をもう呼んであるといったけれど、土曜の夜にわざわざやってくる業者がいるわけがないとわかっていたから、わたしが直すよといったんだ。《ほっといていいわよ》といわれたが、無視することにした。テーブルを離れて、上の階のバスルームに行った。トイレの玉栓が曲がっていたから直して、鎖を引っ張ってあふれる水を止めたんだ。階下に降りて、全部拭き取ったが、パットはそれから何時間も口をきいてくれなかった。へそを曲げていたんだと思うよ。わたしがいうことを聞かなかったからね」

「ただ、わたしたちの付き合いには温かいものがあった。愛情に満ち、互いにいたわりあっていた。彼女は心底正直な人だったね。彼女が飲みすぎだと思ったらわたしの家によく泊めたし、彼女がひどく落ち込んでいる時には、そばにいるようにした。でも、落ち込んでいる理由はけっして話そうとしなかった。彼女は人とは違った魅力があったと思う。それまで会った誰ともまったく違っていた。所作は美しかったけれど、低い声で話して、ひっきりなしにタバコを吸っていたな。男っぽい歩き方とかふるまいはまったく見られなかったし、むしろ上品で、ある種のエレガントさがあった。彼女の顔には孤独が見て取れた――独特の暗さがあり、実際醜いとさえいえた――それも笑うと消えていった。奇妙な低い笑い声だったよ」

「よく同じ部屋で寝て、話したものだった。パットには、いわば親密さが必要だったからね。わたしたちは恋人ではなかったけれど、一度か二度はセックスしたよ。わたしたちが話したのは、同性愛のことや、自分達の恋愛関係でうまくいかなかったこと――わたしの性遍歴を彼女は全部知っているからね――でも、わたしと彼女の関係については、それが何であったにせよ、あれこれ考えたりはなかった。彼女とのセックスは若い男性にされているみたいだった。彼女の手はまさに男性の手のように大きかったし、お尻も小さくて十代の若者みたいだった。彼女はまったく男性の身体を受けつけないわけではなくて、興味は持っていたね[57]」

ハイスミスはブライスにロルフ・ティートゲンス――一九四二年当時ハイスミスが惹かれていた同性愛者の写真家――の面影を見いだしていたのだろうか？　一九六六年の十一月のブライス宛ての手紙で、ハイスミスは自分に関係のあった人々についての思いを述べているのだが、そこでティートゲンスとの関係について触れている。ハイスミスは、ティートゲンスは女性に対してフロイト的なコンプレックスがあり、女性を心底怖れており、ハイスミスが彼にとって性的に初めての女性――「わたしが自分でそういってもよければ[58]」――彼が怖れなくて済む最初の女性だったのだと述べている。

「気づいたら彼女とねんごろな関係になっていたことに動揺もしたが、彼女はただ少しばかりぬくもりが欲しかっただけで、再び話題になることはなかった」とブライスは語る。「わたしは村の教会みたいなものにも関わりがあった。清教徒とは程遠いし――まったく正反対だけれどね――自分が幼いころから慣れ親しんできた規律や規範というものを彼女はまったく持ち合わせていなかった。彼女は精神的に自由だったよ[59]」

ハイスミスは、自分の内面世界には何の規範もないことに気づいていたし、自分の作家としての想像力はあるがままで何にも束縛されないことを自覚していたが、小説や短編小説を生み出すという行為には、なんらかの秩序ある状態が必要となる。彼女は自分がどんな仕事をしているか十分すぎるほどわかっていた。「犯罪小説家に犯罪者の要素があるのかなんて訊くだけ無駄だ」と一九五八年十二月のノートに書いている。「作家は本を書くたびにちょっとした詐欺や嘘や罪を犯しているのだ。すべては壮大な虚構であって、娯楽の名のもとに行う作り物の不正行為なのだから」[60]

『殺人者の烙印』は、執筆中の犯罪小説家の内情を解説しているようにも読める。それはいわば現実と虚構が次々に映り込み、ついには混乱して双方の区別がつかなくなってしまう小説という鏡の間のようなものだ。ハイスミスが、自ら自分の作品をそういう言葉で語ったことは一度もないのだが、ハイスミスの作品中では最もポストモダンな小説に相当するともいえる。犯罪小説に特有のばかげたステレオタイプや約束事の類を理解するために常に取り出す一冊と言ってもよいだろう。しかしながら、このように遊び心にあふれた趣向のためにいつもの強烈な印象が薄れ、軽い筆致がこの本に「どちらかといえばふざけた印象[61]」を与えたと後に本人も認め、批評家たちにも指摘されている。いつもはハイスミスに好意的なジュリアン・シモンズも、この本には不自然で疑問に思うところが多々あり、結末も説得力に欠けるため、ハイスミスの傑作の部類には入らないとはっきり述べている。

主人公のシドニーは空想に夢中だ――妻のアリシアを殺し、カーペットで死体を巻いて運び出し、野原に埋めるという空想ゲームにはまっている。これと並行して、シドニーは「ザ・ウィップ」という連続テレビドラマのアイデアを思いつく。粋な主人公はどこかハイスミスの作品のリプリーを思わせる。「《ザ・ウィップ》は、いわば義賊とでもいった人物で、挿話ごとになにかあっと言わせるような冒険をやらかす……」と小説には書かれている。「視聴者はすべてを《ザ・ウィップ》の目を通して見、すべてを彼とともに体験し、最後には、終始変わらぬ彼の味方となり、警察がへまをやるのを願うようになる――なに、どうせ警察はいつもしくじってばかりいるのだが。《ザ・ウィップ》は、べつに鞭《ウィップ》や、それに類したものを持ちあるいているわけではない。だがこの異名は、怪しい行状や秘密の習慣をそれとなくあらわしている[62]」。何か月もの間妻に対する憎しみを抑え込み続けながら、シドニーは妻を殺すことを想像し、ドラマの人物として妻を登場させ、殺害の詳細を映像として思い浮かべる。

やがてシドニーは、殺人を演じ、死体をくるんだカーペットを埋めるという空想を犯罪者としての視点からノートに記録するようになる。こういう場面が脚本上可能だろうかと思案しながら、シドニーは「『分裂症的なるわれら』か。ちょっとおもしろい題になりそうだ[63]」と書く。このタイトルは、『殺人者の烙印』を構想していた時、ハイスミスが仮につけた題名でもある。ハイスミス同様、シドニーはなぜ殺人を犯すような人間がいるのか理解したいという欲望に突き動かされているのだが、妻のアリシアの自殺を知ったあとで、妻の愛人ティルベリーに睡眠薬を過剰摂取するよう迫るところで、彼の小説家としての思考は停止してしまう。自分を客観視できる全知全能の作者、登場人物を思い通りに動かせるはずの人物は、皮肉にも自身がただの一登場人物に堕してしまうのだ。「いざ実際に手をくだしているさいちゅうには、人を殺すということがどんな感じのものか、覚えておくのを忘れていたということだった。そのさいちゅうには、自分のことはぜんぜん考えていなかった[64]」

小説の終盤で、シドニーは刑罰を免れるだけでなく、彼の小説『計画者たち』――登場人物が自分で決断した運命を生き抜こうとする物語――が出版されると知らせを受ける。かくして『殺人者の烙印』は、メタフィクションの勝利を高らかに告げる。最終ページでシドニーは、ティルベリー殺害の顚末をノートに書いておこうと思いつく――警察はそれを読んでも、現実の記録というよりも単なる想像の産物にすぎないとみなす――「いまやそれを書きしるすのに、この手帳ほど安全な場所はほかにないのだから[65]」

ハイスミスの執筆スピードは速く、この作品を半年足らずで書き上げ、一九六四年九月末のニューホープ行きの前に第一稿を脱稿している。ニューホープでは、デイジー・ウィンストンと一緒に、荷物を選別し、必要なものを荷造りしてイギリスへと送り出した。その間またしても歯の問題に悩まされ――抜けた歯の跡がうまく塞がらなかったのだ――それに加えて倦怠感も訴えている。ニューヨークでは、まだ題名の決まっていない草稿をダブルデイの担当編集者ラリー・アシュミードに見せ、「これは行けそうだ[66]」と太鼓判を押される。十月七日、ブリッジ・コテージに戻るのだが、今度は寒さと格闘するはめになる。家にはセントラルヒーティングがなかったからだ。小説を書き上げ、タイプし終わったのは十一月半ばだった。一冊書き終えるといつも陥るうつ状態に今回も見舞われた。さらにサフォークに冬が訪れると、気持ちが不安定になり、金銭的な心配にも苛まれ「タバコ代と酒代を賄うためだけでも、年に千六百ドルよけいに稼がなければならない」と日記に記している。

「作家にとって、夢を見ることと、どこまでも楽観的でいることは、この浮き沈みの激しい稼業では常に必要なことである」と十二月十五日にノートに書いている。「だからこそ一種の狂気も必要なのだ。落ち込んでいる時やくじけそうな状態にいちいち論理的な理由があるならば……おそらくこうしたどん底まで落ち込むことに対する反応ができるからこそ、わたしは精神異常にもならずに、単なる神経症にとどまっていられるのだ……今日はちゃんと一日分の仕事をしている……ただ、狂気が実際に自分を支えているということにも気づいている。だからといって心慰められも楽しくもならないのだが[67]」

原注

第20章

1 PH, 'First Love', *Sunday Times Magazine*, 20 January 1974.

2 PH, Diary, SLA.

3 PH, Diary, SLA.

4 PH, Diary, SLA.

5 Lucretia Stewart, 'Animal Lover's Beastly Murders', *Sunday Telegraph*, 8 September 1991.

6 PH, *Plotting and Writing Suspense Fiction*, The Writer Inc., Boston, 1966, p. 102.
ハイスミス『サスペンス小説の書き方　パトリシア・ハイスミスの創作講座』坪野圭介訳　フィルムアート社　２０２２年

7 前掲書

8 前掲書

9 John Bartlow Martin, *Break Down The Walls - American Prisons: Present, Past, and Future*, Ballantine Books, New York, 1954, Foreword.

10 Ibid.

11 PH, *Plotting and Writing Suspense Fiction*, pp. 103-104.
ハイスミス『サスペンス小説の書き方　パトリシア・ハイスミスの創作講座』

12 前掲書

13 PH, Diary, SLA.

14 PH, Diary, SLA.

15 PH, Diary, SLA.

16 フランシス・ウィンダムとのインタビュー　２０００年3月1日

17 Francis Wyndham, 'Miss Highsmith', *New Statesman*, 31 May 1963.

18 Ibid.

19 Ibid.

20 PH, Diary, SLA.

21 PH, Diary, SLA.

22 PH, Diary 15, 3, May 1963, SLA.

23 PH, Diary 15, 5 June 1963, SLA.
24 ピーター・トムソンとのインタビュー　２０００年５月16日
25 PH, Cahier 27, 7/14/63, SLA.
26 PH, Diary 15,8 August 1963, SLA.
27 ジョーン・カーン　パトリシア・シャートル宛書簡
１９６３年10月15日付　ＨＲＡ所蔵
28 ジョーン・カーン　ハイスミス宛書簡　１９６３年11月13日付
ＨＲＡ所蔵
29 PH, Diary 15, 26 October 1963, SLA.
30 リチャード・インガム　著者宛書簡　日付不詳
２００２年５月14日受領
31 PH, *Plotting and Writing suspense Fiction*, revised edition, Poplar Press, London, 1983, p. 130.
ハイスミス『サスペンス小説の書き方　パトリシア・ハイスミスの創作講座』
32 前掲書
33 'Worse and Worse', *Times Literary Supplement*, 25 February 1965.
34 Ibid.
35 PH Cahier 9, transcription of teenage diary, undated entry, SLA.
36 PH, Cahier 32, 7/30/73, SLA.
37 John Wakeman, ed., *World Authors 1950-1970, A Companion Volume to Twentieth-Century Authors*, H.H. Wilson Company, New York, 1975, p. 642.
38 Julian Symons, *The Modern Crime Story*, The Tragara Press, Edinburgh, 1980, p. 14.
39 ハイスミス　アーサー・ケストラー宛書簡　ＫＡ所蔵
40 ハイスミス　ケイト・キングズレー・スケットボル宛書簡
１９６４年４月19日付　ＳＬＡ所蔵
41 ロナルド・ブライスとのインタビュー　２００２年１月15日
42 PH, *Plotting and Writing Suspense Fiction*, rev. ed., p. 36.
ハイスミス『サスペンス小説の書き方　パトリシア・ハイスミスの創作講座』
43 PH, *A suspension of Mercy*, Heinemann, London, 1965, p. 1.
ハイスミス『殺人者の烙印』深町眞理子訳　創元推理文庫
１９８６年
44 In Highsmith's story, 'It's a Deal', published in *Nothing That Meets the Eye: The Uncollected Stories of Patricia Highsmith*, W.W. Norton, New York, 2002, the name is given as Vanderholt.
ハイスミス「取引成立」『目には見えない何か　中後期短編集１９５２－１９８２』収録　宮脇孝雄訳　河出書房新社
２００５年
45 Richard Ingham, *It's a Deal*, Richard Ingham collection, p. 51.
46 リチャード・インガム　著者宛書簡　日付不詳
２００２年５月14日受領
47 ハイスミス　ロナルド・ブライス宛書簡　１９６９年９月15日付
ＲＢ所蔵
48 PH, *Plotting and Writing Suspense Fiction*, p. 6.
ハイスミス『サスペンス小説の書き方　パトリシア・ハイスミスの創作講座』
49 ハイスミス　ケイト・キングズレー・スケットボル宛書簡
１９６４年７月27日付　ＳＬＡ所蔵
50 PH, *Plotting and Writing Suspense Fiction*, p. 37.
ハイスミス『サスペンス小説の書き方　パトリシア・ハイスミスの創作講座』
51 Diana Cooper-Clark, 'Patricia Highsmith - Interview', *The Armchair Detective*, Vol. 14, No. 4, 1981.

52 Ibid.

53 Bettina Berch, 'A Talk With Patricia Highsmith', 15 June 1984, unpublished, SLA.

54 PH, Cahier 27, 8/1/64, SLA.

55 チャールズ・ラティマー　著者宛書簡　２００１年12月17日付

56 チャールズ・ラティマーとのインタビュー　１９９８年11月２日

57 ロナルド・ブライスとのインタビュー

58 ハイスミス　ロナルド・ブライス宛書簡　１９６６年11月26日付
ＲＢ所蔵

59 ロナルド・ブライスとのインタビュー

60 PH, Cahier 25, 12/30/58

61 Bettina Berch, 'A Talk With Patricia Highsmith'.

62 PH, *A Suspension of Mercy*, pp. 33-34
ハイスミス『殺人者の烙印』

63 前掲書

64 前掲書

65 前掲書

66 ハイスミス　ペギー・ルイス宛書簡　１９６４年10月16日付
ＰＬ所蔵

67 PH, Cahier 27, 12/5/64, SLA.

第21章

愛は外へと出ていくもの

1964 – 1967

ハイスミスにとって執筆のプロセスは、常に神秘体験のようなものだった。ジャーナリストたちにどこからアイデアを得るのかと訊かれると、本人は「どこからともなく」と答えることが多かった。アイデアは、視界の端にちらつく鳥たちのようなもので、こういうとらえ難い生きものを間近でしっかり見きわめるのは難しいのだと彼女は語っている。一九六四年から六五年にかけていつになく寒い冬の間、ハイスミスは今度こそこのとらえにくい生きものをピンで留めようと試み、何が自分にひらめきを与えるのか、最初に得たひらめきをいかにして一冊の本にまで発展させていくのかをつぶさに書くことができた。執筆のきっかけはボストンのライター社からの依頼で、この出版社は作家志望者のためのハウツーものを何冊も刊行していた。一九六四年十二月、サスペンス小説についての短いエッセイを書くために、ハイスミスはノートに何人もの作家の名前を列挙していったが、その中にはドストエフスキーや、ウィルキー・コリンズ、ヘンリー・ジェイムズ、エドガー・アラン・ポーなどが含まれていた。彼らもまたサスペンス小説の系譜に属するとハイスミスは考えていた。「あなたがたには素敵な仲間がいることを忘れないように」とノートには書き加えている。[1] このエッセイに大幅加筆してできあがったのが『サスペンス小説の書き方』である。一九六六年一月、この小冊子が刊行された時、ハイスミスは、アーサー・ケストラーにこんな言葉を添えて一冊送っている。「出来はいまひとつかもしれない。一か月で書いたものだし、代理人は引き受けるなといったのよ」[2]

一九六五年一月から二月にかけてこの指南書を執筆中、ハイスミスは、ケストラーが住んでいるカリフォルニアの熟れたアボカドや果汁たっぷりのオレンジや暖かい太陽の光などを夢に見て、彼に宛てて「このイギリスの島国気候に加えてどこへ行っても陰鬱な空気がいよいよ耐えられなくなってきた」と書き送っている。[3] 体を温めるために大工用の大きなのこぎりを手にして、汗ばむまで木工に励むこともあった。キングズレーに送った手紙には「年とともにわたしは、スクルージ（ディケンズの著作『クリスマス・キャロル』に出てくる守銭奴の名前）のようになっていくわ」と記している。[4]

ハイスミスは、『サスペンス小説の書き方』の第一章を「アイデアの芽」というテーマで書き始め、『見知らぬ乗客』や『妻を殺したかった男』、『愛しすぎた男』、『殺意の迷宮』、『殺人者の烙印』といった長編作品のプロットの着想をどのようにして得たのか、また「すっぽん」という短編の物語が生まれたきっかけについて語っている。興味深いのは、ハイスミスが『見知らぬ乗客』といった作品の背景にあるアイデアについて、頭の中で単性生殖のプロセス――いかなる外的な影響も受けずに突然生まれる――のように形づくられていく様子を語っていることだ。その一方で、想像の世界でアイデアをはっきりと形にするためには、ある程度他者との交流が必要だと認めている。だが、アイデアがやってきた時はどうすれば気がつくのだろうか？　ハイスミスは、アイデアが本物だと気づくのは、「確かな興奮が即座にもたらされる時である。素敵な詩や詩行に感じる喜びと興奮によく似ている」と述べている。[5]

さらにハイスミスは、若い作家に思考やアイデアをノートに書き留めておくよう勧め、自分の無意識の力を信頼すべきだと説き、無理やりアイデアをひねり出そうとすべきではないと指南する。さらに、想像力を働かせる作業を邪魔する人々を避け、時には人そのものを避けることが重要だともいっている。「社交の飛行機は創造の飛行機ではなく、創造的アイデアを飛躍させてくれる機体にはならないのだ……これは興味深いことで、時として、わたしたちが惹き付けられる人たちこそが、あるいは恋に落ちている相手こそが、絶縁体のゴムのごとくインスピレーションの火花をすっかり消してしまうのである[6]」。ハイスミスはその後の数章を、サスペンス短編小説や、個人的な経験を利用すること、物語を発展させること、プロットを立てること、初稿や第二稿の書き方などに割き、『ガラスの独房』を書く時に生じた問題についても詳しく解き明かしている。自分が絶えず失敗する可能性を意識しており、端的にいえば、それは「職業上の危険」であるとも述べている。「わたしは自分の失敗について、ここでは成功と同じだけたっぷり論じている。人は失敗から多くを学べるからだ。恐ろしいほどの時間と労力を無駄にした経験と、その失敗の理由を明らかにすることで、他の作家たちが同じ苦しみを味わわなくても済むかもしれない[7]」

ハイスミスは、インタビューなどで自分の作品について論じることは好まなかったが、『サスペンス小説の書き方』ですでに論じた点について、H・R・F・キーティング編集『フーダニット　推理・サスペンス・スパイ小説案内(Whodunit? A Guide to Crime, Suspense and Spy Fiction)』のために書き下ろした短い文章の中で、あらためて解説している。ハイスミスは、小説を書く時に厳格なルールなどないし、これといって決まった読者像を念頭に置いてもいないという。自分のアイデアは、「驚きや偶然による状況や、普通とは異なる環境から生まれ、それらを行きつ戻りつしながら、始まりと結末をつけて物語を創り出す」のである。[8] 一日に三時間か四時間は執筆したいが、定期的に休憩をとることや、何か手仕事や皿洗いのような単純作業をすることは創作に有益だという。そのような時にこそ作家の頭脳は創造性を大きく飛躍させることができるからだ。「根をつめて考えたところでうまくいったためしがない。自分の心に任せておけばいいと信じている」[9]。理想的な状況下ならば、日に二千語くらいは書けるのだが、実際にはそんな理想的な状況は一日おきがせいぜいだと彼女は述べている。ある有名な作家が、まず小説のアクション場面を一気に書き上げ、あとからさかのぼって細かなところを埋めていくと知って、ハイスミスもその作家の手法を取り入れてみようと思った。だが結局、これまでやっているように最初から何もかも書かずにはいられなかった。「ほとんどの場合、わたしは主観的な立場で書くから、おそらくこうするしかないのであろう。主人公がサイコパスであろうとなかろうと、わたしが主人公の頭の中にあることを描くのは、それこそが物語を説明するだけでなく、物語の推進力になるに違いないからである」[10]

ロナルド・ブライスは、ハイスミスがどれほど真剣に執筆していたかを覚えている。「彼女は自分のことを探偵小説家だとはまったく思っていなかった。でも、サスペンスを考えだすのは好きだったし、道徳を超越するということに魅せられていた。自分達の作品や仕事についてよく話したものだよ——彼女が七ページかそこいらその日の分をどうやって書いたかを話したら、わたしも負けじと七百語かそこらを書いたとやりあったりするんだ。最初は彼女の小説にたいして興味がなかったけれど、次第に感銘を受けるようになって、しまいには作品がどれほど彼女のことを反映しているかわかるようになった。彼女は記憶力が抜群で、細かいことまでよく覚えていて、わたしたちが交わしたちょっとした会話を自分の作品によく使っていたよ。だから、まるで自分が作品の題材になったように感じることもあった。芸術家という以外、彼女がどういう人かを語るのは難しい。彼女は自分のことをシリアスな作家だとみなしていたよ」[11]とブライスは語る。

一九六五年三月、ハイスミスは、フランスの出版社カルマン＝レヴィが自分を尊重してそれ相応の対応をしていないことに業を煮やし、競合する出版社ラフォンとの契約に署名したと告げる書簡を社長のロベール・カルマン＝レヴィ宛てに送りつけた。お金が問題なのではない――と彼女は述べている。「品格ならラフォンだし、金払いならガリマールだ。わたしは品格を選ぶ」[12]。ハイスミスは、カルマン＝レヴィがフランスでハイスミスの作品をなかなか出版せず、「もう四作、去年書いたものがまだ出版されていない」[13]ほど遅々としていることに苛立っていた。カルマン＝レヴィの社員は、ハイスミスの唐突な行動に非常にショックを受け、編集者のマネス・シュペルベールはハイスミス宛てにひどく驚いたという旨の書簡を送っている。シュペルベールは、別の出版社といきなり契約を結んでしまう前に、当社に問題を指摘してほしかったと述べている。ハイスミスは、カルマン＝レヴィ社が『殺意の迷宮』と『ガラスの独房』の二作を拒絶したと考えていたのだが、出版社側はこの二作の原稿を見る機会さえ与えられていなかった。シュペルベールがいうには、問題は、売上にあった――出版社がハイスミスの作品をたて続けに出版できなかったのは、「そうするには売れ行きが今ひとつよくありませんでした。一方で、あなたの素晴らしい才能に見合うだけの読者の関心を惹きつけるのは至難の業でした[14]」

ハイスミスは、出版社を変える決断は軽々しくしたものではないし、アメリカで『殺意の迷宮』も『ガラスの独房』もハーパーに拒絶された後だったから――結局ダブルデイから出版されたのだが――行動を起こさざるを得ないと思った、と返事を書いた。「カルマン＝レヴィについていえば、貴社に関する限り、この三年というもの、わたしは死んだも同然なのだと思っていました」とシュペルベールに書き送っている。[15]さらに『愛しすぎた男』の出版について話が出ないのはなぜかとも問うている。「同作はアメリカとイギリスでは評判がよく、ヒッチコックがテレビドラマ用に採用したし、現在はハーパー＆ロウのペーパーバックシリーズのペレニアル・ライブラリーからポケットブック版が出ているのに[16]」。互いに激しい書簡の応酬を繰り返した後、カルマン＝レヴィ社は、一九六六年に『愛しすぎた男』の出版を申し出て（仏題『Ce mal étrange』）、前払い金額をそれまでの二百ドルから五百ドルへと引き上げることに同意し、ハイスミスとラフォン社との契約が切れた後、再びフランスでの出版を継続することとなった。ラフォン社からは、『殺意の迷宮』、『ガ

しは、常々あなたの小説を推理小説ではなく、特殊な心理小説だと考えてきました[17]」

ラスの独房』、『殺人者の烙印』の三作が刊行された。シュペルベールはハイスミス宛ての書簡にこう書いている。「わた

『殺人者の烙印』の主人公シドニー・バートルビーのように、ハイスミスはテレビ用の脚本を書きたいと考えていた。「テレビの脚本の書き方を知りたい」とペギー・ルイスに手紙を送っている。「うちにはテレビがあるんだけれど、レンタルで、イギリス人はみんなそうなのよ——せっかく買っても、新型がどんどん登場するから[18]」。このセリフは『殺人者の烙印』の第一章で、ほんの少し手を加えて使われている。

一九六五年五月の初めのある日曜に、自宅のブリッジ・コテージにいたハイスミスにBBCから電話がかかってきた。翌日までに、あるドラマのシノプシスを二百五十語程度にまとめて送ってくれないかという依頼だった。依頼者は、以前にその話を読んだことがあって、それはもともとアメリカの雑誌「コスモポリタン」に向けた八十ページほどの中編小説の粗筋として書いたものだった。雑誌には採用されなかったが、その後ハイスミスはアメリカのテレビ局に売り、BBCがそれを現代版に置き換えて書き直せるかどうか打診してきたのだ。当時、母親のメアリーが家に滞在していたので、ハイスミスは書斎に閉じこもり、二時間足らずで物語の概要をまとめ、『不審者』という仮題をつけた。「売れたわ——六百ポンドで」とのちに継父への手紙に書いている[19]。六月二十五日までに脚本を書いて提出せねばならず、ハイスミス自身が「はなはだ古臭くて陳腐な感傷に満ちあふれている[20]」と認めていたにもかかわらず採用された。九月二十二日に、『地下室』という題名で、『水曜スリラー』というシリーズ番組の一本としてBBC1で放映された。しかし、脚本を読む限りでは、ハイスミスが会話劇を書くのは苦手なのがありありとわかる。実際、そのドラマの登場人物の役柄は、ヒステリックな妻のヒルダ、表と裏の顔を持つ夫のジョージ、ジョージにご執心の愛人ペギーなど、どれも型にはまった殺人ミステリーの域を出ていない。

後年ハイスミスが挑戦したシナリオ制作は一様にうまくいかなかったのだが、一九七〇年に出版されたリプリー・シリーズの第二作目『贋作』は、当初テレビのために構想した脚本から生まれたことを考えれば、この挑戦もあながち無駄だったとはいえない。ハイスミスがそのドラマ用脚本のプロットを書き始めたのは一九六五年七月のことで、『ダーワッ

トの復活』とタイトルがついていたが、かつての恋人である画家のアリーラ・コーネルの死からアイデアを得たものだった。後にハイスミスの親しい友人となった映画監督で美術ジャーナリストのジュリアン・ジェブに、ハイスミスはこう語っている。「元々はリプリーとはまったく関係がなかった。それは亡くなった画家の物語になるはずだった。実際にわたしの人生にも同じようなことが起こっている。とても大切な友だちを失ったのよ。二十八歳の女性だった……かつてわたしは個人的に、五十七丁目で彼女の作品の作品展を企画したのだけれど、《とてもいいね。でも、死んだ画家にはあまり興味がないんだ。個展をするだけ無駄だよ》とみんなにいわれたわ。それでその話はお終いになった。それから十五年もまったくそのことについて考えなかったけれど、今回、誰かが死んだ画家と同じスタイルで描き続けていることもあり得るんじゃないかと思って、いささかひねりの効いた詐欺を思いついたのよ[21]」。「ザ・タイムズ」紙のインタビューに応じた時は、脚本を書く時の問題点として、「小説と同じようには頭の中で組み立てられない。小説ならある人物が考えていることを他人に知られることなく見せられるのに」と話している[22]。ハイスミスは、小説を書く時は、何のためらいもなく登場人物を自分の思い通りに形づくることができるのだが、一九七七年三月のノートに「テレビドラマの脚本制作に四か月取り組んだものの、また失敗した頃である」、脚本を書いている時は、登場人物を「わたしには、触れることも、脚色することも、変えることもできない実在している人物」として考えてしまうと書いている[23]。

『不審者』あるいは『地下室』の筋書きを仕上げた後、書斎の鍵を開けると、そこには先ほどまで扉の向こうでしゃべり続けていた母親のメアリーが怒髪天をつかんばかりに待ち構えていた。親子の仲はすでにぎくしゃくしていたが、今回は、メアリーが、滞在中にコート掛けで娘に殴り掛かる事態にまでエスカレートしてしまう。「幸いにもわたしが振り返ったから大事にはいたらなかった」とハイスミスはいとこへの手紙に書いている[24]。ハイスミスは地元の医者を呼び、母親とふたり分鎮静薬を処方してもらったが、それから六日後にメアリーが去ると、精神的にどっと疲れを覚えた。母親は双極性障がいを患っているのだと自分なりに納得したものの、友人たちは容赦なく、ハイスミスの母親は「精神病――つまり頭がいかれてる[25]」のだと決めつけた。

一九六四年三月、メアリーは娘に宛てて二十九枚にわたる激しい罵倒を並べた手紙を送りつけ、ハイスミスはそれを「狂人の爆発……大昔のヘドロを全部ほじくり返している[26]」と表現し、さらに「他にすることがない冷酷な婆さん[27]」と自分の母親のことを日記に記している。その手紙の中で、メアリーは、自分が気に入らない問題をあらいざらいぶちまけているが、そのうちのいくつかはハイスミスがヤドーにいた頃にまでさかのぼる。「ヤドーにいるお前のことをわたしが嫉妬しているなんて、お祖母ちゃんに平気で嘘をついたと知った時の驚きときたら」と書いている。「それを知ってどれほどショックだったことか……それ以来ずっとお前のことを考えてきたわ。お前の役に立とうとして、わたしが手にできなかったものすべてを与え、できることは何だってしてやった。それは少しも変わらない……お前がちょっとしたことですぐに泣き出すわけもわかっている。自分とずっと一緒に生きて行かなきゃならないのが後ろめたいのよ。わたしはお前が友だちを平気で切り捨てるのを見てきた――見たくもなかったけれど、嘘をつくのはもっと嫌だから」[28]。この手紙を皮切りに、母親からの敵意に満ちた非難の手紙が何通も送られ、それを読むたびにハイスミスの心は数日間激しい動揺がおさまらなかった。メアリーは捨て台詞のようにこう書いている。「この悪化する腫物の膿を出さなければならない。わたしたち親子は過去と向き合わなければ先に進めないのだから。わたしは何も失ってなどいない。わたしたちの間に絶えずこの問題はあった。もしこれが完全な決別をもたらすとしても――それでもかまわない。何も失ってなどいない――そもそも何も持っていないのだから」[29]。ハイスミスは、母親が自分を罵倒する動機を解き明かそうとし、その根源は自分とXとの関係に対する母親の嫉妬にあると考え、日記にこう書いている。「母はわたしに自分の方を向いてほしいか、愛してほしいと思っているがゆえに、わたしが付き合う女性たちにあれほど嫉妬するのだ」[30]

メアリーの娘に対する態度が、ハイスミスが付き合う女性たちへの反感に毒されていたのと同じように、ハイスミスと恋人たちの関係も、その根底にある母親に対する恋着ゆえに絶えず足元から脅かされていた。一九六四年の暮れ、ハイスミスは、傷だらけの自分の内面を綴ったいくつもの詩を書いている。そこには愛と憎しみが入り組んだ心情が、自分の内側から湧きあがる優しさとサディスティックな衝動の両方が描かれている。「あなたの足にキスしたい／なのにあなたを打ち据えたいと思うのはなぜ」[31]。こう書いた二日後、別の自伝的な詩を書くが、それは、少女に感じた恋心を無理やり封じ込めた子供時代にまでさかのぼる、両義的な心情の根源へとたどるものであった――「鬱屈した恨みは、わたしのもうひとつの感情だった」[32]。Xは、ハイスミスのことを、女性に愛情と憎しみの両方を抱いていると責めたが、ハイスミスはその矛盾を認めている。翌年の初め、アレックス・ザァニーに自分の新たな恋愛の問題を書いた手紙を送り、その中で自分のXの家族に対する嫉妬心と、Xが自分よりずっと家族と連絡をとっていることをこぼしている。Xとハイスミスとがともに過ごす時間を作り出すといつもきまって、「なんだか急かされている[33]」気がして、セックスをしても前のように心から楽しめる情熱的なものではなくなり、おざなりで後味の悪いものになってしまう。「わたしはセックスに溺れたことは一度もないけれど、いつだって楽しんできたし、最高の喜びでもあった。何日もそのことについて考えていなくても、突然にしたくなるものだ――ただしそれは物事が落ち着いている時に、愛する人と毎晩一緒に眠れる時に限られる……」。彼女はそうザァニー宛てに書いている。「わたしをもてあそんでいるとXを責めて、他にも不愉快なことをいってしまった……Xはわたしに精神的な(肉体的にではなく)暴力を振るわれたとわたしを非難する[34]」

一九六五年三月にパリに短い旅行をした時、ハイスミスがデイジー・ウィンストンを伴っていたことにXは怒りを覚え、デイジーには旧友という以外もはやいかなる恋愛感情も抱いていないとハイスミスが弁解しても、聞く耳をもたなかった。[35] Xは、ヴェネツィアへの休暇旅行に同行しないといってハイスミスを脅した。その旅行は、ふたりで五月に行くことを計画し、長くて憂鬱な冬の間ずっと楽しみにしてきた旅だったので、ハイスミスはすっかり途方にくれた。しかしながら結局のところ仲直りをしたようで、少なくとも問題を棚上げにして、五月の半ばにふたりはヴェネツィアに到着した。滞在したホテルは、ジョン・ラスキンがかつて住み、仕事をした家の近くで、この水の都にいる間に、ハイスミスはこの街を舞台にした小説『ヴェネツィアで消えた男』の着想を得た。ヴェネツィアで十日ほど過ごした後、ハイスミスはひとりでローマへ赴き、そこでエレン・ヒルと一週間ほど滞在し、それからポジターノへ行って、飼いネコのスパイダーの様子を見てきた。ポジターノでは、小説家のエドナ・オブライエンとブリジッド・ブロフィに偶然出会ったが、ハイスミスは、いわゆる「文學界」というものを毛嫌いしていたため、あまり付き合いをせず距離を置いていた――キングズレー宛ての手紙で自ら認めているとおり、彼女は「あまり社交的とはいえ」なかった。[36]

ナショナル・ギャラリーの元館長を務め、ブリジッド・ブロフィの夫でもあったマイケル・リーヴィー卿は、ハイスミスとの出会いと、その後亡き妻と共々、徐々に親しくなった経緯を思い出してこう語っている。「わたしは彼女に対する称賛を伝えたいと強く思っていた。でも、彼女について何も知らなかったから、厳めしい感じの女性がうちのパーティに来ているなと思っていても、それが彼女だとは気づかなかった。若いのか年寄りなのかもわからず、乱れてはいるがけた装いをしていた。わたしにアメリカ先住民を連想させたのはたぶんあのモカシンのせいだろう。だがやがてパットの見た目やふるまい方にはレッド・インディアンっぽいところがあり、その晩の彼女の服装は、いわばおなじみの制服みたいなものだとわかるようになった」

「その晩はとりわけ静かだったが、無口というよりは内気に見えたし、知らない人たちの間に座っていても、不安を感じているようでもなかった。わたしが彼女に伝えたかった強い関心を、彼女もなんとなく喜んだように見えて、唸り声のような、かといってけっしてぶっきらぼうではない口調で《ふうん、そう》と答えたんだ。あとになってそれが彼女の定番の相槌なんだとわかったんだがね。でも、威圧的なところや、よそよそしいところなどまったくなかった。むしろ、どことなく独特で、きわめて惹きつけられるようなところがあり、もっと彼女のことを知りたくなったね」

「その日パットとブリジットの話がはずんだとは思わない。どちらもそれぞれの流儀で、社交辞令よりは沈黙を守っている能力——好みというべきか——というものがあったからね。そうだとしても、ふたりの間には何かしらの相互理解のようなものが生まれていたんじゃないかと思う……パットとの交流でブリジットがとりわけ好んでいたのは——わたしにいわせればお互い様だと思うが——彼女の頭脳明晰さや、皮肉の効いた、真面目くさった顔で口にするユーモアじゃないかな……よく知りもしないのに誰かをこうだと決めつけるのは乱暴かもしれないが、パットのパーソナリティではっきり覚えていることがある。実際はその近くにも迫ることはできなかったのだが、彼女の持つ魔力のようなものだと思う。彼女は《クール》そのものを体現していたが、そうなるにはかなりの葛藤を、感情的にもその他のことでも体験して初めて到達し得るものだ。これは完全に仮説にすぎないが、ある種のヒントはひそんでいると思う——つまり若き日の不幸でなかったなら、若い日の傷つきやすさのせいだったのではないかと。わたしたちが出会った頃、パットはひとりを好んでいたけれど、孤独ではなく、心から自己充足していたし、我が強かったわけでもない——心の中がどうであれ、いつも優しかったし、親切で非常に礼儀正しかった……自分の作品について話すのはまれだったし、仮に話したにしても、パットとああいう作品を書く作家と結びつけるのは難しいし、できたとしても主人公が高い確率で孤独が好きなタイプだということぐらいだね[37]」

サフォークにもどると、ハイスミスは、一九六五年の夏を『ヴェネツィアで消えた男』のプロットを考えて過ごし、その年の十月から翌年の三月にかけて執筆に費した。この時期、家庭を持つXと会うことはまれでベッドをともにすることもなく、ハイスミスの心はまたしても暗闇に落ち込んだ。「あの時は――最悪の暗黒の日々だった」と当時を振り返り、バルビツール系の睡眠薬を処方してもらうため医者に頼っていたともノートに記している。[38] 一九六五年九月、マヨルカ島に旅をして、デイアの町で詩人のロバート・グレーヴスに出会い、「うぬぼれていて気取った態度[39]」の人物だと書いている。マヨルカ島の港町パルマからバルセロナまで船に乗り、そこからパリへと旅をした後、オーストリアのアルプバッハにあるアーサー・ケストラーの家に立ち寄った。

十二月、以前恋人であったリン・ロスの夢を再び見る――この「魔法の女性[40]」の夢はその年の八月にも見ていた――夢の中でリンは妊娠五か月だった。破水したのを見て、ハイスミスはこの子がわたしの子供だったらよかったのにと思わずいっていたとノートに書いている。「リンとの子供が欲しいとわたしは思っていた[41]」。同じ日に、誰か愛する人にいてほしい、リンにそばにいてほしいとも書いている。「愛が存在していたはずの人間を忘れた方がいいと思う事態に（またしても）なってしまった[42]」

ハイスミスのカタツムリに対する情熱は短編「かたつむり観察者」が、一九六六年一月にイギリスの女性雑誌「ノヴァ」に七十ポンドで売れたことで報われる。主人公のピーター・ノッパートがカタツムリの繁殖にのめり込んだあげく死んでしまう顚末を描いた物語だ。締め切った書斎はすでにカタツムリに占有されているのだが、そこでノッパートは撒水器を使って天井からカタツムリを取り除こうとする。たくさんのカタツムリが落ちてきて彼の頭を打ち、ぬるぬるする床でつまずくと、カタツムリが波のように押し寄せて彼に這い登ろうとする。助けを呼ぼうと叫ぶと、一匹のカタツムリが口の中に滑り込み、それからもっとたくさんのカタツムリが目をふさぐように這いあがってくる。ついには一匹飲み込んでしまい、息もできなくなる。彼が意識を失う直前に見たのは、二匹のカタツムリがゴムの木の上で交合している姿である。「そしてそのすぐそばの穴からは、露のように透きとおった小さなカタツムリが、まるで無数の軍隊のように、広い世界に向かって出てこようとしていた[43]」。短編集『11の物語』の序文でグレアム・グリーンは、「純粋な肉体的暴力を描いた点で、ミス・ハイスミスにはめずらしい作品である。『かたつむり観察者』をしのぐ作品はめったにあるまい[44]」

一九四六年に最初の出会いがあってから、パットは相変わらずカタツムリに夢中だったが、サフォークの家の裏庭では三百匹ほど飼っていた。知人によれば、ハイスミスはカタツムリ愛が高じて、旅行には必ず連れて行ったほどだという。

「サフォークの彼女の家で過ごした後、翌週またロンドンのカクテルパーティで彼女と会ったら、こんな大きなハンドバッグを持っていて、おもむろに誇らしげな顔でそれを開けてみせたんだよ。そうしたら、百匹くらいのカタツムリと、ばかでかいレタスの球が入っていた。彼女はものすごくカタツムリを愛してたから、その晩のパーティに連れてきたんだね」と画家のピーター・トムソンは語っている[45]。

ダブルデイの担当編集者ラリー・アシュミードは、一九六七年にハイスミスがフランスへ引っ越した時に、飼っていたカタツムリを胸に隠して国境を越えて持ち込んだと話したことを覚えている。「生きたカタツムリをフランスに持ち込むことはできないから、こっそり服の中に隠して運んだんです。それも一回だけじゃなく、そうやって何度も行ったり来たりしてね。イギリスからフランスへ行くたびに、六匹から十匹胸に隠して持ち込んだそうです。冗談じゃなく、彼女は大真面目にだったんです[46]」

一九六六年三月のパリへの旅は、フランス語版の『ガラスの独房』の宣伝活動のためだったが、パリから戻るとすぐ、カタツムリを題材にした短編「クレイヴァリング教授の新発見」を仕上げた。動物学の教授エイヴァリー・クレイヴァリングが、無人島にいるという巨大なカタツムリを探しに行き、そのカタツムリに襲われるという物語である。「主人公は雄のカタツムリを殺すが、雌にとらえられ、身体を子供たちが貪り食う――教授は自分が生きたまま食われていくのだと知る……」とハイスミスはノートに書いている[47]。この話の結末は、身の毛もよだつほどグロテスクな調子で、クレイヴァリング教授が海に走り込み、巨大なカタツムリが近づいてくるのを感じながら、自分の最期を思う場面で終わる。「水が腰の深さになったところで彼はよろめいた――水は腰の深さだったが、カタツムリがのしかかってきた時彼はまっさかさまになっていた。そして何千という歯が彼の背中に食い込んだ時、彼は自分が溺れながらかみ殺されるのだとわかった[48]」

一九六九年十月、ハイスミスはカタツムリに関する三作目の作品を書こうと思い、核戦争後の世界で、カタツムリ以外の地上の生命体がすべて絶滅するという終末論的な主題を取り上げた。最後の人類百五十名が乗り込んだ宇宙船が地球に降り立ち、カタツムリの殺戮に取り掛かるが、その多くは突然変異を遂げていた――あるものはふたつの頭を持ち、あるものは巨大化し、あるいは驚くほど高い知能を持ち、人食いの習性を身に着けたものもいた。カタツムリと人間との戦闘は熾烈で、カタツムリは次々と人間を攻撃し食べていく。数名の人間がなんとか宇宙船までたどり着いて宇宙へと逃れ去る。しかし、彼らが知らないうちに、宇宙船には一塊のカタツムリの卵が乗っていたのである。

一九六六年四月、ちょうどXとの関係が好転し始めた頃、ハイスミスの親子関係はさらに悪化し、ついには母親を糾弾する手紙を書くという極端な行為に出るまでになった。十二歳の時、メアリーが自分を見捨ててテキサスの祖母の家に置き去りにしたことを恨んではいないし、十四歳の時「考えを改めてまともになったらどうなの?」などとひどいことをいわれたことに腹を立ててはいないと、ハイスミスは母親に納得させようとした。しかし、ハイスミスがこうした出来事をあえて取り上げたということは、言葉とは裏腹に、自分は母の仕打ちをいまだに許せずにいることを示している。母親には自分は本当に幸せだと、人生を楽しんで、執筆で相応の報酬を得ていると書いている。「母さんが罪悪感を取り除くことさえできれば、物事はよくなる……もしわたしに説明してほしいことや、確認したいことがあれば、わたしは喜んでそうするわ。愛をこめて[49]」。ハイスミスはこの手紙にサインをしないままだった。

メアリーとスタンリー・ハイスミスは、すでにフォートワースに引っ越していたが、一九六六年の後半、かかりつけ医から精神科医を紹介されている。その精神科医がハイスミス宛ての手紙で的確に診断しているように、娘との「こじれた」関係が問題だった。その確執は醜悪で避けがたい結末にいたるまでずっと続くことになる。

六月になると、ハイスミスは友人のエリザベスとパリで落ちあい、そこからマルセイユへと車で下って、チュニジアのチュニスに船で渡り、ハンマメットの町に落ち着いた。その町のことをハイスミスは「本物のアラブの集落[50]」と表現し、次作の『変身の恐怖』の舞台として使うことになる。「地元の人が住む地区を歩いた。白いアーチ構造、舗装されていない道、でもそこそこ清潔だ[51]」。自分が属する社会には当然あった規範が無くなった時、人間はどのように生きていけるのかについて、一九五四年に『太陽がいっぱい』を書いた当時ハイスミスは興味を持っていた。しかし、チュニジアを旅しているうちに、いわゆる「文明化した」ヨーロッパの文化と、無秩序で未知のアフリカとの差異に次第に関心を持つようになる。彼女はアフリカ大陸を、服をはぎ取られてもぬくぬくと眠りこけ、何をされようが意に介さない、でっぷりと太った女性に例える。チュニジアがハイスミスの感性を刺激したのは明らかだ――「ニュー・ステイツマン」誌に掲載された旅行記でそのことについて触れている――しかし、六週間の旅から戻ると、あるジャーナリストにもう二度と行きたくないとも話している。「飽き飽きしたのよ――こそ泥とかそういったものに。あれがアフリカのもっとも先進的な場所だなんて――考えるだにおぞましいわ[52]」

チュニジアで異国情緒に浸っていても、ハイスミスの頭をイギリスで待ち受ける問題が離れることはなかった。むしろ、異なる環境にいることでより自由に考える機会を得たようだった。アラビア風の館の白い壁の傍らに立っていると、問題の込み入った外皮がはぎ取られ、自分が剥き出しになったかのように思えたという。この時考えたことを、まずノートに記録して、『変身の恐怖』の第三章に書き直して挿入した。またチュニジアからXに宛てて、もはやこれ以上Xの「ばかげた言動」には耐えられないという内容の手紙を送っている。Xとの出会いから四周年を迎える前の週に、ふたりの間で苛烈さを増していく心理的な戦いについて、軍事的な隠喩を散りばめ、恨みをこめた四行連詩を書いている。付き合い初めのふたりの間にあった情熱と愛情は、今や無関心と憎しみに取って代わられていた。ハイスミスは、自分の強い自虐的性向は認めるが、人間関係のすべてを壊すような人間だというXの非難は受け入れなかった。さらにはXが夫をコテージに訪問させるようハイスミスに頼んだことが、ふたりの関係を壊す大きな原因のひとつだと相手を非難している。「わたしたちの仲を裂くとわかっている人物を呼ぶようにいうなんて、恋人としては妙な頼みだとは思わない?」とアレクス・ザァニーへの手紙に書いている[53]。

チュニジアからエリザベスとふたり船でナポリへ渡り、そこからオーストリアのアルプナッハまで旅をして、家にたどり着いたのは八月だった。翌月さらにもう一度旅立って、ニースへ向かうのだが、それは映画プロデューサーのラウール・レヴィの要請で『水の墓碑銘』の脚本制作を手伝うためだった。旅の首尾は上々というわけでなくハイスミスは倦怠感や、不眠症、食欲不振、強い不安など、彼女曰く「神経症の症状」に悩まされた。それでも九十三ページの脚本を書き上げたが、映画が製作されることはなかった。その年の暮れ、レヴィがサントロペで拳銃自殺したためである。ハイスミスは「悲しいかな、彼のことは好きじゃなかったし、明らかに彼も自分自身を好きじゃなかった」と、レヴィについてノートに記している。[54]

南フランスに滞在中、ハイスミスは、写真家で芸術家のバーバラ・カー＝セイマーと彼女のパートナーのバーバラ・ロエットに出会う。このふたりの女性を、ハイスミスはやがてもっとも親しい友人とみなすようになる。

「パットは離れている限りは最高の友人よ」とバーバラ・ロエットはいう。「彼女は人間関係を続けられない、そうしようと努力さえしないという感じがしたわ。わたしにはよそよそしくて、まるで別の男性であるかのように話しかけていた。相手の女性が何を感じ、何を考えているかまったくわかっていなかったのよ。実際、パットはどこかホルモン的な異常があったのかもしれないわね。とても美しい手をしていたけれど、女性の手ではなかったわ——強くて、大きくて、角ばっていて、どう見ても女性の手ではなかった。女らしくするのは気乗りがしなかったみたい——そうね、申し訳程度にネックレスをつけていたくらいかしら——ブルージーンズにチェックのシャツを着ている時が一番気に入っていたみたい。パットはふさふさした黒髪をしていて、うつむいて髪を前に垂らしていると思ったら、突然目を上げて射すくめるように人のことを見るのよ。でもね、素晴らしく頭脳明晰だった——他の点でどれほど不安定だったかということを考慮すれば、ということだけど」

「最初に会った時、まず惹き付けられたのは彼女の無防備さだと思う。本当に死ぬんじゃないかというくらいお酒を飲んでいるように見えたし、彼女のことを守らなければいけない気持ちになって、《誰かいい人が見つかるといいのに》と思ったものよ。そのうち彼女が人に対してどれだけ冷酷非道になれるかを見て、すぐに考えをあらためたわ。そうはいっても、わたしはいまだに彼女が好きだし、精神的に安定しているその他大勢の人たちよりずっとましだと思っている。生まれつきのエキセントリックな変わり者で、とんでもない才能を持っていたわ[55]」

ブリッジ・コテージに戻った十月の半ば頃のある晩、ハイスミスとXとの関係はついに破局を迎えた。ハイスミスがXに五分か十分遅れて寝室に入っていくと、Xは一言も口をきかずに怒りをにじませて、部屋を出て行った。もはや我慢の限界だった。彼女はXのボストンバッグをつかむと、彼女がいる隣の部屋に投げ込んだ。翌朝ハイスミスは、Xが来客用の部屋で夜を明かし、寒さをしのぐのにピンクの毛布一枚だけで過ごしたと知った。「朝のうちにそんな傲慢な態度はもうたくさんだし、わたしたちの関係はもうお終いと彼女に告げた。Xは午後四時に出て行った」とハイスミスは記している。[56]

かくしてふたりの四年越しの関係は終わった。「わたしの一生を通じて本当に最悪の時期」だったとハイスミスは述べている。[57]絶望した時に聴くのはモーツァルトの音楽で、今度も別れた直後の傷心を癒す薬となってくれた。以前にも傷ついた時には鎮静剤を飲むよりもモーツァルトを聴く方を選び、この作曲家がけっして彼女を裏切らないことを知っていた。「モーツァルトの勇気をもってすれば、ライオンにだって立ち向かえる」とハイスミスは書いている。[58]

『変身の恐怖』でやろうとして失敗したこと――殺人事件が中心ではないサスペンス小説を創り出す――に、ハイスミスは次作の『ヴェネツィアで消えた男』で再び取り組み、「わたしにひらめきをもたらす友人のひとりである」リル・ピカードにこの本を捧げている。物語はローマで、画家のエド・コールマンが二十七歳の娘婿のレイ・ギャレットを殺害しようとするところから始まる。コールマンは、ひとり娘のペギーを自殺で失ったばかりで、それは娘婿のレイのせいだと思い込んでいる。物語が進むにつれ、ふたり――『殺意の迷宮』のライダルとチェスターのように――は強い共生関係にとらわれて抜け出すことができず、互いに相手に鬱屈した感情を抱いていることが明らかになる。レイは、逃げることを選ばずコールマンを追ってヴェネツィアへ行き、やがてコールマンが恋人のイネズと冬を過ごしているその地を舞台に、追いつ追われつの不穏な追跡劇が展開される。作家のジュリアン・シモンズはハイスミスについてこう語る。「およそ現代文学に登場する夫婦の中で、ハイスミスの描くカップルほど、熾烈な苦悩を耐え忍ばねばならぬ男女はいないであろう。ただの嫌悪感も時には燃えるような憎悪の世界に閉じこめられつつも、しばしば奇怪なことに、その底には相手への愛情がひそんでいるのである[59]」

レイは罪の意識――自分の妻の自殺の後遺症として――にとらわれており、コールマンの殺意を十分承知していながら、繰り返し自らを危険にさらして生贄となろうとする。レイは死への願望を抱え、それが冬のヴェネツィアの陰鬱な雰囲気と相まって、サンマルコ広場の呼吸音のまざったささやきは「終わりのない心のためいきのような[60]」不思議な音に聞こえてくる。レイは自分を罰したいという気持ちから真夜中過ぎに、リド島から彼が宿泊しているペンショーネ・セグーソの近くまでモータボートに乗せてやるというコールマンの申し出を受ける。ラグーンを横切っている最中に、コールマンはレイに飛び掛かり、ボートから突き落とす。レイは、黒い氷のように冷たい水に手足の感覚を失いながら、自分自身につぶやく。「おまえみたいなまぬけは溺れて当然だ！[61]」窮地を脱した後、レイはコールマンに本当に殺されたふりをすることにし、ハイスミスおなじみのやり方でいくつもの偽名を使い、爽快な自由の感覚と、どうしようもない空虚感を味わう。死を装うことによって、レイは自分が透明人間になったように――ヴェネツィアの路地をさまよう幽霊のごとく――感じ始める。そしてコールマンに銃で撃たれて穴の開いたコートを、どこか他人事のように、同時に不快感を覚えながら、まるでそのコートが「ふたつの存在の架け橋であるかのように[62]」見るのである。

一九六七年四月、アメリカでこの本が出版されると、作家のアントニー・バウチャーは、この本は、「際限なく夢中になる……腹立たしいくらいに……しばしば、はっとさせられると同時に、否応なく引き込まれる」と記している[63]。J・M・エーデルステインは「ニュー・リパブリック」誌で、サスペンス小説につきものの殺人を起こさないという大胆な決断をハイスミスがしたと的確な指摘をしている。「追う者と追われる者が入れ替わりながら、時として出会う場面は、善と悪、あるいは悪と弱さという対照的なもの同士の引力というよりは、似た者同士が惹きつけ合っているように見える。ここに描かれている心理の真相は、どんな暴力行為よりも強烈な恐怖を引き起こす[64]」。イギリスで出版後、「タイムズ・リテラリー・サプリメント」誌は、一九六七年六月一日号で、ハイスミスの作品がどれほど編集者たちを困惑させているか、彼女の作品をアガサ・クリスティーと同列に、あるいはより高尚なアイリス・マードックのような作家と一緒にして世に送り出していいのか決めかねていると意見を述べている。「彼女がおなじみの材料を使って巧みに織り上げる小説という絨毯は、強烈な色合いを放つが、織りこまれる柄は繊細でとらえどころがなく、未完成だ……ハイスミスが提供するエンターテインメント作品についてあら捜しをするのは無粋かもしれないが、今ハイスミスに望むのは、これまでついに《犯罪小説》が正しく取り入れられずにきたもの、つまり真に本格的《シリアス》な文学としての要素を含む小説形式を発展させることである[65]」。「タイムズ・リテラリー・サプリメント」誌の筆者は、『ヴェネツィアで消えた男』がすでに自分が述べている新しい小説形式の見本だという事実に気づいていない。ジュリアン・シモンズは、ハイスミスのこの作品について著作でこう述べている。「成功作に描かれている死を賭しての追跡ゲームなどは、現代作家のいかなる作品よりも面白く読める」[66]

『ヴェネツィアで消えた男』は、認識の小説――人間が自分にとってのリアリティを創り出す手段の探求、自分自身のアイデンティティを哲学的に検分し、意識と芸術の入り組んだ関係を解き明かすものとして読むこともできるかもしれない。レイの妻ペギーは、物語が始まる十日前に浴槽の中で手首を切って自殺しているが、どのページにも亡霊のようなイメージで立ち現れ、彼女の不在がふたりの主人公を駆りたてる力となっている。ペギーは「理想が現実を壊すことなど思いもよらない、おそらくはこの世でいちばん本当のもの」[67]だと考え、自殺をしたのはこの世界に満足できなかったからである。人生が与えられる以上のものを望み、セックスは神聖なものだとずっと信じ、繰り返し神秘的な体験を得ることを渇望していた。ペギーがこの世ならぬ世界に、果実がたわわに実った果樹園や鮮やかな色の羽の鳥たちがたくさんいるような夢の世界に生きていたのは明らかだった。結婚生活が別世界へ連れていってくれることを期待し、「この世の続きではなく、楽園か詩のようなもの」[68]だと思い込んでいた。彼女は絵を描いたが、最終的に自分にはそんな才能がないことに失望し、芸術家としての将来を全うすることはなかった。セックスもまた、あれほど切望した神秘的な世界を与えてはくれなかった。そしてペギーは自殺を選んだ。この世界は充分ではないと彼女はいう。「ひょっとすると、あれは助けを求める彼女の魂の叫びだったのか。《この世界だけじゃ足りないの。だからここを離れ、もっと大きなものを探しにいくのよ》」[69]

人はどうやって現実の世界を構築しているのだろうか、とこの小説は問うている。自分を取りまいているものを知覚しているだけなのか、記憶や連想や期待で現実を作り上げたものなのか？　芸術はわたしたちの世界観をどう変えているのだろうか？　ハイスミスはプラトンのイデア論、すなわち芸術は真の現実の遠縁のイメージに過ぎないという概念のゲームのルールに同調している。プラトン的世界においては、抽象的な観念としての完全な形というものが存在し、さらに人間によって具体物として作られる――たとえば、神がベッドの形を作り、それから大工が神のベッドを模倣して、わたしたちがベッドだと考える実物を作る。画家がベッドを描こうとした場合、画家がしていることは、実際には神が考え出したベッドの不完全な模倣を映し出す鏡を掲げているにすぎないのである。プラトンは『国家』においてこのように論じ、芸術家はわたしたちに現実認識を促すというより、むしろ邪魔をしており、理想の社会では存在意義がないといっているのだ。

『ヴェネツィアで消えた男』で、登場人物たちは絶えず現実を絵画的な見方で認識しようとするが、それはいつもとらえどころがいないように見える。レイは妻のペギーと同様、画家を目指していたが、二十四歳の時に自分には画家になるには充分な才能がないと諦め、画商としての道を選ぶ。対照的に義父のコールマンは一介の技師から画家に転身し、自身をヨーロッパの伝統に属する画家だと自負している。小説全体を通して主人公ふたりともが絵画的連想を通して現実世界をとらえていることを暗示するイメージが散りばめられている。レイはイネズがバーの薄暗い店内にたたずんで一杯のコーヒーを飲んでいるのを見て、セザンヌの作品を思わせる構図だと思う。また、浴槽に身体を沈めながら、赤と緑とクリーム色の模様のリノリウムの床が、ところどころ擦り切れ、暗赤色の織り糸が剥き出しになっているさまを見てこう思う。「美しいとはおせじにもいえないが、ボナールの絵の中では美しかったかもしれない」[70]。ここで言及しているフランス人画家の絵を、ハイスミスは一九六六年二月にロンドンの王立芸術院で見ている。また、漁船で転び腫れあがった自分の膝を見たコールマンは、まるでヒエロニムス・ボスの絵のようだと書く。

ハイスミスの世界――プラトンが語った影絵の洞窟のような状況――においては、現実というものは実体がなく、常に流動的である。『ヴェネツィアで消えた男』の中では、主人公ふたりのスカーフをめぐる思いといういささか陳腐なものが、実体のない現実をもっともよく表している。ヴェネツィアに到着してすぐ、レイは一軒の店のショーウィンドーに緑と黒と黄色の花柄のスカーフが飾られているのを通りがかりに目にして、亡くなった妻を思い出す。ペギーはそんな色合いのスカーフは一枚も持っていなかったのだが、レイはひと目でそのスカーフが気に入り、衝動的に買い求める。レイにとって、そのスカーフは、ペギーの記憶を呼び起こすよすがとしての役目を果たすお守りのようなものだった。だが、コールマンはスカーフを見て、それに彼自身の喪失と罪悪感を投影する――スカーフを握りしめることによって、かつて娘がそれを身に着けていたとコールマンは信じ、死んだ娘の一部を持ち続けているのだと思う。小説の終わり近く、取り調べを受けている最中に、ペギーがそのスカーフを一度も持っていたこともなければ、身に着けたこともないことが明かされるが、その事実はコールマンにはあまりにも耐えがたいものだった。こうして彼にとっての真実、あるべき現実は、崩壊してしまう。

同様にレイの愛に対する姿勢も、幻想以外の何ものでもないことが明らかになるのだが、少なくとも彼はそれが幻想であることに気づいている。小説の終盤、レイはバールのウエイトレスのエリザベッタへの愛情もまた、もろく、中身のないさまざまに投影された感情を土台にして成り立っていたと気づく。「愛とは――性的でロマンティックな愛とは――ひとつのエゴ、もしくはさまざまなエゴの形にほかならない。彼は急にそんな気がした。したがって、自分のエゴを漠然と大勢の人々にむけるのではなく、それに応えてくれる者に向けるべきなのだ。さもなければ自分が何の見返りも期待しない人々に。愛は純粋でありうる。だが無欲でなければ純粋たり得ない……愛の対象は受け入れるだけ、それが肝心な点だった。愛は外へと出ていくものであり、贈り物であって、見返りを期待してはならない。たしかスタンダールがそういっていたはずだ。プルーストも言葉は違うが間違いなくそういっている。読書で学んだささやかな知恵……」[71]

明らかに自分の人生を下敷きにしているこの一節はハイスミスが自分のノートの一冊から直接拾い上げてきたのかもしれない。

原注

第21章

1 PH, Cahier 27, 12/16/64, SLA.

2 ハイスミス　アーサー・ケストラー宛書簡　1966年1月28日付　KA所蔵

3 ハイスミス　アーサー・ケストラー宛書簡　1966年1月20日付　KA所蔵

4 ハイスミス　ケイト・キングズレー・スケットボル宛書簡　1965年1月8日付　SLA所蔵

5 PH, *Plotting and Writing Suspense Fiction*, The Writer Inc., Boston, 1966, p. 6. ハイスミス『サスペンス小説の書き方　パトリシア・ハイスミスの創作講座』坪野圭介訳　フィルムアート社　2022年

6 前掲書

7 ハイスミス『サスペンス小説の書き方　パトリシア・ハイスミスの創作講座』

8 PH, 'Not-Thinking with the Dishes', *Whodunit? A Guide to Crime, Suspense and Spy Fiction*, ed. H.R.F. Keating, Winward, London, 1982, p. 92.
9 Ibid.
10 Ibid.
11 ロナルド・ブライスとのインタビュー　２００２年１月15日
12 PH, Diary 13, 16 November 1962, SLA.
13 ハイスミス　ロベール・カルマン＝レヴィ宛書簡　１９６５年３月16日付　ＣＬＡ所蔵
14 マネス・シュペルベール　ハイスミス宛書簡　１９６５年３月27日付　ＣＬＡ所蔵
15 ハイスミス　マネス・シュペルベール宛書簡　１９６５年３月30日付　ＣＬＡ所蔵
16 前掲書簡
17 マネス・シュペルベール　ハイスミス宛書簡　１９６５年４月５日付　ＣＬＡ所蔵
18 ハイスミス　ペギー・ルイス宛書簡　１９６４年７月29日付　ＰＬ所蔵
19 ハイスミス　スタンレー・ハイスミス宛書簡　１９７０年９月１日付　ＳＬＡ所蔵
20 ハイスミス　ジェニー・ブラッドリー宛書簡　１９６５年５月18日付　ＷＢＡ所蔵
21 *The Arts This Week*, BBC Radio, 21 January 1971.
22 Pooter, *The Times*, 25 January 1969.
23 PH, Cahier 34, 3/13/77, SLA.
24 ハイスミス　ダン・コーツ宛書簡　１９７６年８月31日付　ＳＬＡ所蔵
25 ハイスミス　アレックス・ザァニー宛書簡　１９６５年５月12日付　ＳＬＡ所蔵
26 PH, Diary, SLA.
27 Ibid.
28 メアリー・ハイスミス　娘ハイスミス宛書簡　日付不詳　ＳＬＡ所蔵
29 前掲書簡
30 PH, Diary, SLA.
31 PH, Cahier 27, SLA.
32 PH, Cahier 27, SLA.
33 ハイスミス　アレックス・ザァニー宛書簡　ＳＬＡ所蔵
34 前掲書簡
35 前掲書簡
36 ハイスミス　ケイト・キングズレー・スケットボル宛書簡　１９６５年６月26日付　ＳＬＡ所蔵
37 マイケル・リーヴィー卿　著者宛書簡　２００２年２月８日付
38 PH, Cahier 28, SLA.
39 PH, Cahier 28, 9/12/65, SLA.
40 PH, Cahier 28, 8/19/65, SLA.
41 PH, Cahier 28, 12/23/65, SLA.
42 Ibid.
43 PH, 'The Snail-Watcher', *Eleven*, Heinemann, London, 1970, p. 10. ハイスミス「かたつむり観察者」『11の物語』収録　小倉多加志訳　ハヤカワ・ミステリ文庫　２００５年
44 前掲書
45 ピーター・トムソンとのインタビュー　２０００年５月16日
46 ラリー・アシュミードとのインタビュー　１９９９年５月20日
47 PH, Cahier 28, 2/7/66, SLA.
48 PH, 'The Quest for Blank Claveringi', *Eleven*, p. 87

ハイスミス「クレイヴァリング教授の新発見」『11の物語』収録

49 ハイスミス　娘メアリー・ハイスミス宛書簡
１９６６年4月12日付　ＳＬＡ所蔵

50 PH, Cahier 28, 6/30/66, SLA.

51 Ibid.

52 Auriol Stevens, 'Private Highsmith', *Guardian*, 29 January 1969.

53 ハイスミス　アレックス・ザァニー宛書簡　ＳＬＡ所蔵

54 PH, Cahier 28, 1/2/67, SLA.

55 バーバラ・ロエットとのインタビュー　１９９９年5月5日

56 PH, Cahier 28, SLA.

57 Ibid.

58 PH, Cahier 28, 11/3/66, SLA.

59 Julian Symons, *Bloody Murder, From the Detective Story to the Crime Novel: A History*, Faber & Gaber, London, 1972, p. 178.
ジュリアン・シモンズ『ブラッディ・マーダー　探偵小説から犯罪小説への歴史』宇野利康訳　新潮社　２００３年

60 PH, *Those Who Walk Away*, Heinemann, London, 1967, p. 10.
ハイスミス『ヴェネツィアで消えた男』富永和子訳
扶桑社ミステリー　１９９７年

61 前掲書

62 前掲書

63 Anthony Boucher, *New York Times Book Review*, 30 April 1967.

64 J.M. Edelstein, 'Cat and Mouse', *New Republic*, 20 May 1967.

65 *Times Literary Supplement*, 1 June 1967.

66 *Symons, Bloody Murder*, p. 179.
ジュリアン・シモンズ『ブラッディ・マーダー　探偵小説から犯罪小説への歴史』

67 PH, *Those Who Walk Away*, p. 23.
ハイスミス『ヴェネツィアで消えた男』

68 前掲書

69 前掲書

70 前掲書

71 前掲書

第22章

きらめく虚空

1967 − 1968

Xとの関係が破綻した後、ハイスミスはイギリスを離れ、パリをぐるりと囲む緑の森が広がるイル＝ド＝フランスに居を構えた。十八世紀風景画家のコローが、「卓越した王の領土」[1]と呼んだこの地は古くからゴシック建築発祥の地として名高く、セーヌ川、マルヌ川、オワーズ川、エーヌ川に囲まれたこの田園地帯を、サンリス、マント＝ラ＝ジョリー、ソワソン、そしてシャルトルには、壮大なゴシック建築の大聖堂がある。かつてはフランス王国の中枢であったかの地は、王侯貴族たちにとっての緑豊かな楽園として、世界で類をみない豪勢な宮殿——ヴェルサイユ、フォンテーヌブロー、サン＝クルー、ムードン、シャンティ、ヴァンセンヌ、ソー、マルリー＝ル＝ロワ、セーヴル、マルメゾン——が次々に建てられている。イル＝ド＝フランスは光の素晴らしさでも有名で、一九二九年にある作家をして「水晶のような透明度と繊細さのおかげで、詩人は詩を謳い、画家は絵を描けるのだ」[2]といわしめたほどだ。ハイスミスは、その後十三年間で四回居を移すことになるが、引っ越し先はいずれもフォンテーヌブローの半径二十五キロ以内だった。そこはイル＝ド＝フランスの南端にあたり、中世の城が残るヌムールや、要塞都市モレ＝シュル＝ロアンに近く、かつて印象派の画家アルフレッド・シスレーが絵を描きながら暮らし、「陽光を浴びてきらめくような風景画」[3]を生み出した地でもある。

ハイスミスが最初にフォンテーヌブローで暮らそうと考えたのは、友人のエリザベスと一緒に車の旅をした一九六七年一月のことだ。ふたりは首都パリからフランス中部のトゥールに向けて車で旅をし、そこからハイスミスはひとり列車でトゥレーヌ地区のモンバゾンへと向かった。国際短編映画祭に最優秀短編映画賞の審査員として出席するためである。審査員団は七名で構成され、ハイスミス以外に、ハンガリー生まれの視覚芸術家のヴィクトル・ヴァザルリ、ポーランド人作家スワヴォーミル・ムロージェク、日本人女優岸恵子、ロシア人の作曲家アンドレイ・ペトロフ、俳優のイ・コテ、フランス人作家ジョゼ・ガバニスらがいた。審査の場の雰囲気はヤドーを思い起こさせたが、ある重要な点が違っていたとハイスミスはいう――そこにはある種のひややかな雰囲気が漂っていた。審査員たちが彼女と同様「自分たちの〔すでに獲得した〕名声に懐疑的になり、なおさら嫉妬して」用心深くなっていたせいだと述べている。[4] あるランチでは、おしゃべりなトゥールズの女性たちのテーブルと、インコでいっぱいのガラス張りの鳥小屋、フランス語で小難しい芸術論を戦わせているヴァザルリとカバニスのテーブルに挟まれて、ハイスミスは叫び出したい気持ちに駆られた。あるテレビのインタビューに答えた後、話すことになんの意味があるのかと疑問をノートに書きつけている。「この馬鹿げたやりとりの何もかもがなんと無意味なことか！　何もかもが芸術家とは無関係なことばかり」[5]。この映画祭に逗留中、ハイスミスは、マイケル・リーヴィーとブリジッド・ブロフィ夫妻の娘のケイト・リーヴィーに宛ててハガキを送っているが、その裏には互いにパンの弾を撃ち合って殺し合いのまねごとをしている審査員の戯画をペンで描いている。

三月になり、エリザベスからハイスミスが住むのにおあつらえ向きの家があると知らせてきた。フォンテーヌの森の中にある石壁に囲まれた寝室がふたつある家具付きの家で、ハイスミスは現地に見に行った後、その家を借りることにした。家賃は月に百七十ドル相当だったが、「新しい生活を楽しみにしているのよ。四十六歳のこの年齢になってもね」とアレックス・ザァニーに書き送っている。[6] サンメリ通り五七番地のその家には一九六七年六月に引っ越したが、同じ頃、アメリカの映画制作会社コロンビア・ピクチャーズに『ヴェネツィアで消えた男』の映画化権が売れ〔制作は実現しなかった〕、二万六千ドルを受け取った彼女はすぐに別の家を購入した。サモワ＝シュル＝セーヌというセーヌ川のほとりにあり、魅力的な淡い色の石造りの家が並ぶ集落に近いその家は二万九千ドルで売りに出されており、ハイスミスはエリザベスと共同で購入すればいいのではないかと考えたのだ。

一九六七年九月、ハイスミスは新居のあるコーブイッソン通り二十番地に引っ越した。石造りの農家風の建物には入り口が二か所あり、ふたつのバスルームと、共同のキッチンがあった。歩いて四分ほどのところに川があり、泳ぐこともできた。エリザベスはパリのアパートメントを維持したままだったし、パットとは知り合って十九年にもなるが、単なる良き友人以上の関係ではなかったが、それでも五十二歳の年上の女性が自分と一緒に暮らしたいといってくれたことにハイスミスは喜びを覚えた。アレックス・ザァニー宛てに「わたしを受け入れてくれる人がいるとは思ってもみなかった[7]」と書き送っているが、この時の直感を彼女は信じるべきだったかもしれない。このふたりの暮らしには、当初から暗雲が漂っていた。家を塗り直したり掃除したりするために、八つある部屋から家具をひとつの部屋に運び入れると、ハイスミスはすっかり疲れ果て、「一気に百歳も年老いた気分[8]」になった。しかし、エリザベスからはねぎらいの言葉どころか罵声を浴びせられた。「あなたの頭の中はめちゃくちゃね」と年上の女性は怒鳴った。「あなたの部屋の状態を見れば、頭の中も収拾がつかないのがわかるわ！」なぜ、またしても自分を支配したがる女性を引き入れてしまったのだろう？　アレックス・ザァニー宛ての手紙に書いているように、自分は「未熟で、自己中心的で、わがままで、他人がわたしのためにしてくれたことに十分に気を配れない。この五年というもの、ときおり癇癪を爆発させることもあった。特に《だまされた》とわかった時には」と認めている。[9]だが、今回は自分のせいではないと彼女には思えた。手紙の続きにはこう書かれている。「わたしには、一緒にいて安らげない人を選ぶ傾向があるみたい。たぶん完璧主義者に、わたしに命令するような人に惹かれてしまうのが原因だと思う……（お願いだからこの手紙を精神科医には見せないでちょうだい。医者はきっと、ハイスミスは頭がおかしいっていうでしょうから！）[10]」

　ハイスミスとエリザベスが共有していたのはキッチンとリビングだけだった——しかし、それだけでも一緒に暮らすことは不可能だと、ふたりは初日から悟ってしまった。一九六七年から再び連絡を取り合うようになり、ハイスミスが『変身の恐怖』に「長い友情の小さな思い出として[11]」と献辞を捧げたロザリンド・コンステーブルは、たとえ金銭的に損をこうむることになっても、そんな状況からさっさと自由になりなさいと助言した。一九六七年十月、エリザベスがニューヨークにいる間にロザリンド・コンステーブルはハイスミスを訪ねてきて、いつまで嫌な怒りっぽい女たちに虐げられるつもりなのかと問いただした。エリザベスがサモアの家に来るのは数週間おきだが、パットにはサモアでの暮らしがしだいに身体的にも精神的にも耐えられなくなってきた。寒さのせいだけでなく——オイルヒーターはエリザベスが使う側にだけ設置されていた——自分が見知らぬ他人の素晴らしい家を散らかし放題にするだらしない客のように思えた。

その自称友人のせいで、ハイスミスはその家が「半分もわたしの物ではなく、わたしの部屋はむさくるしくて、わたしは救いがたいほどだらしがない――生まれつきそうなのだ」[12]と思うまでになった。またフランスの物価高が腹立たしく、ジョニー・ウォーカーに三十五フランも払うことに激怒した。

私生活の問題をその後も耐え忍びながらも、ハイスミスはチュニジアを舞台にした小説『変身の恐怖』の執筆に専念することとした。プロットの詳細を考え始めたのは一九六七年の一月で、作品を書き上げて出版社に送ったのは一九六八年の二月のことだった。グレアム・グリーンはその本をハイスミスの最高傑作だと称賛し、「もしこの作品のテーマは何かときかれたら、《不安感》だと答えるだろう」と書いている。[13]彼女の文章が醸し出す不安は、世間を騒がすようなものや暴力によるものではなく、確かなものは何もないという不安、すなわち人格も言葉も信条も等しく流動的で変わり得るものだという不確実さから来ている。カミュの『異邦人』のように、ハイスミスの『変身の恐怖』は、疎外の不穏な見本であり、犯罪小説としてではなく、何のジャンルにも属さない本格的な文学として読まれるべきものである。この小説は三十四歳のハワード・インガムという離婚したアメリカ人作家の物語であり、彼ははるばるチュニジアで映画監督のジョン・カッスルウッドを待っているのだが、そのカッスルウッドが自殺してしまったことを知る。ある夜、インガムが宿泊しているホテルのバンガローでふと目覚めると、部屋の扉が開くのが見える。考えるいとまもなくタイプライターをつかみ後ずさりしていくターバンを巻いた人物に投げつけると、その人物はテラスに倒れる。その後、襲撃の証拠は何もかもホテルの従業員が消し去り、インガムはアラブ人を殺したのではないかと疑われはするが、確証は何ひとつない。事実、読者はその件についてそれ以上知らされることはない。

慣れ親しんだ社会から切り離されて、インガムは次第に自分のいる場所を把握する感覚が失われていくのを感じる。賑やかな地元レストラン、メリクの真っ只中にいながら、そこが大きな家の中の、別の小さく、静かな、誰もいない部屋のような気がしてくる。インガムは、暇つぶしに『変身の恐怖』とタイトルをつけた小説を書き始める。それはデニソンという二重生活を送る男の話であり、『殺人者の烙印』の中のシドニー・バートルビーがテレビドラマ『ザ・ウィップ』で描いた人物のように、ハイスミスが生み出した作中作の著者であり、リプリーとも共通点がある。「彼の今度の小説は二重生活をしているある男の話で、この男は自分の生き方が不道徳なものであることに気づ」いていない[14]。

ハイスミス自身と同じように、インガムは絶えず現実と空想が混ざり合い、何が偽物で何が本物なのか判別するのが困難な世界に生きている。スーサの町に滞在中、インガムはリーバイスのデニムの偽物が、堂々と偽のラベルを貼られて店のウィンドーに並べられているのに気がつく。「《これぞ正真正銘ルイーズのジーンズ》……偽造者はラベルの偽造を途中であきらめてしまったのだ[15]」［ハイスミスは偽造の問題について次作の『贋作』でさらに掘り下げている］。インガムがアイデンティティを失い始めると、それは彼の小説の主人公デニソンにも波及し、彼がジョン・カッスルウッドと作ろうとしていた映画『三人』のプロットとして書いた三角関係のシナリオとインガムの人生は同じ方向に進み始める。タイプライターを投げた事件の後、実生活と創作との境界線はより曖昧になっていく。ホテルに雇われたアラブ人少年は、襲撃の事実をすべて否定し、その事件は幻想の領域に追いやられる。慣れない環境で生きることによって、インガムの生きてきた自身の軌跡はきれいさっぱり洗い流されてしまう。

チュニジアに滞在しているうちに、インガムの道徳観念ははぎ取られ、疑念と不安だけがどんどん膨らんでいき、ついには自分自身のセクシュアリティさえ疑わざるを得なくなる。北アフリカでは男性の同性愛が黙認されていることで知られているが、チュニジアでは、ハイスミスがこの小説で書いているように、少年たちが性の相手としてタバコ半箱分で売り買いされている。この小説のプロットを立て始めた一九六七年一月の段階では、主人公は最近離婚した男性で、アラブ人少年と性的関係を持つのだが、それは「子供時代に逆戻りするためで――結果は恥辱だった[16]」と描かれている。しかし、最終的には性的描写は抑制し、ベッドで少年を相手に何をすればいいのかわからず神経質になるあまり、その誘惑に身ぶるいするだけに抑え、次のように書いている。「(……純潔に対する道徳的理由などではない)彼［インガム］は、大勢のアラブ人に囲まれていたが、いまだ彼らは謎なのだ……[17]」

この小説は、現実の人生とそれを映し出す虚構の模倣との交差に対する入り組んだ探求であり、ものを創りだす作家自身の自伝的作品でもある。チュニジアの地がインガムの意識に影響を与えたように、この小説は、「歪んだ鏡かレンズが映像を反転させたかのように[18]」作用し、誰もが受け入れ、常識として定着しているはずのことをひそかに崩し、あらゆることを不安定に「あいまいだったり、物事がひっくり返ってしてしまったり[19]」させるのである。

『変身の恐怖』は、ハイスミスにとって最も政治的な作品のひとつでもあり、一九六七年六月の「六日戦争」と呼ばれる第三次中東戦争の期間を舞台背景としている。第二章で主人公は、たった今テレビでイスラエルがアラブ各国の空軍基地の奇襲攻撃を始めた、と、名も知らぬ西欧人から戦争勃発の知らせを聞く。第三章までには戦争は終わるが——イスラエル側が勝利を確実にする——紛争はこの作品に通奏低音のように鳴り響いている。ハイスミスは、晩年強硬な反イスラエル主義者となり、一九七七年以降は同国を排斥し、イスラエルの政治家アリエル・シャロンを忌み嫌った。「ユダヤ人は中東情勢に関して、ロビー活動でアメリカ議会の鼻づらを引きずりまわしている」と、一九七七年に作家のイアン・ハミルトンに語っている。「こういうみみっちい議員たちは、はっきりいって、イスラエルに金と武器を送らなかったら失職するんじゃないかと恐れているのよ……なぜアメリカがあんなふるまいをする国を支援するのか、わたしには理解できない」[20]

しかし、この小説から浮き彫りになる紛争の姿はきわめて曖昧だ。アラブ諸国に暮らす何人かの登場人物は、アラブ世界に対する強い反感を示す。その中のひとりであるデンマーク出身の同性愛者イエンセンは、セックス市場をめぐる問題に嫌悪感を示すわけでなく、本来なら読者がよりリベラルな意見の持ち主ではないかと期待するような人物である。しかし愛犬のハッソが姿を消してからは、イエンセンはハッソがすでに殺されていると思い込み、インガムに向かって「ただね、わたしはハッソの骨がここの砂なんかに埋まっているということがいやなんだ。ユダヤ人が奴らをめちゃくちゃにやっつけてくれたことがわたしにはどんなに嬉しいか」とのたまう。[21] 同様にフランシス・アダムス——ＯＷＬ（Our Way of Lifeの頭文字をとった略語。アメリカ的価値観を指す）とみなされている人物——は、もっと親イスラエルの感情を示すだろうと読者は思うかもしれないが、彼はユダヤ人国家の傲慢なナショナリズムを「かつてのナチス・ドイツの旗印であり、そのためについにナチス・ドイツが滅びた」[22]ナショナリズムと同じだと批判する。インガムの反応が興味深いのは、読者の予想にまったく反し、アダムスの信念に少なくとも部分的には賛成するのだが、自分の意見は内に秘めて語らないことだ。今起きている問題は自分とは関係ないのだから、そんなことをしてどうなるわけでもないと彼は理屈づける——この無気力感はインガムの自我が徐々に崩壊していくことを暗に示している。それと同じように、アラブ人にタイプライターを投げつけて倒した後、インガムが何の行動も起こさないのは、世界全体が道徳的に無関心状態にあることの象徴のようにも思える。

一九六八年二月にこの小説を書き上げた後、ハイスミスは悪というものの本質についてじっくりと考えていた。それが根源的には嫉妬から生じるものであり、作品で描いた「偽善の時代」を自身もまた生きているのだということを。「今は何でも知ることの出来る時代だ――生き証人や記事やテレビや写真のおかげで――他の人々がどこで、どう生きているのかわかるし、どんな種類の腐敗がさまざまな団体によって行われているかもわかる時代なのだ」[23]。ハイスミスは政治への失望感を膨らませ、詩人のロバート・フロストがうたった「黄金の時代」の希望――ジョン・F・ケネディの大統領就任演説と時を同じくして書かれた言葉――は無に帰したと感じた。

『変身の恐怖』を執筆中、ハイスミスはこの作品が「世界のいたるところにある様々な哀しみや無益さ」、とりわけベトナム戦争を映し出すものであってほしいと述べている[24]。ベトナム戦争は一九五四年に始まっていたが、一九六一年に共産主義の北ベトナムに対抗する南ベトナムをアメリカが軍事支援するまでは、世界の目を引くことはなかった。一九六九年までに五十五万人のアメリカ軍部隊がベトナムに派遣され、一九七五年に北ベトナム軍が勝利して戦争が終結するまでの間に、五万人のアメリカ人、九十万人の解放戦線兵士と北ベトナム人、四十万人の南ベトナム人が命を落とした。マーティン・ルーサー・キング牧師や作家のノーマン・メイラー、言語学者のノーム・チョムスキー、詩人のロバート・ローウェル、医師のベンジャミン・スポックといった著名人たちはこぞってアメリカの軍事介入に反対の声を上げた。ハイスミス自身は強硬な反戦派で、一九六八年七月、バーナード大学のある同窓生が、ベトナム戦争の実態を糊塗していると非難する手紙を大学機関誌に送り、その経緯を友人のバーバラ・カー＝セイマーに書き送っている。また、後にイアン・ハミルトンには、ベトナムでの大惨敗をいかにアメリカ人が屈辱に思っているかを語った。「ベトナムは、わが国が足を踏み入れるまでは米を輸出していたのに、今では輸入しているのよ」[25]

『変身の恐怖』では、ふたりの対照的な登場人物、主戦論者のフランシス・アダムスと、反戦派のインガムの言動によって、ベトナムに対する矛盾した反応を描いている。OWLであるアダムスにとって、ベトナムでのアメリカの軍事行動は、アメリカ的価値観の延長線にすぎず、この戦争によってベトナム人がキリスト教と民主主義を信じるようになることを望んでいる。一方インガムにとってベトナム戦争は、ハイスミスと同じく、より邪悪なものを意味しており、「女郎屋で儲けることでベトナム人に資本主義を、またその女郎屋で白人よりも黒人に高い金を払わせることでアメリカ式の階級制度を紹介しているのだ」[26]。アダムスは、普遍的な民主主義と世界的なキリスト教のメッセージこそが現代の道徳の根幹にあるふたつの徳だと説くが、インガムは核兵器で武装している国が、どうして自国のことをキリスト教国だなどといえるのかと問いただす。アダムスは、「ごく普通のアメリカ国民」ロビン・グッドフェローを名乗り、「鉄のカーテン」の向こう側に流しているプロパガンダと、資本主義社会の道徳的優位を主張する録音テープをインガムに聴かせる。だが皮肉なことに、インガムが察していたとおり、アダムスの稚拙なアプローチは逆効果をもたらし、反米感情を募らせる結果に終わる。本当の危機は最終的にアメリカの外交政策にあるのだ。「ＯＷＬがしていることの害は（そして彼はその滑稽な放送でベトナム戦争からいっさいの意味を取り去ることでかえって有益なことをしているかも知れなかった）、人間を殺すために人間を実際に送り出しているアメリカ当局の行為と比べてまったく問題にならなかった[27]」

一九六七年十一月、『変身の恐怖』をほぼ書き上げようとしている頃、ハイスミスは友人のバーバラ・カー＝セイマー宛てに手紙を送り、この作品に「手ごたえと物足りなさ」という相反する気持ちを同時に抱いていると述べている。[28]一方、一九六八年一月には、ノートに自分の懸念を漏らしている。「テーマに迫り切れていない、つまり自分が望んでいたほど《傑作》ではない[29]」、そして一般的な成功以上のものは得られないのではないかと案じている。しかし、勇気づけられることもあった。クリスマスを過ごしにハイスミスを訪ねたデイジー・ウィンストンが、これはシリアスな本格小説だと認めてくれたし、著作権代理人のパトリシア・シャートル・マイラーは、ダブルデイにいつもなら千五百ドルの前渡し金を、三千ドルに引き上げるよう要求した。ダブルデイの編集者ラリー・アシュミードは、この作品はハイスミスの傑作に数えられるだろうと保証した。「この作品の原稿を受け取ったわたしは、登場人物の誰が、何を、いつ行ったのかを把握するためにメモを取りながら読み始めたんです。それはもうやっかいな作業でしたが、全部きれいに符合しましたよ」と彼はいう。「彼女のような人を《本物のキャビア（極上で希少の意味）作家》というんです[30]」。ダブルデイがこの作品をクライム・クラブシリーズではなく、一般文芸書として出版する予定だと聞いてハイスミスは喜んだ。ただし、アメリカの出版社が作品の題名に難癖をつけてきた時には失望した。ハイスミスによれば、ダブルデイは題名が「あまりにもサスペンス小説っぽいと文句をつけてきた――これはちょっとこたえたわね。わたしはそれに反論して、なんとか題名をそのままで通そうと思ったのだけれど」とカルマン＝レヴィ出版の編集者アラン・ウルマンに手紙を書いている。「これはサスペンスやその他の類じゃないんだってね。でも、アメリカ人のジャンル分けのやり方はあなたも知っての通りよ[31]」。ハイスミスは、この作品がシリアスな文学として受け入れられることを熱望してはいたが、できるだけ幅広い読者にもアピールするべきだとも考えていた。彼女は執筆中にアイリス・マードックの『砂の城』と『切られた首』、ゴールディングの『蝿の王』、ジェイムズ・ジョイスの『フィネガンズ・ウェイク』を読んでいる。ジョイスの大作については、あまりにもひとりよがりの実験的文体すぎるとして評価していない。「作家は、自分の楽しみだけのために書くものではないし、それで称賛され、愛され、尊敬されるなどと期待するものでもない」と述べている[32]。後にアラン・ウルマンに宛てた手紙では、トマス・ピンチョンの『重力の虹』について「たしかにいきいきとして滑稽なところもあるけれど……やや常軌を逸しているし、奇をてらったユーモアにあふれすぎている……スタイルがない」と書いている[33]。

ハイネマンから出版された『変身の恐怖』のジャケットカバーを見た時のハイスミスの感想は「ぱっとしない感じ……全体が黒地で、アラブ風の家が白い線画で描かれていて、黄身がオレンジの目玉焼きみたいな太陽」というものだった[34]。書評の中には、ジュリアン・シモンズの言葉を借りれば「まだるっこしい[35]」というものもあった。だが、シモンズは同時にこの作品はハイスミスのこれまでの著作の中では最も完成度が高いと太鼓判を押し、それはひとえに「たいしたことは何も起きない」からだとも述べている[36]。作家のジャニス・エリオットは、「ニュー・ステイツマン」誌に、この小説の曖昧性に言及し、ハイスミスがまったく新しい小説のスタイルをほぼ完成しつつあるとの見解を述べた。「スリラー小説愛好家なら、犯罪小説がいまや芸術の域に達した証だと主張するかもしれない。だが実のところ、ミス・ハイスミスの頭にそういう区別がこれまで存在していたのかどうか疑わしい。ふたつの要素はあまりにも緊密に結びついており、互いを豊かにし合い、こうして第三の分野が生み出される……ミス・ハイスミスの乾いた簡潔な表現には、迷宮のような複雑な構造が隠されている。そこに迷い込むのは挑戦であり喜びでもある[37]」。出版から約二十年が経つが、この小説はいまだに注目を集めている。一九八八年には、スペインの映画監督ペドロ・アルモドバルが映画化に関心を示し、また、「ザ・ニューヨーカー」誌に寄稿している評論家のテレンス・ラファティは、ハイスミスの最高傑作だとみなしている。ハイスミスの語り口は、あたかも次から次へと立ち現れては近づくたびに消えてしまう蜃気楼を思わせると彼は述べている。「このきらきらと輝く虚空の中で唯一本当に動いているのは、心だけだ[38]」

一九六七年の初め、代理人のパトリシア・シャートル・マイラーは、アメリカで彼女のペーパーバックが売れない理由をハイスミスに説明している。シャートルによれば、ハイスミスの作品は「あまりにもわかりづらい」からであり、どの主人公も人好きがしないのもそれに輪をかけているということだった。「たぶん、それはわたしが誰のことも好きじゃないからよ」とハイスミスは答え、「わたしの新作は、たぶん動物に関する話ばかりになるかもね」ともいっている。[39] この発言は一九七五年の短編集『動物好きに捧げる殺人読本』を予言するものだった。

ハイスミスが子供の頃からずっと胸にくすぶらせ続けてきた憤懣《ふんまん》は、破綻にしか終わらない恋愛関係の苦しみと結びつき、今や彼女以外の世界に対する敵意となって膨れ上がっていたが、かろうじてそのブラックユーモアによって受け入れられる人間嫌いという範囲におさまっていた。ノートでは、彼女が「知的障がい者」と呼ぶ人々の増加に対処するべくその活用法をあれこれ思案している。「ちょっとした下働きとして訓練するというのはどうだろう。灰皿を空けたり、真鍮を磨いたり、ベッドメイキングをしたり、皿を洗ったり、ゴミを集めさせたりとか」と彼女はいう。「そうすれば知的障がい者にも家を与えることができる。施設ではなく、家庭生活という形をとって(火を好む知的障がい者は採用しない方がよい)」。[40] 彼女の憎しみの矛先は多岐にわたり、乳幼児は人口過剰の問題を解決するために「子犬や子猫のように幼いうちに駆除して」[41] しまえばいいし、バチカンなどアメリカの爆弾で破壊されてしまえばいいなどとも書いている。産児制限に強硬に反対するローマ教皇を憎むあまり「ローマ教皇のために乾杯」、さらに「永遠に妊娠していればいい!」、「あなたの膣が引き裂かれますように!」などと書いている。[42] 特定の組織や偽善に対する憎悪は後に短編集『世界の終わりの物語』を形づくるもととなり、一九八七年にイギリスの出版社ブルームズベリーから出版され、その二年後、アメリカでアトランティック・マンスリー・プレスから出版された。

この意地の悪さとは対照的に、彼女はしきりに過去を美化する傾向があり、別れた恋人とよりを戻すことを絶えず想像している。『変身の恐怖』を書いている最中は、ずっとヴァージニア・ケント・キャザーウッドとの愛の思い出に浸り、彼女をインガムの前妻ロッテとして小説に登場させてもいる——二十二年も前に心を奪われた女性に。また同じ頃、一九五三年から関係のあったリン・ロスの夢を何度も見ている。夢の中でハイスミスは草原に寝転んで新聞を読んでおり、隣にはリンが横たわっている。すると新聞の一面からスイカズラが生えてきて、ふたりは花の蜜を吸い始める。リンは人生の悦びだったとハイスミスはいい、一九六七年十二月の日記に別の夢のことを書き綴ったあとで「わたしは今もリン・ロスを愛しているし、これからもずっと愛するだろう」と記している。[43]

その後一九六八年一月に、ハイスミスはアン・クラークに手紙を送り、アンこそは生涯の恋人で、過去をどれほど悔やんでいるかと書いている。そして「そこからいったい何が生まれるのだろうか?」と自問してもいる。[44] もちろん何も生まれはしなかった。彼女自身もわかっているように、ハイスミスは理想の女性を愛しているのであって、現実の相手ではないからだ。「わかりきったことだけれど、わたしにとって恋愛は、愛ではない。ただ誰かと結びつかずにいられないのだ。昔は肉体的関係がなくてもそうすることができたのに――これだけはいっておきたい。おそらく、過去の失敗の大きな原因は肉体関係に期待していたことだ」とノートに書いている。[45]

孤独で鬱々として楽しめないまま、あり得たかもしれないことを考えているうちに、ハイスミスはまたしても自分の正気を疑い始める。自分の神経系統は母親譲りだから、メアリーの精神が異常をきたして狂気へと陥っていったさまに過剰に反応してしまう、と彼女はいう。ハイスミスは、友人の作家で評論家のモーリス・リチャードソンに、彼が家にいるのは堪えられない、彼がいると自分の不安がますます増大してしまうと本人にいったことがあると告白した。「(きわめて率直に)彼にそういったの。わたしの中の狂気が怖い、それがいつあふれ出すかわからない」と。[46] 二月に出したバーバラ・カー=セイマー宛ての手紙にそう書いている。

一九六八年三月二日土曜日、ロンドンのジャーナリストのマドレーン・ハームズワースが、雑誌「クィーン」に掲載された作品についてインタビューするために、サモワ=シュル=セーヌのハイスミスの自宅を訪ねてきた。オックスフォード大卒の二十六歳、長い黒髪でどこか東洋的な容貌は、ハイスミスの目には「これ以上ないほど魅力的」[47]に映った。スコッチを何杯か飲んで勢いがついたハイスミスは自分の運に賭けてみることにした。自分が誘われていることに気づいたマドレーンは、ハイスミスを崇拝していたので「パット」と呼ぶことを拒んだ――それはシェークスピアを「ウィリー」と呼び、ディケンズを「チャーリー」と呼ぶようなものだという。それでもパットの誘いを受け入れ、その晩をハイスミスとともに過ごした。

「彼女はわたしにとってのアイドルだったから、誘われたのは嬉しかったわ」とマドレーンは話す。「少しばかりバイセクシュアルを試してみることに抵抗はなかった。とても若くて多感だったし、ジャーナリストとして興味津々で、とても面白そうに思えたの。どういう人がそういう本を生み出すことができるのか、とても興味があってね。書いているものからして、過去に心をひどく傷つけられてきたんだろうと思ったし、実際そうだったと思うわ[48]」

マドレーンはその週末をハイスミスと過ごし、その後ロンドンに帰ってから、何通もの手紙をこの作家に送ったが、その内容は「次第に熱を帯びて[49]」いった。いつものようにロマンスに浮かれ切ったハイスミスは、彼女に「一年くらい一緒に暮らしてみない？[50]」ともちかけた。ふたりは次にいつ会うかを計画し、四月になると、ハイスミスは同居しているエリザベスに、イースター期間中、休暇旅行に出たらどうかと提案した。そうすれば、何の気兼ねもなく友人——つまりマドレーン——を呼べるからだ。その提案自体はもっともらしかったが、ハイスミスの言い方がいささか無神経だったらしい。事情はどうあれ、エリザベスは二日ほど怒り狂い、ハイスミスに新しい家を見つけて出ていけと迫った。「この先どんな『告発』があろうと自分を守らないといけないから、弁護士を見つけて契約しなければならなかった……」とハイスミスはバーバラ・カー＝セイマーに手紙を送っている。「動揺して胃がおかしくなっちゃったわ。一週間以内にここから出ていけるといいのだけれど[51]」

一九六八年四月二十五日から五月六日まで、ハイスミスはロンドンのバーバラ・カー＝セイマーとバーバラ・ロエットとともに過ごし、パークレーン・ホテルでの英国推理作家協会の晩餐会にマドレーンを同伴して出席した。イギリスにいる時にはいつも、フランスよりも価格が安いと彼女がみなしているシャツやタイプライターのインクリボンなどをまとめ買いしていた。「フランスで、タイプライターのインクリボンとかそんなものに二ドル十セントも払いたくないのよ。だからそうしたものをロンドンで買い込んでいる」とアレックス・ザァニー宛ての手紙に書いている[52]。

イギリス旅行に出かける前、ハイスミスはすでに新居を見つけていた。それは、サモワ＝シュル＝セーヌから南東に十キロ足らずのモンマシューにあり、一万八千ドルの売買契約を結んでいる。「やっとひとりで住めるのよ、ほっとするわ」と彼女はいっている[53]。フランスに戻ると、学生たちの反乱やストライキ、暴動に衝撃を受け、さらには直近の四月にマーティン・ルーサー・キング牧師が、六月にはロバート・ケネディが立て続けに暗殺される事件が起き、ハイスミスは世界が狂ってしまったと言明している。フランスはまさに革命前夜だった。パリの地下鉄は「Metro-boulot-dodo〔地下鉄—仕事—睡眠〕」など、何の疑問も抱かずロボットのように働かされるフランスの労働者を挑発する、過激な若者たちの落書きにあふれていた。シャルル・ド・ゴール大統領は、「たわけ者めらが」と反対派をけなしたが、そのお返しに大統領のポスターには「たわけ者はお前だ!」という侮辱を殴り書きされた。[54]

ハイスミスは、個人的な事情でも足を引っ張られることになった。エリザベスは弁護士を通じて、家の代金の半分の支払いを拒否してきた。「友人が友人でさえなくなる。食うか食われるかというこの空気が嫌だ」とノートに書いている。[55]「腐敗と不正」[56]を憎み、この国全体にそれが霧のように立ち込めていると感じていた。「ゴロワーズを買いだめして、ガソリンで浴槽をいっぱいにしてる」とケストラーに手紙でゼネストの影響を伝えている。「この国が前の大戦に負けたのも無理はないわね[57]」

六月二十日、ハイスミスはモンマシューの新居に引っ越した。静かな田舎の村は百六十人ほどの住民しかおらず、ほとんどが農民か労働者の夫婦だった。丘の中腹にある教会からは、かなたまで広がる田園や村をとりまく森、ヴァンヌの水道橋が延びる雄大な景色などが一望できた。ハイスミスにとっては、人家から離れており、素朴で、資本主義的価値観とはかけ離れている環境が何よりもありがたかった。「我が家のゴミをビニールの大袋に詰め込んで車の後ろにのせ、約一キロ離れた第一次世界大戦の戦場跡らしきところまで捨てに行かなければならない。朝も六時半頃には牛乳をとりに行かねばならないし、村にはパン屋も肉屋もない。ネコのために四、五キロ車を走らせて肉を買いに行く」[58]。彼女は静けさと、とりわけ人との交わりがないことを楽しみ、「こうしてゆったりと過ごす感覚を持てるなら、どんな不便もいとわない」と述べている。[59]

引っ越しの十日後、マドレーンが来て荷ほどきを手伝い、庭の草むしりをする間、ハイスミスは、ロンドンの舞台演出家マーティン・ティックナーのために、戯曲『目覚めの時(When the Sleep End)』を執筆していた。マドレーンはこの滞在中に、自分が抱いていたハイスミスのイメージが実際とはずいぶんとかけ離れていることに気づき始める。

「パットが妄想にとらわれやすい人だということがすぐにわかったのは、わたしにとっては幸いだったわ。最初はとても単純な空想から始まるの。たとえば、自分がネコと美食を愛している優れた園芸家だと見せようとするの。彼女の家の庭の第一印象は――枯れ草ばかりの荒れ果てた土地という感じで、なんだか少しおかしいぞ、と思ったの。わたしはとても動物好きだけれど、絶対彼女の飼いネコには絶対になりたくないわね。彼女のネコの世話の仕方はとても動物好きだとは思えないわね。食べ物に関していえば、まったく念頭になかったわ[60]」

一九六八年の夏の間、ハイスミスはモンマシューの自宅とロンドンとを行き来して過ごした。十月になるとマドレーンとともに、マーティン・ティックナーの招きで、ポルトガルのアルブフェイラ近郊のヴィラに滞在し、『目覚めの時』の執筆を続けた。その戯曲は、ロンドンの上流社会を舞台に、「やや女性を蔑視[61]」している社交界を描いていた。ハイスミスは、女性の役柄を友人の女優へザー・チェイスンのために書いた。だが、「パットはあんなに素晴らしい作家なのに、セリフは書けないのよ」とチェイスンはいう。「その台本はスリラーだったけど、あの役は嫌だったわ。とにかくひどい女の役なのよ。わたしをそんな女だと思っていたんだとしたら、まったくひどい話よね。彼女は女性をけっしてうまく描けなかったのは、女心がわかっていなかったからじゃないかしら。どれもこれもみんな薄っぺらいのよ。結局うまくいかなかった。あまりいい芝居とはいえなかったわ[62]」

「パットが戯曲を書こうとして、まったくうまくいかなかった時のことはよく覚えているわ」とマドレーンはいう「あの時、わたしはとにかく彼女と距離を置こうと必死だったけど、彼女がしつこくせがんで結局一緒に行ったの。思った通りひどかったわ。それまでわたしはポルトガルが結構好きだったのよ。彼女はひどく不安定な人で、底意地が悪くて、人間嫌いで、どんな人間関係もまったく成り立たないの。恋愛だけじゃなくてね。彼女にとっては気の毒なことだと思うわ。彼女が悪いわけじゃないもの。子供の頃にあった何かのせいかわからないけど、彼女は人と関係を持てなくなった。みんな遠ざけて、心から友だちでいたいと思っていた人たちも結局連絡を絶ってしまった」

「わたしには、パットが誰かの感情や行動を模倣せずにいられなかったように思えるの。まるでリプリーみたいにね。もちろん時には社会的良識がないことが魅力的に見えるかもしれないけれど、彼女の場合は危なっかしくて不安だったわね。前に一度、パットがほとんど知らない人たちと夕食会をした時に、わざとテーブルに置かれたロウソクに身をかがめて髪に火をつけたことがあったのよ。あまりに不適切な行為だし、髪の毛が焼け焦げる臭いが部屋に充満してみんなどうしていいかわからなかった」

「むろん彼女はアルコール依存症で、それがおかしな行動と何か関係があったと思うわ。依存症の人にはうんざりさせられることが多いけれど、社会常識のなさに依存症が加わると、ほとんど精神異常者と付き合っているのと変わらなくなる。たしかにわたしは若かったけれど、そういう人たちと付き合う気はなかった。彼女がイギリスに住んでいたら、わたしたちの関係はもっと早く終わっていただろうけれど、離れていたから別れるまでに時間がかかったわ。それに彼女は隠すのがとてもうまかった。アルコール依存症であることも含めてね。朝の九時から飲んでいることに気づくまでしばらくかかった。ほとんどの依存症患者と違って、ふらついたりはしなかったけれど、朝起きた瞬間から飲み始めていたのよ。有名人と一緒にいるという初めの興奮がいったんおさまると、彼女の抱えるそうした問題全部に気づいてしまって、わたしは彼女から離れ出したのよ[63]」

一九六八年のクリスマス前からマドレーンはハイスミスと別れようとしていたが、関係はぐずぐずと翌年まで続いた。そして一月にハイスミスがロンドンに滞在していた時、マドレーンは、自分の本心を、ふたりの関係に未来はないと思っていることを打ち明けるのは今しかないと決意する。「もうわたしたちは一緒に寝るべきじゃない」と年下の愛人は告げる。「でも友達ではいられるんじゃないかしら[64]」。アレックス・ザァニーへの手紙の中で、ハイスミスは、いったい何がだめだったのかを解き明かそうと試みている。

「わたしがマドレーンを誘惑したのがいけなかったんだと思う。それから手紙を書いて気を持たせるようなことをしたのも。サモワで丸一日過ごしただけで、あとは手紙のやり取りだけで進展したの……また手紙を書かなくちゃならないわ……わたし自身のふるまいを謝らなくては。自分より年下の人を不当にも誘惑してしまった。彼女はわたしほど敏感じゃないから、涙のひとつもこぼさないだろうと願うわ。マドレーンは政治的には保守派だもの。そういう人は自分で立ち直れるものよね。さもなければ誰かが励ましてくれる[65]」

別れを告げる時、マドレーンはハイスミスに友人でいたいと口にはしたが、実際にそうするつもりはなかった。「友人であり続けたいとは思っていたけれど――彼女にはほんの数人しか友だちがいなかったから――無理だった。きっと別の憶測をするだろうし、わたしたちがよりを戻せるかもしれないなんて少しでも考えてほしくなかったから」とマドレーンは語る。「彼女を作家としてずっと崇拝してきた。それに書くことで、実際に彼女は救われていたのよ。彼女もそれをわかっていた。わたしたちの間にたちはだかっていたのは、あえて呼ぶなら《狂気》だったと彼女はわかっていたのよ。作家でなかったら、今頃精神病院かアルコール依存症更生施設に送られていたはずよ。彼女が小説に描くキャラクターたちを見れば、彼らがみんな彼女だったとわかるでしょう。それを理解するまでしばらくかかったけれど、他の人につきまとったり、想いを寄せたり、妄想したりしている異様な登場人物たちは——みんな彼女自身だった。彼女は自分を小説に書いていたのよ。

「わたしには、『愛しすぎた男』が、彼女のことを一番良く表している作品だと思う。その小説の主人公のように、彼女は、現実とは違う幻想を恋人だと思い込んでいた。それがなかったら、彼女の作品はどれも生まれなかったでしょうね。でも、そのために不幸にも高い代償を払ったのよ[66]」

原注

第22章

1 Edmund Pilon, *The Country Round Paris (Île-de-France)*, The Medici Society, London, 1929, p. 15.
2 Ibid.
3 Ibid.
4 PH, Cahier 29, 1/27/67, SLA.
5 Ibid.
6 ハイスミス　アレックス・ザァニー宛書簡　ＳＬＡ所蔵
7 前掲書簡
8 前掲書簡
9 Ibid.
10 Ibid.
11 PH, Dedication, *The Tremor of Forgery*, Heinemann, London, 1969.
ハイスミス『変身の恐怖』吉田健一訳　ちくま文庫　１９９７年
12 PH, Cahier 29, 12/12/67, SLA.
13 Graham Green, Foreword, *Eleven*, Heinemann, London, 1970, p. x.
ハイスミス『11の物語』（グレアム・グリーン「序」）　小倉多加志訳　ハヤカワ・ミステリ文庫　２００５年
14 PH, *The Tremor of Forgery*, p. 10.
ハイスミス『変身の恐怖』
15 前掲書
16 PH, Cahier 28, 1/1/67, SLA.
17 PH, *The Tremor of Forgery*, p. 230.
ハイスミス『変身の恐怖』
18 前掲書

19 前掲書
20 Lan Hamilton, 'Patricia Highsmith', *New Review*, August 1977.
21 PH, *The Tremor of Forgery*, p. 88-89.
ハイスミス『変身の恐怖』
22 前掲書
23 PH, Cahier 29, 2/11/68, SLA.
24 PH, Cahier 29, 3/12/67, SLA.
25 Ian Hamilton, 'Patricia Highsmith', *New Review*, August 1977.
26 PH, *The Tremor of Forgery*, p. 24.
ハイスミス『変身の恐怖』
27 前掲書
28 ハイスミス　バーバラ・カー＝セイマー宛書簡
1967年11月12日付　SLA所蔵
29 PH, Cahier 29, 1/26/68, SLA.
30 ラリー・アシュミードとのインタビュー　1999年5月20日
31 ハイスミス　アラン・ウルマン宛書簡　1968年7月2日付
CLA所蔵
32 PH, Cahier 29, 1/18/68, SLA.
33 ハイスミス　アラン・ウルマン宛書簡　1974年8月28日付
CLA所蔵
34 ハイスミス　アラン・ウルマン宛書簡　1968年7月20日付
CLA所蔵
35 Julian Symons, 'Patricia Highsmith: Criminals in Society', *London Magazine*, June 1969.
36 Ibid.
37 Janice Elliott, *New Statesman*, 24 January 1969.
38 Terrence Rafferty, 'Fear and Trembling', *The New Yorker*, 4 January 1988.
39 PH, Cahier 29, 1/28/67, SLA.
40 PH, Cahier 29, 2/3/68, SLA.
41 PH, Cahier 29, 3/11/68, SLA.
42 PH, Cahier 29, 11/1/67, SLA.
43 PH, Diary 15, 14 December 1967, SLA.
44 PH, Diary 15, 2 January 1968, SLA.
45 PH Cahier 30, 8/7/68, SLA.
46 ハイスミス　バーバラ・カー＝セイマー宛書簡
1968年2月17日付　SLA所蔵
47 ハイスミス　ケイト・キングズレー・スケットボル宛書簡
1968年3月14日付　SLA所蔵
48 マドレーン・ハームズワースとのインタビュー
2000年8月23日
49 PH, Diary 15, 17 March 1968, SLA.
50 Ibid.
51 ハイスミス　バーバラ・カー＝セイマー宛書簡
1968年5月17日付　SLA所蔵
52 ハイスミス　アレックス・ザァニー宛書簡　1969年1月8日付
SLA所蔵
53 ハイスミス　バーバラ・カー＝セイマー宛書簡
1968年5月17日付　SLA所蔵
54 Tariq Ali, Susan Watkins, *1968: Marching in the Streets*, Bloomsbury, London, 1998, p. 86.
55 PH, Cahier 29, 6/5/68, SLA.
56 PH, Diary 15, 15 June 1968, SLA.
57 ハイスミス　アーサー・ケストラー宛書簡　1968年6月2日付
KA所蔵
58 Auriol Stevens, 'Private Highsmith', *Guardian*, 29 January 1969.

59 PH, Cahier 29, 7/17/68, SLA.
60 マドレーン・ハームズワースとのインタビュー
61 ハイスミス　バーバラ・カー＝セイマー宛書簡　１９６８年7月20日付　ＳＬＡ所蔵
62 ヘザー・チェイスンとのインタビュー　１９９９年10月６日
63 マドレーン・ハームズワースとのインタビュー
64 ハイスミス　アレックス・ザァニー宛書簡　１９６９年2月1日付　ＳＬＡ所蔵
65 前掲書簡
66 マドレーン・ハームズワースとのインタビュー

第23章

嘘・偽物・贋作

1968 – 1969

『太陽がいっぱい』の続編をハイスミスが書くまでには長い時間を要した。アメリカで最初のリプリー・シリーズが刊行されてから三年後の一九五八年、ハイスミスは続編を書く可能性を考え、『リプリー氏の驚くべき帰還』というタイトルまで用意していた。この時は実現にいたらなかったが、道徳を超越したヒーローは不死身だった。最初のうち、彼は別の人物の姿を借りてハイスミスの他の作品に現れる――『殺人者の烙印』の中でバートルビーが創作した「ザ・ウィップ」の主人公や、『変身の恐怖』でインガムが生み出したデニスンといった人物に。一九六五年七月、未完に終わったテレビドラマ用脚本『ダーワットの復活』を構想中に最初のメモを取り始め、それはやがてリプリー・シリーズ二作目のプロットに変わり、一九七〇年『贋作』として刊行されることになる。初期段階では画家のダーワットが中心であり、画家は自殺するが、後にキリストのごとく死からよみがえったと友人たちは主張する。ハイスミスは、そこに新たなプロットを加えて話を膨らませ、ダーワットの友人たちが死んだ画家の評判を上げて金儲けしようと企む話を軸とし、リプリーの物語を展開することにした。「バーナードは絵を何枚か偽造することを考える。まわりの者たちは、最初は乗り気ではなかったが、やがて偽造に加担していく」とハイスミスはノートに書いている。[1]

翌年の二月、彼女は大胆なストーリー展開と哲学的問いかけをどう融合させるか、リプリーの続編にふさわしいものにするにはどのようにアプローチすればいいのかとノートに記している。ハイスミスお気に入りの主人公リプリーは二十八歳で、今や教養も身につけている。その結果として『太陽がいっぱい』よりも「より知的でおもしろい」小説になるだろうとハイスミスはいう。[2] 一九六八年十月、続編の詳細なプロットに手をつけるための準備は整ったと彼女は感じた。三十冊目の創作ノートには『贋作』に関する初期段階の考えがまとめられている。それによればリプリーと彼の仲間たちは、世間にダーワットの死を秘密にしており、ダーワット本人が描いたとみなされるような贋作を制作する商売をしている。ハイスミスの構想では、リプリーはあるフランスの町の近郊に住んでおり、妻と「人の好い老婦人」の家政婦と暮らしている。妻が「よく家を離れて、好き勝手に遊び歩いているのは、トムがあまりベッドで熱心ではないから」だ。[3]実際、彼は「自分の妻との愛の営みには無頓着」である。[4]十一月五日には、話を展開する上で重要な場面ごとに分解し、それらについて詳細な肉付けを行なっている。アメリカ人の美術コレクターが、自分の所有するダーワットの絵画が贋作だと文句をつけ始め、贋作詐欺が露見しそうだという報告がリプリーのもとに届く。時を同じくしてディッキー・グリーンリーフのいとこクリス・グリーンリーフがリプリーを訪ねたいと連絡をよこす。こうしてリプリーの居心地のよい世界は揺らぎ始める。ノートに列挙されているポイントの九番目はまさしくこの本のテーマそのものを表現している。「偽物は本物と同じくらい審美的に満足のいくものであり得るといって、トムはクリスを説得しようとする。実際、贋作者は自分なりに画家としての能力を磨いて独自の技法を身に着け、ダーワットの本質に迫っている。それゆえに人はどこが贋作の始まりで、どこが本物の終わりかわからないのだ」。[5]ハイスミスは、リプリーを「慢性の統合失調症」人格であるとみなしており、「彼は誰か他人を演じている時が何より幸せなのだ」と述べている。[6]クリスマスの翌日までの四週間で、すでに執筆した原稿は百六十ページに達していた。本人は「いつものペース」といっているが、[7]いくら多作な作家であるとはいえ、驚異的な執筆速度であり、彼女もバーバラ・カー＝セイマーには、「ほとんど狂ったように」書いていると打ち明けている。[8]メアリー・ベル事件（当時十一歳のメアリー・ベルがふたりの少年を殺した事件。被告人は親から虐待を受けていた）に関する新聞報道は彼女の想像力を刺激し、一九六八年十二月六日付の「デイリーメール」紙に掲載された「快楽殺人」という見出し記事をノートにスクラップしている。そしてその年の暮れ、ハイスミスは、以前にもまして暴力的でぞっとするような短編小説のアイデアをいくつも思いつくことになる。

「お嬢さんをくださいと、男がいう。娘の父親は箱をひとつ贈った。中に入っていたのは娘の左手だった」と十一月十五日付のノートに書いている。[9]完成作は、「片手」という題名で一九七五年に出版された短編集『女嫌いのための小品集』の巻頭を飾る作品だが、冒頭の一文はノートの記述と驚くほど変わっていない。「お嬢さんをぼくにください、と若者がいった。娘の父親は箱をひとつ贈った。中に入っていたのは娘の左手だった」[10]。十二月十七日には、恐怖の蝋人形館の職員を大量虐殺し、流血場面の絵画のように死体を並べる少年というアイデアを思いつく。それは「ウッドロー・ウィルソンのネクタイ」という短編作品となり、一九七二年に「エラリー・クィーンズ・ミステリーマガジン」に掲載され、一九七九年の短編集『風に吹かれて』に収録された。

十一月の取りつかれたような高揚感を過ぎ、年末になるとハイスミスは精神的にひどく落ち込んで憔悴しきっていた。リプリーの続編の構想も行き詰まり、「まったく進まない」と友人に漏らしている[11]。また、『目覚めの時』の脚本も納得がいかないままで、十二月は本人いわく神経衰弱と思い込むほど弱り切っていた。「今も午前中にどうにかベッドから起き出してはいるけれど、かろうじてお昼前というぐらい」と一九六一年一月、バーバラ・カー＝セイマーに書き送っている。「まがりなりにも今は、あれは神経衰弱だったんだと思える。以前は神経衰弱を患う人たちに少しばかり畏れを抱いていたけれど、それはどういうものかよく知らなかったから。精神的にはまるで地獄だし、体調的にはどん底もいいところ。何もかもがうまくいかず、もうどうにもならないと思った」[12]。一九六九年一月に『変身の恐怖』の宣伝活動でロンドンを訪問した際、ジャーナリストたちはハイスミスの美貌が失われつつあることに気づいていた。「ガーディアン」紙の記者は、彼女についてこう書いている。「肘掛け椅子に背中を丸めて座り、降り注ぐ光に、くたびれ果てた、ほとんどメキシコ人を思わせる姿がまざまざと浮かび上がった。両切りのゴロワーズをぎりぎりまで吸う。いまや白髪交じりのまっすぐな髪を手でかきまわし、毛先を逆立てる……」[13]。ハイスミスは、この記事を「全体的にかなり誇張している」[14]と思ったが、親しい友人でさえ、見た目の描写は正確だと認めざるをえなかった。アーサー・ケストラーの妻シンシアは、ロンドンのモントピリア広場の自宅でじかにハイスミスと会った後、「パットの顔にはかつての美しさがほとんど残っていない」と日記に記している[15]。また、その後、ＢＢＣのトーク番組『レイト・ナイト・ラインナップ』のゲストのひとりとしてハイスミスが出演しているのを見て、「アーサーは、今の彼女をとてもよいと思っていた。これとははっきりいえないが、内面の正直さが顔にあらわれ始めているからだと」と書き加えている[16]。

再び現実から逃避するために、ハイスミスはまた望みのない恋愛妄想を抱き、パリっ子の友人ジャクリーヌに恋をしていると思い込んだ。一九六九年の一月初め、ジャクリーヌへの想いを「共に生きる」という詩の中で、「いつわりの愛はうつろ／しょせんは思い込み」と謳っている。[17] 以前から彼女が繰り返しいっているように、愛は幻想以外の何物でもないのだから、それをうまく利用してもいいではないか？

健康上の懸念や、『目覚めの時』の脚本の書き直しが長引いて精神的に余裕がなく、私生活でのごたごたで仕事のペースが落ちたため、リプリー・シリーズの続編の執筆は一九六九年五月まで手をつけられるような状況になかった。ようやく落ち着いて執筆に取り組もうと、百九十ページまで書いた原稿を見た時には、「ずいぶん他のことで手間取ってしまった」と漏らしたが、本が出来上がれば「すてきな本に、よい作品に」なるだろうとも思った。[18] 六月二十八日には、二百十ページまで書き上げ、七月にザルツブルクへの旅を終えたあとで、山場となる場面はオーストリアの町を舞台にすることに決めた。ザルツブルクからケストラーの別荘があるアルプバッハを訪れ、そこでふたりの作家は、人類が月に降り立つ瞬間をテレビで見た。「画面の映像には、亡霊のような人影が、ぼんやりとした星条旗の周辺を動き回り、細い影が長くのびていた」[19]とシンシア・ケストラーは日記に書いている。昼食時にハイスミスとアーサー・ケストラーは、彼がこれから書く小説のアイデアについて話をしていた。「人間の狂気を巡る作品を書こうとしていた彼は、探していたヒントを見つけたようだ……」ともシンシアは日記に記している。[20]

一九六九年八月、モンマシューの自宅に帰るとすぐ、ハイスミスはリプリーの第二作目を脱稿し、『贋作』とタイトルをつけた。その出来に非常に満足した彼女は、「この作品をどれだけ気に入っているか言葉ではいえないくらい」と日記に書いている。[22] それでも推敲を重ね、不要な箇所を削り、十月には、「七十七番目の県セーヌ＝エ＝マルヌの友人」である近所に住むポーランド人のアニエスとジョルジュ・バリルスキー夫妻に献辞を贈ることを決めた。ハイスミスのアメリカでの著作権を管理するロンドンのA・M・ヒース社で働いていたヘスター・グリーンは、一九七二年の夏、友人とふたりでハイスミスを訪れた際、バリルスキー夫妻に引き会わされている。グリーンの印象に残ったのは、自分達が滞在している間じゅう、ハイスミスは精神的葛藤を抱え、ひと時も気が休まらない様子だったこと、ただし、アニエスとジョルジュ・バリルスキー夫妻といる時だけはリラックスしているように見えたことだ。「パットがわたしたちを連れてこの夫妻に会いに行った時――わたしたちにはごく普通の農民としか思えませんでしたが――彼女はまったくの別人のようでした」とグリーンはいう。「あんなにくつろいだ彼女を文學界の人たちと一緒にいる時には見たことがありません」[23]

『贋作』では、『太陽がいっぱい』でリプリーが世に登場してから六年が経過している。前作の最後でフェリーを降りたリプリーは、犯した罪で罰せられるのを免れただけでなく、ディッキー・グリーンリーフから相当な財産を相続してさえいる。年齢は三十一歳になり、フランスの田舎に住む有閑階級の一員として生まれ変わっている。フランスの製薬会社を営む大富豪の、二十八歳になる娘エロイーズ・プリッソンと結婚後、壮大な景観を誇る二階建ての邸宅は「ベロンブル」と呼ばれ、灰色の石造りで、二階にある四つの円型の部屋の屋根にはそれぞれ小さな塔がそびえ、「この家を小さな城のように見せている」[24]。その邸宅はヴィルペルス＝シュル＝セーヌという架空の村にあり、イル＝ド＝フランスの田舎から想を得たとハイスミスは述べている。だが一九七二年、作家自身がフランス北東部モンクールに移住してからは「リプリーは、現在ここから二十四キロほど離れた村に住んでいるわ」と語った。[25]リプリーは、食べるために働く必要はない——エロイーズの父親が、娘夫婦が豪勢に暮らせるだけの金をくれるからだ——のだが、さらに自由に使える金を得るためにハンブルクに住むアメリカ人リーヴズ・マイノットと組んで、定期的に盗品売買のような仕事や、贋作商売をやっているダーワット商会から収入を得ている。

物語はリプリーが自身の名声を保つためにどんどんエスカレートさせていく窮余の策に焦点が当てられている。画家ダーワットは世捨て人になってメキシコの辺鄙な村で暮らしていると思われているが、実際は入水自殺をして、死体は今も見つかっていない。アメリカ人の美術コレクター、トーマス・マーチソンが、所有しているダーワットの絵の真贋を問題にすると、リプリーはダーワットに変装して画家がまだ生きていることをマーチソンに納得させようとする。この企てが失敗すると、リプリーは、マーチソンをフランスの自宅に招待し、地下のワイン貯蔵庫で彼を殺してしまう。

第一作の『太陽がいっぱい』におけるリプリーは、鬱屈した性衝動に駆り立てられ、それまでの自分を捨て他人に成りすまし、よりよい生活を手に入れるという野望を抱いている青年だったが、『贋作』においては、自身が企てた悪事の数々によって精神的に歪んだ人間となっている。彼はもはや不器用で自信のない若者ではなく、「謎の起源、悪の源」[26]なのだ。「タイムズ・リテラリー・サプリメント」の書評では、リプリーの人間性に光を当て、リプリーが犯す殺人を「満ち足りたサイコパスが犯す殺人であり、ディッキー・グリーンリーフから引き継いだのは、正常な人間としての身分ではなく、異常性を養い、それを遂行していく自信だったのではないか」と書いている。[27]
『太陽がいっぱい』におけるリプリーは、たとえ無意識にせよ彼自身の同性愛傾向が動機となっているのは非常にはっきりしていたが、『贋作』では、彼のセクシュアリティはほとんど不明瞭だ。彼は二十八歳で結婚したものの、その結びつきは決してロマンティックなわけではない。南フランスでの結婚式の最中、リプリーは見苦しいほど真っ青な顔をしていたし、スペインでの新婚旅行では、オウムがオペラの『カルメン』を歌い続けていたのでセックスどころではなかったと、ハイスミスは書いている。リプリーはエロイーズとセックスをする時はいつも、妙に断ち切られた感覚を覚え、自分自身を遠くから見ているように感じ、「まるで何か生命のない、実在していないもの、身元のわからない死体から楽しみを引き出しているように感じる」[28]。実際、彼は自分の妻を人間としてよりは、物として「ベロンブル」の壁に並ぶ絵画コレクションの一枚にたとえ、彼女の肌は磨かれた大理石のようだと思っている。批評家たちは、エロイーズの描き方が一面的だといってハイスミスのリプリー・シリーズを非難する――ある作家は、「ニューヨークタイムズ」紙で、「ゾンビのようだ」[29]と評した――が、読者はこのシリーズが三人称で書かれてはいるが、その世界観は犯罪者の主人公の歪んだ視界を通して描かれていることを念頭に置くべきだろう。このシリーズを読む時に感じるのは、ダーワットの絵を見ることにたとえられるように、ちょうど「度の合わない他人の眼鏡を通して見ているような」感覚かもしれない。[30]
リプリーは、自分の物語の作者のようにふるまい、次々に新たなキャラクターやシナリオを創りあげ、自分自身の人生のプロットを、まるで一篇の小説のように編み出していく。小説の背景となる物語を創作し――ダーワットの自殺後、バーナード・タフツに彼の作品を真似て描かせる――起きた出来事を並び変え、それらが本物であるかのように見せかけ、本物として世に送り出し、そうすることで罰を受けるのを巧みに免れていく。マーチソンを殺してロアン川に捨てた後、リプリーはバーナードを追ってザルツブルクへ行き、打ちひしがれて無気力になった贋作者に自殺を迫る。「これは不思議な殺人だった」[31]とリプリーは思う。リプリーがバーナードの自殺をでっちあげ、バーナードの遺体をダーワットのものと見せかけるそれ以降の物語は、トリッキーなプロットのノイズを取り除こうとする作者の試みのようにも思える。興味深いのは、リプリーが想像の中でずっと、自分自身を赤の他人のように、まるでドラマの登場人物のひとりであるかのように見ていることだ。そして現実を架空の物語に再構成しなおしたところで、彼はこう考える。「考えていくうちに、だんだん話は辻褄があってきた」と。[32] バーナードの遺体を燃やした後、頭蓋骨と歯を砕いてゴルデナー・ヒルシュ・ホテルの部屋に戻り——ザルツブルクの同じホテルにハイスミスは滞在し、小説のための取材をした——必ず警察から受けることになる尋問の準備をする。「ザルツブルクのいろいろなビヤホールや居酒屋で、バーナードやダーワットと交わした会話を想像していた」[33]。リプリーは警察に、ダーワットはまず睡眠薬を飲み、それから崖から飛び降りた、バーナードと彼はダーワットの遺体を燃やしたが、そのあとにバーナードが姿をくらまして、おそらく川に身投げして自殺を図ったのではないかと語る。

語り口の大胆さ、そのスピードと推進力は、時として突飛にも思えるが、ハイスミスは最後の一文までサスペンスのレベルを保ち続ける。はたしてリプリーは捕まるのだろうか——ダーワットの贋作ビジネスを仕組み、マーチソンを殺害し、バーナードを自殺に追い込み、その遺体をダーワットものと偽装したことで？　小説の最終ページで、ベロンブルの館の電話が鳴る。リプリーは警察からの電話だと思う。

トムの手は、電話に伸ばしかけた途中で止まった——ほんの一瞬だが、その一瞬のうちに、トムは敗北を予知し、敗北の苦痛を味わったようだった。露見。恥。いや、いままでどおり強引にやりぬけ、とトムは思った。芝居はまだ終わっていないのだ。勇気を出せ！　トムは受話器を取り上げた。[34]

『贋作』は、読む者をはらはらさせる小説だが、美学の本質を追及しているようにも見える。イギリスの日刊紙「ザ・タイムズ」の書評は、このような主題をもっと純文学を意識している作家が取り上げようものなら、やたらに冗長で小難しい思索だの何だのを盛り込み過ぎて身動きが取れなくなってしまうだろうと論じている。しかし、ハイスミスは、この主題を精力的に掘り下げ、自然な形で物語に織り込んでいる。「これぞミス・ハイスミスの極意である」と評者はいう。「彼女の魔法のような筆致によって、このサスペンス小説は、文学のはるかな高みへと押し上げられるのだ」[35]

『贋作』を執筆中、ハイスミスは「ザ・タイムズ」紙のインタビューに、この続編は「より知的で、相当好奇心をそそる」[36]ものになると述べ、話のアイデアは悪名高きオランダ人画家ハン・ファン・メーヘレンから得たと告白している。

メーヘレンは、『エマオの食事』のようなフェルメール作品の贋作を手掛け、長年真作として美術界をだましてきた。「わたしは、彼の自分に対する弁護が気に入っているの」とハイスミスはメーヘレンについて語っている。「何はともあれ自分の絵はとても優れているのだから、みんな好きにならずにはいられないのだといっている点がね」[37]。『贋作』でリプリーは、マーチソンとの会話の中で贋作を話題に取り上げ、どうすれば偽物を、本物の美術作品と同等に鑑賞したり、評価できるのかについて述べている。「ファン・メーヘレンが描いたフェルメールの偽作は最後にはその作品自体としての価値を認められたのだ……」とハイスミスは書いている。「とにかくファン・メーヘレンが発明した《新しい》フェルメールがそれを買った人々に喜びを与えていたことは、美学的にみても疑いのないことだった」[38]。リプリーの世界では、嘘や偽物や贋作は、常に真実や本物や真作を凌駕するのだ。リプリーの家のリビングには、バーナードが描いた贋作が一枚あるのだが、彼が所有しているダーワットの真作よりもよい場所、暖炉の上という最上等の場所を与えられている。リプリーが誰のふりをしていようとも――付け髭をしてD・H・ロレンスばりにダーワットに扮していようが、ダニエル・スティーブンスや、ウィリアム・テニック、ロバート・フィドラー・マッケーのような偽りの身分を名乗っていようが――誰であれ架空の人物でいる方が、「本人」そのものよりも、常に本物らしさが増していくようなのだ。実際、リプリーが自分自身でいる時は、ひどく混乱して、ばらばらに分裂しているように感じ、本当の自分というものがあるのだとはとても言い難い。リプリーという人物が、この男の顔の下でひしめいている数多くの人格のひとつにすぎないことは、ハイスミスの次のような記述からも明らかだ。ここでは彼本人と彼が名乗っている人物とが乗っている人物との間の分裂を示している。「木曜の午後、トムはアテネで衝動的に緑色のレインコートを買った。それはいつもの彼ならばとうてい選ばないようなスタイルだった――つまり、トム・リプリーならそんなコートには手を触れさえしなかっただろう」[39]

自分というものを失うことによって、リプリーは、良心の痛みを感じずに極めて凶悪なことでも平然とやってのけられるが、贋作者のバーナードは、他人になりすますことによって人生が破壊される。何年にもわたってダーワットとして描き続けた結果、もはや自分の画風と呼べるものがなくなってしまったのだ。実際のところ、皮肉にもバーナード自身として自分の絵を描こうとすると、ダーワットとして「本物の」絵を描く仕事とは対照的に、贋作しているような気がしてしまう。本来の自己をはぎ取られ、裸にされたバーナードは、自分の人形を作り、ズボンまで履かせ、リプリーの家の地下室に吊るす。「ぼくが殺すのはバーナード・タフツだ。ダーワットではない」と「遺書」を残す[40]。バーナードはリプリーを殺したと思い込んだ後、ザルツブルクへと飛び、そこでリプリーにつきまとわれ、しまいには本当に自殺へと追い込まれる。リプリーは妻のエロイーズにバーナードの死とそれにまつわる事情を告げ、警察に質問された時にどう答えればいいかを教える。リプリーは、事情を話すのはたやすいはずで、なぜならそれは真実だからだと妻に言い聞かせる。「エロイーズは、ちょっといたずらっぽく、横目でトムを見た。『何が真実で、何が真実じゃないの?』」と彼女は言葉を返す[41]。彼女の問いは、この小説の根底にあるテーマを述べている。現実のつかみどころのない本質と、その表象である芸術というものを。

ハイスミスが、オスカー・ワイルドを『贋作』の題辞に引用したのは偶然ではない。彼女は作家人生を通して、いつの間にかワイルドの作品と彼の破天荒な人生に魅了されていた。友人のキングズレーによれば、ハイスミスはワイルドの『ドリアン・グレイの肖像』を始めとして、戯曲、詩、書簡、エッセイなど全作品を読んでいたという。バーナード大学に在籍していた頃には、ワイルドの恋人だったアルフレッド・ダグラス卿のソネット『死せる詩人』をノートに書き写していた。そして自身の死の五年前、リチャード・エルマンが一九八七年に出版したワイルドの伝記を読んで心を動かされ、ワイルドの生涯について読むことは真にカタルシスを得る体験だったと記している。ハイスミスは、とりわけワイルドの警句に注目しており、「アメリカ人は英雄の崇拝者であり、常に英雄を犯罪階級から選びだす」と、一九六二年九月ワイルドの墓を訪ねた二か月後ノートに書き写している。ハイスミス同様ワイルドも、「犯罪者になるには想像力と勇気がいる」と信じていた[42]。

ハイスミスが生み出したもっとも有名な犯罪者のヒーローであるリプリーが、ワイルドの退廃的な気配を少なからずまとっていたとしても、さほど驚くにはあたらない。ワイルドの小説の主人公ドリアン・グレイ――永遠の美しさを保つ一方で、その肖像画はどんどん年老いていく美貌の貴族――によれば、「人間とは、無数の生活と無数の感覚を持つ存在であり、思考や情念という奇妙な遺産をみずからの内部に有し、複雑で多様な生物」である[43]。ドリアン・グレイは、常に自分を捨てて、他人のアイデンティティを得たいと切望している。リプリーと同様にグレイは、「おそらく人間は、自分がある役割を演じなければならぬ時ほどゆったりと落着いて見えることはけっしてないのかもしれない[44]」と考えている。グレイは、彼の妖艶な肖像画を描いたバジル・ホールウォードの首をナイフで刺して殺し、友人を脅して死体の始末をさせる。しかし、最終的に良心の呵責に苦しみ、精神的に追い詰められた結果死にいたる。ドリアンとは対照的に、ハイスミスの紳士然とした殺人者は罪の意識などに何ら影響を受けない。マーチソンを殺す直前、リプリーの内面で起きる葛藤をハイスミスは描写している。「彼は自分のなかに正と邪の両面を見た。だがどちらも同じように本心なのだ」[45]。だが、リプリーをグレイ同様、ヘンリー・ウォットン卿の弟子のひとりとみなすことはできる。彼らがみな、個人主義の概念——二十世紀には実存主義礼賛へと転換する——を信奉したのは、まさにそれが既成の道徳観を拒否していたからだ。ヘンリー卿はこう述べる。「教養のある人間が自分の時代の基準を受け入れるなどということは、一種のはなはだしい不道徳ではなかろうか」[46]。後にヘンリー卿はこの小説の中で、不道徳と呼ばれる本は、単に世間そのものの恥ずべき姿を彼らに示した作品に過ぎないとも述べている。

社会的地位や表面的な若々しい美貌は、ドリアンもリプリーも身に着けている仮面であり、見目麗しいさまざまな物で身の回りを飾っているが、それはうわべやスタイルが中身よりも重要だとふたりとも信じているからだ。「彼には美的感覚があるのよ。それに美少年や容姿端麗な男性が好きだし……上等な服もね」とハイスミスはリプリーについて述べている[47]。『ドリアン・グレイの肖像』のうんざりするような豪奢——香水だの、刺繍だの、美術作品だの、精緻な装飾だの、宝石や生地だのと、際限なく列挙される物たち——は、ユイスマンスの著書『さかしま』に影響を受けており、この本をハイスミスも読んでいた。このふたつの作品の与えた少なからぬ影響は、記号論的な過剰を『贋作』の文章にもたらし、本来率直で明晰なハイスミスの文章に——とりわけ、料理やワイン、部屋の配置、人物の容姿や服装などの描写などに——時折重たさを与えている。実際のところ、『ドリアン・グレイの肖像』では、リプリーの作品世界同様、「行儀作法のほうが道徳律より大切」なのである[48]。

ワイルドもまた、贋作というアイデアに興味を持っており、とりわけ画家のトーマス・ウェインライトや詩人のトーマス・チャタートンという、偽装の天才を象徴するふたりの作品に関心を持っていた。ワイルドは自身の随筆「ペン、鉛筆、毒薬」の中で、リプリーのような、美術評論家、詩人、画家、毒殺者は、「若い伊達者」であると述べ、「何ごとかを成すことより、何者かであろうとする人物」、つまり「人生は一個の芸術作品だと理解している」人物であると述べている。[49] チャタートンは十八世紀の詩人で、自分の才能を十七世紀初期の戯曲をでっちあげることに費やし、自殺を装う遺書を書いて自らの死を演出することさえした。ワイルドは彼のことを一八八八年の講演の演題のひとつとして取り上げている。ワイルドはチャタートンが「表現することを熱望し、彼が完璧な表現手段として贋作が必要だと思えば、贋作せざるを得ないのだ。この贋作行為は、芸術的に自己を消失させる願望から生まれたもの」であるがゆえに、彼を優れた芸術家とみなした。[50]

ウェインライトやチャタートンのような人間は彼ら自身が芸術作品であると、ワイルドは考えていた。リプリーの存在も、同じように解釈することができる。自分の本質を無にすることで彼は現代人を完璧に体現した。自分を創造し、自分で自分を定義づけ、絶えず変貌する変幻自在なパーソナリティが存在する世界は、ワイルドが述べたように「偽りで、美しく、真実でないことを語る世界、芸術が目指すべき」世界である。[51] 芸術的な人生が長く甘美な自殺であるのは、自己を否定することが含まれるからだ。ハイスミスが登場人物と同様に自分自身を創作したように、リプリーも他者の人格を自分のものとし、そうすることで生きる芸術作品へと自身を変容させたのである。ハイスミスは、一定期間小説に集中して現実の生活に立ち返るたびに、ひどい気力減退に見舞われ、痛切な苦しみを味わった。小説の中で、ダーワットのノートに書かれた言葉をバーナードが書き写したという形で、ハイスミスはこの苦痛を語っている。「≪芸術家にとって最大の憂鬱《デプレッション》、それは自己《セルフ》への回帰によって引き起こされる[52]≫」

原注

第23章

1 PH, Cahier 28, 7/22/65, SLA.

2 PH, Cahier 29, 2/23/66, SLA.

3 PH, Cahier 30, 10/3/68, SLA.

4 PH, Cahier 30, 11/20/68, SLA.

5 PH, Cahier 30, 11/5/68, SLA.

6 PH, Cahier 30, 10/11/68, SLA.

7 ハイスミス　アレックス・ザァニー宛書簡　1968年12月26日付　SLA所蔵

8 ハイスミス　バーバラ・カー＝セイマー宛書簡　１９６８年11月29－30日付　ＳＬＡ所蔵

9 PH, Cahier 30, 11/15/68, SLA.

10 PH, 'The Hand', *Little Tales of Misogyny*, Heinemann, London, 1977, p. 3; first published as *Klein Geschichten für Weiberfeinde*, Diogenes Verlag, Zurich, 1975
ハイスミス「片手」『女嫌いのための小品集』収録　宮脇孝雄訳　河出文庫　１９９３年

11 ハイスミス　バーバラ・カー＝セイマー宛書簡　１９６８年12月18日付　ＳＬＡ所蔵

12 ハイスミス　バーバラ・カー＝セイマー宛書簡　１９６９年１月４日付　ＳＬＡ所蔵

13 Auriol Stevens, 'Private Highsmith', *Guardian*, 29 January 1969.

14 ハイスミス　バーバラ・カー＝セイマー宛書簡　１９６９年２月10日付　ＳＬＡ所蔵

15 Cynthia Koestler, 21 January 1969, Diary December 1968 - December 1969, KA.

16 Ibid.

17 PH, 'Togetherness', Cahier 30, 1/6/69, SLA.

18 ハイスミス　アレックス・ザァニー宛書簡　１９６８年12月26日付　ＳＬＡ所蔵

19 Cynthia Koestler, 20 July 1969, Diary December 1968 - December 1969, KA.

20 Ibid.

21 PH, Diary 16, 20 August 1969, SLA.

22 PH, Dedication, *Ripley Under Ground*, Heinemann, London, 1971.
ハイスミス『贋作』（献辞）上田公子訳　河出文庫　２０１６年

23 ヘスター・グリーンとのインタビュー　２０００年11月16日

24 PH, *Ripley Under Ground*, p. 5.
ハイスミス『贋作』

25 Chris Matthew, 'Writing the wrong-doers', *Radio Times*, 2 December 1972.

26 PH, *Ripley Under Ground*, p. 183.
ハイスミス『贋作』

27 'The Talented Miss Highsmith', *Times Literary Supplement*, 24 September 1971.

28 PH, *Ripley Under Ground*, p. 163.
ハイスミス『贋作』

29 Michiko Kakutani, 'The Kinship of Macabre and Banal', *New York Times*, 19 November 1999.

30 PH, Ripley Under Ground, p. 10.
ハイスミス『贋作』

31 前掲書

32 前掲書

33 前掲書

34 前掲書

35 *The Times*, 21 January 1971.

36 Pooter, *The Times*, 25 January 1969.

37 Ibid.

38 PH, *Ripley Under Ground*, p. 65.
ハイスミス『贋作』

39 前掲書

40 前掲書

41 前掲書

42 Oscar Wilde, quoted in Richard Ellmann, *Oscar Wilde*, Hamish Hamilton, London, 1987, p. 529.

43 Wilde, *The Picture of Dorian Gray*, Penguin Books, London, 1949, p. 164.
オスカー・ワイルド『ドリアン・グレイの肖像』富士川義之訳
岩波文庫　２０１９年

44 前掲書

45 PH, *Ripley Under Ground*, p. 69.
ハイスミス『贋作』

46 Wilde, *The Picture of Dorian Gray*, p. 92.
オスカー・ワイルド『ドリアン・グレイの肖像』

47 Bettina Berch, 'A Talk With Patricia Highsmith', 15 June 1984, unpublished interview, SLA.

48 Wilde, *The Picture of Dorian Gray*, p. 164.
オスカー・ワイルド『ドリアン・グレイの肖像』

49 Wilde, 'Pen, Pencil, and Poison', *Fortnightly Review*, January 1889, *Intentions*, James Osgood, London, 1891, p. 65.
オスカー・ワイルド「ペン、鉛筆及毒薬」『ワイルド全集　第５巻』収録　本間久雄ほか訳（引用箇所は一部柿沼による改訳）
日本図書センター　１９９５年復刻版

50 Wilde, 'Lecture on Thomas Chatterton', quoted in Ellmann, *Oscar Wilde*, p. 269.

51 Wilde, 'The Decay of Lying', *Nineteenth Century*, January 1889, Intentions, p. 54.

52 PH, *Ripley Under Ground*, p. 148.
ハイスミス『贋作』

第 24 章

女嫌い

1969 – 1970

ハイスミスは、しばしば女性に否定的な姿勢を持つ作家だと非難される。彼女が批評家から集中攻撃を浴びることになったのは、短編集『女嫌いのための小品集』をまず一九七五年にドイツ語で、二年後に英語版を出版してからのことである〔アメリカでは一九八六年まで出版されなかった〕。この短編集を読んだ評論家で詩人のトム・ポーリンは、「毛深かったり、嫉妬深かったり、やたら子供を産んだり、そういう雑多な女性たちがパートナーたちに殺されるという寓話ばかり集めた中身のない作品集」とこき下ろした。[1] 彼はハイスミスが、作品中で女性たちを残酷に殺すことに倒錯した悦びを感じているとして、「女性の従属性をフェミニストが遠回しに皮肉った短編集として読むのはあやまり」だとつけ加えている。[2]

この本に収録されている風刺的な、皮肉の効いた短編のほとんどは、一九六九年の年明けからほんの数か月のうちに書かれている。ハイスミスは友人のキングズレーに宛てた手紙の中で、「ここに出てくる女性たちはみな、それ相応にひどい最期を迎えることになるといっておくわ」と書いている。[3] どれも反伝統的な寓話として描かれ、たとえば「ウーナ」は洞窟に住む女性なのだが、部族の男たちの誰とでも寝る女として重宝がられ、ひとりの嫉妬に狂った妻によって殺される。「男たらし」の尻軽女は、恋人たちから殴り殺されるが、彼らは殺人罪を免れる。「中流の主婦」は、自分の保守的な主張を述べるために女性解放運動に参加したある主婦が、飛んできたベイクドビーンズの缶でこめかみを一撃されて死ぬ。一九六九年三月十日には、すでに七つの短編を書き上げていた。

ハイスミスの女性嫌悪の問題をめぐっては、いまだに批評家たちの間で意見は分かれている。一九八五年、キャサリン・グレゴリー・クラインは、「ハイスミスは、ほとんど無意識のうちに、女性は殺人や暴力の犠牲者にふさわしいものだという女性観を正当化している」と論じている。[4] それに対してフィリッパ・バートンは疑念を呈し、作品を統計的に調査した結果、ハイスミスは女性よりも男性を犠牲者とすることが多いと述べている。[5] だが、彼女のごく親しい人々はどう思ったのだろうか。ハイスミスは本当に女性を嫌悪していたのだろうか。「彼女が男だったなら、まちがいなく女嫌いだったといえるわね」と友人のバーバラ・ロエットは語る。「性別という側面だけでいうなら、自分は女性ではないと思っているとわたしには話していたし、女性とはどういうものか彼女はよくわかっていなかった」[6]。この点はハイスミスと一九六〇年代に知り合った女優のヘザー・チェイスンも述べていたことだ。「パットは女性が好きではなかった。男性のような心を持っているといつもわたしは思ってたし、実際、男性との方がずっと仲良くやっていたわ。もちろん、彼女は女性に惹かれていたけれど、だからといって女性を本当に好きだったわけじゃないと思うのよ」とチェイスンはいう。[7] ハイスミスはロナルド・ブライスに宛てた手紙の中でも、男性は女性よりいろいろな点において優れており、たいていの男性は、「率直で、セックスに対するユーモアのセンスを持っており、性交に対しても気楽だし、男性のそういうところに心から感心する。女性はセックスに対して悲壮ぶって、面白みもなく、いつも出し惜しみする――何のため？誰のために？[8]」

一九八四年に作家のベッティーナ・バーチから女性に対する見解についての質問を受けた際、ハイスミスは、女性解放運動が大嫌いだと認めており、しょっちゅう「泣き言ばかりいって、何かについて文句ばかりいってる[9]」ガミガミ女たちが率いるような運動だとみなしていたからだと語っている。結婚して、妊娠して、それで自分の人生がつまらないと嘆くのは、他の誰のせいでもなく自業自得なのだとハイスミスは述べる。「それに、〔もし〕結婚して子供をふたりもうけたら、がんじがらめになって身動きがとれないことくらい予想つかなかったとでもいうの〔?〕」とハイスミスは畳みかける。「それが女たちにうんざりする主な理由といえるわね……[10]」。自身は性差別を受けたことはないのかというフェミニストたちの質問にはこう答えた。「ちっとも……わたしは二十一か二十二歳の時ニューヨークで職を得てから……差別を受けたと感じたことはまったくない。それにそういう考えを押しつけられるのもまっぴらだわ。男性から差別されたことなんかないからよ[11]」

ある図書館での女性たちの考えにハイスミスはぞっとした。彼女たちは読書があまりにも不快な行為なので、月経がはじまってしまうというのだ。作家のマイケル・カーは、チャールズ・ラティマーの友人であるが、ハイスミスが彼にこう語ったことを覚えている。「多くの点で男性の方が好きだといっていたよ。女性は汚れている、身体的に汚れているというんだ」[12]。一九四〇年代の初め、ハイスミスは女性という性は「惨めなほどに受け身」であり、知的能力においても女性より男性を称賛し、敬服しているとノートに書き留めている。[13]「女性の愚かさ、想像力の欠如、子供っぽさ、幼稚な残酷さなどは、動物界には並ぶものがない」と一九四二年のノートにも記している。「男性のエネルギーは、本質的に女性より建設的であり、したがってより健康的だ……[14]」

彼女の女性嫌悪に対する見解は、幼少期に抑圧を余儀なくされた感情によっていっそう複雑になっていた。一九六四年の暮れ、既婚者の恋人Xに贈った詩の中で、かつて同性に抱いた感情を抑えなければならないことをどのようにして悟ったか、その結果として常に苦々しい憤りを感じながら成長してきたことを打ち明けている。詩には、十六歳の時に男女のカップルが手をつないで道を歩いて行くのを見て、それをどれほどうらやましく思ったかが述べられている。「わたしが女を愛する時、愛と憎悪が入りまじる／そうあなたはいうけれど、実はまったくその通り／あなたもあなたも、わたしをいつも傷つける[15]」

しかし、ハイスミスの同性に対する相反的な反応——女性へのやみくもな崇拝とそれに付随する憎悪——は女性だけではなく、もっと大きな、人間嫌いそのものの症状だったとヴィヴィアン・デ・ベルナルディは考えている。「キングズレーが前にいったことがあるわ——わたしは言い得て妙だと思うのだけど——パットは平等運動嫌悪者だって。そう呼ばれるグループのことを彼女は嫌ってた。そうしたものに対して、誰に対しても彼女はひどいことをいってたけれど、それはけっして個人的なものではなかったの。いわば勝手な熱を吐いていただけ——口を開けたら出てきてしまったのよ。奇妙に聞こえるかもしれないけれど、どんなに毒舌を吐いたとしても、彼女は本当に意地が悪い人物というわけじゃなかった[16]」

女性に対して愛憎半ばする感情を抱いているにもかかわらず、『女嫌いのための小品集』が女性に対する辛辣な攻撃だと受け取られたことは予想外だった。彼女にしてみれば、それらの話は風刺であり、読者を楽しませるためのものだった。

事実、これらの作品を書いている最中にアレックス・ザァニーに宛てにこう書いている。「実際わたしなら大笑いしちゃうわ――床を転げまわったり、おかしすぎて涙が出てくるような笑いよ……こんなふうにわたしは他人を楽しませて、作家としての――もしくはどんな芸術家としてでも――真の悦びに達するの……」[17]と述べている。数年後、その本の中の二編、「出産狂」と「中流の主婦」は、実はかつて既婚の恋人Xがハイスミスに話したエピソードから着想を得たのだとバーバラ・カー＝セイマーに打ち明けている。ハイスミスはXにその二編を送ったが、Xの反応はまったくかんばしくなかったという。「わたしの女嫌いは、彼女にとっていつも気に入らない性格のひとつだった」と、ハイスミスはカー＝セイマーに書き送っている。[18]ハイスミスは、これらの作品が間違いなく面白いという主張を変えなかったが、Xはこの本は絶対出版しない方がよいと忠告するほど嫌っていた。「わたしは、この本は風刺だと考えているの。女性嫌悪ではないわ」というのがハイスミスの返事だった。[19]

ハイスミスは子供の頃から本来の自分の性別について考えており、自分のアイデンティティは男性だとよくいっていた。とはいえ自分が女性の外観をした男性だと完全に納得していたわけではなかったのだが、一九六九年の春には赤の他人から男性だと間違えられるようになり、はからずしも世間からはそう思われるようになってしまった。ある日レストランの女性用化粧室に入ろうとして、慌てた顔をしたウエイターに「お客様、そちらのドアではありません」と止められたのである――その時のハイスミスは、白いジーンズをはき、長い髪をして、口紅やネックレスさえ身に着けていたにもかかわらず。自分の足のサイズが大きくて、細い腿をしているせいだとハイスミスは思ったが、この出来事には狼狽を隠せなかった。「当然ながら、これも現在の統合失調症の一因」だとバーバラ・カー＝セイマー宛ての手紙に書いている。[20]

再び不眠症に悩まされ――一九六八年十一月から午前三時頃まで眠れなくなっていた――さらに孤独と躁状態が加わって、ハイスミスは、自分がどうかすると発狂するのではないかと思い始めていた。フランス人のお役所仕事ぶりや、いい加減な国民性のせいで、自分がカフカ的悪夢の世界に閉じ込められているように感じられた。あるフランス人ジャーナリストの取材を受けた時、ハイスミスは、「ここでは、不思議の国のアリスみたいに感じるの。みんな約束をすっぽかすし、嘘をつく……それでも、わたしは負けるとわかっている闘いを続けている」と語っている。[21]パリジェンヌの友人ジャクリーヌとのあやふやな関係もまた精神的不安定をもたらす一因であり、ハイスミスは極力距離を置こうとはするのだが、満たされることのない一方的な関係に自らはまり込んでしまうのだった。「彼女をすごく愛している。だから前にもいったと思うけれど、自分を守るために《近づかない》ようにしているの」とアレックス・ザァニーに手紙で伝えている。[22]インタビューをいくつか受けるために、パリにあるジャクリーヌのアパートに滞在していた時、しょっちゅう鳴り続ける電話の音にハイスミスの神経は苛立ち、ずかずかとキッチンに踏み込むと、丈が三メートル半もあるようなカーテンを引きはがして浴槽に放り込み、汚れているから洗濯が必要だとのたまった。さすがのジャクリーヌも、ハイスミスの奇行に堪忍袋の緒を切らした。「ジャッキーはものすごく怒っていた。わたしの髪をつかんで、顔を平手打ちした……それでも、わたしのことをとても愛しているのよ、不思議なことにね。でも、もう二度と家に来てほしくないとまくしたてたわ」[23]とアレックス・ザァニーに報告している。

一九六九年四月、ハイスミスは、支離滅裂な感情と分裂したアイデンティティを物語の創作に向けようと努力していた。統合失調症について書くつもりで、「1はそれ以上割れない整数(One is a Number You Can't Divide)」というタイトルをつけた。主人公イブリンは人生に意味を見いだせずにいる若い女性で、物語は彼女の体験を軸にしている。恋人との婚約が破談となり、精神科医の診察を受けに行くが不首尾に終わる。しかし、医者から帰る途上で不思議な女性に出会い、これからも生きていく理由を授けられる。この作品はハイスミスの生前には出版されなかったが、ハイスミスの深い不安と心理的葛藤を如実に描いた作品として見ることができる。同時に、ほかの女性を愛することこそ自分の救いなのだという作家の不滅の信念も読み取れる。残された結果はすべて逆である――どれも不幸な結果に終わる恋愛関係、他者と親密な関係のまま同棲することができないという連鎖――にもかかわらず、自分はいつか幸福を見つけられると、ハイスミスはひたすら信じようとした。ただ、多くの恋愛関係と同じく、彼女の慰めの源は幻想であり、その存在はもろくはかないものだった。「わたしの自尊心は二十四時間ともたないのだ」と彼女は述べている。[24]

ひどい倦怠感から回復して――彼女いわく生の牛肉を食べたら一晩で元気になった――まもなく、今度は喉の腫物に苦しみ、それは間違ってできた骨かと思うほど硬く大きくなった。一九六九年四月、ロンドンに旅行した際、病院で甲状腺腫瘍だと診断され、入院を余儀なくされた。潰瘍が原因と思われる症状とは別に、更年期障がいの初期症状も自覚しており、「一九六七年六月以来ずっと潰瘍に冒されたような精神状態で生きてきた」とバーバラ・カー＝セイマーに語っている。[25]

ロンドンにいる間、『目覚めの時』の脚本にいい加減うんざりしてどうにもならなくなったハイスミスは演出家のマーティン・ティックナーに不満を漏らし、希望するなら別の脚本家を指名してもいいといって、この公演から手を引くことを申し出た。後任の脚本家シーラ・ディレイニーとも会合を持ち、それはチャールズ・ラティマーが手配した。ハイスミス自身はとんとん拍子に物事が運んだと思っていたし、『蜜の味』の作者であるディレイニーのことを好意的に書いてもいるが、ラティマーは当時の様子についてハイスミスとは異なる印象を持っていた。「きっと面白いミーティングになるだろうと思っていたけれど、実際はまさに悪夢だったね。ふたりはとにかくうまくいかなかったんだが、ほとんどはパットの病的なほどの人見知りのせいだった。本当に拷問のような体験だったよ[26]」

一刻も早くアールソハムの家を処分したかったので、ハイスミスはコテージを片付けて売れる状態にするためにアメリカからデイジー・ウィンストンを呼び寄せた。四日かけてきれいにしたおかげで、五月に三千ポンドで売ってほしいという申し込みが来て、最終的にもう五百ポンドまけることで家は売れた。その同じ月、エリザベスと共有のサモワ＝シュル＝セーヌの家も競売にかけた。

モンマシューに戻ると――ハイスミスは冗談めかして「マウント・マイ・シューズ」（靴と交尾するの意）と呼んだ――ハイスミスはデイジーから愛の告白の手紙を受け取った。残念ながらデイジーにはもはや恋愛感情は残っていなかったものの、自分が常に、自分には合わない女性と恋に落ちる運命にあるのだと自覚してもいた。「わたしにとっての大博打、悪癖、誘惑、悪魔と呼ぶべきもの、つまりはまったく誠実とはいえない女性に……」とノートに記している。「わたしの小説と同じで悪は魅力的なのだ。とはいえ自分がこの構図の《善》の側にいるとは決して思わない[27]」

自分の書く主人公についてはどんどん厭世的になっている……以前からの傾向なのだが、いま年齢とともにどんどんその傾向が強まっている」と吐露している。[28]また四十八歳になって、健康問題で悩むようになり、自分の死についても考えるようになった。机を整理している時に複写紙が三箱もあるのに気づいて、これなら死ぬまで十分もつだろうと思う。その考えは彼女をすっかり気落ちさせ、ひと箱投げ捨てたい気分に駆り立てるのだった。

『贋作』が完成し、短編集『かたつむり観察者・その他の短編集』が一九七〇年の夏にダブルデイ社から、イギリスでは別タイトル『11の物語』で出版されるという知らせを聞いて、ハイスミスは作家としての将来はまだまだいけそうだと思った。六月には、ビリー・ワイルダーの映画『シャーロック・ホームズの私生活』についての特集記事（十一月に「クィーン」誌に掲載された）の原稿料を受け取り、『変身の恐怖』の映画化権が売れ、一万八百ドルが支払われる予定だと知らされた。前述の短編集の前払い金二千ドルも受け取り、アメリカでは出版一週目に四千部を売り出す予定になっていた。ハイスミスはこの短編集の前書きをグレアム・グリーンに書いてほしいと思っていた――それが無理ならアーサー・ケストラーに頼もうとも考えていた。だが、十一月にグリーンの代理人が五百ドルを要求してきたと知り、アメリカでの出版社ダブルデイが百ドルしか用意していなかったので、差額は自腹を切って負担することにした。

その後の日々は健康問題と個人的な問題にひたすら悩まされた――まずは歯痛に始まり、結局下の歯のほとんどを抜くはめになり、ロンドンの歯医者で処置をしたが、その後インフルエンザに見舞われた。十一月には、モントリオール駅から愛車のフォルクスワーゲンが盗まれ、さらに一本歯を抜かねばならず、十二月にロンドンから戻ると、かわいがっていた七歳のシャムネコのネコのサミーが死んでいた。その遺骸は「まだ死後硬直していなかった」という。[29] ショックのあまり「心が麻痺」し、「どんな良き友人とも分かち合うことのできない悲しみ」に打ちひしがれた。[30] 愛猫の死因はわからなかったが、彼女は近隣住民が毒を与えたのではないかと疑っていた。とはいえ証拠は何もなく、哀しみだけがぐるぐると脳裏に渦巻いていた。

暗鬱な苦悩に直面して、ハイスミスはもう一度妄想の世界に逃げ込むべく、女優のアン・ミーチャムとの恋愛を夢想する。彼女はテネシー・ウィリアムズの芝居『東京のホテルのバーにて』に出演しているミーチャムの写真を雑誌で見たことがあった。この数年の不幸な出来事の後では、ロマンティックな夢想に逃げ込むのが一番安全な選択肢だとハイスミスは思っていた。過去五年にわたる失敗を省みて、「教訓。ひとりでいること。どんな親しい間柄も想像するだけであるべきだ。わたしが書いている物語のように。この方法ならわたしが傷つくことも、誰かを傷つけることもないのだから」とノートに記している。[31]

雑誌の中の女優の顔をじっと見つめながら、この新たな崇拝の対象は、どこか張り詰めて神経質そうで、強烈な官能のエネルギーを発散しており、その組み合わせには抗しきれない魅力があるとハイスミスは思った。「リン・ロスに恋に落ちて以来、こんな魅惑的な顔を見たことはなかった……」と、十一月十四日午前一時にアレックス・ザァニーに宛てた手紙で書いている。「おそらく彼女は結婚していて、子供がふたりいる。それがわたしの定めなのだ[32]」。同じ夜、眠れないままミーチャムに捧げる詩を書いていた。「わたしのすべてを捧げよう、あなたに／それは喜び、そして苦痛、どうかわたしを奪いつくして／わたしはあなたを奪いつくすから[33]」

バーバラ・ロエットは、ハイスミスがアン・ミーチャムに関する新聞記事の切り抜きを何年も財布に入れて持ち歩いていたことを覚えている。「それである日、友人たちと食事をしていたら、ちょうどその女優のことが話題にのぼったの。するとパットは間髪入れずに《まあ、彼女はわたしの生涯の恋人よ》といったのよ。友人たちがその女優なら上の階に住んでいて、彼女のことならよく知っているとパットに話したら、彼女はまるで凍り付いたように青ざめたのよ。本物のミーチャムに会うくらいなら逃げ出す方がましだと思ったんでしょうね[34]」

一九六九年がまもなく終わろうという頃、ハイスミスは自分がフランスに幻滅を感じ始めていることに気づいた。住み始めた当初は希望にあふれた新天地だと思っていたが、今の彼女には人々は無礼で、不誠実で、信用が置けないと思っていた。とりわけ隣に住むポルトガル人一家の騒々しさを――熱湯を浴びせられた豚がキーキー鳴きわめいているような声だと彼女はいっていた――ひどく嫌っており、愛猫のサミーの死がとどめの一撃になった。いったんこの地を離れようとハイスミスは決心した。「フランスで多くのことを学んだことだし、もはや何もかもが同じというわけにはいかない」とアレックス・ザァニーに書き送っている[35]。

ロザリンド・コンステーブルからサンタフェに滞在しないかと招待されたこともあり、今一度アメリカに戻って暮らすのもいいかもしれないと思いながら、ハイスミスはニューヨークに飛び、一九七〇年二月の最初の数日をそこで過ごした。マンハッタンの西二十三丁目にあるチェルシーホテルに一泊十四ドルで滞在し、三週間ほどしてからフォートワースに帰省し、マーサ・レーンにある実家で家族に再会した。実家で過ごした十日間は惨憺たるもので、抑え込んでいた過去数十年間の葛藤をすべて表面化させる結果に終わった。母メアリーは、娘がとりわけ残酷な「人を苦しめる技量」の持ち主だと非難し[36]、ハイスミスは、問題の原因は七十四歳になる母親の双極性障がいにあるとみなしていた。ハイスミスは、『贋作』の校正に追われていて、もはや三月末の締め切りに間に合わせることはできないのではないかという不安を感じていた。テレビの音に気を散らされ、こんな混乱した環境ではとても落ち着いて仕事などできそうにないと思った。やがて両親は娘の訪問を祝って内輪だけのビュッフェスタイルのパーティを催した。パーティの最中、ハイスミスは地元の牧師から、彼女が別名義で本を書いたことがあるというのは本当かと訊ねられた。『ザ・プライス・オブ・ソルト』のことを故郷の誰かが知っているのかとぞっとしながら、「誰からそれを？」と訊ね返すと、「お母さんから」と牧師は答えた。

ハイスミスは激怒した。『ザ・プライス・オブ・ソルト』が一九五二年に出版された時、彼女は母親にはこの本を贈らないと決めていた。だが、メアリーは、一九五六年に東五十六丁目のハイスミスのアパートに滞在していた際、娘の秘密を見つけ出していたのだ。「作家が別名義で本を書くということは、その事実を世間から隠したいと思っていることくらいどんな馬鹿でもわかるでしょうに」とハイスミスは当時パーキンソン病を患っていた継父に書き送っている[37]。

メアリー・ハイスミスは、娘から「非人間的な扱い」を受けたと憤慨し[38]、友人たちにあたりかまわず何が悪かったのか訊ねてまわり、さまざまな返答を得たが、その中にはハイスミスが母親に嫉妬していると非難する者もいた。「かかりつけの医者なら、お前があと三日もここにいたなら、わたしは死んでいたというでしょう……」とメアリーは娘に手紙を書いている。「お前の学校生活、大学、ヨーロッパ、それからインテリ階級のお友だち、どれひとつとしてお前の考え方をまったく磨き落としてはくれなかった……お前は昔こんなことを書いていたわね。《家族の家を訪ねるのは地獄だ》と。まあいいわ、もしそうでなくても、お前は家族がそうなるのを見るのだろうし……わたしが《元気でね》と書かなくても気を悪くしないでね。書こうと一生懸命努力したけれどできないのだから[39]」

フォートワースの家で荒々しい感情的暴力に揉まれていたハイスミスは、三月の初めにサンタフェでロザリンド・コンステーブルと落ち合った時には心底ほっとした。ふたりは当初サンタフェにふた月ほど滞在して、ロサンゼルスに車で行き、それからニューヨークへロザリンドのカルマンギア（独フォルクスワーゲンのスペシャリティカー）で戻る予定だったが、ロザリンドは車を売ることにした。「ラ・ポサダ・イン」——サンタフェのモーテル——に泊った時には、それぞれキッチン付きの大きなスイートルームを一泊九ドルで借りた。滞在中ハイスミスは、作家のメアリー・ルイーズ・アズウェルやデザイナーのアグネス・シムズとディナーに出かけたりもした。サンタフェの平穏さは、ハイスミスには恵みのように感じられ、リプリー・シリーズの続編も時を措かず校了した。

サンタフェは、もともとハイスミスが移住してもよいと思っていた町のひとつだったが、そこに滞在する間に考えを変えたのは明らかだ。「アメリカへの帰国を考えたのは、これから数年間自分自身にエンジンを駆けるためなのよ（仕事をね、ううっ）。この九年というもの、わたしはあまりにも世捨て人になりすぎていたから、悪くない考えではあると思う」とサンタフェから友人のロナルド・ブライスに宛てて手紙で伝えている。[40]

一九七〇年三月中旬、ハイスミスはニューヨークに飛行機で戻り、そこからデイジーに会うためにペンシルベニア州ニューホープへ行き、その後移住先としての別の候補地であるニューヨーク州ロックランド郡へと向かった。三月末には、ハドソン川沿いのパリセーズにあるスネデンズ・ランディング——ここもまた移住候補先である——を訪れ、かつて借りたことがある納屋風の家が二年前に火事で焼失したことを知った。アメリカに戻るという夢は結局実現することはなく、四月にフランスに戻ると、モンマシューから十八キロ離れたモンクールへの移住を決め、ジャーナリストの友人メアリーとデズモンド・ライアン夫妻の隣の家に引っ越した。

ニューヨークを離れる前、ワシントン・スクエア・ノースのホテルに滞在していた時、ハイスミスは物語のアイデアを得る。それはゴキブリの視点から語られる物語で、最終的に「ゴキブリ紳士の手記」として一九七五年に出版された短編集『動物好きに捧げる殺人読本』に収められている。「ゴキブリたちは、彼らなりの流儀で、常連客よりもずっとお行儀のいい客なのだ」とくたびれたホテルでの短い滞在について書いている。[41] マンハッタンはどぎつく光り輝き——「暴露的な新事実を教えてくれる——おそらくは未来に関して」[42]。高校教育は最悪だとも感じた。「ニューヨークの高校の教師たちは全員、新たに助産師の知識が必須になっている」とケストラーに手紙で知らせている。[43]

一九七〇年後半は、母親からの敵意に満ちた手紙がいやましに増え、さらには実の父親のジェイ・B——ハイスミスは、ジェイ・Bに『プードルの身代金』で献辞を贈っている――にまで矛先が向けられたことで、ますます不穏な雲行きになってきた。六月、母親の手紙による攻撃に耐えられなくなったハイスミスは、継父のスタンリーに手紙を書いてメアリーがこれ以上自分に手紙をよこさないようにしてくれと頼んだ。もしメアリーが手紙を送っても、自分はもう開封さえせず、代わりに船便で送り返すからと。スタンリーは八月に送ったハイスミス宛ての手紙で徹底して妻メアリーを擁護し、ハイスミスにはなぜ彼が妻の本性を、「責任転嫁や言い逃れ、傲慢さ、愚かさ」[44]などがわからないのか不思議でならなかった。それだけでなくメアリーは、自分が娘の性的指向を決定づけるなんらかの役割を果たしたことを認めようともしなかった。「わたしのパーソナリティ、はっきりいってしまえばクィアであることに対して、これっぽっちも非難や責任を受け付けようとしない」とアレックス・ザァニーに手紙でこぼしている。「母を責めてるわけじゃない。わたしたちはみなクィアであることを受け入れているわけだし、そういう人生を好んでいる。でも母は、自分の混乱した結婚生活がそれと関係あることをいっさい認めようとしない。母は自分自身が天使で、わたしが卑劣なひどいあばずれだと思っているのよ」[45]

八月も九月も、ハイスミスとスタンリーの間で手紙は交わされ続けた。それらの手紙は、伝記的観点からいえば、ハイスミスが小説世界で追求し続けたテーマを表す重要な資料として読むこともできるだろう。ハイスミス自身これらの手紙の重要性に気づいており、実際、後にキングズレーに宛てて、それらの手紙は十五ページにぎゅっと詰め込んだ心理的な自画像であり、「伝記作家には役に立つわ。確実にね」と手紙で伝えている。[46]一九七四年には、筆者の友人のひとり、メアリー・サリバンもまたハイスミス本人に、偉大なアメリカ小説における彼女の試みを証言する一次資料としてそれらを使うべきだと話している。

八月二十三日、継父スタンリーは重い気分で娘に宛てて「先日のお前の手紙に返事を書かなければならなくなるような事態にならないことを、どんなにわたしは願っていたことか」と書き始めている。[47]何よりもまず、スタンリーはフォートワースのウエストダゲット・アベニュー六〇三番地にある祖母の家をパットが相続することになっていたという娘の話の疑義をただす必要があった。その家はメアリーとその兄のクロードに遺されたものだと説明している。その家を処分して得た三万ドルを娘も家族として分け合うかどうかについては触れていない。次にスタンリーは、その年の初めにハイスミスがフォートワースを訪ねた際の彼女のふるまいが理解できないと述べている。義理の娘の酷薄さに驚愕し、「お前が去った時に彼女〔メアリー〕にした仕打ちを知って、自分が介入して止めなかったことをとても後悔している」と書いている。「お前はわたしをもっと尊重するべきだったし、自分のことも大切にすべきだ。メアリーはいつでもお前を温かく迎え入れる準備ができていたし、それはわたしも同じだ。お前は母親に思いやりのない最悪の口のきき方をずっとしていたし、その非難のほとんどは本当のことではない。メアリーは反撃したり、否定したりするべきではなく、お前を置いて部屋を出るべきだったのだ。だが一度だけそうしたら、お前はキッチンをめちゃくちゃにし始めた。まるで気がふれたようになって、大きな容器の牛乳をそこら中にぶちまけて、ドアを壊した[48]」

娘の滞在の数日後、メアリーはひどく神経質になって食事のたびに吐くようになったが、それは「病気のせいではなく、お前の仕打ちのせいだ[49]」。スタンリーは義理の娘の言動の原因は「酒」のせいだと考えている、それというのもいざとなればパットが愛情や優しさを示すことができると知っているからだ。しかし、メアリーがニューヨークの東五十六丁目通りにあるパットのアパートを訪ねた際、娘と楽しくおしゃべりでもしようと、わざわざベーカリーでフランス菓子をお土産に買っていったのに、冷たくあしらわれたということも取り上げている。「お前と満足に話もできずに、母さんは、帰る時までの間、掃除をし、風呂を磨き、アイロンがけをしたのだ[50]」

メアリーはつい最近マーク・ブランデルの自伝的小説『選択（The Choice）』を読み終えていた。その本には彼とパットとの関係が描かれているのだが、メアリーは自分の娘がブランデルを破滅させるつもりだったと考えるようになっていた。「彼女〔メアリー〕は、マークが本当にお前を愛していた、それもお前が彼に対しては示したこともないような優しさを持って愛していたと思っているんだよ」とスタンリーは書いている。そして妻に宛てたハイスミスの手紙は嘘にまみれていると切り捨てた。「お前の過ちにはきりがなく、何年たっても母親を受け入れることはないだろう」と[51]。

この手紙を受け取るやいなや、ハイスミスは即座に机に向かい返事を書いた。そして自分が十二歳の時から母親に拒絶されたこと、自分の名字に関する困惑、娘の同性愛に見せたメアリーの嫌悪、マーク・ブランデルとの関係、異性愛に転向するために受けた精神分析のことなどにも言及した。このスタンリーに対する詳細な「心の叫び」は、八月二十九日と九月一日の日付で書かれているのだが、末尾はこう結ばれている。「わたしは殉教者ぶってるわけではありません。

実際のところ、母はわたしの何がそんなにいけないと考えているのか理解できない。わたしは刑務所に入ったこともなければ、ドラッグをやってもいない。自動車事故だって起こしたこともない。結婚に失敗してもいない。未婚の母でもない、豊かに暮らせるくらい稼いでもいる——名士録にだって名前が載っているのに[52]」

ハイスミスは、十一月にもう一度スタンリーに手紙を送り、母親からの悪意に満ちた手紙をこれ以上受け取りたくないと訴え、さらには母と一緒に暮らそうものなら一年とたたないうちに殺してしまうだろうとも書いている。そしてもともとは祖母ウィリー・メイから大学時代に受け取った保険証書を送り返している。「このお金はいりません。そちらで手続き書類を送ってくれれば、喜んでサインしてこのお金(六百ドル相当)をあなたと母さんに譲ります[53]」

この手紙を受け取って二週間後、スタンリー・ハイスミスはパーキンソン病の治療の副作用が原因で、六十九歳で亡くなった。入院して三日後に腹部動脈破裂を起こしたのである。「もちろん、母が父の死を乗り超えられるか心配だった。お金の問題よりも心の問題がね」とスタンリーの死後、ハイスミスはキングズレーに宛てて書き送っている[54]。それでもメアリーは一九七〇年十二月、娘に宛てて愛情のこもった手紙を書いている。新たに飼い始めたネコのティンカーベルの様子を訊ね、「おやすみなさい。愛を込めて——母」と結んでいる。しかし、ハイスミスは、自分達の親子関係は、母の世話をすることなど不可能なほど悪化していることを認めていた。「わたしの母は、ショットガンを撃ってから、どうして鳥たちは殺されたのか不思議に思うようなタイプの人間だ。けがをした鳥たちもいるし、残りの鳥たちは怯えている。そこで母は《どうして鳥たちは戻って来ないのかしら?》というのだ。わたしも何度か戻っては、いつも同じ目にあわされるのよ[55]」

一九七一年の初め、娘の仕打ちをなじる母からのおぞましい非難の手紙はハイスミスの家に届き続けた。「スタンリーのお葬式の費用八百ドルと、棺桶を覆いつくす黄色いバラの代金六十五ドルは全部わたしが支払ったわ。お前は一セントすら払うといってくれなかったから、わたしが全部払ったのよ。お前は花さえ送って来なかったわね。それなのにいかにも彼を尊敬していたようにふるまっている」とメアリーは書いている[56]。時折、メアリーは娘の手紙に激昂するあまり、その手紙に注釈や腹立ちまぎれの訳の分からない殴り書きをつけて送り返していた。ハイスミスはそれらの手紙を新聞記事のスクラップ用の台紙にしたり、文字の上や余白に電話番号などのメモを上書きしたりしている。母と娘の間の確執がふたりの心をかき乱していたのは確かだが、あれほど互いに罵倒し合っているにもかかわらず、好戦的な手紙のやり取りによるメアリーとパットの関係は続いていくのである。「昔スタンリーがいっていたように、お前は本当に次から次へと過ちを犯す……」とメアリーは一九七一年二月に娘に宛てて書いている。[57]

原注

第24章

1 Tom Paulin, 'Mortem Virumque Cano' *New Statesman*, 25 November 1977.
2 Ibid.
3 ハイスミス　ケイト・キングズレー・スケットボル宛書簡　1969年3月20日付　SLA所蔵
4 Kathleen Gregory Klein, *And Then There Were Nine...More Women of Mystery*, ed. Jane S. Bakerman, Bowling Green State University Popular Press, Bowling Green, Ohio, 1985, p. 174.
5 Philippa Burton, 'Patoricia Highsmith: Male Perspective and Little Tales of Misogyny', *Quarto* 11, 1999, adapted from a speech given at the Research School for Literature, University of Leiden, the Netherland, 15 December 1998.
6 バーバラ・ロエットとのインタビュー　1999年5月5日
7 ヘザー・チェイスンとのインタビュー　1999年10月6日
8 ハイスミス　ロナルド・ブライス宛書簡　1966年11月26日付　RB所蔵
9 Bettina Berch, 'A Talk with Patricia Highsmith', 15 June 1984, unpublished interview, SLA.
10 Ibid.
11 Ibid.
12 マイケル・カーとのインタビュー　2002年4月10日
13 PH, Cahier 6, 2/27/42, SLA.
14 PH, Cahier 8, 11/17/42, SLA.
15 PH, Cahier 27, SLA.
16 ヴィヴィアン・デ・ベルナルディとのインタビュー　1999年7月23日
17 ハイスミス　アレックス・ザァニー宛書簡　1969年3月10－11日付　SLA所蔵
18 ハイスミス　バーバラ・カー＝セイマー宛書簡　SLA所蔵
19 前掲書簡
20 ハイスミス　バーバラ・カー＝セイマー宛書簡　1969年3月15日付　SLA所蔵
21 前掲書簡
22 ハイスミス　アレックス・ザァニー宛書簡　1969年3月10－11日付　SLA所蔵
23 ハイスミス　アレックス・ザァニー宛書簡　1969年3月31日付　SLA所蔵
24 PH, Cahier 28, 12/19/64, SLA.
25 ハイスミス　バーバラ・カー＝セイマー宛書簡　1969年4月15日付　SLA所蔵

26 チャールズ・ラティマーとのインタビュー
1998年11月2日
27 PH, Cahier 30, 5/27/69, SLA.
28 ハイスミス アレックス・ザァニー宛書簡
1969年5月20日付 SLA所蔵
29 PH, Cahier 30, 12/30/69, SLA.
30 Ibid.
31 PH Cahier 30, 6/23/69, SLA
32 ハイスミス アレックス・ザァニー宛書簡
1969年11月14日付 SLA所蔵
33 PH, Cahier 30, 11/14/69, SLA
34 バーバラ・ロエットとのインタビュー
35 ハイスミス アレックス・ザァニー宛書簡
1969年12月17日付 SLA所蔵
36 メアリー・ハイスミス 娘ハイスミス宛書簡
1970年3月3日付 SLA所蔵
37 ハイスミス スタンリー・ハイスミス宛書簡
1970年6月11日付 SLA所蔵
38 メアリー・ハイスミス 娘ハイスミス宛書簡
1970年3月3日付 SLA所蔵
39 前掲書簡
40 ハイスミス ロナルド・ブライス宛書簡
1970年3月17日付 RB所蔵
41 PH, 'Must We Always Write for Money', 1974, SLA.
42 ハイスミス アーサー・ケストラー宛書簡
1970年4月26日付 KA所蔵
43 前掲書簡
44 ハイスミス アレックス・ザァニー宛書簡
1970年8月23日付 SLA所蔵
45 前掲書簡
46 ハイスミス ケイト・キングズレー・スケットボル宛書簡
1978年7月30日付 SLA所蔵
47 スタンリー・ハイスミス 娘ハイスミス宛書簡
1970年8月23日付 SLA所蔵
48 前掲書簡
49 前掲書簡
50 前掲書簡
51 前掲書簡
52 ハイスミス スタンリー・ハイスミス宛書簡
1970年9月1日付 SLA所蔵
53 ハイスミス スタンリー・ハイスミス宛書簡
1970年11月10日付 SLA所蔵
54 ハイスミス ケイト・キングズレー・スケットボル宛書簡
1970年11月29日付 SLA所蔵
55 PH, Cahier 31, 12/20/71, SLA.
56 メアリー・ハイスミス 娘ハイスミス宛書簡
1971年2月6日付 SLA所蔵
57 メアリー・ハイスミス 娘ハイスミス宛書簡
1971年2月3日付 SLA所蔵

第25章

イシュメイル

1970 – 1971

ハイスミスは、一九六八年を「ショッキングな」年とみなし、一九六九年は「大惨事」の年だったと語っている。[1]これは自身の人生について述べているのだが、そのような言葉を選んだ背景には、国際政治の舞台――とりわけ強大化するアメリカの覇権――で次々に起きていた世界を震駭させるような事件の存在があったと思われる。一九六〇年代初めの楽観主義――新たな理想主義が約束する未来――は、長引くベトナム戦争と、社会的分断――とりわけ大都市における――により、伝統的社会構造が一気に崩壊へと向かうのかもしれないという不安にむしばまれていた。一九六八年の大統領選で当選を果たした――一般投票での得票率四十三・四パーセントは、一九一二年以来最低の数字である――リチャード・M・ニクソンはアイゼンハワー大統領時代に副大統領を務めた共和党員であり、この恐ろしいほど無秩序な時代において、旧来の伝統的アメリカを代表する存在でもあった。ドラッグや政治的反逆、新たな性的自由といったカウンター・カルチャーは、さまざまなグループとしてどんどんその勢力を増しながら怒りを発信し続け、既存のヒエラルキーを転覆させんばかりの勢いだった。一九六八年四月、ハイスミスの母校であるコロンビア大学で、学生の集団が学長室を占拠した。翌一九六九年には、全米の四百四十八大学で施設の閉鎖や学生のストライキが発生した。学生たちは入学制度や教育方針の抜本的改革を要求し、大学における学業生活に不満を表明したのである。六月には、ニューヨーク市警がグリニッチビレッジのゲイバー〈ストーンウォール・イン〉に強制捜査をしようとしたことをきっかけにして暴動が発生した。秩序を回復するべく、ニクソン大統領は暴動を起こす過激派は少数であり、大切なのはものいわぬ「静かな多数派《サイレント・マジョリティ》」であると主張した。ニクソンは、ドラッグや犯罪、学生の反乱、人種間の対立、兵役逃れなどはすべて、従来の規範を脅かすものであり、ひいては文明を脅かすものだと主張した。

だが、一九七〇年五月にカンボジア侵攻を決断してから、ニクソンの社会的イメージは打撃を受ける――もちろん一九七四年八月に、最終的に辞任を余儀なくされることになるウォーターゲート事件とは比べ物にはならないが。ベトナムの隣国カンボジアを爆撃する正当性を訴える演説で、ニクソンは、アメリカは強国であり、二百年近くに及ぶ歴史の中で敗北したことは一度もなく、カンボジアでもベトナムでも必ず勝利をおさめるだろうと主張した。アメリカは屈辱を受けてはならず、惨めで無力な巨人のようにふるまうことはあり得ないのだと。むろんハイスミスはそんな絵空事を信じはしなかった。「大統領の考えるアメリカの構図にはあ然とするばかりで、あきれて言葉すら出てこない」と五月二十四日付のロナルド・ブライス宛て書簡に書いている。[2] ギャラップ社の世論調査によれば全国民の半数がこの軍事侵攻を支持していたが、三十五パーセントの反対派や国内の学生、過激分子の憤りは激しかった。オハイオ州のケント州立大学で反戦デモ集会があった際、抑止のために派遣されていた州兵が誤って四名の学生を死なせるという事件が起り、そのうち二名は授業に出るために歩いていた女子学生だった。このニュースは、国内の不穏な情勢をさらに炎上させる事態を招いた。四百にのぼる大学が封鎖され、二百万人の学生が全学ストライキを宣言した。「ついに彼らは《ニクソンを弾劾せよ》というプラカードを掲げたのよ」とハイスミスはロナルド・ブライスに伝えている。「ニクソンは不運にも一九二九年の大恐慌へと合衆国を導いたフーヴァー以来、この国で一番人気のない大統領ね」[3]

ハイスミスがニューヨークを舞台とした最も政治色の強い小説『プードルの身代金』を書き始めたのは、この動乱と騒然とした社会風潮の真っ只中だった。小説のあらすじは、マンハッタンに住む裕福な夫婦エドとグレタ・レイノルズ夫妻が飼っているリザという名の黒いプードルが誘拐された事件の展開を軸にしている。夫妻の娘マーガレットは学生だが、グリニッチビレッジのバーでの発砲事件に巻き込まれて殺された。誘拐犯のケネス・ロワジンスキーは足が不自由で、かつては建築作業員だったが現在は失業中である。ロワジンスキーは夫妻宛てに脅迫状を書き、イヌを無事に返して欲しければ千ドルを払えと要求し、夫妻は身代金を支払うことに同意する。だが、プードルがすでに死んでいることを彼らは知らない。ロワジンスキーはイヌの頭を石で殴って殺し、死体をゴミ箱に捨てていたのだ。この事件にニューヨーク市警のパトロール巡査、コーネル大学出身で二十四歳のクラレンス・ドゥアメルは興味を抱く。彼はソシオパスの犯人を求め、ウエストエンド・アベニューと百三丁目通りの角にあるアパートのむさくるしい地下の一室でロワジンスキーを見つける。ロワジンスキーは、クラレンスをいいくるめ、プードルを返すことはできないが、エドとグレタがあと千ドル払えば、今度はイヌを夫妻に返すと信じ込ませた。ハイスミスは、グレタのモデルは友人のリル・ピカードだと打ち明けている。

ハイスミスがこの小説を構想し始めたのは一九七〇年五月で、ノートに「この世で何よりも悲しく、たちの悪いものは《脅迫状》である」と記している。[4] あるイヌの飼い主がプードルとセックスすることを妄想するが、その考えに飼い主は嫌悪と拒絶感を覚えるというアイデアをひねくりまわしたあげく、ハイスミスは却下した。六月十一日から冒頭の数段落を執筆し始め、八月の半ばには二百五十八ページまでを書き終えていた。しかしここで問題が起きた。この作品を書き始めた時、ハイスミスはまだこの小説のテーマをまだ把握しきれていなかったが、二か月書いてきたところで、小説の前半部分を書き直さなければだめだと思い当たる。「わたしの本はたいてい流れるように進むのだけれど――プロットに関しては」とアレックス・ザァニーに宛てた手紙に書いている。「たぶんこの小説はそうはいかないという悪い兆しなのかもしれない。プロットの構想そのものはいいのだけれど、書くとなると文章が流れてくれない」[5]。また、ハイスミスはニューヨーク市警の話を書いてはいるが、誰ひとり本物の警官に会ったこともなければ、銃の口径だとか警察の管区の仕組みなどといったことに関する専門知識を何も知らないと打ち明けている。誰か親しい警官の知り合いがいたなら、いろいろと手紙で訊ね、「情報をもらえれば相応の返礼を」するのにと述べている。[6] 一九七一年二月には小説の大部分を書き上げていたが、結末をどうするか悩んでいた。「何か脳内爆発のようなことでも起こってくれないかしら。残りの部分を補おうとするか決められるような」とロナルド・ブライスに語っている。[7]

『プードルの身代金』は、サスペンス小説というエンターテインメントであるだけでなく、社会階層間の葛藤や、移民たちの問題、法秩序の不確実性などについて踏み込んだ物語であるともいえる。一九七一年八月、クラレンスという警官を「杓子定規《スクエア》と自由奔放、あるいは反権力との板挟みになっている」人物として想定しているとロナルド・ブライスに手紙で書いている。[8] クラレンスはベトナム戦争には反対だが、公民権運動を全面的には支持しておらず、「合衆国法廷で問題を起こす黒人を正直支持しかねる」[9]――これは多かれ少なかれハイスミス自身が抱いている見解でもある。もちろん、こうした点についていちいち小説の中で講釈したりはしない――啓蒙主義はハイスミスの意に染まないからだ――とも述べているが、彼女は自分の本が、現代アメリカ社会を解明する役目を果たすことを望んでいた。クラレンス同様、ハイスミスもニューヨークは「じつに嫌な街[10]」であり、エドのように「金儲けのための集合体」以外の何物でもないと考えていた[11]。

クラレンス・ドゥアメルのつまずきは、彼自身の権力に対する矛盾した態度に根差している。恋人のマリリンは、フリーランスのタイピストで、混沌と無秩序を信じ、警察を憎んでいるのに対し、クラレンスは穏健派でベトナム戦争には反対だが、法秩序は必要だという意見にくみしている。コーネル大学では心理学を学び、反戦集会では発言するが、教職員室や図書館を破壊しようとする抵抗派学生の集団に加わることは拒む。理想主義に燃えて、世の中をより良いものにしたいという希望を抱き、フロイトやドストエフスキー、プルースト、クラフト＝エヴィングの著作を読んで得た知識を携えて警察組織に入った彼は、やりがいがあって満足のいくキャリアを期待して働き始めた。「同僚とふれあうことができ、迷える個人や家族をより幸せな道へと方向づけるという点で、今日の警察官は稀な職業である」とクラレンスは思う[12]。しかし、ロワジンスキーが二度目の身代金の半分の五百ドルをクラレンスが着服したと非難した時に彼の転落は始まる――他の警官たちからは、大学卒であることや、当たり前に横行する賄賂の習慣に染まらないという理由で嫌われていたというのに。ロワジンスキーに悩まされていた恋人のマリリンには捨てられ、さらには同僚の警察官たち、とりわけマンゾーニが、彼の罪を確信しているらしいということに激しい怒りを覚え、通りすがりの酔っ払いを殴り倒してしまう。「その行為は、なんらかの勝利のようにクラレンスの気分を高揚させ」るが[13]、その攻撃は後日、怒りに駆られてロワジンスキーを殺害することを予見させる。当初クラレンスは「そのポーランド人」を殺すことに罪悪感をあまり覚えていない。テレビでロワジンスキー殺害のニュースを知った時も、彼の頭にあるのは母親の作ったレモンパイをどうしてか食べる気にならないということだけである。だが、まもなく自分が何もかもに失敗したと気づき、自殺を考える。ハイスミスは、この小説の最後のクライマックスを書いている時に、クラレンスの人格が内部から崩壊していく過程をロナルド・ブライスに手紙で説明している。クラレンスは殺人を自白しないが、「避けがたい罪悪感によってある意味自壊し、もろくなっている。わたしが（今）書くのにとても苦労しているのはまさにこの箇所なのよ[14]」

小説は、クラレンスがマンゾーニに撃たれて——鬱屈した力関係によって引き起こされた別の暴力——幕を閉じる。薄れていく意識の中で、クラレンスはあり得たかもしれない人生を考える——マリリンとの恋愛関係も、エドとグレタに対する愛情も、「ぼくはもっとましな人生を望んでいたのだ」と。[15] 法秩序の代理人であるクラレンスは、殺人を犯しただけでなく、同僚の警官に殺されるのだが、それは司法制度の中枢における無秩序と無法状態を示している。この小説でハイスミスは、現代の「文明化された」社会の表面下でふつふつと満ちている抑圧された葛藤と矛盾に光を当て、資本主義体制下で人間がありのままで存在することがいかに困難であるかを、マリリンの警察に対する見解で語らせている——「警官は皆、タフで、不道徳で、ファシストで、何か得られそうだとあれば人々を迫害して恥じない」[16]。また政治に関与することによって、世の中を変えようという人々もいるのだということも。マリリンもグレタも反戦集会に定期的に参加し、そこでグレタはピアノを弾き、ベトコンの歌やリパブリック賛歌を歌う。だが、ハイスミスはそんな行動で実際に何が変えられるのかと問いかけている。世の中の多くの人々がこれほど現実から隔絶されているというのに。たとえばレイノルズの友人のエリックのように、次々と明らかになるイヌの誘拐事件のドラマを「現実のできごとに立ち会っているというより、テレビのショー番組でも観ているように[17]」見入っている人々ばかりのこの世界で、どうやってその秩序を覆すことができるというのか。一般民衆が無関心ならば、政治的声明に何の意味があるというのだろう。ハイスミスは世界情勢にずっと強い関心を持っており、フランスでも「インターナショナル・ヘラルド・トリビューン」をはじめ「サンデータイムズ」、「オブザーバー」などの新聞や、数々のニュース週刊誌を読んでいた。しかしながら、自分は政治的な理想主義者にはなり得ないことに若い頃から気づいてもいた。「二十代や三十代の頃、腐敗した国々〔当時はスペイン、今ならギリシャのような国〕をボイコットをするのは意味があった」と、一九六七年のギリシャの軍事クーターとパパドプロス政権についてノートに記している。[18] ただそうはいいながらも、実際は一九七〇年の年明けに、実現はしなかったが、ロザリンド・コンステーブルとその年の夏にギリシャ周辺を船で周遊することを検討していた。

『プードルの身代金』はいくつかの欠陥——話の結末が非現実的だし、偶然の出来事があまりにもご都合主義であること、人物の会話に説得力がないなど——を抱えていたが、複数の登場人物の視点から変則的に語る手法は、同時代のアメリカ社会を広範囲にとらえ、後年ハイスミスが描くディストピアの序章となる荒涼とした時代の相貌を提示している。

作家のゴア・ヴィダル（一九二五―二〇一二　米文学史上初めて同性愛を肯定的に扱った小説『都市と柱』の作者。評論家、政治活動家でもある）は、後年ハイスミスと文通するようになるが、ハイスミスのことをこの悲惨な世紀の最高に面白い作家のひとりと称して、こう述べている。「この時代に嫌気がさしているわたしには、彼女の作品がぴったりなのだ[19]」

お気に入りの作家という主題のエッセイを書くにあたり、ハイスミスはソール・ベローを選び、「あらゆる点で素晴らしく、おそらくは偉大な作家[20]」であり、一九七〇年の作品『サムラー氏の惑星』は彼の代表作であると述べている。その小説についてハイスミスは、「ヨーロッパからアメリカへ移民としてやってきた男とその家族を描いている――教養のあるユダヤ人の一族が、異文化に衝撃を受け、悲劇を味わい、人生の問題についてさまざまな思索を重ねる……ヨーロッパの価値観とアメリカの価値観を対比する描写において、『サムラー氏の惑星』を超える作品はないといってもよいだろう」と絶賛している[21]。

ベローもハイスミスも、過剰な記号や象徴が蔓延する世界を代表しているが、過剰なメッセージは結局何の意味も持たない。人々は時空間的な牢獄を逃げ出そうとするが、常に逃れられずに終わる。人々は物質的なものを手に入れることを追い求めるが、そうしているうちに、かつては持っていたはずの精神生活を失ってしまう。人間は殺人者でありながら、同時に道徳的本質があり、この矛盾はただ狂気でしか解決できないのかもしれない。ハイスミスはコンラッドと同様、ベローをその道徳的姿勢、社会や個人の精神的退廃への関心の深さゆえに称賛していた。とどのつまりハイスミスの文学的意図もそこにあるからだ。「時として小説家は、ディケンズがしばしばそうであったように、自分の才能と意見とを結びつけることが可能だ。そしておそらくわたしが望んでいるのもそういうことなのだ」と述べている[22]。

『サムラー氏の惑星』を読みながら、ハイスミスはベローと共通する知的こだわりを多く見いだしていた。増大しつつある大量消費主義の世界で、個人としての感覚を持ち続けることは可能なのだろうか？　現実とつながるとは何を意味しているのか？　無意識がどれほど自分たちの行動を形づくっているか理解する者はいるのだろうか？　アメリカに支配された環境の中で、ヨーロッパ人として生き延びるにはどうすればいいのか？　ベローの作品の登場人物のひとりが述べたように、アメリカは「世界中が今や合衆国」なのか？[23]　ハイスミスは、ベローの小説の主人公アーター・サムラーに共鳴を覚えていた。それというのも彼女自身があまりに拡大した大衆社会にはっきりと違和感を覚えているからであり、「自分は同族から離脱した存在なのだ、生き方までも隔絶しているとはいかなくても――年齢のせいというよりは、〔中略〕あまりにも他人とはかけ離れた優先事項のせいで」[24]

ハイスミスが自身をどこにも所属していない人物として認識していたことは、三十一冊目のノートの冒頭に書かれている言葉でわかる。そのノートは一九六九年から一九七一年の二年間に書かれたもので、「名前：イシュメイル」[25]と記され、聖書の創世記の登場人物として「野生の人間で、彼はあらゆる人にこぶしを振り上げるので、みなが彼にこぶしを振るう」人物であり、またメルヴィル著『白鯨』の語り手でもあると述べている。ハイスミスが『白鯨』を初めて読んだのは十四歳の時で、ベローの『サムラー氏の惑星』同様、お気に入りの一冊に入れている。とりわけ『白鯨』の結末、ピークォド号をクジラが破壊してイシュメイルだけが棺桶にすがって生き延びる場面を好んでいた。「たぶんメルヴィルのひねくれた性向（木の棺桶のおかげで危うく溺死から救助される）にわたしの小説のプロットの立て方は影響を受けている」とハイスミスは語っている。[26]

『白鯨』と自身の作品のテーマの類似性――全体的に色濃くほのめかされる男同士の関係、思い込みの力、あてどない意味の探求と意識の本質をめぐる謎――に加えて、ハイスミスはイシュメイルに親近感を感じていた。少女時代から海に関する本に憧れを感じ、小説の中の離反した船員のように、作家は海を束縛からの解放と自己再生の象徴として見ていた。ロンドンにおけるハイネマン社の担当編集者ジャニス・ロバートソンに宛てた手紙にこう書いている。「今晩は常にないほど落ち込んでいて、わけもなく広い海に出られたらと思う……」[27]

ハイスミスのメルヴィルに対する心酔は、ポーやホーソーンに対するものと同じで、一九四二年に書いた大学時代の論文によれば、メルヴィルは「文学上の反乱と独立と同義」であると論じている。[28]この一節は、ほとんどハイスミス自身の置かれた立場だといえるだろう。イシュメイルと同様にハイスミスは、物語の語り手であり、かつ、亡命者であるのだ。アメリカからヨーロッパへ永住する九年前の一九五四年、ハイスミスはアメリカ合衆国を「第二のローマ帝国」とみなし、「覇者」に与するのを自分はよしとしないがゆえに、いつかこの国を去らねばならなくなるだろうと記している。[29]評論家フランク・リッチによれば、彼女は「アメリカの主流派から自分自身を追放することに生涯をかけ、そうやって自分を作り変えたのだ」という。[30] ハイスミスは祖国をあとにしてヨーロッパ人の感覚を身に着けたアメリカ国民である。サスペンス小説の展開や仕掛けを使用することで、従来の形式を覆した作家でもある。そしてそのセクシュアリティを簡単には分類したり、定義づけたりはさせてくれない女性でもある。

　ハイスミスは、コミックブックの原作を書くことから作家業を学んだかも知れないが、小説家としては、大衆向けのエンターテインメントとしての要求に合わせることも、注文に応じて書くことも拒んだ。「本物のアイデアを思いつかない限りは、前と同じ流れで書き続けるなんてことはできない」と作家のルクレティア・スチュアートに語っている。「あるアイデアがいいからその線で書けばいいと誰かがいうだけではわたしには書けないの。『見知らぬ乗客』で起きた問題がまさにそうだった。というか、実際悩むこともなかったのだけれど。わたしの代理人は《新作を書きなさい。前の続きになるような作品を》とまるでボクシングの試合で連続パンチを繰り出せみたいな調子で迫ったわ。でも、インスピレーションがわかなかった。わたしはその時『キャロル』を書きたいと思っていたからそうしたわ。そのあとではどうやってもその線ではアイデアが浮かばなかった[31]」

　ハイスミスは、文体の簡潔さや読みやすさに心を傾けてはいたが、自分の作品が商業主義の貪欲な勢力に毒されることを拒み、そのためにしばしば金銭的な窮地に陥ることがあった。二十九歳、三十歳、三十三歳、三十七歳がまさにその時だったと彼女はいう。販売部数を伸ばすために、心理的描写を抑え、もっとセックスの要素を盛り込むべきだといわれるのをひどく嫌った。「小説は心理を描くべきものであると思う……本を売るためだけに性描写を加えるつもりはない[32]」。大衆小説の積極的なマーケティングを嫌い、『ジョーズ』（ピーター・ベンチリーの小説。一九七五年にスピルバーグが映画化した）や『ルーツ』（アレックス・ヘイリーの黒人奴隷の問題を扱った小説。一九七七年に米国でテレビドラマ化された）のようなベストセラー小説を「一時的なブーム」や「駄作」と退けた。[33] たしかに彼女のいうところの、多少「ギミックを仕掛けた」物語〔例えば『だれもあてにならない』という短編〕や、「かなり軽薄で、文学とはとてもいえない」〔例えば『Home Bodies』という短編[34]〕を書いたりもしたが、「エラリー・クィーンズ・ミステリーマガジン」誌によく彼女の短編が掲載されるからというだけで、口さがない評論家がいうように、ハイスミスが「売れるものを臆面もなく」書く作家だというのは誤りだろう。[35] 彼女自身がアラン・ウルマンに語ったように、ハイスミスの短編小説は、それまでも「アメリカでは原稿料の高い雑誌[36]」にはしばしば掲載されていた。「最高峰[37]」の「エラリー・クィーンズ・ミステリーマガジン」に一話三百ドルの原稿料で掲載されるようになったのはそのあとのことである。『仲間外れ』や「かご編みの恐怖」（いずれも短編集『黒い天使の目の前で』収録）などの短編は、「ザ・ニューヨーカー」誌にぴったりだと作家本人は思っていたが、文芸雑誌がハイスミスの生前に作品を掲載することはなかった。「まったくもって最大の皮肉ね！」と友人のキングズレーは語る。「どんなに頑張っても、『ザ・ニューヨーカー』にパットの作品が掲載されることはなかったわ。あの雑誌が未発表の作品のひとつをようやく載せたのは、彼女が亡くなったあとなのよ[38]」

　ゴア・ヴィダルによれば、ハイスミスがヨーロッパに比べてアメリカで成功しなかったのは出版業界の料簡の狭さが原因だという。「アメリカの書評が扱うのは、カテゴリーが決まっているから、ヨーロッパの評論家たちからハイスミスや〔ジョルジュ・〕シムノンが文学として取り上げられるべきだと教えられるまで、アメリカではあまり書評の対象にならなかった」とヴィダルは述べる[39]。『イーディスの日記』がアメリカで出版される運びとなった際、ハイスミスは代理人に手紙を書いて、わざわざアメリカに飛んで宣伝活動をするべきかどうか訊ねている。「アメリカではテレビに出演しなければ意味がないのだ」と彼女は述べている。「代理人がいうにはテレビでは下世話な本しか取り上げない。『ジョーズ』のようなキワモノとか、特異なセックスの本とか、気分を上げるためのハウツー本とか……トルーマン・カポーティはいつだってそれ〔宣伝活動〕に長けていた。でも、わたしが本を出版する際には、自ら宣伝するためにわざわざアメリカに行くことはなかったわね。たいして気にもしなかった」とハイスミスは語っている。[40]クレイグ・ブラウンが述べているように、カポーティが作家としてのイメージを創り上げるのに生涯を費やしたのに対して、ハイスミスは執筆に費やしたのである。「世の中に対しての認められ方は多分偏っていただろう」とブラウンは述べている。[41]

　それにもかかわらず、担当編集者たちはハイスミスが不満を述べた記憶はないという。彼らが語るのはハイスミスの緻密さや、プロ意識や執筆技術への熱心な追求についてである。「彼女は素晴らしいストーリーテラーで、優れたスタイリストであり、物事をけっして中途半端には終わらせなかった」とラリー・アシュミードは述べている。[42]「小さなミスでもけっしてゆるがしはしませんでした」とジャニス・ロバートソンはつけ加える。「でもそれは創作上のパートナーシップというわけではありませんでした――パットは自分がいいたいことをわかっていたし、細部まで気を配って原稿を書いていました――そうすることでハイネマンに届く原稿が、彼女の望むとおりになっているように。一九七二年三月に、今回のリプリーものをどうすればいいのかまったくわからないと、彼女から手紙を書いてきた時も、それが創作上の助けを求めていたという感覚はありませんでした」[43]。ロバートソンは、パットが古いオリンピアのタイプライターで原稿を打つという不可欠な作業を、職人のようにこなしていたことを覚えている。「わたしは手書き原稿をタイピストにタイプさせるような作家（シムノンのこと！）になりたいのに、そうはならないのよ」とハイスミスはジャニスに一九七三年二月の手紙でこぼしている[44]。

ロバートソンはこうも語る。「彼女は一緒にいるには並外れて面白い人で、気まぐれで、とても寛容でした。わたしがハイネマンを辞める時、彼女はわたしにグッチの財布を贈ってくれたんです。たくさんの作家が別れを惜しんでくれましたが、彼女の他は誰ひとり何かをくれたりはしませんでした。まったく見栄とは無縁の人でしたが、こんなすてきな贈り物をしてくれて、今でもそれを大事に持っています。彼女自身が独自のジャンルであり、あらゆる点で誰にも似ていない人でした[45]」

ロジャー・スミスは一九七二年にハイネマンの編集担当をジャニス・ロバートソンから引き継いだ時、ハイスミスは会社で最も尊敬されている作家のひとりであったので、彼女とつながりができるのは非常に誇らしい気分だったことを覚えている。「もし抜本的に何かを変えるような提案をしなければならない時も、あまり押しすぎてはいけないとわかっていました」と彼はいう。「彼女は編集部が注意深く原稿を読んだことを感謝してくれて――わたしはちょっとした言い換えや小さな矛盾点の修正を指摘していたんですが――でも、一度こんなことがありました。原稿を渡された時、《あまりたくさんいじくり回さないほしいんだけど》といわれた時には思わず爆笑しました。だってわたしはこういう《いじくり回す》ことばかりずっとやってきたんですから。彼女は、アメリカに対してあまり愛情を抱いておらず、現地で売り込むのが難しい人でした。正直にいえば、イギリスでも同じようなものでした[46]」

ハイネマン社から出版された『変身の恐怖』の一九七〇年の販売部数は六千七百六十部、『贋作』は、出版された一九七一年一月から十月末までで六千三百四十五部である[47]。ハイネマン社の記録によれば、『プードルの身代金』でハイスミスが受け取った前払いの契約金は千五百ポンド、ハイネマン社側は初版八千部の発行を決定している。

ゲイリー・フィスケットジョンは、まず、アトランティック・マンスリー・プレス社――のちにアメリカのクノップフ社――でハイスミス担当の編集者を務めたが、長年ハイスミスがアメリカであまり知名度が上がらなかった理由をこう振り返る。「彼女はジャンル分けを受け入れませんでしたが、ミステリーのカテゴリーにはほぼ適合する作家でした。人間の営みに対する辛辣さがあり、それが特に読者に受け入れられにくい点でした」[48]。ハイスミスが国から国へと渡り歩いていたことも不利な点だと彼はいう。「彼女は、私生活においても作家活動においても、動き回る標的のような存在でしたから――誰もはっきりと彼女をとらえられなかったんです」[49]。ラリー・アシュミードは、ハイスミスの各作品の販売部数は最大でも八千部を越えていないと試算しているが、アメリカでの売れ行き不振と、批評家からの高い評価の間には大きな溝があると考えている。「彼女の本は、アメリカでも一定の支持を受けており、主要な新聞や雑誌で高名な批評家によって好意的な評価を受けることも多かった。愛読者は確実にいたけれど、コアな客層は常に少数だった……マスマーケットに訴求力がなかったのは、彼女の本は陰鬱で、しばしばおぞましいものが多く、読者に注意深く読まなければならないことを強いるからだ……なんといっても彼女本人が自分の本の宣伝に難色を示したし、マスメディア受けはあまりいいとはいえなかった……広く本格的な批評家の注目は集めるのだが、販売部数は最低限にとどまった。わたしにとってはもどかしいことこの上ない状況で、というのもわたしは彼女のことをまれに見る素晴らしい作家だと考えていたし、独創的な声を持つ、これまで手掛けた中では最高の小説家の部類に属していたからだ」とアシュミードは述べている[50]。

ハイスミスの価値を知る出版人――そして誰よりも本格小説を書く作家として後押しした人物――はスイスのディオゲネス社の創業者ダニエル・キールである。キールが初めてハイスミスを発見したのは、一九六〇年代初めにチューリッヒの小さな映画館でヒッチコックの映画『見知らぬ乗客』を見た時のことだった。あまりに映画に心惹かれた彼は、そのまま座席に座ってオリジナル脚本なのか原作があるのかを知ろうとエンドロールを見ていた。「クレジットに《パトリシア・ハイスミス原作》とありました。そうやって彼女を見つけたんです」とキールはいう[51]。ローホルト社がすでにハイスミスの小説をドイツ語で出版――一九六一年の『太陽がいっぱい』を皮切りに――していたが、キールはハイスミスを口説き落として、一九六七年の『ヴェネツィアで消えた男』からスイスの彼の会社に版元を変えさせた。「わたしにはすぐにハードカバーで出版する意思がありましたから、それでハイスミスの版権を買って、最終的に国際版権も手に入れました」とキールは話す[52]。

英語で執筆しているのに、スイスの出版社を著作権代理人としてたてることを望んだのは一見奇妙に見えるが、彼女がキールを尊敬し、敬愛していたのは間違いない。キールについて映画監督のフェリーニは、「自分の周りに創造的な人間を集める術を知っている。自分の仕事を愛し、芸術家たちに才能を発揮させ、開花させるのだ」と語っている。[53] ハイスミスは、キールについて「とても信頼できる」[54] し、「お気に入りの人」[55] だと考えており、キングズレーによれば、ハイスミスは「彼に多大な恩義がある。作家としての彼女があるのは彼のおかげ」だという。[56] キールは、ハイスミスの熱心な支持者としての役割を果たし、ドイツ語圏の国々のみならず、世界各地にハイスミスの名を売り込んだ。彼の出版社は、黒と黄色の独特の装丁のペーパーバックシリーズを一九七四年に立ち上げ、H・G・ウェルズ、ジョゼフ・コンラッド、エリック・アンバー、ダシール・ハメット、レイモンド・チャンドラーなどの作品を含む「超一流の犯罪文学」シリーズとして知られるようになり、そこにハイスミスの作品も収められたのである。「ハイスミスはアメリカの一流作家であり、やがてエドガ・アラン・ポーと並び得るだろう」とキールは述べている。[57]

五十歳が近づくにつれて、ハイスミスの人間嫌いの世界観は、ジョナサン・スウィフト並みの苛烈さを帯びてくる。一九七〇年一月五日付のノートには、自分が怒りに食い尽くされそうになっており、自らが気をつけていないといつの間にか妄想狂か精神異常になってしまうだろうと自戒している。「自分の血管に流れているアドレナリンが気に入らない」とも記している。[58] 彼女が理不尽な憎しみを向ける対象のひとつは黒人たちの存在だった。あれだけリベラルを自認していることを考えると、ハイスミスの黒人に対する偏見に満ちた態度はまったく不可解だといわねばならない。ファシストを憎んでいると公言し、後に自分のことを政治的には「社会民主党的立場」だと明言してもいる。[59] にもかかわらずアメリカの大学に黒人研究が導入されることに猛烈な反対を表明した――自分の意見が無視されたと感じ、一九六九年にアレックス・ザァニーに宛てた手紙には、彼らがもともと「書き言葉を持たない（ズールー族の中にわずかにあるのを除いて）こと、黒人の首長たちが奴隷を駆り集めて船に乗せるのに協力的だったというような不愉快な事実のいくつか」を書いて送っている。[60] また、黒人やプエルトリコ人を大学に入学させることは、アメリカの教育制度を崩壊させると非難している。「いまや彼らは高校卒業資格もなく大学に入学し、講義のテキストをひと目見たとたん……やばい、こんなのむりだ！　と言い出すのだ。わたしにはそんなこと絶対に許せない！」と書いた手紙をロナルド・ブライスに一九七〇年八月に送っている。「そして彼らは教授やその他を攻撃する。そうやって自分たちに脳みそがないことを取り繕っているのよ[61]」。その考えは『プードルの身代金』でも、クラレンスがマンハッタンの混乱した状況と犯罪発生率について思い巡らす形で示されている。「ニューヨークが黒人やプエルトリコ人に席巻されたのは残念なことだ。もっと進んだ人種ならば物事を改善したかもしれない[62]」。編集の手が入る前の原稿では、ハイスミスは「進んだ」の代わりに「優れた」という単語をこの文に使っていた。「あなたが人種差別主義者ではないとわたしは知っているが、読者には差別主義者のように受け取られる危険性がある」と考えハイスミスに表現を和らげるように要請したのは、カルマン＝レヴィ社の担当編集者アラン・ウルマンだった[63]。ハイスミスは、ウルマンへの返事の手紙で自分を弁護して、こうした考えはクラレンスのものであって、必ずしも自分の考えではないと強調している。しかしながらこうもつけ加えている。「でも、黒人やプエルトリコ人たちが今のところニューヨークで、社会に役に立つ存在になっているかなんてどう考えたって無理というものよ[64]」

彼女は、未来のニューヨークを終末論的に考えているのだが、その見解には人種的偏見に基づいているとしか解釈できないものがある。五十年後のニューヨークの生活を想像して、「黒人たちが五十階の窓にぶら下がり、隣人たち（別の黒んぼたち）に拳固を食らわせてあり金を巻き上げてからリフトで下りていく」光景を見ることになるだろうと、バーバラ・カー＝セイマーに書き送っている。「そんなことがすでにニュージャージーやニューアークでは起きているのよ――その街からはほとんどの白人は追い出されている。黒人の市長さえいて、全米でもっとも犯罪発生率と薬物使用率と福祉関係費用が高い街となっている[65]」。また、ハイスミスは長年ユダヤ人に対する理不尽な嫌悪感を募らせており、それが高じて、ノートにはユダヤ人に対する嫌悪の記述がしばしば見られるようになっていた。ユダヤ人男性が毎朝女ではなく男に生まれたことを神に感謝する祈りを捧げる様子を見て、こう述べている。「彼ら以外のわたしたちは、ユダヤ人に生まれなかったことを感謝する。もしユダヤ人が神に選ばれし民ならば――そのような神はたかが知れている[66]」

一九七一年の夏は過酷な暑さで、ハイスミスのそうでなくとも辛辣なブラックユーモアは、輪をかけてグロテスクな様相を呈するようになった。今やイヌもネコも餌として馬肉を食べているのに、なぜ中絶された胎児は動物の餌として利用しないのだろうか、と彼女はいぶかしむ。実際に、人間はすでにウシの胃袋や胸腺、精巣を食しているのだし、なぜ不要な胎児などを珍味として人間に提供することができないのか？「実際のところそれはタンパク質であり、タンパク質は世界人口の増加に伴ってどんどん貴重になっているのだから」[67]。この記述が書かれたノートは、一九八七年の短編集『世界の終わりの物語』を書くためのものだ。この年の暮れ、ハイスミスは、近代的生活の残骸――中絶された胎児や、トイレや病人用のおまるの汚物、摘出された子宮などを含む廃棄物――に取りつかれた主人公に関する小説を書こうとアイデアをあたためていたのである。「こうしたものすべてに取りつかれた主人公が必要である」とハイスミスは記している。ひとり心当たりがある。このわたしだ[68]」

安らぎを得るために信仰に帰依する人がいるように、自分は作家として進歩しているのだと信じることに逃避していると、一九七〇年九月、ハイスミスはノートに記している。だが同時に、どちらも生きていくための心のよりどころではあるが、そもそも幻想にすぎないのだともわかっていた。その理由を彼女はオスカー・ワイルドを引用して、「わたしには、仕事が現実だとは思えない、現実を忘れる方法に思える」からだと述べている。

一九七〇年十月、ハイスミスは、フランス語訳『贋作〔仏語タイトルは Ripley et les Ombres〕』をカルマン＝レヴィ社から出版するにあたり、サイン会のためにパリに赴いた。フランスの首都に滞在する間、アラン・ウルマンが主催する夕食会に出席した。同席者は作家コレットの娘でジャーナリストのコレット・ド・ジュヴネル――彼女とは一年前にシャムネコと一緒に出会っていた――そして黒人作家のジェイムズ・ボールドウィンだった。ボールドウィンについて彼女は、「かなりヒステリックで革命家的な人物……ジミーは、わたしたち白人全員はまもなく殺されるだろうと断言している」と述べている[69]。この夕食会から数日後、チューリッヒでディオゲネス社が催すパーティにハイスミスは招かれた。八百人もの招待客がいるパーティで、なんとか気楽に過ごそうと努力したが、とても耐えられなかった。ダニエル・キールはハイスミスがどれほど騒音を嫌がっていたかを覚えている。

「以前あるレストランで、隣のテーブルの若い女性のグループがとても楽しそうに笑い声をあげていたことがあった。わたしには彼女たちがそんなに騒いでいたとは思わなかったんだが、パットは嫌悪の目を彼女たちに向けて、やおらインターナショナル・ヘラルド・トリビューンを取り出すと、これ見よがしに彼女たちの前で広げてから、衝立か防護壁みたいにしてお互いのテーブルを隔てたんだよ」[70]。部屋でふたり以上の人間が話していると、たとえそれが英語であっても、ハイスミスは聞きとることができないことがよくあった。一九七一年の初めには、自分が難聴になりかけているのかもしれない、あるいはこれも精神的な症状なのだろうかと悩んでいた。「パットがミラノのスカラ座に行って、そこが大嫌いになったことを覚えてるわ」とヴィヴィアン・デ・ベルナルディは語っている。「帰って来てからわたしに、音量に耐えられなかった、死ぬかと思ったといってたわ。ミラノにいる編集者が彼女を喜ばせようと招待したのよね。たしかにパットはクラシックが好きかもしれないけれど、音に特別敏感な彼女には耐えられなかったのよ」[71]

　人付き合いの悪さにもかかわらず、ハイスミスがモンマシューからモンクールに移ったのは、ひとつには自分の好きな人たちの近くに住みたかったからであり、最終的に新居に引っ越したのは、一九七〇年十一月十四日のことである。コレット・ド・ジュヴネルはモンクールから二十五キロ足らずのベアモンに住み、翻訳家の友人ジャニーヌ・エリソンとアンリ・ロビロはわずか八キロのところに、メアリーとデズモンド・ライアン夫妻は隣に住んでいた。「こうやってわたしは世捨て人のような生活から脱出しようと思っているわけなの」とロナルド・ブライスに手紙で報告している[72]。新居はボワシエール通り二一番地にあり、価格は三十四万新フラン、元は農家であるコテージ七軒が半円形に並ぶうちの一軒で、ロアン運河のほとりに建っている。ジャーナリストたちになぜここに引っ越したのかと訊ねられるとハイスミスは、自分でもよくわからないと答えざるを得なかったが、強いてあげるならこの家も近隣も静かであることと、パリには車でも鉄道でも一時間で行けることが理由だと述べている。家の前は舗装もされていない野原に面しており、木々が立ち並び、古く使われていない給水ポンプがあった。裏の窓からは庭を見渡すことができ、二メートルを超える高さの石壁が広大な白ブドウ畑から家を隔てている。石壁のはずれに木のドアがあり、開けると運河の堤防に出る。運河には、石炭や石油、材木、時には車を運ぶ荷船が行きかい、まれにヨットが通ることさえあった。一九七七年にハイスミスを訊ねた作家のジョーン・ジュリエット・バックは、その家のことを「フランス語で《パヴィヨン》と呼ばれるタイプの低い二階建てのコテージで、禁欲的な雰囲気のある家だ。人は暮らしているが、同時に無人のような感じもするのだ」と書いている[73]。

一九七一年三月、十二歳になるキングズレーの娘ウィニファー・スケットボルがアメリカから訪ねてきてモンクールの自宅に滞在した。ハイスミスは彼女の名付け親《ゴッドマザー》であり、ウィニファー宛てに手紙を書く時には「あなたの愛する魔女のゴッドマム」とか「あなたの邪悪なゴッドマザー」などとサインしていた。モンクールでの滞在後、ハイスミスはロンドンまで彼女を連れて行ったが、この旅はとても楽しいものとはいえなかった。「わたしは彼女のファンではなかったし」とウィニファーは語る。「彼女は変わっていて、優しくもないし、だらしない人でした。母の友だちですが、彼女のことはあまり好きにはなれませんでした」[74]。

一九七一年六月に、バーバラ・カー＝セイマーと一緒にハイスミスをモンクールに訪ねたバーバラ・ロエットは、ハイスミスがそれまでの彼女からは想像もつかないほど完璧なホステス役を務めようとしているのに驚いたと回想する。ふたりがロンドンから到着すると、ハイスミスは近所の素晴らしい市場にはおいしい野菜や肉やチーズが豊富にあるからふたりをぜひ連れていきたい、今晩はラタトゥイユを作るつもりだといっていた。「パットのそんな側面はこれまで見たことがなかった。バーバラ自身もとても料理上手で、それこそ目がぱっと輝いていたわ」とロエットはいう。「ともかくわたしたちが市場に行くと、パットはまっすぐ薄汚いバーの入り口につながる通路に突進していったわ。《ちょっとビールを一杯やってくる》といってたけれど、バーバラとわたしが買い物を全部終えるまで姿を現さなかった。本当は料理のことなんてどうだってよかったんだと思うわ――どうせ彼女はアメリカ産のベーコンと目玉焼きとシリアルしか食べないんだもの。それも気が向いた時だけ――ただ、この時は料理に関してファンタジーを描いていたのは確かね」

「ある日、バーバラとわたしが寝室にいて、パットが庭にいたことがあって、わたしたちがおしゃべりに夢中になっているところに、何かがどさっと落ちる音がしたの。死んだネズミが寝室に放り込まれた音だったのよ。パットがしっぽを持って、庭から寝室の窓へと投げ込んだのね。たぶん彼女はバーバラのことが友人たちの中で一番好きだったんだと思うけれど、パットがバーバラにそんな扱いをするなら、他の人たちには何をするのかわかったもんじゃないと思ったわ」

「たしかにネコを愛してはいたけれど、彼女のネコの扱いにはいつもはらはらさせられたものよ。あの人ったら、ネコをタオルでくるんで、ハンモックみたいに振り回しながら部屋中歩き回るんだもの。《そんなことしたらネコが目を回すわよ》と彼女にいったわ。案の定タオルから出されたネコは酔っぱらったみたいにふらふら部屋を歩いてた。パットには優しく接するということがどういうことなのか分かっていなかったし、本当に好きなものに対してそういう接し方をしてしまうの。彼女にとっての普通の行動というものがどんなものだったのか判断するのが難しいのは、彼女の他人に対する接し方自体が普通じゃなかったからよ[75]」

一九七一年の暑い夏の間、ハイスミスは、冷たい水で濡らしたパジャマの上着を着て『プードルの身代金』の最終的な推敲にいそしみ、八月五日にハイネマンに完成原稿を送った。しかし、仕事を終えるとすぐに目的を見失ったように感じ、途方にくれた自分を持て余していた。「執筆している以外、真の人生というものはない。つまり、イマジネーションの中にしかわたしの人生はないのだ」とノートに書き記している。[76]同じ頃、自分が殺人を犯すような衝動に駆られることがあるとすれば、それは家族の一員でいる時だということに思い当たる。小さな子供相手に怒りまかせの殴打を与えれば、おそらく一撃で殺せるだろう。しかし、子供が八歳以上ならば、殺すのに二発殴る必要があるだろう。現実に人と関わると、それが誰であれ、どれほど親密な人であろうと、自分は疲れ切ってしまうのだと彼女は述べている。九月の末にデイジー・ウィンストンが訪ねてきたあとも、続いて十月にウィーンへ一週間の旅をして、友人のトルーディ・ギル――駐パナマアメリカ大使のアーウィン・ギルの夫人――と過ごした時もハイスミスは緊張が解けず、ピリピリしていた。「そうなるのは、自分が誰かのふりをしているからなのか？」と彼女は自問する。「別段、自分を偽っていたからというわけではない。わたし自身の内面の緊張なのだ[77]」

『プードルの身代金』の手直しを終える頃、ハイスミスはいくつかの映画の企画について考え始めていた。一九七一年四月、ロンドンに滞在している際には映画プロデューサーのエリオット・キャスナーと会って、スリラー映画のオリジナル脚本の構想を頼まれている。彼女が思いついたアイデアは、女性を装った男性を主人公にし、殺人を犯した後に行方をくらませる、というものだった。同時期にロンドンで、作家のアンソニー・パウエルの息子で、映画製作者のトリストラム・パウエルとも会い、グザヴィエ・リッシェに率いられた、フランスの城や教会を専門に狙う強盗団を題材とするBBCのドキュメンタリーの脚本について構想を練った。「彼女はこの企画に対して非常に熱意を示し、長い間撮影の本書きに付き合ってくれました」とトリストラム・パウエルはいう。「とても鷹揚な人で、報酬の支払いについても一切気にしていないようでした。ただ執筆することだけに関心があったんです」[78]。しかしながら、ハイスミスの努力にもかかわらず、どちらも実現にはいたらなかった。

一九七一年の秋、ハイスミスは、『プードルの身代金』が出版社にどのように受け止められるかを懸念していた。その少し前に、アメリカにおける出版社をダブルデイからクノップへと切り替えており、手紙でケストラーに語ったところによれば、「〔ダブルデイ社は〕過去に五冊の本の出版に際し、わたしの人気を高めるようなことは何ひとつしなかったから」というのがその理由だった[79]。最終的にクノップ社は新作を受け入れると返事をし、十二月には新任の編集者ボブ・ゴットリーブが作者いわく「なめらかでない」とみなした数か所の細かい訂正を要求している[80]。彼女はほとんどの修正を受け入れ、文章をなめらかにしようと試みたが、後になっていくつかの箇所の修正に腹を立てていた。ハイネマンのジャニス・ロバートソンもまた、冗漫と思える箇所の大半の削除を求めた。アラン・ウルマンは「素晴らしい」が、「文章を削ったらもっと良くなるだろうという場面が散見される」と述べた[81]。

翌一九七二年、『プードルの身代金』が出版されると、評価は分かれた。イギリスの「ニュー・ステイツマン」誌で書評を書いたメアリー・ボーグは、この作品は創造性に欠けていると感じ、登場人物に説得力がなく、プロットが「あまりに非現実的」で信じることができないと批判した[82]。「タイムズ・リテラリー・サプリメント」誌の書評家は、同様の失望を示し、この小説は、「ハイスミスの全作品中の気が滅入るような部類に属する――いわば自作の機械的な焼き直しであり、おなじみの要素を総動員し、おなじみの妄想を繰り返すことで生み出されたもので、彼女の最高傑作におけるそうした要素や妄想を魅力的に感じさせる力強さや、創意工夫、鮮烈さなどが微塵も感じられない」と酷評した[83]。そのような書評に対してグレアム・グリーンは、批評家の愚かさに対する嫌悪と「あなたの全作品の中でも最高で、この上なく複雑な小説である」という称賛を述べる手紙をハイスミスに送った[84]。グリーンと同様の見解を持っていたダイアン・ルクラークは、「ブックス&ブックマン」誌で、話の中に散りばめられた伏線がきれいに符合していることを指摘し[85]、「ザ・タイムズ」紙の批評家は、この作品の不条理に対する鋭い分析を称賛し「ミス・ハイスミスは、理性の境界線から彼女が見出した鏡にわたしたちの姿を映し出して見せている」と書いている。[86]「ロンドン・マガジン」誌のレグ・ギャドニーは、彼女の抑制された文体を誉め、この小説における、現代社会の諸問題を扱う手法を絶賛した。「『プードルの身代金』は技巧的に注目に値する成果を上げている。アメリカ人が尊重する道徳規範や法と秩序、良識の曖昧な境界についての批評として――この言葉の持つあらゆる意味において――大変素晴らしい」[87]。ブリジッド・ブロフィは、「リスナー」誌で、サスペンス小説として傑作であるのみならず、個人と暴力と社会との複雑な関係を真摯に解き明かす作品でもあると述べている。「社会科学と報道は、広範に伝達されることによって、道徳的姿勢の矛盾を提示することができる。『プードルの身代金』は、その両義性というアイロニーに読者を奥深くに連れて行くことによって、小説になくてはならない機能を発揮している」[88]

原注

第25章

1 ハイスミス　アレックス・ザァニー宛書簡
　１９７０年1月3日付　ＳＬＡ所蔵
2 ハイスミス　ロナルド・ブライス宛書簡
　１９７０年5月24日付　ロナルド・ブライス個人蔵
3 前掲書簡
4 PH, Cahier 31, 5/5/70, SLA.
5 ハイスミス　アレックス・ザァニー宛書簡
　１９７０年7月29日付　ＳＬＡ所蔵
6 ハイスミス　アレックス・ザァニー宛書簡
　１９７０年8月18日付　ＳＬＡ所蔵
7 ハイスミス　ロナルド・ブライス宛書簡
　１９７1年2月18日付　ＲＢ所蔵
8 ハイスミス　ロナルド・ブライス宛書簡
　１９７1年8月16日付　ＲＢ所蔵
9 前掲書簡
10 PH, *A Dog's Ransom*, Heinemann, London, 1972, p. 105.
　ハイスミス『プードルの身代金』岡田葉子訳　扶桑社ミステリー
　１９９７年
11 前掲書
12 前掲書
13 前掲書
14 ハイスミス　ロナルド・ブライス宛書簡
　１９７1年2月18日付　ＲＢ所蔵
15 PH, *A Dog's Ransom*, p. 281.
　ハイスミス『プードルの身代金』
16 前掲書
17 前掲書
18 PH, Cahier 31, 1/2//70, SLA.
19 ゴア・ヴィダル　著者宛書簡　日付不詳　２０００年1月受領
20 PH, 'My Favorite writer(s)', sent to *Konkret Sonderhefte*, Hamburg,

20 July 1987, SLA.
21 Ibid.
22 PH, '*The Novel*', written for *New Review*, unpublished, SLA.
23 Saul Bellow, *Mr. Sammler's Planet*, Weidenfeld & Nicolson, London, 1970, p. 205.
ソール・ベロー『サムラー氏の惑星』橋本福夫訳　新潮社　１９７４年
24 前掲書
25 PH, Cahier 31, undated.
26 PH, *My Favorite writer(s)*.
27 ハイスミス　ジャニス・ロバートソン宛書簡　１９７３年４月14日付　ＪＲ所蔵
28 PH, 'Tradition in American Literature', Barnard essay, 23 April 1942, SLA.
29 PH, Cahier 23, 6/2/54, SLA.
30 Frank Rich, 'American Pseudo', *New York Times Magazine*, 12 December 1999.
31 Lucretia Stewart, 'Animal Lover's Beastly Murders', *Sunday Telegraph*, 8 September 1991.
32 *Kaleidoscope*, BBC Radio, 17 March 1975.
33 PH, 'The Novel'.
34 ハイスミス　アラン・ウルマン宛書簡　１９７９年８月６日付　ＣＬＡ所蔵
35 James Campbell, 'Murder, She (Usually) Wrote', *New York Times*, 27 October 2002.
36 ハイスミス　アラン・ウルマン宛書簡　１９７９年７月26日付　ＣＬＡ所蔵
37 ハイスミス　アラン・ウルマン宛書簡　１９７９年９月10日付　ＣＬＡ所蔵
38 ケイト・キングズレー・スケットボル　著者宛書簡　２００２年５月21日付　ハイスミス「ミセス・ブリンの困ったところ、世界の困ったところ」「ザ・ニューヨーカー」　２００２年５月27日掲載
39 Joan Dupont, 'Criminal Pursuits', *New York Times Magazine*, 12 June 1988.
40 Ian Hamilton, 'Patricia Highsmith', *New Review*, August 1977.
41 Craig Brown, 'Too Busy Writing to be a Writer', *Daily Telegraph*, 29 January 2000.
42 ラリー・アシュミード　著者宛書簡　２００２年11月７日付
43 ジャニス・ロバートソン　著者宛書簡　２００２年10月10日付
44 ハイスミス　ジャニス・ロバートソン宛書簡　１９７３年２月15日付　ＪＲ所蔵
45 ジャニス・ロバートソンとのインタビュー　２００２年10月10日
46 ロジャー・スミスとのインタビュー　２００２年10月14日
47 Publishing Proposal, *A Dog's Ransom*, Heinemann, JR; figures quoted include home and export.
48 ゲイリー・フィスケットジョンとのインタビュー　１９９９年５月21日
49 ゲイリー・フィスケットジョンとのインタビュー
50 ラリー・アシュミード　著者宛書簡　２００２年11月７日付
51 Rosemarie Pfluger, *Of Books and their Makers: Diogenes, Portrait of a Publishing House*, September 1998, SF DRS and 3sat.
52 Ibid.
53 Ibid.
54 ハイスミス　バーバラ・カー＝セイマー宛書簡　１９７０年11月７日付　ＳＬＡ所蔵

55 ハイスミス　バーバラ・カー＝セイマー宛書簡　1972年10月5日付　SLA所蔵
56 ケイト・キングズレー・スケットボルとのインタビュー　1999年5月14日
57 Pfluger, *Of Books and their Makers*.
58 PH, Cahier 31, 1/5/70, SLA.
59 Lucretia Stewart, 'Animal Lover's Beastly Murders', *Sunday Telegraph*, 8 September 1991.
60 ハイスミス　アレックス・ザァニー宛書簡　1969年6月25日付　SLA所蔵
61 ハイスミス　ロナルド・ブライス宛書簡　1970年8月16日付　RB所蔵
62 PH, *A Dog's Ransom*, p. 161.
ハイスミス『プードルの身代金』
63 アラン・ウルマン　ハイスミス宛書簡　1971年9月28日付　CLA所蔵
64 ハイスミス　アラン・ウルマン宛書簡　1971年10月1日付　CLA所蔵
65 ハイスミス　バーバラ・カー＝セイマー宛書簡　1971年5月9日付　SLA所蔵
66 PH, Cahier 31, 6/5/71, SLA.
67 PH, Cahier 31, 7/14/71, SLA.
68 PH, Cahier 31, 8/25/71, SLA.
69 ハイスミス　バーバラ・カー＝セイマー宛書簡　1970年10月24－25日付　SLA所蔵
70 ダニエル・キールとのインタビュー　1999年10月27日
71 ヴィヴィアン・デ・ベルナルディとのインタビュー　1999年7月23日
72 ハイスミス　ロナルド・ブライス宛書簡　1970年5月24日付　RB所蔵
73 Joan Juliet Buck, 'A Terrifying Talent', *Observer Magazine*, 20 November 1977.
74 ウィニファー・スケットボルとのインタビュー　1999年5月18日
75 バーバラ・ロエットとのインタビュー　1999年5月5日
76 PH, Cahier 31, 8/25/71, SLA.
77 PH, Cahier 31, 10/17/71, SLA.
78 トリストラム・パウエルとのインタビュー　2002年3月25日
79 ハイスミス　アーサー・ケストラー宛書簡　1971年6月20日付　KA所蔵
80 ハイスミス　バーバラ・カー＝セイマー宛書簡　1971年12月2日付　SLA所蔵
81 アラン・ウルマン　ハイスミス宛書簡　1971年9月28日付　CLA所蔵
82 Mary Borg, 'Violent Rations', *New Statesman*, 28 April 1972.
83 'Man Hunts Dog', *Times Literary Supplement*, 12 May 1972.
84 グラハム・グリーン　ハイスミス宛書簡　1972年5月5日付からの引用　ハイスミス　アラン・ウルマン宛書簡　1972年6月6日付　CLA所蔵
85 Diane LeClercq, *Books and Bookmen*, August 1972.
86 'A need to go to the very edge', *The Times*, 27 April 1972.
87 Reg Gadney, 'Criminal Tendencies', *London Magazine*, June-July 1972.
88 Brigid Brophy, 'Poodle', *Listener*, 11 May 1972.

第26章

ネコ対ヒト

1971 - 1973

一九七一年十月末、ハイスミスは、リプリー・シリーズの三作目のアイデアをおぼろげながら描き始めていた。創作ノートには、幾通りかのプロットの原案ともいうべきものが書き留められている。その中には形を変えて『アメリカの友人』に使われたものもあれば、あっさり破棄されたものもあり、「もし○○だったら」という想像を展開するための見取り図の役割を果たしていた――リプリーは自分の余命が半年しか残されていないという噂を聞く。あるいはソビエト連邦の右翼分子からロシア人の自由主義のリーダーを暗殺するよう要請を受けるが、政治的自由を守るという自身の信条からそれを断る。もしくは六十歳の詩人に代わって復讐のために何人もの殺人を犯す――等々。それはいわば「自分自身との対話であり、こうであればいいというアイデアが現実となる」とハイスミスは考えていた。[1] 十一月二十四日には、主要な話の展開を決めている。リプリーは、ある知人に関する噂を流す――その知人の名前は構想の初期段階では、テディ・バーンズという名だったが、最終的にはジョナサン・トレヴァニーとなる。彼はあと六か月しか余命がないので、リプリーの故買屋であるリーヴスの代わりに人を殺すよう頼まれれば乗り気になるかも知れない。ハイスミスは当初、殺害の標的となる人物はリーヴスの商売敵のひとりにするというアイデアをもてあそんでいたが、標的にマフィアはふさわしくないとも考えていた。いずれにせよそんな死には「道徳的問題」などないのである。[2] この物語はリプリーとトレヴァニーというふたりの視点から語られる必要があり、それは前作『贋作』の閉所恐怖症的な閉ざされた視点とは百八十度異なっていた。この手法は確かに興味深いが、バーバラ・カー＝セイマー宛ての手紙に書いているように、「強烈さや、リプリーの一種の狂気ともいえる道徳からの逸脱が弱まる」結果になるのではないかとハイスミスは案じていた。[3]

当初は、リプリー・シリーズの前作『贋作』同様、すらすらと筆が運ぶものと思われた。一九七二年一月十二日には、冒頭の一文はすでに頭にあり、そのまま出版時にも使われている。「完全犯罪のようなものは絶対にない」と、リプリーはリーヴスにいう。「それはただの室内ゲームにすぎない。あると思い込もうとしているのさ」[4]。二月二十七日から執筆を始め、二週間で百四十ページまでを一気に書き上げる。しかし、六月になると執筆に行き詰まり、ハイスミスは、残り半分を書き上げるにはかなり頭を絞らなければならないだろうとロナルド・ブライスに書いている。その年の暮れまでに書き上げて、翌一九七三年一月には原稿を清書し、六月に最終校正をしたものを出版社に送っている。

小説は、『贋作』で描かれたダーワット事件の半年後から始まり、トム・リプリーとジョナサン・トレヴァニーの関係を中心に展開する。トレヴァニーは、イギリス人の額縁職人で、骨髄性白血病を患い、自分の余命が発病から六年から十二年であることを知っていた。それははからずしも作家の将来の病を予言することになる。二十二年後の一九九四年に、ハイスミスは血液疾患の一種、再生不良性貧血と診断されるのだ。

リプリーは、トレヴァニーとあるパーティで知り合い、相手の自分に対する嫌悪を感じとる。トレヴァニーが、「《ああ、そう、噂は聞いていますよ》」と冷笑するようにいったからであり、おりしもマフィアの一員を殺すために誰か紹介してほしいというリーヴスからの依頼をきっかけに、リプリーはトレヴァニーの死期が迫っているという噂を流すことを思いつく。トレヴァニー――彼はフォンテンブローのサンメリー通りに住んでおり、ハイスミスは一九六七年に夏の間数か月住んでいた――に自分があと半年の命だと信じ込ませ、さらには九万六千ドルの報酬が得られるとなれば血なまぐさい仕事でもやるに違いない、と彼は踏む。その金は、靴屋で働いているフランス人の妻シモーヌとまだ幼い息子のジョルジュの生活を支えるはずだ。ここまでのいきさつは、ハイスミスが一九七〇年八月にすでに考えついていたものであり、主要な登場人物が、見知らぬ人物と会ってすぐ病気になるというアイデアから発展させている。「その何某は死神ではないのだが、主人公はそうだと思い込む」とノートに書き留めている[5]。

『贋作』と同様、リプリーは自分の想像から話を紡ぎ出し、周囲の人間を自分が語る物語の登場人物としか見ていない。舞台裏で邪悪なプロスペロ（シェイクスピア『テンペスト』の登場人物）のように暗躍し、他者をそそのかして善悪を超えたドラマの場面を巧妙に演出し、まるで人形劇場の操り人形のごとく登場人物の人生を形づくっていく。

ハイスミスの残酷なユーモアは、腐臭を発する地下の川のように小説全体を流れ、読者のサスペンス小説に対する期待を、暴力的ではあるがどこか笑いを誘うイメージによってかき乱していく。地元の美術商ゴーティエがひき逃げにあって路上に倒れ、ガラスの義眼が外れて飛び出す場面を描くのをハイスミスは楽しんでいるかのようだ。「［ジョナサンは］黒いアスファルト道路に落ちている義眼がはっきり目にうかんだ。たぶん、もう車に轢かれて、押しつぶされているだろう。側溝のなかにあるのを好奇心旺盛な子どもたちにでも見つかっているかもしれない」[6]。『アメリカの友人』の殺人場面があまりにも楽しそうに描かれているので、ハイスミスがそうして血なまぐさいことを書くくらいなら、むしろ他のことをしたいと思っている――台所仕事や、白昼夢、家の手入れや庭いじりなど――と知れば意外に思うことだろう。列車のトイレで、リプリーはマフィアのひとりであるマルカンジェロに襲いかかり、ひもを使って絞め殺す。ハイスミスはマルカンジェロが死に至る様子を克明に描写している――喉から漏れるうめき声、口から突き出された舌――殺人の最中にマルカンジェロの下の義歯が床に落ちてカタカタと音を立てるさまを熟練した筆致で描く。このシーンはその喜劇的な恐怖において、ほとんどジェイムズ一世時代の文学を思い起こさせる。「義歯をひろって、便器に落とし、なんとかペダルを踏んで、なかの物を流した」とハイスミスは書いている。「彼は嫌悪感にかられながら、マルカンジェロの盛り上がった肩で手を拭いた」[7]。ボディーガードの男にも襲いかかり、走行中の列車から突き落とした後、マルカンジェロの死体も列車の外に放り出す。その後リプリーは食堂車に座り、温かいグーラッシュスープとカールスバーグで気分をリフレッシュする。その後別のマフィアの手下アンジー・リッパーリの頭を最初は薪で、さらにライフルの金属の銃床で殴り殺すが、道徳的な問題よりもベロンブル荘の敷物が血で汚れないかを彼は心配しているように見える。「気をつけてくれ、敷物に血がつく！」とトレヴァニーにいい[8]、そのすぐあとには別の手下を襲うことを考えて、身体を折って笑いをこらえている。ふたりのマフィアの男の死体を乗せたまま車に火をつけ、燃えるのをじっと見つめ、陽気なナポリのメロディを口笛で吹く。トレヴァニーの自宅を襲撃しようとしたマフィアの男たちを攻撃する時も、男の額にハンマーを迷わず振り下ろし「畜殺場の牛のように額へまっすぐ正確な一撃をあびせた」のである[9]。

この小説のプロットを構想し始めた頃、ハイスミスはノートに「この本を書く主な理由は、わたしたちの誰もが持っている死の恐怖と折り合いをつけることにある」と書いている[10]。一九七〇年五月、死の不可思議性について詩を書き、その翌年には「あらゆる人生の問題はどうにでも解決できる――死の問題を除けば」と記している。[11] トレヴァニーの病は、彼のはかない命を絶えず想起させる。彼は失神の発作で意識朦朧としながら、生きている状態から無へと進むのはどんな感じがするのかと想像する。そして死とは「海岸からさっと引いていき、すでに無謀にも沖合へ泳ぎだしてしまった者の脚を強い力で引っぱり、不思議なことに、抗う意志を失わせてしまう波のよう」なものだと考える。[12] ハイスミスは、銃で撃たれたトレヴァニーが死に瀕して意識が内部崩壊を起こしていく様子を水にたとえて描写している。彼は三十四年の生涯を振り返り、自分の人生のすべてが空しく、ばからしいものだったと思う。「灰色の幻影が見えた。イギリスのどこかの海岸で、潮が引き、衰弱し、崩壊していく海の幻影だった[13]」。トレヴァニーは身体から生気が消えていくのを感じながら、車のハンドルを握って自分を病院に運ぶリプリーに目をやる。リプリーは彼がマフィアの銃弾から盾となって自分を守ってくれたのだと信じている。「トムが車を運転しているのだ、とジョナサンは思った。神そのものみたいだ、と[14]」。無垢な人間が道を踏み外して死ぬことによって、リプリーの前代未聞の神格化――自らでっちあげた人物像から善悪を超越した全知の存在への変容――は完成する。ハイスミスがコミックブックを書いていた頃に創り出したスーパーヒーローのように、リプリーは一見不死身な存在になった。

当然ながら、ハイスミスの最新作が超道徳を称揚していることに批評家の意見は割れた。イギリスの週刊誌「スペクテイター」は、「独特の雰囲気を創り出している――エリック・アンブラー（一九〇九―一九九八 作家・脚本家。スパイ小説で有名）の初期の作品よりも優れている[15]」とハイスミスを称賛しているが、「ブックス＆ブックスメン」のトニー・ヘンダーソンは、非常に多くの読者がリプリーという人物を好んでいるが、その理由そのもの、すなわちハイスミスが主人公を「モンスター級の偏執狂[16]」に創り上げたことに非難の矛先を向けた。ヘンダーソンは、長編デビュー作『見知らぬ乗客』におけるハイスミスの独創的な話の展開や、驚くべき心理洞察力は称賛されてしかるべきものだと考える一方で、最新作には消化不良を覚えると述べている。「何かとてつもなく悲しむべきことが才能あるミス・ハイスミスに起きている。この恐ろしい想像の産物に、彼女はいいようのない愛情を抱いているらしいが、心を鬼にして終止符を打たない限りは、彼女もまたフランケンシュタイン男爵と同じ運命をたどることになる[17]」

『アメリカの友人』の執筆に着手してから二日後、ハイスミスは、三十二冊目のノートに短編小説のアイデアを書き留めた。「ミング」という名のシャムネコが、飼い主の新しい恋人に嫉妬して、ヨットから彼を突き落として殺してしまうという物語である。最終稿では、ミングにとっての「最大の獲物」である飼い主の恋人テディは、アカプルコの海岸沿いをヨットで航行中ミングを甲板の端に追い詰めようとする。襲撃は成功しなかったが、ミングは、恋人たちがヴィラに戻ったその日に復讐を実行する。酔っぱらったテディがミングを捕まえてテラスから放り投げようとした瞬間、ミングはテディの肩に飛びつく。テディはそのままテラスから転落して死んでしまう。「ミングは満足した。鳥を殺して、歯の下に血の匂いを生じさせる時とそっくり同じ満足感をおぼえた」とハイスミスは書き、「今度の獲物は大きかった」と結んでいる。[18]

この痛快な物語の骨子を考えていた頃、ハイスミスはある短編集を作ろうと思い立ち、タイトルを『動物による殺人の恐怖読本(The Beastly Book of Animal Murderers)』にしようか『動物好きのための恐怖の殺人(Beastly Murders for Animal Lovers)』かとあれこれ考え、最終的に『動物好きに捧げる殺人読本(The Animal-Lover's Book of Beastly Murder)』にすることにした。それぞれの話では、動物やペット――ウマ、サル、ヤギ、ゾウ、イヌ、ハムスターでさえも――が人間界に対して復讐をする物語を書くつもりだとハイスミスは述べている。彼女は人間界の方が動物界よりもよほど野蛮だとみなしていた。「被害者は憎むべき存在であり、動物たちは正当な本能から反撃に出る」とバーバラ・カー＝セイマーに手紙で説明している。[19]『女嫌いのための小品集』において、自身の女性に対する相反した感情を昇華させたように、動物たちによる復讐劇を描くことで、怒りの矛先を今度は人類に向けたのである。ハイスミスは、この短編集の作品を読み返すたびに、おかしさのあまり腹を抱え、涙を流して笑わずにはいられなかった。しかしながら批評家の中には、明らかにしかつめらしい態度をとる者もいた。たとえば、作家でラジオパーソナリティのマルガニータ・ラスキは、「リスナー」誌の一九七五年十一月号で、「わたしは、かつてパトリシア・ハイスミスの作品が人を残虐に扱うという理由で嫌っていた唯一の人間だったが、今では同志が増えているし、〔『動物好きに捧げる殺人読本』を読めば〕今後さらに増えるだろう。人間を殺したり、ずたずたに引き裂く動物たちの物語を集めたこの短編集は、動物に対する愛情というよりは人間に対する嫌悪に駆られて書いたのではないかと強く思わせる」[20]

少女時代からずっと、ハイスミスは動物たちに、とりわけネコに対して並々ならぬ想いを寄せていた。「ネコというものは、人間からは得られない何かを作家にもたらしてくれる。何も要求しない、不当に干渉もしない無二の友であり、凪いで穏やかな海のように変幻自在でありながらゆったりとくつろげる存在でもある」と述べている。[21] 彼女のネコに対する愛情は「ネコとの付き合い同様、住居環境が許すかぎり、ずっと変わることなく続いた」とキングズレーはいう。「動物全般については、それぞれに個性というものがあり、人間よりも品行方正であり、尊厳や誠実さを人間以上に備えていると考えていました。彼女は、どんな無防備な生き物に対しても残酷な行為をしたり、放置することには激しい怒りを燃やしていました[22]」。ジャニス・ロバートソンは、ハイネマン社のローランド・ガントと一緒に長いランチを取った後、ミュリエルを訪ねソーホーを通りがかった時に、側溝の中に傷を負ったハトを見つけた時のことを回想する。「パットはその場ですぐにこのハトを助けなければと決心したの。ローランドがもう手遅れだと説得していたと思うけれど、パットはひどく取り乱していた。動物が傷ついているのを見るのが耐えられなかったのね」とジャニスはいう。[23] ハイスミスの晩年に彼女を介護したブルーノ・セイガーは、家に入り込んできたクモを手に取って、庭の安全なところにそっと置いてやっていた彼女の思いやりの深さを覚えている。「彼女にとって人間は不可解でした——理解不能だと思っていたんです——たぶん、だからこそネコやカタツムリがとても好きだったんですよ[24]」

　ハイスミスが、動物について書こうと最初に思ったのは一九四六年のことだ。その年の六月のノートには作家たちはなぜ人間にばかり目を向けようとするのか、「なぜ動物ではいけないのか？」と問いかける記述が出てくる。[25] だが、動物に関して具体的に小説のアイデアが生まれたきっかけは、サモワ＝シュル＝セーヌのコーブイッソン通りの家に画家の友人エリザベスと住んでいた日々の、もめ事だらけの不穏な空気感にあった。一九六七年九月に書いたアレックス・ザァニー宛ての手紙の中で、エリザベスのかんしゃくからネコがどれほど自分を守ってくれてたかについて書いている。「シャムネコの頭は小さいけれど、たぶんわたしたちが思っているよりもずっと脳みそが入っているのよ[26]」。また、アーサー・ケストラー宛ての手紙には、エリザベスと自分のネコとの想像上の戦闘場面をスケッチに描いて、こんな問いを提示している。「はてさて、ネコ対ヒトではどちらが勝つ？[27]」

　一九六七年十二月、バタリー式養鶏場（バタリーケージを用いた近代工場型の飼育形式）の苛酷な飼育を伝えるロナルド・ブライスの話は彼女に強い印象を残し、そのおぞましい状況に触発されて、養鶏場についての短編を書くかもしれないといっている。何度か試行錯誤した後、一九六八年十月に「総決算の日」というぞっとするような短編を書きあげ、それは後に『動物好きに捧げる殺人読本』に収録されることになる。金儲けに貪欲な養鶏場主が、バタリー式養鶏法によって頭のおかしくなった鶏たちにつつかれて死に、「血にまみれた骨だけになって横たわっている身体にパジャマの切れ端がいくつかへばりついている」状態で放置される物語である。[28]

一九六九年十二月、愛猫のサミーが早すぎる死を遂げると、ハイスミスは何か月も悲嘆にくれた。そして翌年の夏には、手元に銃があれば、近所の黒猫リトル・エディのしっぽを切断した村人を見つけ出し、ためらいなくそいつに発砲し――「撃ち殺してやる」とまでいっている。[29] 心揺さぶるネコの詩を書き、好んでスケッチをし、晩年にはヴィヴィアン・デ・ベルナルディに、お気に入りの運動は夜遅く愛猫とピンポンをして遊ぶことだと語っている。一九九一年には、おそらくほぼ本気で、もし子猫と人間の赤ん坊に出会って、両方ともお腹を空かせているのが明らかな場合、誰も見ていなかったら自分は間違いなく子猫に先に餌を与えるといっている。画家のグドルン・ミュラーは、ハイスミスの愛猫の一匹を安楽死させるために、彼女につき添って獣医を訪ねた悲しい日のことを覚えている。「このひどく年老いた斜視のネコを、彼女はとても愛していた。でもそのネコは病気だったのよ。獣医がその子に注射をして、パットはそばに立って泣いていた。彼女が泣くのを見たのはその一度きりよ。自分の気持ちを表に出すのはそれが初めてだったから、わたしは胸がいっぱいになった」とミュラーは語る。[30] ハイスミスはその時に感じた衝撃を作家のニール・ゴードンにこう話している。「この出来事にはひどく衝撃を受けたわ。家族の誰かが老衰とか原因のわからない病気などで死ぬことよりもわたしにとってはもっと深刻だったから。わたしにはそうする権限があった、でもそんな権限は欲しくなかった……安楽死させる権限を持つのは恐ろしいことよ。わたしはそのために牢屋に入ることはないけれど、ネコは死ぬ……こうした動物たちみんなにも大切な権利というものがあるのよ[31]」

バタリー養鶏場の鶏たちとシャムネコのミングの復讐劇というふたつの物語を執筆してまもない一九七二年の夏、ハイスミスはさらにいくつかの短編小説を書き上げた。少年のペットのイタチが、口うるさい運転手を殺す話「鼬のハリー」や、ドアを開けるために押し込み強盗の一味に使われていた手先の器用なオマキザルが、飼い主の前科者の女性を巻貝の殻で殺してしまう「空き巣狙いの猿」、遊園地のヤギが暴力的な復讐に出るという「山羊の遊覧車」、前の飼い主のゲイのボーイフレンド、のらくら者のバブシーから受けたひどい仕打ちに年老いたプードルのバロンが仕返しをする「バブシーと老犬バロン」などである。また、短編集中の二編、「コーラス・ガールのさよなら公演」と「ゴキブリ紳士の手記」は、ハイスミスがめったに使わない一人称で書かれており、そうすることで人間界ではほとんど「もの」としてしか認識されていない生き物たちの心の声を素晴らしい想像力で描き、その意識の内部を垣間見させてくれる。彼女は生き物たちを主語に据え、その心を伝える声を与えることで、人間の理性主義を称賛する西欧の哲学的伝統を打ち砕く。「このホテルの人々を見ていると、自分がゴキブリでよかったと思う」と、元となるカフカの『変身』を超える翻案作品「ゴキブリ紳士の手記」でハイスミスは書く。[32] 主人公のゴキブリはニューヨークのワシントンスクエアにあるホテル・デュークに住んでおり、ホテルの住人に配られる合衆国国勢調査に自分ならどう答えるかを想像する。「その用紙に自分が書き込むことを想像すると愉快だった――べつにおかしくはなかろう？　このホテルにいる人間のだれよりも、わたしのほうこそ先祖代々住みついている住民なのだ」[33]。もしも、最も卑しい嫌われものであるはずのゴキブリが、実際には人間に対して優越感を感じているのだとしたら、人間とはいったい何なのだろうかとハイスミスは問うている。

ひと月半ほどの間に倦怠感やインフルエンザ、歯痛、冬季のうつ症状などで立て続けに苦しんだ後の一九七二年の初め、ハイスミスは、デイジー・ウィンストンが最近中年の危機に陥っていることを、バーバラ・カー＝セイマー宛ての手紙に書いている。デイジーはまもなく五十歳になろうとしていて、今生きている意味を求めて奮闘している真っ最中だが、まだ答えに至っていないようだった。「彼女には、人生の意味なんて何もないということがわからないのよ」とハイスミスはカー＝セイマーに語っている。[34]

この荒涼たる人生観は、それから数か月をかけて書かれ、一九七九年に刊行された短編集『風に吹かれて』にも反映されている。一九七二年一月、彼女は巻頭をかざる「頭のなかで小説を書いた男」のアイデアを思いついている。野心に燃える小説家チーヴァーは、けっして自分の考えを紙に記そうとはせず、生涯に十四冊の本を書き、百二十七人の登場人物を創り出したと思いながら、六十二歳で死ぬ。死の床で、ハイスミスが生み出した空想の世界に囚われた主人公は、死後、ウエストミンスター寺院の文人用墓地のテニスンの隣に葬られ、墓石には「人間の創造力の記念碑」と刻まれた作家として記憶されると信じ続けている。[35]翌二月、ハイスミスは、カトリック教会における偽善行為——個人の良心を濾過しようとしていると彼女はみなしていた——を深く追求するべく、「またあの夜明けがくる」で、カトリックの両親に望まれずに生まれ、虐待される幼児を描いた。五月になると、四歳の少年クリスと彼の母親のエリナー・シーヴァートを巡る物語「池」のプロットを構想した。夫クリフを飛行機事故で失くしたエリナーは息子とコネティカットに引っ越してくるが、ふたりの家の庭にある池には害悪を及ぼすつる植物が生い茂り、母子は池に吸い寄せられるようにして呑み込まれていくという、エドガー・アラン・ポーの不可思議な傑作の一編を思わせる作品である。ハイスミスはアメリカの郊外風景を巧みに解体し、ありふれた家庭生活の幸福——善良な隣人や、ミルクを飲んで元気になる子供、ラディッシュを育てる夢——を死の恐怖でむしばんでいく。「うつ伏せに水面へ倒れ込んだのだが、水はやわらかな気がした。彼女はちょっともがき、顔を横に向けて息をした……息を吸い込む。が、吸いこんだのはほとんどが水だった」[36]。エリナーが罰せられたのは、除草剤を池にまこうとしたからだ。化学薬品を池にぶちまければぶちまけるほど、生命力旺盛なつる植物はより勢いを増していくように見える。獰猛なつる植物と闘って自然の成り行きを変えようとしたから、自分には死がもたらされようとしているのだとエリナーは悟る。ハイスミスは、後に「池」で描いた生態学的な悪夢をさらにおし進め、人間と自然とが均衡を失った終末論的状態を描いた作品を執筆し、一九八七年に短編集『世界の終わりの物語』を発表する。こうした作品からはハイスミスの自然界に対する深い愛情が如実にうかがえる。二十もの好きなものと嫌いなものを列挙し、ヨーロッパでは子供のアザラシの皮の輸入が禁止されたことを知った喜びや、単純な「本物の」喜び——アボカドの種が芽吹くことや、木工品の製作、目覚ましが鳴る前に起きること、古い本の匂い、静寂、そしてひとりで過ごすことなど——について語っている。

「執筆は、人生でただひとつの大切なこと、あるいは喜びである」。ハイスミスがノートにそう書いたのは一九七二年四月四日のことだ。「立ち止まってやったことを考えたとたん、トラブルが始まる」[37]。前の月は、『アメリカの友人』や短編小説の執筆がうまくいっていたから幸せだった。そしてその幸福感の大部分は、自分の時間の大半をひとりで過ごし、過去三十五日間で誰かと飲む約束は一日しかしなかったからだと、ロナルド・ブライスに語っている。しかしその後五月二日には、パリのW・H・スミス（イギリスの小売りチェーン店。書籍、文具、雑誌、新聞、娯楽品などを販売）で、イギリスにおいてハイスミスの小説をペーパーバックで刊行しているペンギン社が主催したカクテルパーティに出席している。パーティには、大勢の「文學界で著名なフランス人にイギリス人も」いて、その中にはエドナ・オブライエンも含まれ、「まさにまばゆいばかりに素晴らしかった」が、残念だったのはグレアム・グリーンの姿がなかったことだということもブライスに報告している。[38] このパーティのあとからほどなくして、友人のデイジー・ウィンストンをアメリカから、リル・ピカードをハンブルグから迎え入れる心の準備をしなければならなかった。そのストレスはハイスミスには負担が大きすぎ、デイジーは彼女が「心配するほどでもないことを心配して、かなり気が高ぶっている」ことに気づいた。[39] またリル・ピカードの攻撃的な態度、とりわけハイスミスをニクソン支持者だと――実際は正反対だった――非難を浴びせたことに彼女はひどく驚いた。デイジーとリルを送り出す頃にはすっかり疲労困憊して、バーバラ・カー＝セイマーに、「頭が半ばおかしな人たちから精神的な打撃を受けた」おかげで、妨害から回復するのに二週間かかったと手紙で打ち明けている。[40]

一九七二年の夏、ハイスミスは、自身では「躁状態」と表現する時期――彼女いわく創作のイマジネーションにはとても役に立ってくれる――に入ったが、それはすぐに避けがたい、反動としての重いうつ状態をもたらした。ロンドンの文芸著作権代理店A・M・ヒース社で働いていたヘスター・グリーンは、その夏に友人とともにこの作家を訪ねていたが、ハイスミスがほんの些細なことにさえひどく動揺していたことを覚えている。

「彼女は、何をするにしても相当な精神的努力がいるみたいでした」とグリーンはいう。「お隣のメアリーとデズモンド・ライアン夫妻と一緒にランチに出かけ、テーブルを囲んで座っている最中に、突然、精神的な何かのせいでテーブルに突っ伏したんです。どうしてそんなことになったのかは思い出せません。同じように彼女がバーベキューをやろうとしたことがあって、たしか天気のせいだったと思いますが、予定通りにできなかったんです。彼女はひどく取り乱して、急に私の首に腕を回して抱きついてきて――実際は絶望の表現だったのですが――本当にごめんなさい、といったんです。うまくいかなかったといっても些細なことにすぎないし、ほとんどの人は笑っておしまいにすることなのに、彼女にとっては劇的な事件だったんです」[41]

さらに追い打ちをかけたのが、母親からの刺のある手紙だったが、それらはメアリーの精神状態が衰えていることの証拠でもあった。この一年メアリーは、娘が自分から取り戻したがっているたったふたつのもの――ハイスミスが十二歳か十三歳の時に継父スタンリーに贈った懐中時計と、その九年後に贈った時計につける鎖――を娘に返すのを拒否することに邪な喜びを覚えていた。その時計はたしかに美しいものだったが、ハイスミスがその時計を欲しがったのはそれだけが原因ではなかった。それはすっかり打ちひしがれていた人生のある時期の、母親に置き去りにされてフォートワースで祖父母と過ごした一年間の象徴だったからだと彼女は述べている。その時計は、自分が芝生を刈って祖父からもらった手間賃を貯めて買ったものであり、ハイスミスにとっては自ら確立した労働の価値の象徴であり、かつ自分がどれだけのことを成し遂げたかを示す証拠でもあったのだ。

ハイスミスは母親の謀略にひどく恐怖を覚え、実の父親のジェイ・Bに手紙を書き、自分と母親を法的に絶縁する文書を作成する弁護士をテキサスで知らないかと訊ねている。メアリーの友人のひとりにも手紙を送り、母親が死んでも自分は何も相続するつもりはないと伝えてくれるように頼んでいる。ジェイ・Bは、当時腎臓の病気で入院していたが、退院後、親と子供に関する法律上の規定を要約した手紙をハイスミスに送っている。「法的な絶縁文書を作成することを弁護士に要請したいということだが、法のもとではお前は二十一歳で成人となり、その時点で親はもはやお前の仕事や金銭における問題や活動に法的な関与や管理をすることは一切ないので、文書をつくる必要はない」と伝えている。[42]

どれだけ母親を自分の記憶から拭い去ろうとしても、母親とは切れることなく感情的に結ばれていた。メアリーから手紙を受けとるたびに数日間は心が激しく乱れ、その間仕事に支障をきたしたことは、一九七二年六月に書かれたこの手紙を見れば不思議でもなんでもない。「お前はわたしを三十年間も犬のように扱ってきた」。メアリーはこう書いている。「だから今のお前はそんなふうなのよ[43]」。同じ手紙では、ハイスミスの名前がまた話題に上っている。ハイスミスは以前、出生証明書上は「プラングマン」なのが明らかなのに、なぜ「ハイスミス」の名前で自分を学校に入れたのかと母親に訊ねていた。理由は簡単だとメアリーは答えている。「先生と校長先生がそうしたからよ。彼らがハイスミスの名前のほうがいいといったから」と彼女は書いている。「何もかもわたしはお前のことを考えてやったのよ……わたしたちはお前が大人になったら自分で名前を選べばいいと思っていたの[44]」

一九七二年十月、ハイスミスは友人たちに宛てた手紙で、先月はまたしても神経衰弱になる瀬戸際で、すっかりエネルギーを消耗してしまったためにひと月半も仕事ができなかったとこぼしている。この地に住んでちょうど五年が過ぎたことだし、フランスを離れ、できればスイスに住もうかと再び思い描いてもいた。バーバラ・カー＝セイマーには、ケストラーが「底意地の悪さ[45]」と評したフランスを悪しざまに罵る手紙を書き、ロナルド・ブライスには、この国の官僚制やお役所仕事への嫌悪を要約して述べている。そして自分は幸福に満ちた生活を送る必要もないし、幸せになるために恋人を必要としているわけでもないとも述べている。「地理的にあちこち転々とすることに正当な理由などないことくらいわかっている。過去二年間自分に《ここよりましな所なんてないんだから、ここにいたらどうなの？》と自分に言い聞かせて、なんとか持ちこたえてきた。でも本当にそうなのかわからないわ[46]」

一九七三年の春ごろまでに『アメリカの友人』を書き終えたら、四か月休みをとって日本かスリランカへ旅をしようとハイスミスは考えていた。「この引きこもりのような生活から脱出[47]」する必要を感じていたし、金銭的な心配は何もなかったので、長期休暇を取って遠くへ旅してはいけない理由は何もなかった。だが、またしてもインフルエンザや歯痛、左の頬の腫れなどに見舞われ、すっかり消耗していた。ユニバーサル・ピクチャーズが一九七二年に映画化権を買った『水の墓碑銘』が、ハリウッドで制作され、マーロン・ブランドがヴィクを演じる可能性があると聞いた時は、ハイスミスの心も明るくなったが、その後映画化の話は計画段階から遅々として進まなかった。それやこれやで一九七三年前半の数か月間のほとんどはひどく孤独で惨めな時期を過ごした。アレックス・ザァニーが星占いをしてくれ、ハイスミスは現在巨大な混乱期を抜けつつあると示唆すると、彼女はザァニーに宛てて、現在の自分の状況を詳しく説明している。「自分のコントロールが効かないの」と彼女はいう。「自分という船の船長なのに、もう思うどおりに操れないでいるの[48]」

そんな状態にありながらも、持ち前のブラックユーモアや、子供っぽい、ひねくれた楽しみに気分は浮上するのだった。三月二十八日、ロンドンで本を紹介するテレビ番組『カヴァー・トゥ・カヴァー（「最初から最後まで読む」の意）』の収録の後、ヒースロー空港でフランスに戻る飛行機への搭乗を待つ間、半パイントのビールを片手に楽しんでいた彼女の耳に、搭乗客のシット（大便の意）氏、マルシャン氏、シッタル氏にインフォメーションデスクに来るよう要請するアナウンスが耳に入った。その年の暮れ、フランスの新聞にとんでもない誤植を見つけた彼女はほくそ笑んだ。グレアム・グリーンの本について述べている記事で、本来は「おばとの旅（Travels with My Aunt）」であるべきところを「女陰との旅（Travels with My Cunt）」という下品なミスを犯していたのである。「これには彼女も爆笑しましたね」とチャールズ・ラティマーは語る。「その記事を切り抜いて友達に見せていました。パットは泥臭く、下品で、まったく洗練されていないユーモアセンスの持ち主で……ウィットには反応しないし、機知にとんだ会話をしようにもいつも話は弾まないんです。自分には意味がわからないと自ら認めていたくらいですからね。たとえば、ノエル・カワード（一八九九−一九七三　イギリスの俳優・脚本家・演出家。都会的で洗練された喜劇を好んだ）の芝居に彼女を連れて行っても無駄だということです。それでも彼女の笑い声には驚かされました。概して彼女はとても物腰が柔らかく、かなり低く、静かで、はっきりときれいな発音で話す人でしたからね。でも笑い出すと、その声はとても大きく、ほがらかで、いわゆる膝を叩いて面白がるような感じでしたね[49]」。ヴィヴィアン・デ・ベルナルディは、「パットの笑いには、含み笑い、大笑い、小馬鹿にした笑いがあるのよ。まったくレディらしくなかった。抑制がきかなくなって、おなかの底から湧きあがって来るような低いしわがれ声だったわね[50]」。マイケル・リーヴィー卿は、妻のブリジッド・ブロフィとともにハイスミスとパリでランチをとった時のことを思いだす。ある通りを歩いていて、一軒の靴屋の前を通りかかった時、夫妻はハイスミスがひとりで笑っているのに気がついた。「彼女は《ねえ、あの広告を見た？》といって、そこに書かれている文句を指さしたんだ。《敏感な足のために》とあった。たしかにちっぽけで些細な出来事かもしれないが、パットのひねくれたユーモアがなんとなく伝わってくる[51]」。また、彼女はブリジッドに、自分のイニシャルＰＨにちなんで左手首の内側にギリシャ文字の「Φ（phi）」と刺青をしているのだが、普段は腕時計のバンドで隠しているのだと嬉々として語っている。小さな印ではあるが、いつか飛行機事故に遭って、自分のちぎれた腕が事故現場で見つかるようなことがあれば、本人確認に役立つかもしれないからと彼女は冗談めかしていっていた。

一冊本を書き終わるといつも陥る停滞の時期に、ハイスミスは無為な時間を過ごすための方法を探し、書類ファイルを整理したり、家周りの仕事に精を出したりしたが、執筆ほどの満足感は何からも得られないと実感していた。『女嫌いのための小品集』や『動物好きに捧げる殺人読本』のための短編のアイデアはいくつか考えていたが、自分が時間を持て余していることに居心地の悪さを感じていた。一九七三年七月十二日、彼女はハンブルクに向かい、ハイスミスの作品をドイツ語に翻訳しているアンネ・ウーデと五日ほど一緒に過ごし、それからひとりでベルリンを旅した。「ベルリンを好きになるどころか、把握できたかどうかすら怪しい」と書いた絵葉書をケストラーに送っている。[52] ハイスミスは、やがてこの街を愛するようになっていくのだが、当時はひどく居心地の悪さを感じていた。ベルリンには目に見える中心がないように思え、「四隅が直角の構図であるべきなのに、そうではない絵を見ている」[53] ようだと書いている。

七月十九日、彼女はさらに東ベルリンへ向かうが、旅行代金は十五ドイツマルクで、国境ではパスポートの念入りなチェックを受け、ドイツマルクをいくら持っているのかを含めて山ほど質問をされた。「チェックポイント・チャーリーと呼ばれる国境検問所では、少なくとも二十五分は待たされる」とハイスミスはノートに書いている。「その間灰緑色の制服警官が何をしているのか神のみぞ知るところだが……そこからはベルリンの壁が見える。三メートル余りの高さの灰色のコンクリートのようだ。陰気なコンクリートの小さな小屋が立ち並び、そこには職員が常駐しているようだ……」[54]。ベルリン滞在中にはシャルロッテンブルク宮殿とベルリン動物園を訪れている。動物園で彼女はある短編のアイデアを思いつく。動物たちが園を乗っ取って、捕まえにきた飼育員たちを檻に閉じ込め、彼らに「見物人の前で排便をしたりセックスをしたりすることを強制する。見物人に笑われたり、指さされたり、じろじろ見られたりする……」とノートに書き留めている。[55]

七月末にフランスに戻るとすぐにすぐにヘザー・チェイスンが友人とふたりでモンクールの自宅に訪ねてきた。チェイスンは、ハイスミスが矛盾した人物だったと回想している。レズビアンだが特に女性が好きなわけでもない。この上なく洞察に満ちた心理小説をものにしている作家でありながら、人間には飽き飽きしているようにも見える。穏やかで、優しい性格の人間嫌いというのがその印象だった。「彼女はいつもジーンズをはいて男っぽい格好をしていたけれど、首元にはビーズのネックレスをつけていたりして、それがわずかに女性らしい雰囲気を醸しだしていたわね」とチェイスンは語る。「彼女はわたしを好きだったと思うし、わたしも彼女が好きだったけれど、本当に気の毒な人だと思ったわ。彼女は幸せじゃなかったし、友達を必要としていた。あとになって彼女の作品を読んでみると、人間心理に対する洞察力に驚かされたわ――彼女と一緒にいた頃は、人間や周囲で起きていることに何の関心もないように見えたから。執筆の材料は全部頭の中から引き出していたんだと思う。彼女から滲み出る敵意や辛辣さと同じように――人のことをめったに良くいったりはしなかったけれど──傷つきやすさや優しさといったものも彼女にはあったのよ」[56]

一九七三年八月、フランシス・ウィンダムは、ハイスミスに手紙を書いて、「サンデータイムズマガジン」誌に「初恋」というタイトルで書く気はないかと打診した。ハイスミスは、最初その依頼を断るつもりでいたのだが──原稿料は三百五十ポンド──少し考えてから、六歳の頃の経験について書けばいいと思いついた。スミスの文章は一九七四年一月に掲載されたが、それは彼女が好きになった相手の名前も性別も巧みに隠し、どのようにでも解釈可能な文章の好見本だった。デイジー・ウィンストンはその作品を読み、この文章はずいぶんと気取っているような印象を受けるとハイスミスに手紙を送っている。「わたしが実績のある作家を批判するのは、確かにとんでもない神経だけれど、この文章には恋愛を思わせる感情が欠けていると感じたことに変わりはありません」とデイジーは書いている。[57]もちろん、ハイスミスとしては自己検閲の必要があった。バーバラ・カー＝セイマーに語っているように、その文章には「もちろん、いろいろと書くこともできたが、そうはしなかった」のだ。[58]とはいってもこの作品を読めば、ハイスミスが恋愛を幸せや充足感とは結びつけて考えていないのは明らかである。「わたしが幸せな、もしくはうまくいく初恋というものを語らないとしたら、そんなことはわたしには想像もできないからだ」と彼女は書いている。[59]

ひと目で恋に落ち、急いで家に帰って親に良い知らせを報告し、やがて結婚にいたるような人々は頭が悪いとハイスミスは思っていた。愛の本質をよりまっとうに評価すればするほど、それは狂気に近づくはずなのだ。新しい恋のスリルを味わうためにこれほど多くの人が自分の安全や快適な生活を進んで犠牲にしようとする事実をどう説明できるだろう。ハイスミスは「初恋」の中で、「《すまない。頭がどうかしていたのだ》」と書き、恋愛という「状況」に悩まされている人間のセリフを想像しながら、こう結ぶ。「《そう、間違いない》」[60]

原注

第26章

1 PH, Cahier 32, 11/2/71, SLA.
2 PH, Cahier 32, 11/24/71, SLA.
3 ハイスミス　バーバラ・カー＝セイマー宛書簡
１９７１年12月８日付　ＳＬＡ所蔵
4 PH, *Ripley's Game*, Heinemann, London, 1974, p. 1.
ハイスミス『アメリカの友人』佐宗鈴夫訳　河出文庫　２０１６年
5 PH, Cahier 31, 7/20/71, SLA.
6 PH, *Ripley's Game*, p. 165.
ハイスミス『アメリカの友人』
7 前掲書
8 前掲書
9 前掲書
10 PH, Cahier 32, 11/26/71, SLA.
11 PH, Cahier 32, 11/20/71, SLA.
12 PH, *Ripley's Game*, p. 174.
ハイスミス『アメリカの友人』
13 前掲書
14 前掲書
15 *Spectator*, 23 March 1974.
16 Tony Henderson, *Books and Bookmen*, May, 1974, p. 84.
17 Ibid.
18 PH, 'Ming's Biggest Prey', *The Animal-Lovers Book of Beastly Murder*, Heinemann, London, 1975, p. 65.
ハイスミス「最大の獲物」『動物好きに捧げる殺人読本』収録
吉野美恵子ほか訳　創元推理文庫　１９８６年
19 ハイスミス　バーバラ・カー＝セイマー宛書簡
１９７２年３月15－16日付　ＳＬＡ所蔵
20 Marghanita Laski, 'Long Crimes, Short Crimes', *Listener*, 20 November 1975.
21 PH, 'The Cat Complex', *Murderess Ink: The Better Half of the Mystery*, ed. Dilys Winn, Bell Publishing Company, New York, 1981, p. 37.
22 ケイト・キングズレー・スケットボル　著者宛書簡
２００２年２月13日付
23 ジャニス・ロバートソンとのインタビュー　２００２年10月10日
24 ブルーノ・セイガーとのインタビュー　１９９９年９月25日
25 PH, Cahier 13, 6/3/46, SLA.
26 ハイスミス　アレックス・ザァニー宛書簡
１９６７年９月12日付　ＳＬＡ所蔵
27 ハイスミス　アーサー・ケストラー宛書簡　１９６８年４月10日付
ＫＡ所蔵
28 PH, 'The Day of Reckoning', *The Animal-Lover's Book of Beastly Murder*, p. 142.
ハイスミス「総決算の日」『動物好きに捧げる殺人読本』収録
榊優子ほか訳
29 PH, Cahier 31, 13/8/70, SLA.
30 グドルン・ミュラーとのインタビュー　１９９９年７月25日
31 ニール・ゴードン　著者宛書簡　２００１年11月９日付
32 PH, 'Notes from a Respectable Cockroach', *The Animal-Lover's Book of Beastly Murder*, p. 147.
ハイスミス「ゴキブリ紳士の手記」『動物好きに捧げる殺人読本』
収録　中村凪子ほか訳
33 前掲書
34 ハイスミス　バーバラ・カー＝セイマー宛書簡

35 1972年1月20－21日付　SLA所蔵
PH, 'The Man who Wrote Books in his Head', in *Slowly, Slowly in the Wind*, Heinemann, London, 1979, p. 5.
ハイスミス「頭のなかで小説を書いた男」『風に吹かれて』収録
大村美根子ほか訳　扶桑社ミステリー　1992年
36 PH, 'The Pond', Slowly, *Slowly in the Wind*, p. 41.
ハイスミス「池」『風に吹かれて』収録　小倉多加志ほか訳
37 PH, Cahier 32, 4/4/72, SLA.
38 ハイスミス　ロナルド・ブライス宛書簡
1972年5月28日付　RB所蔵
39 前掲書簡
40 ハイスミス　バーバラ・カー＝セイマー宛書簡
1972年6月3日付　SLA所蔵
41 ヘスター・グリーンとのインタビュー　2000年11月16日
42 ジェイ・バーナード・プラングマン　娘ハイスミス宛書簡
1972年5月26日付　SLA所蔵
43 メアリー・ハイスミス　娘ハイスミス宛書簡
1972年6月27日付　SLA所蔵
44 前掲書簡
45 ハイスミス　バーバラ・カー＝セイマー宛書簡
1972年10月5日付　SLA所蔵
46 ハイスミス　ロナルド・ブライス宛書簡
1972年10月6日付　RB所蔵
47 ハイスミス　バーバラ・カー＝セイマー宛書簡
1973年2月14日付　SLA所蔵
48 ハイスミス　アレックス・ザァニー宛書簡
1973年3月1日付　SLA所蔵
49 チャールズ・ラティマー　著者宛書簡
2001年3月20日付　同年3月31日付
50 ヴィヴィアン・デ・ベルナルディ　著者宛書簡
2001年3月27日付
51 マイケル・リーヴィー卿　著者宛書簡　2002年2月8日付
52 ハイスミス　アーサー・ケストラー宛葉書
1973年8月24日付　KA所蔵
53 PH, *Jahrbuch* Film 78/79, Herausgegeben von Hans Gunther Pflaum, Berichte, Kritiken, Daten, Carl Hanser Verlag, Munich.
54 PH, Cahier 32, 7/19/73, SLA.
55 PH, Cahier 32, 7/27/73, SLA.
56 ヘザー・チェイスンとのインタビュー　1999年10月6日
57 デイジー・ウィンストン　ハイスミス宛書簡
1974年3月22日付　SLA所蔵
58 ハイスミス　バーバラ・カー＝セイマー宛書簡
1973年8月31日付　SLA所蔵
59 PH, 'First Love', *Sunday Times Magazine*, 20 January 1974.
60 Ibid.

第27章

若い兵士と陽気な志士

1973 – 1976

一九七三年の秋、ハイスミスは自分の健康状態に不安を感じていた。庭仕事に励みすぎたことによる両腕のじんじんするような感覚に加え、消化器官の異常にも悩まされていた。タバコの吸い過ぎだということは自分でもわかっていた――日に二十三本、ほとんどの場合はゴロワーズ――それに食が細すぎた。彼女の胃が受けつける食べ物といえば、卵、ミルク、細かく刻んだ肉や野菜、マカロニチーズぐらいしかなかった。ワインよりビールやウィスキーを好み、スコッチの瓶を四日に一本空けている。十一月に本の宣伝活動のためにチューリッヒに四日間滞在した時は、ホテル・ヨーロッパに宿泊し、部屋に備え付けのズボンプレッサーを見て「拷問道具としても使えそう」などと想像を膨らませていたのだが、自宅に戻る頃には、体調に異変を感じていた。床に就く前は吐き気に襲われ、朝になると痙攣を伴う腹痛と下痢で体をふたつ折りにするほど苦しんだ。テレビに出たり、公開朗読会をしたり、ジャーナリストたちのインタビューに答えたりする精神的ストレスが身体に与えた影響は大きく、症状がおさまるのに三、四日はかかったとハイスミスは述べている。

また、ロンドンで予定していた健康診断にも不安を感じていた。だが、十二月初めにウィンポール通りの心臓疾患専門病院で検査を受けると、特に懸念すべき疾患はないと告げられた。むろん、速足で歩いた後にふくらはぎの筋肉痛を避けたいなら、禁煙しなければならないのは当然のことである。タバコの本数を半分にしようと努力はしたものの、ハイスミスがまたヘビースモーカーに戻るのは時間の問題でしかなかった。

一九七三年のクリスマスと新年の数日間を、ハイスミスは、チャールズ・ラティマーと彼のパートナーであるピアニストのミシェル・ブロックとともにフランスのヴァリー・デュ・ロット地方で過ごした。「彼女は時折、ぶっきらぼうな態度の裏にある繊細な心を垣間見せてくれた」とブロックは話している。「とても内気で、そのせいで彼女を知らない人には不愛想な人だと受け取られてしまうことがよくあった。《陰気くさい》というべきか、たぶん《禁欲的》といったほうがいいかもしれない、そういう暮らしをしていた。モンクールなんて面白みのない金ばかりかかる小さな村をフランスでの住まいとして選んだだけでなく、家の中も何もなくがらんとして、とても寛げそうには見えなかった。同じことが庭にもいえる。壁に囲まれ、広いけれど物寂しい感じがした。彼女は庭いじりが好きでね、落葉焚きをして、その後わたしたちと一緒にビールを飲んだりタバコを吸ったりして、それは楽しそうにしていたな――本当にね、《気の置けない仲間》という感じだったよ。

「彼女の女性の好みは嘆かわしいものだった。思うに、彼女の心は相手に魅力と反発の双方を感じていて、それが原因で、どうしても幸せな恋愛関係を持てなかったんじゃないかと思う。彼女の恋人には少なくともふたり会っているが、どちらも快活だが気性が激しく、どうやっても好きにはなれない人達だった。パットは百パーセント信頼できるし、思慮深く、頼りになる友人だった。いわゆる典型的なアメリカ人海外居住者ではなかったよ。わたしから見ると、彼女は《追放者》、そうでなければ、《亡命中》というところだったんだと思う。彼女がフランスやフランス人をとりわけ好きなわけではないのは、わたしにもはっきりわかったよ。だから彼女がフランス語を話すのを聞いた時は驚きだった。話し出すその瞬間まで彼女が話せるとは知らなかった。かなり流暢で、ほとんどの場合たいして気にならない、微笑ましい間違いをしていたね。フランスで暮らしていたのは、以前にイタリアやイギリスで暮らしていたのと同じ理由だろう。ヨーロッパでは作家として高く評価され、尊敬もされていたからね[1]」

モンクールに戻ると、ハイスミスはいくつもの短編小説を書き始めた。そのうちの一編が「ハムスター対ウェブスター」であり、『動物好きに捧げる殺人読本』に収録されている。一九七四年三月初め、ロンドンに赴き、『アメリカの友人』の宣伝活動にかかわるいくつかの仕事をこなした。三月六日、リージェント・パークにあるビル・ホールデン書店でパーティに出席し、翌日にはフルハム・ロードにあるパブで、『女嫌いのための小品集』の中から一編を朗読した。その催しはライターズ・アクション・グループの資金集めのために行われたもので、その団体は一九七二年にブリジッド・

ブロフィや、マイケル・リーヴィー、モーリーン・ダフィ、レティス・クーパー、フランシス・キングらによって創設され、公共貸与権（著作者が公共図書館や学校図書館の図書資料の無料貸出について報酬を請求する権利）を求めて活動していた。ロンドン滞在中に、ハイスミスは、保守党の下院議員で雑誌「スペクテイター」の記者であるパトリック・コスグレイブと会い、下院で二回ランチをともにした。コスグレイブはこの時のことを「スペクテイター」誌に記事として書いている。「先週作家のパトリシア・ハイスミスと話す機会があった。彼女は、自分の本が推理小説と一緒に批評されることに今でも漠然とした苛立ちを感じているようだ……しかし、彼女の作品にはそれとは別の問題がある。それは本そのものからよりも彼女との会話からより強く伝わってくる。ミス・ハイスミスが並外れた厭世家であるということだ」[2]

さらに彼は、ハイスミスの小説は、「おそらく大戦以来生み出されてきた小説の中で最も一貫して卓越した作品群だ」と述べている。[3]ロンドンでハイスミスにインタビューした「ガーディアン」紙の記者もロンドンでハイスミスにインタビューしており、彼女のことを冷静な人物だと述べ、「冷淡というわけではなく、ゆっくりとした身のこなしで、独特の雰囲気があり、射すくめるような、だが強烈ではない眼差しをして、親しみやすい気品があった」と書いている。[4]しかしこの記者が見逃したにせよ、あえて書かないことを選んだにせよ、ハイスミスの容貌には圧倒的な哀しみが表れていた。その時撮られた写真を見ると、彼女の黒い瞳は深い哀しみにとらわれ、その顔は、深く刻まれたしわのために、困惑した、道に迷った子どものように見える。

一九七四年の初め、ハイスミスは再び現実と幻想の区別がつかなくなり、またしても精神的不安定に陥った。二月には、エレン・ヒルが手紙で愛を伝えてくる夢を、ロルフ・ティートゲンスが亡くなる夢を見たりして、その後二、三日はその空想の世界を現実だと思っていた。自分の作品はどれも自身の内面の葛藤を小説に表したものだとハイスミスが考えていたとすれば、次の作品である『イーディスの日記』は、それまでの作品の中で最も彼女の内面的対話が描写されていると同時に、イマジネーションが持つ魅惑的な、苦しみを和らげる作用について掘り下げた作品となった。「今日、自分を動かし続けるのは幻想だけだと感じ、不安を覚えた……」とノートに記したのは、この小説のあらすじを書き始める直前のことだが、それはすでにハイスミス自身が認め、何度も口にしてきた思いだった。[5]

後に多くの人々がハイスミスの最高傑作とみなすようになる『イーディスの日記』に取り掛かる前、彼女はいとこのダン・コーツからテキサスに来てほしいという手紙を受け取った。母親のメアリーがもうひとりで暮らすことができなくなっていたのは明らかだった。一九七四年九月末、ハイスミスはフォートワースへと飛び、母親の家の惨憺たる状況をじかにその目で見た。マーサ・レーンの家はゴミ屋敷と化し、ドアを開けるために、窓から無理やり身体をねじこんで家に入らなければならなかった。彼女はそこで衝撃的な光景を目の当たりにする――冷蔵庫は腐った食べ物でいっぱいで、流しは緑色のねばねばに覆われており、汚れた皿は数えきれず、絨毯は新聞や手紙が三十センチも積み上がり、タバコの吸い殻や灰皿やかつらが、部屋のあちこちに雑然と散らばっていた。メアリーは、娘が家を片付けようとするのをことごとく邪魔し、ハイスミスが古い封筒を拾い上げてゴミ箱に捨てると叫び声をあげ、ゴミ箱から封筒を拾い上げて元の場所に戻すのだった。

弁護士に委任状を手配してもらってきたものの、ハイスミスもダン・コーツもそれをメアリーに突きつけたところで無駄だとわかっていた。メアリーが同意の署名などするはずがないからだ。テキサスにいる間、ハイスミスは、実家から四十キロほど離れたいとこのダンの牧場に泊ることを選んだ。「パットは自分の母親のアルツハイマー病が進行しているのに対処できなかったんですよ」とダン・コーツの息子ドン・コーツはいう。「自分もそうなる可能性があるということが受け入れ難かったのでしょう」[6]。兄弟のダン・コーツはこのように語る。「パットがメアリーを大事にしていたとは思えませんね」とダン・コーツの息子ドン・コーツはいう。「若い頃に嫌な思いをさせられたからといって、今さらそれがどうだっていうんです？　パットは母親を許すべきだと思うし、たとえメアリーに対して許せないことがあったとしても、訪ねてくるべきでした。パットのそういうところには同意できませんね。でも、人を好きになるのに、その人がやることなすことすべてを気に入る必要はないでしょう？」[7]

フォートワースを訪ねた後、ハイスミスはニューヨークにしばらく滞在し、担当編集者のボブ・ゴットリーブや、友人のロザリンド・コンステーブル、リル・ピカード、アレックス・ザァニー、そしてローズ・マルティーニに会った。マルティーニのほとんど中毒ともいえる電話への依存と、彼女の「コミュニケーションがすべて」という呪文にヒントを得て、ハイスミスは「ネットワーク」という短編小説を書きあげる。それからいとこのミリー・アルフォードにも会い、母親からの手紙を受け取った。このメアリー・ハイスミスからの残存している最後の手紙は、一九七四年九月三十日付で、母親と娘の間の意思疎通を永久に断つ役割を果たした。

ついにやらかしてくれたわね――わたしの心を打ち砕いた――でももう何年も感じたことのない自由をもらった気分よ。本当にお気の毒様。お前が養子縁組を頼んだ男を説明する言葉をわたしにも使うことになるとはね。大勢の人が彼のことを今まで会った中で最高の男――紳士だといっている。血のつながった父親なんかより、お前にとってはずっと有益な人間で、誰からもお金なんか欲しがったりはしなかった。ただお前のために最高のものが欲しかっただけ。スタンリーもわたしも、ひどい間違いを犯した――できるだけのものをお前に与えるなんて……お前に子供がいないのがせめてもの幸いね――もしいたらずっと批判され続けるんでしょうし、お前の要求など間違っても聞いたりはしない。お前は自分のことだけ考えられる……手紙は書かないで――わたしは書かないから。[8]

手紙の末尾は「母より」ではなく、ただ冷たく正式に「メアリー・ハイスミス」と記されている。

一九七五年八月六日、メアリー・ハイスミスは、火をつけたタバコを消し忘れたまま、近くの食堂にランチをとりに出かけた。彼女が留守にしているあいだ、火は燃え上がってまもなく家を呑み込み、衣服も、ピアノも、壁の絵画も、娘の大学の卒業証書も、ペットのイヌも、すべてを焼き尽くした。メアリーは亡くなるまでの十七年間をフォートワースの老人ホームで過ごすことになり、徐々に身も心もコントロールを失っていく。ハイスミスはもう二度と母親に会うことも話すこともなかったが、それにもかかわらず母親の影は執筆にも生活にも影響を与えた。「パットの作品の登場人物の何人かは、母親から着想を得ていたことは明らかです」とフィリス・ナジーはいう。「単にパットが女性について書かなかったからといって、そこに彼女の母親がいないことにはなりません。パットが意識していたとは思いませんが、メアリーはそこに、パットの書いたすべての中にいるのです」[9]

ハイスミスは、『イーディスの日記』について後に「スリラーというよりも一般小説に近い」と述べている。[10] 小説の梗概を一段落の文章にまとめてノートに書いたのは一九七四年八月十二日であり、主人公は中年の女性イーディスで、彼女は「相当知的能力が高い現代的な知識人」であると記している。[11] 現代のマスメディア時代の陳腐さに対し、とりわけそれに悪影響を受けたろくでなしのひとり息子に幻滅し、若い女のために自分を置いて突然家を出て行ってしまった夫に嘆き、イーディスは自分の日記の中に描いた空想の世界に逃げ場を求めるようになる。この小説は、主人公のイーディスを通して、希望を失って打ちのめされる人間を描くことになるだろう――「夫にも息子にも、ジャーナリストとしてのキャリアにも、政治にも、彼女が思い描いた美しい夢のアメリカにも失望する」と一九七四年九月一日に記している。[12]

小説はイーディス・ハウランドの人生――すなわちジャーナリストの夫ブレットと息子のクリッフィーと一緒に、マンハッタンのグローブ・ストリートにあるアパートから、ペンシルベニア州ニューホープをモデルにした小さな町、ブランズウィック・コーナーへと引っ越しをする一九五五年から始まり、一九七四年のウォーターゲート事件の直後までの二十年にわたる――を中心に展開していく。語り口としてはわかりやすく、都会から田舎へと移り住んだ家族の変遷を描いた物語である。まずブレットの伯父でほとんど寝たきり老人のジョージが一家の生活に突然闖入してくる。やがてイーディスとブレットの結婚生活は破綻を迎える。クリッフィーは精神的にも知能的にも未熟であり、寝たきりのジョージにコデインを過剰摂取させて殺した疑いがほのめかされる。イーディスは、現実の生活と同時進行する自分と家族の空想上の生活を創り出し、少しずつ精神的に崩壊していき、やがて事故で死ぬ。小説はイーディスの空想の保管場所――彼女の日記――を軸に進んでいく。主人公イーディスが自分の抑圧された願望のはけ口として、また自分の人生を再構築し、立て直すための道具として日記を利用するのと同じように、ハイスミスも小説という形式を意識的に利用して、紙の上に描き出されたリアリティに内在する矛盾を探求しようとした。日記を通して語られる物語というアイデアを思いついたのは、一九四二年のことであり、「自らを省みる手段としても、読みたいという興味をそそられるものとしても、ある出来事に対しての反応のバリエーションとしても、これほど豊かな形式はない」と記している。[13] そして何よりもハイスミス自身が、自分の人生をこと細かに記録せずにはいられない記録者であったがゆえに、混沌とした経験を文字にすることで秩序だった世界に変換する作業に熟知していた。このギャップ――実際の体験と紙の上に表現されたものとの間に広がる黒い淵こそはハイスミスが『イーディスの日記』で解き明かそうとしたものだった。

イーディスが日記を引っ越し荷物のどこに入れようかと思案しながら登場する冒頭の場面で、ハイスミスは小説のテーマを浮き彫りにする。彼女の意識はブレットと一緒にブランズウィックの家を初めて訪れた時に遡り、その時の日記を書き忘れたこと気づく。それは日記を書くことが恣意的な性質を持っていることを示している。小説の始まりでイーディスは三十五歳であるが、日記帳は彼女がブリンマー大学の学生だった十五年前に贈られたもので、半分以上白紙のままだ。「日常のささいなことまでいちいち書きこんでいなくて本当によかったと彼女は思った」とハイスミスは書く。[14] イーディスが日記を読み返すことはめったにないが、日記には自分の現実の暮らしを秩序立てて編集したものという機能があるだけでも、その存在に慰められるのだ。「人生なんてなんの意味もないと考えた方が無難だろうか？　その方が賢い生き方なのだろうか？」これはイーディスの日記の記述ではあるが、主人公の問いにはハイスミス自身の見解が反映されている。「これを書いた後はずいぶん気分が楽になった」。[15] イーディスが現実の生活を改ざんするようになるのは、大学入学試験でクリッフィーのカンニング——彼女は息子にプリンストン大学に行ってほしいと願っていた——が発覚してからである。屈辱と失望の感情を書く代わりに、イーディスは古いイースターブルックの万年筆を握り、息子の大学合格について書く。「日記に書いたのは嘘っぱちだった。でもいったい誰が読むというのだろう？　これを書いたおかげで憂鬱はいくらかやわらぎ、気分はずっと楽になった。実際のところをいえば、彼女はほとんど上機嫌だといってもよかった」[16]

他の作品の登場人物と同様に、イーディスには作家としての想像力が与えられており、登場人物、すなわち偽りの物語を演じる役者たちの人生を細部にわたって創り込むことができる。日記の中では、息子のクリッフィーは水力学の技術者で、クウェートと母校プリンストンのそばにある住み心地のよい家を行ったり来たりしている。デビーという恋人ができ、やがて結婚して子供ももうける。イーディスを喜ばせないような出来事——ブレットは愛人を作って家を出て再婚し、子供が生まれる——そうした見たくない現実は、ひたすら自分の作り話に置き換えられ、日増しに仮想世界の説得力は増していく。「彼女の日記のなかでは、ブレットの赤ん坊は登場せず、ひとことたりとも触れられていなかった……ブレットは影のごとく消えうせ、あたかも最初から存在しなかったかのようだった」[17]。一九六九年になると、とうとうブレットを死んだことにしてしまう。一九六六年に彼は亡くなったことにして、一九六六年の初めのジョージの葬式に出席していたことには無視を決め込む——結局のところ、日記は自分自身を楽しませるためのものでしかないのだし、少しくらいの詩的自由はあったっていいではないのか？　空想と現実が衝突する——たとえば伯母に、貯金はクリッフィーをプリンストン大学にやるために使いたいといおうとする時など——イーディスは精神的な危機を、まるで酒をちょびちょびやり過ぎた時のような認知力の歪みを体験する。小説の終盤で、イーディスはもはや何が現実で何が想像なのか区別がつかなくなり、クリッフィーとデビーの想像上の子どもたちに編んでやったという、実際には書いた覚えすらない記述を日記の中に見つけて仰天する。「そしておかしなことに、二枚のセーターは実在した。空き時間に自分で編んだそのセーターは、寝室のタンスの一番下の引き出しに入っている。なんという不思議！」[18]

この小説を構想した頃、ハイスミスは、イーディスの置かれた環境を、どのようにしてT・S・エリオットの詩、とりわけ「荒地」や「虚ろな人々」の世界に結びつけるかを考えていた——すなわち精神性の欠落した現代の生活を表現し、夢と現実の間に存在する地獄をどのように描いていくかについて。エリオットの影響は、イーディスの書いた詩の中にも読み取れ、その詩は一九九五年三月のハイスミス自身の葬儀で参列者に配られた。自分の死の数時間後の夜明けの描写に始まり、自宅の庭の木々を朝日が照らし出し、「わたしが死んだ朝にも彼らは泣きもせず」と続き、人ひとり亡くなっても自然には何の変化もないことを何よりも思い出させるものとなっている。

『イーディスの日記』をはじめ、ハイスミスの作品の多くは、ドイツ人精神分析医エーリッヒ・フロムの著作に影響を受けている。『イーディスの日記』においては、イーディスが図書館から借りたフロムの著作から引用したり、精神科医との会話で、オーストリア人の動物行動学者コンラート・ローレンツよりもフロムの方が好きだと表明したりしている。ハイスミスは、フロムの著作を少なくとも二冊、『愛するということ』と『破壊　人間性の解剖』を所持して読んでいた〔『愛するということ』は、母親と継父から誕生日プレゼントとして贈られたものであり、《パットへ　六七年一月十九日母とスタンリーより》とメッセージが書かれている。今にして思えば、本のタイトルと母娘の難しい関係を考えれば実に皮肉なチョイスだったといえる〕。構想の初期の段階で、ノートにこんなことを書いている。「息子にとってサディズムは……フロムの言説によれば《支配しようとすること》である……テレビの過剰な刺激のせいで……」[19]。フロムは、著書『愛するということ』で、サディストとは、孤独感から逃れるために、「他人を自分の一部にしてしまおう」[20]とせずにはいられない人間のことだと定義した。その行動は、リプリーをはじめ、ハイスミスの生み出した多くの登場人物に認められる。フロムはハイスミスと同様に、不安の源は孤立感であり、自分という牢獄から逃れられないという認識だと考えていた――「この目的の達成に全面的に失敗したら、精神に異常をきたすにちがいない。なぜなら、完全な孤立という恐怖心を克服するには、孤立感が消えてしまうくらい徹底的に外界から引きこもるしかない。そうすれば外界も消えてしまうからだ[21]」。ハイスミスの作品には、そのような登場人物が閉所恐怖症的な崩壊を遂げていくおぞましさがとらえられており、孤立する不安の苦しみと、それがもたらす精神的な危機がくっきりと描き出されている。

『イーディスの日記』で、当初ハイスミスは、クリッフィーが家で飼っているフォックステリアを痛めつけているところをイーディスが鍵穴から覗き見るという場面を想定していたのだが、飼いネコを窒息させようとする場面に変更した。「わたしたちの体制も含めてたいていの社会体制では、社会の低い層の人びとでさえ、彼らの権力に従属する人びとを支配することができる。いつでも子供や妻やイヌが身近にいる」とフロムは書いている。[22]やがてクリッフィーのサディズムは、大伯父のジョージに向けられる残酷な仕打ちや――コデインの過剰投与の疑い――靴下を使ってマスターベーションをしながら、暴力的な性的ファンタジーを妄想することなどで明らかにされる。

「クリッフィーは彼女に最初はショックと痛みの叫びを、次に歓喜の声を上げさせた[23]」。しかし、実際の若い女性ルーシーを目の前にして、彼女を十人の少年たちで集団レイプする段になると萎えてしまうのだ――彼は実際には性行為ができず、ルースという女性とのつかのまの関係が壊れてしまうと、自分の慰みのためにだけ、等身大の彼女の人形を作れないかと妄想する。その考えはあきらめざるを得ない――母親に知られるというのがその理由だったが、実際は造るのがあまりにも難しかったからだ。『愛しすぎた男』の主人公デイヴィッド・ケルシーが「彼の生きている人形」アナベルとそうしたように、クリッフィーもルースと愛し合う妄想をずっと抱き続ける。「ろくでなしの亭主じゃ、おれほどの満足は与えられやしないだろう。ルースだってそれぐらいわかっているはずだ[24]」。フロムは、サディストは人生と愛を怖れていると論じている。彼らは自分が支配的な地位にいると感じる時だけ相手を「愛せる」、つまり愛情の対象を支配できる時だけ愛せるのだ。「サディズムのすべての現れに共通したその核心は、動物であれ、子どもであれ、男であれ、女であれ、生きているものに対して絶対的な無制限の支配を及ぼそうとする情熱である……他の生き物を完全に支配する人間は、その生き物を彼のもの、彼の財産とし、彼自身はその生き物の神となる」[25]

一九七三年九月に彼女が読んだデニス・ガボールの社会学及び経済学分析の書『成熟社会　新しい文明の選択』もまたこの小説を形づくるのに影響を与えている。バーバラ・カー＝セイマー宛ての手紙によれば、ハイスミスはこの本に対し強い関心を抱き「まるで聖書のように読んでいる」といい、今後書く小説や自身の考え方に影響を与えることになるだろうと述べている。[26]ガボールの一九六三年の著作『未来の発明(Inventing the Future)』の続編である『成熟社会　新しい文明の選択』は、なぜ第二次世界大戦後の社会が「不快感」あるいは「不安感」に取りつかれているのかについて説明している。「これまで人間は自然に逆らってきたが、これからは人間自身の本質に逆らうことになるだろう」と一九七一年十二月にノーベル物理学賞を受賞したガボールは論じている。[27]貧困はそのほとんどが克服され、医学の進歩により傷病率も劇的に減少した。「人間以外にもはや敵は残っていない」とガボールは語る。[28]科学と結びついた広範な民族主義はやがて第三次世界大戦をもたらし、文明を破壊するような結果を招くかもしれず、事実、一九六八年ソ連のチェコスロヴァキア侵攻や、中東へのソ連の影響力拡大によってもたらされた恐怖の空気は、世界中を暗雲で覆うかのように見えた。「理性的な人間は、科学と技術を生み出し、自然を征服したことにより、人間が根源的に持つ非合理性に直面することになった」とガボールは述べている。「理性を失った人類は安全を欲しがり、そのために闘うが、安全を勝ち取った途端、それを軽んじるのである」[29]。それはハイスミス自身の信条を見事に要約するものでもあった。ガボールは、モラルの崩壊に苦しんでいる消費社会は成長し、その責任を認識しなければならないと考えていた。これを行うには次のふたつの格言を思い出す必要がある。「人間は逆境に優れ、快適さ、豊かさ、安全に弱い」そして「人間は努力なくして得たものに感謝しない」である。[30]

『イーディスの日記』は、ガボールの分析を小説に書き直したものとして、あるいは未熟な社会である現代アメリカに対する批判としても読むことができる。冒頭の章で、イーディスは家族のためによりよい生活を夢に見て、都会を離れて静かな生活を求める。そこには息子が自転車に乗れるだけの場所があり、より「伝統的な」アメリカ社会で成長する機会を与えられるだろうと彼女は思う。しかし、その後、自分の考えに疑問を感じ、そうした最も基本的な前提さえも、もはや信頼できないのだと気づく。「でも本当にそうだろうか？　イーディスはつかの間そんなことを考えたが、別にそうでなくとも構わないと思った」[31]。イーディスは、左派寄りのリベラルと自らを位置づけ、国やマスメディアに裏切られたと感じている女性であり、考えを持たない多数派とは違い、政治は依然として重要だと思っているような人物である。彼女が見たアメリカ政府は、国民の無関心な態度を助長し、国民が現体制のはらむ二重思考に何の疑問も抱かないようにしている。報道機関は著しく偏向しており、その隠されたプロパガンダは、とりわけ共産主義に関する報道となると大衆を洗脳することに主眼が置かれている。「『リーダーズ・ダイジェスト』は医療などの、国有化された産業の能率の悪さについて毎回必ずといっていいほど記事を掲載している」と、イーディスは日記に書きつける[32]。

イーディスの政治的意見のいくつかは、明らかにハイスミスが自分のノートを繰って直接拾い出してきたものである。一九五四年のノートの一冊に、スペイン市民戦争に関するプロパガンダとマインドコントロールの問題について述べ、真実の情報はソ連側からもたらされたものだけだったと記している。その記述の後には、赤いインクで「イーディスの日記？」[33]と書込みがあり、小説に書かれたのとまさに同様の見解が書かれている。「一九三六年から一九三九年にかけて共産主義者〔ロシア人〕だけが、スペイン市民戦争を正しく解釈し……」[34]。イーディスの周囲の者たちも、国防総省はベトナムでますますその残虐さを増し、無益になっていく戦争を行うことで、ただの「戦争を作り出す好戦的な機械」になっているという彼女の考えに同調する[35]。しかし年を重ねるにつれ、イーディスは次第に友人たちから過激な意見の持ち主とみなされるようになり、孤立を深めていく。彼女が書いた「新『共産中国』を認めようではないか」と題する記事は「ニュー・リパブリック」紙に採用されず、自身が発行している「ビューグル」に書いた社説は同僚にチェックされて書き直さざるを得ず、原稿を採用してくれるのは「ショーブ・イット」や「ローリング・ストーン」といったアングラ雑誌だけだった。ついには、親しい友人のガートさえもイーディスと距離を置くようになる。イーディスの権威主義的な信念――黒人の子供たちを白人の中流家庭に預けることによって《黒人たちの後進性》を解決するという彼女の提案を、ガートは「アーリア人至上主義者のたわごと」として切り捨てる[36]。

ハイスミスが意図するところはきわめて明確だ。イアン・ハミルトンに語っているように、彼女の関心は「多くの過ちを生み出しているアメリカの外交政策のうさん臭さ、一部の人がいうところの無能さ」にあった[37]。「インターナショナル・ヘラルド・トリビューン」紙に掲載されたインタビュー記事では、スーザン・スミスに、この作品でアメリカの政治的夢の崩壊を追及しようとしたのだと語っている。「当時のアメリカでおきた数多くの出来事に、家庭の主婦でさえ動揺したのよ。マッカーシーをはじめとして、ベトナム、ニクソン——イーディスの考えの一部はわたしのものでもある」[38]。イーディスの狂気は、自分の家族に対する失望だけでなく、自身が生きている狂った世界の現実がその要因のひとつとなっている。ハイスミスは問いかける——中東戦争をフロリダの美人コンテストと同列におとしめるようなマスメディアの猖獗する国、ロバート・ケネディが大統領候補者指名の民主党全国大会で暗殺されるような国、一度は希望の象徴だったジャッキー・ケネディが、結局は海運王と結婚するような国。こんな国にどうしたら住むことができるのか？アメリカはもはやトーマス・ペインのいう理想の国家ではない。ペインの著作『クライシス』からの引用句をイーディスは仕事机の向かい側の壁に額にいれて掛けていた。「時として人はその魂を試練にさらさなければならないことがある」という一文で始まる引用句は、一七七六年十二月の凍てつく夜、デラウェア川を渡る直前に、ワシントン将軍の隊の兵たちに向かって読まれた言葉である。アメリカはいまや理想の国どころか、ニクソンの空疎な弁舌や、ウォーターゲート事件による政権の瓦解やベトナム戦争の影に汚されてしまった。「まったくなんという世の中なのだろう。アメリカはいったいどうなってしまったのだ[39]」。最終的にイーディスは抵抗の精神を示すべく、彼女を社会の圧倒的な力に従わせようとする、元夫と精神科医の企てに抗うが、誤って階段で足を踏み外し、墜落死する。イーディスの死は、アメリカの死を象徴していることをハイスミスは暗示している。

彼女は世の不公平を思った。頭のなかでそれはベトナム——そこでは日常的に腐敗がはびこっているということは誰でも知っている——の怪奇でどうしようもない不公正さと結びついた。トーマス・ペインの一節が思い浮かぶ。「若い兵士と陽気な志士は……」。彼女の頭が一番下の段か床に叩きつけられる——といっても、いとも優雅に（彼女はそうあって欲しいと思った）。そして真っ暗になった[40]。

たしかに、イーディスを狂気に駆り立てたものの一部は、家庭内の日常に対する陳腐さの恐怖であることは間違いない。不気味な過剰さで小説を埋め尽くす雑務は、主人公の精神が徐々に抑圧されていくことを暗示している。後にあるジャーナリストに語ったように、「主婦としての仕事がゆっくりと残酷にイーディスを殺していく」のだが、一方で「主婦の日常の決まりきった仕事であっても、どの瞬間も絶対的なリアリズムをもって」描写することをハイスミスは意図していた。[41] 知的で形而上学的な刺激を求めながらも、イーディスは毎日続く単調な苦役——すなわち料理や掃除、ジョージの世話といった日常につなぎとめられている。「翌日の朝食の支度は大変だった。まずジョージにゆで卵と紅茶とオレンジジュースを運び、さらにトースターをフル回転させて、階下の四人の朝食を支度するという難事業が待ち構えていた……さらに半熟の卵をゆで、おいしいチェリージャムを用意する」[42]。ハイスミスは、女性解放運動の必要性を感じていなかったが——それはとんでもなく傲慢な考えだとみなしていた——この作品を旧来の女性の家庭内における役割を縮小させることに焦点をあてたフェミニストのドキュメントとして読むことも可能だ。

ハイスミスがこの本を仮想研究として、もし自分が結婚していたらどうなっていたかというファンタジーの延長として書いたことに疑いの余地はない。リプリーがある程度までハイスミスの知的、文化的願望——ハイスミス独自の自由の感覚——の体現であるように、イーディスもまた作家自身の最大の恐怖の体現として、内面的、精神的な抑圧の象徴とみなすことができる。「男の人たちは家を離れられる。リプリーも家を離れる……女の人が家を出るのは見たことないわね……イーディスが家を離れる？　いったいどこへ行くっていうの？　彼女は販売員になる以外、何もできやしないのよ……そもそも結婚に縛られる女性をわたしはまったく理解できない。子育てで身動きできない女性もね……わたしには自分を召使の身分に置くことなんて想像できない。女は相当な金持ちの男と結婚しなければいけないわね。さもないと召使になってしまう」とベッティーナ・バーチに語っている。[43]

一九七六年六月、『イーディスの日記』の原稿をクノップに送ってまもなく、ハイスミスは原稿が却下されたことを知る。この小説は犯罪小説のカテゴリーにも本格小説のカテゴリーにも当てはまらないというのがその理由だった。キングズレーによれば、この小説を「パットは……自分の小説はどれもそうなんですけれど——傑作だと考えていました」[44]。ボブ・ゴットリーブは、ハイスミスによれば彼女の代理人に「ミステリーともサスペンスともみなせないし、かといって正統派の小説として売ることもできない」という手紙を寄こしてきた。[45] 出版を拒絶されたことは痛手だったに違いないが、ハイスミスは表向き強気な顔を通すことにした。テレビ出演者のロバート・ロビンソンに作品の曖昧な位置づけについて、この作品はサスペンス小説として扱われるべきか、あるいは文学として扱われるべきか訊ねられると、ハイスミスはこう答えている。「正直いってそんなことは気にしていないの。わたしにしてみればこれは良い出来で、気に入っているから……それは出版社の問題であって、わたしの問題ではないと思う」[46]〔ハイスミスは一九七七年の初頭に、またもやテレビドラマに挑戦して――テムズ・テレビジョンからの依頼で書いた二時間ものの全四話の脚本――没にされ、別の痛手をこうむることになる。「そんなこともあるわ。不可解な理由で泳げない人がいるのと同じようなことよ」といっている[47]〕。

しかしながら、『イーディスの日記』が最終的に一九七七年五月にイギリスのハイネマン社から、同じ年の後半にアメリカのサイモン&シュスター社から刊行されると、書評は概して非常に好意的で、ハイスミスの作家としての想像力と崩壊しつつあるアメリカに対する洞察を称賛する声が多かった。ニール・ヘプバーンは、「リスナー」誌でこう語っている。「登場人物と彼らを取り巻く状況は、悲惨なベトナム戦争時において、合衆国のみならず婚姻というものをそのまま象徴している……アメリカという、文化的ルーツを持たず、考えを持たない人々によって引き継がれてきたもの、かつては美しかった一七七六年の建国の理想、数々の欠点にも関わらず脈々と支え続けてきた高貴な精神はもはや消滅して取り返しがつかない。それはアメリカに対する悲観的な見方だが、ハイスミスの素晴らしく暗示的な小説においては、大変説得力がある」[48]。エマ・テナントは「タイムズ・リテラリー・サプリメント」誌で、この小説を傑作と呼んだ。「ミス・ハイスミスの他の作品よりもはるかに恐ろしく、はるかに常軌を逸している」と述べ、日常の不穏さを描きだしていることを称賛している。さらに彼女は、ハイスミスが「現代の不安や居心地の悪さという、目には見えないものをとらえている。人生に意味はないという感覚や、望んでもいない神に祈ることを教える輝かしいテレビの戯れ言、洗剤の泡と同じくらいあっけなく消えてしまう友人に対する恐れ、思いやりへの信頼の喪失」を指摘し、この小説は「現代社会に対する鋭い批判」であると結論づけている[49]。「ザ・ニューヨーカー」誌の書評家は、この本をハイスミスの「最も力強く、この上なく創造的で、圧倒的に内容が充実した本だ……『イーディスの日記』は、類まれな力と感情の作品である」と述べた[50]。しかし、『ニューヨーク・レビュー・オブ・ブックス』のマイケル・ウッドは、歴史上の出来事を手がかりとして置いていく手際が悪く、この作品を損なっていると論じ、「だがなんといってもこの本の最大の欠点は、その野望、我々の時代のポートレートたらんとする願望そのものである」と述べている。[51] 問題はこの小説が「ただ政治的な出来事を並べたてているだけで……本来はごく個人的な物語に一種の政治的な縁取りをつけただけのものだということだ」と書いている。[52]

『イーディスの日記』の冒頭に「マリオンに」と献辞を捧げられているドミニク・マリオン・アブダラムは、一九七五年から一九七八年の間ハイスミスの恋人だった。パリを拠点とする文筆家で翻訳家でもある彼女は、一九七四年十二月にハイスミスに連絡をとり、フランス版「コスモポリタン」誌のためにインタビューを申し込んだのがふたりの出会いのきっかけだった。だが、その記事は依頼されたわけではなく、掲載されることもなかった。この出会いの後、三十五歳のマリオンはハイスミスのことで頭がいっぱいになり、一九七五年一月のある晩、トミー・ウンゲラー（一九三一―二〇一九　フランス人児童文学作家・イラストレーター）の個展のあとで、リヨン駅までハイスミスを送り、そのままモンクールの自宅までついて行った。

「わたしがついてきたことで彼女は不機嫌でしたし、少し休ませてとわたしにいいました。とても神経質で、人に会うのを嫌い、世間から離れてひとりでいたかったのです。でも、彼女はわたしを自宅に招き入れてくれ、そこで殺人について話をしました。その晩の彼女は赤いコートを着ていて、あとになってわたしは彼女を『赤ずきんちゃん』と呼んでいました。彼女と寝たいと思いましたが、その時は家に帰るようにといわれました。《わたしはあなたのお母さんでもおかしくないのよ。年をとりすぎてる》と。その時は大人しく家に帰りましたが、後日電話をして彼女のことがひどく恋しくてたまらないと訴えたんです。わたしは彼女の家をふたたび訪れました。でもベッドに入る前に、バスルームに行ってお風呂に入り、香水を洗い落とすようにといわれました。シャネルの香水で、とても優雅な香りでしたけれど、彼女はその香りで気分が悪くなるといいました」

「彼女に会う前からその作品をすべて読んでてすっかり魅了されていました。作品の印象から、きっと冷酷で孤独な人に違いないと思っていましたが、まさにその通りの人でした。わたしは根っからのマゾヒストであり、彼女はいつもわたしを不安にさせ、精神的に苛み続けました。わたしが魅了された理由は作品そのものであって、彼女の見た目ではありません。実際、ひどく醜い人だと思いました。昔はきれいだったのも知っています。もっと若い時の、陰のある美しさがあった頃の写真を見たことがありますから。でも、わたしが会った時には、お酒のせいですべて損なわれていたんです。むくんでいたし、それはひどいありさまでしたが、わたしは彼女に夢中でした」

「わたしに対して思いやりがないとか、冷たかったということはありません。でもどこかよそよそしさがありました。わたし自身は身も心も彼女に夢中でした。でも、彼女がわたしを愛していたとは思いません。口では愛してるといってましたけれどね。たぶん人間としてのわたしを気に入ってくれていたのだと思います。わたしにはとても良いところがあるといってくれましたが、わたしは彼女の好みのタイプからはほど遠かった――彼女は金髪の女性が好みだったんです[53]」

ハイスミスは一九七五年二月十五日付の手紙でチャールズ・ラティマーに新しい恋人の存在を知らせ、その後二月二十八日付の別の手紙で彼女について詳しく述べている。「三十五歳（わたしには若すぎるという意味）、少し神経質、ぽっちゃり型、ユダヤ人（パリで同居する母親は、ギャンブル好きの美術商）、衝動的で移り気」などと書いている[54]。翌月にはマリオンに宛てた詩を書き始めるが、その詩からロマンティックな愛に対するハイスミスの想いがよくわかるとマリオンはいう。

「ひと月ほど彼女に会えないといったことがあります。すると彼女はこう答えました。《それは素晴らしい。わたしたちを詩人に変えようというつもりね》。彼女は誰かについて思いを巡らせたり、書いたりすることはが好きでしたが、だからといってそうした人たちに会いたいわけではありませんでした。パットは誰かを恋しく思う気持ちを愛し、それを詩にするんです。いわば書くために人を利用していました。だから本を書くたびに恋人を取り換えていたんです」

「セックスを始める前には必ずといっていいほど、パットはわたしの手を取って《お母さんのことを話して》といいました。わたしの母はとても美しくエレガントな、脚の美しい女性で、パットはわたしより母の方に惹かれているのではないかといつも思っていました。パットがリヨン駅でビールを売っている風采の上がらない娘と親しくなって、自宅に招いた時のことを覚えています。見知らぬ人や、名前も知らない人、まったくの赤の他人のような人たちがお気に入りでした。彼女には恋愛という概念が必要で、恋に落ちることを好みましたが、関係が少しでも日常化しようものなら壊してしまうんです」

「パットは食が細くて――ミルクやオレンジ、ポップコーン、少しばかりのスパゲッティくらいしか食べませんでした。それに家に暖房を入れようとしませんでしたから、いつもとても寒い思いをしていました。わたしたちはずいぶんセックスもしましたが、モンマルトルのわたしのアパルトマンでの一夜が最高でしたね。売春婦が大勢通りに立っていて、そのそばにいることでパットは興奮したのだと思います。彼女の家の庭のあずまやには小さなベッドが置いてあって、そこでもよく愛し合ったものです。税金や家のことで頭がいっぱいで、大きな自宅にはうんざりしていたけれど、掘っ立て小屋のようなところに来ると上機嫌になるんです。彼女の家の庭はとても素敵で、そこでは子供のようにカエルや鳥たちに餌をやっていました。まるでおてんば娘みたいでしたよ[55]」

七月二十一日、マリオンの三十六歳の誕生日に、ハイスミスは彼女にほうきを贈り、別の機会には掃除機を贈っている。「パットはきれい好きが高じて、日に何度もシャワーを浴びていました」とマリオンはいう。「わたしの小さなアパルトマンに来ると、まず掃除を始めるんですが、わたしが彼女の家に行くと、着いた途端にわたしの服を洗い出すんです。わたしには部屋着を渡して、服は全部お風呂に放り込むんです。わたしのレインコートは何度も洗ったためにダメになってしまいました。彼女はとても吝嗇家でもありました。以前に、冬にスチーム暖房を入れてくれるように頼んだら、《お湯を入れた瓶を膝の間にはさんでおきなさい。暖房になんてお金を払うつもりないの》なんていうんですよ」

「彼女には本当におかしなところがありました。パリでメアリー・マッカシー（一九一二―一九八九　アメリカ人作家・批評家代表作『グループ』）の家に招かれた時のことなんですが、トム・リプリーが誰かメアリーが知らなかったものだから――リプリーをロックスターか何かだと思ったんです――パットがひどく怒ったことがありました。その家を出るやいなや、パットは腹立ちのあまり自分の額を壁にぶつけはじめました。そんなことがあった直後の状態で家に帰したくなかったので、彼女をわたしのアパルトマンに連れて帰りました。パンと温かいミルクを出してあげて、彼女は翌日帰って行きました」

「ジンが好きで、水で割って飲んでましたね。スコッチやビールも好きで、路面電車の運転手みたいにビールは瓶に直接口をつけて飲んでいました。朝食前から飲み始めて、朝食とともにウィスキーを小さなグラスで流し込むんです。わたしに隠れて絶対飲まないでねと、パットにはいいましたが、とても心配でした。パットはいつも《あなたは可哀そうな人ね、こんな酔っ払いと結婚して》とわたしにいってましたよ」[56]
　だが、飲酒がハイスミスの執筆の妨げになることはなかった。一九七五年はずっと、『イーディスの日記』を書きながら数々の短編をものしていた。一九七五年五月十四日、実の父親であるジェイ・Bがガンで亡くなったという知らせがあった時ですら、執筆に興が乗っている状態を妨げるのを怖れて、葬式には出ようとしなかった。彼女の日課を中断する唯一のことといえば、彼女の生活に無遠慮に割り込んでくるジャーナリストやテレビのスタッフの存在くらいのものだった。インタビューされるのは歯医者の椅子に座るようなもので、終わると「疲れ切ってボロボロになった」と感じ、短編小説でさえ書けないとハイスミスは述べている。[57]
　その年の九月には、一九七四年のブッカー賞受賞作家スタンリー・ミドルトンや、同じく作家のマイケル・フレインとともに、スイス英語教師協会の招きで、スイスのホスタイン近くの山あいの宿で行われる一週間のセミナーに参加した。彼女の担当は『ガラスの独房』の執筆のきっかけと問題について講演することだった。この地で、彼女は受講生のひとりであり、後にハイスミスの親しい友人になるピーター・ヒューバーに出会う。「彼女の第一印象は、ひどく内気な人だということです」と今は教師を退職したヒューバーはいう。「教室の前方に立ち、少し首をかしげて、角張った肩をして、両手は力が強そうに見えました。話す時には、彼女が強調したいところでこんな風に拳で叩くような身振りをしてましたね」
「わたしは課題本の他にも『ヴェネツィアで消えた男』などの彼女の作品を読んだことがあって、それで彼女に気に入られたんだと思います。彼女は受講生の中からわたしを選んで、お気に入りに認定しました。パットは、概して男性により興味を持っていたので、わたしたちはすぐに親しくなりました。午後が自由時間の日には、バーゼル市内に出かけて、わたしのおばの家でお茶を飲み、マルクス兄弟の映画『オペラは踊る』を観に行きました。このセミナーの後、手紙のやりとりをするようになったのですが、彼女はすぐに返事をくれるんですよ。まるでポストの差入れ口がそのまま互いの家につながっているみたいでした」
「正直にいえば彼女が有名人で、自分に関心があるようだったので、かなり舞い上がっていたことは認めざるをえません。ただ、わたしは本当に彼女が大好きでした。何時間でも話したし、後日彼女のモンクールの家に行った時や、その後に彼女がスイスのテニャで我が家の隣の区画の土地を買った時には、長い夜を暖炉のそばに座っておしゃべりをして過ごしたものです」[58]

このセミナーの上級講座に出席していた別の受講生、英語教師のフリーダ・ゾマーは後にハイスミスが指名した遺言執行人のひとりとなり、作者が亡くなるまでずっと親しい付き合いがあった。「パットの好意は、フリーダとわたしの間を揺れ動いていました」とヒューバーはいう。「たいていの場合、好意を向けるのは一度にひとりだけだったのです。パットは、その時好意を抱いていない方には、非常に意地悪なことや嫌味をいうことがありました。彼女を知れば知るほど、彼女が唯一悪夢から逃れられる方法が、書くことだったのだとわかるようになりました」[59]

スイスから戻ると、ハイスミスは前より少し自信がついたような気がした。臆病で生きづらさを感じるのは自分だけではないとわかったからだ。「他の人たちも同じように悩むのだと気づいたことで、おそらくわたしは前よりずいぶん気が楽になった」とノートに記している。[60] 一九七五年十二月、ハイスミスはロンドン、ストックホルム、コペンハーゲンを短期間訪問し、コペンハーゲンからマリオンに宛てて短い手紙を送っている。「ネコと、ミルクとわたしが恋しいと書いてありました」とマリオンは語る。[61]

ふたりはあいかわらず情熱的で愛情深い関係を続けていた。ハイスミスに宛てた一九七五年十二月二十九日付の手紙でマリオンは、ハイスミスに対して永遠の忠誠を誓い、翌年一月二十一日には、ハイスミスの五十五歳の誕生日を祝って四つの贈り物をしている。その中にはハイスミスが喜ぶだろうと思って選んだバッハのハープシコード曲のレコードも含まれていた。しかし、そのわずか四日後に、マリオンは再びハイスミスに手紙を送り、ハイスミスの最近の精神状態の落ち込みようを懸念している。どうやらパットの落ち込みの原因はマリオンの体験が原因のようだった――マリオンはふたりの仲の終焉を予感するような夢を立て続けに見ていた。ごく最近もマリオンは、ハイスミスが若い金髪の女性と恋に落ちるのを目撃するという悪夢を見て動揺していた。夢の中で、マリオンがハイスミスに愛の誓い――結局パットは生涯マリオンとともにいると誓った――を破った理由を訊ねると、わたしを責めるべきではない、どだいそんな約束は愛に狂った状態でなされるものなのだから、とハイスミスは答えたのだった。奇しくもマリオンの夢は未来を見通していたのである。

原注

第27章

1 ミッチェル・ブロック　著者宛書簡　２０２２年5月7日付
2 Patrick Cosgrave, *Spectator*, 23 March 1974.
3 Ibid.
4 Hugh Hebert, 'Maid a'killing', *Guardian*, 18 March 1974.
5 PH, Cahier 33, 7/12/74, SLA.
6 ドン・コーツとのインタビュー　１９９９年11月26日
7 ダン・コーツとのインタビュー　１９９９年11月20日
8 メアリー・ハイスミス　娘ハイスミス宛書簡　１８７４年9月31日付　ＳＬＡ所蔵
9 フィリス・ナジーとのインタビュー　１９９９年10月7日
10 ハイスミス　ロナルド・ブライス宛書簡　１９７７年2月26日付　ＲＢ所蔵
11 PH, Cahier 33, 8/2/74, SLA.
12 PH, Cahier 33, 9/1/74, SLA.
13 PH, Cahier 6, 4/19/42, SLA.
14 PH, *Edith's Diary*, Heinemann, London, 1977, p. 4.　ハイスミス『イーディスの日記』柿沼瑛子訳　河出文庫　１９９２年
15 前掲書
16 前掲書
17 前掲書
18 前掲書
19 PH, Cahier 33, 11/21/74, SLA.
20 Erich Fromm, *The Art of Loving*, World Perspectives, Harper & Brothers, New York,1956, p. 20.　エーリッヒ・フロム『愛するということ』鈴木晶訳　紀伊國屋書店　１９９１年
21 前掲書
22 Fromm, *The Anatomy of Human Destructiveness*, Jonathan Cape, London, 1974, p. 289.　エーリッヒ・フロム『破壊　人間性の解剖』（復刻版）　作田啓一・佐野哲郎訳　紀伊國屋書店　２００１年
23 PH, *Edith's Diary*, p. 76.　ハイスミス『イーディスの日記』
24 前掲書
25 Fromm, *The Anatomy of Human Destructiveness*, p. 289.　エーリッヒ・フロム『破壊――人間性の解剖』（復刻版）
26 ハイスミス　バーバラ・カー＝セイマー宛書簡　１９７３年9月9日付　ＳＬＡ所蔵
27 Dennis Gabor, *The Mature Society*, Secker & Warburg, London, 1972, p. 1.　デニス・ガボール『成熟社会　新しい文明の選択』林雄二郎訳　講談社　１９７３年
28 前掲書
29 前掲書
30 前掲書
31 PH, *Edith's Diary*, p. 2.　ハイスミス『イーディスの日記』
32 前掲書
33 PH, Cahier 23, 7/11/54, SLA.
34 PH, *Edith's Diary*, p. 13.　ハイスミス『イーディスの日記』
35 前掲書
36 前掲書

37 Ian Hamilton, 'Patricia Highsmith', *New Review*, August 1977.
38 Susan Smith, 'Trouble With Patricia Highsmith: No Label', *International Herald Tribune*, 3 August 1977.
39 PH, *Edith's Diary*, p. 154.
ハイスミス『イーディスの日記』
40 前掲書
41 Noelle Loriot,'Trois Jours Avec Patricia Highsmith', L'Express, 2-8 June 1979, quoted in Russel Harrison, *Patricia Highsmith*, Twayne Publishers, New York, 1997, pp. 82, 145.
42 PH, *Edith's Diary*, p. 64.
ハイスミス『イーディスの日記』
43 Bettina Berch, 'A Talk with Patricia Highsmith', 15 June 1984, unpublished interview, SLA.
44 ケイト・キングズレー・スケットボルとのインタビュー
１９９９年5月14日
45 ハイスミス　アラン・ウルマン宛書簡　１９７８年6月26日付
ＣＬＡ所蔵
46 *The Book Programme*, BBC2, 11 November 1976.
47 Ian Hamilton, 'Patricia Highsmith', *New Review*, August 1977.
48 Neil Hepburn, 'Nuclear Reactions', *Listener*, 26 May 1977.
49 Emma Tennant, 'Frighteningly nrmal', *Times Literary Supplement*, 20 May 1977.
50 *New Yorker*, 29 August 1977.
51 Michael Wood, 'A HeavyLegacy', *New York Review of Books*, 15 October 1977.
52 Ibid.
53 マリオン・アブダラムとのインタビュー　１９９９年7月17日
54 ハイスミス　チャールズ・ラティマー宛書簡
１９７５年2月28日付　ＳＬＡ所蔵
55 マリオン・アブダラムとのインタビュー
56 マリオン・アブダラムとのインタビュー
57 PH, Cahier 33, 6/6/75, SLA.
58 ピーター・ヒューバーとのインタビュー　１９９９年3月14日
59 ピーター・ヒューバーとのインタビュー
60 PH, Cahier 33, 11/11/75, SLA.
61 マリオン・アブダラムとのインタビュー

第28章

恐怖の口づけ

1976 − 1978

一九七六年の最初の数か月、ハイスミスの意識はずっと相続の問題――とりわけ自分が死んだあとの諸々の手続きを整えることに向けられていた。彼女はまだ五十五歳だったが、継父と実父を喪い、精神的状態が悪化していく母親のことを考えると、考えざるを得なくなったのだ。文書にするのは困難な作業だが、文字にしておかなければならないものなのだと彼女はいっている。その年の二月、遺言書を書き上げ、所有している国債や株式はヤドーに遺し、ノートや著作権を含む著作物に関してはキングズレーに委託すると約束した。「あなたが誰かと取り決めをするのは自由よ。伝記を書いてもらうとか何かそうしたことについては、あなただけに決める権利が与えられるよう確約するわ」とハイスミスはキングズレーに伝えた。[1] 自分の母親を相続人から外すだけでなく、「相続人から除外する目的で」わざわざ九人のいとこの名前も列挙している。[2]

相続というテーマ――金銭的にも、感情的にも、家族という面でも――に興味をかきたてられたハイスミスは、八月になると再びキングズレーに手紙を送り、リプリー・シリーズの新作では十六歳の少年を中心に据え、彼が遺産の相続人から除外されるために裕福な祖父を崖から突き落とす設定にするつもりだと伝えている。九月から十一月にかけてのノートには、小説のプロットを考えながら、本の題名を『リプリーと遺産相続人』とするか、『リプリーと資産家の少年』とするかなどと考えていたが、一九八〇年に出版された時には、『リプリーをまねた少年』というタイトルになった。しかし、この時はすぐに執筆体制に入ったわけでなく、しばらくの頭の中でアイデアを泳がせることにした。ハイスミスが最終稿を出版社に送るまではにさらに二年半の歳月を要することになる。

この間、物語の構想は時間とともに変わっていくが——少年が身体障がい者の父親を殺害すると決定する前に、祖父か伯父を殺すという可能性も考えていた——遺産相続が少年の心理に負の影響を及ぼすという大前提は、常に変わらなかった。一九七六年九月に書いた最初のノートの一冊には、少年〔最終的にフランク・ピアーソンと名づけた〕が、「金銭に対していっぷう変わった、非現実的な意見の持ち主であり、金に強い関心がありながらも、同時にその力を怖れている」という記述がある。[3]「そのアイデアが気に入ったのは、少年が金を持つことに伴う責務を恐れていたからよ」とハイスミスはイアン・ハミルトンに語っている。「彼はその責務が嫌で、それを押し付けてくる家族をある意味憎んでいたの」。[4]その一方で金はリプリーを自由にした。「ベロオンブル」を維持できるだけの余裕ができたし、ワインもいろいろ取り揃えることも〔『贋作』ではそのうちの一本、出来のいいマルゴーで詮索しすぎたマーチソンを殺している〕、週に二度ハープシコードの個人レッスンを受けることも、ヨーロッパに飛行機で定期的に出かけることも、趣味のいい服を揃えることもできる。しかしフランクはそれを堕落とみなす。少年は、リプリーとは対照的な存在で、殺人に関与する目的は財産を相続しないため——リプリーは、ディッキー・グリーンリーフを殺害してその遺産を手にいれた——であり、重荷から自由になるためである。フランクはヨーロッパへと旅立ち、リプリーを探し出す。アメリカの新聞で彼の怪しげな評判について知った少年は、リプリーを「真の自由な魂」の持ち主とみなしていたからだ。[5]

この当時のハイスミスは、自らが個人主義者であることを標榜してはばからなかった。自分の人生は自分で築き上げるものであり、社会が個人の苦難に責任があるという考えには同調することを否定していた。一九七一年、彼女は自分の収入から幾ばくかを恵まれない人々の生活や境遇を改善するために寄付するべきだろうかと自らに問うている。さまざまな選択肢を考えたあげく、寄付はしないと結論を出した。自分が汗水たらして稼いだ金は自分で自由に使う権利があると考えていただけでなく、「人々の努力不足、また金銭や治安維持や産児制限の努力といった外部からの支援に対して愚かしくも反抗するそのような人々に」うんざりしていたからである。[6]一九七八年六月に送ったアーサー・ケストラーへの手紙に書いているように、個人は自分の行動に責任を持つ必要があると彼女は考えていた。「個人が環境、あるいは社会の犠牲者であると主張する人達にうんざりしているいちアメリカ国民としていわせてもらう」[7]

さらに『リプリーをまねた少年』においてハイスミスは、リプリーの唯美主義に象徴される、犯罪によって築いた贅沢な暮らしは資本主義の薄汚れた戦利品——ここではピアーソン一族のメイン州の海辺の大豪邸や、マンハッタンの高級アパートや自家用ヘリコプターなどによって具体的に示される——よりはるかに優ると示唆しているように見える。小説が始まる時点より前の話として、フランクの父親は食品事業で財を築いた大富豪であり、ライバル会社に雇われた殺し屋に撃たれて車椅子生活を送るほどの傷を負っていることが語られる。フランクは、父親のことをリプリーに説明しながら、「すべては事業のため。素晴らしい事業のためなんです」と皮肉を込めていう。[8]

リプリーは、おそらく政治的にはやや左寄りの思想の持ち主だと思われる。国際政治の動向に関心があり（ハイスミスと同様、彼も「インターナショナル・ヘラルド・トリビューン」を定期購読している）、地元でタバコを売るバーを経営している労働者階級出身で、ジャック・シラク（「いわゆるファシスト」[9]のフランス首相。在任期間一九七四—一九七六）びいきのジョルジュとマリー夫妻とは一線を画している。そしてまたピューリタン的な右翼思想の持主で、リプリーの贅沢な暮らしぶりをいささか軽蔑しているふしがある建築家の知り合いアントワーヌ・グレを嫌っている。

リプリーは、ロブスターを鍋でゆでる音は耐えられないのに、人を殺す時には良心になんの呵責も覚えることはない。フランクもまた善悪を超えることに憧れを抱いていたが、父親を殺害し、ガールフレンドのテリーザを失ったことで、自殺を考えるほど追い詰められる。「この男を殺したという事実があっても——僕の人生に変化はないだろう」とリプリーはフランクに諭すのだが、[10]少年を納得させることはできない。リプリーに宛てて自分が父親を殺害したことを告白するフランクの手紙を除けば、この小説はリプリーの視点で書かれているため、読者は少年の犯行動機を完全には理解することができない。崖から父親を突き落とした後、なぜフランクはフランスへ渡り、リプリーを探し出そうしたのか？　なぜこの洗練された年上の男にこれほど執着するのか？　このふたりを結びつけるのは何なのか？

ハイスミスのほとんどの小説には、一貫してホモエロティシズムが描かれている——それは互いにつきまとい、執着しあう男性の登場人物間にある歪んだ力関係に暗黙のうちに示されている。だが、この『リプリーをまねた少年』において、作者はそれを隠れたテーマの世界から引きずりだし、この本の主要なテーマのひとつとして取り上げている。リプリーをまねた少年は、リプリーの影であり、隠された自己であり、抑圧を強いられてきた欲望を体現した存在なのだ。リプリーはエロイーズに対して、フランクが「タペット（同性愛者）」であることは否定するが、少年と大人の男性との恋愛的要素は本書全体を通してひそかに満ちている。自己変身と性的超越を謳うルー・リードの『トランスフォーマー』が小説中に鳴り響いているのと同じように。フランクがリプリーに最初に惹かれたのは十四歳の時に、アメリカの新聞でダーワットの贋作疑惑が報じられた記事を読んでからのことである。彼はこの年上の男が誰かを殺したことがあるかもしれない可能性に、また彼のコスモポリタンとしての雰囲気や優れた容姿に魅了される。このふたりがベルリン――この街の悪名高いゲイバーにもたびたび通う――を一緒に旅する前においてさえ、リプリーの曖昧な性的指向についての問題は提起されている。彼がクリストファー・イシャウッド（一九〇四―一九八六　イギリスの小説家。ゲイとして著名）の自伝的作品である『クリストファーとその友人たち』を読んでいるところに訪ねてきたアントワーヌ・グレが、屋敷に滞在中の友人の正体について、悪意に満ちた口調で「男かい、それとも女?」と訊ね、それに対してリプリーは「当ててごらん」と答える。[11] フランクは、リプリーのベッドでそのまま寝るからシーツをかえないでほしいと主張し、熱心に彼の靴を磨き、この年上の男性を「ときおり、あたかも恋するテリーザを見ているような陶然とした」表情で見つめる。[12] リプリーがエロイーズと愛を交わすことはまれだが、週に数回のセックスを要求するような女性にはうんざりし、下手をすればそれきりということもあり得る彼にはありがたいことだった。

　リプリーがベルリンを旅先として選んだのは、純然たる現実的な理由からかもしれない――そこの住民はみんな変装しているか何かの役を演じているかのように見え、フランクとともに身を隠すのには完璧な場所だからだ。しかし、ふたりはゲイバーの〈グラッド・アス〉で、より奔放な世界を探るチャンスを与えられると、まったく臆することなく飛び込んでいく。「ローミー・ハークスで少女相手に踊っていた時よりも、むしろいっそう奔放に踊る少年の姿が目に入った」とハイスミスは書いている。[13] ふたりがグリュネヴァルトの森に行く前に、フランクはリプリーに、一緒に過ごしたこの最後の日のことは決して忘れないと告げる――「まるで恋人の別れのようなせりふだ、とトムは思った」[14]――そしてフランクが森で誘拐されると、リプリーはその犯行を「略奪《レイプ》」とみなす。[15] 彼はゲイバーを「最高にファンタスティック」[16]であり、柔軟性のある性的アイデンティティを楽しむ。そして赤褐色の巻き毛のかつらを着け、化粧をして女装する時も喜びに身震いする。「トムは自分の唇の変化に仰天した。上唇は薄くなり、下唇はふっくらと厚みを増している。自分の顔を見ても、それとはわからないかもしれなかった!」[17] それによって得られる自由は彼を有頂天にする。

フランクを自殺に追いやることになった理由として、リプリーと別れなければならないこともあったのは間違いない。フランクはリプリーに「首ったけ《ハング・ザ・ムーン》」だったからだ。[18] フランクのふるまいは英雄崇拝以外の何物でもないようにも見えるが、さらなる親密な関係が頻繁に仄めかされることからして、ふたりが惹かれあう真の要因は間違いなく性的なものであることを示している。「ニュー・ステイツマン」誌の書評家マーク・トッドは、リプリーは「この少年を助けたいという気持ちと、彼に対する愛によって突き動かされている。このふたりの関係性には、作者のロマンティックな陶酔がこめられており、性的な含意ははっきりとは述べられていないが、細部においてそれとなく仄めかされている」と述べている。[19] クレイグ・ブラウンは、「タイムズ・リテラリー・サプリメント」誌で、リプリーが少年に対してどれだけの責任と愛情を感じているか、そして「この少年の憧れはほぼ恋といってもいい……すでに描かれている、ふたりが同じ人物像の表と裏だということは、ふたりが共有の体験をし、いっさい反目しないことによって、いっそう強く感じられる」と考察している。[20] だが、この小説は、リプリーのカミングアウトの場というにはほど遠い――結局のところ、彼はいまだに結婚したままであるし、フランクと彼との間に実際の性行為があったかについては明示されない。ハイスミスは彼がゲイであることは否定しているが、潜在的なホモセクシュアルの願望はあり得ると認めている。「あなたがいいたいことはわかるわ」。一九八六年のあるインタビューで、リプリーのホモセクシュアリティについて問われた彼女はこう答えている。「でも彼はその思いを押しこめている。ほとんどの殺人犯には性生活にどこか特異なところを持っているのよ……性的に自分のパートナーに満足している人間は、どう考えても殺人犯にはならないと思うわ」。[21] この小説は、これまで直接的には触れてこなかったホモセクシュアリティについて、どの作品よりもハイスミスが積極的に一歩踏み込んでいることを示唆し、また、後の『孤独の街角』や『スモールｇの夜』などの作品を予感させる作品ともなってもいる。

『リプリーをまねた少年』を構想する初期段階で、ハイスミスは小説のために説得力のある別の舞台が必要だと感じ、一部を外国に設定したいと思った。一九七六年九月末にベルリンに飛び、リプリーのとらえ難いパーソナリティを具現化するのに理想的な地理的条件を備えていると思った。人工的であり、常に新しく生まれ変わり、変幻自在のアイデンティティを持つこの場所は、一九六一年にベルリンの壁ができて以降、資本主義と共産主義のイデオロギーで分断されている。『リプリーをまねた少年』の中で、リプリーがフランクに語るように、わずか三十キロあまりのところに九万三千人のソビエト兵が駐留し、街はアメリカ、フランス、イギリスの軍隊に占領されている。「ベルリンの町はこの上なく奇怪で、この上なく人為的なのだ――少なくとも政治的現状においては。それゆえにこの町の市民は、自分たちの服装や行動で、それを凌駕しようと試みるのではないかと。そして、それは同時にベルリンっ子たちの《我らここに在り》という表現なのである」[22]

九月二十二日に、ハイスミスは東ベルリンに鉄路で入り、この旅の様子をノートに記録している。そしてその一部を『リプリーをまねた少年』の中で再現することになるのだが、三年前に彼女がこの町を訪れた時よりも、人々の衣服はある程度洗練されているように見えるが、より「粗野で、鈍重で、労働者階級そのものに近く」なっていると感じた。[23] 到着した晩にハイスミスは、アレン・ギンズバーグとスーザン・ソンタグが開催した読書会に出席し、ドイツで実験的な映画を撮っているウルリケ・オッティンガーとタベア・ブルーメンシャインの制作した映画を二本観た。夜がふけてから、ハイスミスはタベアとナイトクラブを巡ったが、そこには女装者が集まるディスコバー〈ロミー・ハーグ〉も含まれており、後に『リプリーをまねた少年』の中で重要な場面として登場する。

ベルリンで、ハイスミスは古くからの友人リル・ピカードとホテルをともにする。だが、会って一時間も経たないうちに、ふたりは政治のことで言い争いを始めた。リルは、共産主義者をいつまでも「ろくでなし」と呼ぶのはよくないとハイスミスを諭していたのだが、やがて彼女のことを人種差別主義者のファシストだといって攻撃し始めた。ふたりの議論の中には、ヴィム・ヴェンダースが一九七七年に制作した映画『アメリカの友人』の脚本を巡る問題も含まれていた。この映画は彼女の同タイトルの小説を原作とし、デニス・ホッパーやブルーノ・ガンツが出演している。ハイスミスは、ヴェンダースがリプリーを「ちんぴら」に変えてしまったとみなしており、リル・ピカードは、彼女がいうような「ちんぴら」は存在せず、「社会が彼らをそのようなものにしてしまったのだ」と考えていた。[24] 実際、ハイスミスはヴェンダースのリプリーに対する扱いに対して非常に腹を立てており、制作会社に映画化権の代金を返還するとさえ申し出てさえいる。「あの人たちがわたしのリプリーにやったことといったら、嘆かわしいったらありゃしない」とロナルド・ブライスに書き送っている。[25]

ヴェンダースは、当初『ふくろうの叫び』と『変身の恐怖』の映画化権を確保しようとしたのだが、そのどちらもすでに押さえられていた。しかし、一九七四年六月に、ペーター・ハントケ（一九四二― オーストリア出身の作家。二〇一九年ノーベル文学賞受賞）に伴われてハイスミスを訪問した後に、ようやく『アメリカの友人』の映画化権を獲得する。「彼女は信じられないほど穏やかで、鋭い観察眼を持った人だった。まるですべてを見抜かれているような気がした。彼女の前で人は隠しごとなんかできない。彼女に対峙する唯一の道は真っ正直であることなんだよ」とヴェンダースはいう[26]。彼がハイスミスに対して抱いた第一印象はひどく内気な人だというものだった。「絶えず人目につかないようにしている彼女の姿がわたしの記憶に残っている。彼女は明らかにひとりでいることに慣れている人間であり、それをものともしないタイプの人であることも。孤独は彼女を包む光の環のようなものだ。わたしが彼女の作品を気に入っているのは、ダシール・ハメットに始まり、レイモンド・チャンドラーやロス・マクドナルドに至る現代『犯罪小説』の正統な系譜を受け継ぎ、女性であり、かつ、男性の先人たちの誰よりも人間の魂の奥深くへと分け入ることに挑戦した稀有な存在だからだ。彼女の小説は、単に《正しいか間違っているか》ではなく、より実現的な見地から、真実というものを見据えているんだ。ほんの小さな嘘が引き起こす大惨事の物語をね。わたしは《真実》と《美》は同一の概念だとずっと思ってきたから、ハイスミスの関心事にわたしが惹かれるのも無理はないだろう[27]」

しかしながら、監督と作家との関係はひと筋縄ではいかなかった。ヴェンダースが自分のお気に入りの主人公を「少しばかりありふれた」存在にしてしまったと、ハイスミスは考えていた[28]。「彼女がその映画を初めて観た時は……あまり面白くなさそうだった……」とヴェンダースはいう。「デニス・ホッパーをリプリーにしたのが、ほとんど生理的に嫌だといって……わたしたちは、しばらくの間座って少し話をした。彼女を納得させることはできなかった。だから悲しい気持ちが残った。その映画には誇りを持っていたし、パトリシア・ハイスミスに非常に畏敬の念を抱いていたからね。彼女が気に入らなかったということに悩みもしたよ[29]」。数か月後、ハイスミスはヴェンダースに手紙を送っている。その中で、彼女はもう一度映画を観て考えを変えたことを、「原作の主旨にこれまでのどの映画の演出よりも近づいている」と監督に伝えている。その後ヴェンダースは、この手紙を額に入れてデスクの上の壁に掲げていた[30]。ただ、ハイスミスにはなぜカウボーイハットをかぶるホッパーをリプリーに選んだのかだけは、どうしても理解できなかった。一九九二年のあるインタビューでも、「ホッパーはわたしのリプリー像にあわないのよ」とこぼしている。[31]

ベルリンで、ハイスミスはスーザン・ソンタグの講演に大きな感銘を受けた。そのスピーチでソンタグは「個人的にわたしはどの作家グループにも属さないし、属したいとも思わない」[32]と述べており、それはハイスミスも同意見で、自身の作品にも反映されていた。自宅に戻った彼女は、自己分析の作業に取り掛かり、自分がどれだけのことを成してきたかを検討した。自分の目標は富を手に入れることではないし、名声を追い求めることでもない。それならば何を目指しているのか、とハイスミスは自問する――「精神性の卓越」と彼女は述べている。[33] またしても新たな絶望が思考を曇らせ、「人生でまだ解決しない問題」をくよくよ考えているせいだとチャールズ・ラティマーに打ち明けている。[34] 彼女はリプリーの新作に取りかかれないでいることに不安を募らせていた。それというのも、映画監督ジョゼフ・ロージーと組んでいた『アドベンチャリス』（あらゆる手段を用いて地位や富を手に入れようとする女のこと）という一時間枠のテレビドラマ用のシノプシスが難航していたからだ。実際、このプロジェクトが実施されることはなかった。また自身の小説の宣伝活動や記者のインタビューのために海外へ旅することを余儀なくされ、さらには「ラジオ・タイムズ」誌から紀行文の依頼を受けていたので、二月にウィーンを訪れなければならなかった「おもしろいことにハイスミスはウィーンについては簡単な概略を述べただけで、文章のかなりの部分をウィーンの医学誌研究所の説明にあてている。そこには奇形の顔や胴体を持つシャム双生児や、妊娠している状態や、臓器の働きを見せるために切り開かれ、皮膚をはがれた女性の身体などを模したおどろおどろしい蝋細工の人体模型が展示されていた。とりわけガラスケースの中に横たわる、腹部の皮膚がめくられ、その内部をさらされている金髪の女性への関心はなみなみならぬものがあった。「何メートルもずっとつながっている腸の開口部は縁がフリルのようになっている」と彼女はノートに記している。[35] 展示室を歩き回りながら、足を止めては「モンスター」と表現したものをスケッチし、友人が惨殺されている部屋に足を踏み入れたらどんな感じがするものなのかと想像したりもした。「殺人犯というものは往々にしてこんな風に犠牲者を置き去りにすることが多いのだが、それは新聞ではあまり報道されない事実だ」と彼女は述べている[36]」。ただ、そうしたジャーナリスティックな仕事をしたあとは重い疲れが残った。ウィーンの旅から戻るとロナルド・ブライスに手紙を送り、自分に必要なのは「静止もしくは、少なくとも集中できる時間」であり、それがあれば執筆に欠くことの出来ない極めて重要な「精神的に落ち着いた状態」になれるだろうと伝えている。[37]

一九七七年の夏、ハイスミスはティツィーノ地方――スイスの南部イタリア語圏に属し、一九八二年以降ハイスミスが永住した場所――に旅をして、カヴィリアーノに住むエレン・ヒルに会った。エレンに触発されたのは間違いないが、八月十七日付で、小説的な人生のとらえ方と社会学的なそれとの大きな違いについてうんざりしたような筆致でノートに書いている。「人間の非論理的なところにこそ、わたしは興味をもつのだ――そこから物語やプロットが湧いてくる」[38]。だが、ジョーン・ジュリエット・バック（一九四八― 作家兼女優。ヴォーグの編集長を務めた初のアメリカ人）は「オブザーバー・マガジン」誌に長文の記事を書くためハイスミスに七時間にわたるインタビューをした際、ふたりの会話には、経済や政治に関する社会学者的な意見が飛び交っていたと述べている。その記事の中で、バックは五十六歳のハイスミスを次のように観察している。「〔ハイスミスは〕食事を取ることを拒む思春期の若者のような容姿をしている。ストライプ柄のセーターとコットンジーンズを身に着け、やや猫背の立ち姿で、黒髪を無造作なボブスタイルにしたその様子はどこか女子大学生を思わせる。その将来の人世を禁欲生活に捧げ、タバコと動物に対する愛情だけを慰めにし、そうした生き方に固執している女子大生のような」[39]

このインタビューにおいて、ハイスミスは自分の内面について明かすような話を巧みに避けている。その後、ハイスミスの『愛しすぎた男』を映画化したクロード・ミレール監督の『愛していると伝えて（Dites-lui que je l'aime）』〔ジェラール・ドパルデュー、ミウ・ミウ出演〕の上映の際にもふたりは会っているのだが、ハイスミスはこの作品を「駄作」[40]とみなしていた。翌年、やはり彼女の原作を元にした別の映画『ガラスの独房』〔ハンス・W・ガイゼンドルファー監督、ヘルムート・グリーム、ブリジット・フォッシー主演〕を観ている。『愛していると伝えて』の試写上映を観た時に、ハイスミスは血管が狭窄する難病であるバージャー病にかかっており、自分は右脚に症状が出ているのだとバックに打ち明けているが、その話をしながらも相変わらずひっきりなしにタバコを吸っていた。インタビュー翌日の一九七七年九月二十一日、ハイスミスの短編小説「すっぽん」と「モビールに艦隊が入港したとき」を舞台化したフランシス・ラコンブロードによる舞台『ベロンブル』が上演されるため、バックはハイスミスを伴ってパリのエピスリー劇場に出かけたが、この時のハイスミスが「おどおどして、内気そうな、頑なさが顔に出ていて、実際には家にいる時と何ら変わらない」ことに気づき[41]、記者会見の間、どんどん不愛想になっていく作家を見守っていた。ある記者は、ハイスミスが意味を理解するまで三回も同じ質問を繰り返さなければならなかったが、それでも彼女から答えはもらえなかった。「記者の質問は却下された。それが彼女の答えなのだ」とバックは書いている[42]。その時のハイスミスの精神状態に関する手掛かりはキングズレー宛ての手紙にある。『ベロンブル』の上演の後、ハイスミスはひどく疲れてどうすることもできず、ただ「虚脱状態」に陥っていたと手紙に書いている[43]。「イブニング・スタンダード」紙の「ひどく不愉快な[44]」ゴシップ記事も、彼女の気分をますます落ち込ませるだけだった。同紙のサム・ホワイトは記事の中で、「彼女のフランス語は子供のレベルにとどまり、フランスのしきたりに自分を合わせることが出来ずにいる――とりわけフランス料理には……あらゆる点で彼女は孤独な女性で、称賛をまったく意に介さない。非常に男性的な風貌で、男嫌いの気があり、一種の女性優越主義者である[45]」。ハイスミスの怒りはすさまじく、当時「イブニング・スタンダード」紙の編集者だったサイモン・ジェンキンズにすぐさま手紙を送り、自分は五十六歳なのに六十三歳だと書いたとホワイトの誤りを指摘し、あわせて自分の性的指向や外見についての「当てこすり[46]」に苦情を申し立てた。

ハイスミスの自己分析はその夏じゅう続けられ、九月二十八日、タイプライターの前に座り、ドイツの新聞「ヴェルト・アム・ゾンターク」（ドイツの日刊紙ダイ・ヴェルトの日曜版）に寄稿するために自身の政治的・宗教的信条をテーマとした短い記事を書いた。その文章は一九七七年十月九日に掲載されたが、その中でハイスミスは、いかなる意見も自由に表明することを許されるべきだと主張し、自分がカーター大統領に意見する手紙を何通か送ったことを明らかにした。同じ記事の中で、彼女はもはや神を、抽象的な力としても、人間の心の中の神的存在としても信じていないことを宣言し、「十七歳前後からそうだった」と告白している[47]。そして神が、どんな現実の人間同士の紛争よりも多くの戦争の原因となっていること、崇高なる力の存在への信仰が人間同士の憎しみを引き起こすのではなく、寛容さを醸成するものであってほしいと述べている。「わたしは幸運と同じくらい神を信じてなどいない[48]」

一九七七年十一月、『リプリーをまねた少年』の事前取材のためにベルリンを訪れたハイスミスは、有名作家であるとはどういうことなのかを実感するような経験をする。ある既婚女性が、夫の目の前で、ハイスミスに対する愛を表明したのである。「彼女の愛はわたしの作品に対するものなんだけれどね」とハイスミスはバーバラ・カー＝セイマー宛ての手紙にそうつけ加えている。[49] 十一月十六日、アーティストのタベア・ブルーメンシャインに連れられ、ほかに数人の友人と一緒に、ゲイバーで酒を飲んで夜を過ごし、深夜にホテルに戻ってウィスキーを飲んでまたおしゃべりをした。「ベルリンでは驚嘆するようなことをたくさん聞いたわ」と、チャールズ・ラティマーに手紙で知らせている。「記録を取るだけで精一杯よ」[50]。その晩はとても楽しかったようで、飲んだベル・ウィスキーのラベルをはがしてノートに貼りつけている。「ベルリン　一九七七年十一月十七日　ホテル・フランケにて――午前五時三十分！」ラベルにはそう書かれている。[51] その横には「最上級」という大文字と、ウィスキーが何年物なのかが印字されており、そこにハイスミスは「間違いない！」と書き足している。[52]

二か月後、ハイスミスはベルリン国際映画祭で審査員を務めるために再びこの地を訪れる。一九七八年二月二十二日にベルリンに到着するとすぐ、ベルリンっ子には「プレグナント・オイスター」（妊娠中の牡蠣の意）と呼ばれている文化ホールに連れていかれ、審査委員会に出席した。そこでハイスミスは審査委員長に選ばれたのだが、その決定はもちろん本人にとってまったく不本意なことだった。「わたしには映画を審査する能力なんて本当にないのよ。そんなことができるほど映画を観てないんだから……」と自ら認めている。「審査委員長にはテオ・アンゲロプロスかセルジオ・レオーネを推そうとしたんだけど、うまくいかなかった」[53]。後にハイスミスの友人となる記者で映画評論家のクリスタ・マーカーは、映画祭のスタッフを務めていたが、空港でハイスミスを迎えた時の様子を覚えている。

「花束を渡す前に彼女をハグしようとしたんだけれど、それが嫌だったみたいで、身体をこわばらせて少し押し返してきたの」とクリスタはいう。「それから《クリスタ・マーカーに会いたいんだけれど》とわたしにささやいたのよ。わたしにはふたつの選択肢があった――自分がクリスタ・マーカーだということもできるけれど、きっと気まずくなる。あるいは嘘をつくかだけれど、それではあとで困ることになる。わたしたちは車に向かい、乗りこんでから、彼女と握手をしてこういったの、《わたしがクリスタ・マーカーです》って。そしたら《ああ、そうよね》と彼女はいったの。《ちゃんと見ていなかったの》。ひどく不安そうで、信じられないくらい内気だった。いつも顔をカーテンのような髪の毛で隠していたから誰のことも見えなかったでしょうね。ちょっと両手で顔を隠している子供みたいだった[54]」

審査員は十日あまりの日程に二十三本の作品の審査を詰め込まなければならず、ハイスミスはそのプロセスに疲労と苛立ちしか感じなかった。「わたしの一番簡単な提案は受け入れられなかった……《審査委員長》として失格だ」とこぼしている。[55]これは見せかけの謙遜というよりは、正直な思いだったに違いない。「彼女が委員長に選ばれたのは、審査員の中で彼女が一番有名だったから。でもメンバーはみな彼女にひどく不満を抱いていたし、彼女も映画祭を不満に思っていた」とクリスタは話している。[56]ハイスミスは、友人でベルリン在住の字幕翻訳者アンネ・モーネベックに、たびたび上映に同行してくれるように頼んだ。「《映画を何本か見逃した時のために一緒に来てくれない？》とわたしに頼んできたわ」とモーネベックは回想する。[57]またハイスミスはスクリーン上でセックス行為を見せられることをひどく嫌った。「生まれて初めて、ずっと座ってあんなにたくさんの性行為を見せられたのよ。そのたびにこっちは目をつぶっていたけどね」とコメントしている。[58]しかし、市内のクロイツベルク地区の少年や少女の売春には興味を惹きつけられ、「トルコ人の男女はみんな化粧をして、奇妙な時代がかったコスチュームを着ていた」[59]ことに驚いたが、そこには友人でドキュメンタリー作家のジュリアン・ジェブも同行していた。彼はハイスミスを特集するBBCの番組を制作するためにベルリンに来ていたのだ。「わたしたちは二日間午後にティーアガルテンにある地下水族館で、魚の水槽に囲まれて撮影をしたの。ただ、悲しいかな、そこからは何も生まれなかったわ」とハイスミスは話している。[60]

ハイスミスにとっては、これが四回目のベルリン訪問だった。この街に対して当初感じていた困惑は、いまや不思議な魅惑に変わっていた。夜になり、一日映画祭で過ごした後で疲労困憊してホテルに戻ると、もっと着心地の楽な服に着替え、夜の街に繰り出した。「ベルリンという街は、人々の中にもっと奇天烈になりたいという切実な欲望を生み出し、この街に今あるもの以上に《強烈に》なろうという奇妙な欲望をかきたてるのだ」とハイスミスは述べている。「人には、自分には価値がなければならないと感じ、自分自身に対しても己には価値があるのだということを、自分が存在するのだということを示さなければならないと思っているかのようだ[61]」

ハイスミスは五十七歳になってもあいかわらず人目を惹く――一風変わっているとはいえ――容貌の持ち主だったが、おそらくは自分がまだ魅力的な存在だと再確認したいという衝動こそが、多くの友人たちが彼女にとって最も強力であると同時にこの上なく自己破壊的な情熱へと彼女を駆り立てたのだろう。前衛的なレズビアン海賊冒険映画『マダムX』

の主演とプロデューサーを務めた二十五歳のタベア・ブルーメンシャインとはすでに知り合ってから二年が経ち、前回のベルリンへの旅以来ハイスミスは特別な感情を抱くようになっていたが、この一九七八年の映画祭の間にふたりの関係はいっそう親密さを増した。「パットは少しばかりタフだけれど、とても魅力的で、ちょっとガートルード・スタインみたいだったわ」と現在画家になったタベアはいう。「彼女が作家だというのが気に入ったの――作品も面白かったし――でも歳の差は気にならなかった。彼女は情熱的でロマンティックで、いい体をしていた。ずっと体型を維持していて、エレガントな衣服を身につけていたけれど、ほとんど食べないで、しょっちゅうウィスキーばかり飲んでいたわ[62]」

はたから見ればふたりは奇妙なカップルに見えたかもしれない――不機嫌そうでしわくちゃの顔に男性のような格好をしたハイスミスと、金髪のスパイキーヘアに奇天烈な化粧をした、全身パンク風のいで立ちの若いタベア――それでもこのふたりはベルリンで何度も愛情に満ちた時を過ごしていた。ある日ふたりで動物園を訪れてワニを見ていた時、タベアがワニの傷を指さしている光景を見て、きっといつになってもこの光景を忘れることはないだろうとノートに書き留め、『リプリーをまねた少年』の一場面として描き込んでいる。

「パットはタベアに恋をして、完全に首ったけになっていたわ」とアンネ・モーネベックはいう。「タベアのルックスに夢中で、あのふたりはまったく見た目が異なっていたけれど、あの頃のベルリンはおかしくてクィアな街で、特殊な孤立した島のような存在だったし、こういう関係は何も特別ではなかったのよ。実際、そうなるのはほぼ必然だった[63]」

ベルリンへの旅のあとも、ハイスミスはタベアとの日々を思い起こして頭がくらくらし[64]、四月七日にモンクールの自宅に戻ってきた時には、若い恋人への恋情で頭がいっぱいになっていた。ベルリンで買ったレコードを繰り返しかけ、ホテルからくすねてきたバスマットをぼんやりと見つめ、タベアへの恋慕をいっそう募らせた。というよりは、『愛しすぎた男』のデイヴィッド・ケルシーのように、幻想のタベアのイメージに懸想していたというべきかもしれない。四月九日、彼女はタベアに宛てた詩を書き、その中で現実の人ではなく、「写真」と恋に落ちたと謳った。もし自分が愛情の対象に触れたなら、彼女のイメージは天空に消えてしまうのではないかと怖れている。「あなたを壊したくない／この目の中にとどめておきたい[65]」

ハイスミスがモンクールの自宅に戻ってまもなく、マリオン・アブダラムは自分たちの関係が終わりに瀕していることに気がついた。「彼女はわたしにきれいなドイツ人女性の映画の写真を見せました。その時のパットはまるで夢見るような目をしていたんです」とマリオンは回想する。「心ここにあらずという感じで、彼女が誰かと恋に落ちたのだとすぐにわかりました。彼女とタベアとの恋愛はとても情熱的で肉体的なものでした。パットは四六時中彼女のことばかり話していて、わたしはタベアにひどく嫉妬しました[66]」

バーバラ・カー＝セイマーに手紙で述べているように、ハイスミスが「〔自分にとって〕強い性的魅力を放ち、同時に才能豊かな」女性に出会ったのはこれが初めてだった[67]。タベアはどこかリン・ロスを思い出させるところがある、とハイスミスはいう。ふたりとも「同じ能力」を持っており、同時に「師匠や監督者が必要な、若い人ならではの資質を持っている」ところも共通で、その性的魅力に惹きつけられ、「そのルックスに心奪われている部分が大きく、TB〔タベア・ブルーメンシャイン〕の場合はさらにそれが強かった」とも述べている[68]。

一九七八年四月いっぱい、ハイスミスはタベアに詩を書き続けたが、その中には深いプールに身を投げて溺れてしまいたいという奇妙な衝動を描いた一篇が含まれていた。「これは脅しではないのよ。わたしは笑いながらそうするの」と彼女は述べている[69]。ロンドンへ一緒に旅行するタベアのために手配をしていた時も、ハイスミスは留守の間にタベアが電話してくるのではないかと怖れるあまり、修理に出していた芝刈り機を受け取りに行くのを断るほどだった。

さらに、五月の初めのロンドンで、ギリシャに休暇旅行で不在だったジュリアン・ジェブのペラムクレセントの高級アパートメントで過ごした六日間は彼女の人生でも最高に幸せな日々だった。ふたりは十九番のバスでキングズロードを直進し、チェルシーのブラマートン・ストリートのパブを訪れ、フランス人旅行者リンダ・ラデュルネールと知り合った。「ハイスミスのことはすぐわかったわ。だってとても特徴的な顔だから。でも、彼女とタベアは何とも奇妙な取り合わせのカップルだったわね。わたしがパリに引っ越した時、パットに電話して友達にはなったけれど、完全に気心の知れた仲にはならなかった」とリンダは回想する[70]。ロンドンに滞在中、ハイスミスとタベアはあちらこちらでレコード店を漁った――「パットはわたしにスティフ・リトル・フィンガーズ（英国のパンクロックバンド）のレコードと英独辞典を買ってくれた」とタベアはいう。「彼女と一緒にいるのは楽しかったわ[71]」。さらにふたりはアーサー・ケストラーとシンシア夫妻とカクテルを楽しんだ。モントピリア・スクエアのケストラーの家を訪れる前に、タベアがケストラーのような知識人で有名な作家の作品をひとつも読んでいないから不安だというと、「そんなこと心配する必要ないわ、あなた。作家は自分の作品のことなんてめったに話したがらないものなのよ」とハイスミスは答えている。[72] はたせるかなハイスミスのいった通りだった。「ケストラーが話したのは一九六八年に起きたことや、学生の反乱や、黒魔術や、ロシアの政治のことばかりだった」とタベアは語っている。[73]

ともに過ごす三日目の夜、ハイスミスは、タベアに対して戯れに人をもてあそんだことはあるかと訊ねて、この上なく幸福な雰囲気をぶち壊しそうになった。「ここに来るのはわたしにとってそれなりの覚悟だったのよ」と若いドイツ人女性は答えた。ハイスミスはこの旅のことを詩に書いた。「あなたの口づけはわたしの恐怖」で始まる冒頭の一節は、ふたりの関係の激しさを表している。[74] タベアがベルリンに帰った後、ハイスミスはひどい恋煩いに陥った状態でフランスへと戻った。この危険なほど精神が高揚した状態で、彼女は自分の心の葛藤を探求するために詩を書いている。それはまたしてもあらたな自殺への可能性——タベアの目の前で自分の頭を銃で吹き飛ばすという願望をほのめかしていた。六月一日、タベアはその月の後半に予定していたモンクールへの訪問ができなくなったと知らせてきた。続く数週間というもの、ハイスミスはひそかな狂乱状態に陥った。友人たちにタベアとの関係をどうするべきか訊ねまわり、アレックス・ザァニーには彼女の筆跡を分析して、恋人の性格やふたりの将来について訊ねることさえしている。

アレックスは、タベアについてこう書いている。「タベアは《支配的な》人格だ。彼女は大幅な行動の自由に慣れている。自分自身をわかっていて、とてもよく人生に適応している……彼女の頭脳は精緻で、かみそりのように切れるので、愚かな人たちを苦しめるような真似は自らすすんではしないだろう。とても活動的で、独占欲が強く、素晴らしく開放的で、のびのびとした知性の持ち主である。根っからのせっかちではあるものの、とても冷静沈着だ。まさしく非常に優れた女性だ……」[75]

六月五日から十九日までの二週間、ハイスミスは、自らを「最悪の状態」と位置づけ、ますます悪化していくうつ状態がこれ以上悪化して狂気に陥るのを防ぐためにやるべきことをリストに自分で書き出している。深呼吸をすること、よく食べること、忙しくして自尊心を保つことなどを自分に言い聞かせた。だが同時にこの苦しみが、またしても以前からなじみの源から発しているのだということに気づいてもいた。彼女はそれを次のように記している。

哀しみはかなわぬ望み
手に入れられないとわかっているのに[76]

タベアがフランス南部のロットに滞在するハイスミスに合流できるかもしれないといってきた時、彼女はチャールズ・ラティマーとまもなくヨーロッパからアメリカへと出発する予定のピアニストのミシェル・ブロックと一緒にいた。しかしタベアが来ることはなかった。タベアとの曖昧な関係が自分が不幸にしているとハイスミスにはわかっていたものの、それ以前の関係よりはましだと思い込もうとした。チャールズ・ラティマーに手紙で「わたしは夢を追うロマンティストなの……たぶん望みはないんだけれど、ヒステリックな現実なんかよりも夢を見ている方がいいのよ」と伝えている。[77]タベアは七月にもモンクールに来ることを計画していた。ハイスミスは、友人達のアドバイスに従い、なるべく冷静に対処しようとしていたが、精神的には極度に参っていた。「わたしは空気のないところで生きているみたい」とバーバラ・カー＝セイマーに書き送っている。「それでいいのよ。それがわたしの生き方だから[78]」

この恋愛はハイスミスがタベアにふたりの関係をご破算にするかどうか迫る手紙を送った時にクライマックスを迎える。どっちつかずの状況はハイスミスの精神衛生に過度のストレスを与えるだけでなく、仕事にも差し障りがあった。タベアから来た返事は、思いやりはあるものの、残酷なまでに正直な手紙で、自分にとって恋愛とはひと月が限界なのだとハイスミスに告げていた。「恋愛というものには寿命があるのだと思う」とタベアはいった。[79]タベアの手紙を読んだハイスミスは「不幸のどん底[80]」にいる状態で四日ばかりを過ごした。その後も失恋の後遺症は、何年とはいわないまでも、何か月にもわたって彼女の心を不安定にさせた。

原注

第28章

1 ハイスミス　ケイト・キングズレー・スケットボル宛書簡　1976年2月11日付　SLA所蔵
2 前掲書簡
3 PH, Cahier 34, 9/1/76, SLA.
4 Ian Hamilton, 'Patricia Highsmith', *New Review*, August 1977.
5 PH, *The Boy who Followed Ripley*, Heinemann, London, 1980, p. 69.
ハイスミス『リプリーをまねた少年』柿沼瑛子訳　河出文庫　2017年
6 Cahier 32,10/20/71, SLA.
7 ハイスミス　アーサー・ケストラー宛書簡　1978年6月25日付　KA所蔵
8 PH, *The Boy who Followed Ripley*, p. 29.
ハイスミス『リプリーをまねた少年』
9 前掲書
10 前掲書
11 前掲書
12 前掲書
13 前掲書
14 前掲書
15 前掲書
16 前掲書
17 前掲書
18 前掲書
19 Mark Todd, 'Silhouettes', *New Statesman*, 9 May 1980.
20 Craig Brown, 'Perspectives of Guilt', *Times Literary Supplement*, 25 April 1980.
21 Helen Birch, 'Patricia Highsmith', *City Limits*, 20-27 March 1986.
22 PH, *The Boy who Followed Ripley*, p. 112.
ハイスミス『リプリーをまねた少年』
23 PH, Cahier 34, 9/22/76, SLA.
24 PH, Cahier 34, 9/23/76, SLA.
25 ハイスミス　ロナルド・ブライス宛書簡　1977年4月28日付　RB所蔵
26 ヴィム・ヴェンダース　著者宛書簡　2002年2月22日付
27 前掲書簡
28 PH, Cahier 34, 9/23/76, SLA.
29 ヴィム・ヴェンダース　著者宛書簡
30 前掲書簡
31 Craig Little, 'Patricia Highsmith', *Publishers Weekly*, 2 November 1992.
32 PH, Cahier 34, 9/23/76, SLA.
33 PH, Cahier 34, 1/31/77, SLA.
34 ハイスミス　チャールズ・ラティマー宛書簡　1977年2月10日付　SLA所蔵
35 PH, 'Vienna revisited', *Radio Times*, 30 April - 6 May 1977.
36 Ibid.
37 ハイスミス　ロナルド・ブライス宛書簡　1977年2月26日付　RB所蔵
38 PH, Cahier 34, 8/17/77, SLA.
39 Joan Juliet Buck, 'A Terrifying Talent', *Observer Magazine*, 20 November 1977.
40 Ibid.
41 Ibid.
42 Ibid.

43 ハイスミス　ケイト・キングズレー・スケットボル宛書簡
１９７７年9月22日付　ＳＬＡ所蔵
44 ハイスミス　バーバラ・カー＝セイマー宛書簡
１９７７年10月5日付　ＳＬＡ所蔵
45 Sam White, ‘That Lady from Texas’, *Evening Standard*, 30 September 1977.
46 ハイスミス　バーバラ・カー＝セイマー宛書簡
１９７７年10月5日付　ＳＬＡ所蔵
47 PH, ‘Daran glaube ich’, *Welt am Sonntag*, 9 October 1977, SLA.
48 Ibid.
49 ハイスミス　バーバラ・カー＝セイマー宛書簡
１９７７年11月29日付　ＳＬＡ所蔵
50 ハイスミス　チャールズ・ラティマー宛書簡
１９７７年11月21日付　ＳＬＡ所蔵
51 PH, annotations to Bell’s whisky label, Cahier 34, SLA.
52 Ibid.
53 PH, *Jahrbuch Film 78/79*, Herausgegeben von Hans Gunther Pflaum, Berichte, Kritiken, Daten, Carl Hanser Verlag, Munich.
54 クリスタ・マーカーとのインタビュー　２０００年1月13日
55 PH, Jahrbuch Film 78/79.
56 クリスタ・マーカーとのインタビュー
57 アンネ・モーネベックとのインタビュー　２０００年1月14日
58 PH, *Jahrbuch Film 78/79*.
59 PH, ‘Berlin and After’, *A Dedicated Fan, Julian Jebb 1934-1984*, ed. Tristram and Georgia Powell, Peralta Press, London, 1993.
60 Ibid.
61 PH, *Jahrbuch Film 78/79*.
62 タベア・ブルーメンシャインとのインタビュー
２０００年1月13日
63 アンネ・モーネベックとのインタビュー
64 PH, Cahier 34, 3/22/78, SLA.
65 PH, ‘Poem for T, Written Not on Horseback But on the Typewriter’, Cahier 34, dated 9 April 1978, SLA.
66 ドミニク・マリオン・アブダラムとのインタビュー
67 ハイスミス　バーバラ・カー＝セイマー宛書簡
１９７８年5月18日付　ＳＬＡ所蔵
68 PH, Cf. LR, TB, undated, SLA.
69 PH, ‘April 11, ’78’, Cahier 34, SLA.
70 リンダ・ラデュルネールとのインタビュー　２００１年1月8日
71 タベア・ブルーメンシャインとのインタビュー
72 ハイスミス　ケイト・キングズレー・スケットボル宛書簡
１９７８年5月15日付　ＳＬＡ所蔵
73 タベア・ブルーメンシャインとのインタビュー
74 PH, ‘10 May 1978’, Cahier 34, SLA.
75 アレックス・ザァニー　ハイスミス宛書簡
１９７８年6月19日付　ＳＬＡ所蔵
76 PH, ‘2 June ’78’, Cahier 34, SLA.
77 ハイスミス　チャールズ・ラティマー宛書簡
１９７８年6月19日付　ＳＬＡ所蔵
78 ハイスミス　バーバラ・カー＝セイマー宛書簡
１９７８年7月3日付　ＳＬＡ所蔵
79 タベア・ブルーメンシャインとのインタビュー
80 ハイスミス　バーバラ・カー＝セイマー宛書簡
１９７８年9月10日付　ＳＬＡ所蔵

第29章

夢を見させてくれるあなた

1978 － 1980

ハイスミスのタベアに対する熱愛、それに続く関係の破綻はただちに執筆に影響を及ぼした。

一九七八年の年明けには『リプリーをまねた少年』を五十二ページまで書き進んでいたのに、バーバラ・カー＝セイマー宛ての手紙に書かれているとおり、まったく集中できなくなり、執筆が「遅々として進まない」状況にあった。[1]だがどん底状態にあったハイスミスの気力は、フランス人女性モニーク・ブッフェの登場によってたちまち上昇することになる。彼女は当時二十七歳の英語教師で、タベアのように金髪で少年のような容姿をしていた。ハイスミスのファンで手紙のやりとりをしていたイギリス人を介して、一九七八年の八月初めにふたりは出会い、パリでデートをした後、月末には恋愛関係になっていた。

「彼女はとても魅力的だと思ったわ」とモニークは語る。「真の意味で魅了されずにはいられない人だった。極端に内気だけれど、信じられないほど鋭い目と、白髪交じりの黒髪、とてもソフトで素敵な声の持ち主だった。彼女がなぜわたしに惹かれたのかはわからないけれど、わたしが思うに、いつも少し中性的な感じの女性に惹かれるみたいだった。わたし自身、いつも友人たちからはレズビアンの女性というよりも、ゲイの少年のように見えるといわれていたの。三十歳の年の差はまったく気にならなかったし、実はわたし自身も年上の女性がタイプだったのよ。パットはわたしに肉体的に惹かれたといってたけれど、それは彼女にしては珍しいことだったそうよ。それは優しくて、わたしのことをとても気にかけてくれた。何でも買ってくれようとしたわ――パリのアパルトマンも、車も、世界旅行も――でもわたしは何も彼女から受け取らなかった。わたしが問題を起こしても、彼女のところへ行けば、いつだって優しく許してくれたわ――わたしは欠点だらけだったにもかかわらず、彼女はわたしを愛してくれた」

「彼女は全然食事をとろうとしなかった――よくウサギ肉のクリーム煮を二匹のシャムネコのために調理していたけれど、自分はまったく手を付けようとしないの。もちろんネコたちを溺愛していた。一度こんなことがあったわ。彼女の家に泊っていた時に、夜中に変な音が聞こえてきたの。それはパットが奇妙な言葉を発している声で、わたしには何をいってるのかまったくわからなかった。翌朝になって、《ごめんなさいね、たぶん昨夜わたしの声が聞こえたわよね。居間にある革のソファーをネコたちが引っかいていたから怒っていたのよ》と彼女はいっていた。どうやら彼女はネコたちに特別な言葉で話しかけていたみたい」

「モンクールの家でパットと一緒に過ごした時間は、わたしにとっても素晴らしい思い出として残っているわ。彼女はいつも自分の寝室で仕事をして、部屋にはシングルベッドと机があった。プライベートな空間だから、そこには誰も立ち入ることは許されなかった。ただ、彼女はいつも寝室を仕事部屋にしていて、ベッドは机のすぐそばに置いておかないと駄目なんだといっていたわ」

「わたしにはずっと感謝し続けていた。タベアとの恋愛が破綻して、精神的にひどく打ちのめされていたせいね。そのショックから立ち直って、また書き始めることができるようになったのはわたしがいたからだといっていた。わたしを愛している、自分が『リプリーをまねた少年』を書くことができたのは全部わたしのおかげだと、二度もわたしに告白したわ。その本を書いている時に、ある場面のためにふさわしい音楽を探しているんだといわれたことがあり、それでわたしがルー・リードのアルバムを貸してあげたら、パットはひどく気に入って本の中で使っていたわ。あの小説のことを考えると、フランクという人物の中にはわたし自身の要素が入ってるなと感じるの。彼女がこの小説をわたしに捧げてくれたのは、それも理由としてあるのよ」[2]

一九七八年八月、『リプリーをまねた少年』の続きを八十ページから書き始め、十月には二百ページに達している。そして十一月九日には初稿を書き上げた。次にやらねばならないことは、推敲して第二稿をタイプすることだった。「ずいぶんと中断していたものだから。きっかり一年、去年の八月から今年の八月までね」と彼女はいっている。[3]ベルリンのゲイバーでの場面に間違っているところがないか友人のドイツ文学者ヴァルター・ブッシュに問い合わせもした。翌一九七九年の初めに最終的な原稿の手直しをし、完成稿を出版社に送ったのは四月三日である。ハイスミスはカルマン＝レヴィ社に前払い金を三万フランにあげてほしいと頼んだ。というのも、フランスの代理人に指定しようとしていたメアリー・クリングが、五万フランは堅いと請け合ったからだ。「これは印税ではなく前払い金なんだとわかっている。だから前払い金が多額だからといってたいして利点があるとは思わない」とハイスミスはアラン・ウルマンに手紙で伝え、ウルマンも前払いの金額を了承しているが、「ただし、出版社に広告などを強制しないこと」と条件をつけている。[4]五月八日、ハイスミスは、アメリカのサイモン&シュスター社がこの本の出版を断ってきたという知らせを受け、さらに一か月後、今度はパットナム社が、「スリラー小説として不満足」[5]という理由で断ってきたことを知る。しかし、それと同じ日に、アメリカの代理人パトリシア・シャートル・マイラーが手紙をよこし、リッピンコット&クロムウェル社のラリー・アシュミードがこの新しいリプリーの小説を買ったと知らせてきた。

　ハイスミスは、モニークに対する感謝をタイプ用紙の裏側に書きとめ、彼女に「わたしに夢を見させてくれる娘[6]」であると謝意を述べている。タベア・ブルーメンシャインを忘れようと必死に努力してはいたが、彼女と過ごした記憶は彼女の脳裏に取りついて離れることはなかった。女優としてのタベアを褒めたたえる言葉を友人たちへの手紙に書き連ね、その年の終わりには、自転車のギアから作られた奇妙な鏡を買い、それをドイツのタベアに郵便で送っている。九月にはアシェット社――フランスの出版社で、「すぐれた現代作家たち[7]」のアンソロジーの出版を計画しており、収録作品を集めていた――にタベアとの短く激しい恋愛の最中に書いた詩から何篇かを選んで送っている。「彼らは小説に挿入した二篇の詩を見て、わたしに詩の注文をよこしたのよ」とアラン・ウルマン宛ての手紙に書いている。「自分が詩人だと思ったことは一度もないんだけれど[8]」

　自分の私生活と作品との関係が、いずれは自分の伝記で論じられることになるだろうとハイスミスは考えていた。一九七九年の春、彼女はキングズレーとチャールズ・ラティマーに自身の著作物を死後に託すことにし、その際ラティマーにはキングズレーが著作権遺産執行者としての役割を果たすのに必要な助力をしてほしいとしている。彼らの仕事には、「わたしの死後、誤った伝記作家を排除する」ことも含まれていた[9]。死後には情報を開示することを約束しているにも関わらず――彼女は自分が同性愛者ではないふりをするのは偽善だと考えていた――生前のハイスミスは、個人的な生活について外部に漏れないようにいつもひどく警戒していた。モニーク・ブッフェと公衆の面前に出る場合には、彼女のことを自分の代理人であると周囲に語った。一九七九年四月二十一日に、BBCの『デザート・アイランド・ディスク〔無人島で聴くレコード〕』というインタビュー番組の中で、ハイスミスは、彼女の第二作『ザ・プライス・オブ・ソルト』を別名義で出版した理由を明かそうとはしなかった。インタビュアーのロイ・プロムリーには、「特に理由はないわ。ミステリー・ジャンルには入らない小説だと思ったからよ」と答えている。[10] この番組で彼女が選んだ曲は実にバラエティーに富んでいる。モーツァルト作曲『ピアノ協奏曲第二十三番第一楽章』、ラフマニノフ作曲『ピアノ協奏曲第二番第一楽章』、バッハ作曲『コーヒーカンタータ』と『マタイ受難曲』、ミュージカル『夜の豹』から「In Our Little Den of Iniquity」、マーラー作曲『交響曲第六番』、アルベニス作曲『組曲イベリア』より「ロンデーニャ」をミシェル・ブロックの演奏で――このレコードはリプリーのお気に入りだ――そしてジョージ・シアリング『バードランドの子守唄』。他に無人島へ持っていくものとして、贅沢品としての文房具と、お気に入りの本、聖書やシェイクスピアの作品に加えてメルヴィルの『白鯨』を選んでいる。「無人島にいると仮定して、あなたは孤独に耐えられますか?」とプロムリーに訊ねられたハイスミスは、「耐えられると思うわ。おそらく他のほとんどの人たちよりはね」と答えている。[11]

『デザート・アイランド・ディスク』のインタビューと時期を同じくして、短編集『風に吹かれて』が刊行されたが、この本は一九七八年三月に亡くなったナティカ・ウォーターベリーに献呈されている。収録されている短編は、一九七二年から一九七七年の間に「エラリー・クィーンズ・ミステリーマガジン」に掲載されたものが大半で、二編が「ニュー・レビュー」誌と「ウィンター・クライムズ」誌に掲載され、「木を撃たないで」という一編はジャイルズ・ゴードンが編纂した二十世紀の恐怖小説のアンソロジーのために書き下ろしたものである。この短編集には、ハイスミスおなじみのテーマ――無意識の持つ力と幻想の魅力――が明確に表現されている。この彼女の信念は、リプリー自身のセリフとして、『リプリーをまねた少年』の中でも次のように示されている。「愛や憎しみ、嫉妬といったあらゆる強い感情が特定の行動となってあらわれ、それは必ずしもその感情どおりの反応とは限らないし、ましてや本人あるいはまわりの人々が期待するそれと同じとは限らないのである」[12]

短編小説「ベビー・スプーン」の中で、尊敬を集める英文学の教授は、愚かな子供じみた女性と結婚しているが、それは彼女が彼の母親を思い出させるからだ。彼はかつての教え子に殺されるが、それは教授が自分に対してホモセクシュアル的感情を抱いていると教え子が思い込んだからだった。「奇妙な自殺」の医者は昔の恋敵を殺し、まんまと罪を逃れるが、いつか自殺しようと決心する。「頭のなかで小説を書いた男」の主人公は、紙に書き記すことなく数多の物語を残した思い込んだまま墓に入る。文芸評論家のローナ・セイジは、「オブザーバー」誌で、この作品が短編集『風に吹かれて』の中で最も優れていると評価した。「この作品で、彼女〔ハイスミス〕は、幻想の中にさらに目のくらむようなとてつもなく愉快な幻想を生み出し、より暗鬱な魔術の背後にあるその手腕をさりげなくちらつかせる」と書いている[13]。評論家で詩人のブレイク・モリソンは、「ニュー・ステイツマン」誌でこの短編集を評して、ハイスミスは「この上なくありふれた日常を描くことでもっとも死を連想させる」と述べている[14]。

短編集の最後に収録されているのは、「木を撃たないで」という作品で、これは彼女の最後の短編集『世界の終わりの物語』を予感させる作品である。舞台は二〇四九年、未来のアメリカであり、かつての大都市は「貧乏人と黒人だけが住む、監視の行き届かない牢獄と化し、ニューヨークとサンフランシスコは、〔中略〕汚らしく忌まわしい言葉となり果てていたのである」[15]。たび重なる地下核実験によってこの州の木々には奇妙なこぶができるようになる。大きくなったこぶは危険な酸のような物質を放出し、それを当局はさらに地下で爆破を行うことによって破壊しようとする。結果は黙示録さながらだった。木々は殺人的な毒を噴出し、核爆発は、巨大地震を引き起こす。主人公のエルジーは死んだ夫——自分よりも権力に忠実な男であるにもかかわらず、最終的に樹木の毒の犠牲になる——を見ながら、自分の取るべき立場を自覚する。自家用ヘリコプターで逃げることもできたが、ゴールデン・ゲート・ブリッジが太平洋に崩れ落ちていくすさまじい轟音を聞くと、最後に勇気ある行動をとることを選ぶ。この小説の最後はアメリカがたどる当然の結末を示している——すなわち死を。「このようにして木や自然に征服されて滅亡していくのは実に正当なことだとエルジーは思った……大陸ほどもあろうかと思える巨大な地面のかたまりが落ちていった。地面にとってはゆっくりと、しかし彼女にとっては凄まじい速さで、濃い、青い、海のなかへと」[16]

奇妙なことに、環境保護や大企業不信、戦争嫌悪といったハイスミスの社会に対する意識は、一九七五年から保守党の党首を務め、続く一九七八年の総選挙でイギリス初の女性首相となったマーガレット・サッチャーに対する支持と両立していた。ハイスミスがサッチャーに魅せられたのは、その徹底した経済的個人主義や、フェミニズム運動の力を何ら借りることなく、自分の力だけで政治の中枢にのし上がってきた強い女性だったからだということは間違いない。一九七九年八月、ハイスミスはバーバラ・カー＝セイマー宛ての手紙の中で新首相の減税政策を支持すると表明している。「パットとわたしは折に触れてアジアや中東の国々では女性が国会議員に引き上げられるのに、西欧諸国では逆なのはどうしてなのだろうと話し合っていたんです」とバーバラ・カー＝セイマーは述べている。「サッチャーが保守党のリーダーシップを握ったことで、西欧の女性たちの士気が大いに高まり、彼女が首相になる可能性の方が、そのあとに続く政治的見解の相違よりも、当時のパットにとっては重要だったのでしょう[17]」。俳優で舞台監督のジョナサン・ケントは次のように語る。「わたしにはパットの政治信条はまったく理解できなかったが、右派よりの自由主義者というところだったかな[18]」。ベッティーナ・バーチはこのように語っている。「パットの政治感覚は気まぐれで、自分が特定の政治姿勢の持ち主だと決めつけられるのが嫌だったのよ。後年の彼女は強硬な反ブッシュ派になるんだけど、ブッシュがたまたま何か彼女の気に入ることをいったりすれば、右翼イデオロギーも悪くないとか言い出すのよね[19]」

一九七九年九月、ハイスミスはスイスに家を買うことを検討し始めた。そうすればフランスの所得税を払わなくて済む――つまり確実に年に百八十一日以上フランス国外に住めば、この税制の抜け道を利用することができるからだ。別の選択肢として、ニューヨークにコンドミニアムを買うことも考えていた。そうすればフランスに一万四千ドルの税金を払ったうえに、アメリカにも三万二八二七ドルという法外な税金を二重に請求されるのを避けることができる。バーバラ・カー＝セイマーに打ち明けているように、ハイスミスのその年の税率区分は九十六パーセントに達し、「フランスはわたしがアメリカ歳入庁へ申告した所得〔税率四十八パーセント〕情報を入手できるから、同じだけ払えといってくる」のだという。「これ以上稼がないようにしなければならないの。そうしなければ生活のためにアメリカの預金を切り崩さなければならなくなるから[20]」

作家で美術収集家のカール・ラズロは、ハイスミスの金銭に対する執着を覚えている。「彼女のお気に入りの話題は物価がいかに高いかということだった。たとえば、彼女はスパゲッティが安く買えるところへ、百キロ近く車を飛ばしてわざわざ出かけたりしていたんだよ。わたしは彼女のことがとても好きだったし、彼女はとても優しくて温かい人だった。だが同時に、どうしても自分自身を解放できない人だった。かなり閉鎖的な性格でね。奇怪な身体に奇怪な精神を宿していた[21]」。詩人のルイス・マクニースの二番目の妻で、歌手のヘドリ・マクニースは、モンクールのボワシエール通りにある共有の中庭を囲む建物の一角に住んでいた。ヘドリが作家のバーバラ・スケルトンに語ったところによれば、ハイスミスは「孤独で不幸な女性、もっとお金に対して鷹揚だったら、あそこまでにはならなかったでしょうに……彼女〔パット〕は、自分の家の中のものは実はどれもグラッツ郊外のゴミ捨て場から拾ってきたなんていうのよ[22]」。一九八二年からハイスミスを知っていたヘドリは、スケルトンにこんなことも語っている。ハイスミスは一度ヘドリに誘いをかけたことがあったが、「ヘドリにはレズビアン的指向はなかったのでうまくいかなかった」と。「パットは美人ではなかった。下唇がだらしなく張り出していた。一番の美点は彼女の黒い髪で、ボブスタイルにしていたわね。おしゃれなパンツスーツを着ていたけれど、元はマンハッタンのダウンタウンにあるファッショナブルな男性服飾店で仕入れてきたものよ……手先はとても器用だったわね。水彩画も描くし、自宅のテーブルや椅子もいくつか製作していた。庭仕事も楽しんで、川の土手に見事なリンゴ園を作っていたわ。あんまり気楽に話しかけられる人ではなかったわね[23]」。アンネ・モーネベックは、時々見られるケチな言動にもかかわらずハイスミスが好きだった。「彼女はかなりケチだといわれていたけれど、そんなことは気にならなかった。彼女は自分の心に寛大だった。わたしにはそれさえあれば良かったわ。不愉快な人種差別主義的見解をたくさん持っていたし、友人たちはそれに衝撃を受けていたけれど、みんなあえて何もいわないことにしていたの。わたしたちはある意味臆病者だったかもしれない。でも、そういう考え方は年齢によるものなのよ。彼女はフランス語でいうところの『野性《ソヴァージュ》』で、荒々しいけれど人間を怖れてもいたわ。わたしが光栄に思っているのは、彼女がわたしに対してはそんな怖れを感じていなかったことよ[24]」

ハイスミスは、自身の金銭管理に取りつかれたように関心を注ぎこみ、それがアメリカのマッキントッシュ&オーティス社とロンドンのA・M・ヒース社との出版代理店契約を打ち切る原因にもなったといわれる。この問題は、ハイスミスから見れば「この二社がそれぞれに、ドイツ、イタリア、北欧諸国、等々の売上の五パーセント分を取るから、わたしの収入が本来十パーセント減ですむところが二十パーセントも減っている」と一九七九年八月にアラン・ウルマンに訴えている。「おまけに二重課税までされるなんて、たまったものじゃない」[25]。パトリシア・シャートル・マイラーに手紙を送り、ニューヨークとロンドンに金が渡るA・M・ヒース社との契約には一切署名しないと伝え、イギリスはハイネマン社に任せ、マッキントッシュ&オーティス社はアメリカの売り上げだけに専念させたいと告げた。それに対してシャートル・マイラーは、すぐに返事をよこし、驚きと怒りを伝えている。「ご存じの通り、わたしは二十年近くあなたの作品に対し代理人として誠実に務めてきました……ヒース社は、以前から指摘してきたように、あなたの利益のためにヨーロッパを管轄する販売拠点です。ヒースと傘下の代理店によって、マッキントッシュ&オーティス社の販売網は全世界をカバーしているのですから……この世界的に最も評判のよい二社が手数料を不当に搾取してきたとあなたが信じて疑わないのであれば、わたしはもはや代理人を務めることはできません……あなたがマッキントッシュ&オーティス社やヒース社が不当な代理手数料をとっているなどと露骨な誹謗中傷をしている噂はいろいろなところから耳に入ってきます。これは本当にとても悲しいことです」[26]。この騒動によって、ハイスミスはアメリカの代理人を失い、映画やテレビの版権を管轄する人物もいなくなってしまった。そこでしばらくの間、一社に代理店を絞って世界各国の版権マネジメントを任せようかとも考えていた。一九七九年七月にチューリッヒのライナー・ホイマンに代理人を打診したが断られた。八月にはディオゲネス社にも同様の打診をした。作家と代理店間での取り分の比率やディオゲネス社がどの地域を管轄するかといった問題で交渉は長引いた。ハイスミスが、特別にカルマン＝レヴィ社だけとは直接仕事をしたがったからだ。一九七九年の後半から翌年にかけて交渉は続き、両社が納得して契約にこぎつけたのは、一九八〇年の三月である。「あなたはわかっていると思うけれど、ディオゲネスとの交渉は本当に大変だった」とアラン・ウルマンに手紙で伝えている[27]。

一九七九年の年末、ハイスミスはフランス税務当局が査察を開始し、彼女の納税記録に不正行為がないかしらみつぶしに調べていると知らされた。一九八〇年一月十五日、タイプライターの前に座って一九七九年のアメリカにおける収入の詳細金額をタイプしていた時、ハイスミスの鼻から血のしずくが一滴落ちた。数分経つうちに血はどくどくと流れるように出始めた。ハイスミスは近所の家に駆け込み、その家の老婦人に、自分は鼻血が止まらないので電話番号が読めない、自分の家に来て医者に電話してほしいと訴えた。だが老婦人には昨日転んだばかりで外に出ることができないと断られ、家に取って返し、台所の布巾をつかんで再び外に飛び出して、通行人を呼び止めては電話をしてくれる人を探した。医者に応急手当は無理だと言われ、救急車を呼び、すぐに近隣の町ヌムールにある受け入れ先の病院に搬送された。病院のベッドに横たわりながら、ハイスミスは自宅のタイプライターに残してきた書類のことを、所得税を記録する数字の羅列のことを考えていた。「あっちでは血税を搾り取られ、こっちでは出血なんて、何とわたしにふさわしいことか[28]」

あいにく出血は止まらず、それから五日間というもの、二時間おきに突然あふれ出す鼻血に耐えなければならなかった。看護師からは仰向けに寝てリラックスするようにといわれたが、姿勢を変えようとすると鼻から喉に血が生ぬるい茶のように伝っていくのがわかった。「身体を起こせば少なくとも口の中の血を吐き出すことはできた。すると黒くなった鼻孔に詰まっている血の塊が顔に貼り付けられているガーゼに滑り出す。ガーゼは血に濡れて上唇におおいかぶさっている。鼻から喉に硬いプラスチックの管と糸が通され、その先には綿のタンポンがぶらさがっている。糸は右頬に絆創膏で止められている。とても不愉快だし、鼻からの呼吸は遮断されているから、五日間ずっと口で息をしなければならなかった」とハイスミスは書いている[29]。

彼女は六週間前から右脚の血管を拡張する薬を飲んでおり、そのために出血を抑えるのに時間がかかった。病院で三、四日目を過ごすうちに、必要以上の血を失っているのだとしたら死ぬ可能性もあるのだということに思い当たる。不安になって、病室のドアを開けたままにしておいてくれないかと頼んだが、看護師には、同じ区画の子どもの患者が大量の血を見て怖がるといけないからと断られてしまった。「腹が立ったし、ひとりで死ぬのを怖がっている自分が恥ずかしくもなった。常日頃から死ぬ時はどのみちひとりなのだとわかっているつもりだったのに。この次はもっと覚悟を決めて臨みたいと自分に誓った」とノートに記している[30]。

退院後、ハイスミスは死というもの陳腐さと、人生最期の時に脳裏を去来するイメージを詩に書き留めた。この経験は、生きていることの喜びをあらためて認識させてくれたし、体力をつけようという決意も固めてくれたが、長引く抑鬱状態ももたらした。また病は不愉快な現実に立ち向かうことを余儀なくさせた。「空想して、物語や本を書いている時だけ、わたしは幸せで、安心感を覚えることができる」とノートに記している。[31]

一九八〇年三月初め、ロンドンへの短期旅行の後、ハイスミスはパリで再び入院し、循環器系に問題がないかを調べる検査を受けた。この検査では全身麻酔をしなければならなかったが、麻酔後に彼女は、医者が「アイロン台を胴体に突っ込んだ」ような感覚に陥った。[32] 検査の結果、右大腿動脈に閉塞があり、この夏には手術を受ける必要がある状態だとわかった。検査の後遺症で痛みと体力低下を感じていたが、三月中旬にスイスのアウリゲノを訪れる。アウリゲノは、ロカルノの町から十二キロほどの郊外の集落で、エレン・ヒルの住むカヴィリアーノに近く、ハイスミスはそこの古い家を買うことに決めたが、建物の改修が必要だった。修繕費を含めた家の値段は九万ドルで、改修が終わったらその年後半には引っ越し、スイスとフランスで暮らす期間を分けることで税金問題を解決しようとした。だが、同じ月の二十六日、ハイスミスのモンクールの家に、二名の税務署職員と警察官一名が予告なく踏み込んできて、書類や資料を一切合切差し押さえ、さらにフランスに居住していながら外国銀行の口座を持つことは禁じられていると通告した。三時間にわたる捜索の結果、ハイスミスは小切手帳も仕事書類も銀行書類もすべて取り上げられた。この時の模様をクリスタ・マーカーにこう述べている。「まったく昔のナチスの手口じゃないの……あなたなら今のわたしの精神状態をわかってくれるでしょう。自分がなお建設的な人生を送っていると言い聞かせながら、実際は指をくわえて無為に過ごしているだけなんて」[33]。ハイスミスは、怒り心頭に発し、これは自分のプライバシーに対する屈辱的な侵害だとみなし、フランスの名士録から自分の記載を削除させ、査察のせいで仕事に集中できなくなったと当局を非難した。「執筆量は普段の二割程度まで落ちた」と自分の会計士と弁護士に書き送っている。[34] 一九八〇年十月、この問題は一万フランの罰金を支払うことで最終的に決着した。すでに悪くなりかけていたハイスミスとフランスの関係はこれで完全に途切れた。モンクールの家だけはその後三年間持ち続けていたものの、「ちゃちな悪党ばかりのこんな国」にはもううんざりだと思っていた。[35]

一九八〇年四月、ハイスミスは『リプリーをまねた少年』の宣伝活動のためにロンドンに飛んだ。ジャーナリストのサリー・ヴィンセントは、雑誌「オブザーバー」に紹介記事を書くためにランチを取りながらインタビューをしたのだが、ハイスミスについて「自制心の強い、内に閉じこもった」女性だと書いている。[36] 段取りに手違いがあったために、あやうくインタビューはおじゃんになるところだった。ヴィンセントが二十分近く遅刻してようやく約束のレストランに入って行くと、ハイスミスはデトール〔消毒剤〕のボトルを入れたドラッグストアの紙袋を持っていた。この記事には彼女がいかに奇矯な変人であるかという記者の見方を裏づけるようなエピソードにいろどられているが、これもそのひとつだった。昼食中、ハイスミスはジン・アンド・ウォーターをあおり、マスのグリルを食べながら、自分がいかに人間嫌いであるかを示すために、人口の九十八パーセントはおろかであるというエレン・ヒルお気に入りの数字を持ち出しながら、自分にはその数値はいささか多すぎるように思えると述べ、アイロンがけが好きだとか、いかに自分がリプリーを偏愛しているかなどといったことを話した。西ドイツに引っ越すことにも心惹かれているといい、その理由として、使い古した財布から一枚のポラロイド写真を取り出して記者に見せている。そこには大仰なコスチュームに身を包み、顔に独特のメイクを施したタベアと思われる人物が写っていた〔一九七九年六月、ミュンヘン滞在中にハイスミスは、タベアにもうすでに一年半も彼女を愛しているのだと告白したのだが、色よい返事を引き出すことはできなかった。彼女は自分の恋着を病気にたとえ、混乱し、思い悩みながら自宅に戻ってきた。美術商で作家のカール・ラズロは、みんなで一緒にレストランで食事をしながら愛の本質について話していた時にハイスミスが突然、「愛は情熱じゃないわ、病気なのよ」といったことを覚えている。[37] だとすればそれは一生彼女にまつわりついて離れない業病だったに違いない〕。

ロンドンにいる間、ハイスミスは身体の様々な不調について医者に相談している。彼女は七年近くも右のふくらはぎの痛みに悩んでいたのだが、医療機関が集まっているハーレー通りで医師の診察を受けた結果、右外腸骨動脈の閉塞と、右の浅大腿動脈の内壁にアテロームが見られ動脈硬化を起こしていると診断された。五月二十三日、ブライアンストンスクエアにあるフィッツロイ・ナフィールド・ナーシング・トラスト病院で血管バイパス手術を受け、六月一日まで入院した。

「退院したばかりのパットに会った時には、まったく何でもない手術だったかのように見えたわ」と映画監督ジョゼフ・ロージー（一九〇九—一九八四 ヨーロッパで活躍したアメリカ人映画監督『恋』で一九七一年カンヌ映画祭パルム・ドール受賞）の未亡人パトリシア・ロージーは語る。「でもあとで大変な手術だとわかったんだけれど、彼女ったらグチのかけらも見せないの。本当に勇敢な人だったわ[38]」
ジョゼフ・ロージーはハイスミスの小説『変身の恐怖』を映画化に関心を示していた。結局何ひとつ実を結ぶことはなかったが、それでもロージー夫妻とハイスミスは親しい友人になった。「彼女と出会った時は、たしか七〇年代だったはずよ。わたしたちはパリに住んでいて、わたしは少しばかり彼女のことが怖かった」とパトリシア・ロージーは述べている。「でもそのあと、彼女が狭い我が家に遊びにきた時に手作りのジャムを持ってきてくれたことがあってね。彼女は、ある意味地に足がついていて、ジャムづくりや、庭仕事や、ネコたちの面倒をみることなんかが好きだったのよ。「彼女がジョゼフの映画『銃殺』の感想を手紙でくれた時のことを覚えているわ。ダーク・ボガードが演じた脱走兵が銃口をくわえるシーンを見ていられなかったと書いてあったの。その場面を彼女が見ていられなかったというのが興味深いと思ったわ――彼女ともあろう人がね。たぶん彼女にはフィクションとしてではなく現実の事として見えたのだろうという気がするの。彼女が幸せな人だとは決して思わなかったけれど、彼女なりに心の落ち着きどころを見出していたのよ。自分が生きて、役割を果たし、そして彼女にとって何よりも重要な執筆もできるようなバランスのとれた状態をね[39]」

原注
第29章
1　ハイスミス　バーバラ・カー＝セイマー宛書簡　1978年8月19日付　SLA所蔵
2　モニーク・ブッフェとのインタビュー　2001年1月27日
3　ハイスミス　カール・ラズロ宛書簡　1978年12月17日付　SAL所蔵
4　ハイスミス　アラン・ウルマン宛書簡　1979年5月6日付　CLA所蔵
5　ハイスミス　アラン・ウルマン宛書簡　1979年6月8日付　CLA所蔵
6　ハイスミス　モニーク・ブッフェ宛メモ　1978年10月29日付　SLA所蔵
7　ハイスミス　バーバラ・カー＝セイマー宛書簡　1978年8月19日付　SLA所蔵
8　ハイスミス　アラン・ウルマン宛書簡　1978年12月14日付　CLA所蔵
9　ハイスミス　ケイト・キングズレー・スケットボル宛書簡　1979年4月28日付　SLA所蔵
10　*Desert Island Discs*, BBC Radio, 21 April 1979.

11 Ibid.
12 PH, *The Boy who Followed Ripley, Heinemann*, London, 1980, p. 59.
ハイスミス『リプリーをまねた少年』柿沼瑛子訳　河出文庫
２０１７年
13 Lorna Sage, 'Black Mischief', *Observer*, 1 April 1979.
14 Blake Morrison, 'Hot Stuff', *New Statesman*, 30 March 1979.
15 PH, 'Please Don't Shoot the Trees', Slowly, *Slowly in the Wind*, Heinemann, London, 1979, p. 166.
ハイスミス「木を撃たないで」『風に吹かれて』収録　柿沼瑛子訳
扶桑社ミステリー　１９９２年
16 前掲書
17 ケイト・キングズレー・スケットボル　著者宛書簡２００２年3月19日付
18 ジョナサン・ケントとのインタビュー　２０００年1月19日
19 ベッティーナ・バーチとのインタビュー　１９９９年5月18日
20 ハイスミス　バーバラ・カー＝セイマー宛書簡
１９７９年11月3日付　ＳＬＡ所蔵
21 カール・ラズロとのインタビュー　１９９９年8月22日
22 Barbara Skelton, 'Patricia Highsmith at Home', *London Magazine*, August-September 1995.
23 Ibid.
24 アンネ・モーネベックとのインタビュー　２０００年1月14日
25 ハイスミス　アラン・ウルマン宛書簡
１９７９年8月2日付　ＣＬＡ所蔵
26 パトリシア・シャートル・マイラー　ハイスミス宛書簡
１９７９年8月21日付　ＣＬＡ所蔵
27 ハイスミス　アラン・ウルマン宛書簡
１９８０年2月10日付　ＣＬＡ所蔵
28 PH, Cahier 35, 15/1/80, SLA.
29 Ibid.
30 Ibid.
31 PH, Cahier 35, 2/24/80, SLA.
32 ハイスミス　バーバラ・カー＝セイマー宛書簡
１９８０年3月21日付　ＳＬＡ所蔵
33 ハイスミス　クリスタ・マーカー宛書簡
１９８０年4月14日付　ＣＭ所蔵
34 ハイスミス　オコシケン氏宛書簡　１９８０年6月27日付
ＣＬＡ所蔵
35 PH, Cahier 35, 6/1/83, SLA.
36 Sally Vincent, 'Wave form afar', *Observer*, 27 April 1980.
37 カール・ラズロとのインタビュー　１９９９年8月22日
38 パトリシア・ロージーとのインタビュー　１９９９年10月6日
39 パトリシア・ロージーとのインタビュー

第30章

扉の向こう側

1980 – 1982

だが、そのデリケートなバランスは、一九八〇年七月、モンクールの自宅に戻ってほどなく危機に瀕することになる。またしても神経衰弱症状が現れ始めたのだ。「憎しみや怒りに支配されていながら、どうやって健康的な生活なんて送ることができるのだろう?」と彼女は自問している。[1] もしも仕事ができなくなるようなことがあれば、自分には何も残らないと思うと恐ろしくなった。「まずは、ゆっくりと、少しずつ自分にとって大事なことができなくなっていく――仕事が」と彼女は語る。「それは地獄であり、神経衰弱をもたらす唯一の原因だ。精神病になるのは敗残者が白旗を掲げるのと同じだ」とノートに記している。[2] 翌月、「終わらせる」と題した詩を書き、死に直面することについて想像を巡らせた。同時に、不吉な廃屋をめぐる小説「黒い家」のアイデアも思いつき、その家は「死とセックス両方の象徴」だとノートに記している。[3] 病に屈することを拒絶し、ハイスミスはひたすら執筆を続けることを決意し、『サスペンス小説の書き方』の改訂版といくつもの短編小説を書き、それらは一九八一年に『黒い天使の目の前で』として出版された。そこには心の中の願望がはらむ危うさを掘り下げた十一の短編が収録されている。

「黒い家」の主人公ティモシーが、廃屋という象徴的なファンタジーにひそむ空疎な真実を証明しようと躍起になったあげく報復を受けるのに対して、チャールズ・ラティマーに捧げたこの本の他の十編の主人公たちは、さまざまな現実から逃れようともくろんでは苦しむ。本来意味などないはずのこの世界に意味を求めようとする人々がいる世界をハイスミスはとらえている。経験から学ぶ術を持たず、自分たちの人生の指針を与えてくれるような信念もなく、登場人物たちは手当たりしだいに、少しでも意味を与えてくれそうなものをつかもうとあがく。ここでは外の世界のものが、内なる世界の崩壊を引き起こす力を持つこともしばしば起こる。「かご編みの恐怖」では、三十八歳の広報担当のダイアンが、マサチューセッツにある週末を過ごす別荘のそばの浜辺で古いかごを見つける。彼女はそのかごを修理しようとするが――本来なら心理療法とみなされる作業である――心がかき乱される。かごが何かとてつもない力を自分の内部に解き放ってしまったという感覚が膨れ上がり、かつて自分が思っていたほど自分のアイデンティティが確固たるものではないと気づく。「彼女はむしろ自分が過去の非常に多くの人々と一緒に生きている、つまり彼らが自分の頭の中にいるように感じ」た。[4] 最後にダイアンはかごを燃やしてしまうが、それでも彼女の不安が消えることはない。

「凧」という作品の主人公は、ウォルターという少年で、妹のエルジーを最近肺炎で亡くしたばかりだ。少年はありったけの熱意を凧の制作に注ぎ、それは少年にとって亡くした妹に対する愛情と深い悲しみの象徴となる。少年は凧に乗って地上を飛び立ち、空高く飛んでいくことを詩にしたいと願い、それは想像の中で現実となる。凧には妹に対するウォルターの思いが形を変えたかのようにエルジーの名が美しくあしらわれている。彼の心は文字通り羽ばたき、つかの間の自由を楽しんだ後、一台のヘリコプターに凧の糸が絡まり、ウォルターは墜落して叩きつけられ、頭蓋骨を折って死ぬ。物語の最後の文は、さながら実況中継のようで、落下のリズムをなぞるような語調で書かれている。「体が逆さまに大きな枝にぶつかり、頭蓋骨を折って、地面への最後の数ヤードを力なく滑り落ちた」[5]

「凧」の中でウォルターの豊かな想像力と父親の凡庸な考え方との相克を浮き彫りにしたように、その他の収録作においても、ハイスミスは異なる価値観が衝突する際に生じる危険な原動力について掘り下げており、次作の『扉の向こう側』でさらなる深みへと分け入ることになる。「仲間外れ」という作品は、ごく内輪の友人グループが、その中のひとりエドマンド・クワストホフをもはや自分たちの仲間ではないとみなし、数々の些細な嫌がらせをする話だ。彼が失業して妻をも失い、ある夜、大量の睡眠薬と酒の過剰摂取で死んだことで嫌がらせをしてきた面々は、自分達の行いの非道さにようやく気がつく。「わたしはおまえの人生を軽蔑する」では、ドラッグをやってコーネル大学を中退した二十歳のラルフが、事業に成功して裕福な父親を乱痴気パーティに招待し、互いの考え方の相違に対立を余儀なくされる。

ジャーナリストのトム・サトクリフは、「タイムズ・リテラリー・サプリメント」誌で、『黒い天使の目の前で』の収録作品は、『動物好きに捧げる殺人読本』の「不快な軽薄さ」や、『女嫌いのための小品集』の「中身のない憎しみに満ちたケースピストリー」よりは、テーマの面でハイスミスの本来の作品に近いものだと書いている。[6]作品中のベストの出来ともいえる「仲間外れ」――ハイスミスは、「『ニューヨーカー』に掲載されるのにぴったり」[7]の作品だと考えていた――「猫が引きずりこんだもの」――もともとフェイバー&フェイバー社の一九七九年のアンソロジー『十三の判決』に収録されていた――についてサトクリフは次のように述べている。「長編作品でも描かれているモラルについての問題、すなわち怖れと憎しみ、道徳至上主義、咎められるべき罪をめぐる見事なエッセイ。作品の舞台は、プールはあるが教会はないような郊外で、満たされたない退屈と疑惑が渦巻く、同じように荒涼とした場所だ。重要なのはこの作品集全体を通して、「美徳」に最も近いものがあるとすれば、罪の表現であることだ。そういう世界では、犯罪は個人的な嗜好の問題になる」[8]。『黒い天使の目の前で』は、イギリスでは一九八一年に出版されたが、アメリカの読者はそれから七年も待たねばならなかった。一九八八年三月の「ニューヨークタイムズ」紙で、批評家のジョン・グロスは、ハイスミスの魅力を詳しく読み解いている。収録作の中で犯罪を描いているものは四、五作品にすぎないが、それ以外の作品もまた「不気味で、不穏な、偶然とは思えない犯罪と紙一重の世界」を描いていると彼は述べている。「ほとんどすべての作品に共通するのは、強い緊張感であり、いっけん冷静に見えながら、実際には読者の神経にじわじわと働きかけてくる文章スタイルである。ミス・ハイスミスの作品にはよく見られるのだが、状況によって、普段は抑え込まれている邪悪なものがあらわれてくるのだ」[9]

一九八〇年十月、ハイスミスは長編小説『扉の向こう側』――イギリスでは一九八三年に、アメリカでは一九八五年に出版された――の執筆に取り掛かる。もともとの構想では、マンハッタンでコピーライターとして働き、後に福音派キリスト教徒となる中年男性と、十七歳で同い年のガールフレンドを妊娠させてしまう息子との葛藤を中心に描くつもりだった。その後、父親の職業と舞台となる土地は変えたものの、物語の枠組みはそのままにして、キリスト教原理主義者と自由主義思想との間に起こるべくして起こる対立を描くことにした。ハイスミスが、近年のキリスト教原理主義の台頭について分析するアイデアを口にすると、友人たちはこぞって喜びを表明した。「あなたにはぜひとも《ボーン・アゲイン》（衝撃的な体験によって信仰に目覚めること）というテーマを突き詰めてほしい」とチャールズ・ラティマーは一九八〇年十一月にハイスミス宛てに書き送っている。「素晴らしいテーマだし、時宜にかなってもいる。前大統領〔ジミー・カーター〕（悲しいかな来年の一月までホワイトハウスにいる）もそれで自分は生まれ変わったとはっきり明言していることだし[10]」

　アメリカにおけるキリスト教原理主義には長い歴史があり、識者の中には牧師コットン・マザーが、ニューイングランドの住民が神に選ばれし人々であるのは、かつて「悪魔の領域」だった土地を獲得したからだと明言した十七世紀ニューイングランド地方にまでその源をたどることができるという者もいる[11]。キリスト教信仰と資本主義の結びつきは、十九世紀半ばまでには確立されていた。一八四六年、コロラド準州の知事ウィリアム・ギルピンは、アメリカが最終的に目指すべきは、「世界を産業で征服することである」と宣言し、それをかなえるのに必要なのはキリスト教信仰と富の創出というふたつの目標であると言明した。それからちょうど百年後、原理主義者たちは、アメリカ人のナショナリズムを巧みに利用して、共産主義を悪魔に、資本主義を神に結びつけることに成功した。その流れはテレビ宣教師の活動によって最高潮に達する。「もしあなたの経済状態が受け入れ難いようなものであるなら」と原理主義者のテレビ伝道師ジェリー・ファルエルは語る。「あなたの務めは主イエスを第一におくこと。そして主に金銭的な祝福を任せるのです[12]」。ハイスミスが『扉の向こう側』で原理主義者の父親を保険や退職者用金融商品のセールスマンとしたのは、偶然ではない。父親の信仰も職業も、空虚な夢を売るという罪悪だと彼女はみなしていたのだ。

　ハイスミスはこのアイデアに強く心を動かされ、実情を調べようと一九八一年一月にアメリカへと旅をした。ニューヨークで彼女はラリー・アシュミード——ダブルデイ社からサイモン&シュスター社へ移って『イーディスの日記』を出版し、その後『リプリーをまねた少年』を出したアメリカの出版社のリッピンコット&クロムウェルに転職した——とランチをともにしている。ハイスミスは、ニューヨークに滞在後、インディアナポリスへと向かい、その翌週にかけて、ブルーミントンでチャールズ・ラティマーとパートナーのミシェル・ブロックとともに、福音派キリスト教のプロパガンダ番組ばかり見て過ごした。「パットはアメリカのテレビ番組に出ている信仰復興論者《リヴァイヴァリスト》の宣教師の虜になっていたね。それをわざわざ調べるためにやってきたわけだし、本を書く土台にもなったんだよ」とラティマーは語る。「彼らのおぞましい番組だけでは満足できなかった。パットは彼らにすっかり夢中になってしまったんだ[13]」。とはいえ、ハイスミスは、テレビ宣教師たちのことを「こうした人々はみんなどこか常軌を逸していて、微笑みながら自分がまったく信じていないことを、あるいは何かを売りつける目的でしゃべっている」とノートに書いている。[14] ブルーミントンにいる間、ハイスミスはラティマーの隣人で、大学のカフェテリアの女性マネージャー—でもある六十四歳のマージという女性と知り合い、マージを元にして『扉の向こう側』のノーマ・キールの人物像を描いている。「夕食の前にわたしたちはよくマージの家を訪問して一杯やりにいったものだよ。酒飲みのお隣さんのマージがあの本でちょっとした役を得たことが、わたしには嬉しかったね」とラティマーは語っている。[15]

ハイスミスはアメリカでの三週間の滞在を楽しみ、ブルーミントンを後にすると、テキサスとロサンゼルスに足を延ばしてからフランスに戻っている。一九八一年二月末、アウリゲノの新居に引っ越し、本格的に執筆を始めた。四月二十一日には、再びチャールズ・ラティマー宛てに手紙を書き、インディアナ州ブルーミントンをモデルにしたチャーマーズトンという架空の町を舞台にすると伝えている。そして六月にはすでに二百十五ページを書き上げている。翌年の四月には完成していたのだが、あまりにも会話が多すぎ、地の文が少ないと感じ、文章表現のバランスの悪さに「ぞっとする」と述べている。[16]

この小説は、十七歳の高校生アーサー・オールダーマンが、最近付き合い始めたガールフレンドのマギー・ブルースターと初めてセックスした午後のことを思い返し、それまでとは世界がまったく変わってしまったことを自覚するところから始まる。少年は池に石を放って水切り遊びをして、自転車で家に帰る。アーサーの家族は、生命保険と年金のセールスマンをしている父リチャードと母のロイス、弟のロビーの四人だが、弟はその後扁桃腺炎をこじらせて、命が危ぶまれるほどの高熱を発する。父リチャードは、ロビーの回復を祈り続け、息子の回復は近代医学や薬のおかげではなく、キリストによる奇跡によるものだと思い込む。「結局、その日曜日は、父親が神を見出した日——本人流にいえば、生まれかわった日になった」。[17] リチャードが、神による天地創造を説く特殊創造論者の雑誌をいくつも定期購読し、キリスト教原理主義に次第に取りつかれていくにしたがって、大学で生物学か微生物学を学びたいと思っている息子アーサーとの溝は深まっていく。決定的な亀裂は、マギーがアーサーに妊娠したことを告げた時に起こる。当の本人達とマギーの両親は、状況を冷静に考えて中絶するのが最善の道と判断するが、リチャードの考えは異なり、父親としての権限をフルに活用して、息子とマギーに彼らが行おうとしていることの罪深さを悟らせようとする。だが、結局中絶手術は行われ、リチャードはアーサーを家から追い出し、次男のロビーには結婚以外のセックスは罪悪だという考えを植えつける。やがて大学に進学して町を離れたマギーは別の学生と恋に落ち、アーサーに手紙で別れを告げてくる。突然の失恋に心をかき乱されつつも、アーサーが何とか自分の人生を前に進めようとする様子を、ハイスミスは細部にわたってほぼドキュメンタリーのような克明さで描いている。そして物語の終盤で突如として暴力事件が勃発する。リチャードが同じ教会に通う精神が不安定な元娼婦イレーヌを妊娠させたことを知った次男のロビーが、銃で父親を撃ち殺すのだ。ハイスミスはこのおぞましい一部始終を、冷静な、まるでありふれたことのように描いている。「顎と首筋、それに縞のシャツの上部が血に染まっている……父親の喉と顎の一部が吹きとばされているように見えた。血が流れだし、グリーンのカーペットに染みこんでいる。アーサーは身を起こした。父親のデスクにも血が点々としているのに気づいた……その時、父親のブルーのズボンの股間が濡れているのに気づいた」[18]

父親の死は、家族崩壊の契機となる代わりに、オールダーマン家に再生の息吹を与え、物語は明るい未来を感じさせて終わる。リチャードの死の直後、母ロイスとアーサーは、隣家のノーマを訪ね、並べられた美味しそうな料理やアイスティー、ビールを味わいながら、陽気なパーティを催す。アーサーはコロンビア大学に進学したいという希望もかなえられ、マギーとの仲も復活の兆しが見える。家族は家を売って東海岸へと引っ越すことにする。とはいえ、未来は必ずしも彼ら全員にとって明るいわけではない。残されたオールダーマン家の者たちが、いまや牢獄そのものと化したチャーマーズトンの町から出ようとも、アイリーンの娘――小説の終盤で生まれる、おそらくはリチャードの子供と思われる――はキリスト教原理主義者の教会によって育てられることが示唆されている。ハイスミスはそうした教会を、偽善的で、私腹を肥やすことしか考えない純然たる悪として、信仰に従う教団というよりも、人民寺院を率いて集団自殺事件を起こしたジム・ジョーンズのようなカルト集団に相通じるものをもつ組織として描いている。

ハイスミスがとりわけ懸念を感じたのは、「ボーン・アゲイン」を唱える福音派の活動と右派保守政治家との不穏な結びつきだった。「アメリカの宗教的原理主義者はいまや恐ろしい存在になりつつある。なぜなら彼らはレーガン支持派政治と結びついているから」。一九八六年のあるインタビューではそう語っている。[19] この小説全体を通し、ハイスミスは原理主義者と政治との不浄な連合に言及し、この連合が民主的なプロセスの腐敗につながると考えていた。偏狭で頑迷なリチャード・オールダーマンは、かつて民主党支持者だったが、今は共和党を支持し、彼が所属する教会のほとんどの信者たちと同様にロナルド・レーガンの支持者である。一九八一年に大統領に当選したレーガンは、教育費を削減して国防費を増額し、人工中絶反対派として知られている。ハイスミスはレーガンには我慢ならないとベッティーナ・バーチに語り、別の人物に宛てた手紙には、彼は「救いようもないほど愚か」だとも書いている。[20] ハイスミスは八〇年代後半、レーガンを皮肉った、一九八七年出版の短編集『世界の終わりの物語』に収録された「バック・ジョーンズ大統領の愛国心」という短編を書き、大統領の死のみならず世界滅亡という悪夢の結末を描いている。彼女は極右宗教の亡霊はこの先何十年もこの文明世界を苦しめることになるだろうと示唆した。「死後の世界を信じ込んでいる人たち、他人にそれを信じることを要求したりする人たち」にも、金銭的利益だけに突き動かされる人たちにも、ハイスミスは我慢がならなかった。[21] 彼女にとって、道徳至上主義は、モラルなき状態と同様に嫌悪を催させた。

『扉の向こう側』は、『イーディスの日記』と地続きの小説であり、イギリスで出版された時には好意的な評価を受けた。「ハイスミスは、いつものようにその手腕によって、一見事実に即しているようでありながら、実際には豊かに想像を膨ませて、人間の弱さを追求した作品を生み出している」と文筆家のホリー・エリイは、「タイムズ・リテラリー・サプリメント」誌に書いた。[22] H・R・F・キーティングは、「ザ・タイムズ」紙で、この本はむかつくような不安や、先行きの見えない不透明さに覆われているようだと指摘している。また、小説の末尾の文章からアーサーが発した言葉、「《売春をしたほうが金になることは確かだからね》」を取り上げ、「おそらくこの本の内容を明確に述べているのはこのセリフだけだろう。それほどあからさまなわけではない。だが厳しい言い方をさせてもらうなら、この本がいわんとしているのは、人生は行き当たりばったりの売春稼業のようなもので、危険で、いかがわしい快楽であり、どこまでも不確かなものだということである。それはこの小説全体のテーマでもある……ミス・ハイスミスは、彼女の目に映る世の中のありようを理不尽なまま、あるがままに描いてみせる。その景色は必ずしも快いものではない。読者の誰もが喜ぶわけでもないだろう。だが、われわれ読者は、バーバラ・カートランド（一九〇一—二〇〇〇 ロマンス小説家）のようなハッピーエンドを望んでいるわけではない。あるいはモーツァルトでもない。ただ、この作品には真実があり、真実は読者を解放する」[23]

この小説は、イギリスでは称賛を浴びたが、アメリカの編集者ラリー・アシュミード——リッピンコット&クロムウェル社からハーパー&ロウ社に移ったばかりだった――からは短編集『黒い天使の目の前で』と同様に出版を拒絶された。それはつまりアメリカでは出版してくれるところがないことを意味していた。アシュミードは『扉の向こう側』について「わたしには好きになれない本だった。アメリカにおける彼女の作品の売上は、せいぜい七千か八千部で、それを超えることはなかった。売上がそこまで悪くなかったならば、彼女の本を出版し続けていただろうね。わたしはリッピンコットから移ってきたばかりで、彼女の作品の出版をやめるにはちょうどいい潮時のように思えたんだ。その後は彼女との付き合いはない――本を一冊送るとか、引用のために電話をするといった程度だが、彼女から返事があったことはなかったと思う」[24]。ハイスミスは、出版が拒否されたことを聞いても無関心な態度を貫こうとした。「アメリカでわたしの本が出版されようがされまいが、本当のところはどうでもいい」と一九八二年に書いている。「わたしは、高額な前払いを要求したことで出版社からそっぽを向かれたり、出版社を変えたりしたことはなかったわ。冒険をしようとしないのはアメリカの出版社であって、彼らには誠実さというものがないの。おそらくアメリカの読者もそれほど熱心ではないんでしょうけどね[25]」

ハイスミスが住んでいた頃のアウリゲノは、人口百五人の寒村で、ダンツィオ山の陰になるマッジャ渓谷に位置している。ハイスミスがいうには、「古い家並と素朴な人々ばかりで、夏にはいくらか旅行者がいる」ような場所だ[26]。新居は、夏の休暇用の別荘として一六八〇年に建てられたグレーの御影石造りの二階建ての家だった。壁は一メートルもの厚さがあり、地下室がふたつ、うちひとつは古い石材で作られたアーチ型の天井があり、ハイスミスは『モンテクリスト伯』か何かに出てくる地下牢みたい」だと思った[27]。作家のバーバラ・スケルトンは、その家を「ちっぽけな窓がある暗くて小さな」家と表現し、庭はなく、二階の部屋からは、「雪をかぶった山々と時計台のある教会が見え、鐘が時を告げていた」と記している[28]。その家は二十年間空き家だったのだが、スイス人の建築家トビアス・アマンが、一階には暗いが涼しく広いリビングとキッチン、予備室を備え、二階には寝室を二部屋と浴室を配するという改修計画を提案した。「エレン・ヒルが連絡してきて、友人のパトリシア・ハイスミスのためにその辺りに家を見つけて欲しいと頼まれたんです」とアマンは語る。「ハイスミスに会う前、エレンはわたしに、彼女はとても引っ込み思案で、あまり人付き合いを好まないのだといいました。でも大体において彼女と一緒に家づくりをするのは楽しい経験でしたよ。彼女とわたしの間では何の問題もありませんでしたが、時々いろんな作業員とやり合ったり、請求額でもめて、支払に文句をつけたりしてました[29]」

「オブザーバー」誌の「わたしの部屋」というタイトルのインタビュー記事を書いたイーナ・ケンダルは、ハイスミスの新居の、趣味のいい、上品だが少しばかり風変わりな部屋の雰囲気をこのように記している。暖炉はクリ材で周囲を囲み、燭台はいぶした鉄で作られている。スツールと磨き上げられたマツ材のコーヒーテーブルは、どちらも彼女の手仕事によるものだ。それに「木の切れ端と古い釘からなるシュールな外見のフクロウも彼女のお手製だ[30]」

アウリゲノでの暮らしは静かなものだったが、ハイスミスは孤独を感じなかった。一九八一年六月十四日、九人の客を自宅に招いてドリンクパーティを開き、デビルド・エッグやカナッペを楽しんだ。エレン・ヒルは十キロ足らずのところに住んでいたので、ふたりはお互いにより頻繁に会うようになったが、その関係は穏やかとは言い難かった。「エレン・ヒルのほうに問題があったのよ。彼女はいつもパットを支配しにやってくるんですもの。彼女といる時のパットは、まるで小さなネズミみたいだった」とアンネ・モーネベックはいう[31]。クリスタ・マーカーは「エレンは、パットのそばで家庭教師みたいにふるまっては、やることなすこと命じていたわ」と語る。「以前に駅で、パットが《コーヒーでも飲みましょう》といってビールを注文したことがあったの。たまたまエレンが同じカフェにいて、部屋の向こうの席から店に響き渡るような大声で《ダメよ、パット、朝からやめなさい！》と叫んだのよ。そしたらあの有名作家のパットが、ビールに口もつけずに、カーテンのような髪で顔を隠して、じっと押し黙ってしまったの[32]」。ピーター・ヒューバーは、妻のアニタとともに、チューリッヒとティツィーノを行ったり来たりしていたのだが、《エレンに――たぶんこの本が一番気に入るでしょう。愛を込めて、パット》と表紙の裏に書かれた『変身の恐怖』を、エレンが彼にくれた時のことを思いだしてこう語った[33]。「でもエレンはパットの作品のことなどまったく関心がなくて、その本をくれた時も《あなたはこういうくだらない本が好きでしょう。だから持っていってかまわないわ》なんていったんだよ[34]」。過去に出来上がった支配と服従の関係は、やがてふたりの恋愛関係を破綻させ、ここにいたって友情も破壊しようとしていた。「パットは、エレン・ヒルのそばで暮らすのはこの世の地獄だとわかっていたはず。それでも、自ら進んでそうなったのよ」とモニーク・

ブッフェは語っている。[35]

ハイスミスは、アウリゲノで一九八一年の夏を過ごし、ロカルノ国際映画祭を訪れ、映画監督のキャサリン・ビグローに出会った。その後モンクールの自宅に戻って、半年ほどはそこで暮らすつもりだった。しかし、『扉の向こう側』の執筆が進むにつれ、アメリカに戻ってもう一度取材する必要があると思うようになった。十月にアメリカのブルーミントンを再訪して、チャールズ・ラティマーとミシェル・ブロックとともに過ごし、その間三人でイースト・ハンプトンに旅している。そこは、ハイスミスが住むことを考えていた数ある場所のひとつで、一行はペンシルベニアの小さな町に泊った。「適当なもので腹を満たしてから、ガソリンを入れに行ったんだ」。その時のことをミシェル・ブロックはこう語っている。「ガソリンスタンドから山々や、森の中に点在する白い農場や教会の景色が広がり、《いかにもアメリカという感じの風景だね》といったんだ。また車に乗りこみ、そのうちに彼女がじっと黙って泣いていたことに気づいた。チャールズとわたしは驚いたけれど、ずっとふたりでおしゃべりを続けることにした。パットが小説家としての世評を保つために、どんなに普通の生活を犠牲にしているのかとしみじみ思った……もしそうだとしても、彼女はアメリカに住んでいた方がずっと幸せだっただろうと思うよ」[36]

モンクールに戻ってすぐ、ハイスミスは「エラリー・クィーンズ・ミステリーマガジン」から送られてきたアンケートに答えているが、自分の移動癖に関する質問にいささかてこずらされた。彼女は何を求めてこの場所で暮らしたのだろうか？　彼女の回答は、「わたしに必要なのは、緑の大地を踏みしめることと、静寂、それからあたりを数羽の人懐っこい鳥が飛び回っていること」だった。[37]クリスマスをロンドンで、当時テレビのニュース番組のプロデューサーとしてCBSで働いていた友人のキングズレーと過ごした。休暇は楽しめたものの、仕事には満足がいかなかったため、「ひどく惨めな」気持ちになり、[38]一九八二年一月にフランスに戻ってくるとすぐ、再びうつ病に苦しんだ。「現世はわたしには地獄であり、まるで監獄のようだ」とノートに記している。[39]彼女にとって唯一の逃げ場であり、慰めとなったのは、空想を駆使して別の世界を再構築することだった。友人たちはハイスミスが普通の生活に満足することはできないことをよくわかっていた。「彼女は気楽に生きるということができない人だった。ずっと自分の気持ちを隠していた」とリンダ・ラデュルネールはいう。「興味深い人だとは思うけれど、正直にいって、優れた作家だと知らなければ、彼女の素晴らしさがわたしにはわからなかったでしょうね。彼女は自分自身と折り合いをつけることができなかったのよ。よく精神的に不安定になって、その状態を利用して、不安定な人について書いていた。彼女はとても自己抑圧的な人で、しばらくするとそれが魅力に思えてくるの[40]」

フランス暮らしで体験したお役所仕事に対する不満はいやましに募り、税務当局に踏み込まれたことも忘れられなかった。さらにはティツィーノとフランスの間を際限なく行ったり来たりしなければならないのも彼女をうんざりさせた。一九八二年三月、ハイスミスはモンクールの家を売却し、スイスに永住することを決めた。「手入れが行き届いていなかった庭はさておき、居心地のよい家」を愛していたから、心残りのようなものはあると後に述べている[41]。しかし、それ以外の選択肢がないことは本人もよくわかっていた。「フランスの法律では、滞在許可証を取得することなく、モンクールに半年以上住むことはできない。おまけにどこの外国銀行口座も制限する法律まであって、だったらいっそもうここに住まないほうがましだと思ったのよ[42]」と手紙に書いている。加えて、バーバラ・カー＝セイマー宛ての手紙によれば、フランスのミッテラン大統領は社会主義者で、彼のせいで「郵便配達より稼いでいる人は誰であっても生活がどんどん厳しくなっていく」とも書いている[43]。しかしながら、フランスを離れることで自分たちの関係がどうなるかということについては、モニーク・ブッフェと話す必要を感じなかったようだ。「パットとは、わたしたちの仲がどうなるかなんて話したりはしなかったわ。自然な成り行きのように思えたから。彼女がスイスに去った時、わたしたちの関係は終わったけれど、彼女が亡くなるまでわたしたちは友達のままでしたから[44]」

原注

第30章

1 PH, Cahier 35, 7/10/80, SLA.

2 Ibid.

3 PH, Cahier 35, 13/7/80, SLA.

4 PH, 'The Terrors of Basket-Weaving', *The Black House*, Heinemann, London, 1981, p. 52.
ハイスミス「かご編みの恐怖」『黒い天使の目の前で』収録
米山菖子訳　扶桑社ミステリー　１９９２年

5 PH, 'The Kite', *The Black House*, p. 234.
ハイスミス「凧」『黒い天使の目の前で』収録

6 Thomas Sutcliffe, 'Graphs of Innocence and Guilt', *Times Literary*

Supplement, 2 October 1981.

7　ハイスミス　アラン・ウルマン宛書簡　１９７９年９月13日付　ＣＬＡ所蔵

8　Thomas Sutcliffe, 'Graphs of Innocence and Guilt'.

9　John Gross, '3 Mystery Books Offer Crimes High and Low', *New York Times*, 18 March 1988.

10　チャールズ・ラティマー　ハイスミス宛書簡　１９８０年11月　ＳＬＡ所蔵

11　Steve Brouwer, Paul Gifford, Susan D. Rose, *Exploring the American Gospel: Global Christian Fundamentalism*, Routledge, New York, London, 1996, p. 15.

12　Ibid.

13　チャールズ・ラティマーとのインタビュー　１９９８年11月２日

14　PH, Cahier 35, 1/16/81, SLA.

15　チャールズ・ラティマーとのインタビュー

16　ハイスミス　マーク・ブランデル宛書簡　１９８２年４月22日付　ＥＢ所蔵

17　PH, *People who Knock on the Door*, Heinemann, London, 1983, p. 20.

ハイスミス『扉の向こう側』岡田葉子訳　扶桑社ミステリー　１９９２年

18　Ibid., pp. 243-244.　前掲書

19　Helen Birch, 'Patricia Highsmith', *City Limits*, 20-27 March 1986.

20　ハイスミス　マーク・ブランデル宛書簡　１９８６年４月18日付　ＥＢ所蔵

21　PH, *Twenty Things that I Do Not Like*, 20 March 1983.

22　Holly Eley, 'The Landscape of Unease', *Times Literary Supplement*, 4 February 1983.

23　H.R.F. Keating, 'The vaguest of dooms ahead', *The Times*, 24 February 1983.

24　ラリー・アシュミードとのインタビュー　１９９９年５月20日

25　ハイスミス　マーク・ブランデル宛書簡　１９８２年４月23日付　ＥＢ所蔵

26　ハイスミス　ロナルド・ブライス宛書簡　１９８８年10月21日付　ＲＢ所蔵

27　*Book Beat*, Interview with Donald Swaim, CBS Radio, 29 October 1987, DS.

28　Barbara Skelton, 'Patricia Highsmith at Home', *London Magazine*, August/September 1995.

29　トビアス・アマンとのインタビュー　１９９９年７月24日

30　Ena Kendall, 'Patricia Highsmith, 'A Room of My Own', *Observer*, 15 June 1986.

31　アンネ・モーネベックとのインタビュー　２０００年１月14日

32　クリスタ・マーカーとのインタビュー　２０００年１月13日

33　PH, Inscription, *The Tremor of Forgery*, 23 July 1975, the collection of Peter Huber.

34　ピーター・ヒューバーとのインタビュー　１９９９年７月24日

35　モニーク・ブッフェとのインタビュー　２００１年１月27日

36　ミシェル・ブロック　著者宛書簡　２００１年５月７日付

37　PH, Answers to *Q&A for Ellery Queen's Mystery Magazine*, sent 18 November 1981, SLA.

38　ハイスミス　バーバラ・カー＝セイマー宛書簡　１９８２年１月30日付　ＳＬＡ所蔵

39　PH, Cahier 35, 1/26/82, SLA.

40　リンダ・ラデュルネールとのインタビュー　２００１年１月８日

41　ハイスミス　マーク・ブランデル宛書簡　１９８２年４月22日付

ＥＢ所蔵

42　ハイスミス　マーク・ブランデル宛書簡　１９８２年４月23日付　ＥＢ所蔵

43　ハイスミス　バーバラ・カー＝セイマー宛書簡　１９８２年３月18日付　ＳＬＡ所蔵

44　モニーク・ブッフェとのインタビュー

第31章

奇妙な内面世界

1982 – 1983

背の高い黒髪の男がハイスミスの背後を影のようについていく。空港では傍らを通り過ぎ、ロンドンへ向かう列車内ではじっと彼女を見つめ、バーバリーのトレンチコートに身を包んだ作家が、瀟洒なロンドンのホテルの入口に入っていくのを見守っている。宿泊名簿にサインする時、両手が利くハイスミスは、最初は左手でペンを持っていたが、やがて右手に持ちかえた。しばらくしてエレベーターに乗り込むと、男は再び彼女に寄り添った。男はリプリーだった。

作家とその創造物は、一九八二年、ロンドン・ウィークエンド・テレビジョン制作のアート系文芸番組『サウスバンクショー』で、「パトリシア・ハイスミス　殺人の才能」と題する五十分間の映像に登場した。番組はメルヴィン・ブラッグによるハイスミスとのインタビューと、ジョナサン・ケントがリプリーを演じる『贋作』のいくつかの場面をドラマ仕立てにした映像によって構成されていた。糊のきいた白シャツに黒い革製のベストと同色のスカートをつけたハイスミスは、ブラッグから矢継ぎ早の質問を受けて、あきらかに居心地が悪そうだ。なぜリプリーという人物が好きなのか？「わたしにとって彼は精神的に自由で、大胆で、時には愉快な人物でもあるからよ」とハイスミスは答える。[1] 最初にリプリーを創り出した時、彼のキャラクターはどのような設定だったのか、そしてそしてどう変貌したのか？「初期のリプリーは、まったく未熟で若かった……ヨーロッパについて、彼自身が思うところのヨーロッパの文化や景観などを学んでいくうちに、ある裕福な青年に羨望を覚えるようになる……彼は自分自身をそこまで高めようと心に決めるの……彼を時折悩ませるのはディッキーを殺したこと。あまりにもあさましい動機だったし、ディッキーは彼にとっていい友人だったから」。[2] リプリーは精神異常者だと思うか？「ある部分では異常だといえる……またある部分では少しばかり病的ね。でも精神異常者だとはまったく思わない。彼の行動は合理的だからよ……誰かを殺さずにはいられないサイコパスではないわ。彼はむしろ教養のある人物であり、殺すとしてもそれはどうしても必要な場合だけ、それもいやいやながら」[3]。彼を崇拝しているのか？「どうかしら。リプリーに崇拝されるような資質があるかどうかわからないわね。多少優しいところはあるにせよ、崇拝されるほどのものじゃない。だからといって糾弾されるべきだとは思わない」[4]。リプリーの性的指向についてはどう説明するのか？「彼はどちらかというと性的には臆病で、強い感情というものはなく、多少ホモセクシュアル的な傾向がある、といったところかしら。だからといって実際に何かをしたというわけではない。かなり淡泊ね」[5]

番組に使う映像の撮影開始は一九八二年九月の予定で、放映は十一月になるはずだったが、撮影に入る直前、プロデューサーで映像監督のジャック・ボンドのもとに、ハイスミスのフランスにおける編集者アラン・ウルマンから電話が入った。誰がリプリー役を演じるのかハイスミスは知っているのかと訊ねてきたのだ。

「ウルマンはわたしにこういったんだ。《リプリーのことを彼女はとても大切に思い、はっきりとした人物像を頭の中に思い浮かべている。彼女の許可なく誰かをリプリー役にキャスティングしたら、どうなるかは神のみぞ知る、だ》」とボンドは回想する。「もちろんわたしはジョナサン・ケントの起用を決めていたが、ハイスミスには知らせていなかった。撮影はガトウィック空港で開始され、ハイスミスが、イギリスに到着して姿を見せたところを、リプリーがあとをぴったり追っていく場面を撮るつもりだった。ジョナサンには、彼女が動く歩道に入ったら、すぐにあとをついて行くようにと指示してあった。進めていくうちになんとか絵になるだろうと期待していたんだ。だが、カメラマンは最初のトラッキングショットも、二回目も、三回目も気に入らなくて、ついにはパットがわたしのところに押しかけてきてこういった。《あなたにいうべきかどうかわからないけれど、どこへ行ってもわたしのあとをついてくる若い男がいるんだけど》。それでもわたしは本当のことはいわず、ただ彼はあなたのファンに違いないといっておいた。続く場面を撮っているうちに、ある時点で、パットは何が起きているのか間違いなく理解したんだね。わたしが見ているうちに、彼女は文字どおりジョナサンの胸倉をつかんで壁に押し付けた。少ししてから彼女がわたしのところにずかずかとやってきて《この若者に問いただしたら、トム・リプリーを演じているって認めたわよ。これってあなたが考えるトム・リプリーなの？》と訊ねた。わたしが、ええまあ、そうですと認めたら、彼女はこういった。《あなたは本当に運がいいわね——彼なら完璧よ[6]》。実際、ハイスミスはアラン・ウルマンに手紙を送り、ジョナサン・ケントは「アラン・ドロン以来わたしが見た中では最高のリプリーよ」と伝えている。[7]

ジャック・ボンドがハイスミスに初めて会ったのは、モンクールの彼女の自宅だった。ボワシエール通りを見つけられなかった彼は道を訊ねようと一軒のカフェに入った。そこで出会った郵便配達人にハイスミスの家までの正確な道順を教えてもらえたのだが、ついでに彼女宛ての郵便物も手渡された。「家のドアをノックしたら勢いよく開いた。パットは、郵便物を手に取って、ありがとうというなり、わたしの鼻先でばたんとドアを閉めた」と彼は話す。「だがね、もう一度ノックして家の中に入れてもらったとたん、たちまち彼女のことが好きになった。彼女は難しい人で、ちょっと近寄り難いし、かなり引っ込み思案だが、わたしは彼女の信じられないくらいの口の悪さが気に入った。何しろ人のことをくそみそにこき下ろすんだ。あたかも地上からその人物を消してしまえとばかりにね。郵便や牛乳を配達するような日常生活を支える仕事をする人たちに対してはとても愛想がよかったが、レストランではかなり気難しい客だったかもしれない。彼女は存在感があった。身体の大きさのことではないよ。彼女はすごく痩せていたから。人間としての存在感があったんだ。周囲の風当たりに負けずに、一切妥協せず、自分の思い通りに生きる人間を誰だって素晴らしいとは思わずにはいられないものだ。彼女に会えば、彼女がどういう人で、自分がどんな人間を相手にしているかよくわかる。ヒッチコックが『見知らぬ乗客』の版権を安く買い叩いたことでしょっちゅう悪口を並べたてていたが、彼女はそういう最高の人々と一緒に酒を飲んで悪口をいうことだってできるんだ。わたしは彼女に個人的なことを訊ねたりはしなかったが、彼女はよくわたしに訊いたものだよ。《調子はどう?《ハウ・ザ・ファッキング》》とか、《何いってんのよ《フー・ユー・ファッキング》》とかね。いつだって彼女のことを思い出すのは楽しいよ[8]」

『サウスバンクショー』に登場したハイスミスは後に評論家のフランク・リッチによって、このように描写されることになる。「にこりともしない人物……好戦的で、たるんだ顔を左右に分けられた豊かな黒髪が縁取っている。彼女のお気に入りの鳥、フクロウそっくりに見える[9]」。この撮影中、ジョナサン・ケントとハイスミスは、サヴォイホテルの隣り合ったスイートに宿泊していた。「パットは、リプリーについてまるで実在しているかのように話していました」とジョナサン・ケントは語る。「彼女がわたしを気に入ったのは、わたしがリプリーを演じていたからであり、彼女がわたしを相手にしていたのはわたし自身ではなく、むしろ彼女がイメージに抱くリプリーだと思っていたからです。わたしに非常に興味をもって、本当に気に入ってくれましたが、彼女が相手にしていたのはわたし自身ではなく、むしろ彼女がイメージに抱くリプリーだったんです」

「わたしは彼女のことが大好きでした。誰にも依存しないところも、強さも、ずる賢さも好きでした。いつも髪の毛の陰に隠れて、前髪の隙間から、面白がっているような、恥ずかしさと好奇心が入り混じった目でこちらを覗き見ていました。本当に彼女からは多大なる影響を受けました。それというのも、わたしは南アフリカ育ちなのですが、十二か十三歳の頃、『太陽がいっぱい』を観にいったことがあったんです。それまでハイスミスの名前など聞いたこともなかったんですが、あの映画を二回観て、それから彼女の小説を読むことで自分の生きる道を見つけたんです。だから、おかしな意味で、彼女が今のわたしを作ったんですよ――彼女の作品については非常によく知ってますから、『マスターマインド』〔BBCテレビのクイズゲーム番組〕に出れば、パットに関する質問にはすべて正解できるでしょうね――それからはずっと彼女とは不思議なつながりを感じるようになりました。作品はどれもみな男達やその影について書かれていて、リプリーは、彼女がなりたかったものの表象、つまり彼女自身の影を表しているのではないかとわたしは考えています。おそらく彼女自身は不完全で、自分の影と調和することができなかったのではないかと思いますね」[10]

『サウスバンクショー』の撮影から数週間後、ハイスミスは再びイギリスを訪れ、パブリックスクールの名門イートン校の生徒たちを前に講演を行った。その講演は十七歳の生徒ロジャー・クラークによって企画されたもので、彼は六月に依頼の手紙を寄こしていた。彼女は一九八二年十月二十七日にロンドンからスラウへと列車で向かい、そこでクラークに迎えられて、寄宿学校の舎監のダイニングルームへと案内され、夕食の席についた。後に作家兼ジャーナリストになるクラークによれば、始まってすぐにハイスミスは講演に来たにも関わらず、ちっとも口を開く様子がないことが明らかになったという。若い聴衆たちに紹介されたものの、何をいえばいいのかわからず、気まずい沈黙の中でじっと座っているばかりだった。クラークは、その場をどうにかするためにインタビューする役目を買って出るはめになった。

「彼女は気難しいテキサス人の図書館司書みたいで、怖かったんですが、同時にどこか油断ならない、面白がっているような雰囲気も漂わせていました」とクラークはいう。「物事をいろいろなレベルでとらえていて、それに応じていくつかのパーソナリティを演じ分けているのだとも思いました。講演が終わってからわたしは彼女をスラウまで送りました。それから数日後に最初の手紙を受け取ったんです。彼女からはたくさん手紙をもらいましたが、いつも三行形式の格言が書いてあって、最初のこれもそうでした。ロンドンへ戻る列車の中で紫の櫛を拾い、それを家に持ち帰り、洗って使ったことについて書かれていました。彼女が描いた絵までついていたんです。彼女の持つ理解を超えた不可思議さのようなものに気づいたのはその時でした。それ以来、わたしたちは連絡をとりあい、友人のようなものになりました。でもわたしには彼女を理解しきれませんでした。会うたびに彼女はますます神秘的で、むしろより得体が知れなくなっていきました。彼女の謎は永遠に尽きないように思えました」

「一度手紙で、チェルシーにある友達の友達がやっている男娼の売春宿のことを書いたら、彼女が珍しく関心を示したことがあります。そんなことはめったにないんですがね。わたしは何度かそのあたりに行ったり、そこに出入りしたりもしました。ひどく魅惑的でしたし、秘密の巣窟のようでしたからね。ある月曜の晩、ひとりの客が来て、男娼じゃなくてわたしを指名しました。わたしが誘いを断ると、客の男はひどく怒って飛び出していきました。それをパットに伝えたら、ひどく面白がりましたよ。そういう曖昧な状況とか、どこかいかがわしいもの、変幻自在な存在や、超道徳的な出来事といったことが大好きな人でしたから。彼女にはこうしたひと癖ある、粗野な気質がありました。大の人間嫌いで、ほとんどジョナサン・スウィフトを思わせるようなところがありました。もし彼女に表現手段が、執筆というはけ口がなかったら、きっととてつもなく忌まわしい犯罪を犯していたかもしれないと思うこともあります」[11]

一九八二年十月、ハイスミスは短編小説「ボタン」のアイデアを思いついた。ダウン症の子どもを持つ夫婦の物語である。「夫は、もしかしたら道で見知らぬ人物を殺すかもしれない」とノートに書いている。「あまりにも頻繁に自分の子供を殺したいという思いに駆られてきたからだ」[12]。その作品は、後に一九八五年の短編集『ゴルフコースの人魚たち』に収録され、ハイスミスは、その短編集をヴィヴィアン・デ・ベルナルディに送った。当時ベルナルディはエレン・ヒルの友人で、教育療法士をしており、ティツィーノで特別研究員として滞在していた。彼女はこの作品に登場するダウン症の子供バーティの、口からだらりと垂れ下がる分厚い舌や、視点の定まらない目をした顔、ひっきりなしに発する奇声といった描写に不自然さを感じ、激しい憤りを覚えた。彼女は自身の経験から、ダウン症の子どもはそのような不気味なしわがれ声を発することはないと、この小説への懸念を表明した。だが、その後ハイスミスと初めて出会ったあとは、親しい友人となった。ベルナルディにとってハイスミスの第一印象は、サイズの合わない服を着て、兵士のようなカーキのズボンをはき、男物のトレンチコートに、首元に不格好なスカーフを巻いた、どこかちぐはぐな服装の人物というものだった。

「でもね、わたしが最初から惹かれたのは、彼女のもの柔らかで、穏やかで、静かな雰囲気でした」とベルナルディは語る。「いつも暴力について書いていたけれど、彼女自身はとても穏やかな人だった。わたしは彼女と一緒にいるのが大好きだった。一緒にいると独特の安らぎを感じられたから。面白いのは、彼女がわたしを友人として選んだのであり、その逆ではないということね。わたしがパートタイムで働いてふたりの小さな子たちを育てていた時も、彼女は手紙をくれたり、電話をくれたりして、いつでも会いにきてちょうだいといってくれた。心の空洞を埋めるという意味ではなく、彼女に会うといつもリフレッシュした気分で帰ることができたのよ——彼女に会うのは、冷たい水のプールに飛びこむようなものだった——家に帰る時は、もっとすっきりした頭で、物事が新たな光の中で見られるようになっていたわ。でも、まわりに他の人がいるところでは手に負えない子供のようになって、頭に浮かんだことをそのまま口に出すから、一緒にいたいとは思わなかったわね。まるで自分の内面をコントロールする機能をもっていないみたいで。自分の頭にあることを口に出さずにいられなくなるのよ。たとえば、ある日パットに太った友人を紹介したのね。そしたら話を始めて数分で、パットが突然、太っているのは、《なんでも食べ放題》と書かれたバッグを持ってスーパーマーケットに入っていくようなものだと言い放ったのよ。彼女がそういったとたん、みんな唖然として、しんと静まり返ったわ。信じられなかった。でも、パットは自分が礼儀に反する発言をしたことに気づきさえしなかったの。自分の頭にまず浮かんだことをそのまま吐き出しただけなのよ」

「今にして思えば、パットは高機能アスペルガー症候群の一種だったのかもしれないわね。多くの典型的な症状を持っていたもの。ひどい方向音痴で、いつだって道に迷っていたし、わたしと一緒に何度も行ったことがあるのに、美容院に行くたびに何度も駐車で四苦八苦していたものよ。音にはひどく敏感で、人とのコミュニケーションが苦手だった。たいていの人はあえて話さないことでも、彼女は思ったら何でも口に出してしまう。会話の微妙なニュアンスなんて理解しないし、他人を傷つけたとしても気づかない。たぶんそれが彼女の恋愛が長く続かない原因だったんでしょうね。そういう意思疎通の問題を克服できなかった。彼女はそういう奇妙な内面世界を持っていて、本質的には他人を理解できなかったけれど、素晴らしい観察者ではあったのよね。普通の人には決してわからない物事が見えていたのよ[13]」

この無限に人を驚かせる能力――ハイスミスのとてつもなく独創的な物事を見る目――に新たな友人であるジョナサン・ケントも魅了された。一九八二年十二月、彼はハイスミスのアウリゲノの自宅に滞在するために彼女を訪ねてきた。

「何かおいしいイタリア料理とかスイス料理のデリでも買うとばかり思っていたんですが、わたしを駅で車に乗せると、なんとケンタッキー・フライドチキンに止まってチキンナゲットを買い、家に行って食べたんですよ」とケントは語る。

「彼女の家は山の影にあたり、セントラルヒーティングの温度は「高」に設定されていました。彼女の飼っているネコたちは、すっかり暑さにあたってふらふらで、一匹はまるで熱で頭をやられたかのように尻尾の毛を全部舐め取ってしまうありさまでした。彼女は仕事部屋で寝起きして、夜執筆していましたね。朝四時か五時ごろに、彼女の部屋からBBCの国際放送が聞こえてきましたよ。ある日、彼女に連れられてエレン・ヒルに――小奇麗なブルジョワ女性で、赤褐色の髪をしていました――引き合わされ、みんなでピザを食べに行きました。パットは人と上手くいかないという印象がありました。とても気難しい人だし、無愛想なところもありましたからね。それでもやはり、彼女は素晴らしくて魅力的な女性だったとわたしは思います」

「彼女の破壊への本能とブラックユーモアのセンスが、わたしは大好きでした。アルツハイマー型認知症を患った祖母の話をしたことを思い出しますよ。母がラッパスイセンの花束を持って行ったら、祖母はその花束を進軍する軍隊だと思い込んで食べてしまったんです。わたしはとても悲しい話だと思ったんですが、それを聞いたパットは笑いが止まりませんでした――それこそ大声を上げて笑っていました。わたしに何度もその話をさせては、その度に腹を抱えて笑うんです。いつか長編か短編小説の題材として使われないかとずっと期待していたんですがね[14]」

ハイスミスは、好き嫌いに関してとても明確な考えを持っていた。一九八三年三月にディオゲネス社の求めに応じて好きなものや趣味のリストを書いている。そこには、バッハのマタイ受難曲、古着、スニーカー、雑音がしないこと、メキシコ料理、万年筆、スイス製アーミーナイフ、誰とも会う約束のない週末、カフカ、ひとりでいることなどがあげられている。嫌いなことについても、これまた別のスイスの出版社の求めに応じてシベリウスの音楽からフェルナン・レジェの絵画にいたるまでをリストにあげている——四品のコース料理、テレビ、イスラエルのベギン政権とシャロン国防相、大声でしゃべり散らす人たち、借金をする人、街で知らない人間に自分が誰かわかること、ファシスト、押し込み強盗。このリストに自殺を加えることもできたかもしれない。自殺は臆病な行為だと彼女はみなしていた。バーバラ・カー＝セイマー宛ての手紙にも、自殺をすると脅す人間は「棺桶も一緒に持ってきて自らそれに入るべきよ。そうすることで人々に自分がどんな受難者であるかを示すために[15]」

ハイスミスがおよそ自殺するとは予想していなかった人物がアーサー・ケストラーだった。白血病とパーキンソン病に冒されていたケストラーと彼の妻シンシアが、一九八三年三月一日にロンドンのモントピリア・スクエアの自宅で自殺したことを知ったハイスミスは衝撃を受けた。その知らせを彼女はチューリッヒで聞いた。「あの家の居間にはあまりにもなじみがあるし、すみずみまで思い浮かべることができる」とアラン・ウルマンに語っている[16]。「最初に考えたのは、彼がシンシアに一緒に自殺してくれと少しずついいくるめていったに違いないということよ。わたしは怒りしか感じない」。キングズレーにはそう書き送っている[17]。「アーサーが亡くなった時、パットはこれまで見たことがないほど憔悴して慰めようがなかった」とキングズレーは当時を思い出して語る。「彼女は明らかに取り乱していたわ[18]」。ジョナサン・ケントはこう話している。「パットが道徳的なことで憤りを見せたのは後にも先にも一度きりで、アーサーとシンシア・ケストラー夫妻が自殺したことに言及した時だけでした。パットは、ケストラーがともに自殺するようシンシアをいいくるめたのだと思い、それは倫理にもとることだと考えたんです。そのことを語る彼女の顔は暗く沈み、ひどく怒っていました。絶対に彼を許さないと[19]」

一九八三年四月、ハイスミスはアウリゲノからパリへと向かい、そこで仏語版『扉の向こう側』の宣伝広報のためのインタビューという苦行を果たした。パリの街が「より貧相に、より汚く[20]」なっていることに気づきながらも、作家のメアリー・マッカーシーと四番目の夫のジェイムズ・ウエストとともに、レンヌ通りのメアリーの自宅アパートで楽しい夜を過ごした。アウリゲノに戻るとすぐ、彼女はクリスタ・マーカーの訪問を受けた。「駅まで車で迎えに来てくれたんだけれど、パットの運転する車に乗るのは自殺行為に等しいわね」とマーカーは語る。「何しろ車のキーが見つからない、見つけたら今度は差し込む場所がわからない。走り出したら、ワイパーが動き出す始末だし、道中、自分の車が列車に跳ね飛ばされた場所はここだなんて指さしたりするのよ。冗談をいってるのかどうかもわからなかった」[21]。ハイスミスは冗談をいっていたわけではなかった。ある晩の十時頃、アウリゲノの自宅付近を運転している時に、列車が徐行している線路にうっかり入り込んでしまい、車の前部を損傷したが、怪我はせずに済んでいた。

一九八三年の六月から、ハイスミスはベッティーナ・バーチと手紙のやりとりをするようになった。『終わりなき日――女性と仕事の政治経済(The Endless Day: The Political Economy of Women and Work)』の著者であるバーチは当時バーナード大学で経済学を教えていた。そもそもは同窓会誌に記事を書くため、ハイスミスにバーナード大学時代について訊ねる手紙を出したのだが、その中でクレア・モーガン名義で本を書いたのは本当かという質問もしている。「クレア・モーガンについては触れない方がよいでしょう。特に誌面では」とハイスミスは返事に書いている。[22] 実際、ナイアドプレス（レズビアン文学に特化したアメリカの出版社）が『ザ・プライス・オブ・ソルト』の再出版権を取得した時、ハイスミスは、自分の名前ではなく、クレア・モーガン名義で出すことを頑なに譲らなかった。

「パットは、自分がレズビアンだと知られることで、ミステリー作家としての名前に影響を与えるんじゃないかと怖れていたのよ」とナイアドプレスの設立者であるバーバラ・グリアーは語る。「彼女は身についてしまった同性愛嫌悪《ホモフォビア》に苦しんでいた。ひどく孤立した生活を送り、人との接触を避け、彼女にとってはたとえ短時間でも会話をすることは苦痛なんじゃないかという印象を受けたわ。わたしたちは彼女を満足させるためなら何でもした――版を重ねるたびに、この語句を直したい、あそこにカンマを入れたいと言い出すので。やりとり全部の記録のファイルを積み重ねたら一メートル半にはなるわね。彼女と話すのは本当に骨が折れたわ。彼女はありのままの自分に違和感を覚え、自分自身に満足できなかった。当然ながらそれが作品に反映されているのよ」[23]

一九八三年の暮れ、ハイスミスは『ザ・プライス・オブ・ソルト』をハイスミス名義で出版するなら前払い金で五千ドル、あくまで別名義にこだわるのなら二千ドルという条件を提示され、丁重に断っている。この作品をヨーロッパで出版することにそれほど乗り気ではなかったが、出版すればプライバシーが守れるという利点もあった。一九八四年四月、カルマン＝レヴィ社と出版契約を結び、クレア・モーガン名義のまま出版することにした。しかしながら、一九八五年五月に、『盗まれた水（Les Eaux derobees）』というタイトルで仏語版が出版された際、カルマン＝レヴィ社が著者の素性を秘匿するためにあらゆる手を尽くしたにも関わらず、フランスの批評家たちはそれを見抜き、「ハイスミスの作風が見られる」と口々に述べた。[24] 批評家の中には、かなり的外れだが「イーニッド・ブライトン（イギリスの児童文学作家）ではないかと思われる」という者もいたし、また、フランソワーズ・マレ・ジョリ（ベルギーの作家）の作品だという者もいたが、アラン・ウルマンがハイスミスに書き送ったように、「ほとんどはあなたが作者だと考えて」いた。[25]

一九八三年六月、ハイスミスは次の長編『孤独の街角』のプロットに着手した。キングズレーに捧げられたこの作品は、ふたりの男性を巡る物語である。ひとりは「ニューヨークの風変りな[26]」守衛ラルフ・リンダーマン、飼いイヌのゴッドとブリーカー・ストリートのむさくるしいアパートで暮らしている無神論者だ。もうひとりは、プリンストン大学出身の裕福な男ジャック・サザーランド、フリーランスの画家でありイラストレーターでもある彼は妻のナタリアと五歳になる娘のアメリアとともに高級なグローブ・ストリートに住んでいる。このグリニッチビレッジ界隈は、ハイスミス自身が四十年以上前に住んでいた場所でもある（「出入口もまったく同じだし、郵便受けも同じ場所にあった」と、ニューヨークへの取材旅行でその界隈を再訪した後、ハイスミスは記述している[27]）。ある夜、イヌと外を散歩している時にラルフは財布を見つける。中には現金二百六十三ドルと写真とカードが入っていたのだが、彼は持ち主のジャックにそのまままそっくり返す。路上で財布を見つけるなどという偶然を小説に使うのは、一部の小説家のひんしゅくを買うとハイスミスにはわかっていたが、そうした奇妙で非合理的な出来事は人生の一部として実際に起こり得ると信じていたので、作品に反映してならない理由はなかった。「プロットと設定の中に出てくる、ほとんど信じられないが、かといってまったく信じられないわけではないような偶然を、わたしはとても好んでいる」とハイスミスは述べている。[28]「誰かが財布を拾って持ち主に返すというアイデアはいつもあった。わたしにはその経験はないけれど、経験してみたいと思っていた。きっと喜びに満ちた体験だろう」とも。[29]

この小説の構想を練る時、ハイスミスはこの作品が、「処女性と欲望というファウスト的な雰囲気――男性も女性も同じような――」に満ちたものにしたいと思っていた。[30] たしかにこの作品では、従来の異性愛の厳格な境界線からはみ出した関係をより直接的に解明しようとしている。そして一九八四年九月、いまだ執筆途上ではあったが、バーバラ・カー＝セイマーに「［小説の］登場人物の半分は、ゲイか、半ばゲイである」と手紙で伝えている。[31]

主人公のジャックは、徹頭徹尾現代的な男性らしくふるまおうと努力している――妻には度を越した行動の自由を許し、自立を促し、浮気を許容する――にも関わらず、最終的には道徳主義者で性的に欲求不満を感じているラルフとよく似た心理的状況に置かれていることに気づく。ラルフもジャックも、二十歳のウエイトレス兼モデルのエルジーを、自分たちの想像の中で、それぞれの欲望に合わせ、自分達の空想の中にしか存在しない青写真に合わせて、エルジーの人格を形づくろうとする。ラルフにとってエルジーは純真無垢の象徴であり、ニューヨークの猥雑さや卑しい住民から守ってやらねばならない乙女である。「彼は道徳的にお堅いタイプの人物で、そんなに知的ではなく、自分がどういう人間か本当のところよくわかっていない」とハイスミスはラルフについて語っている。「彼は善意でやってるのよ。たしかに正直だし、とても禁欲的で、エルジーの身持ちを心配して悪い類の人間には出会わないでほしいと思っている。彼にはどこか滑稽なところがあって、それは……他人の意図を誤解したり、見たものを正しく理解できないことにある」。[32]ジャックは、ラルフ・リンダーマンがエルジーを「抽象化して理想の女の象徴」とみなしていることに気づく程度には知的に洗練されているが、[33]彼女に対して自分が抱いている見込み違いを分析できるほどには自分という人間を理解していない。初めてエルジーに出会った時、ジャックは彼女のことを現実の女性として見ていたわけではなく、想像上の女性像を完璧に肉体化したものとして見ていた。彼女は、ジャックが挿絵を描いている『夢はなかば理解を超えて』という本に登場する「思春期の少年がとりとめもなく思いを寄せる女友達」[34]《スズキ》という少女そっくりの特徴を備えている。エルジーを描いた後、ジャックは自分の想像力が活性化され、ほとんど恋に落ちかけるが、彼の恋情は、実際のエルジーではなく、紙の上に描かれた彼女のイメージに向けられている。ラルフにとってもジャックにとっても、エルジーは《ドリーム・ガール》[35]であり、ジャックがようやく彼女に愛を告白するのは、彼女が眠っている時である。薄明りの下で空想上のキャラクターはまるで「宙空に漂っている」ように見える。[36]ファッション誌から切り抜いたエルジーの写真を眺めながら、ジャックは自分の脳裏に映る彼女の面影は、外で見る映像よりもずっと生々しいことに気づく。だが、最終的にジャックは、「あくまでも一定の距離を置いて、エルジーに慕情と憧憬を捧げるかたちで愛していたのだ。エルジーが名画か類稀なすばらしいデッサンであるかのように」[37]。小説の結末で、ラルフとジャックはそれぞれに謎めいたエルジーの幻をとらえたと思うが、最後には痛ましい真実を悟る——自分たちの想像力が生み出した娘は死んでいるのだということに。

この小説の登場人物たちは、ジャックが挿絵を描いた『夢は半ば理解を超えて』のキャラクターたちとよく似たふるまいを見せる。それはニューヨークに住む夫婦とふたりの子供たちの話で、「四人はそれぞれに夢や期待を抱いているのに、家族にも誰にも心のうちを打ち明けることができないばかりか、おそらくは打ち明けたいとも思っていない。だから胸にあふれるさまざまな夢も、とりとめもない空想も、当の本人すら半分しか理解していないし、現実の生活のなかでは半分しか実を結ばず、傍からは誤解されたり夢を秘めているとは気づきもされない」[38]。この作者自身のことを書いたかのような文章は、ハイスミスが自ら創り上げた想像世界の簡潔なまとめとして見ることもできる——心と肉体との関係の不安定なつながりや、魅惑的なファンタジーの世界と避け難い現実の底流にあるものとの危険な関係を。

一九八三年の夏は、ティツィーノ一帯に熱波が居座り、うだるような暑さに包まれた。八月に、この二、三か月ほどは完全に「うちのめされた状態」だったとハイスミスは語っている[39]。体力は心もとなかったが、ロカルノ国際映画祭のような外部との仕事の約束をキャンセルすることはよしとしなかった。映画祭では、その前年に出会った映画祭ディレクターのデイヴィッド・ストライフと楽しい一夜を過ごしたようだ。「彼女はグランドホテルでの夜がすっかりお気に召したようだった」と現在はスイス文化庁のディレクターであるストライフは語る。「ただ選んだメニューはいただけなかった。ピザを注文したんだが、メニューには載っていなかったから、冷凍庫の底で眠っていたものなんじゃないかと思うような代物でね。だが、彼女は上にのっている具だけ食べて、ピザ生地にはいっさい手をつけなかった。彼女がネコみたいな目つきで人を見つめる素晴らしい表情や、その素朴さ、謙虚さ、内気さはけっして忘れることがないだろう」[40]

その夏、ハイスミスの多忙なスケジュールの中には、ロンドンで数日間、自身の同名小説を原作としたハンス・ガイゼンドルファー監督のドイツ映画『イーディスの日記』の公開前上映が含まれていた。ガイゼンドルファーは、原作を「母と息子とのフロイト的愛憎関係として巧みに」[41]簡略化し、主人公イーディスをアンジェラ・ウインクラーが演じていたが、ハイスミスには「あからさまで、少しばかり通俗的な」映画に思えた[42]。その後スイスのチューリッヒや、イタリアのヴェネツィア、スペインのサンセバスチャン、バルセロナ、マドリッドへと旅をした。マドリッド滞在中の九月、ハイスミスは、自身の作品について学位論文を書いているという学生から質問を受けた。自分の執筆プロセスを説明しようとして、自分の小説の土台となるものについて具体的な説明ができないことに彼女は苛立ちを覚える。「こうした学位論文を書く学生たちは、わたしの作品から文学技法や執筆技術の体系化を試みようとしている。わたしがアイデアは突然やってくるもので、それゆえに思考もその過程さえも、どこからともなくやってくるのだと話すと、彼らはがっかりしたような顔をする[43]」

しかしながら、時としてハイスミスの発想は現実に根差していることもあった。短編小説「奇妙な墓地」は、がんで亡くなった人が埋められている墓地に、キノコの形をした突起物が不気味に成長する話であるが、ハイスミスがこの物語のアイデアを思いついたのは一九八三年八月、アンネ・モーネベックから一九八一年に乳がんを患った時の経験を聞いた直後のことだった。モーネベックは、乳腺切除手術を受けた後で同じ病の患者と一緒に病院の庭を散歩していた時に、煙突から煙が出ている光景を目にしたとハイスミスに話したことを覚えている。「あの煙はみんなわたしたちの切除された胸を焼いた時に出たもので、そこから生じたエネルギーはシーツの洗濯に使われている、とパットにいったの」とモーネベックは語る。「ブラックユーモアが大好きな人だから、当然喜んだわ――まったく感傷的なタイプではないもの。この話をした後、彼女は残されたがん細胞が墓から成長する話を書いたわ[44]」

「奇妙な墓地」は、現代社会における環境や、政治、社会のさまざまな恐怖を追求した短編集の最初の作品である。世界の破滅の脅威や、第三世界の紛争、核戦争と汚染といった世界滅亡の悪夢を描いたこの短編集は、評論家のピーター・ケンプに「グリーンピース的ゴシック小説」だと批評された[45]。ハイスミスは最初の短編のアイデアを数日かけて書きながら、一方で新たなストーリーを考えていた。「白鯨II　あるいはミサイル・ホエール」についてノートに記したのは、一九八三年八月二十七日のことである。「クジラはミサイルを跳ね返す……彼自身が危険なミサイルなのだ[46]」。ハイスミスは、愛読している新聞「インターナショナル・ヘラルド・トリビューン」と雑誌「タイム」に目を通し、物語の題材に適したグロテスクな記事を探した。チャールズ・ラティマーなどの友人たちからも、スキャンダラスな情報がいくつか提供された――たとえば、アメリカ政府が資金を出して中西部のとある大学の街に建設したアメフトのスタジアムは、その下にひそかに核廃棄物を埋めるためのものだといった情報を。ハイスミスはこのアイデアを「ホウセンカ作戦あるいは《触れるべからず》」という短編に使っている。一九八三年から一九八七年にかけて書かれたこの短編集を執筆しているあいだ、彼女は「十歳か十一歳の頃に授業で書いたり、その後も十四歳の頃に同級生を楽しませるために書いた馬鹿話を思い出したわ。でも、この短編集にはもっと重要な意味が込められていると思う。この二十世紀末、人類は有り余るほどの『破滅』と共存する術をいやおうなしに学ばされているのだから[47]」

一九八三年十一月、『孤独の街角』の取材旅行にニューヨークへ出発する直前、ハイスミスはインフルエンザにかかり、出発を一週間延期せざるを得なかった。旅行を前にして、出発前にまだやるべきことが多過ぎるという不安にも苛まれていた。十一月二十五日、彼女はニューヨークに到着し、十二月十二日までアメリカに滞在した。その間、イースト・ハンプトンのチャールズ・ラティマー宅に泊り、ちょっとした「気晴らし[48]」に二度ばかりニューヨークに行った。マンハッタンで宿泊したホテルは、バスルームの戸棚に二匹のゴキブリが住み着いていたが、「ニューヨークではそれが当たり前だ[49]」と述べている。おそらくはその二匹に触発されて、ハイスミスは二作目のゴキブリの物語を書き、グロテスク極まりない「《翡翠の塔》始末記」として『世界の終わりの物語』に収録された。

『孤独の街角』の舞台となるグリニッチビレッジ周辺の通りを歩き回って、モートン・ストリートは四十年以上前に住んでいた頃と変わらず薄汚い、とハイスミスは記している。チューリッヒの染みひとつないピカピカの街並みとは対照的なマンハッタンのゴミ問題は衝撃的だった。「スイスの通りで誰かがティッシュペーパーを捨てるなんて想像もできない」と、アメリカから戻ってすぐ、バーバラ・カー＝セイマーに書き送っている。[50]「パットは間違いなく非常に几帳面で、時にはとても批判的だった」とキングズレーは語る。「事実、わたしが時々立ったまま物を食べるのを嫌がっていた――物を食べる時は席について ナイフとフォークを使うべきものだったのよ。もし彼女の家で誰かが灰皿のひとつでも動かそうものなら、たちまち元の場所に戻したでしょうね[51]」

マンハッタンに滞在中、かつてディオゲネス社で働いていたアン・エリザベス・スーターにも会っている。彼女はディオゲネス社のアメリカにいる多くの顧客の代理人を継続して務めていた。「パットは内気だとか引きこもりのふりをして、自分をカモフラージュしているのではないかと思っていました」とスーターはいう。「わたしがニューヨークを拠点にしていた頃も、お互いの関係に波風が立たなかったわけではありませんでした。彼女はわたしに自分の作品をどこに掲載するべきか指示し、その通りにならないと怒ったものだわ。でも、彼女はわたしが掲載拒否されないようにどんなに努力していたかを知らないのよ」[52]。ハイスミスがニューヨーク滞在中に調べたと思われるもののひとつが、マンハッタンで「ミステリアス・ブックショップ」という書店のオーナーであるオットー・ペンズラーが経営する小さな出版社、ミステリアス・プレス社から出した彼女の本の売れ行きだ。ハイスミスが西五十六丁目のペンズラーの店でのサイン会に出席した際、ペンズラーは自社で出版したスタンリー・エリンの『闇に踊れ！』を彼女に一冊贈った。ハイスミスが気に入っているといっていたからだ。「その本を贈った時、あなたの作品にもこれと同じようなことができないだろうかと彼女にいったんだよ。素晴らしい作家によって生み出された見事な作品にね」とペンズラーは語る。「ハイスミスはアメリカでは商業的に非常に成功した作家とはいえなかった――彼女は出版社を次々と変え、出版社側は売れないので彼女から手を引いてしまった。でもわたしは彼女の作品を高く評価していたんだ」[53]。ペンズラーはアメリカで初めて、ハイスミスの長編作品『扉の向こう側』と、短編集を五冊、あわせて六冊をいずれも一九八五年から一九八八年にかけて出版することになるが、出版社と作家の関係はまもなく悪化し、互いに対する辛辣な攻撃と、裏切った裏切られたのという非難の応酬とともに破綻するのである。

原注

第31章

1 'Patricia Highsmith: A Gift for Murder', *The South Bank Show*, LT, 14 November 1982.

2 Ibid.

3 Ibid.

4 Ibid.

5 Ibid.

6 ジャック・ボンドとのインタビュー　２００１年３月13日

7 ハイスミス　アラン・ウルマン宛書簡　１９８２年９月18日付

CLA所蔵
8 ジャック・ボンドとのインタビュー
9 Frank Rich, 'American Pseudo', *New York Times Magazine*, 12 December 1999.
10 ジョナサン・ケントとのインタビュー　2000年1月19日
11 ロジャー・クラークとのインタビュー　2001年1月15日
12 PH, Cahier 35, 10/11/82, SLA.
13 ヴィヴィアン・デ・ベルナルディとのインタビュー　1999年7月23日
14 ジョナサン・ケントとのインタビュー
15 ハイスミス　バーバラ・カー＝セイマー宛書簡　1973年9月14日付　SLA所蔵
16 ハイスミス　アラン・ウルマン宛書簡　1983年3月4日付　CLA所蔵
17 ハイスミス　ケイト・キングズレー・スケットボル宛書簡　1983年5月14日付　SLA所蔵
18 ケイト・キングズレー・スケットボルとのインタビュー
19 ジョナサン・ケントとのインタビュー　1999年5月14日
20 ハイスミス　マーク・ブランデル宛書簡　1983年5月15日付　EB所蔵
21 クリスタ・マーカーとのインタビュー　2000年1月13日
22 ハイスミス　ベッティーナ・バーチ宛書簡　1983年8月23日付　SLA所蔵
23 バーバラ・グリアとのインタビュー　1999年10月11日
24 アラン・ウルマン　ハイスミス宛書簡　1985年5月23日付　CLA所蔵
25 アラン・ウルマン　ハイスミス宛書簡　1985年9月25日付　CLA所蔵
26 PH, Cahier 35, 17/6/83 (European dating), SLA.
27 Tim Bouquet, 'Sweet Smell of Cyanide', *Midweek*, 10 April 1986.
28 PH, *Plotting and Writing Suspense Fiction*, The Writer Inc., Boston, 1966, p. 51. ハイスミス『サスペンス小説の書き方　パトリシア・ハイスミスの創作講座』坪野圭介訳　フィルムアート社　2022年
29 Helen Birch, 'Patricia Highsmith', *City Limits*, 20-27 March 1986.
30 PH, Cahier 35, 20/7/83 (European dating), SLA.
31 ハイスミス　バーバラ・カー＝セイマー宛書簡　1984年9月16日付　SLA所蔵
32 Book Beat, Interview with Donald Swaim, CBS Radio, 29 October 1987, DS.
33 PH, Found in the Street, Heinemann, London, 1986, p. 97. ハイスミス『孤独の街角』榊優子訳　扶桑社ミステリー　1992年
34 前掲書
35 前掲書
36 前掲書
37 前掲書
38 前掲書
39 ハイスミス　バーバラ・カー＝セイマー宛書簡　1983年8月7日付　SLA所蔵
40 デイヴィッド・ストレイフ　著者宛書簡　2001年1月20日付
41 ハイスミス　バーバラ・カー＝セイマー宛書簡　1983年9月13日付　SLA所蔵
42 ハイスミス　パトリシア・ロージー宛書簡　1984年4月16日付　SLA所蔵

43 PH, Cahier 36, 18/9/83 (European dating), SLA.
44 アンネ・モーネベックとのインタビュー　2000年1月14日
45 Peter Kemp, 'Led down murky, twisted ways', *Sunday Times*, 8 November 1987.
46 PH, Cahier 36, 8/27/83, SLA.
47 PH, Jacket blurb, *Tales of Natural and Unnatural Catastrophes*, Bloomsbury, London, 1987.
48 ハイスミス　マーク・ブランデル宛書簡　1984年1月11日付　EB所蔵
49 前掲書簡
50 ハイスミス　バーバラ・カー＝セイマー宛書簡　1984年1月13日付　SLA所蔵
51 ケイト・キングズレー・スケットボルとのインタビュー
52 アン・エリザベス・スーターとのインタビュー　2001年1月8日
53 オットー・ペンズラーとのインタビュー　1999年5月21日

第32章

仕事は最大のお楽しみ

1983 － 1986

一九八三年、ハイスミスはあるイギリスの映画プロデューサーから『妻を殺したかった男』の映画化について打診を受けた。当初の企画ではイギリスのゴールドクレスト社とアメリカのホーム・ボックス・オフィス〔ＨＢＯ〕社が資金を提供し、主人公のウォルター・スタックハウスをジョン・ハート、メルキオール・キンメルをマリオ・アドルフが演じる予定だった。ハイスミスはニューヨーク滞在中の十二月に契約を結び、翌年の二月には制作側が脚本家を探し始めた。彼女の原作を映画用に脚色できる脚本家に心当たりがないだろうかと問われて彼女が挙げたのはマーク・ブランデルだった。ふたりの関係が三十年以上前に破綻していることを考えれば、これは意外に思えるかもしれない。ブランデルは小説の他にもテレビ脚本家としても地位を確立しており、一九五六年一月放映のアメリカのテレビドラマシリーズ『スタジオ・ワン』用に『太陽がいっぱい』の脚本も書いている。ふたりが交流を再開したのは一九七九年の暮れ、ブランデルがモンクールのハイスミスの自宅を訪問してからである。再会して数か月のうちに、ふたりは再び親しい友人関係となった。ブランデル宛ての書簡にハイスミスは「深い愛情をこめて　パット」と署名し、一方ブランデルの返事からも彼女の好意に心動かされたことがうかがえる。「『妻を殺したかった男』の映画化にあたり、わたしを脚本家として推薦してくれた君の好意がとても嬉しかった」と一九八四年三月二十九日付のハイスミス宛て書簡に書いている。[1]

当初ブランデルの代わりに他の脚本家が指名されていたが、一九八五年五月に、ブランデルと二番目の妻であるイーディスは、映画化の企画について詳しく話し合うため、ハイスミスをアウリゲノの自宅に訪ねている。イーディスはハイスミスに初めて会った時のことを覚えている。「初めてパットに会った時は、その外見にびっくりしたわ」とイーディスは語る。「マークはずっとパットがいかに凄い美人だったかわたしに繰り返していたけど、わたしが会った時にはもうその美しさは跡形もなかった。そんなに年寄りでもないことを考えると、ずいぶん痩せて生彩がないように思えたわ。幸せそうに見えたことはなかったわね。常に自分に満足していないような印象を受けたわ」[2]。その翌月、ハイスミスはHBOから現在の脚本家の初稿を却下したと聞かされ、さらにブランデルに脚本を書いてくれるよう依頼してほしいと打診を受けた。

「あなたにどうしても脚本を書いてほしい……」。ハイスミスはブランデルにもう一度手紙を書いた。「もし書いてもいいということならわたしにいってちょうだい。この件はわたしが何とかできると思うから」[3]。ハイスミスとゴールドクレスト／HBOとの契約は六月末に頓挫したが、それでもハイスミスは引き続きブランデルに脚本を書いてもらうことを望んだ。一九八五年十一月、その吝嗇家という評判とは裏腹に、ハイスミスはブランデルに『妻を殺したかった男』の脚本家報酬として八千ドルの小切手を送っている。その金は彼女の銀行口座から支払われたのだが、それは「この金曜に、ディオゲネスがまだ売れてもいない作品で作家に報酬を支払うのは《前代未聞だ》と判断したため」だった[4]。ブランデルは彼女のこの行為にひどく感激し、十一月二十二日付の手紙に次のように書いた。「君という存在と、君が示してくれた友情は、わたしにとって本当に素晴らしいものだ」[5]。ブランデルは一九八六年一月から脚本を書き始めた。新たなプロデューサーが見つかり、一九八八年になっても映画化の話は続けられたが、結局制作は実現しなかった。だが、ハイスミスはブランデルにこの時払った金を返すよう求めてはいない。

この頃、ハイスミスは新たな夢を見ている。夢の中で怒りと殺意に燃える母メアリーが、タベア・ブルーメンシャインの首を切り落とす。「おまえは死体を始末する手伝いをしなさい」とメアリーは娘にいい、切り落とした頭部を透明なワックスで覆う。ハイスミスはひどい衝撃を受け、恐怖に凍りつくばかりである。目が覚めると、彼女はすぐノートにこう記している。「頭と体がどうなったのかはわからない」[6]

一九八四年六月十五日、ベッティーナ・バーチは、雑誌もしくは新聞に発表するために、アウリゲノのハイスミスの自宅までインタビューに訪れた。インタビューの前に、ハイスミスは気難しげなエレン・ヒルを伴ってピザを食べにいった。エレンは食事中ずっとプードルを膝の上に乗せたままだった。「それはもう落ち着かなくて。だってエレンは、とてもレディらしく見えたけれど、わたしが一緒なのが気に入らないようだったし、どこか喧嘩腰だったから」とバーチは話す。「それでも、彼女たちふたりの間に通いあう愛情を感じる瞬間があったわ。エレンがパットのことを《おチビちゃん《ティーカップ》》と呼んだ時はとても優しい声だった。パットについては堂々とした人物という印象を持ったわ。黒の男物とおぼしきローファーを履いて、ちょっと変な感じはしたけれど、男物のジャケットを着ていたわ。おそらく彼女にとってはそれが最高のスタイルだったんでしょうね。着ていてしっくりしたんだろうし、彼女はまったく女性らしくはなかったから[7]」

食事後、エレンはカヴィリャーノに車で帰り、ハイスミスとバーチはインタビューのためにハイスミスの自宅へと戻った。真夜中、ふたりの女性は話を始めた。ハイスミスはビールのボトルを次々に空け、ゴロワーズをふかした。話題は広範囲に及び、小説の主人公たちを動かしているもの——とりわけリプリーについてのアイデアの源は何かといった問いには、「それは急にぽんと思いつくのよ。他にどういえばいいの?」とハイスミスは答えている[8]。女性誌の低俗さについては「非現実的なことばかり。夢物語よ。理想の王子様だの、かといえば膣の洗い方とか[9]」。愛や欲望の本質については、「常に一方より他方の愛情が勝っているもので、より愛する者が相手の心を得られないのはよくあることよ」と答えている[10]。

女性解放運動にとりわけハイスミスが厳しい意見を示したことをバーチは覚えている。「女性について、自分はまるで別ものであるかのように語るの。まるで自分は女性じゃないみたいに。何世紀にもわたって女性は足枷をはめられてきたから、常に何もできないし、女性の考えなど無価値で、なんの野心も持ち合わせていない、なんていっていたわ」

「彼女が女性解放運動に嫌気がさしたもうひとつの理由は、自分の身体や身体の状態について語る際のプライバシーの無さよ。それが彼女を完全に怒らせたのね。自分のホルモンの話をしたがる女性と同席するよりも、最低の男尊女卑主義者と一緒にいる方がまだましだと思うようになったんじゃないかしら。それでもわたしは彼女が女嫌いだとは思わない。たぶん、彼女は女性を愛しすぎたんだと思う[11]」

ベッティーナ・バーチが見てとったように、フェミニスト運動に対するハイスミスの見方は、現実から完全に乖離していた。「彼女は頭の中で、女性解放運動とはこういうものだと決めつけているようだった」とバーチは話す。「このことは、彼女が閉ざされた自分で創り上げた世界だけに生きていることを示す一端といえるわね。一時間もかけてATMカードの使い方を説明したことを思い出すわ。彼女は持っていなかったけれど、『孤独の街角』に取り入れたいと思っていたのね。わたしは自分のプラスチックのカードを取り出して、どう使うのかを彼女に見せ、どうすればいいのか最初から最後まで順を追って説明しなくちゃならなかったわ。彼女の現実世界はおそらく一九五〇年代止まりなんじゃないかと思う」

「それでもわたしは彼女がとても好きだった。素晴らしい人だと思ったし、友達にもなった。彼女の家を訪ねてから、定期的に手紙をやりとりしたし、わたしの人生の問題にも本当に親身になってくれた。わたしのニュースに関心を持ってくれ、わたしの味方なんだと感じさせてくれた。彼女の伝記を書きたかったけれど、それについてはなかなか首を縦に振らず、《わたしが生きている間はやめてちょうだい》といっていた。わたしは彼女の意思を尊重したの。彼女はカムアウトしようとはしなかった。むしろいっそう謎めかそうとしたふしがあるわ。彼女は両義性というコンセプトを信じてもいた――だから、自分の性的指向を明確にすることなど何の意味もないと考えていた。曖昧だからこそ面白い人だってね[12]」

一九八四年十月五日、トルコのイスタンブールに到着したハイスミスは、いつもの秩序への執着はどこへやら、たちまちこの都市の混沌とした官能の喜びに魅了されてしまった。彼女がかの地に足を踏み入れたのは、ドイツの雑誌から旅行記の依頼があったからだ。空港から宿泊先のホテルまで乗ったタクシーの車窓から、聳えたつイスラム寺院の光塔《ミナレット》や、ボスポラス海峡を見渡す海岸上に建つ古代の要塞や雄大な望楼を眺めては胸を躍らせた。イスタンブールでの二日間はヒルトンホテルに滞在していたが、周囲の街の活気に比べてホテルは無機質に感じられた。彼女にとっての大きな後悔は、次の旅程に出立する前にイスタンブールのスラム街を見られなかったことだと語っている。そこからオリエント急行に乗車して三日間の旅をして、途中ハンガリーのブダペストとオーストリアのウィーンに停まり、最終的にチューリッヒに戻ったのは十月十一日だった。「いったいどんな人たちがこんな六日間の旅に五千五百スイスフランも払えるのかしら？」とマーク・ブランデルに書き送っている。[13]

ハイスミスの金銭との関わり方は、常に気まぐれで矛盾に満ちていた。ブランデルに八千ドルもの前払い金をぽんと送る一方で、スイスよりも二割安いからといって、処方箋を持ってわざわざ車で国境を越え、イタリアまで行って老眼鏡をあつらえるのだ。「彼女の金銭感覚ときたらめちゃくちゃだった」とヴィヴィアン・デ・ベルナルディはいう。「あれだけのお金持ちだったのに信じられない。彼女ったら車をスノータイヤに換えに行っておきながら、値段が高すぎると言い張って払おうとしなかったのよ。十八歳の時から着ている服をずっと着続けていたし、亡くなってから見つかった水着はまだ十代の時に買ったものだった上に、彼女が持っていた唯一の水着だったの」[14]。英語教師のフリーダ・ゾマーは、ジャーナリストのジョーン・デュポンにハイスミスについてこう語っている。「彼女にはずっと根深い恐怖があった。彼女が自分自身に決して贅沢を許そうとしなかったのは、貧乏への恐れが常にあったからよ」[15]

一九八八年からスイスのテニャでハイスミスの隣人だった友人のピーター・ヒューバーは、彼女がモンクールの住居からアウリゲノ、そしてテニャへと、セメントや錆びた釘で覆われた山のような古い木材を後生大事に運んできたことを覚えている。「ある午後、パットがわたしと妻のアニタに電話してきて、よければ暖炉の前でお茶でも飲まないかと声をかけてきたんです」とヒューバーは話す。「彼女の家に出かけていくと、暖炉にその古材が二本あって、ちろちろと小さな炎が燃えていました。パットはわたしたちに座るようにいうと、暖炉の前に行って火を叩き消そうとしました。わたしは、《パット、パット、やめて。そんなことしたら火が消えてしまうよ》といったんです。でも彼女が奇妙な目つきでわたしを見たので、なぜ彼女が火を叩いて消そうとしたのか理由がわかりました。薪を無駄にしないためなんだとね。なにしろこの薪は長い道のりをやってきたわけですから。まったく驚きましたよ」[16]。しかし、ジャック・ボンドは、ハイスミスが吝嗇に固執していたわけではないと考えている。「けちというよりは浪費が嫌なんだと思っていた」と彼はいう。「彼女は非常に苦労してお金を手に入れた。油断すればすぐになくなってしまうだろうから、いざという時に備えて蓄えておこうと考えたのだろう」[17]

一九八四年十一月、ハイスミスは、フォートワースの老人ホームで暮らす母親にかかる費用が年間いくらになるか集計し、タイプ打ちして記録に残している。合計で年に一万五千三百ドルが必要で、そのうち七千四百八十六ドルはメアリー・ハイスミスの年金で賄っている。残りの年七千八百十四ドルの不足分は、ハイスミスの預金口座から補わなければならなかった。彼女にはそれが気に入らなかった。「あとからでも申告して減税措置が受けられれば、どんなに助かることか。母にかかる費用は、食費や服といったわたしの生活費を超えているのよ」。二年後に彼女はいとこのダン・コーツ宛ての手紙にそう書いている。[18]

ハイスミスは一時期、マーガレット・サッチャーのような右翼政治家に肩入れしていたこともあったが、一九八四年十一月のアメリカ合衆国大統領選挙では、核兵器の凍結を主張し、レーガン大統領の経済政策に公平性が欠けていると批判した民主党のウォルター・モンデールに投票した。だがモンデールは現職のレーガン大統領に敗北した。ハイスミスはアメリカの外交政策にうんざりしており、これまでもマーク・ブランデルに宛てた手紙の中で「いまやアメリカ合衆国が何を後押ししているかを考えると、合衆国のパスポートを持っていることが恥ずかしくなりかけている」とまで述べている。[19]

一九八四年十二月初め、ハイスミスは新たな取材旅行のためアメリカに帰国した。イーストハンプトンでチャールズ・ラティマーと六日間を過ごし、ニューヨークではさらに六日間、ロイヤルトンホテルに滞在した。「今書いている本のために、グリニッチビレッジに三回行った」とベッティーナ・バーチ宛ての手紙で『孤独の街角』について言及している。[20] マンハッタンでは、アメリカにおける発行元として選んだペンズラーブックスの社長、オットー・ペンズラーとランチをともにし、ホテルの部屋で短編集『風に吹かれて』の特別編集版の扉紙になる予定の百八十枚もの紙に署名した。マーク・ブランデルへの手紙で、ハイスミスはペンズラーに好意を持っていることを明らかにしているが、ペンズラーには、ハイスミスについてのいい思い出はまったくなかった。実際、二〇〇一年八月、W・W・ノートン社からの『パトリシア・ハイスミス選集』刊行と時を同じくして、「ウォールストリート・ジャーナル」の批評でペンズラーは、「パトリシア・ハイスミスといえばすぐに挙げられる点がふたつある。まず、二十世紀における短編の名手十二名のひとりであるということ。そして同じく最も不愉快で意地の悪い人物十二名のひとりでもあるということだ……この美しい書物の表紙の写真には、愛情を示すことも示されることもなかった女性の頑固で険しい顔が映っている[21]」

ペンズラーは、さらにあるインタビューでも自分の見たハイスミス像についてこう述べている。「彼女の作品は非常に素晴らしいし、独創的だと思う。だがそれを除けば、彼女について好きになれることなど何ひとつない」。さらに「彼女には救いようのない醜さがあった。思いやりだとか、優しい言葉やしぐさを見せるといったことは、これまで一緒に過ごした中で一度だって経験したことはない。彼女を連れて宣伝のために一連のインタビューを受けにいく時には、合間に一時間くらい暇ができると外へ出てビールを飲むこともあったが、そういう時はほとんど黙りこくっていた。彼女と一緒にいて一度だってくつろぎを感じたことはなかった」

「若い頃にはかなり美人だったし、本当に魅力的な女性だったかもしれないが、後半生はすっかり醜くなってしまった。思うにその醜さの多くは彼女の内面から来たものだと思う。彼女の怒りや憎しみはほとんどあらゆるもの、あらゆる人に向けられていた。それは彼女がアメリカで受け入れられなかったということに関係があるかもしれないし、自分のほうが才能があるのに、自分より稼ぎのいい他の多くの作家たちのことを苦々しく思っていたのかもしれない。」

「わたしは元来熱中しやすく、楽天的で、いつも陽気な性質《たち》の人間なんだが、彼女はこれまで会った中でも一番不愉快なタイプの人間だった。まったくおぞましい女性だったよ。利己的で、意地が悪く、不愛想で、冷たくて、何かといえばむかつくような態度を取った。以前に一度、当時のわたしの妻と宣伝担当のディレクターと、ニューヨークのお気に入りのイタリアンレストランで夕食をともにした時の彼女のふるまいときたらあきれるばかりだった。宣伝担当のディレクターはバラの花を二本手にして現れ、一本はわたしの妻に、もう一本はパットに渡そうとした。だがパットはその花を床にぽいと投げ捨てた。ありがとうの一言もなくね。彼女はどこまでも変わっていて、わたしには彼女のことをどう理解すればいいのかまったくわからなかった[22]」

一九八四年十二月、自宅に戻ると、ティツィーノ地方は異常な寒波に見舞われており、百年に一度という最低気温を記録した。アウリゲノの集落は、山の影に覆われた谷の側面にあるため、冬に日が差すことはほとんどない。実際、太陽の光が雪を頂いた山々をゆっくりと通り過ぎていく光景は非常に珍しかったので、ハイスミスはネコを連れてその様子を見に出かけたほどだった。一方で十二月に雪が降れば、二、三か月間はそのまま解けずに残るのは珍しくなかった。

「この六週間というもの、肩の高さまである雪の溝を歩いていたのに、今では膝の高さまでしかない。でも、道路は凍って危険だ」。一九八五年二月の初め、ハイスミスはベッティーナ・バーチにそう手紙で伝えている。[23]

　ハイスミスは数多くの短いエッセイを書いているが、その中には面白いと思った本や影響を受けた本について書いたものがある。『ドラキュラ』の作者ブラム・ストーカーや、エドガー・アラン・ポー、ジョゼフ・コンラッド、ハーマン・メルヴィル、ジューナ・バーンズ（レズビアン小説、モダニズム小説家）、文芸評論家のシリル・コノリーの名を挙げ、より現代的な作家としてロナルド・ブライスやトム・シャープにも言及し、特にシャープの『高級ステーキの憂鬱 (Porterhouse Blue)』と『風景の中の汚点 (Blott on the Landscape)』を取り上げている。「たとえ数分でもトム・シャープの本を読むのを中断されようものなら、それがどんな緊急の用件だろうと関係なく、すぐにも本に戻りたくなるだろう」と書いている。[24] 一九八五年二月には、なぜ自分が小説を書くのかというテーマでフランスの日刊紙「リベラシオン」に一編のエッセイを寄せている。彼女が書くのは、感情を浄化するためであり、自分自身を楽しませるためであり、経験を整理するためであり、なおかつ、率直にいうなら自分が書くことに夢中だからだと述べている。そしてシリル・コノリーの『不安な墓場』から「書くことから得られる恩恵は、名声でも世俗の成功でもなく、無我夢中になることだ。それゆえに非常に多くの才能のない者たちも書くのをあきらめることができない」という一節を引用している。[25] また、ドイツの新聞「フランクフルター・アルゲマイネ・ツァイトゥング」の求めに応じ、有名な「プルーストの質問状」に答えることも承諾した。これは三十七の質問に答えるものだが、過去にはカール・マルクスやジョルジュ・シムノン、ウジェーヌ・イヨネスコなどが回答している。ハイスミスの回答は次のようなものだった。完璧な地上の幸福とは？　パリのジュ・ド・ポーム国立美術館を訪れること。最も好きな画家は？　ムンクとバルテュス。好きな作曲家は？　モーツァルトとストラヴィンスキー。ハイスミスは、男性のひとつの信条にこだわる能力や、女性に対してはその知性、友人たちにはその誠実さや信頼性を称賛し、その一方で自分の最良の資質は、あきらめずに努力することだと述べている。利己主義や嘘をつくことを嫌い、自分の最大の欠点は即座に、あるいは容易に決断する能力に欠けていることだと述べている。夢見る幸せとはという質問には、「幸せについて夢見ることはしない」と答えている。好きな色や花、鳥については、黄色、カーネーション、コマドリと回答している。好きな作家にはドストエフスキー、好きな詩人はW・H・オーデンを選んでいる。歴史上の人物では、初代ネルソン子爵（アメリカ独立戦争・ナポレオン戦争で活躍したイギリス海軍提督）とメアリー・ウォートリー・モンタギュー夫人を挙げ、その一方で嫌いな人物については十五世紀イタリアのドミニコ会修道士で宗教改革者のサヴォナローラと大半のローマ教皇を挙げている。最も賞賛すべき改革としては女性の参政権獲得を挙げ、どう死にたいかという問いには、「突然死」と回答し、「あなたのモットーは？」という問いにはノエル・カワードを引用し「仕事は最大の《お楽しみ》ただの遊び《プレイ》よりはるかに楽しい（ノエル・カワードの言葉は「Work is more fun than fun（仕事は最大の《お楽しみ》だ。ただの《お楽しみ》よりはるかに楽しい）」である）」と述べている。[26]

一九八五年の春、ハイスミスは『孤独の街角』の最終稿を仕上げ、五月二十三日には、完成した原稿を出版社に送る用意ができていた。アラン・ウルマンはこの作品を大いに楽しんだが、ひとつ重大な問題があった。ジャックとナタリアの関係がよくわからなかったのだ。「ふたりが一緒にいる時の、夫婦らしい話とかふるまいが見られない。夫婦らしい親密さや愛情といったものが感じられない。特に夫に対する妻の側に」とハイスミス宛ての書簡に書いている。「これは意図的なのだろうか？　だとしたらなぜなのか？」[27]スイスの友人の中にも、この夫婦間の距離について指摘した人がいた。だがハイスミスの答えはウルマンに述べたとおりだった。「わたしにとってナタリアとはそういう人物だから。彼女は自分の感情を見せようとはしない。もし誰かがもっと強く感情的に縛ろうとすれば、彼女はきっと逃げ出してしまう」[28]

この小説のために一年四か月もかかりきりだったハイスミスはそろそろ休養が必要だと感じていた。一九八五年六月アムステルダムに四日間の旅をしたが、宣伝活動にかなりの時間をとられた。アウリゲノに戻るとすぐに、書庫を整理し、大量の本から六十冊を選んで二階の読書用の部屋へと運びこみ、読書に浸ってリラックスすることを自らに課した。七月にはマーク・ブランデルに「五月末からいまだに《休暇中》」と手紙を送り、「素晴らしい日々を送っているわ」と述べている。[29]

しかし仕事をしていない時のハイスミスは真の意味で心からくつろぐことはできなかった。こと執筆に関しては、常に向上することに貪欲だった。一九八四年十一月、彼女は友人のジュリアン・ジェブが薬物を過剰摂取して自殺したことを知る。そのニュースはハイスミスを動揺させた。数々の追悼記事を読み、監督でありプロデューサーであったジェブが亡くなったのは、おそらく自分が何も成し得ていないという深い挫折感のためではないかと推測した。『献身的なファン　ジュリアン・ジェブ　一九三四－一九八四（A Dedicated Fan: Julian Jebb 1934-1984）』という本にハイスミスは一文を寄せている。「五十歳になってもジェブはもっと重要な仕事をしたいと切望していた。テレビディレクターやプロデューサーとしてあるいはその両方として、もっとその業績を評価されることを強く願っていた」[30]。おそらくはケンブリッジを卒業したての若き日に、ロンドンのウエストエンドで上演した風刺ショーで味わった成功を超えることができなかったのだろう、と彼女は続ける。若くして成功を経験すると、それが悲劇の種となることが多い。「才能とは、ずっと努力してそれを開花させていく者にとっては贈物とはならず、一瞬にして上昇し、すぐ地に落ちる彗星に等しいものになる」と結んでいる[31]。ジャーナリストであり作家のフランシス・ウィンダムに宛てた手紙でハイスミスは、ジェブは「わたしたちの多くがそうであるように、自分を痛めつけた」果ての犠牲者になったではないかとも語っている[32]。

ハイスミスが自身の業績に誇りを持っていたことにほとんど疑問の余地はない。自分を律し、懸命に仕事をし、ひたすらに努力した結果だと彼女は思う――だが同時にジェブと同様、たえず満たされない思いを抱いてもいた。「人が幸せだと思い、生きていると実感するには、ただひたすら手に入らないものを求めて努力するしかない」と一九八五年にノートに記している[33]。

ハイスミスが、ハイネマン社が『孤独の街角』を気に入ったという吉報を聞いたのは一九八五年の八月である。そればかりか、前払い金の額も三千フランから五千フランに引き上げられるという。それにもかかわらず、ハイスミスにはもっといい条件がふさわしいと考えたディオゲネス社が、ロンドンの別の出版社により高い契約金を求めて原稿を送ったのは、ハイネマン社がすでに本のカバーをデザインして印刷まで終えた後のことだった。ハーミッシュ・ハミルトン社が即座に前払い金八千ポンドを提示してきたが、人気作家のひとりを失うことを憂慮したハイネマン社から、ディオゲネス社とハイスミスに、「わたしの本を横取りされまいと、三日間の期限付きで最終条件書をつけて[34]」他社との交渉をやめるよう勧告する手紙が送られてきた。ロンドンからふたりの重役がハイスミスのスイスの自宅まで派遣され、出版社を変更しないでほしいと説得にあたったのだが、ハイスミスはこの顚末にどこかわだかまりを感じていた。「こんなことに神経質になるべきではないとわかってるけれど、なんだか違和感が残る。それにこんなに長いことかかるなんて残念だわ」とマーク・ブランデル宛ての手紙に書いている[35]。十一月には、ハイネマン社がディオゲネス社の条件を飲むことによってこの問題は解決した。前払い金として一万二千ポンドと、宣伝キャンペーンに一万ポンドを支払い、次回作の選択権はないという条件で。ハイネマン社は九月にハイスミスの新作短編集『ゴルフコースの人魚たち』を出版したばかりだったが、ディオゲネス社は、次回作に別のイギリスの出版社を選ぶべきだという姿勢を崩さなかった。「でも、わたしはハイネマン社がわたしの本を出版し続けたいと思っているということを忘れずにいようと思う」とマーク・ブランデルに伝えている。[36]

クリスマス直前、ハイスミスは本人が思うところのひどい腸管インフルエンザに罹った。「吐き気やあらゆる複合的症状[37]」を伴う風邪で、その状態がひと月以上も続いた。一九八六年二月初めにはロンドンで、ハイネマン社と一週間の予定で『孤独の街角』の宣伝活動をする約束をしていた。まだ体調は回復していなかったが、イギリスの出版社を失望させたくなかった。彼女は二月一日にロンドンに到着し、えんえんと続くように思われるインタビューに耐えた。ハイネマン社の宣伝部門についてハイスミスは、「あの人たちときたら［インタビューを］ぎゅうぎゅうに詰め込んでくるのよ。日に四つもね」とマーク・ブランデルに手紙を書いている。[38]

二月六日、ハイネマン社は数か月前にあやうく別の出版社に取られそうになった作家を囲む出版祝いの夕食会をロンドンの〈チェルシー・アート・クラブ〉で催した。招待客のひとり、作家のクレイグ・ブラウンは、ハイスミスのことを「小柄で、猫背の人物」だったと述べている。[39] 彼女はイギリスの犯罪小説の第一人者である作家のジュリアン・シモンズと、ノンフィクション作家のゴードン・バーンの間の席に座っていた。バーンは、連続殺人犯「ヨークシャー・リッパー」ことピーター・サトクリフを題材にした『誰かの夫　誰かの息子（Somebody's Husband, Somebody's Son）』という本を書いており、ハイスミスは「タイムズ・リテラリー・サプリメント」誌でその本を書評したことがあったのだ。「三人はサトクリフについてしゃべっていて、真ん中にいたハイスミスは、緊張した険しい顔つきをしていた」とクレイグ・ブラウンは回想している。「だが夜が更けると、ダイニングルームは人であふれかえり、どんどん騒がしくなっていった……酔っ払いの声が高くなるにつれ、ハイスミスは……ますます黙り込み、カタツムリのように縮こまっていった。デザートのプディングが出される頃には、サトクリフの話どころか何もしゃべらなくなり、両手でしっかりと耳を塞いでいたよ[40]」

ハイスミスがスイスの自宅に戻ると、愛車が凍った雪に埋もれていた。人を雇って掘り出してもらう代わりに、自力で「厚手の下着も着ずにジーンズをはいただけの姿」[41]でなんとかしようとしたあげく、風邪をひいて気管支炎まで併発し、抗生物質の投与を余儀なくされた。回復はしたものの、医者からロカルノの病院で胸のレントゲンを撮るように勧められた。右の肺に影があったのだ。診断にはさらなる検査が必要で、再度のレントゲン撮影と針生検が行われ、組織は病理検査に送られた。検査結果を待つ間、ハイスミスは『孤独の街角』の宣伝のためにパリに旅行したが、不安は自分の胸にしまっておいた。「フランスにいる間、わたしは自分の悩みや不安を、仕事仲間や友人には何ひとつ聞かせなかった」と彼女は語っている。[42]

三月二十六日にスイスに戻るとすぐ、検査結果を送るように手配した地元の医者に予約を入れた。「パットはわたしに検査結果を聞くために車で連れて行ってほしいと頼んできたの。悪い知らせを聞いたら、気が動転して運転できなくなるんじゃないかと心配したんでしょうね」とヴィヴィアン・デ・ベルナルディは回想する。「土曜の朝、彼女を十時に車で迎えに行ったの。一時間後、医者に呼ばれて診察室に入って、手術の必要があるといわれたわ。問題は手術を受けるのをロカルノにするかロンドンにするかということだった。そうしたら医者の電話が鳴って、彼は一時間半ばかり緊急の患者の診察でいなくなってしまったの。その間パットはバッグからフラスクを取り出して、そこの診察室で、中身のウィスキーを全部飲んじゃったのよ[43]」

未来は暗澹たるものに見えたが、友人たちの愛情と支えがハイスミスの心を幾分か慰めた。ヴィヴィアン・デ・ベルナルディは彼女を自宅に招いて泊めてくれ、エレン・ヒルはロカルノではなく、ロンドンの病院で診察を受けるよう助言してくれた。数日のうちに、ロンドンのブロンプトン病院で、個別診察の予約を取ることができた。一九八六年四月三日、ハイスミスはジョン・バッテン医師の診察を受け、そこでレントゲンや新たな生検を含む検査を再び受けた。医師は彼女の顔色が灰色だったと記録している。急ぎ分析が行われ、四月五日、バッテン医師は診察室でハイスミスに腰かけるようにといった。検査結果から、がん性の腫瘍が右の肺にあり、取り除かなければならないことがわかったと医師は伝えた。「腫瘍を取り除こうが除くまいが、わたしには死刑判決のように聞こえた。がんを克服した、もしくは長く生きた人のことなど聞いたことはなかったから」と彼女はノートに記している。[44]

四月十日、ハイスミスは手術を受け、腫瘍を切除した。右わきから第五肋骨に沿って右の乳房の真下まで走る三十五センチあまりの傷痕が残った。「とんでもない手術だったし、死ぬほど怖かった。それは認めるわ」とマーク・ブランデルに書き送っている。[45] ハイスミスが「大切な宝石」[46] と呼ぶヴィヴィアン・デ・ベルナルディは病室に花を贈った。ハイネマン社のダニエル・キーツとローランド・ガントも花を贈り、キングズレーは術後の友にシャンパンのボトルを送るよう手配した。ハイスミスは三十一日間ロンドンに滞在し、三か月後に術後の経過検査を医師に指示された後、スイスの自宅に戻ったのは一九八五年五月一日のことだった。病後の待機期間は際限なく感じられ、ハイスミスは執筆に集中することはできないと思った。「精神的な恐怖は筆舌に尽くしがたい」とノートに記している。「あたかもすぐそこに死が迫っているかのようだ――突然の死が――それも痛みを感じることなく[47]」

ハイスミスは十六歳からタバコを吸っていたが、チューリッヒ発ロンドン行の便に搭乗する直前、これが最後のタバコと決めて一服を楽しんだ。愛煙家ではあったが、がんから生き残る可能性がわずかでもあるなら、タバコをやめなければならないことはわかっていた。「彼女がすっぱりタバコをやめたのには感心したよ」とジャック・ボンドはいう。「チェーンスモーカーだったのに、病気になってやめなければならなかった。でもやってのけたんだ[48]」

長編や短編小説を書く気にはならなかったものの、ハイスミスは友人たちに次から次へと猛然と手紙を書き送った。「禁煙するのに苦労したなんて思わないでよ……ただもう恐怖心だけでやめたんだから」とパトリシア・ロージーへの手紙に書いている。「手術を受ける必要があるといわれた時はただ恐怖しか感じなかった。もう二度とあんな思いはしたくない。だから、どんなにその香りが好きでも、ひと口だって吸おうとは思わない。簡単なことよ。エスプレッソも同じ[49]」

同じ手紙の中で、ハイスミスは最近手紙を交わすようになったゴア・ヴィダルの素晴らしさについて語っている。このふたりの作家が会うことはなかったが、ヴィダルは、ハイスミスの「残酷なほどの明晰さ[50]」を高く評価していた。彼らはともにイスラエルに対して不信感を持っていた。一九八六年五月二十二日、ハイスミスは「インターナショナル・ヘラルド・トリビューン」紙で、「ニューヨークタイムズ」紙から転載された記事に注目した。それは評論家のウィリアム・サファイアが、「ネイション」誌に掲載されたヴィダルの意見に対して反撃を仕掛けたものだった。ヴィダルはその記事で「連邦予算の三分の一近くが国防総省とイスラエルに確実に送られるために、親イスラエル派のロビイストたちは狂信的な右派と共通の利害関係を作る必要があった」と述べている。[51] 彼はまた、同じ記事でネオコンと呼ばれる保守派の雑誌「コメンタリー」の親イスラエル派の編集長ノーマン・ポドレッツを非難し、イスラエルを支持するアメリカ国民はふたつの相容れない国家への忠誠心を持つ者だと弾劾し、こう結論づけている「いっておくが、わたしはあなた方の国、つまりイスラエルがあまり好きではない[52]」。ハイスミスは心からこの意見に賛同し、その晩「インターナショナル・ヘラルド・トリビューン」紙宛てに、ヴィダルを支持する内容の手紙をしたためた。六月九日、ハイスミスはヴィダル宛てに手紙を書き、トリビューン紙に同日付で掲載されたスイスのブリオーネ在住のエドガー・S・ザリッシュの手紙は、実は自分が書いたものだと打ち明けた。彼女はサファイアがイスラエルを民主国家と呼ぶことに異議を唱え、自分の見解ではイスラエルは旧約聖書の名を借りて国境を定めているのだから、むしろ神政国家とみなすべきだと述べている。「それゆえに、ユダヤ人である合衆国国民の忠誠心について議論するのはほとんど意味がありません。アメリカ人は、どんな宗教に忠誠心をもってもかまいませんが、アメリカ人であり続けようと思うなら、アメリカ以外の国に忠誠心を持つことはありえないのです」と述べている。[53] 偽名を使った理由については、「自分の名前をあまり使いたくないので、ペンネームを思いつきました。アメリカ合衆国の多くのユダヤ人が、アメリカを安全の地として、またイスラエルのための資金源とみなしていると、わたしはずっと思ってきました。でも、そんな手紙が掲載されるでしょうか？[54]」

肺のがんを切除する手術以来、ハイスミスは病の再発をひどく怖れていた。一九八六年七月十一日、肺の切除手術から三か月後、ロンドンのブロンプトン病院を再び訪れてレントゲンを撮った。検査結果を待つ間、最悪の事態を考えてはフラスクの酒をあおっていたが、がんが再発していないことを聞いてほっと胸を撫でおろした。医師の所見では、腫瘍は腺がんという種類で、タバコを吸わなかったとしてもできたかもしれないとのことだった。ハイスミスは、「死から猶予をもらったようだ」とノートに記している。[55]

原注

第32章

1　マーク・ブランデル　ハイスミス宛書簡　1984年3月29日付　SLA所蔵

2　イーディス・ブランデルとのインタビュー　1999年9月7日

3　ハイスミス　マーク・ブランデル宛書簡　1985年6月12日付　EB所蔵

4　ハイスミス　マーク・ブランデル宛書簡　1985年11月11日付　EB所蔵

5　マーク・ブランデル　ハイスミス宛書簡　1985年11月22日付　SLA所蔵

6　PH, Cahier 36, 4/3/84, SLA.

7　ベッティーナ・バーチとのインタビュー　1999年5月18日

8　Bettina Berch, 'A Talk with Patricia Highsmith', 15 June 1984, unpublished interview, SLA.

9　Ibid.

10　Ibid.

11　ベッティーナ・バーチとのインタビュー

12　ベッティーナ・バーチとのインタビュー

13　ハイスミス　マーク・ブランデル宛書簡　1984年10月1日付　EB所蔵

14　ヴィヴィアン・デ・ベルナルディとのインタビュー　1999年7月23日

15　Joan Dupont, 'The Poet of Apprehensiion', *Village Voice*, 30 May 1995.

16　ピーター・ヒューバーとのインタビュー　1999年3月14日

17　ジャック・ボンドとのインタビュー　2001年3月13日

18　ハイスミス　ダン・コーツ宛書簡　1986年11月11日付　SLA所蔵

19　ハイスミス　マーク・ブランデル宛書簡　1984年10月1日付　EB所蔵

20　ハイスミス　ベッティーナ・バーチ宛書簡　1985年2月7日付　SLA所蔵

21　Otto Penzler, *Wall Street Journal*, 31 August 2001.

22　オットー・ペンズラーとのインタビュー　1999年5月21日

23　ハイスミス　ベッティーナ・バーチ宛書簡　1985年2月7日付　SLA所蔵

24　PH, 'Bood Books', written 6 January 1985, SLA.

25　PH, 'Why I Write', SLA.

26　PH, 'Fragebogen', *Frankfurter Allegemeine Magazin*, 10May 1985.

27　アラン・ウルマン　ハイスミス宛書簡　1985年8月19日付　CLA所蔵

28　ハイスミス　アラン・ウルマン宛書簡　1985年8月23日付　CLA所蔵

29　ハイスミス　マーク・ブランデル宛書簡　1985年7月3日付　EB所蔵

30　PH, Berlin and After', *A Dedicated Fan: Julian Jebb 1934-1984*, edited by Tristram and Georgia Powell, Peralta Press, London, 1993, p. 160.

31　Ibid.

32　ハイスミス　フランシス・ウィンダム宛書簡　1984年11月7日付　FW所蔵

33　PH, Cahier 36, 5/8/85, SLA.

34　ハイスミス　フランシス・ウィンダム宛書簡　1985年10月25日付　FW所蔵

35　ハイスミス　マーク・ブランデル宛書簡　1985年10月11日付

EB所蔵

36 ハイスミス　マーク・ブランデル宛書簡　１９８５年12月11日付
EB所蔵

37 ハイスミス　マーク・ブランデル宛書簡　１９８６年１月24日付
EB所蔵

38 ハイスミス　マーク・ブランデル宛書簡　１９８６年２月25日付
EB所蔵

39 Craig Brown, 'The Hitman and Her', *The Times*, Saturday Review, 28 September 1991.

40 Ibid.

41 PH, Cahier 36, 30/8/86, SLA.

42 Ibid.

43 ヴィヴィアン・デ・ベルナルディとのインタビュー

44 PH, Cahier 36, 30/8/86 (European dating), SLA.

45 ハイスミス　マーク・ブランデル宛書簡　１９８６年４月18日付
EB所蔵

46 PH, Cahier 36, 30/8/86, SLA.

47 Ibid.

48 ジャック・ボンドとのインタビュー

49 ハイスミス　パトリシア・ロージー宛書簡　１９８６年６月12日付
SLA所蔵

50 ゴア・ヴィダル　著者宛書簡　日付不詳　２０００年４月受領

51 Gore Vidal, quoted in William Safire, 'Vidal's Injurious Equation: Friends of Israel = Traitors', *International Herald Tribune*, 22 May 1986.

52 Ibid.

53 PH writing as Edgar S. Sallich, Letters page, *International Herald Tribune*, 9 June 1986.

54 ハイスミス　ゴア・ヴィダル宛書簡　１９８６年６月９日
GV所蔵

55 PH, Cahier 36, 30/8/86 (European dating), SLA.

第33章

見えない最期

1986 – 1988

「パットはこれが自分の人生の終わりになるんじゃないかと怯えて、アウリゲノの夏の別荘に住み続けるつもりはなかったの」とヴィヴィアン・デ・ベルナルディは語る。「新しい家を持つには、ちょうどいいタイミングだったのよ」[1]。山の陰に覆われた地で暮らすのは健康にもよくないことはわかっていた。「ここの気候はわたしにまったく合わない」と彼女はいい[2]、友人たちは彼女が暮らしている環境の劣悪さにあきれ返っていた。「彼女に連れられて地下室に降りたんだけれど、天井からキノコが生えていたのよ。気味が悪いったらありゃしない」[3]とクリスタ・マーカーはいう。ジャック・ボンドは、「アウリゲノであんな家に暮らしていたなんて信じられなかったよ。彼女の家を訪ねていった時は、じめじめして、寒くて暗くて、ひどいとしかいいようがなかった」と述べている。[4]

ハイスミス自身も引っ越したいと考えてはいたが、行先をどこにするかについてはなかなか決められないでいた。一九八六年二月には、サンタフェかメキシコあたりにしようかと考えていたが、同じ年の六月には、モンクールの家の売却を突然撤回しようとした。そうすればなじみのあるフランスの村へ戻ることができるからだ。運河の畔にあるその家は「わたしの健康にはとてもよい」[5]家だと思ったが、ハイスミスが売却価格に十二万五千フラン上乗せすると申し出ても、現家主から買い戻すことはできなかった。「おかげでいまだにどこに住むか迷っているありさまです。スイスの冬は厳しく、わたしにとってよくないとわかっているので」とゴア・ヴィダル宛ての手紙に書いている。[6]八月、ロカルノ国際映画祭に参加し、スティーヴン・フリアーズ監督の『マイ・ビューティフル・ランドレット』を観てその作品を「現在のロンドン社会の縮図に対する素晴らしい批評」と評している。[7]それからモンクールに旅して、その一帯で家を探すために五日ばかり滞在したが、彼女が望むような明るく、風通しのよい物件は見つからなかった。現代的な都市での生活はあまりにもストレスが大きすぎて、街中には絶対住めないことはわかっていた。十月にブックフェアのために訪れたフランクフルトは、「なにもかもがピカピカのクロームめっきの金属とガラスばかり……喧噪や人々や顔に向けられるテレビカメラによって誰もが神経をすり減らしている」ゴーストタウンのように思えた。[8] さらに十月十七日にはフィルム・ノワールについてのパネルディスカッションにパネラーとしてワシントンDCに招かれ、十月末にニューヨークにたどり着くころにはすっかり身も心も疲れ果てていた。

スイスに戻ってすぐに、建築家のトビアス・アマンが連絡してきて、ロカルノから七キロほどの小さな村テニャに売地が一区画出ているという情報を寄こした。その土地は、チェントバッリ（スイスとイタリアの国境にまたがる景勝地。「百の谷」の意）を見渡すことの出来る日当たりのよい開けた場所で、十一月にハイスミスはその土地を見に行くと、すぐにこれこそ自分のための土地だと直感した。家を建てるにはひどく金がかかり、土地だけでも四十九万スイスフランになった。しかし、ハイスミスは自分の思い通りの家を建てることに情熱を燃やした。一九八七年四月に土地を購入し、年末までずっとアマンと二人三脚で「カーサ・ハイスミス」の設計に取り組んだ。

「この家の設計には、いくつかの点で彼女の人柄が反映されている」とアマンは語る。「外から見ると、きわめて殺風景で、人を寄せつけないように見えるが、裏に回ると一面のガラス張りで、室内から美しい谷が見渡せる。家と同様、彼女もいつも非常によそよそしく、握手も好まなかった――社会も人も怖れていた――が、ひとたび彼女のことを知れば、彼女なりのやり方で魅力的になれたとわたしは思っている。家が完成したあとも、しょっちゅう電話してきては、ささいなことでもまだあれをやれ、これをやれと文句をつけてきた――家が完成してから二年間もね。だが、わたしもしまいには、彼女は仲間が欲しいんだと気がついたよ。わたしはいつも彼女にドイツ語で話をしていて、ときどきイタリア語も使った。そんなにうまくはなかったがね。月に一度は家を訪ねていって、一緒にウィスキーを飲んだ。お客がくると彼女はいつだってとてもいいウィスキーを出してくれてね、でも自分はもっと安いのを飲んでいたのを覚えているよ」[9]

「彼女は寝たきりで、百九十歳、いや二百十歳にはなるだろうとの噂もあって、とにかく高齢だが、今日明日に死ぬような様子もない」[10]。これは、ハイスミスの短編集『世界の終わりの物語』に収録されている「見えない最期」の冒頭の一文である。物語はオクラホマ州南部にあるオールド・ホームステッド老人養護施設にいる超高齢者のナオミ・バートン・マーカムの日常に焦点を当てているが、それはフォートワースのファイアサイド・ロッジ老人養護施設にいるハイスミスの老母に対する辛辣なスケッチそのものだった。「何を考えているのか？　赤ん坊のころのようにおむつを当てて、歯のない口を開け、バブバブバブと意味不明のことをつぶやいている気分は？」[11]とハイスミスは書く。ナオミは日に三度スプーンで食事を与えられ「入れ歯は大昔にトイレに流してしまった」、毎日少なくとも十回はおむつを替えてもらわなくてはならず、架空の人物についておしゃべりをする。

この短編小説は一九八六年九月から十月にかけて書かれたが、物語の構想は長い時間をかけて温められたものだ。一九六一年、ハイスミスは、継父に母親が少しずつ精神状態がおかしくなっているようだと相談したが、取り合ってもらえなかった。「老人を生かし続ける最新の抗生物質や、輸血、さまざまな装置のおかげで、わたしの母は永遠に生き続けるのよ」と一九七六年二月、キングズレー宛ての手紙に書いている。「まったく病気なんかではないの。ただ、頭が壊れているだけ」[12]。ファイアサイド・ロッジ老人養護施設にいる間、メアリー・ハイスミスは食事時には自分では降りられないような高い椅子に座らされていた。さもないとふらふらと徘徊して、他の入居者の入れ歯を入れ替えてしまったり、オレンジジュースをみんな飲んでしまったりするからだ。ハイスミスにとって腹立たしかったのは、毎月百枚近く使うおむつ代を追加費用として請求されることだった。「母は女優のように注目を集めたいのだ」と、彼女は一九七四年二月に受け取ったいとこのダン・コーツからの手紙の余白に走り書きしている。「きりがないし、希望も持てない」[13]

「見えない最期」を書く前の年、ハイスミスは母親が精神に異常をきたしたのは、娘である自分の存在にあると考えていた。「わたしがいなければ、母は半分頭のおかしな人にはならなかっただろう」とノートに記している。[14]ハイスミスは、母親の狂気の原因は、彼女が仕事においても、結婚においても、さらには母親としても挫折したことを痛烈に実感しているからではないかと考えていた。それこそはナオミが狂気に陥ったのと同じ理由でもあった。

小説と現実の人生の物語は驚くほど似通っている。若い頃のナオミはメアリー同様、「ブロンドで、すらりとしたやせ型の小生意気な娘だったが、テネシーで二流のハイスクールに通ったあとは学校とは無縁で過ごしたので、あまり教養のある方ではなかった」[15]。二十代前半で、少し年上のユージーンという男と結婚するが、彼はハイスミスの実父バーナード・プラングマンのように、妊娠した彼女に対して、中絶したほうが仕事に専念できると言い放つ。ナオミはメアリーのような商業アーティストではなく、ボードビル劇団のダンサーだった。「ナオミは熱い湯に浸かってジンを飲むという方法を試したが、顔が真っ赤になり、盛んに汗をかいただけで生理は止まったままだった」とハイスミスは小説の中で書いている。[16]流産に失敗した後、夫のユージーンは妻に対する愛を誓い、仕事を半年間休んだらどうかと提案するのだが、ナオミは離婚するといってきかない。そして子供を産む――小説では性を男の子に変え、スティーヴィと名づけている――が、数週間もすると実家の両親に赤ん坊を預けてダンサーの仕事を再開する。息子が四歳になる頃、ナオミはダグという「平凡だが堅実な男」[17]と結婚するが、「家庭は決して心休まる場所ではなかった」[18]。息子のスティーヴィはハイスミス自身と同様、最初は誕生から「四歳まで育ててくれた」[19]祖母サラとの結びつきが強かったが、十歳ぐらいになると「母親に恋愛感情に近い愛情を抱く」ようになる。[20]その後成人してからは自分が「フロイトのいう母親のような女性、母性愛豊かな女を求めていた」[21]ことに気づく。継父の死後、母親はもはや日常生活に対処することができなくなり、施設に入らざるを得なくなる。やがて施設に入った母親から、矢継ぎ早に敵意に満ちた手紙が送られるようになる――「スティーヴィは母親が手紙をやりとりすることであれこれ文句を言いたいのだとわかった」[22]。ハイスミスは小説の中で、歳老いたナオミが抗生物質やビタミン剤によってグロテスクに生きながらえ、息子を含めた周囲の誰よりも長生きするだろうと書いている。スティーヴィは七十四歳で死ぬ――一九九五年二月初めに死ぬことになるハイスミスと同い年だ。死の前夜、スティーヴィは母親のことを考える。母親の存在は「善良な男たちを苦しめ、息子を泣かせ、これからも永劫に、周囲のすべての人間にとって試練であり、苦難であり続けるのだ」[23]

一九九〇年十二月、ハイスミスはこの物語の続編を考え、「チューブ」と仮題をつけた。ノートにあらすじを残しているが、結局この短編が書かれることはなかった。年老いて脳死状態になり、チューブの一方の端から流動食を入れても、う一方の端から排出するというただの「管」と化した老女の物語である。メアリー・ハイスミスはそこまで長くは生きなかったので、ナオミ・バートン・マーカムのような超高齢化社会の悪夢が現実化することはなかったとはいえ、彼女が死んだのはハイスミスの死のわずか四年前のことだ。一九九一年三月十二日午前八時三十分、メアリー・ハイスミスは

「消え入るように」亡くなった[24]。九十五歳、「友人たちの誰よりも長生きだった」とハイスミスは記している[25]。

ハイスミスは、一九八七年に年間を通して見た夢を書き留め続けたが、それらの夢は死と再生のファンタジーとして解釈できるかもしれない。街なかで刺される夢。リン・ロスとふたりの息子の父親になる夢——実際のリン・ロスは結婚して、イタリアに腰を落ち着けているにもかかわらず。剃刀の刃で自傷行為を繰り返す友人の傷だらけの腕を眺める夢。あるいは担当医が金属製のドリルを手に、ハイスミスの左の腓骨から脊髄標本を摘出するのを見ている夢などを。

肺からがんを切除する手術を受けて以来ずっと、定期健診を年二回受けて健康状態を確認しているにも関わらず、ハイスミスはしだいに自分が長く生きられないだろうと確信するようになっていた。当然ながら、彼女は残された時間で可能な限りのことをやろうと決心し、また親しい人々にもっと自分の胸の内を明かそうと思うようになる。「彼女は最後まで自分語りをする人じゃなかったけれど、晩年になると、自分を振り返るようになり、過去についても少しだけ話すようになったわ」とヴィヴィアン・デ・ベルナルディは語る。「彼女の最後の十年間を知っている身としては、二十代から三十代にかけての彼女があまりにも幸せそうだったのでびっくりしたわ——というより、正しくは彼女が幸せな時間を楽しんだこともあったんだということに。彼女を幸せな人だとは誰も思わないでしょうから。彼女はずっとうつ状態に苦しんできたし、たしかに気難しい人だとはわたしも感じていた。七十歳にもなってから気難しくなる人がいるなんて思わないものね[26]」

一九八七年一月から二月にかけて、ハイスミスは『世界の終わりの物語』の最後の短編を書いていた。「バック・ジョーンズ大統領の愛国心」のラストは、自由主義世界のリーダーである合衆国大統領とその夫人が自動車事故で死に、世界全体が破滅を迎えて終わる。「自転する地球は放射能をすみずみまで浴び、重力による収縮が起こりつつある。異常に風が吹いたり吹かなかったりするのは、地球崩壊の兆しだろうか?」とハイスミスは結んでいる[27]。

一九八七年四月、スペインの出版社のための宣伝ツアーの最中、ハイスミスはカタルーニャ州リェイダで講演を行い、自分の作家としてのキャリアや、なぜ書くのかといったことを中心に語り終えると、聴衆からの質問に応じた。「犯罪実録はお読みになりますか?」と問われると、「そうした実際に起きた事件の残酷さに興味を惹かれることは否定できないわね」と答えている。「絵画への関心が実際の執筆にどのような影響を与えていると思いますか?」という質問には、自分が好きな画家はココシュカとムンク、マネであり、小説を書く時には、特定の場面の描写で視覚的リアリズムを追求することに努めていると述べ、さらに「わたしは情景や家の中の描写をする時は、必ず読者の目にはっきりと光景が浮かぶように努力しています」と答えている。「作家は作品以外でも政治や社会に深く関与すべきだと思いますか?」と訊ねられると、「作家(あるいは画家)が自分の作品において意識的に何かを主張し始めたとしたら、それはもはや文学作品(あるいは芸術作品)ではありません」といいながら、それでも自分はいろんな政治的意見を述べるし、自ら進んで「ボイコットもするし、返り討ちでボイコットされることもある」とも述べている。ヨーロッパで出版した『扉の向こう側』の献辞には「祖国の一部奪還のために闘うパレスチナの人びとと指導者たちの勇気に敬意を表して。ただし本書はパレスチナ問題とは何ら関係がない[28]」とあるが、この言葉はPLO〔パレスチナ解放機構〕に宛てたものかという質問には、「ええ、そうです。この献辞はパレスチナの人々の指導者たちに宛てたものです。ひとりであれ複数であれ、彼らが彼ら自身の指導者を選ばなくてはならないのです」と答えている。「パレスチナの人々がPLOを選ぶのであれば、この小説を書いた当時は九十六パーセントの支持率だったようだから、この献辞はPLOに宛てたものになります。でもパレスチナの人々が別の指導者を選べば、翌週には別の組織に宛てたものになったかもしれません[29]」

しかしながら、この献辞によって、ハイスミスはアメリカ市場からさらに締め出され、またしてもアメリカの出版社との関係の破綻を招くことになる。この献辞を目にしたオットー・ペンズラーは、ハイスミスの代理人に電話をして、違うものに差し替えるか、すべて抹消してもいいかと訊ねた。「わたしは、アメリカではこのまま出版すればきっとまずいことになるだろうと伝えたんだ。この国の出版や書評の世界では、ユダヤ人が占める割合が非常に高いし、それがニューヨークの文化の一部になっているのだから」とペンズラーはいう。「しかし返事はもらえなかった。出版期日はどんどん近づくし、とうとうわたしは代理人にもう一度電話してこういった。《もういい加減、答えてくれなきゃ困るんだ。イエスなのかノーなのか》すると彼女はこう答えた。《わかった、削除して》。それで削除したんだ。何年もたってから、あるジャーナリストのインタビューを受けた際に、パットはわたしが彼女のある本の献辞を削除してしまったから、今では口もきいていないとその記者にいったそうだ。彼女はわたしが代理人の許しもなく献辞を削除したと思っていたんだ。たとえ彼女の文學界でのキャリアにとって自殺行為だと思っても、わたしは決してそんなことはしなかった。あの頃パットはいつだってよそよそしくて、敵意を剥き出しにしていたから、彼女と仲違いしたことさえ分からなかった」[30]

ペンズラー・ブックスの邪険な扱いが腹に据えかねたハイスミスは、一九八七年四月、アトランティック・マンスリー・プレス社と新たにアメリカでの出版契約を結んだ。翌五月、彼女の代理人は新たにイギリスの出版社と交渉し、最終的にハイネマン社を排除して『世界の終わりの物語』の前払い金として二万五千ポンドを支払うと約束したブルームズベリー社と契約を結んだ。「ハイネマンときたら、オフィスで居眠りでもしているんじゃないかしらね」とハイスミスは晩年に「パブリッシャーズ・ウィークリー」誌に語っている。「あの出版社は黙っていればわたしが作品を渡すだろうと思っていたのよ。本を売り込むのに何の努力もしてくれなかったんだから」[31]

一九八七年の夏には、リプリー・シリーズの映画化をめぐる争奪戦から自らの権利を守るために、ハイスミスはまたもや心を悩ませることになる。その前年、映画プロデューサーのジョセフ・ジャンニから、『リプリーをまねた少年』の映像化についてハイスミスに打診があった。一九八六年七月、ロンドンでジャンニと脚本家のデイヴィッド・シャーウィンに会い、映画化について話し合ったが、ハイスミスはシャーウィンが提示した八ページの概要書にはさして感銘を受けなかったようで「可もなく不可もなく」[32]と述べている。しかし翌年一九八七年三月、今度はBBCからリプリー・シリーズ全四作を、ジョナサン・パウエルの監督で八部構成の連続ドラマにしたいという提案があった。ハイスミスはこの話に関心を持ち、とりわけ正味十万ドルの版権料に加えて関連する商品すべての販売高の五パーセントが支払われるという好条件に興味を惹かれた。「一週間近く映画かBBCのミニシリーズかどちらにしようか迷っている」とパトリシア・ロージーへの手紙に書いている。[33]「BBCもジャンニも両方というわけにはいかない。どちらかを選ばなくちゃならないのよ」と再び五月にもロージーに手紙を書いているほどだ。[34]だがこの問題は、ハイスミスが九月にノルマンディのドーヴィルに滞在している間に『太陽がいっぱい』のプロデューサーのひとりだったロバート・ハキムに出会うことで結論が出た。「ドーヴィルでハキム氏とちょっとした出会いがあったことは話したかしら……彼ときたらロビーのど真ん中でわたしを捕まえてすごい剣幕で、自分にはまだ『太陽がいっぱい』の権利があるとまくしたてて、わたしだけじゃなく……ディオゲネスでさえ反駁できずにいる[35]」

ドーヴィルは大西洋岸の優雅なフレンチリゾートの街で、毎年アメリカ映画祭が開催されており、この年ハイスミスは映画界に対する文学的貢献が認められて文学賞を贈られ、授賞式のために招待されていた。一九八七年には、その両義的な人物造形や複雑な語り口にも関わらず、ハイスミスの作品は非常に映画化に適しているという評価が確立しており、同年クリストフ・マラヴォイとマチルダ・メイが主演したクロード・シャブロル監督の映画『ふくろうの叫び』が公開されている。ジョセフ・ジャンニによる『リプリーをまねた少年』の映画化は資金難で頓挫したが、ハイスミスの小説は今にいたるまで映画化が続けられている。

ドーヴィルではアラン・ウルマンに伴われて、俳優のダグラス・フェアバンクス・ジュニアやベティ・デイヴィスに会った。ハイスミスはデイヴィスのスイートルームにおける謁見の様子をクリスタ・マーカー宛ての手紙に書いている。その大女優は「とても痩せていたが、神経質でたえず動き回っていた。黒いドレスと小さな丸い黒い帽子を身に着け、立ったまま《ハロー》とはいったものの、とにかく早く帰ってちょうだいといわんばかりの雰囲気を漂わせていたわ。こちらの差し出した手に、さっと自分の手を差し述べ、握手したら、それはもう帰れということなのよ[36]」

ドーヴィルには、九月八日と九日の二晩だけ滞在しただけだったが、帰宅した彼女はぴりぴりして、疲れ果てていた。「サンデータイムズ」誌に三千語の紀行文を書くために、九月十四日にはマヨルカ島に旅立つことになっていたが、この旅をキャンセルしなければ、絶不調から回復できないだろうという気がした。九月十五日の日記にも「フランス旅行からもう六日も下痢が続いているし、ちゃんと食べることも飲むこともできないでいる。どうしてこうなったのか説明できない。すっかり衰弱している[37]」と書いている。旅をするといつも体調を崩すのが常だったが、それでもこれから数か月の間、本の出版にともなうさまざまな義務のために、トロントやニューヨーク、ロンドンへ行くことが避けて通れないことはわかっていた。「医療ニュース。腸の不調はすべて解消」。ハイスミスがそうノートに記したのは十月十日のことで、カナダへ出立するフライトの一週間前だった。「だけど正常な体調に戻るには五日間も静養しなければならなかった。これが、若い頃なら一日か二日で済んだのに。まったくうんざりする！[38]」

一九八七年十月二十日、トロント市内のハーバーフロント地区で、ハイスミスは『孤独の街角』の一節を朗読した。彼女はトロント国際作家フェスティバルの特別招待作家として招かれていたのである。その翌日、車でナイアガラの滝へと向かい、そこで小説をもう一度朗読してから、作家のウィリアム・トレヴァーに伴われて青い防水スーツに身を包んで、壮大な滝を巡る船「霧の乙女号」に乗るツアーに参加した。「わたしは彼女の本が大好きで、あの世代では最高の作家のひとりだと思う」とトレヴァーはいう。「トロントで彼女に会った時、ああ、これがあの小説を書いた女性なんだ、と思ったよ。ある晩夕食の後で、一緒に飲みに行こうと思って彼女を探していたら、ホテルの駐車場で偶然出会ってね。そこは暗くて薄汚いところで、彼女はあたりを偵察してまわっていた——おそらくは次の執筆のための取材というか、どんな雰囲気なのかを探ろうとしていたんだろう。会ってすぐに彼女のことをとても好きになったよ。多くの小説家がそうであるように、彼女は人付き合いを好まず、注目を集めようとしたり、自分を宣伝したりするようなことはまったくしなかった。少し人目につかないところにいる方が好きだったんだよ」[39]。トロントに戻ったハイスミスは、カナダの作家マーガレット・アトウッドからお茶の招待を受けてひどく喜んだ。ハイスミスはカナダがすっかり気に入った。この国の清潔さや秩序正しさに彼女がスイスを思い浮かべたことは間違いない。だが、ニューヨークに移動すると、またしても現代アメリカの俗悪さと厚かましさにうんざりするばかりだった。祖国とはいえ、帰国してこの国で暮らすことなど考えられず、スイス国籍をとろうかという思いが頭をかすめることもあった。だが、実際はそのようなことはなく、ハイスミスはアメリカ合衆国国民のまま亡くなった。「ニュース報道——今では《バイツ》と呼ばれる——について考えると憂鬱になる」と日記に書いている[40]。

ニューヨークでは、新たに契約したアメリカの出版社、アトランティック・マンスリー・プレスの編集担当者のゲイリー・フィスケットジョンと会った。「パットはずっとヨーロッパに住んでいるのに、わたしから見ると、いまも根はアメリカ人気質のままなのが不思議だった」とフィスケットジョンは語る。「彼女は南北戦争マニアで、わたしは関連書をいつも送ってやっていたよ。すぐに打ち解けて——何せふたりとも酒飲みだからね——彼女のためにダウンタウンにあるフランス風の酒場でパーティを開いたことがあった。いつもここに来る大勢の作家達をとても気に入っていたから、人がたくさんやって来ても何の問題もなかった。いつも顔を隠すように髪の毛を垂らしていて、それがユニークだと思ったな。とにかく歯に衣着せぬ人だったから、会えば自分がどういう人物を相手にしているかはっきりわかった。彼女は、人間を本能的に見抜く、優れた直感をそなえた魅力的な女性だった。それにとても優しい人だった。一九八九年一月にわたしの息子が生まれて以来、誕生日を覚えていて、毎年カードを送ってくれた。お互い深く知り合ったわけではないが、わたしが彼女のことを心底好きだったのは確かだ。ただ、彼女が病気だったのは知らなかった。わたしには決して話してくれなかったからね[41]」

ほんの一年前に、自らの死の可能性に対峙せざるを得なかったことを考えれば、ブルックリンにあるグリーンウッド墓地についての詳細な記事を書いてほしいという「ニューヨークタイムズ」紙からの依頼を受けたのは、勇気ある決断だといえよう。ハイスミスは、死に対してセンチメンタルな感情を抱くにはほど遠いタイプだが、死ぬ前にヴィヴィアン・デ・ベルナルディにその怖れを口にしたという。「死ぬのが怖いといっていたわ」と彼女は回想する。「わたしがなぜ、と訊いたらこういったの。《それは未知の世界だからよ》と[42]」

墓地への訪問は十月二十六日で、同行したのは後に映画『キャロル』の脚本を書くことになるフィリス・ナジーだった。ナジーは当時「ニューヨークタイムズ」の記者をしており、ニューヨークのグラマシー・パークにあるホテルへハイスミスを車で迎えに行った。「墓地への道中は、パットがわたしに三度話しかけたことを除けば、完全に沈黙したきりで、気の滅入るようなものだった。最初に、彼女はわたしが作家になりたいというのは本当かと訊ねてきた。わたしが《はい》と答えたら、その後は何もいわなかった。それから、《ユージーン・オニールをどう思う?》と訊かれて、《あまり興味ありません》と答えると《いいわね》と彼女はいったきり、最初の沈黙より長いこと押し黙っていた。二十分ほどして、《テネシー・ウィリアムズをどう思う?》と訊かれたわ。彼のことは好きですといったら、また《いいわね》が返ってきた。墓地を歩き回っている間はずっと黙ったままで、時折、手にした杖で、興味のありそうなものを突いていた。最後に遺体を焼くために使われる焼却窯に連れていかれて、窯の中に手を入れてみるようにとガイドにいわれたの。窯はまだ温かくて、骨が巨大なミキサーの中ですりつぶされる音が聞こえてきた。本当にぞっとしたわ。見学ツアーは午前十一時頃に終わったあと、わたしたちは墓地の外に佇んで、彼女が酒の入ったフラスクを取り出すと、生涯抜けなかったアメリカ訛りでこういったのを覚えている。《あなたはどうだか知らないけれど、わたしは飲まずにいられない》彼女が飲んだ後、わたしもそのスコッチをひと口もらって、それでどうやらわたしは合格だということになったらしいわ。

だって、ホテルに戻ったらランチに誘われたんだもの」[43]

ハイスミスは、この時のことを一九八七年末に「グリーンウッド墓地　死者たちの声に耳を傾ける」と題して書いている。この一文が「ニューヨークタイムズ」紙に掲載されることはなかったが、読んだ者に強い印象を残す文章だ。フィリス・ナジーとともに車で墓地へ向かう途中、ハイスミスはマンハッタンの混雑した道路を自分たちの車に並走するようにしてのろのろと進んでいく清掃トラックに気がついた。トラックは腐りかけた食べ物をあふれんばかりに載せ、緑色の液体が車体の側面を伝い落ちていた。「そのつぶれた野菜や売れ残ったオレンジの汁があとから絶え間なく滴り落ちるさまは、人が死にゆくものであり、その死には醜悪さや腐敗臭や不可避性が伴うのだということをわたしに思い起こさせる」とハイスミスは書いている。[44] 彼女は南北戦争で戦没した兵士の名前が刻まれた墓石のことを熱心に調べ、アナポリスで戦没したブルックリン出身の十二歳の鼓手クラレンス・マッケンジーの像を見た。総距離三十キロを超える墓地の歩道の一部を歩いた後、ハイスミスは地下の火葬用の窯というよりは円筒形の炉へと降りるエレベーターに乗った。棺はそれぞれ五つある窯のどれかに入れられ、ガスが点火されて二時間後には遺体は一キロ足らずの灰になることを知った。

「空いた円筒形の窯の中へと手と腕を少し差し入れてみると、内部がかなり温かく感じられることに不意を突かれたような気がした。おそらく、昨日の火葬によるものか、ひょっとすると今朝だったのかもしれない……」と書いている。「その窯のぬくもりによって、たとえそれが種火からもたらされたものであったにしても、地上にあるどの石碑からも感じることのなかった死というものを、わたしは痛切に感じたのである」[45]

ニューヨークをあとにして、ハイスミスは『世界の終わりの物語』の宣伝活動のためロンドンに飛び、十月三十日にイギリスに到着した。そして週末だけ休んでから、自らを奮い立たせて過酷なインタビューをたて続けにこなした。その中にはBBCテレビの『カバー・トゥ・カバー』への出演も含まれ、十一月三日に収録して二日後に放映された。番組の共演者は、俳優のジャック・クラフ、伝記作家のヴィクトリア・グレンディニング、そして俳優のケネス・ウィリアムズで、ウィリアムズのことを「かん高い声のゲイ、でも、とても愉快な人」と表現している。[46] ハイスミスの作品のファンだったウィリアムズは、日記にこの出会いについて記している。「パトリシアは接待室を横切ってわたしの方へと手を差し出しながらやって来た。《あなたがケネス・ウィリアムズね？　とても会いたかったわ》。思いもよらないことだった……そもそもわたしの名前を知っていたことさえ驚きだった。彼女は、いつもフランスかスイスに住んでいるのに……ハイスミス〔の著作〕についてはなるべく理性的でいようと思っていたが、今回の作品には不満足だということははっきりいった。だから《ケネスはきっと、わたしがいつものスリラーではなく、道徳に関する啓蒙書でも書いたと思っているのね》と彼女がいった時はすぐに口をはさんだ。《いえ、読みものとしては面白いですよ……ただ、わたしが期待したものとは違ったというだけで》[47]作品に関する議論の中で、ハイスミスは作品の意図を説明している。「わたしが意図していたのは……この現代の特定の問題について語ることよ[48]」。この点をグレンディニングは取り上げ、この短編集は「世界全体が陥っている狂気」を明確に語っており、「読み物として楽しいものであるのと同じように、政治的に重要な作品だということです。オーウェルの『動物農場』が政治的に重要なのと同じ意味で。彼女がこの短編集で取り上げていない問題はほとんどないといっていいのですから」と論じている[49]。

ロンドンでは、作家でありジャーナリストでもあるダンカン・ファロウェルの、私生活に切り込んだ厳しい質問にさらされることになった。これまで恋に落ちたことはありますかと彼は訊ねた。「ええ、たぶん」と長い間を置いてハイスミスは答える。最後に恋をしたのはいつ？　「七年前。ドイツで」と彼女はぼかして答えているが、これはタベア・ブルーメンシャインのことだろう。愛とはどういうものだと思うかという問いには、「それは……一種の狂気」だと答えている[50]。このインタビューはハイスミスの生前に発表されることはなかった。黒のズボンに白い靴下、エナメル革のローファーをはき、紫色の絹のアスコットタイを結んだこの作家についてファロウェルは次のように描写している。「彼女は恐ろしい秘密を抱きしめているかのように身を縮めている。だがしばしば控えめなユーモアを漂わせることもあり、それが彼女の個性に不気味な魅力を与えている。その魅力とは、矛盾するかもしれないが、純粋に痛々しいまでの脆さと鋼のような意志が結びついたものだったといえる[51]」。彼女の顔は化粧っ気もなく、ぽってりとした唇は官能に満ち、「やわらかな茶色」の目は「絶えず警戒している」と書いている。明らかにハイスミスはこのインタビューを嫌がっていた。「彼女は、緩慢で、むっつりとしたトカゲのような自分自身に戻ってしまい、質問に最低限しか答えなかった」とファロウェルは書いている。「もともと彼女は自分の作品について語りたがらないと聞かされていた。自分の私生活についてはなおさら話したがらないと。彼女のパーソナリティにはどこか狷介孤高なものが感じられ、人間的な優しさの欠如、極度に物惜しみするようなところがあり、どんな些細なこともみんな溜め込んで、作品につぎ込むためだけにとっておくのではないかと思われた[52]」

ロンドンでは、友人のジョナサン・ケントや、ロジャー・クラーク、パトリシア・ロージーとも会う機会を持った。たまたまイギリスにいたフィリス・ナジーや、ブルームズベリー社の新しい担当編集者のリズ・コールダー、ディオゲネス社のイギリス代表で、ハイスミスの著作権代理人のターニャ・ハワーズにも会っている。ハワーズは、「ハイスミスにはすごく暗い面があるに違いないと思っていたから、会う前は彼女が怖かったんです」と語る。「でも、彼女を知るようになって、面倒見が良くて心の温かい人だとわかりました。わたしの息子に手紙をくれて、いつも気にかけてくれ、プロの作家として息子を励ましてくれたものです。彼女には本当の意味での家族がいなかったから、彼女がわたしと息子のピーターを代理家族のように見てくれればいいと思っていました。いつも毎週金曜日に彼女に電話するんです——仕事を終えてウィスキーなどを飲んでいるとわかってましたから。ロンドンでの仕事の関係が終わったあとは、友人同士になりました。彼女について一番思い出すのは、そのカリスマ性、身体的存在感です。力強くもあり、不可思議でもあり、とにかく信じられないほど強烈でした。彼女が部屋に入ってくるのを見たら、決して忘れられなくなりますよ。彼女はいまだ十分に評価をされていない天才だったとわたしは思います[53]」。フィリス・ナジーは、「彼女はこれまで会った人の中で一番繊細で、傷つきやすく、不安定な人だった。彼女にロンドンで会った後、ニューヨークから寄こした手紙には、《地下鉄キングス・クロス駅の火災に遭っていないと信じています》と書いてあった（一九八七年十一月十八日の晩に起きた地下鉄火災。三十一名死亡、百名以上が負傷）。そしてそれ以来、毎週わたしに手紙を書いてくれるようになったのよ」と語っている[54]。ハイスミスの優しさは、「惜しみないものだった」と彼女はいう[55]。「わたしがロンドンに移った時も、パットは可能な限り手を尽くしてわたしを助けようとしてくれたわ」。ハイスミスはまた、ナジーの作家としての活躍もおおいに誇りにしており、「最晩年の二年間、わたしが劇作家として世に出るのを見て、どれほど喜んでくれたか……わたしや、わたしに関連がありそうだと思ったり、彼女が好きだったり誇らしく思っていたりする他の若い作家たちに関する外国の新聞記事を切り抜いて送ってくれたものよ」と語る[56]。

スイスに戻ると、ハイスミスは切り裂きジャックに関するエッセイを「タイムズ・リテラリー・サプリメント」誌のアラン・ホリングハーストのために書き、グリーンウッド墓地に関する記事も書いた。死は明らかに彼女の心をむしばんでいた——その年が暮れる直前に、ハイスミスは、誰のものかわからない死体が、近隣住民たちのグループの間を、庭の肥料として使うために順繰りに運ばれていく夢を見た。そして家の準備をするために、キングズレーにアウリゲノへ来てもらい、六日ほどかけて原稿類の一部を整理した。

「数年の内にわたしはあそこに行くのだと思った」。グリーンウッド墓地についての文章で、彼女は遺体が焼かれる窯に触れ、「わたしは火葬にしてほしいと思っているから、灰は許可されているところならどこでもかまわずまいてくれればいい」と書いている。[57]

原注

第33章

1　ヴィヴィアン・デ・ベルナルディとのインタビュー　1999年7月23日
2　ハイスミス　アラン・ウルマン宛書簡　1986年6月10日付　CLA所蔵
3　クリスタ・マーカーとのインタビュー　2000年1月13日
4　ジャック・ボンドとのインタビュー　2001年3月13日
5　ハイスミス　マーク・ブランデル宛書簡　1986年2月25日付　EB所蔵
6　ハイスミス　ゴア・ヴィダル宛書簡　1986年6月25日付　GV所蔵
7　ハイスミス　マーク・ブランデル宛書簡　1986年10月12日付　EB所蔵
8　前掲書簡
9　トビアス・アマンとのインタビュー　1999年7月24日
10　PH, 'No End in Sight', *Tales of Natural and Unnatural Catastrophes*, Bloomsbury, London, 1987, p. 127.
ハイスミス「見えない最期」『世界の終わりの物語』収録
渋谷比佐子訳　扶桑社　2001年
11　前掲書
12　ハイスミス　ケイト・キングズレー・スケットボル宛書簡　1976年2月11日付　SLA所蔵
13　ハイスミス　ダン・コーツからの手紙につけた注釈　1974年2月28日付　SLA所蔵
14　PH, Cahier 36, 28/5/85 (European dating), SLA.
15　PH, 'No End in Sight', *Tales of Natural and Unnatural Catastrophes*, p. 132.
ハイスミス「見えない最期」『世界の終わりの物語』収録
16　前掲書

17 前掲書
18 前掲書
19 前掲書
20 前掲書
21 前掲書
22 前掲書
23 前掲書
24 PH, Diary 17, 14 March 1991, SLA.
25 Ibid.
26 ヴィヴィアン・デ・ベルナルディとのインタビュー
27 PH, ‘President Buck Jones Rallies and Waves the Flag’, *Tales of Natural and Unnatural Catastrophes*, p. 189.
ハイスミス「バック・ジョーンズ大統領の愛国心」『世界の終わりの物語』収録
28 PH, Dedication, *People who Knock on the Door*, Heinemann, London, 1983.
ハイスミス『扉の向こう側』（献辞）岡田葉子訳　扶桑社ミステリー　１９９２年
29 PH, Lleida speech, 26 April 1987, SLA.
30 オットー・ペンズラーとのインタビュー　１９９９年5月21日
31 Craig Little, ‘Patricia Highsmith’, *Publishers Weekly*, 2 November 1992.
32 ハイスミス　マーク・ブランデル宛書簡　１９８６年8月3日付
ＥＢ所蔵
33 ハイスミス　パトリシア・ロージー宛書簡　１９８７年3月22日付
ＳＬＡ所蔵
34 ハイスミス　パトリシア・ロージー宛書簡　１９８７年5月19日付
ＳＬＡ所蔵
35 ハイスミス　マーク・ブランデル宛書簡　１９８８年1月2日付
ＥＢ所蔵
36 ハイスミス　クリスタ・マーカー宛書簡　１９８７年9月28日付
ＣＭ所蔵
37 PH, Diary 17, 15 September 1987, SLA.
38 PH, Diary 17, 10 October 1987, SLA.
39 ウィリアム・トレヴァーとのインタビュー　２００２年4月22日
40 PH, Diary 17, 10 October 1987, SLA.
41 ゲイリー・フィスケットジョンとのインタビュー
１９９９年5月21日
42 ヴィヴィアン・デ・ベルナルディとのインタビュー
43 フィリス・ナジーとのインタビュー　１９９９年10月7日
44 PH, ‘Green-Wood: Listening to the Talking Dead’, unpublished, SLA.
45 Ibid.
46 PH, Diary 17, November 1987, SLA.
47 *The Kenneth Williams Diaries*, Edited by Russell Davies, HarperCollins Publishers, London, 1993, p. 773.
48 *Cover to Cover*, BBC2, 5 Noevember 1987.
49 Ibid.
50 Duncan Fallowell, ‘The Talented Miss Highsmith’, *Sunday Telegraph Magazine*, 20 February 2000.
51 Ibid.
52 Ibid.
53 ターニャ・ハワースとのインタビュー　１９９９年12月13日
54 フィリス・ナジーとのインタビュー
55 フィリス・ナジー　著者宛書簡　２００２年8月18日付
56 前掲書簡
57 PH, ‘Green-Wood: Listening to the Talking Dead’, unpublished, SLA.

第34章

なじみの亡霊

1988

ら「リプリーは狂気に瀕する」。一九八八年一月一日、ハイスミスはそうノートに走り書きしている。[1] 彼女はしばらく前からリプリー・シリーズ第五作の執筆を考えていた。一九八六年年末には、美術ディーラーか収集家が登場する構想を書き留めていたし、一九八七年四月のスペインのリェイダでの講演では、この超道徳的な、だが魅力的な殺人者の新作を必ず書くと明言している。一九八八年一月のノートに書き留められた新作のアイデアでは、ふたつの相容れないアイデンティティ――すなわち水彩画を描き、ハープシコードを奏でる、心地よく文化的な家庭生活と、絵画贋作や殺人を楽しむ暗黒面とを維持するストレスによってリプリーが精神崩壊の危機に瀕することに焦点が当てられている。しかし、思いつくままにノートに骨子を書き留めた翌日に、マーク・ブランデルには、新作を書く準備がまだできていないと手紙で告白している。「残念ながらまだアイデアを固めきれていないの。本当にいらいらする」と手紙に書いている。[2]

それからふた月あまり、ハイスミスはリプリーの新作のアイデアを頭の片隅で寝かせておき、三月になって再びノートを開き、美と崇高さに憧れながらも、暴力や堕落に快楽を見いださずにはいられない主人公の精神的バランスについて掘り下げることにした。このデリケートなバランスこそは、彼女がこの小説で追及しようとしたテーマのひとつであり、最終的に『死者と踊るリプリー』として完成し、一九九一年にイギリスで、翌年にはアメリカで出版された。小説は、『贋作』で描かれたマーチソン殺害事件から五年後、デイヴィッドとジャニス・プリッチャード夫妻という風変わりなアメリカ人が、リプリーの生活に入り込んでくるところから始まる。彼は当初この夫妻に「妙なカップル」[3]とニックネームをつける。その後この夫妻はリプリーにつきまとうようになり、ベロンブル館の写真を撮ったり、ディッキー・

グリーンリーフを装って――名乗ったわけではないが、リプリーはプリッチャードだと断定する――電話をかけてきたりする。ジャニスに問いただすと、デイヴィッドは周囲の者を悩ませることが好きで、リプリーが最新の標的なのだという。デイヴィッドは、リプリーと妻のエロイーズ、妻の友人のノエルをはるばるタンジールまで追いかけてきて、彼らを悩ませ続ける。崖の上のカフェ〈ラ・アファ〉で、男ふたりでミントティーを味わった後にリプリーはデイヴィッドを少々痛めつけようと股間を蹴り上げて、殴り倒したあげくその場に放置する。そしてストーカーを振り切るようにして、デイヴィッドに無断でフランスへと帰国する。彼はロンドンに旅し、なぜプリッチャード夫妻が自分のことをこれほど知っているのか、その理由を知る。バーナード・タフツの恋人だったシンシア・グラッドノアーが情報を提供していたのだ。彼女はリプリーがマーチソンを殺したと確信し、バーナードの自殺も彼のせいだと固く信じていた。ベロンブル館に戻った彼は、プリッチャードがマーチソンの死体を探して地元の川や運河をさらっていたことを知り、心底からうんざりする。自分の過去の犯罪が暴かれるのを怖れ、リプリーは助力を求めてダーワットの贋作詐欺の黒幕のひとりであるジャーナリストのエド・バンベリーをベロンブル館に招く。しかし、ある早朝、館の扉を開けるとそこに防水シートにくるまれたマーチソンの首なし白骨死体が置かれているのを発見する。リプリーとエドは仕返しとばかりに、プリッチャード家の池にその骨を沈めるのだが、池に投げ込まれた音を聞きつけて、夫妻は家から暗い庭へと飛び出してくる。デイヴィッドは、目の前に浮いている防水シートにくるまれた物体を引き上げようと手を伸ばすのだが、池に落ちてしまい、夫を池から引き上げようとしたジャニスもまた足をとられて濁った水に落ち、ふたりとも溺れ死んでしまう。夫妻の死体は、身元不明の骨とともに翌日発見される。リプリーは、警察に事情聴取されるものの再び罪を免れる。

　この小説には数々の欠点がある――いつもはハイスミスのファンであるジュリアン・シモンズでさえ、この本の結末は「山場としては明らかに盛り上がりに欠け」、語り口は時折「出来が悪く、ぎこちない」と評した。[4] しかしながらこの作品は、美を見る目についての審美的な探求、心や魂の崇高さに対する探求と、もっと下等な動物的肉欲との関係の分析として読むこともできる。この小説では、トム・リプリーとデイヴィッド・プリッチャードという人物の間にある対照的な力関係が歴然とあらわれている。リプリーは洗練されていて、裕福で、芸術に造詣が深く、ベロンブルというこの上ない快適な環境の中で暮らしている——ハープシコードや充実した美術コレクション、アンティークの家具、良質のワインばかり集めた貯蔵庫に囲まれ、淹れたてのコーヒーや、バラの花びら、ラベンダーのアロマキャンドルの香りを楽しみながら。一方、プリッチャードはワシントン州の材木商の息子で、どちらかといえば見劣りするキャラクターである。プリッチャードの借家を訪ねたリプリーは、みすぼらしい暖炉は木部が白く塗られ「飾りが哀れなほど暗紫紅色に」変わっており、家具は「田舎風を模した」ものに過ぎないと軽蔑気味に語っている。[5]さらにはダイニングのテーブルや椅子は、「ひどく悪趣味な擬物《まがいもの》アンティーク」で、[6]壁の安っぽい花の絵もホテルの部屋に飾られている絵のようだといって小馬鹿にしている。デイヴィッドは明らかに自分たちの仲間ではないとリプリーはみなし、読者もまた彼と同じ視点に立って感じざるを得ない。

ハイスミスは、物語を語るリプリーの視点に読者を閉じ込めるというお得意の手法を使い、プリッチャード夫妻を彼以上のサイコパスとして描くことで、読者がリプリーに共感せざるを得ないように仕向ける。デイヴィッドとジャニス夫妻は、「いかさま師」[7]や「変わった夫婦」[8]、「精神的におかしな奴」[9]というだけでなく、明らかにいかがわしげなサド＝マゾ的関係にふけっている。この小説を書くにあたって下調べをしながら、ハイスミスはサド＝マゾヒズムに関する心理学的考察を求めてメニンジャーやエーリッヒ・フロムの著作に目を通し、友人たちにもこの心理的事象についてさまざまな角度から情報を求めた。ハイスミスは、当初サド＝マゾ的力関係を前面に押し出すことを考え、デイヴィッドとジャニスがリプリーに誰かを殺すよう依頼し、それを夫妻が鑑賞する、あるいは夫婦でお互いに傷つけあうという設定も考えた。だが、一九八九年五月末にこの小説を執筆し始めた時には、そうした描写は控えることにし、ジャニスに打撲痕があることや、警察がプリッチャード家を捜索したらムチと鎖が見つかったという噂が流れるなどの描写にとどめ、この夫妻の本当の関係をほのめかすだけにした。

こうした叙述トリック——ハイスミスが読者を誘導し、リプリーの考え方が完全に正常でまともなものであると信じ込ませる巧妙な仕掛け——にも関わらず、この作品におけるリプリーの考え方は著しく歪んで見える。そもそもハイスミスは、狂気に陥るリプリーを描きたいと思っていた。売りに出された空き家の周辺を歩き回っているうちに、アイデンティティの危機に陥る、あるいは過去における己の所業を見つめ直すことで精神が崩壊する可能性を彼女は考える。

そして「彼は別の人格に逃げ込む。一種の統合失調症だ」とノートに記している[10]。このアイデアをあえて突き詰めることはしなかったが、その作品を丹念に読めば、リプリーがどれほど表面的に魅力的だろうと、決して狂気と無縁ではないことがわかる。彼はしばしば強迫観念に駆られ、夢うつつの状態で我を忘れることも多い。「彼の想像力はときに、経験に裏打ちされた記憶と変わりないくらいリアルだった[11]」。また、ある時は自身を三人称で語っているが、これは精神医学でいう離人症が進んでいることを示唆する症状だ。それなのにどうして彼は狂気に陥らずに済んでいるのかとハイスミスは問う。彼のリアリティと記憶の間には「遮蔽物」があり、リプリーにとって「それは自衛本能」なのだ[12]。彼は自分がプリッチャードよりも優れていると思いたいのかもしれないが、ふたりの男はともに即物主義者で、着る物や、身に着ける物、身の回りにある物によって人物を判断する。リプリーはデイヴィッドの後退した髪の生え際や、スーパーマーケットで買ったような家具、白いメッシュの靴、金の伸縮可能なベルトがついた時計といったものが嫌でたまらない。彼の好みは茶の革ベルトがついたパティック・フィリップだ。一方、プリッチャードはリプリーに引き寄せられ、彼を苦しめずにはいられなくなるのだが、そこに個人的な動機があるわけでない。このふたりはまったくの他人なのだから。プリッチャードは、空港で毛皮のついた高価な革のコートを着たリプリーを見掛けて、羨望をかきたてられただけのことに過ぎない。彼は「あなたのような紳士きどりの悪党がどじを踏むのを見るのは愉快」であり、それが自分の使命だとリプリーに告げるのである[13]。

リプリーは、プリッチャードの中に自分と同じ資質を見いだしている。それは彼のパーソナリティの一部を極端化したもので、それが自分を彼から「解放[14]」したい理由のひとつでもあるとも気づいていた。実のところ、リプリーはプリッチャードと同じくらいサディストである。もちろん自分の魅力的な妻を殴ることなどはしないが、それでも苦痛を与えることを楽しむ素質――むろん与えるに値すると思う相手に対してだけだが――を備えている。彼は「倒れた相手を蹴ってはならないと思ったが、「プリッチャードの」胴体の真ん中に強烈な蹴りをもう一発入れ」る[15]。池に落ちて死んだ夫妻の姿に、リプリーは喜びをかきたてられ、安堵感と歓喜を味わう。彼が笑うのは無理もない――リプリーは、長い間水に対して理性では抑え切れない恐怖の念を抱いていた。彼の両親はボストン沖で溺死し、幼い頃からずっと、水を見るたびに気分が悪くなった。『リプリーをまねた少年』の中で、彼はフィヨルドを横断するクルーズ船が描かれた絵ハガキを見ただけで落ち着かない気持ちになり、「自分の最期は水難事故だろうと思うことがよくあった」[16]。だが、もちろん、リプリーは盤石な大地の上に何事もなく存在している。読者にとってリプリーを見る最後の場面――この本はリプリー・シリーズの最後を飾る作品となった――で、彼は有罪の証拠を手にモレにある橋の上に立っている。それはマーチソンの指輪で、過去に犯した殺人と自分を結びつける物証だということは彼にもわかっている。そこに警官がひとり近づいてくる。彼は捕まるのだろうか？　いいや、ただ違法駐車をしている彼の白いステーションワゴンをどけるように注意されるだけだ。リプリーは、腕を振りあげ、指輪を川へと投げ込む。いまや過去は安全な水底へと沈み、現代文学における最もとらえ難いアイデンティティを持つ男は、再び自由になる。

アメリカでは長年商業的にも文壇からも蔑ろにされてきたハイスミスだが、一九八八年一月、『孤独の街角』のアメリカ刊行と時を同じくして、評論家のテレンス・ラファティが「ザ・ニューヨーカー」誌に彼女の作品についての本格的評論を発表するに至り、ついに本来受けるべき注目を集める時がやってきた。「これらの小説は不快なイメージや、ぞっとするような悪夢やあからさまな本音で読者の頭をいっぱいにし、恐怖がすぐそこに差し迫っていると思い込ませ、安心感を殲滅してしまう。そして、読者はしまいには屈服する――アイデンティティを剥奪され、そうした恐ろしく不毛な幻想を受容し、かつ奇妙な興奮を覚えていることに気がつくのだ」とラファティは書いている[17]。これまでアメリカで受け入れられないことなどまったく意に介さないと断言してきたにも関わらず、ついにアメリカの文學界が両手を広げて自分を歓迎しているのを見てハイスミスは喜びを隠せなかった。「『ザ・ニューヨーカー』の一月四日号に載っていたわたしの作品に対する素晴らしい批評を見た？」とハイスミスはキングズレー宛ての手紙に書いている。「もちろん担当編集者［とわたし］はこの批評を大歓迎したわ」[18]。しかし、ラファティの批評のような文学的分析が彼女の名声を高めるのに大いに貢献した一方で、著作の販売は依然としてふるわなかった。『孤独の街角』はドイツで四万部売れたのに対し、アメリカではわずか四千部しか売れなかった[19]。「ドイツでは、彼女の人気は根強く、ミュンヘンの通りで呼び止められてサインを求められたりします」。ダニエル・キールはジャーナリストのジョーン・デュポンに対し、一九八八年に語っている。「スペインに行けば、総理大臣から食事に招かれたりもします。しかし、アメリカにおける彼女の本の売れ行きは世界で最低なんです[20]」

フランス人映画評論家のジョーン・デュポンは、ハイスミスにインタビューするために一九八八年三月十五日アウリゲノに到着した。前回インタビューした十一年前に比べて、ハイスミスの不安感が和らいでいるのをすぐに感じたが、より用心深くなっていることにも気がついた。ハイスミスはジーンズに開襟シャツを着て、薄紫のバンダナを首に巻き、白いスニーカーを履いて、その顔には「亡霊にもなじみ、以前より自信に満ちていながらも、より用心深くもある」ような表情が浮かんでいるとデュポンは見てとった。[21]デュポンは、アメリカでハイスミスが相対的に不人気である理由を検討しようと試み、アメリカの読者は、ハイスミスの邪悪な行為に対する善悪にとらわれない追求に気後れしてしまうのではないかと推測した、ゲイリー・フィスケットジョンの言説を引用して、ハイスミスは復活寸前ではあるものの、「ここでは受け入れられるまで三十五年待たなければならなかった」と述べている。[22]しかしデュポンは、アメリカでハイスミスがなかなか受け入れられなかった主要な要因——中東問題に対する物議をかもした彼女の態度——についてはあえて取り上げようとしなかった。「彼女がパレスチナ解放機構〔ＰＬＯ〕を支持する姿勢をとったことは、その問題を憂慮していたゲイリー・フィスケットジョンを含む多くのアメリカ人を敵に回すことになった」とデュポンは述べている。「中東問題について彼女は腹蔵のない発言をしたし、イスラエルを、そして一部のユダヤ人たちを憎み、ベギンは世界で一番邪悪だとみなしていた。わたしがそうした発言が繰り返されることがないようにしたのは、彼女にとって何の役にも立たないからだ[23]」

ハイスミスは、アラブ・イスラエル紛争をめぐるこじれた問題に情熱を注ぎ、一九八七年十二月に起こったガザ地区とヨルダン川西岸地区の暴動が、一九八八年もなおニュースとして大きく報道され続けていることに心を痛めていた。「平和と、殺戮を止めることに役立つかもしれないと思い、手紙を書くのにずいぶん時間を割いた」と一九八八年二月二十八日の日記に記し、「これまでに七十二人のパレスチナ人が死亡しているのに対してユダヤ人の死者はひとりもいない」とつけ加えている。[24]不正義を見過ごしてはならないという純粋な感覚に突き動かされ、また国際人権団体アムネスティ・インターナショナルのメンバーとして彼女は「声を上げ、異議を申し立て」ずにはいられなかった。ハイスミスはこの紛争を旧約聖書の「ダビデとゴリアテの闘い」とみなし、迫害の犠牲者側への共感をあらわにしていた。だが、自分の政治的立場を主張するのに選んだ手法は、あまりにも稚拙だった。たとえば一九八九年二月のミラノにおける本の宣伝活動では、写真撮影時に「パレスチナのPLO柄のセーター」を着るといって聞かなかった。「おそらく十二本のインタビューのうち四本では、ガザ・ヨルダン川西岸地区におけるイスラエル軍の残虐行為に対する、アメリカ合衆国民の真の感情を発信できたと思う」とノートに記している。[25] また、『死者と踊るリプリー』の献辞には、「インティファーダやクルド人たちの死者と死にゆく者たちへ、いかなる国であれ、抑圧と闘い、勇敢に立ち向かって、自らの信念をつらぬいているばかりか、銃弾に倒れていく者たちへ」[26]と書いている。それに加えて、中東の「ユダヤ人委員会」に寄付をしている。この委員会は、パレスチナ人の自治を支持するアメリカのユダヤ人を代表する組織である。

ハイスミスは未発表のエッセイの中でも、一九九二年八月の中東における紛争について、自らの政治的立場を形づくってきた歴史的背景を述べている。一九四八年五月、イギリスが撤退してイスラエルが建国された時、ヤドーに滞在して『見知らぬ乗客』を執筆中だったハイスミスは、イスラエルの明るい未来を信じていた。「あの時、ユダヤ人もそれ以外の人々もみな、どれほど幸福で明るかったことか！」そして「新しい国家が誕生し、民主主義社会に迎え入れられることになった」と述べている。[27] だがイスラエル建国直後、エルサレム周辺の国連信託統治地域と併せ、当初ユダヤ人とアラブ人から成り立っていた地域がアラブ諸国の軍隊に侵攻されると、すぐにイスラエル軍が反攻してパレスチナの四分の三の地域を占領し、支配権を確立した。ハイスミスは、イスラエル軍の残虐行為と冷酷非情さに愕然とし、パレスチナ人の友人たちの中で、難民として故国を追われた人々もいたことも述べている。それ以降、パレスチナは一連の複雑な、ますます暴力的な覇権闘争の舞台と化すのだが、ハイスミスは当初からゴア・ヴィダルや、アレクサンダー・コックバーン、ノーム・チョムスキー、エドワード・W・サイードといったパレスチナ人の自治を支持する他の作家たちと足並みを揃えてきた。そして一九九四年の「タイムズ・リテラリー・サプリメント」誌上で、今年の一冊としてサイードの評論と談話集『収奪のポリティックス　アラブ・パレスチナパレスチナ論集成 一九六九年－一九九四年』を推薦し、サイードは「著名でありながら黙殺されている。彼の雄弁さは、アメリカの沈黙をことさら大きく感じさせる」と評している。[28] シオニズムとアメリカ国家との結びつきが、継続的なパレスチナ人の強制退去をもたらしたというサイードの意見にハイスミスは同調する。こうしたことを通して、どんな小さなことであったとしても、自分の立場を明白にしておかなければならないと彼女は感じていた。一九七七年にメナヘム・ベギンがイスラエルの首相に選ばれると、ハイスミスは自著をイスラエルで出版することを禁じた。「そんなことをしたところで世の中が気にもかけないのはよくわかっているが、アメリカ人全員が今起きていることから目を背けているわけではないことを示すのだ」と彼女は述べている。[29] インタビューでは、自分がアリエル・シャロンとリクード党を忌み嫌っていること、イスラエル政府を擁護するアメリカは卑劣だと記者たちに語った。

「アメリカ国民や世界は、アメリカがこれまでイスラエルに対しあまりにも気前良く与え続けてきたことを知っている。それは合衆国政府が、冷戦時においてイスラエルにソビエト連邦に対する強力な軍事的防波堤になってほしかったからだ。いまや冷戦は終結したというのに、アメリカは援助を一切削減していない……アメリカの納税者は、アメリカ合衆国がイスラエルに対し、いまだに日に一千三百万ドルを何の見返りもなしに与えているという事実をどう判断するのだろうか？　……今彼らが大イスラエルとみなす地において、イスラエルによって行われている不当な行為の大半に対して、わたしは祖国アメリカを非難する……アメリカ国内のアラブ人についての否定的報道を許していることに対し、わたしはアメリカ政府を非難する[30]」

この文章では中東紛争に関する理性的な議論を試みているが、こと会話における彼女の見解は論理性や一貫性に欠けていた。「パレスチナ人が自分たちの国家を持つことについては彼女に賛成だったけれど、彼女のイスラエルに対する非難は、時に度を超えているように思えたわ」とキングズレーはいう。[31] 友人たちは、今でもこの問題に関してハイスミスが読めとしきりに勧めてきた本を覚えている。その中の一冊が、ダグラス・リード著『シオンの論争（The Controversy of Zion）』であり、ハイスミスはこの本を一九八八年に読んでいる。一九七八年に出版されたこの本の著者はロンドン「タイムズ」紙の元中央ヨーロッパ特派員で、一九七六年七十二歳で南アフリカにおいて没している。一九三八年に常勤の記者を辞めて著作活動に入り、『狂気の見本市（Insanity Fair）』や『充満する恥辱（Disgrace Abounding）』といったノンフィクションのベストセラーを数多く書いている。だが、彼が真に論じたかった問題――すなわちシオニストの排他的な民族主義――は、アメリカやイギリスのような、望ましくない意見を検閲する報道機関が大多数を占める国では、自説がまともに評価されることはないのではないかと疑っていた。一九五一年の著作『広くあまねく（Far and Wide）』で、リードはホロコーストの犠牲になったユダヤ人の数は、一般に受容されている六百万人という数は多すぎるのではないかと疑問を呈した。しかし、その本が刊行されるやいなや、出版業界の主流派からは事実上沈黙を強いられ、『シオンの論争』の原稿は、彼の死後、衣装箪笥の服の一番上に置かれている状態で見つかった。その中で、リードは原理主義者のシオニズムと現代の政治的動向とのつながりを追及し、一九四八年四月九日にデイル・ヤシーン村で起きたユダヤ人によるアラブ住民虐殺事件について、ユダヤ人が「旧約聖書の申命記に定められた《律法》をその通り解釈することで起こった虐殺であり、また、この日はシオニズムの歴史で最も重要な日ともなった」と述べている。[32] リードは、タルムードやトーラーといったユダヤ律法の原理主義的解釈や、「タルムード第一主義」のような運動は、社会に大惨事をもたらすだろうと考えていた。「わたしが思うに、古代に生まれ、聖職者によって公然の秘密として長い年月をかけて育まれた野蛮な迷信が、今、世界のすべての首都において巨万の富に支えられた政治運動の形で再びわたしたちに取りつこうとしている」と彼は述べている。[33]

ハイスミスは一九八九年十二月のゴア・ヴィダル宛ての手紙で、友人に送るために『シオンの論争』を三冊買ったと伝えている。さらには、イスラエル人は決して平和など望んではいない。なぜなら彼らは次のホロコーストを切望しており、「嫌われるのが大好き」だからとも書いている。[34] それでも、中東に関するエッセイの中では、平和への希望をいまだに捨ててはいないとも述べてもいた。この問題に関する彼女の見解の中には、正直にいって不愉快なものもあるが、ハイスミスが最終的に求めていたのは、より公正な、偏りのない状況分析がなされることだった。こうした問題について自分の態度を決めることは個人の責任であり、その過程で人は歴史的文化的問題の複雑な母体と格闘せざるを得ないのだと彼女は述べている。「大切なのは、己の考えを表明することであり、おとなしくいいなりになる羊であることでも、羊のように感じることでもない。そして、自分の政府〔おそらく選挙で選ばれた政府〕に、彼らが統治している国民が羊の群れだと思わせないことだ[35]」

一九八八年六月十八日、ハイスミスは、テレビ番組で自分の考えを――といっても今回は殺人についてだが――述べる機会を得た。イギリスのチャンネル4の『アフター・ダーク』というトークショーにゲスト出演することになったのだが、この番組は深夜十一時半に始まり、日付をまたいで未明まで延長されることもよくあった。この日のトークのテーマは、「殺人事件から生き延びるには」であり、ゲストはハイスミスの他に、作家であり刑法改革論者であるロングフォード卿、殺人を犯し、イギリスで最後の死刑囚として処刑されたルース・エリスの娘であるジョージナ・ロートン、一九七六年に娘を殺され、「子どもを殺害された親の会」の共同創設者であるジューン・ペイシェント、一九八六年に娘を殺害されたデイヴィッド・ハウデン、一九六九年に母親を殺害した罪で終身刑を受け、九年間服役したスコットランド教会の聖職者ジェイムズ・ネルソン、エセックス警察の警視ピーター・ホエント、ソーシャル・ワーカーで、更生した犯罪者ジミー・ボイルの妻であるサラ・ボイルだった。議長役は精神科医のアンソニー・クレア教授が務めた。

青いスーツに赤いブラウスを着て、首元にアスコットタイをあしらったハイスミスは、一九八六年一月、実家で首を絞められた状態で発見されたデイヴィッド・ハウデンの娘の事件に特に興味を惹かれた。彼女はハウデンの隣に座り、娘を亡くした父親にほとんど臨床的ともいえる口調で質問をした。殺人犯はどのような男だったのか、その男はずっと娘を監視していたのか、強盗もその動機の一部だったのか、娘はレイプされていたのか、など。ハウデンが、娘が殺害された部屋を友人と一緒に片づけに行かなければならなかった様子を語るとハイスミスはすかさず質問した――絨毯に残っていた染みは具体的にはどのようなものだったのかと。番組全体を通して、ハイスミスがインタビューを受けるより、インタビューする側にいた方が居心地よく感じていたのは明らかだ。自分が質問される時には、答えようとしないか、本当に考えていることを悟らせまいと、煙に巻くような遠回しな言い方で述べるかのどちらかだった。それでも議長役のクレア教授は、ハイスミスに自分の考えを述べさせようと最善を尽くした。殺人犯に実際に会ったことがありますか？　彼女は「ええ、テキサスやマルセイユでは誰でも会えますよ……」と平然と答えている。罪とは何でしょう？「罪とは、誰かが罪だといえばそれが罪なのです」。殺人の恐怖とはどんなものだと思います？「邪悪なるものかしら……」。あなたにとって邪悪は何を意味しますか？「抽象的ですが、何か悪いことや、反社会的なこと、不正、それに不健全なことも入るでしょうね」。邪悪な人間とはどういうものですか？「悪意があったり、心が狭かったり、陰口をいったりするような人達」。殺人者についてはどうですか？「殺人者は病気だわね。精神的に病んでいるのよ」と述べている。討論の中心は罪を赦すかどうかという問題だった。殺人者を赦すことはできるのか？　ハイスミスの無神論者としての姿勢は、「赦すことができるのは神のみである」というジェイムズ・ネルソン師の篤い信仰心ときわめてあざやかな対照をなすものだった。「わたしはあなたほど神と良好な関係にありませんから」とハイスミスは辛辣な口調でいい、さらにこう続けた。「《〔赦すことができるのは〕神のみだ》とおっしゃいますが、神がわたしに告げようとしていることがどうやってわかるのかしら?」[36]

ハイスミスは死後の世界を信じていなかったし、体系化された既存宗教を嫌っており、人生は本質的に無意味なものだと考えていた。そしてその年はずっと、自分が死んだ場合に備えて身辺整理に励んだ。五月には、四月十九日付の遺言書のコピーをキングズレー宛てに送り、その中で自分の衣服や、家具、道具類、身の回りの品々、そして生命保険金をこの旧友に遺し、遺著管理者として指名している。さらには自分の原稿類をテキサス大学に売却する権限を与え、そそこから得た収益が直接ヤドーに渡るように手配した。ヤドーには、それ以外にも資産の大部分を遺贈している。六月、『アフター・ダーク』出演のためにロンドンに滞在中、ハイスミスはもう一度ジョン・バッテン医師の診察を受け、再び肺のレントゲン撮影と心電図を含む数々の検査を受けた。肺がんの再発の怖れはないという結果ではあったが、その年の暮れに「エグジット」という団体に加入し、自分が回復の見込みのない末期症状に至った場合、薬剤による延命治療を求めないと決めているところを見ると、明らかに最悪の事態に備える必要性を感じていたようだ。心臓発作の場合には蘇生措置を望まず、さらに認知症になった場合には、せいぜい点滴をするぐらいにとどめるよう求めている。そして「わたしの状態が絶望的であると診断された場合には、致死量であるとしても、いくらでも鎮痛剤を投与してかまわない」と述べている。[37]

残された時間がどれほどであれ、ハイスミスは人生を最後の瞬間まで味わい尽くそうと決めていた。七月には、画家のバフィー・ジョンソンの招きに応じてタンジールを訪ねることにした。この旅行は、ハイスミスにとって友人との旧交を温める良い機会であったが、ただ楽しむだけのために行ったわけではなかった。「サンデータイムズ」紙に依頼された仕事もあったし、『死者と踊るリプリー』の舞台にこの地を使おうとしてもいたからだ。八月十七日、ジブラルタル海峡に臨むモロッコ北部の港湾都市タンジールに到着し、空港からバフィーのアパートメントのあるイテサビル一五番地まではタクシーに乗った。バフィーの部屋はポール・ボウルズの居室の下に位置し、かつては彼の妻ジェーンの所有だった。あいにくバフィーは留守だったので、ハイスミスはボウルズ宅に来訪を告げると、ポールはベッドにトレイを運ばせて食事をとっている最中だったが、彼女を温かく迎え入れた。「わたしが家に帰るまで、彼女はポールのアパートに腰を落ち着けて、彼のスコッチを飲んでいたわ」とバフィーはいう。[38] ハイスミスはタンジールの異国情緒を楽しみ、窓から見える旧市街の眺めはブラックやクレーのコンポジションのようだと記している。イギリスの写真家セシル・ビートンも宿泊し、『死者と踊るリプリー』でも舞台に取り上げている一九三〇年代建築で名高いエル・ミンザ・ホテルではドリンクを楽しんだり、スーパーマーケットチェーンのウールワースの創業者の孫であるバーバラ・ハットンの館——その邸宅はかつてフランコ将軍が競売で競り落としたという噂があった——を訪ねたりもした。ハイスミスとバフィー・ジョンソンはかつては親密な仲だったが、今ではどことなく相手に気まずさを感じるようになっていたので、タンジール訪問はすべてうまくいったわけではなかった。「客用の部屋は実際にはわたしの仕事部屋だったから、彼女が来た翌週、わたしはパットをもてなすために仕事を犠牲にしなければならなかった」とバフィーは語る。その時バフィーは、自著『野獣の淑女　女神と神聖な獣の古代におけるイメージ（Lady of the Beasts: Ancient Images of the Goddess and her Sacred Animals）』の最終校正にかかっていた。「その頃のパットは、もう人生など楽しんでいない人のような顔をしていた」とも述べている。[39] ハイスミス自身はバフィーが妙によそよそしく思え、八月末にスイスに戻った際、クリスタ・マーカーに宛てた手紙に、その滞在ではずっと孤立したように感じていたと書いている。「誰かがわたしを月に送り込んだみたいに」。[40]「サンデータイムズ」紙に十三頁の原稿を送ったが、掲載を却下されたと聞かされた。だが、「ル・モンド」紙には、ポール・ボウルズに関する特集記事を載せることができた。

二、三週間ほど自宅で過ごした後、ハイスミスは再び旅立った。今度はハンブルクへ赴き、女性のためのフェスティバルで、彼女は英語、そして女優のアンジェラ・ウィンクラーがドイツ語で、『サスペンス小説の書き方』と『女嫌いのための小品集』から朗読をすることになっていた。ハイスミスに同行してフェスティバルに参加したのは、ティツィーノの友人で画家のグドルン・ミュラーで、ふたりは空港で落ち合い、一緒にインターコンチネンタルホテルへタクシーで向かった。「ホテルのスイートルームには、シャンパンのボトルが用意されていたけれど、彼女は飲まなかった」とグドルンはいう。「その代わりハンドバッグから、安物のウィスキーの瓶を取り出して、バスルームからグラスを取ってくると、自分でなみなみと注いでいた。そうやって二、三杯飲んだけど、一杯ごとに部屋の中をぐるぐる歩き回るのよ。だから今は休まなければだめだし、飲みすぎてはいけないと忠告したわ。ようやく彼女がいやいやながらホテルのロビーへ降りて行くと、大勢のカメラマンやら報道陣が待っていた。記者たちが質問を浴びせると、あんなに飲んでいたのに、はきはきと、プロフェッショナルらしく答えていたわ。ちっとも酔っぱらってなんかいなかった[41]」

グドルンは、愛情や苛立ち、驚き、当惑が入り混じった気持ちでハイスミスを回想する。ふたりの交遊は十五年に及んでいたが、グドルンがハイスミスという人物の本当の姿を垣間見ることができたのは、ほんの時折にしかすぎなかった。「彼女と話すのは本当に難しいのよ。わたしが質問すると、彼女は怒りだして、あんたもうるさい記者みたいなんていったものよ。だからわたしもこういってやった。《わたしは記者じゃない、あなたの友達でしょ》ってね。《そういうあなたこそ何なのよ?》と泣き叫んだところで、彼女は決して答えようとしなかった。自分の気持ちを見せることはなかったし、彼女がわたしのことをどう思っているのかまったくわからなかった。誰かが彼女に近づいて触れたり、声をかけたりすると、いつも一、二歩後ずさりしていたわね。それでも、彼女の顔には生命力がみなぎっていたし、思っていることや感じていることのすべてが目の中に見えたわ[42]」

原注

第34章

1 PH, Cahier 36, 1/1/88, SLA.
2 ハイスミス　マーク・ブランデル宛書簡　1988年1月2日付　EB所蔵
3 PH, *Ripley Under Water*, Bloomsbury, London, 1991, p. 2.
ハイスミス『死者と踊るリプリー』佐宗鈴夫訳　河出文庫　2018年
4 Julian Symons, 'Life with a Likable Killer, *New York Times Book Review*, 18 October 1992.
5 PH, *Ripley Under Water*, p. 27.
ハイスミス『死者と踊るリプリー』
6 前掲書
7 前掲書
8 前掲書
9 前掲書
10 PH, Cahier 36, 12/6/88, SLA.
11 PH, *Ripley Under Water*, p. 96.
ハイスミス『死者と踊るリプリー』
12 前掲書
13 前掲書
14 前掲書

15 前掲書
16 PH, *The Boy who Followed Ripley*, Heinemann, London, 1980, p. 13.
ハイスミス『リプリーをまねた少年』柿沼瑛子訳　河出文庫
２０１７年
17 Terrence Rafferty, 'Fear and Trembling', *The New Yorker*, 4 January 1988.
18 ハイスミス　ケイト・キングズレー・スケットボル宛書簡
１９８８年1月3日付　ＳＬＡ所蔵
19 Joan Dupont, 'The Poet of Apprehension', *Village Voice*, 30 May 1995.
20 Joan Dupont, 'Criminal Pursuits', *New York Times Magazine*, 12 June 1988.
21 Ibid.
22 Ibid.
23 ジョーン・デュポン　著者宛書簡　２００１年４月10日付
24 PH, Diary 17, 28 February 1988, SLA.
25 PH, Cahier 37, 15-17/2/89 (European dating), SLA.
26 Dedication, *Ripley Under Water*, Bloomsbury, London, 1991.
ハイスミス『死者と踊るリプリー』（献辞）
27 PH, 'Peace in the Middle East', August 1992, unpublished, SLA.
28 PH, International Book of the Year', *Times Literary Supplement*, 2 December 1994.
29 Naim Attallah, 'The Oldie Interview, Patricia Highsmith', *The Oldie*, 3 September 1993.
30 PH, 'Peace in the Middle East', August 1992, unpublished, SLA.
31 ケイト・キングズレー・スケットボル　著者宛書簡
２００２年４月12日付
32 Douglas Reed, *The Controversy of Zion, Bloomfield Books*, Sudbury, Suffolk, 1978, p. 448.
33 Ibid.
34 ハイスミス　ゴア・ヴィダル宛書簡　１９８９年12月12日付
ＧＶ所蔵
35 PH, 'Daran glaube ich', *Welt am Sonntag*, 9 October 1977, SLA.
36 After Dark, Open Media, Channel 4, 18 June 1988.
37 EXIT membership card, dated June 1990, SLA.
38 Buffie Johnson, 'Patricia Highsmith', unpublished, undated.
39 Ibid.
40 ハイスミス　クリスタ・マーカー宛書簡　１９８８年9月2日付
ＣＭ所蔵
41 グドルン・ミュラーとのインタビュー　１９９９年7月25日
42 グドルン・ミュラーとのインタビュー

第35章

芸術は常に健全だとは限らない

1988 – 1992

アメリカへの十日間にわたる旅を終えた後の一九八八年十二月十三日、ハイスミスはスイス、テニャの新居へと引っ越した。引っ越してから十日間、シャムネコのセミヨンは昼夜を問わずうなり声をあげ続けていたが、茶トラネコのシャーロットとハイスミスはぬくぬくと新しい快適な暮らしにおさまった。「カーサ・ハイスミス」は正面から見る限りは、まったく人を寄せ付けないような印象を与える――特徴のない灰色の被覆された金属板の外壁に、申しわけ程度に最小限の切り込みのような窓。しかしいったん裏側に回ればガラス張りのフレンチドアは、どれも渓谷を見下ろす広い庭に面していた。山々の眺望は壮観であったが、アメリカのロッキー山脈が偉大な老爺だとすれば、アルプスの山々などほんの青二才だとハイスミスは冗談でよくいっていた。

家はU字型の構造をなし、庭を挟んで向かい合うように翼棟が配置されていた。ハイスミスの寝室と浴室は一方の翼棟にあり、客用の寝室と浴室が反対側にあって、双方は広いリビングルームによって隔てられていた。リビングの上のテラスと地下室を除いては平屋建ての建物で、地下室は核シェルターになっていた。スイスでは新たに家屋を建てる場合、核シェルターを設けることが条件づけられていたのだ。「パットの家のシェルターは八人から十人が収容できる広さで、テニャの自治体から補助金を受けていたと思うわ」とリリアン・デ・ベルナルディはいう。「あんなスペースで、パットと一緒に過ごすことになる人たち全員を神様がお守りくださいますようにといつも思ってたものよ[1]」

この家を訪れた者は、まず建物をひと目見て「倉庫[2]」や「公営浴場[3]」、「要塞[4]」みたいだと思うかもしれないが、内部のテラコッタタイル張りの床や、新旧の家具を組み合わせた折衷主義的なインテリアや細部の装飾に驚くことが多い。「リビングの端には、長いワイヤーが貫通した真っ青な眼球を持つ手の彫刻が置かれているが、彼女の所有する絵画は予想外に明るい色のものばかりだった」とクレイグ・ブラウンは述べている。[5] ライターのジャネット・ワッツは、一九九〇年にハイスミスをインタビューした記事で、この家の寝室についてこう記している。「部屋の一隅にシングルベッドが置いてある。どっしりとしたフランス製のロールトップ式の机には、小さなオリンピア社製のタイプライターが置かれ、プリント柄のハンカチがかけられていた。見上げると、十字架と頭蓋骨を見つめる修道士の小さな絵がある」[6]。ジャーナリストのメイビス・ギナールは、「インターナショナル・ヘラルド・トリビューン」にハイスミスのインタビューを掲載し、仕切りの少ない解放感のある間取りは、「広々として涼しかった」[7]が、中庭はぽつりぽつりとマリーゴールドが植わっている「枯れた芝生が広がる地面」に過ぎないと描写している。「長いダイニングテーブルには書類や本が山積みになっていて、向こうの端の方に、どうにかひとり分の竹製のランチョンマットを敷くだけの空間があって、皿の横に封の切られたゴロワーズの箱が置かれている」と彼女は記している。[8]

テニャに暮らした六年の間、ハイスミスは多くの隣人たちと親しく交わった。村の鉄道駅の近くの小さな家に住むイルマ・アンディーナは、ハイスミスのことを控えめで親切な女性だったと記憶しているが、世間と関わるのが明らかに苦手なようだったと話している。「わたしにとって彼女は、天才でもなければ、作家でもありませんでしたよ。普通の人で、まったくお高くとまったところなんかない人でした。わたしはよく彼女の家の庭の草取りをしていたんですが、ある日、わたしにといって大きなバケツいっぱいのバラの花を持って来てくれました。彼女を好きになれないところがあるとしたら、人が挨拶に行っても決して相手の手を取ろうとしなかったことくらいです。どう反応していいか分からなかったんでしょう。他人と同じ空気を吸いたくなかったんです」とイルマは述べている。[9] 芸術家のインゲボルグ・リュッシャーがまず思い出すのは、村で買い物をしているハイスミスの姿だ。近づいて自己紹介をしたいと思ったが、あわやというところで留まった。後から考えるとそれは正解だった。ハイスミスがそんな風に近づかれるのを嫌っていることを彼女は知っていた。やがてハイスミスは、徐々にリュッシャーと打ち解けて友人になった。「彼女は素晴らしい作家だったけれど、わたしたちの会話は長いことくだらないものばかりだったわ」とリュッシャーは語る。「わたしに話すことといったら、請求書やら健康保険の費用やら、とにかく現実的な話題ばかり。かと思えば、やおら別の話題を切り出すのよ――ガートルード・スタインだとか、オスカー・ワイルドなんかの話をね。ひとつの話題を深く掘り下げるようなことなかったけれど、他の人なら一時間くらいかけて話す内容をさらっと語る能力が彼女にはあったわ。だから、文章でいえば五つ分かそこいらでその話題は終わってしまって、その後はまた請求書やら何やらくだらない話に戻るのよ。性格的にとても繊細な人だったから、力になってあげなければという気になったわ。でもとても才気煥発な人でもあったのよ。最高におかしなジョークを飛ばしたり、他人の真似を始めたりもした――ひどく芝居がかっていたし、役者でもあったわね。わたしを笑わせるのが大好きだった[10]」

テニャの新居に引っ越してほどなく、ハイスミスは、エレン・ヒルとの長年の波乱に満ちた関係に終止符を打った。イングボルグ・リュッシャーは、エレンのことを「パットにとって有害であるだけでなく、社会全体に対しても有害な」女性として記憶している[11]、一九八九年二月六日付のキングズレー宛ての手紙に書いているように、ハイスミスは、エレンに「小言をいわれるのにも、あらゆる面で支配されることにも嫌気がさした[12]」。友人のピーター・ヒューバーはこのように語っている。「テニャの新居が完成した時、パットはエレンが中に入ることを許さなかった。でもある日エレンが乗り込んできて、ラグビー選手よろしく家にダッシュしたんだ。あちこち歩き回って見ていたけれど、パットはエレンに出て行くようにいった。もう彼女とは何の関わりも持ちたくなかったんだよ[13]」。ヴィヴィアン・デ・ベルナルディは、ハイスミスがエレンとの友情に終止符を打ったといった時のことを覚えている。「パットは、エレンが自分を侮辱したので怒っているとわたしにいったの。エレンはわたしのこともよく侮辱したから、その気持ちはよく分かったわ。エレンにずっと馬鹿だといわれ続け、ある日パットの堪忍袋の緒が切れたのよ[14]」

当然ながらハイスミスは、二月二十五日にテニャの自宅に二十五人を招いたカクテルパーティにも、エレンを招待しなかった。この新築祝いのパーティの直前、ハイスミスはヴィヴィアン・デ・ベルナルディに助けを求めている。彼女がそうしたイベントの準備をしたり切り盛りすることに対してまったく無知なのは一目瞭然だった。「普通の人ならできて当たり前の大して難しくないことがまったくできないのよ。彼女は本当に優れた作家だわ。でも、それで終わりなの」とヴィヴィアンは語る[15]。地元のスーパーマーケットへ買い出しに行った時、ヴィヴィアンはハイスミスがパニックを起こし、自制心を失うのを目撃した。「パットには感覚的刺激が強すぎて対処できなくなってしまったの――あまりにも多くの人々と、あまりにも騒がしい音に。彼女にはスーパーマーケットが耐えられなかったのよ。誰かに気づかれたり、触れられたりするのではないかとびくびくしていた。ほんの些細なことも決められなかった――どんな種類のパンがいいかとか、サラミはどれがいいかといった。できるだけ急いで買い物を済ませようとしたんだけれど、レジカウンターで彼女はまたパニックを起こしてた。お財布を取り出したら、眼鏡を落としてしまって、その拍子にお金も床にばらまき、物があちこちに散らばったわ[16]」。その翌日、ヴィヴィアンはパーティにやって来た。ところが、廊下を入っていくと、床は濡れた新聞紙だらけで――外は雨だった――黄色いバケツに長い茎のままの赤いバラがどっさり入っている光景に出くわした。「ダニエル〔・キール〕がバラを五十本くらい贈ってくれたのだけれど、彼女はそれをプラスチックのバケツに突っ込んでおいたのよ。どうかしているわよね。わたしの同僚が彼女を手伝っていたんだけれど、当日の早い時間に彼女に電話をかけて好きな色を訊ねてきたのよ。オレンジと黄色と答えたものだから、彼は出かけて行って彼女の好みの色の花でとても豪華な花束を作ってもらったの。緑の葉もたくさん入れてそれは凝ったアレンジにしてもらって、パットにあげたのよ。だけど受け取ったとたん、彼女ったら緑の葉を全部引き抜こうとしたの。《パット、それはそのままにしておくものなのよ》といったんだけど、全然わかっていないみたいだった。新聞を床に敷き詰めて、バラをプラスチックのバケツに突っ込んで、二百フランもする花束から緑の葉を全部引き抜こうとするんですもの[17]」

パーティは上手くいったが、一時間半が経過したところで、ヴィヴィアンは夫とともに帰った方がいいだろうと判断した。こと大人数との社交となると、ハイスミスの忍耐には限度があるとわかっていたからだ。彼女はハイスミスを探しまわったが、彼女の姿はどこにもなかった。家じゅうを歩き回ったあげく、ヴィヴィアンはバスルームに立てこもっている友人を発見した。「彼女はただもう耐えられなかったの――あまりにもたくさんの人がいて、口々にしゃべっていたから。何を話したらいいのか、どうふるまったらいいのか、何をするべきなのかも、彼女には分からなかった。ただもう圧倒されていたのよ[18]」

一九八九年の春の間、ハイスミスは数多くのエッセイや特集記事を書いている。イギリスの文芸誌「グランタ」には「犯行現場」という題でリプリー作品のアイデアについて、ドイツの日刊紙「ディ・ヴェルト」に「心の赴くままに楽しむ」と題してエッセイを寄稿した。スイスの出版社には、セザンヌについて、ナイアドプレス社には『ザ・プライス・

オブ・ソルト』の前書きを新たに書き下ろした。五月の末に『死者と踊るリプリー』の執筆を始め、第一稿を書き上げるのに約一年を費やした。そしてフランスとイギリスの共同事業として、パリのヴァンプ社とイギリスのクロスボウ社とHTVがハイスミスの十二編の短編をテレビドラマ化することになったので、その監修にも時間を割いた。六月には、イギリスのロンドンとカーディフを訪れ、このシリーズで取り上げられる不穏な物語の案内役として出演が決まっていた俳優のアンソニー・パーキンズに会った。ドラマシリーズには、イアン・リチャードソンとアンナ・マッセイが出演する「黒い天使の目の前で」、イアン・マクシェインとグェン・テイラー出演の「偕老同穴」、ポール・リース主演「恋盗人」、ジェーン・ラポレール出演の「奇妙な自殺」、エドワード・フォックス、マイケル・ホーデン、ビル・ナイ出演の「猫が運んできた」(「猫が引きずりこんだもの」を書き直したもの)が原作として含まれている。このテレビシリーズは、フランスでは『パトリシア・ハイスミスの優美な死骸』という番組名で一九九〇年四月に放映が開始され、イギリスでは『サスペンスの女王』という名称で、一九九〇年五月以降、間隔を置きながら一九九二年いっぱいまで放映された。

旅は常にハイスミスの体調を脅かし続けた——イギリスから戻ると、気分が悪くなり、胃腸の具合が悪化した——が、エッセイや書評の仕事を片づけると、九月にはアメリカへ半月ほどの旅をし、滞在中にテキサスにいるいとこのダンとフローリン夫妻を訪ねている。「もう小説に取り組まなくちゃならないんだけど、まだ手をつけられていない」と書いた手紙をクリスタ・マーカーに送り、『死者と踊るリプリー』の執筆が中断していることに触れている。[19] アメリカから戻ると、彼女は「地獄の底」と題した短編を書こうと考えていた。それは病人や、狂人、障がい者、アメリカ社会のはみ出し者や落伍者を住まわせているネバダ州のある町が舞台になっている。観光客は、現代版のフリークショーに興味をそそられ、定期的にヘリコプターでその地域の上空を飛び、増え続ける不幸な人々を観察するのだが、最終的にアメリカ全土にそうした人々があふれ出すほどまでにその町は膨張する。ハイスミスの終末論さながらの空想世界の中で、アメリカ合衆国は、広大な病害が蔓延する巨大な悪所へと変貌する。『世界の終わりの物語』の執筆にあたり、新聞や雑誌の記事を収集していたように、政治的隠蔽や原子力事故、環境災害に関するニュース記事を切り抜いては、「地獄の底」と題したファイルにまとめて保管していた。この記事ファイルからは一九九二年に構想し、「望まれない受精卵の冒険」と題される予定だった作品が生まれている。人工授精研究室のシンクかトイレに流された受精卵が下水管の中で生き延び、人間の排泄物や吐瀉物や血液などから栄養を得て、最終的に手足や体の一部分などに成長する。当局はモンスターを撃ち殺そうとするが、弾丸では目に見える損傷を与えられず、モンスターたちは下水道を徘徊し、街や都市に大惨事をもたらす。

どちらの短編もノートにメモ書きされたものしか残っていないが、現代アメリカで疎外され、抑圧されてきた人々がもたらす脅威についての説得力ある比喩とみなすことができるだろう。あるいは自分の祖国に対するハイスミスの憤りの表象――その外交政策を嫌悪し、その出版業界から無視され、追放された彼女が、祖国アメリカに対して感じていた怒りそのものだといえるかもしれない。「契約している出版社のフランスのカルマン＝レヴィとロンドンのブルームズベリーやハイネマンは、どんな時もわたしに寄り添ってくれたわ」と、ハイスミスは作家のニール・ゴードンに一九九二年の宣伝活動ツアー中に語っている。「ここアメリカじゃ、出版社はお前なんぞ出て行け、自分たちはそんな話に興味はない、質なんてどうでもいい、要はどれだけ売れたかが重要なんだっていうのよ[20]」

一九九〇年二月の初旬、ハイスミスは死に関する物語のあらすじをざっと書き残している。小説として完成をみることはなかったが、「ミスターD」あるいは「ミスター死神」と仮タイトルがつけられ、死を間近に控えたジョーという名前の、ハイスミス同様「エグジット」という安楽死を推進する団体に加入した男性を主人公にしている。最期の時に致死量の鎮静剤を投与する権限者として指名した人物と会った後、ジョーは友人にろくすっぽ知らない人物が気に入らないと話す。彼は別の人物を見つけるが、また違和感を覚え、最終的に最初の人物を指名することになる。病と老いが個人の尊厳をすべて奪い去った時、人が必然的に抱く死への願望――ジョーは「永い眠り[21]」と表現する――と、根源的で動物的な生への衝動との葛藤を、ハイスミスは言葉に表そうとしたのだ。

だが、この物語は不吉な前触れとなった。二月の半ば、飼いネコのセミヨンが腎不全のために安楽死させられ、三月の末には、フランスの編集者でカルマン＝レヴィ社のトップのアラン・ウルマンが心臓発作に見舞われ、六十一歳で他界した。その知らせに数時間「呆然としていた」と彼女は述べている。[22]ウルマンの姿を見たのは、三月五日にパリで、ハイスミスがフランスの芸術文化勲章オフィシエの授章式に出席するため、会場のシネマテーク・フランセーズへまでエスコートしてくれたのが最後だった。ハイスミスは相変わらず自分の成功に対しては控えめにしか語らないが、「ガーディアン」紙に寄せたウルマンの追悼文の中で、彼の編集者としての手腕や忍耐強さ、細部にわたる目配りを取り上げて称賛し、とりわけこの勲章授与式で「わたしが文化大臣の前で読み上げた文章は、アランがわたしのつたない文章を上品なフランス語に書き直してくれたものだった」と熱く語っている。[23]

　クリスマスからイースターにかけ、『死者と踊るリプリー』の第一稿を完成させるべく集中的に執筆していた頃、ハイスミスはリチャード・エルマンの著作『オスカー・ワイルド伝』を読み、小説の中でもリプリーがこの本を楽しむ場面を描いている。一九九〇年四月二十一日のノートにも『死者と踊るリプリー』で書いた文章とはわずかに異なるところもあるが、同じ内容を記している。小説では次のように描写されている場面だ。「これを読むと、ワイルドの人生にはどこかに罪の浄化のようなものがあり、男の運命が凝縮されていた。人々を楽しませる彼の贈り物はいまでも大事なものだけれども、思いやりと才能にめぐまれたこの男は、悪意ある大衆から攻撃をうけて、破滅させられたのである。大衆はワイルドが破滅していくのを眺めながら、サディスティックに楽しんでいたのだ[24]」。翌月、ハイスミスは、アルフレッド・ダグラス卿という、どう見ても害毒しかもたらさなかった人物とともにいながら、なぜワイルドが傑作をいくつも生み出せたのかについて考察している。ワイルドは晩年パリで、たったひとりで創作活動をしようとするが、もはや以前と「同じような気力と熱意」はなかった。[25]自分にとって悪いとわかっていながら、その腕の中に落ちて得られる歓喜について語ったプルーストの言葉を思い出す、とハイスミスは述べている。「芸術は常に健全だとは限らない。それになぜ健全であるべきなのか？[26]」ハイスミス自身、もはや恋人もおらず、かつて様々なミューズたちに苦しみとインスピレーションを交互に与えられていた時代を振り返っていたのかもしれない。

『ザ・プライス・オブ・ソルト』を『キャロル』と改題して再出版するにあたり、六月中旬に宣伝活動のためにロンドンを訪れた時も彼女は同じ問いかけをすることになる。ドイツのディオゲネス社から刊行された後、イギリスの版元のブルームズベリー社は一九九〇年の十月に刊行を予定していた。長年にわたってディオゲネス社のダニエル・キールは、ハイスミスにこの小説をドイツ国内で復刊していいかを打診していた。すでにこの本はオランダで海賊版が出回っており、ハイスミス自身は昔の別名のまま出版されることを望んでいたが、最終的にハイスミス名義で出版することを受け入れた。だからといって、ハイスミスが自身のセクシュアリティを公にすることをよしとしたわけではなかった。「パットはその本を一冊送ってきたわ。つまり、もうこれは疑問の余地はないってことでしょう？　そうすることで一種のカミングアウトをしたのよ。たとえそのことについて話したくなかったとしても」とパトリシア・ロージーは語っている。[27]「サンデーコレスポンデント」紙のデイヴィッド・セクストンは、『ザ・プライス・オブ・ソルト』の執筆後、なぜレズビアンをテーマにした小説を書かなかったのかとハイスミスに問うた。「またそのテーマの本を書くという考えは、まったく思い浮かばなかった」からと彼女は答えている。[28]女性と実際に関係を持ったのかと、「オブザーバー」誌のジャネット・ワッツから訊ねられると、ハイスミスは答えるのを拒否した。元々そうした立ち入った質問を嫌悪していたからでもあるが、本名で『キャロル』を出版すれば必ずそういう質問を受けることは当然予想できたはずだ。BBCでのテレビ番組『レイトショー』のインタビューを収録するためにテニャにやってきたサラ・デュナンが、ハイスミスにその質問をぶつけている。『キャロル』の出版によってそういう事態を招くことは当然想定できたのに、なぜ今さらそうした個人的な質問にたじろぐのか、と。ハイスミスはそんなことは考えもしなかったと答える。『キャロル』は作家の性的指向を表明するものではないかとデュナンはさらに食い下がった。「それは世間のみなさんにゆだねるわ」と明らかに苛立った様子でハイスミスは答えた。[29]「同じ作家として、彼女の対応は完璧だったと思う。彼女は自分がいいたいことだけしかいわないで、その点については本当に感服したわ。そうはいっても、テレビ番組の司会者としては、彼女からもう少し何かを引き出さなければと思っていたから葛藤を感じたわね。彼女は信じられないくらい緊張してピリピリしていたし、この本が彼女にとってどんな意味を持つかという質問には答えたがらなかった。彼女の家には感銘を受けたわ。建築的にはまるで要塞のように見えた。彼女がスイスに住むために、これほど安全で美しい土地にやって来ていながら、その外見ではなく内側を見ようとしたことに、わたしはとりわけ興味をそそられた。リビングルームにあった若い頃の彼女の肖像画〔アリーラ・コーネルが描いた絵〕にも惹きつけられた。その絵はまぶしいほど美しかったし、目の前にいる自分を厳重に守るかのように体を曲げた老女とはあまりにも対照的で、胸が痛む思いがしたわ」とデュナンは語っている。[30]

ハイスミスは、初版から四十年近くも立った今、人々はこの小説があまりにセンチメンタルだとみなすのではないかと考え、どのような批評が出てくるのかひそかに怯えていた。しかしながら批評家たちは、この「忘れられた」ハイスミスの小説、とりわけレズビアンの恋愛を中心に据えた小説というコンセプトに好印象を抱いた。作家で評論家でもあるビクトリア・グレンディングは、この作品を「情熱的で完成度が高い……シンデレラストーリーだが、力強さがあり、ある程度の悪意も適切に描かれている」と述べた。[31] またクレイグ・ブラウンは「サンデータイムズ」紙に、この本は「『イーディスの日記』や『水の墓碑銘』に匹敵するハイスミスの世界そのものであり、同時にほとんど鳥肌がたつほどスリリングでもある」と述べている。[32] スザンナ・クラップは、「ロンドン・レビュー・オブ・ブックス」誌に、ハイスミス名義のサスペンス小説と比較し、「何も起こらない不穏な日常が、突然の恐怖によって中断される」と書いている。[33] クラップはハイスミスのその場の情景を描く鋭い感覚、特定の場面をエドワード・ホッパーの絵のように、「一瞬を鋭く表面的にとらえた」[34]、不安な視覚的描写や比喩の使い方を称賛した。また、ハイスミスの全著作というより大きな文脈において『キャロル』を位置づけ、この小説には「スリラー小説のような強制力がある。そしてハイスミスのスリラーには、ロマンスの吸引力がある」と論じている。[35]

一九九〇年八月、クリスタ・マーカーはテニャを訪れ、一週間ほどハイスミスの家に滞在した。「パットは、南西ドイツ放送のラジオ番組『インポッシブル・インタビュー』のために一回分のシナリオ執筆を承諾したの。短いラジオドラマのシリーズで、作家が任意の相手を選んでインタビューするという企画だったんだけれど、パットは番組の意図を理解していなかった。『インポッシブル（不可能な）・インタビュー』なんだから、相手は故人でなければならなかったのに、存命中の政治家を選んでしまったものだから、リライトを手伝いましょうかと申し出ると喜んで受け入れたわ」とマーカーは語る。[36] テニャの自宅に着いたマーカーは滞在している間も気兼ねなく食べたり飲んだりすることができるように冷蔵庫の食料を補充しましょうと提案した。だが食料品店に買い物に出かけると、ハイスミスは買い物カートにウィスキーやビールばかり放り込み、選んだ食べ物といえばオレンジ数個と、バナナひと房だけだった。「わたしがその買い物の支払いをしたにも関わらず、どういうわけかキッチンは立ち入り禁止区域らしくて、わたしは外にビスケットやら何やらを買いにいくはめになったわ」と彼女はいう。[37] ある晩、午前二時に、ハイスミスは突然ディナーを用意すると言い出した。「ようやく彼女がキッチンから小さなお皿を手にして出てきた時、わたしはてっきりグーラッシュ（ハンガリー風ビーフシチュー」だと思ったわ。何か茶色いソースに、サラミソーセージみたいなものが載っていたから。フォークで突き刺そうとしたら、お皿から飛んでいっちゃった――それは骨だったのよ。肉は飼いネコのシャーロットが食べて、わたしには残った骨四個が与えられたというわけ。パットがこんなことをしたのはわたしを試すためだったのか、単に自分が何を料理しているのか知らなかったのかどうかはわからない。食事に招待された時はいつだって、料理を注文しておいて、ただつついているだけなのよ。彼女が亡くなった後、友人の中には彼女が餓死したんだといってる人もいたわ[38]」

滞在した一週間、マーカーの居心地悪さはどんどん増していくばかりだった。「サンローランの〈オピウム〉は素晴らしい香水よ。でも、ネコのシャーロットがその香りが嫌いだからとハイスミスがいうので、わたしはシャワーを浴びることにしたの。そうしたらその後で《水を節約しないとね》と嫌味をいわれたわ」とマーカーは語る。「それで彼女はわたしがやることなすことすべてが気に入らないんだとわかったの。ラジオドラマやリライト作業のことに触れただけで、口もきいてくれなくなるのよ。ふらりと庭へ出ていってしまうか、シャーロットを探しに行ってしまう。いうまでもなく『インポッシブル・インタビュー』が執筆されることはなかった。彼女の家から離れることができた時は心からほっとしたといわざるを得ないわね。彼女の家から車で出て行く時、これでわたしたちの友情が終わってもおかしくないと思った。でも、それからすぐにパットが手紙をくれて、とても楽しい時間だった、わたしはこれまで滞在したお客の中で最高だったと書いてあったのよ[39]」

その翌月、ハイスミスのモンクール時代の隣人バーバラ・スケルトンとメアリー・ライアンが訪ねてきた。ハイスミスは長年筋金入りの酒飲みで、スケルトンによれば起き抜けにウォッカのボトルに手を伸ばし、その日に飲んでもいい量を覚えておくためにボトルに印をつけるのだという。しかし彼女は酔っ払いが不作法に振舞うことを容赦せず、人前での振る舞いにはとりわけ厳しかった。メアリーが、あきらかにフラフラで、車からおりようとして転げ落ちるのを見たハイスミスは声を荒らげた。「近所の人が見たらどう思うかしらね！　ここでは誰もそんなことはしない。ここは本当に禁欲的な国なんだから！　酔っぱらってうちの私道に寝てるところを近所の誰かに見られたらどうなると思うの！　わたしのスイス市民権が取り消されちゃうわ[40]」。スケルトンによれば、ハイスミスはこの発言を「サディスティックな侮蔑をこめて放ち、その訪問の雰囲気はそれで決まった[41]」

ハイスミスが、『死者と踊るリプリー』の原稿を出版社に送ったのは、一九九〇年十月末のことだった。十二月十日の日記には、ブルームズベリー社のリズ・コールダーがこの本を非常に気に入ってくれたと書いている。そして一九九一年の年明け早々、前払い金として六万ポンドを提示されたが、これは前払い金としては彼女の作家人生における最高額だった。「本当に驚いた。その三分の一の金額でも満足していただろう」と本人は述べている。[42]おりしもスイスの税務当局から「恐ろしく高い」[43]税金の請求を受けており、その支払いをするために、彼女はディオゲネス社に前年度の収入のかなりの額を事前に要求しなければならなかった。「簡単に得たものは失うのもたやすい」とハイスミスは結論づけている。[44]

新年とともに、あまり嬉しくないニュースももたらされた。イラク軍のクウェート侵攻に続いてアメリカ軍のイラク爆撃の脅威が高まり、ついに一月十七日その脅威は現実のものとなった。ハイスミスはブッシュ大統領の力ずくの戦法に愕然とし、湾岸戦争は「ここしばらくで、最も忌まわしい政治的偽善行為」と書いた手紙をパトリシア・ロージーに送っている。[45]また、一九九一年の三月後半から四月の初めに作家のグレアム・グリーンや同じく作家のマックス・フリッシュ、舞踏家のマーサ・グレアムの相次ぐ訃報が続き、さらに気持ちが落ち込むことが続いた。ハイスミスはグリーンと面識はないものの、このふたりの作家は長年にわたる文通があり、訃報を聞いて「心から動揺した」と告白している。[46]また、地元の医者に再び胸のレントゲンを撮ってもらい、再発はないと知って安堵してもいる。

落ち込んだ気分を高めようと、ハイスミスは油絵を始めることにした。七十歳の誕生日祝いにダニエル・キールから油絵の道具一式をプレゼントされ、彼女は友人の画家グドルン・ミュラーに定期的に油絵のレッスンを受けようと思い立つ。ふたりは週に一回レッスンをするはずであったのだが、ハイスミスがレッスンを受けたのはたったの二回にとどまった。「どうしてなのかはわからないわ」とミュラーは語る。「彼女に教えたり、何かを助言したりすることはとても難しかった。引っ込み思案だし、頑固だし、自分の考えを持っていたから」[47]。その後七月末に、チャールズ・ラティマーや近隣の友人と連れ立って、車でバイロイトを訪れ、ワーグナーの祝祭楽劇『ニーベルングの指輪』を鑑賞している。バイロイト音楽祭に行くことをインゲボルグ・リュッシャーに話すと、音楽祭では正装に準じた服装が求められるというアドバイスを受けた。リュッシャーはハイスミスに、もしもトレードマークのブルージーンズに男物のシャツとネクタイ姿で音楽祭を観に行ったら、きっと悪目立ちしてしまうし、あなたもそんなのは嫌でしょう、といった。それに対しハイスミスは、芸術文化勲章オフィシエの授与式に着た素敵なスカートがあるから大丈夫と答えた。「でも、いざそれを持ってきてみると、分厚いウール製でウエスト周りがゴム入りだった」とリュッシャーはいう。「それに彼女が履くつもりの靴は、十代の女の子にしか似合わないような代物で、明るい青で、小さな花がついていたのよ」[48]。だが、実際にはその取り合わせではなく、ロカルノで買った黒いプリーツスカートを選んだ。バイロイトでは、音楽祭の総監督ヴォルフガング・ワーグナー〔リヒャルト・ワーグナーの孫〕とその夫人との出会いを楽しみ、『ニーベルングの指輪』の見どころであるラインの乙女たちの川の場面の様子をキングズレー宛ての手紙に書いている。八月の初め、バイロイトからの帰路で、車を運転していた隣人の女性がアルブラ峠の山道を下る途中、ギアをトップにいれたまま急カーブを曲がろうとした。助手席にいたハイスミスは「スピードを出さないで！」と叫んだ。道路は濡れており、速度が出すぎていた。次の瞬間、車は橋の土台にぶつかり、乗客は皆前に投げ出された。「ありがたいことにパットと運転していた友人はシートベルトをしていた」と事故の様子をラティマーは語る。「わたしはシートベルトをしていなかったんだが、後部座席にいて、投げ出されて前の座席の背にぶつかっただけですんだ。それにしてもわたしたちが死ななかったのは奇跡だった。あの事故でパットは心底動揺したと思う。死が避けられないことをあらためて思い知らされたんだ」[49]

九月、ハイスミスは『死者と踊るリプリー』の出版の宣伝活動のためにロンドンを訪れ、著名な随想家ウィリアム・ハズリットが一八三〇年に亡くなったことでも知られる、フリス・ストリートのハズリット・ホテルに宿泊した。「街で夜を楽しもうと彼女をホテルに迎えに行ったのよ」とブルームズベリー社のリズ・コールダーはその時の様子を語る。「ホテルの部屋の床がかなり傾いているせいで、化粧箪笥の上に置いたウィスキーのボトルが自然に滑り落ちてくるのを彼女は発見して、端から転げ落ちるボトルを受け止めては喜んでいたの。くまのプーさんと風船みたいにしばらくこの遊びを繰り返していたわ。彼女は単純なことで子供みたいな喜びを覚えていた」[50]

批評家たちがこぞってこの本を絶賛したわけではないが、愛読者たちはトム・リプリーにまた会う機会が得られたことをハイスミスに感謝した。ジェイムズ・キャンベルは、「タイムズ・リテラリー・サプリメント」誌上でこの新作を歓迎しているが、「『太陽がいっぱい』や『贋作』に比べると複雑さに劣り、これまでのリプリー四作品に比べると面白みに欠ける——長編映画に比べれば一時間枠のテレビドラマのようなものだ」という評価を下している。[51]「インディペンデント」紙のヒューゴ・バーナクルは、「ハイスミスのプロットには常にある不毛な雰囲気が漂っているのだが、さらに不鮮明な心理も加わり、効果がいつもよりぎこちない印象を与える。それでも読者は、心地よく気取らない語り口や、この作家特有の抗いがたい暗黒の空想世界に浸りきり、非難どころか、批評的な態度もほぼ受けつけないだろう」と論じている。[52]

テニャで九日を過ごした後、ドイツでの宣伝活動のためにハイスミスは再び出立した。今回はキングズレーも同行し、フランクフルト、ハンブルク、ベルリンで各二日ずつ滞在した。家に帰るとさらなる厄介事が待っていた——税金のことやら、相続の心配やら、病院の予約、遺言に関する細々とした内容等々。税率四十八パーセントにのぼる固定資産税を避けるために、テニャの自宅を作家や芸術家のためのスイス風ヤドー基金にすることも考えていた。この年を振り返って、ハイスミスはマーク・ブランデルに「ひどい一年」と書き送っている。「おまけにうんざり」だとも。「あれこれ努力したにもかかわらず、やり遂げたことはほとんどなかった。執筆のためには最悪もいいところ[53]」

ハイスミスはあいかわらず動脈閉塞症を抱えていた。何か月も痛みに悩み、とりわけ歩くのに難儀した。一九九一年十二月にロンドンの主治医の診察の予約をとった際、彼女は血管のバイパス手術を受けなければならないことに対する恐怖を日記に綴っているが、翌年一月中旬、検査の結果、医師は手術のような身体的負担の大きい治療法には疑問を呈した。手術のリスクは彼女には大きすぎるだろうし、その痛みは生きている限りずっと付き合っていくしかないだろうと。それでも一月二十日、ハムステッドのロイヤルフリー病院でさらなる検査を受けることになった。その前日、女優のヘザー・チェイスンがロンドン中心部にある彼女の馬小屋を改造した家でハイスミスの誕生日を祝うティーパーティを開いてくれた。「彼女は楽しんでいたと思うし、わたしが彼女をもてなそうと骨折ったことを喜んでくれたと思うわ」とチェイスンは回想する。「その時の話題は意識の本質についてで、彼女がとても興味を持っていたことを覚えているわ。彼女は病気だったけれど、それについてはあまり話さなかった。自分が受けた手術だとか持病についてやたら話したがる人がいるけれど、彼女はまったくそういう人ではなかった[54]」。手術の日の朝、ハズリット・ホテルでネスカフェを一杯味わったと、ハイスミスはノートに記している。それから車で病院に連れて行かれ、二時間を手術台上で過ごした。血管形成手術、ハイスミス流にいえば「古いパイプ掃除具方式」[55]の手術が行われることが決まり、局部麻酔をして、外科医が左脚の大腿動脈を直径一ミリから六ミリに広げ、手術チームの医師団によれば大成功に終わった。数日後、医師は術後経過を確認して「もう、大丈夫ですよ」と彼女に告げた。ハイスミスは「わたしはついてるわ」と答えている。[56]

原注

第35章

1 ヴィヴィアン・デ・ベルナルディ　著者宛書簡　2002年4月28日付
2 Craig Brown, 'The Hitman and Her', *The Times*, Saturday Review, 28 September 1991.
3 ケイト・キングズレー・スケットボルとのインタビュー　1999年5月25日
4 Janet Watts, 'Love and Highsmith', *Observer Magazine*, 9 September 1990.
5 Craig Brown, 'The Hitman and Her'.
6 Janet Watts, 'Love and Highsmith'.
7 Mavis Guinard, 'Patricia Highsmith: Alone With Ripley', *International Herald Tribune*, 17-18 August 1991.
8 Ibid.
9 イルマ・アンディーナとのインタビュー　1999年7月24日
10 インゲボルグ・リュッシャーとのインタビュー　1999年7月24日
11 インゲボルグ・リュッシャーとのインタビュー
12 ハイスミス　ケイト・キングズレー・スケットボル宛書簡　1989年2月6日付　SLA所蔵
13 ピーター・ヒューバーとのインタビュー　1999年3月14日
14 ヴィヴィアン・デ・ベルナルディとのインタビュー　1999年7月23日
15 ヴィヴィアン・デ・ベルナルディとのインタビュー
16 ヴィヴィアン・デ・ベルナルディとのインタビュー
17 ヴィヴィアン・デ・ベルナルディとのインタビュー
18 ヴィヴィアン・デ・ベルナルディとのインタビュー
19 ハイスミス　クリスタ・マーカー宛書簡　1989年10月11日付　CM所蔵
20 ニール・ゴードン　著者宛書簡　2001年11月9日付
21 PH, Cahier 37, 2/2/90, SLA.
22 PH, Alain Oulman obituary, *Guardian*, 12 April 1990.
23 Ibid.
24 PH, *Ripley Under Water*, Bloomsbury, London, 1991, p. 169. ハイスミス『死者と踊るリプリー』佐宗鈴夫訳　河出文庫

２０１８年

25 PH, Cahier 37, 20/5/90 (European dating), SLA.

26 Ibid.

27 パトリシア・ロージーとのインタビュー　１９９９年10月6日

28 David Sexton, ‘Forbidden love story’, *Sunday Correspondent*, 30 September 1990.

29 *The Late Show*, BBC2, 3 October, 1990.

30 サラ・デュナンとのインタビュー　２００２年5月2日

31 Victoria Glendinning, ‘Forbidden love story comes out’, *The Times*, 11 October 1990.

32 Craig Brown, ‘Packing a Sapphic punch’, *Sunday Times*, 14 October 1990.

33 Susannah Clapp, ‘Lovers on a Train’, *London Review of Books*, 10 January 1991.

34 Ibid.

35 Ibid.

36 クリスタ・マーカーとのインタビュー　２０００年1月13日

37 クリスタ・マーカーとのインタビュー

38 クリスタ・マーカーとのインタビュー

39 クリスタ・マーカーとのインタビュー

40 Barbara Skelton, ‘Patricia Highsmith at Home’, *London Magazine*, August/September 1995.

41 Ibid.

42 Craing Little, ‘Patricia Highsmith,’ *Publishers Weekly*, 2 November 1992.

43 PH, Diary 17, 14 January 1991, SLA.

44 Ibid.

45 ハイスミス　パトリシア・ロージー宛書簡　１９９１年2月23日付

ＳＬＡ所蔵

46 ハイスミス　パトリシア・ロージー宛書簡　１９９１年4月4日付
ＳＬＡ所蔵

47 グドルン・ミュラーとのインタビュー　１９９９年7月25日

48 インゲボルグ・リュッシャーとのインタビュー

49 チャールズ・ラティマーとのインタビュー　１９９８年11月2日

50 Liz Calder, ‘Patricia Highsmith’, *The Oldie*, March 1995.

51 James Campbell, ‘How pleasant to meet Mr. Tom’, *Times Literary Supplement*, 4 October 1991.

52 Hugo Barnacle, ‘The gentle art, or how to get away with murder’, *Independent*, 12 October 1991.

53 ハイスミス　マーク・ブランデル宛書簡　１９９２年1月6日付
ＥＢ所蔵

54 ヘザー・チェイスンとのインタビュー　１９９９年10月6日

55 ハイスミス　ベッティーナ・バーチ宛書簡　１９９２年1月26日付
ＳＬＡ所蔵

56 PH, Cahier 37, 8/2/92 (European dating), SLA.

第36章

約束はできない

1992 － 1995

「チューリッヒを舞台にした小説のアイデアを考えてるの。うまくまとめられればの話だけれど」と一九九二年三月十九日、ハイスミスはリズ・コールダー宛てに書いている。「チューリッヒは暴力的な街だと思う」[1]。当初、ハイスミスはサスペンス小説にするつもりでプロットの骨子を作っていた。若いゲイ男性がボーイフレンドのベッドで死体となって発見される。警察はチューリッヒのアパートメントを捜索し、犯人がバルコニーの窓から侵入したものと推測する。第一容疑者はふたりいて、どちらもゲイ男性である。だがハイスミスは途中で方針を変え、犯罪を小説の端に追いやることにした。小説はリッキー・マークウォルダーのボーイフレンド、二十二歳のピーティ・リッターが刺殺されるショッキングな描写で始まるが、この作品をあえて分類するならば、これは基本的にはロマンスである。その題名にほのめかされているように――『スモールg　ひと夏の恋物語』（日本題名は『スモールgの夜』）。舞台はほとんどチューリッヒのバー、〈ヤーコプス〉というビアレストランが中心となっている。ガイドブックでは小文字のg――すなわち一部はゲイの客であるが、完全にというわけではない[2]――に分類されている。ハイスミスはこの一節を自分の所持するゲイ男性向けの小型サイズのガイドブック『メトロ・マン92年度版』から取った。このガイドブックには生々しい裸の男たちの写真や、チューリッヒを含むいくつかの都市のゲイシーンが紹介されている。「この本で使用する略号」ではGが「ゲイ専門　男性同性愛者のみ」、gは「一部ゲイ」となっている。

〈ヤーコプス〉内の描写はチューリッヒのドルフシュトラッセに住む彼女の友人フリーダ・ゾマーの家の近くにあるバーをモデルにしている。「内部の天井は低く、薄暗くて、手前には酒を飲むためのバーカウンターがあり、奥には食事のためのテーブルがいくつか置かれていたわ」とヴィヴィアン・デ・ベルナルディは語る。[3]主人公である四十六歳のグラフィックデザイナー、リッキー・マークウォルダーは、主治医からＨＩＶ陽性を告げられるが、それは彼にセーフ・セックスを行わせるための嘘だった。そのモデルとなったのはフリーダの近くに住む四十二歳男性で、彼自身商業アーティストであり「善意にあふれ、寛大で、パブの人気者」[4]と評されている人物だった。リッキーの偽ＨＩＶ陽性者としての設定はいまいち嘘臭いが、フリーダの友人が受けた医師の偽誤診の体験をもとにしていることは明らかだ。「フリーダがその友人の話をしてくれたのは、わたしたちが「スモールｇ」に分類される小さなレストランでランチを取っていた時のことよ」とヴィヴィアン・デ・ベルナルディは語る。「医者が患者を脅すだけのために、わざと偽の診断を下すなんて本当に愕然としたわ[5]」

冒頭の章でピーティ・リッターの殺害を描写したあと、ハイスミスは一気に六か月を飛ばして舞台を夏に移す。リッキー・マークウォルダーは自分の人生にほぼ満足し、グラフィックデザイナーとしての仕事にも励み、〈ヤーコプス〉の常連である。そのバーは内反足のドレスメーカー、レナーテ・ハーグナウアーとその若い内弟子であり同居人であるルイーザ・ツィムマーマン、そしてレナーテが三下として使っている「知能の発達が遅れている」[6]ヴィリ・ビーバーも足しげく訪れている。リッキーと若いルイーザの仲は、彼がピーティの形見であるスカーフを与えることで——彼女もまたピーティを愛していた——しだいに親密になっていく。だがこのプラトニックな関係は、ゲイ男性に一方的に惚れては嫌われるレナーテによって愚弄される。リッキーとルイーザはまた、〈ヤーコプス〉で出会った、将来を嘱望される作家テディ・スティーヴンソンにも惹かれている。だが、若い女弟子に対してどんどん独占欲を募らせるレナーテは、ヴィリにテディ——彼女はゲイだと思い込んでいる——を痛めつけるよう命じる。そしてある晩、若者はバーを出て、あとを尾けてきた巨漢に金属の破片のようなもので襲われ、その場に放置される。テディとルイーザは何度かデートを重ねるが、ルイーザ自身は若きショーウィンドー装飾家ドルリー・ヴィースにも強く惹かれていることに気づく。ルイーザが自立を主張し始めると、友人たちは彼女をその専制的な雇い主であり家主でもある女性から自由にする案を次々にひねりだす。中でもリッキーの案はこのようなものだった。「ある夜、ドルリーときみがいっしょにベッドにいるところを見つけるんだよ……きみの部屋のドアを開けたとたんに、レナーテは悲鳴をあげる。そうなればレナーテはきみを解雇せざるを得ない。もしかしたら本当に心臓発作を起こすかもしれないよ!」[7]レナーテはふたりがベッドにいるところを発見するが、ドルリーが戸口に突進すると、足の悪い洋裁師は階段から転げ落ちて死んでしまう。やがてルイーザがレナーテの遺言書の唯一の受託人であることがわかる。彼女はテディともドルリーとも関係を続け、最後はさらなる性的自由を求めようとするところで物語は終わる。

『スモールｇの夜』を他のハイスミス作品と同じものとして読んだ者は、失望を覚えるかもしれない――サスペンスはほとんどないし、登場人物たちのキャラクターは希薄であり、テーマ的にはあまり魅力も感じられない。この本にはどことなく非現実的な雰囲気が流れている。だが、もしこれをおとぎ話の拡張版ととらえるなら――明らかにそうであるのだが――より大きな喜びが与えられるだろう。ヴィリは「おとぎ話に出てくる邪悪な人物」[8]であり、レナーテは「魔法使いの老婆」[9]、そしてルイーザは「おとぎ話の女王様。どこもかしこも美しく、輝く瞳の持ち主」[10]と描写されている。ルイーザが尖塔のあるお城の黒白のスケッチを見る時、そのイメージは無垢な少女時代に彼女を連れ戻す。「そうしたお話を信じていたころの、絵本を見ている幼子に」[11]

それまでの作品においてハイスミスはおとぎ話が与えるネガティブな効果について探求してきた――その人の心をねじ曲げずにはおかない力、しばしば妄想、暴力、最終的には殺人へと導く精神的な歪みについて。だが、この『スモールｇの夜』において、彼女は空想の境界内で体験する人生はさほど害がないのかもしれないと示唆している。たしかに『スモールｇの夜』の登場人物たちはそれぞれ己の創り出したファンタジーの世界に住んでいる。だが、だまされやすく単純なヴィリと、悪意に満ちた欲求不満のレナーテを除いては、誰もひどい目にあうことはない。それどころかファンタジーはむしろ彼らの助けとなる。相手がゲイだとわかっているルイーザのピーティへの愛は「夢」[12]以外のなにものでもないが、そのような脅かされることのない関係こそが、彼女がかつて義父から受けた性的な虐待と折り合いをつけさせたのではないだろうか。同様にリッキーのテディ――「夢の中の王子様」[13]と形容される――に対する恋着もまた、ピーティを失った痛手から彼を回復させるのを助けたといえるのではないか。テディは時折「別人のように感じたくて」ゲオルクという名前を使う。新聞に別名で載せた彼の最新の体験は「シンデレラのように十一時までに家に帰らねばならなかった美しい娘とのデート」[14]と描写される。彼のコラムには一種の「純真さ」[15]があり、スモールｇそれ自体のように、美しい、非現実の上に創られたものである。ピーティの殺害が〈ヤーコプス〉の客のひとりとのロマンスに追いやられていくように、悲劇もまた喜劇に取って代わられ、一連の出来事は夏の名残の輝きに包まれ、シェークスピア後期の作品のような生命への賛美を思わせる。いささか陳腐な手法とはいえ、リッキーの飼い犬ルルが、主人とともに〈ヤーコプス〉のフロアでダンスするさまがシェークスピアの『冬物語』を思わせるのは偶然の一致とは言い難い。リッキーがイヌを肩に乗せてともにダンスフロアを踊るさまを見て、人々は犬がまるで彫刻か何かだと錯覚するが、やがて生きている動物だとわかる。「ルルは白い彫像のように動かず、その表情はぴくりともしない。彼女は自分の仕事を心得ていたのだ[16]」

小説自体は楽観的なトーンを帯びて終わる。囚われ人であったルイーザはその軛から解放される。リッキーも彼の警官の恋人もＨＩＶ陽性ではなかったとわかる。フレディの妻ガルトルードは夫との因習にとらわれない関係を受け入れ、テディはドルリーとルイーザの関係を嬉々として受け入れる。性的曖昧性が勝利するが、読者は夏の恋が永遠に続くものではないことも思い出させられる。幸福とは壊れやすいものであり、ハイスミスは、ロマンスを受け入れ、体験し、思う存分味わいなさいといっているのだ。愛とはふたつの心が出会うことだけではなく、さまざまに絡みあったファンタジーの集合体であることを彼女は知り過ぎるほど知っていた。この指摘は決して目新しいものとはいえない――それこそハイスミスが作家としてのキャリアを始めた時から、作品すべてに流れているものであることをわたしたちは知っている。だが、この小説がもっとも際立っているのはその語り口のトーンなのだ。ハイスミスも書いているように、彼女は自分にはあまり時間が残されていないことを意識していた。そして人生の終わりに、彼女は犯罪小説から、ロマンスもしくは牧歌的なものにジャンルを移そうとしたのだ。「『スモールｇの夜』を読んだ読者は、小説としての出来はあまりよくないと思うかもしれないが、同時に彼女は自身の幸福ともいえるものを見いだしたのではないかと思える[17]」とクレイグ・ブラウンは語る。『スモールｇの夜』は欠点はあるものの、自分自身となんとか折り合いをつけようとした作家の興味深い試みとして読むこともできる。「これを最後の言葉として読むのなら、パトリシア・ハイスミスは内なるデーモンとようやく和解して死んでいったのだ」とジェイムズ・キャンベルは「タイムズ・リテラリー・サプリメント」に書いている。「善は悪に勝利する。読者にとっては不本意かもしれないが[18]」

ハイスミス自身は当初からこの小説の出来に疑問を抱いていた。彼女は一九九二年春にこの作品を書き始め、五月二十二日には九十二ページまでを仕上げていた。だがどうしても満足がいかず、この作品が「緩慢」で「まとまりがなく」[19]もう少し「再考を要する」[20]と自身で記している。問題は土台となるストーリーが「現実味に欠ける」ことであり、それさえ解決できれば、あとはすらすらと進むはずだと自身では思っていた。[21]本のためのリサーチをしながら、彼女はユリア・ディートヘルムに洋裁業界についての情報を求めた。「彼女は洋裁業界の見習い制度についてあらゆる質問をしてきたわ」とかつて洋裁店を経営していた経験のあるユリアは語る。「彼女はとても業界にくわしかったし、リサーチは徹底していたけれど、聞かれている方はほとんどそれを気づかないのよね。たとえば会話の途中でこんなふうに訊ねるの。《ああ、そういえばチューリッヒでは人が死ぬとどうなるの？　見習いがビジネスを相続したりできる？》なんてね、彼女はこうした情報をそれはありがたがっていたわ。小説に信憑性をもたせたかったからよ。適当なでっちあげなんかで済ませたくなかったの」[22]。ハイスミスはこの小説を、チューリッヒのゲイシーンについて教えを請うたフリーダ・ゾマーに捧げている。

小説を執筆しながらもパットは「オールディー」誌のためにヴェネツィアの記事を自身のイラスト付きで、さらにはグレタ・ガルボに関する記事を載せている――「あなたの映画に、あなたのスタイルに、あなたの美しさに感謝を」と彼女は書いている。[23]さらにはパトリック・マーンハムのジョルジュ・シムノンについての伝記の書評を「タイムズ・リテラリー・サプリメント」誌に寄せ、同誌の年間を通してのベストに挙げている。四月二十三日には、テニャから運転手つきの車でピーター・ユスチノフのローレにある邸宅へと迎え入れられている。ふたりはドイツ版ヴォーグ誌からのインタビューを受けることになっていた。ハイスミスはユスチノフ家の壁にかけられた油彩コレクションに感銘を受け、自身の日記にもユスチノフの偉ぶったところのない親しみやすさについて日記で触れている。「ユスチノフという人はとても魅力的で、心の温かい人だったわ」と彼女はリズ・コールダーに語っている。[24]

ランチの後、ハイスミスはジュネーヴに向かい、そこで会計士のマリリン・ウォールデンと会う約束をしていた。彼女はアメリカでの納税申告を助けてくれることになっていた。ふたりの女性は時を経るにつれて、仲良くなっていた。「彼女は本当に変わった人で、ほとんど打ち解けようとしなかった。きっと典型的芸術家というのはこんなふうにエキセントリックなものなのね、と感じたことを覚えているわ。一時期は週末ごとに会いに行ったけど、決して必要以上に打ち解けようとはしなかった。たぶん彼女はとても不幸で、だからあんなに飲むんじゃないかという気がしたわ。朝起きたとたんビールを飲み始め、夜になるとスコッチに切り替えたけれど、決してろれつが回らなくなったり、わけがわからなくなったりすることはなかった。たぶんアルコールに対して一種の耐性ができていたんでしょうね。できる限りわたしをもてなそうとしてくれたわ。いつも夜は仕事にかかりきりになるので、わたしが退屈するんじゃないかと心配したのね。ビデオを何本か注文して、そのうち一本は『真面目が肝心』だったけれど、わたしと一緒に観たりすることはなかった。時々料理をしてくれることもあったけれど、彼女自身は口をつけなかったので、冷蔵庫のなかに放りこんだまま駄目にしちゃうことが多かったわ。わたしたちの間には話していないことがいっぱいあった。彼女に色々と質問をぶつけてみたけれど、決して答えようとしなかった。それは秘密主義な人だったわ[25]」

テニャに戻ったハイスミスは、ロドニー・キングに暴行した警官たちが全員無罪になったことに端を発したロサンゼルス暴動――実に五十人の死者と二千人の負傷者を出した――の詳細を知って愕然とした。彼女は次の大統領選には、テキサス生まれの大富豪であり、改革党の創設者であるロス・ペローに投票すると宣言した。彼は当時有力候補者であったジョージ・ブッシュとビル・クリントンに対抗するために登場したのであり、それは一種の抗議活動だと彼女はみなしていた。前回の投票では、嫌っていたにもかかわらずブッシュ――彼の関心事ときたら金持ちとゴルフだけと彼女は公言していた[26]――に投票した。パレスチナ問題に「何らかのきっぱりとした態度を表明すると期待したからだ[27]」。だが、彼女の期待は裏切られた。「そうする代わりに連中はなおもイスラエルに金を注ぎ込んでいる[28]」。ペローは大統領選に破れたが――彼は投票で十九パーセントを獲得した――その年の暮れにビル・クリントンが大統領に選出された時はハイスミスも満足していることを認めた。

十月、ハイスミスはクノップ社から刊行された『死者と踊るリプリー』の宣伝活動のためにアメリカに旅立った。ニューヨークでは九日間滞在し、リツォーリ書店で新しいリプリーの物語の一部を朗読した。そしてヤドーの運営委員会の主事であるドナルド・ライスにも会っている。彼女はテニャの自宅を作家たちや画家たちが共同生活を送ることのできるような、いわばスイスにおける小ヤドーとして遺贈したいと考えていた。だが、ライスにはそのような案は実現不可能だとわかっていた——寝室がふたつとバスルームがあるだけの家ではとうてい広さが足りなかった。だが、彼女の望みをくじくようなことはせず、ヤドーが彼女からの恩恵を受けられる別の道を考えてみてはどうかと持ち掛けた。「彼女のあの素晴らしい、しわがれた、チェーンスモーカー特有のぶっきらぼうな物言いがわたしはすっかり気入ってしまった」とライスは語る。「わたしは税専門の弁護士でもあるので、金を持っている人々は、往々にして人を支配したがる傾向があることに気がついていた。パットはそうやって人をコントロールすることにかけてはエキスパートだったと思う。別に批判的な意味でいってるわけではないが、彼女はそうすることに非常な喜びを覚えていた[29]」。ライスはハイスミスと交渉する時の妙に陰謀めいたやり取りを覚えている。「わざわざ電話ボックスから電話を掛けてきたり、暗号めいたやり取りをしたり、四六時中文章を変更したり、プロのアドバイザーの首をしょっちゅうすげ変えたり、馬鹿げた計略をたてたり……あのハスキーな声と、スコッチウィスキーの香りとまざりあったゴロワーズの煙るような匂いがする吐息が懐かしいよ[30]」。一九九四年七月、ライスの忍耐心は報われることになる。ハイスミスはヤドーにあてて、匿名で二万七千五百ドルの小切手を送った。さらに同年十二月、彼女は銀行に宛ててさらなる三十万ドルの寄付を送るよう命じ、遺言書には唯一の相続人としてヤドーを指名した。「パット・ハイスミスの贈りものはまさに彼女自身を象徴するものだ」とライスはいう。「彼女は骨の髄まで芸術家であり、その作品こそがその人生であり、人生こそはその作品だった[31]」

ニューヨーク滞在中、ハイスミスは文学評論誌「スリー・ペニー・レビュー」に彼女に関する批評を寄せていた作家のニール・ゴードンにも会っている。ふたりの作家は彼女の滞在するミッドタウンのホテルで落ち合った。「ハイスミスは時間に遅れて、サイン会から走って戻ってきた」とゴードンは語る。「彼女は小柄で、およそ飾り気というものがない、人好きのする、ひどく控えめな女性だった。その時にわたしが感じた圧倒的な印象は、三つの認識レベルにおける不調和ともいうべきものだった。ひとつめは、この穏やかで礼儀正しい女性が、およそこれまで出会ったことのないようなおぞましい殺人を描いた作者であること。ふたつめはどちらかといえば偏狭なこの女性が、現代文学におけるもっとも政治的にラディカルとみなされるような作品の作者であること。三つめは彼女が書き上げた作品の複雑さと、彼女自身のそれに対するあまりに単純な見解との間の驚くべき隔りに。たとえば彼女はリプリーが同性愛者であるというかなる示唆も否定する――彼はただ「女性に無関心」なだけなのだと。だがリプリーのホモセクシュアリティこそは、彼女の作品のラディカルな複雑さの扉を開ける鍵であり、別に精神分析に頼らなくとも、リプリーについて作られた映画を観れば、監督たちが彼のとらえがたいセクシュアリティにどれだけ苦労したか、それが作品を映画に脚色するための努力にどれほど影響したのかがわかる」

「これらすべてはわたしにとって意味のあるものだった。わたしにとってリプリーのホモセクシュアリティこそが鍵なのであり、彼女の作品は耐えがたい偏見の現実に対する脚色であるからだ。やすやすとリプリーに殺人を犯すことを許す精神病理的な分裂は、一九五〇年代アメリカというおぞましいホモフォビアの社会で存在していくために必要な脚色なのだということをハイスミスは明確にとらえている。リプリーは人を殺すことが罪であることを否定する。それがハイスミス自身の内部においても、同じような精神病理的分裂があること――その中心となるテーマやその鍵であるラディカリズムを否定しているのは非常に興味あることだった[32]」

パットはニューヨークからテキサスに旅し、いとこのダン・コーツと彼のウェザフォードにある牧場で過ごし、「ピープル」誌のインタビューを受けた。いとこやその妻には好感を抱いていたが、テキサスで出くわした愚鈍な俗物根性や、粗野な実利主義や親共和党的な意見にはうんざりさせられた。かつては自分の生まれた場所ではあっても、もはや故郷とは思えなくなっていた土地で六日間を過ごした後、カナダのトロントに飛び、ハーバーフロント・フェスティバルで朗読を行い、マーガレット・アトウッドやマイケル・オンタージェを含むパーティのゲストとして招かれていた。ようやく月末になってスイスの自宅に戻った時には心からほっとした。「テキサスを訪ねて――何かが欠けていると感じた。それはヨーロッパだ、それこそが欠けている世界なのだ」と彼女はノートに書いている[33]。

「ピープル」誌の記者は、ハイスミスのなんともとらえ難い本質を伝えようと、彼女を「隠遁者[34]」と表現したが、彼女はそれを否定した。「わたしが隠遁者だなんてジャーナリズムのたわごとだわ」。彼女はナイーム・アタラーに語っている。「わたしは人々と電話でおしゃべりするのも好きだし、誰かがコーヒーを飲みに立ち寄りに来るのも好き。自分が隠遁者だなんて考えられない[35]」。ハイスミスのこの言葉が真実であるのを立証できるのは、一九九二年末に知り合ったビー・

ロッゲンベルグだろう。たしかに彼女は引っ込み思案だったかもしれないが、新しい友人を作ることには喜びを感じていた。「パットとわたしは出会ったとたん馬が合ってね」とビーは語る。「彼女はいつもわたしが有り余るほどの活気の持ち主だから、そんなわたしがやってきて、勝手におしゃべりしてくれる――彼女はほとんどしゃべらなかった――のはありがたいといっていたものさ。わたしたちはセクシュアリティについて話し合った。わたしは同性愛者だし、彼女もまた同性愛者だった。色々な意味においてタフな女だったね。ゲイの男達といるのは好んだけれど、レズビアンの女達は好きじゃなかった。彼女は外見的には男っぽくて、わたしにとっては親友の男の子と一緒にいるみたいな感じだった。よくリプリーの話をして、彼に自分を重ね合わせていたよ」[36]。ハイスミスがテニャの自宅の庭の維持費についてこぼしていたことを回想してロッゲンベルグは笑う。庭の手入れのために誰かを雇う余裕はないし、庭の芝刈りにお金を使う気にはなれない、と彼女は訴えた。当時ロカルノに近いモンテ・ブレの自宅でフルタイムの庭師を雇っていたビーは彼女に助けを申し出た。死の直前、遺言についてビーと話していたパットは、自分の口座のひとつに相当の額が預けてあるのだと口を滑らした。「それで彼女がわたしと同じくらい金持ちなんだってことに気がついた。なのにわたしときたら、彼女の庭の芝生を刈ってやったりしてたんだよ」と彼はいう。「うちの庭は維持するのに一か月二千ポンドもかかるっていうのに、このわたしは一日じゅう彼女の庭の草むしりをしてたなんて！」[37]

それは断続的な鼻血をともなう風邪から始まった。『スモールgの夜』の最終稿を仕上げようと格闘していた一九九三年三月中旬、彼女はどんどん体調が悪化していくのを感じていた。だが、ハイスミスは病に屈服することを拒んだ。六月十四日、ついに彼女は医者に診てもらうことにした。医者は彼女がひどい貧血状態だと告げた――血液検査の結果、健康な人間なら十五万あるはずの血小板が四万しかないことが判明した。どこが悪いのかを突き止めるために、医師はロカルノのカリタス病院でさらにいくつかの検査を追加した。そのために酒を三週間やめるように命じられた。「とても無理だろうと思ったけど、彼女はやり遂げたわ。三週間というものまったく酒を断ったのよ」とヴィヴィアンはいう。「だけど彼女の行動は変わることはなかった。思うにその頃の彼女はいわゆる古典的なアルコール中毒患者になっていたのよ。お酒を飲んでもせいぜい半分程度しか効果は上がらなかった。もうお酒を飲んでいようとなかろうとずっとふさぎこんでいるような状態になっていたからよ。いくらお酒を飲んでもまったく陽気な気分になれなかった。最終的にはビールで命をつないでいるようなものだったわ。いつもハンドバッグにピーナッツバターの壜を忍ばせていた。彼女が食べられるものといったらそれくらいしかなかったからよ[38]」

その夏は彼女にとって「過酷[39]」だったとハイスミスは語っている。九月十四日、彼女はロカルノのカリタス病院で、大腸下部にできた良性の腫瘍を取り除く手術を受け、さらに十月十日にバーゼルの血液の病に特化した現代的設備を誇るカントンスピタルに入院した。そこでは毎日、好中球（体内の細菌を囲み破壊する細胞）減少症を治療するためのフィルクラスチムの点滴静脈注射を受けた。「これで病状は安定するでしょうといわれたわ」と彼女はバーバラ・スケルトンに書いている。「それは来月中には死なないで済むだろうってことよ。去年から今年にかけていつそうなるかとずっと思ってた。一年で十五キロも体重が減ってしまって、体力もすっかり落ちてしまったけれど、もうこれ以上減らすわけにはいかないし、なんとかカロリーを詰め込むつもりよ。ほんの数グラムでも増やすためにね[40]」。最終的に彼女は再生不良性貧血――骨髄が必要なだけの造血細胞を生み出すことのできない病気――と診断され、さらに肺と副腎に小さないくつものがんが発見された。治療は困難だった――がんは小さすぎて外科施術で取り除くことができず、放射線治療や化学療法は骨髄が回復しなければ施すことができないからだ。医師たちは自己免疫が骨髄を攻撃するのを抑える薬を処方した。三日間にわたり多量の免疫グロブリンが注入され、さらに骨髄の造血活動をうながす薬が投与された。最初の治療のあと、ハイスミスは週二度血液検査を受け、九日ごとにヘモグロビンと血小板の注入を受けなければならなくなった。それは彼女を「まるでリードにつながれた犬[41]」のような気分にさせたとベッティーナ・バーチには語っている。

それでもハイスミスは明るい将来に希望を抱いていた。再生不良性貧血が良くなり――前にもそうなったように――骨髄移植手術を受ける可能性さえ口にした。だが体力の衰えと抜けない疲労感から、残された時間が限られていることも悟っていた。一九九三年、ディオゲネス社は全世界におけるハイスミスのすべての作品の版権を買い上げた。そして一九九四年一月、彼女はフリーダ・ゾマーに代理委任状を与えた。一九九四年五月にはアインシーデルン修道院にいたブルーノ・セイガーを看護人として雇い入れた。「彼女は小柄で、痩せていて、ほとんど透けて見えそうなほど薄っぺらで、大きな手をしていたが、人がそれに触れることを嫌った」と六月から十二月までハイスミスと暮らしたゼイガーは語る。「わたしは彼女が好きだった。知性があり、繊細で、文学や芸術には非常な目利きだった。だが、あまり話すことはなかった。そもそも彼女は緊急時にいてくれる人間を、病院に搬送してくれる運転手を求めていたんだ。だが、わたしは到着すると同時に、家の中を整理し、庭をきれいにするはめになった。彼女は庭の薔薇がお気に入りで、剪定の仕方を教えてくれた。彼女自身はもう庭の手入れらしい手入れをするほどの体力はなかったんだ。彼女はあらかじめ自分は一緒に暮らすには難しい人間だといっていたが、わたしたちは家の両翼にそれぞれ住んで、広大なリビングルームを共有することでそれを解決した。彼女はいつも朝八時に起き、朝食は別々に取った。午前中を執筆に過ごし、一時頃に一緒にランチをとった。それから少しばかり昼寝して、午後は執筆か読書で過ごした。彼女にはほとんど体力が残されていなかったので、料理のほとんどはわたしが担当した。時折『コーンブレッドが食べたい』と彼女がいうと、わたしはそれも作った。彼女はベーコンビーンズのようなアメリカの食べ物を好んだが、スズメの涙ほどしか食べなかったね。夕食のあとはテレビを観て過ごした。時計を見て『イーストエンダーズ――彼女のお気に入りだった――が始まる時間よ』といったり、彼女の本を元に映像化された作品のビデオを観たりもした。そして十時か十一時にはベッドに入っていた。彼女の寝室は仕事部屋も兼ねていて、シングルベッドが一台と、小さなテーブル、そして仕事机が置かれていた」「彼女はとても清潔好きで、すべてを順番通りに行うことを好んだ。たとえば洗濯をするにも決まったやり方があった。また、財布の紐も固かったね。彼女に頼まれた買い物をして戻ると、いちいち買ってきたものをチェックしてはこういうんだ――『なぜ、こんなものを買ってきたの。高過ぎるじゃない』とね。わたしへの給金もほんのわずかしかなかった。一か月あたり四百スイスフランかそこいらだったと思うが、別にお金が欲しくてやったわけじゃないんだ。最初の頃はそれは大変だった――わたしには彼女が本当に求めているものがわからなかったのでね。それでも彼女と過ごした体験を、彼女を忘れることはないと思う。本当にたいした人物だったよ[42]」

ハイスミスもまたブルーノの尽力に感謝していた。彼女はキングズレーに「彼がいてくれるおかげで人生が楽になった[43]」と書き送り、ヴィヴィアン・デ・ベルナルディも友人の精神状態に変化が起きたことを見て取った。「まるで再び花開いたみたいだった」とヴィヴィアンはいう。「彼は日常の雑事や労働を全部引き受けてくれたのよ。おかげで彼女は素晴らしい六か月を過ごすことができた[44]」。インゲボルグ・リュッシャーが撮った一九九四年夏のパットの写真は、ぶかぶかの男物セーターに痩せこけた身体を包み、エレガントなボウタイを首に結び、その顔には晴れやかな笑みを浮かべている。黒い瞳はまるで卑猥な五行戯詩《リメリック》を聞いたかのようにいたずらっぽく輝いている。エネルギーがほとんど尽きかけていたにもかかわらず、彼女はひたすら執筆に打ち込み、「タイムズ・リテラリー・サプリメント」や「オールディー」に書評を載せ、ワシントン・ポストにO・J・シンプソンについての記事を書いた。九月と十月には『スモールgの夜』の校訂作業を監修した。ブルームズベリーはこの本に二万ドルの前払い金を払っていた。カルマン＝レヴィの社長であるジャン＝エティエンヌ・コーエン＝セアはハイスミスにこの本に対する称賛を書き送っている。「読者がこの永遠の問題――悦びを追い求めずにはいられない本能とセクシュアリティに苦しみ、友情と社交生活に対する新しいアプローチを歓迎するのは間違いない[45]」

だが原稿がアメリカに送られた時には版元であるクノップは却下せざるを得なかった。「本当に素晴らしい、驚くべき本だった」とゲイリー・フィスケットジョンはいう。「世界中の国のほとんどは、これを新作として出せるだろう。だが偏狭的な右翼勢力が牛耳っているこの国では不可能だ[46]」。もしクノップがこの本の刊行を強行すれば「長年積み上げてきた作家の業績を損なってしまうことになりかねない」とフィスケットジョンは語る。「だが、彼女は今回の却下を別に恨みに思ってはいないと書いてよこした。彼女自身上手くいかないだろうとわかっていたんじゃないかと思う[47]」。人生の終わりにアメリカの出版社が不在であったという事実は、生まれ落ちた故国と故国を追放された作家との不安定な関係を象徴する出来事だといえる。ハイスミスの本国における過小評価は、彼女の作品が持つパワーとまともに向き合おうとしなかったアメリカの怠慢だとニール・ゴードンはいう。アメリカは多くの場合において「彼女の見識を無視してきた――罪と否認に対する苦痛に満ちた複雑な洞察を。まさしく彼女のキャラクターたちが罪を否定したように。それはつまりわれわれの文学的無意識における彼女への否定である。彼女のキャラクターが罪を否定したのと同じように。それは常にそこにありながら、救われることもなく、知られることもなく、決して理解されることはない[48]」

十一月、彼女はビー・ロッゲンベルグと連れ立ってパリに出向き、友人である女優のジャンヌ・モローと再会した。それはル・ヌーヴェル・オブゼヴァトゥールの三十周年を祝う式典に参加するためだった。「もうその頃はひどく体力が弱っていたにもかかわらず彼女はパリに行ったのよ。一種の最後の挨拶みたいなものね[49]」とキングズレーはいう。ビーが撮影したレストランのスナップショットには、痩せ衰えてはいるが、白シャツにコバルトブルーのカウボーイペンダントとメキシコ風のベストをぴしっと着こなした姿を見せている。「パリに着いた時はひどく具合が悪くて弱っていた」とビーはいう。「でも、わたしたちは存分に楽しんだ[50]」。彼女は体力を振りしぼって自分の務めを果たしたが、もはや将来の約束はできないことは認めざるを得なかった。「来年の三月については約束できない」。ハイスミスは一九九五年三月に『スモールgの夜』の刊行に合わせてパリにまた来てもらえないかというジャン＝エティエンヌ・コーエン＝セアの依頼にそう答えている。「わたしだってできればそうしたい……でも、わたしには一年前ほどの体力は残ってないのよ[51]」

自宅に戻ったハイスミスは今一度、彼女の財産の取り決めに関する詳細を決める作業に取り掛かった。十月十五日、彼女はダニエル・キールに、ベルンのスイス文学資料館に彼女の文書を売却するための仲介者になってほしいという手紙を書いている。文書類の売却を巡っては、すでにオースティンのテキサス州立大学ハリー・ランサム・ヒューマニティーズ・リサーチセンターとのやり取りが行われていた。九月の終わり、ハイスミスは当センターの所長であるトム・ステイリー宛てに手紙を書き、彼女のアメリカ以外の国々における文学的地位や、一九九一年度のノーベル文学賞の候補になったこと［結局ナディーン・ゴーディマーが受賞した］などの事実を交えながら、可能な限り控えめに述べている。だが、テキサス大学が二万六千ドルで買い取りを申し出ると、ハイスミスはこの金額を「侮辱と受け取り、すべての文書をスイスに譲ると決めたの」とヴィヴィアン・デ・ベルナルディは語る。「だってスイスの文学資料館はその四倍に匹敵する十五万スイスフランで買い取るといってきたのよ[52]」

ヴィヴィアンはハイスミスがこの取り決めを完結させたものとばかり思っていた。しかし、死の六週間前、パットのもとを訪れた時、彼女は寝室に呼ばれた。「彼女は背中の痛みがひどくてずっとベッドに寝てたのよ。それでトイレに行くのに起き上がった時、《わたしが行ってる間に、そこの机にある遺言書を見ておいてちょうだい》っていうの」とヴィヴィアンはいう。「もうこれ以上書き直す気力が残されていないんじゃないかと怖れていたのよね。わたしはなぜ遺言を変えたいのかと訊ねると、自分の文書のすべてをスイス文学資料館に遺すことにしたから、っていうの。わたしが《あなた何いってるの？　まだやっていなかったってこと？》って訊くと、彼女は《だって全部手書きで書き直すのに時間がかかりすぎるから》なんていうのよ。わたしは《そんなものいちいち手書きにする必要はないのよ——ふつうは弁護士のところにいって、弁護士がそれをやるの》と答えた。でも、彼女は弁護士にお金を払いたくなかった——それが理由だったのよ。わたしは家に持ち帰ってタイプしてあげるといったの。ふたりで遺言書をチェックしていって、変更する箇所を見せてもらった。それは二か所で、遺言の執行者と寄贈する先の文学資料館についてだった。アメリカの施設に遺す場合はキングズレーに任せるつもりだったけれど、スイスの施設に遺すことになったのでダニエル・キールを遺言執行者にするとね[53]」。衰弱と疲労感に苛まれたハイスミスは一月十二日、キングズレーに宛てて最後となる手紙を送り、この最終的な変更と、ダニエル・キールが彼女の許諾のもとにいくつかのデッサンと絵画を、画集として出版すると約束してくれたと伝えている。彼女はダニエル・キールのことを「とても助けになってくれている……このことすべてに関するわたしの『仲介者《フェルミットラー》』(代理人ではなく)[54]」と表現している。その約束はやがて『パトリシア・ハイスミス画集』という美しい画集としてディオゲネスから刊行されることになる。

　ブルーノ・ゼイガーが去ったあと、ハイスミスの介護を任されたのは二十一歳の若い女性だったが、わずか一か月後に彼女のもとを去っている。それでも友人達が定期的に訪れ、なかでもインゲボルグ・リュッシャーは彼女に痛みをやわらげるマッサージを施し、ハイスミスも喜んで受け入れた。いつもなら人に触れられることを極端に嫌っていた彼女としては珍しいことだった。「できるだけそうっとマッサージするようにしたわ。だって彼女は文字どおり骨と皮しか残っていなかったんですもの」とインゲボルグは語る。「死ぬことについて語ろうとはしなかったけれど、最後の二週間わたしたちはとても近しくなった。彼女がじっとわたしを見つめているさまは、どんな言葉よりも雄弁だった。わたしには目をそらすことなく、目で会話をすることが重要だったのよ。彼女はこういっていたわ——《わたしは死ぬのよ。もしかしたらあなたを見るのもこれが最後かもしれない。わたしは死ぬのよ、死んでいくの》。彼女は支えを必要としていた——言葉にならない支えを[55]」。最後の一週間になると吐血が始まり、皮膚は黄色になったが——あらたな輸血が必要な徴候である——彼女自身はさほど苦痛は感じないといっていた。「彼女はもっと怖がるんじゃないかとわたしは思っていた」とヴィヴィアンは語る。「死ぬ前の六週間、パットはそれほどふさぎこんでいる様子もなかったわね。不思議だけど——いつも世界のどこかで起きている出来事に感情を爆発させていたのに、死ぬ前はほとんど穏やかだった。彼女は心安らかで、信じられないほど明晰だった[56]」

二月一日、彼女は最後の遺言書を作成し、ダニエル・キールを著作に関する遺言執行者に、ヴィヴィアン・デ・ベルナルディとフリーダ・ゾマーを指定遺言執行者に選んだ。そして文書類がスイス文学資料館に買い取られたあかつきには、彼女の他の資産の受益者であるヤドーにその売り上げをすべて寄贈するように指示した。翌日の夜、ベッドから出てトイレに行くことさえできないほど衰弱したハイスミスは、バートとユリア・ディートヘルムに電話をかけてこういった。「わたしはもう駄目みたい。ひどく気分が悪いの」[57]。翌日夫妻が駆けつけるとハイスミスはベッドに横たわっていた。「そんなことは初めてだった。われわれを迎える時にはいつもきちっと服を着こんでいたからね」とバートは語る。「本当に最期が近づいているんだと思った」[58]。バートとユリアは彼女を車まで支えながら連れていき、そこでハイスミスはユリアを抱擁した。そしてロカルノの病院に向かった。

その日、ハイスミスは財務上の問題を処理するためにマリリン・スカウデンと会う予定になっていた。だが、具合が悪くなったのでそれをキャンセルしていた。「もうあまり長くは生きていられないだろうとわかっていたから、わたしは彼女になんとかして会わなくちゃならないといったの」とマリリンは語る。二月三日、彼女は病院を訪れたが、生きているハイスミスの姿を見た友人はマリリンが最後になった。「見るもおぞましかったわ。彼女はもはや存在していなかった。脚がひどく痛むので、わたしに揉んでくれないかといったからびっくりしたわ。だっていつもは人に触れられるのを拒んでいたから。彼女に触れたとたん、そこには何も残っていないことに気がついた。それこそ骨しかなかったのよ。わたしはもう少し長く一緒にいようかと思ったけれど、彼女はそうさせてくれなかった。わたしは医者達のいうことを、もうすぐ退院できますよという言葉を鵜呑みにして出てきたの」[59]。ヴィヴィアンはパットに電話して、病院に行こうかと申し出たが、その日はずっと検査だからといって断られた。一九九五年二月四日、朝六時半にハイスミスはひとりで死んでいった。「彼女を残してきたことを後悔しているわ」とマリリンは語る。「でも、もしかしたら彼女はこれから起こることを予期していたのかもしれない。たぶん、ひとりきりになりたかったのよ」[60]。ヴィヴィアンもまた友人の死のニュースにショックを受けていた。その土曜日の朝にマリリンから昨夜のハイスミスの意識がはっきりしていたことを聞いていたからだ。「死や病はけっして愉快なものではないわ」とヴィヴィアンは語る。「でも彼女の人生の中ではより軽いトラウマだったと思うの」[61]

原注

第36章

1 ハイスミス　リズ・コールダー（ブルームズベリー社）宛書簡　1992年3月19日付
2 PH, *Small g: a Summer* Idyll, Bloomsbury London, 1995, p. 4　ハイスミス『スモールｇの夜』加地美知子訳　扶桑社ミステリー　1996年
3 ヴィヴィアン・デ・ベルナルディ　著者宛書簡　2002年4月30日付
4 PH, Cahier　37, 14/3/92 SLA.
5 ヴィヴィアン・デ・ベルナルディ　著者宛書簡　2002年4月29日付
6 ハイスミス『スモール　ｇの夜』
7 前掲書
8 前掲書
9 前掲書
10 前掲書
11 前掲書
12 前掲書
13 前掲書
14 前掲書
15 前掲書
16 前掲書
17 クレイグ・ブラウンとのインタビュー　2002年4月30日
18 James Campbell 'Criminal negligence' *Times Literary Supplement*, 24 February 1995.
19 PH, Diary 17, 22 May 1992, SLA.
20 PH, Diary 17, 21 May 1992, SLA.
21 ハイスミス　チャールズ・ラティマー宛書簡　1992年5月30日付　SLA所蔵
22 ユリア・ディートヘルムとのインタビュー　1999年3月27日
23 PH, 'My life with Greta Garbo' *The Oldie*, 3 April 1993.
24 Liz Calder, 'Patricia Highsmith' *The Oldie*, March 1995.
25 マリリン・スカウデンとのインタビュー　1999年5月28日
26 Lucretia Stewart, 'Animal Lover's Beastly Murders', *Sunday Telegraph*, 8 September 1999.
27 Ibid.
28 Ibid.
29 ドナルド・S・ライスとのインタビュー　1999年11月17日
30 Donald S. Rice, 'A Personal remembrance from Our Chairman', *Yaddo News*, Special Edition, spring 1998, p. 2
31 Ibid.
32 ニール・ゴードン　著者宛書簡　2001年11月9日付
33 PH, Cahier 37, 27/11/92 (European dating), SLA.
34 Paula chin, Michael Haederle 'Through a Mind, Darkly', *People*, 11 January 1993.
35 Naim Attallah, 'The Oldie Interview, Patricia Highsmith', *The Oldie*, 3 September 1993.
36 ビー・ロッゲンベルグとのインタビュー　1999年8月31日
37 ビー・ロッゲンベルグとのインタビュー
38 ヴィヴィアン・デ・ベルナルディとのインタビュー　1999年7月23日
39 ハイスミス　ダン・コーツ宛書簡　1993年10月31日付　SLA所蔵
40 Barbara Skelton, 'Patricia Highsmith at Home', *London Magagine*, August/September 1999.

41 ハイスミス　ベッティーナ・バーチ宛書簡
１９９４年3月19日付　ＳＬＡ所蔵
42 ブルーノ・セイガーとのインタビュー　１９９９年9月25日
43 ハイスミス　ケイト・キングズレー・スケットボル宛書簡
１９９４年8月20日付　ＳＬＡ所蔵
44 ヴィヴィアン・デ・ベルナルディとのインタビュー
45 ジャン＝エティエンヌ・コーエン＝セア　著者宛書簡
１９９４年5月25日付　ＣＬＡ所蔵
46 Joan Dupont, 'The Poet of Apprehension', Village Voice, 30 May 1995.
47 ゲイリー・フィスケットジョンとのインタビュー
１９９９年5月21日
48 Niel Gordon, 'Murder of the Middle Class', Nation, 1 October 2001.
49 ケイト・キングズレー・スケットボル　著者宛書簡
２００２年8月27日付
50 ビー・ロッゲンベルグとのインタビュー
51 ハイスミス　ジャン＝エティエンヌ・コーエン＝セア宛書簡
１９９４年10月27日付　ＣＬＡ所蔵
52 ヴィヴィアン・デ・ベルナルディとのインタビュー
53 ヴィヴィアン・デ・ベルナルディとのインタビュー
54 ハイスミス　ケイト・キングズレー・スケットボル宛書簡
１９９５年1月12日付　１９９５年　ＳＬＡ所蔵
55 インゲボルグ・リュッシャーとのインタビュー
１９９９年7月24日
56 ヴィヴィアン・デ・ベルナルディとのインタビュー
57 バート・ディートヘルムとのインタビュー　１９９９年3月27日
58 バート・ディートヘルムとのインタビュー
59 マリリン・スカウデンとのインタビュー
60 マリリン・スカウデンとのインタビュー
61 ヴィヴィアン・デ・ベルナルディとのインタビュー

エピローグ

二月六日の朝、生前の遺志にしたがい、ハイスミスは火葬に付された。友人たちは彼女のために、レースを取り除いたシンプルな白いブラウスを選んだ。十数人ほどの弔問客が、パットが納められた開いた棺の置かれた病院の霊安室に集い、遺体はベリンツォーナの墓地に運ばれた。ハイスミスの友人達はゆっくりとした速度で火葬場に向かう霊柩車のあとを徒歩でついていった。「それはとても寒くて悲しい日だったわ。とてもシンプルで、弔問客は少人数だったけれど、パットのことを本当によく知り、彼女を愛した人ばかりで、きっと彼女は喜んでいるに違いない、と思ったことを覚えてるわ」[1]。ヴィヴィアン・デ・ベルナルディは葬儀のあらましを語る。「パットが本当に願っていたとおりなんだと」

スイスの慣行にしたがって、ハイスミスのテニャの家は封印されたが、家にはマリリン・スカウデンが残っていたため、スイス当局は価値があると思われるものをひと部屋に運びこみ、その部屋を立ち入り禁止にした。彼らの選択は実に奇妙だった。雑多なものたちがそっくり――リンツ・チョコレートの販促用の小箱、フルーツケーキ――残されたダイニングテーブル、そして革装のエンサイクロペディア・ブリタニカ全巻。役人たちが出ていったあと、クローゼットのドアを開けたマリリンは、そこに文学的財宝の山を見いだした。それはハイスミスの原稿類でいっぱいの整理戸棚だった。「その話を聞いた時、あらためて彼女のことが恋しくなったわ。だっていかにもわたしが電話して話しそうなことだったから」とヴィヴィアンは語る。「彼女に電話して、彼らが何を差し押さえていったかと思う――あなたのエンサイクロペディア・ブリタニカよ！　パットが聞いたらさぞかし面白がったと思うわ」[2]。家の中のものを運び去る前に、ディオゲネス社は映画監督フィリップ・コーリーに、ハイスミスの人生と作品についてのドキュメンタリーを製作するために、家の内部に入る許可を与え、ダニエル・キールとアンナ・フォン・プランタの手によって文書類の仕分け作業が始まった。一九八五年以降ディオゲネス社でハイスミスの編集者を務めたフォン・プランタによればそれらのファイルはあまりに膨大で、並べただけで四十五メートルにも及んだという。[3] ハイスミスの人生をたどる定型通りの追悼に加え、「ザ・タイムズ」紙は彼女をトップ記事のひとつに据えた。「犯罪はもはや文学の二流のジャンルではない」と見出しは語る。その記事は彼女の作品の再評価を求め、彼女が犯罪小説を従来の謎《パズル》ではなく、「ホワイダニット」――犯罪者と犯罪心理学に重点を置いた――として再構築したか[4]」について論評していた。だが、彼女が成し遂げた功績はとてもその程度で語られるべきものではない。彼女はリプリーを、この現代文学におけるもっとも魅力的なキャラクターのひとりを創造した人物として、またニーチェやドストエフスキー、その他の実存主義の巨匠たちの同族として、そして彼女の小説に一貫して流れるモラルの不穏な不確実さを記憶にとどめられるべきなのだ。映画監督で小説家でもあるマイケル・トールキンはロサンゼルス・タイムズにこのように書いている。「彼女はヘンリー・ジェイムズ以外のアメリカにおけるもっとも偉大な国外移住者である[5]」。そして記事の後半では自分がいかに彼女に多くを負うているか、彼女に続く現代の作家たちや映画監督たちに引き継がれたレガシーについて述べている。「彼女はこの世界における最高の作家のひとりだった……彼女はわたしの小説の鍵を開くダイアルの最後のひとひねりを果たしてくれた。彼女がいなかったらわたしは『ザ・プレイヤー』を書けなかっただろう[6]」

　彼女の死から一週間後、『スモール g の夜』の最終見本がソーホーのブルームズベリーのオフィスに届き、三月の初めに刊行された。「彼女に現物を見せてあげたかったわ。でも、表紙は気に入ってるといってくれていた」とリズ・コールダーは語る。[7]「デイリー・テレグラフ」紙のグレイ・ローリーはこの作品が「悦び」であり、「ハイスミスの作品の最後を飾るコーダにふさわしい[8]」と述べ、「ガーディアン」紙のジェフリー・エルボーンは「ハイスミスの小説にはめったに見られない静穏さがある[9]」、ウィリアム・トレヴァーは「インディペンデント・オン・サンデー」紙でこの作品を正当から逸脱したおとぎ話であると評した――「ここには《それからはどこまでも幸せに暮らしました》はない。それはハイスミスのスタイルだったことは一度もなかった。真実こそは彼女のトレードマークなのだから[10]」。ローナ・セイジは「オブザーバー」紙で、ウィリアム・トレヴァーと同じような理由で作品を楽しんだといい、ハイスミスがスイスの無菌化された秩序正しい環境に曖昧性を持ち込むことで、いかに撹乱させたかを述べている。「この最新作で彼女は、二者択一を強制する社会から逃れることのできる、新たな若い世代の男の子や女の子たちを想定したのだ[11]」

しかし評論家達の中には、この小説を出版するべきではなかったとみなす向きもあった。「サンデータイムズ」の書評子はこの新作がいかに「作者のトレードマークであるおなじみの脅威、不安、残酷さの底流に欠けている[12]」かについて述べ、ローズ・ワイルドはタイムズ紙で、「悪意の女王」がヤワになることを選んだ決断に不満を述べている。「ハイスミスのホモセクシュアリティはこれまでの作品ではぼんやりとした形でしか表されてこなかった」と彼女は書いている。「彼女がここでついに本当のメッセージを打ち出そうとしたのだという疑念を拭い去ることはできない。だが、それがあまりにも非現実的な夢だったというのはつくづく残念だ[13]」。さらに追い打ちをかける者たちもいた。マイケル・ドッブスは「サンデーテレグラフ」紙で、あれほどの作家の「墓碑銘としては悲しすぎる[14]」と述べ、ハイスミスの友人であったブライアン・グランヴィルはこの作品を「まるで砂の入っていない牡蠣……『スモールgの夜』は…実につまらない駄作だ。いっそ発表されなかったほうが良かったと思う[15]」と評している。

ハイスミスの葬儀はテニャの「パステルカラーのフレスコ画と小天使が宙を舞う[16]」小さな教会で行われた。当日の三月十一日土曜日はちょうど村の謝肉祭にあたっていた。教会はドイツのテレビ局の撮影クルーや、「黒衣に身を包んだ村人やファンたち[17]」でぎゅうぎゅう詰めになっていた。その中にはごく親しい友人たち、キングズレーとフリーダ・ゾマーもいたが、エレン・ヒルは「晩年のミス・ハイスミスとは不仲になっていたので[18]」という理由で参列していなかった。イギリス、フランス、スペイン、イタリア、ドイツの出版各社からも関係者が参列していたが、アメリカからはひとりも参列していなかった。続いてヴィヴィアン・デ・ベルナルディが立ち上がり、友人としてのパットについて述べた内容は、作家としてのハイスミスの並外れた能力を何よりも証明するものだった。「その孤立ゆえに、彼女の精神はいかなる流行にも慣習にも禁忌にも冒されることはありませんでした」とヴィヴィアンは述べた。「彼女はまるで誰にも手なずけられない野生の馬のようでした……パットと会うと、まるで眼鏡の曇りが拭われるような気がしました……彼女の死後に寄せられた歯の浮くような賛辞に対してわたしの息子はこういいました。『あの人は性格が悪かったよ。だからみんな彼女のことが好きだったんじゃないか！』と。本当にその通りでした。彼女は友人として時に気難しく、でも魅力的で、奔放で素晴らしい人物でした。そして彼女を失ったことは、彼女を心底から気遣っていた人々の心にぽっかりと大きな穴を開けました[19]」。葬儀の最後に、雲ひとつない初春の空のもと、キングズレーは友人の灰をおさめた壺を慰霊壁の奥深くにおさめた。するとターニャ・ハワーズは語る。「ひとりの男性がやってきてハイスミスと彼女のネコの写っている写真をその前に置いたの」とターニャ・ハワーズは語る。「男性は泣いていたので、彼女の親戚のどなたかですか、と訊ねてみたの。そうしたら『いいえ』と彼は答えた。『わたしは彼女の本をすべて読んでいるんです』とね[20]」

教会から墓地に向かって歩きながらダニエル・キールは、ジャーナリストであるジョーン・デュポンにハイスミスは「ますますその名を高めていき、やがて古典となるだろう[21]」と語っている。キールはハイスミスの詩を二作選んで参列者に配布した——ひとつは『イーディスの日記』から、ヒロインのイーディスがその一時間後に待つ死を知らず、庭の木々が生命にあふれかえるさまを想像したものであり、もうひとつは一九七九年作の「乾杯」と題された、人間の野望の崇高さと、その達成への探索を祝うものである。「楽観主義と勇気に乾杯！　その豪胆に献杯！　そして飛ぶ者に祝福の栄冠を！[22]」葬儀の終わり近く、教会の境内にいたターニャはとどろくような音を聞いた。「哀しみに満ちた沈黙の後、振り向いたわたしたちは、こちらに向かって教会の脇を通る線路を走ってくる汽車を目にした」と彼女は語る。「通過する列車の窓から乗客の若者たちがわたしたちに手を振り、あるいは喝采を浴びせかけていた。パットの眠る場所から文字どおり目と鼻の先で。まさに『見知らぬ乗客』そのものだったわ[23]」

その作家人生を通して、パットはずっと死についてノートに書き留めてきた——死を迎えた時の恐怖、肉体が衰弱し、ついに呼吸が止まるまでの意識の変化を。ある意味で「死」は彼女が切望してきたものであった。それは純粋な思考であり、すべてを超越した完璧であると彼女はみなしていた。一九七三年、ハイスミスは自分のいまわの際の言葉についてあれこれ考え、「あまりにありきたりなもの」になると予想している[24]。この点に関してハイスミスは間違っていた。わかりやすい、よく踏みならされた道を行くかわりに、作家は脇道にそれ、ふだんは影の下に隠された魂の暗黒を探索することになった。彼女のものの見方はその歪みと奇矯な妄想にもかかわらず、唯一無二のものであり、皮肉なことに今、彼女の死後になってから——一九九九年のアンソニー・ミンゲラ監督の『リプリー』公開とそれに伴う彼女の作品の再版のおかげで——彼女の作品のもつパワーがようやく正当に、とりわけアメリカにおいて評価されるようになった。二〇〇二年、W・W・オートン社は彼女の単行本未収録短編二十八編をおさめた『目には見えない何か』（日本では『回転する世界の静止点』『目には見えない何か』として刊行）を発表したが、ジェイムズ・キャンベルは「生まれながらのストーリーテラーとしての要素が詰まっている……手際よい、わずかな筆で描かれる設定と人物描写、見たところ何ともない日常からとめどなく取り出す能力は、同じように日常の市民生活を描くある大物作家を思い出させる。それはギイ・ド・モーパッサンだ[25]」

文化的な変化もまたハイスミス復活の背景にあるといえるだろう。ジャンルに求められる期待を覆し、モラルに対する一般的な基準を脅かすような文学や映画を市場はより受け入れやすくなった。「パットは少しばかり早く生まれすぎたのだと思う」とターニャ・ハワースは語る。「でも多くの意味において彼女は二十世紀という時代を示す鑑そのものだった。彼女の性的な概念や自由の感覚ははるか先をいっていたのよ[26]」。批評家のなかには、ハイスミスの新たな再評価を、アメリカ社会における最近の変化と結びつけて考える者もいる。ハイスミスを「ポスト・オクラホマシティ、ポスト・コロンバイン……」とみなすことに甘んじてきたアメリカもやっと彼女に追いついてきたの」とマーガレット・コードウェル・トーマスは語る[27]。エド・シーゲルは「ボストン・グローブ」紙に、ハイスミスの作品はわれわれに重要な教訓を教えてくれると述べている。「九・一一以降、われわれの世界はハイスミスの世界——罪と罰が、あるいは原因と理由が必ずしも一致しない——に似た様相を帯びてきた。彼女はかつてないほど重要な作家になったように思える[28]」

ハイスミスが自分でも書いているように、彼女のキャラクターの歪んだ視界から世界を見るようになったのと同じく、著者のわたしもまた彼女の伝記を書いているうちに、自分自身の影が薄くなり、ものの見方が変わっていくのを感じていた。時折、書斎にひとり座り、アリーラ・コーネルが描いた、不可思議ではあるが異様な美にいろどられた若き日のハイスミスの肖像画の小さなコピーを眺めながら、わたしの書いている対象の目から世界はどんなふうに見えていたのだろうと思うことがあった。そして一瞬だけではあるが、彼女にとってどんなに世界が耐え難いものであったのか理解できたような気がした。なぜ彼女がわざわざうまくいかないとわかっている関係を選んだのか、なぜアルコールで五感を鈍らせる必要があったのか、そして無意識であるにせよ、なぜ彼女が美しい姿からその心の苦しみを、密集する顔の等高線に反映させ、グロテスクともいえるような変身を遂げなければならなかったのか。書くことだけが彼女を生かし続けてきたのだ。もしそれがなかったら彼女はどうなっていただろうかと考えるだけで恐ろしいことだ。

この伝記のリサーチをしている時、ハイスミスの親友のひとりであるキングズレーのアパートメントで、彼女との幾多に及ぶインタビューをしている最中に、わたしはあるプレゼントを受け取った。それはパットの着古したドレッシング・ガウンだった。それこそは、心のこもった厚意であり、信頼の証とこれから待ち受けている伝記作者としての任務を象徴するものでもあった。他者の人生を生き、その皮膚の下に潜り込み、彼らがどのように世界を体験していたのかを知るという、危険きわまりない責務のための。ロンドンの自宅に戻ってからわたしはそのガウンをじっくりと検分した。ダークブルーの厚いウール生地、袖口と裏側には黒と青とベージュのストライプがあしらわれ、綾織りのベルトにはタッセルがついている。ハロッズで購入されたそのガウンはまだその持ち主の痕跡――襟元に残る何本かの灰色の髪――をとどめていた。ドライクリーニングのタグが安全ピンでつけられていたが、布地からはどことなくかび臭い匂いがした。あたかも元の所有者が頑なに離れることを拒んでいるかのような――まるでハイスミスがまだ近くにいるかのようなこの世のものならぬ空気が漂っていた。

わたしはきわめて慎重にガウンを取り出すと、肩にかけ、もっと骨格の細い持ち主が通したはずの袖に腕を通してみた。そしてウエストのベルトを締めると、これから彼女の言葉を書くことになるであろう自分の手を見下ろした。わたしは彼女のすべての著作を、日記を、手紙類を読み、彼女の最も個人的な思いに耳を傾けてきた。わたしは幾度も彼女の夢を見て、本気で彼女のことを生きている人の誰よりも知っているような気がしてきた。わたしは今や彼女の秘められたスペースに生き、かつては彼女の肌にじかに触れたであろう衣類をまとっていた。新たな作品のアイデアを鳥にたとえたハイスミスのように、わたしは想像の視界の縁に黒い影を、見まがうことなき姿をみとめた。そしてその姿をちらりととらえたと思った瞬間、彼女は消えていた。

原注

エピローグ

1 ヴィヴィアン・デ・ベルナルディ　著者宛書簡
２００２年5月8日付

2 ヴィヴィアン・デ・ベルナルディとのインタビュー
１９９９年7月23日

3 Anna von Planta, 'Notes on the Stories', *Nothing That Meets the Eye: The Uncollected stories of Patricia Highsmith*, W.W.Norton, New York, 2002, p. 451.

4 'Crime need not to be a second-class genre of literature', *The Times*, 6 February 1995.

5 Michael Tolkin, 'In Memory of Patricia Highsmith', Los Angeles *Times Book Review*, 12 February 1995.

6 Brooks Peters, 'Stranger Than Fiction', *Out*, June 1995.

7 Liz Calder, 'Patricia Highsmith' The Oldie, March 1995.

8 Grey Gowrie 'Why her place is secure', Daily Telegraph, 11 March 1995.

9 Geoffrey Elborn 'Mellow at the last', Guardian, 7 March 1995.

10 William Trevor, Independent on Sunday, 26 March 1995.

11 Lorn Sage, "Savage Swiss-army knife', Observer, 12 March 1993.

12 T.J.Binyon, 'Murder most Fair', Sunday times, 12 March 1995.

13 Rose Wild, 'Ms Nasty turns out nice', Sunday Times, 12 March 1995.

14 Michael Dobbs, 'A dark and oppressive world', Sunday Telegraph, 5 March 1995.

15 Brian Granville, 'Sad finale to a literary life's work'. European Magazine, 10-16 March 1995.

16 Joan Dupont 'The Poet of Apprehension', Village Voice, 30 May 1995.

17 Ibid.

18 Ibid.

19 ヴィヴィアン・デ・ベルナルディによる弔辞　１９９５年3月11日

20 ターニャ・ハワーズとのインタビュー　１９９３年12月13日

21 Joan Dupont, 'The Poet of Apprehension'.

22 PH, Cahier 34, A Toast, 1979, SLA.

23 ターニャ・ハワーズとのインタビュー

24 PH, Cahier 32, 7/30/73, SLA.

25 James Campbell, 'Murder, She(Usually)Wrote', New York Times, 27 October 2002.

26 ターニャ・ハワーズとのインタビュー

27 Margaret Caldwell Thomas, Women of Mystery, ed. Martha Haily Dubose, quoted in Ed Siegel 'Killer Instinct', Boston Globe, 27 January 2002.

28 Ed Siegel, 'Killer Instinct'.

謝辞

本書はハイスミスの著作権遺言執行者でありチューリッヒのディオゲネス社の社長であるダニエル・キールと、その信頼できる編集者アンナ・フォン・プランタの助けがなければ書かれることはなかっただろう。ふたりはハイスミスのもっとも私的な日記への無限のアクセスと、未発表および刊行された作品からの引用を快く許してくれた。ふたりの惜しみない厚意と、この本を書くためのリサーチと執筆にあたってのサポートはどんなに感謝しても足りることはない。

ベルンのスイス文学資料館（ＳＬＡ）は保存されているハイスミスの膨大な文書、ノートや手紙やエッセイやスケッチを印刷物に使用する許可を与えてくれた。ＳＬＡのすべてのスタッフには感謝してもしきれないほどの負い目があるが、とりわけトーマス・ファイトネクスト博士、ウルリッヒ・ウェーバー、ステファニー・クードレ＝マルローとルシアンヌ・シュヴェリーには格別の感謝を述べたい。彼らの友情と厚意にも感謝する。彼らはわたしのたび重なるスイスの首都への旅をいっそう楽しいものにしてくれた。

またプライベートなコレクションにも多くの歴史資料について問い合わせている。書簡で協力してくれたロナルド・ブライス、イーディス・ブランデル、ペギー・ルイス、クリスタ・マーカー、ジャニス・ロバートソン、そしてフランシス・ウィンダムにも感謝を捧げたい。

また、それ以外の資料の使用許可と印刷を許してくれた以下の施設にも感謝を捧げたい。バーナード大学（ニューヨーク）、ブルームズベリー社（ロンドン）、カルマン＝レヴィ社（パリ）、コロンビア大学の稀覯書物ならびに文書図書館（ニューヨーク、ハーパー＆ロウ文書館）、エジンバラ大学図書館（ケストラー資料館）、テキサス大学ハリー・ランサム・ヒューマニティーズ・リサーチセンター（オースティン、アルフレッド・A・クノップ、ハーパー、ウィリアム・A・ブラッドリー・リテラリー・エージェンシーのコレクションを所収）、ニューヨーク市立図書館（「ザ・ニューヨーカー」記録文書）、テンプル大学内ペイリー図書館都市資料室（フィラデルフィア）、ウィスコンシン・センター内映画演劇資料館のゴア・ヴィダル・コレクション（ウィスコンシン、マディソン、ただし現在はハーバード大学ハウトン図書館所有）、サラトガスプリングスのヤドー（ニューヨーク）。とりわけバーナード大学の記録保管人ドナルド・グラスマン、カルマン＝レヴィ社のエリザベス・レイ、ニューヨーク州コロンビア大学稀覯書物ならびに文書図書館のジーン・アシュトン、オースティンのテキサス大学ハリー・ランサム・ヒューマニティーズ・リサーチセンターのタラ・ウェンガー、ニューヨーク市立図書館特別コレクション室のウェイン・ファーマン、テンプル大学都市資料室のブレンダ・ライトとサラ・シャーマン、ウィスコンシン州アディソンのウィスコンシン映画演劇リサーチセンターのベンジャミン・ブルースター、ヤドーのレスリー・レダックには格別の謝意を表したい。

また惜しみない協力を提供してくれたそれ以外の博物館や図書館や各施設にも。アシュタブラ参考文献図書館（オハイオ）のダグラス・アンダーソンとタミー・ヒルツ、ブレイン郡裁判所法廷記録図書館（アイダホ）、英国国立図書館（ロンドン）のクリストファー・フレッチャー博士、英国映画協会、英国国立図書館新聞館、フォートワース公立図書館（テキサス）、フォートワース独立学区（テキサス）、イラストレーションハウス（ニューヨーク）のウォルト・リード、ジュリア・リッチマン高校（ニューヨーク）、ニューホープ公立図書館（ペンシルベニア）、ニューヨーク歴史協会、ドイルズタウン・ジェイムズ・ミチェナー・アーツミュージアムのブリギッタ・H・ボンド（ペンシルベニア）、クィーンズ・アストリア一三二分校クィーンズボロ公立図書館（ニューヨーク）、リッジウッド公立図書館（ニュージャージー）、フォートワース（テキサス）のタラント郡記録図書館。

さらに著作権のある印刷所からの引用に際してカルマン＝レヴィ社長ジャン＝エティエンヌ・コーエン＝セア、エジンバラ大学のアーサー＆シンシア・ケストラー夫妻の未発表書簡や日記に関してはリチャード・オーヴンデン、そして故ジョーン・カーンの妹オリヴィア・カーンにも感謝を捧げる。

また、ハイスミスの独特のフランス語、ドイツ語、スペイン語、イタリア語の日記を完結明瞭な英語に訳してくれたアンナ・フォン・プランタとウルリッヒ・ウェーバー、ルシアンヌ・シュヴェリーにも感謝を捧げたい。

実に多くの人々がパトリシア・ハイスミスの記憶を語ることに同意してくれた。彼らのひとりひとりにも感謝を捧げる。彼らがその時間を割き、誠実さと洞察を示してくれたことに感謝する。彼らすべてがこの本に特別の貢献をしてくれた。インタビューに応じてくれたのは以下の人々である。ドミニク・マリオン・アブダラム、トビアス・アマン、イルマ・アンディーナ、ラリー・アシュミード、ベッティーナ・バーチ、ヴィヴィアン・デ・ベルナルディ、ルース・バーンハード、ロナルド・ブライス、タベア・ブルーメンシャイン、ジャック・ボンド、イーディス・ブランデル、クレイグ・ブラウン、スーザン・ブラインテソン、モニーク・ブッフェ、ピーター・パートン、メアリー・ケーブル、フレデリーク・シャンブレラン、ヘザー・チェイスン、アン・クラーク、ロジャー・クラーク、ダン・コーツ、ドン・コーツ、ベティ・カリー、デイヴィッド・ダイアモンド、バート・ディートヘルム、ユリア・ディートヘルム、サラ・デュナン、ジョーン・デュポン、マギー・エヴァーソル、ゲイリー・フィスケットジョン、ブライアン・グランヴィル、ヘスター・グリーン、バーバラ・グリアー、マデレイン・ハームズワース、ターニャ・ハワーズ、アニタ・ヒューバー、ピーター・ヒューバー、リチャード・インガム、バフィー・ジョンソン、デボラ・カープ、H・R・F・キーティング、ダニエル・キール、プリシラ・ケネディ、ジョナサン・ケント、マイケル・カー、リンダ・ラデュルネール、カール・ラズロ、チャールズ・ラティマー、ペギー・ルイス、ビー・ロッゲンベルグ、パトリシア・ロージー、インゲボルグ・リュッシャー、クリスタ・マーカー、ミュリエル・マンデルバウム、アンネ・モーネベック、グドルン・ミュラー、オットー・ペンズラー、フィリス・ナジー、ウルリーケ・オッティンガー、フィリップ・パウエル、トリスタラム・パウエル、ドナルド・S・ライス、ジャニス・ロバートソン、バーバラ・ロエット、ブルーノ・セイガー、マリリン・スカウデン、リタ・セメル、ケイト・キングズレー・スケットボル、ロジャー・スミス、アン・エリザベス・スーター、アレックス・ザァニー、ピーター・トンプソン、ウィリアム・トレヴァー、デイヴィッド・ウィリアムズ、そしてフランシス・ウィンダム。

わたしはまた手紙で連絡に応じてくれた以下の人々にも感謝したい。パメラ・アンダーソン、ラリー・アシュミード、トーマス・ベックマン、ヴィヴィアン・デ・ベルナルディ、ミシェル・ブロック、アン・クラーク、フィリップ・ディヴィス、ジェニファー・デューイ、ジョーン・デュポン、ドロシー・エドソン、マギー・エヴァーソル、ドナルド・グラスマン、ニール・ゴードン、チャールズ・ラティマー、ヘンリー・レア、サー・マイケル・リーヴィー、メリージェーン・ミーカー、パトリシア・シャートル・マイラー、ジャニス・ロバートソン、ケイト・キングズレー・スケットボル、ウィニファー・スケットボル、デイヴィッド・ストライフ、ゴア・ヴィダル、そしてヴィム・ヴェンダースに。

　この本を通して、多くの新聞、雑誌、そして評論誌からも引用をさせたもらった。わたしは以下の作家たちにも感謝したい。ナイーム・アタラー、ヒューゴ・バーナクル、ヘレン・バーチ、故ブリジッド・ブロフィ、クレイグ・ブラウン、スザンナ・クラップ、ダイアナ・クーパー＝クラーク、マイケル・ドブス、ジョーン・デュポン、ジェフリー・エルボーン、ダンカン・ファロウェル、ヴィクトリア・グレンディニング、グレイ・ゴーリー、故イアン・ハミルトン、イーナ・ケンダル、ウィリアム・リース、クレイグ・リトル、ブレイク・モリソン、ジェラルド・ピアリー、マーガレット・プリングル、テレンス・ラファティ、フランク・リッチ、故ローナ・セイジ、デイヴィッド・セクストン、故バーバラ・スケルトン、ルクレティア・スチュアート、故ジュリアン・シモンズ、ウィリアム・トレヴァー、サリー・ヴィンセント、ジャネット・ワッツ。フランシス・ウィンダム。またベッティーナ・バーチに、発表されることのなかったインタビュー「パトリシア・ハイスミスとの対話」（１９８９年6月15日付）から多くを引用することを許してくれたことに感謝する。ナターシャ・デ・ベルナルディには彼女のハイスミスに関する論文「すべてを映し出す瞳」を、ルシアンヌ・シュヴェリーには「パトリシア・ハイスミスの遺産」を送ってくれたことに。

　また以下の放送音源にも感謝を捧げたい。ＢＢＣインフォメーション&アーカイブス、ロンドン・ウィークエンド・テレビジョン、オープンメディア（ロンドン）のセバスチャン・コディ、ブック・ビート（ＣＢＳラジオ）のドナルド・L・スウェイムのインタビュー、オハイオ大学図書館のアーカイブ&スペシャルコレクションズ、ナショナル・サウンド・アーカイブ（ロンドン）。

　この本に使用した写真については以下の方々に感謝したい。アソシエイテッド・ニュースペーパーズ、バンタム・プレス、ナオミ・ブランデル、英国映画協会、キャナル＋、アン・クラーク、アルベルト・フラマー、プリシラ・ケネディとその家族、コバル・コレクション、ビー・ロッゲンベルグ、ロンドン・ウィークエンドテレビジョン、インゲボルグ・

リュッシャー、ミラマックス・フィルムズ、ロード・ムービーズ・フィルムプロダクション有限会社、ケイト・キングズレー・スケットボル、ジャック・エリック・スツラウス、テンプル大学、フィラデルフィア都市史料室、そしてもちろんスイス文学資料館に。

この本を正式に発注し、最初から熱心に協力してくれたブルームズベリー社のリズ・コールダー、コピー・エディターのヴィクトリア・ミラー、アシスタント・エディターのキャサリン・グリーンウッド、著者権管理部長のルース・ローガン。わたしの代理人であるキロン・エイトキンのクレア・アレグザンダーはこの企画を立ち上げただけではなく、惜しみないサポートと友情を示してくれた。わたしはまたこの本を生み出すにあたって重要な役割を果たしたフラニー・ブレイクとデボラ・シングマスターにも謝意を示したい。

そしてこの数年間、パトリシア・ハイスミスの影を追いかける作業を分け合ってくれた人々にも感謝を。わたしの家族、親しい友人、ベルンのアルペネッグ・グシュトラッセ一〇番地のすべての人々そしてマーカス・フィールドに。

最後にこの本をケイト・キングズレー・スケットボルと、故チャールズ・ラティマーに捧げる。どちらもハイスミスが自分の死後に「誤った伝記を出させない」ために信用していた人々である。わたしとしては彼女を失望させていないことを願う。

ハイスミス断章

——あとがきに代えて

■ハイスミスの生涯

パトリシア・ハイスミスは一九二一年テキサス州フォートワースに生まれた。父親はジェイ・バーナード・プラングマン、母親はメアリー・コーツ。後に母親がスタンリー・ハイスミスと結婚したことにより、ハイスミス姓となる。ニューヨークのバーナード大学を卒業し、雑誌編集者をめざすもうまくいかず、しばらくコミックブックの脚本家をしていたこともある。生活費を稼ぐために百貨店のアルバイトをしている最中に出会った謎めいた女性にインスピレーションを刺激され、後にレズビアン文学のマイルストーンとなる『キャロル』を書いたエピソードは有名である。雑誌に投稿した短編がしだいに採用されるようになり、ヤドー滞在中に書いた『見知らぬ乗客』がヒッチコック監督によって映画化され、さらには『太陽がいっぱい』がルネ・クレマン監督によって映画化されるに及んで人気作家の仲間入りを果たした。ハイスミスがもっぱらテーマとして選んだのは人間の二面性であり、人間の〈負〉の部分がやがて〈正〉の部分を徐々に侵食し、ついには人格が崩壊していくさまを繊細なサスペンスで描いている。作家グレアム・グリーンはそんな彼女を「不安の詩人」と呼んだ。この〈負〉によって滅ぼされない、かといってもはや〈正〉でもない存在こそが、ハイスミスお気に入りのシリーズ・キャラクター、トム・リプリーである。あえて白黒はっきりさせないハイスミスの作風は、故国アメリカよりもむしろヨーロッパで歓迎され、ハイスミス自身も一九六〇年代にヨーロッパに渡ってからは、生涯の大半をヨーロッパで過ごすことになる。最終的には一九八二年にスイスに移住し、一九九五年に白血病がもとでロカルノの病院で亡くなっている。だが、どんなにヨーロッパナイズされようと、根っこには保守的なテキサスの南部白人の血が流れていた。レズビアンであることは生前からいわば公然の秘密だったが、クレア・モーガン名義で一九五〇年代に刊行されたレズビアン小説『ザ・プライス・オブ・ソルト』が一九九〇年に『キャロル』と改題され、作者名がパトリシア・ハイスミスと明かされるまでは公にされることはなかった。

■ハイスミスと父親

生物学的な父親はジェイ・バーナード・プラングマン（通称ジェイ・B）だが、ハイスミスは十二歳になるまで実際に会ったことはなかった。ジェイ・Bとメアリーはともにコマーシャル・アーティストとしての野心に燃える若夫婦で、夫は妻のキャリアの邪魔になると考え堕胎を迫り、母親もテレピン油を飲んで流産を企てたが失敗に終わる。その後夫婦仲は悪化し、ハイスミスが生まれる九日前には離婚が成立していた。実父とはハイスミスがティーンエイジャーの時に再会するが、娘に性的なキスを迫ったり、ポルノ写真を見せたりするなど、ハイスミスがイメージしていた父親像とはかなりかけ離れていた。ジェイ・Bと離婚後、母親は年下のスタンリー・ハイスミスと再婚する。ハイスミスは愛する母親を奪った存在として生涯憎み続けるが、最後まで文通による関係は保ち続けた。ハイスミスのふたりの父親に対する感情は『キャロル』のヒロイン、テレーズが代弁している。

■ハイスミスと母親

『キャロル』のヒロイン、テレーズは自分を捨てて再婚した母親を憎み、実の父親を奪った継父を憎み、実の父親を理想化していた。だが、実際にはハイスミスがもっとも愛していたのは母親である。少女時代には「お母さんと結婚したい」とまでいっていたハイスミスだが、母と継父は幼いハイスミスを故郷の祖母のもとに置いて、ニューヨークに行ってしまう。自分は母に捨てられたという最大のショックはハイスミスの心に生涯にわたる傷を残し、ある意味では作家としてのスタンスを形づくったといってもいい。「わたしが同じようなやり方でわたしを裏切る女性しか愛せなくなってしまったのは母親のせいだ」と後年本人も語っている。一九五〇年当時、職業婦人として先端をいきながら「あなたレズなの？」と娘に平然と聞いたりする無神経さや、女性の美や幸福に対する旧弊な考え方にハイスミスは激しく反発する。既成の「女らしさ」に対する反発は、やがてハイスミス自身の（恋人や友人以外の）女性に対する蔑視にもつながっていく。ハイスミスが母親に恨みに満ちた手紙を書けば、母親も負けずに反撃し、互いに傷つけ合いながらも手紙のやり取りが途絶えることはなかった。晩年、老いてから娘に過剰なまでに依存するようになったメアリーは、娘の恋人をことごとくけなし、罵詈雑言を連ねた手紙を矢継ぎ早に送りつけてくるようになり、ハイスミスの精神状態を悪化させる原因となった。

■ハイスミスのボーイフレンドたち

ハイスミスには男性の親友はあまたいたが、いわゆる「セフレ」として彼女の人生に重要な役割を果たした人物をあげるならば写真家のロルフ・ティートゲンスと作家のロナルド・ブライス、そしてかつての婚約者マーク・ブランデルだろう。一時は画家の道もめざしていた若き日のハイスミスは、ティートゲンスの才能にひどく惹きつけられ、ゲイである彼に半ば恋をしていたふしがある。ティートゲンスの作品としてはハイスミスのヌード写真が有名だが、その他にもスナップやアーティスティックな写真を多く残しており、どれも若き日のハイスミスのいきいきとしたスピリットをとらえるのに成功している。ロナルド・ブライスは、ハイスミスが少しでも人妻の恋人の近くに住もうとイギリスに滞在した時のいわば「お隣さん」的存在だった。かたや異常を描く作家、かたや田園を描く作家は奇妙にウマが合い、互いの家を行き来したり泊め合ったりもしていた。ブライスは恋や創作で落ち込んだハイスミスにずっと寄り添ったり、いたわったりするいわば癒し的存在だった。人妻との恋が終わってハイスミスがイギリスを離れてからもふたりの友情は彼女の晩年まで続く。『キャロル』のリチャードのモデルとなったマーク・ブランデルは、『ザ・プライス・オブ・ソルト』にあてつるけるように、自らの小説『選択（The Choice）』では明らかにハイスミスをほうふつさせる女性とその同性の恋人と主人公男性との三角関係をあけすけに描いている。一時は疎遠になっていたものの、晩年ふたりは友情を復活させ、マークの二度目の妻イーディスとハイスミスは仲がよく、夫婦でスイスに住むハイスミスのもとを訪ねたりもしている。マーク・ブランデルはテレビ脚本家としても活躍しており、『妻を殺したかった男』の映画化の話が持ち上がった時、ハイスミスは「あなたにどうしても脚本を書いてほしい」と依頼している（残念ながら実際に映画が製作されることはなかった）。

■ハイスミスの『キャロル』たち

ハイスミスは生涯を通じて、創作のインスピレーションとなるミューズを追い求め、愛する女性がいなければ「生活に平穏も安らぎも美しさもない」と公言していた。彼女の実質的な長編デビュー作となった『見知らぬ乗客』には To All the Virgineas（すべてのヴァージニアへ）という献辞が記されているが、ヴァージニアズと複数で記されたひとりはハイスミスの大学時代の恋人であり、もうひとりは彼女の生涯を通じて最強のミューズであったヴァージニア・ケント・キャザーウッドをさしている。二十代前半の若く、美しく、才気煥発なハイスミスは年長のレズビアン女性たちに愛され、さまざまな文化人やセレブたちのレズビアン・サークルに引き合わされた。そこで出会ったのが当時社交界の華といわれた裕福な銀行家の娘ヴァージニア・ケント・キャザーウッドである。同性との愛人の密会を探偵に録音され、娘の親権を失った過去のあるヴァージニアは実質的にキャロルのモデルといわれ、ハイスミスにとっては「世界のもう半分であり、ふたり一緒で完全になる存在」だった。だが、実際のキャロル＝ヴァージニアはひどく不安定で、ハイスミスの愛を踏みにじるかのように新しい愛人を作り、アルコール依存症にむしばまれていく。それでも彼女は永遠のミューズであり続け、ハイスミスは中年になってからも「ジニー（ヴァージニア）はどこにいるのだろう――ジニーがいなければ『キャロル（ザ・プライス・オブ・ソルト）』は書けなかった」と思い起こしている。

■『キャロル』以外のハイスミス

一九四三年、ハイスミスはエリザベス・ブラウニングの詩からタイトルを取った『掛け金の締まる音（The Click of the Shutting）』（未完）で、ふたりの少年を主人公とする物語を書いている。一方の少年がもう一方の少年に憧れ、自身のアイデンティティを捨ててその少年に成り代わることを夢見るという、後にトム・リプリー・シリーズで顕著になる「分身」への偏愛と色濃いホモエロティシズムが流れる作品となっている。『見知らぬ乗客』が刊行され、『キャロル』（当時のタイトルは『ザ・プライス・オブ・ソルト』）の出版を待っていたハイスミスは一九五二年、『ヤコブの梯子（The Traffic of Jacob's Ladder）』の執筆に着手し、四百ページ近い作品を完成させるが、こちらは出版社に拒否され、陽の目を見ることはなかった。ハイスミス自身が「とても長い純文学」と呼ぶこの作品は、現在は結末の一部分しか残っていないが、ジェラルドとオスカーというふたりの青年を巡る物語であり、最後に「（ジェラルドは）彼を愛で、無条件に再生しようと思った。兄弟としてありとあらゆる意味いっさいの批判なしに支えよう」と心に誓うラストで終っているということだけがわかっている。

一九六〇年、ハイスミスは『キャロル』の続編を書こうと思い立つが、ヒロインのテレーズを思うように動かすことができず、方針を変更して『ひとりがたり（First Persons Novel）』という長編に着手する。ヒロインは結婚して子供もいる中年女性であり、彼女は過去の女性たちとの物語を夫に聞かせる目的で手記を書いている。作品中に登場する女性にはハイスミス自身が過去に付き合い、影響を受けたきた女性たちがモデルとして登場し、ほぼ自伝的な作品となる予定で、『キャロル』と同じようにクレア・モーガン名義で発表する予定だったが、途中で中断したために完成発表されることはなかった。

■映像のハイスミス

ハイスミスの映像化作品の中でも最も有名なのが、つい最近亡くなったばかりのアラン・ドロンが出演するルネ・クレマン監督の『太陽がいっぱい』だろう。若き日のアラン・ドロンの切っ先鋭いナイフのような美貌が印象的な作品だった。同作品は後にアンソニー・ミンゲラによって『リプリー』として再映画化されが、悪意というものを感じさせない、どこかおどおどした若者を演じたマット・デイモンの方が、ある意味では小説版に登場するトム・リプリーのイメージには近いような気がする。もうひとつリプリーの映像化作品で忘れてはならないのが、ヴィム・ヴェンダース監督が『アメリカの友人』を映画化した同名作品で、こちらはデニス・ホッパーがリプリーを演じている。映画自体は好評をもって迎えられたが、ハイスミス本人は、わたしのリプリーはカウボーイハットなんてかぶっていない、とひどくお冠だったようだ。最新の映像化作品としてはネットフリックスによって製作されたリプリー・シリーズが話題になった。リプリーを演じたのはBBCドラマ『シャーロック』で印象的なモリアーティを演じて一躍有名になったアンドリュー・スコット。これまで登場した映像のリプリーの中では「悪魔的」、「冷徹」要素が一番出ていると思う。モノクロ画像が美しい、スタイリッシュな作品となっている。

ハイスミスの映画化作品としては、最近では『キャロル』のほうがむしろ有名かもしれないが、本伝記が書かれた時点ではまだ映画化されていなかった。ハイスミス最晩年の友人として登場するフィリス・ナジーがトッド・ヘインズ監督の『キャロル』の脚本を担当することになるのは本伝記の発刊から十二年後のことである。

またドキュメンタリーとして、ハイスミスの後半生に登場するミューズたちのインタビューから構成される『パトリシア・ハイスミスに恋して』では、彼女が最晩年の恋の炎を燃やしたタベア・ブルーメンシャインや、モニーク・ブッフェなど本伝記にも出てくるミューズたちが登場するので、ぜひご覧いただきたい。

■ハイスミスの伝記

本伝記が刊行されたのは二〇〇三年であるが、二〇〇九年にはジョーン・シェンカーによる『The Talented Miss Highsmith: The Secret Life and Serious Art of Patricia Highsmith』が、さらに二〇二一年にはリチャード・ブラッドフォードの『Devils, Lusts and Strange Desires: The Life of Patricia Highsmith』などが刊行されているが、その中でも最大の目玉というべきなのが本伝記のソースともなった彼女の『日記とノート(Patricia Highsmith: Her Diaries and Notebook 1941-1995)』である。これはハイスミスが生前つけていた八千ページにもわたる膨大な日記とノートを編集したもので、編者は先の『The Talented Miss Highsmith』の著者ジョーン・シェンカーである。この「日記」と「ノート」の違いは、前者が個人的体験や感情の動きを記したものであり、彼女の私生活や恋人たちとの関係、創作の葛藤などが赤裸々に綴られているものであるのに対し、後者はそれをフィルターにかけてある程度昇華させたもので、ハイスミスがいうところの小説の「種」や芸術や小説に対する考察、やがて短編や小説となるアイデアや文章が書きつけられている。生前ほとんど自分のことを語りたがらなかったハイスミスは、自分の作品にすべては語られているとして、これらの日記やノートを処分するかどうか最後まで思い迷っていたようだが、それでもやはり心のどこかでは自分をわかってほしいという思いがあったのだろう。

本来ならあとがきでは作家の生涯を簡単に述べるべきなのだろうが、それは伝記を読めばわかることなので、ここでは断章と称してとりわけ注目したいポイントを並べてみた。これをもとに本書の興味のある箇所を気ままにめくっていただければ幸いである。なお、本書の翻訳にあたっては西本理恵子氏、また詩歌の訳出にあたっては藤原龍一郎氏、さらに書肆侃侃房の田島安江、兒﨑汐美両氏にも多大な協力をいただいた。この場を借りて感謝の意を表したい。

パトリシア・ハイスミス著作リスト

■長編　※印はトム・リプリー・シリーズ

1　Strangers on a Train　1950　※
『見知らぬ乗客』青田勝訳　角川文庫　１９７２年
『見知らぬ乗客』白石朗訳　河出文庫　２０１７年
2　The Price of Salt 1952
『ザ・プライス・オブ・ソルト』としてクレア・モーガン名義で刊行
１９９０年に『キャロル』としてハイスミス名義で再刊
『キャロル』柿沼瑛子訳　河出文庫　２０１５年
3　The Blunderer　1954
『妻を殺したかった男』佐宗鈴夫訳　河出文庫　１９９１年
4　The Talented Mr Ripley　1955　※
『太陽がいっぱい』青田勝訳　角川文庫　１９７１年
（新版改題『リプリー』２０００年）
『太陽がいっぱい』佐宗鈴夫訳　河出文庫　１９９３年
（改版　２０１６年）
5　Deep Water　1957
『水の墓碑銘』柿沼瑛子訳　河出文庫　１９９１年
（改版　２０２２年）
6　A Game for the Living　1958
『生者たちのゲーム』松本剛史訳　扶桑社ミステリー　２０００年
7　This Sweet Sickness　1960
『愛しすぎた男』岡田葉子訳　扶桑社ミステリー　１９９６年
8　The Cry of the Owl　1962
『ふくろうの叫び』宮脇裕子訳　河出文庫　１９９１年
9　The Two Faces of January　1964
『殺意の迷宮』榊優子訳　創元推理文庫　１９８８年
10　The Glass Cell　1964
『ガラスの独房』瓜生知寿子訳　扶桑社ミステリー　１９９６年
11　A Suspension of Mercy　1965
（The Story-Teller in the US）
『慈悲の猶予』深町眞理子訳　早川書房　１９６６年
『殺人者の烙印』深町眞理子訳　創元推理文庫　１９８６年
12　Those Who Walk Away　1967
『ヴェネツィアで消えた男』富永和子訳　扶桑社ミステリー
１９９７年
13　The Tremor of Forgery　1969
『変身の恐怖』吉田健一訳　筑摩書房世界ロマン文庫　１９７０年
（改版　ちくま文庫　１９９７年）
14　Ripley Under Ground　1970　※
『贋作』上田公子訳　河出文庫　２０１６年
15　A Dog's Ransom 1972
『プードルの身代金』瀬木章訳　講談社文庫　１９８５年
『プードルの身代金』岡田葉子訳　扶桑社ミステリー　１９９７年
16　Ripley's Game　1974　※
『アメリカの友人』佐宗鈴夫訳　河出文庫　１９９２年
（改版　２０１６年）
17　Edith's Diary　1977
『イーディスの日記』〈上〉〈下〉柿沼瑛子訳　河出文庫
１９９２年
18　The Boy who Followed Ripley　1980　※
『リプリーをまねた少年』柿沼瑛子訳　河出文庫　１９９６年
19　People who Knock on the Door　1983
『扉の向こう側』岡田葉子訳　扶桑社ミステリー　１９９２年
20　Found in the Street　1986

『孤独の街角』榊優子訳　扶桑社ミステリー　１９９２年

21 Ripley Under Water 1991 ※
『死者と踊るリプリー』佐宗鈴夫訳　河出文庫　２００３年
（改版　２０１８年）

22 Small g: a Summer Idyll 1995
『スモールgの夜』加地美知子訳　扶桑社ミステリー　１９９６年

■短編集

1 Eleven 1970
(The Snail-Watcher and Other Stories in the US)
『11の物語』小倉多加志訳　ハヤカワ・ミステリ文庫　１９９０年
（改版　２００５年）

2 The Animal-Lover's Book of Beastly Murder 1975
『動物好きに捧げる殺人読本』榊優子・中村凪子・吉野美恵子・大村美根子訳　創元推理文庫　１９８６年

3 Little Tales of Misogyny 1975
『女嫌いのための小品集』宮脇孝雄訳　河出文庫　１９９３年

4 Slowly, Slowly in the Wind 1979
『風に吹かれて』小尾芙佐・大村美根子ほか訳　扶桑社ミステリー　１９９２年

5 The Black House 1981
『黒い天使の目の前で』米山菖子訳　扶桑社ミステリー　１９９２年

6 Mermaids on the Golf Course 1985
『ゴルフコースの人魚たち』森田義信訳　扶桑社ミステリー　１９９３年

7 Tales of Natural and Unnatural Catastrophes 1987
『世界の終わりの物語』渋谷比佐子訳　扶桑社　２００１年

8 Nothing That Meets the Eye:The Uncollected Stories of Patricia Highsmith 2002
『回転する世界の静止点　初期短篇集１９３８－１９４９』
『目には見えない何か　中後期短篇集１９５２－１９８２』
宮脇孝雄訳　河出書房新社　２００５年

■ノンフィクション

Plotting and Writing Suspense Fiction 1966
『サスペンス小説の書き方　パトリシア・ハイスミスの創作講座』
坪野圭介訳　フィルムアート社　２０２２年

■子供向け（ドリス・サンダースとの共作）

Miranda the Panda is on the Veranda 1958
『パンダのミランダはベランダにいるよ』（未邦訳）

238-40, 246, 250, 314
リプリー, トム（小説のキャラクター）
12-3, 32-3, 157, 166, 182, 189, 201, 25-2, 274, 281, 296-302, 304-5, 310, 325, 333, 340-3, 384, 388, 398-9, 419, 429, 436-46, 459, 475, 488-91, 514, 518, 522, 528-531, 550-1, 557-8, 565, 576-9, 596, 618-9, 628-32, 647-8, 650, 656, 665-8, 679, 692, 695-6
『リプリーをまねた少年』(PH長編)
528-30, 540, 551, 557, 565, 618-9, 631
「リベラシオン」(新聞) 601
リュッシャー, インゲボルグ
645-6, 655, 670, 673, 688-9
リンドバーグ, チャールズ 74, 101

（る）
ルイス, C・S 123
ルイス・ペギー
278, 303, 358, 365, 398, 686, 688
ルーズベルト, フランクリン・D
97, 125, 149, 214

（れ）
『ザ・レイト・ショー』(BBC番組)
244, 651
『レイト・ナイト・ラインナップ』
（テレビ番組）438
レヴィ, ラウール 406
レーガン, ロナルド 339
レオポルド, ネイサン 62
レズビアニズム
26, 103-4, 120, 133, 139, 152, 166-8, 215, 238-40, 245, 257, 259-63, 268-70, 275, 284-5, 333, 359-61, 501, 539, 554, 584, 601, 651-2, 668, 692, 695
（同性愛の項も参照のこと）
レノックス（マサチューセッツ州）298-9
プロヴィンスタウン
（マサチューセッツ州）233-4, 266

（ろ）
ロエット, バーバラ
30, 407, 427, 451, 457, 481, 688
ロージー, ジョゼフ 124, 558-9
ロージー, パトリシア
124, 558-9, 606, 618, 624, 651, 654, 688
ローゼンバーグ夫妻 290
ローニン, メアリー・ジェーン 328-31
ローマ
188, 250, 274-6, 346, 367, 376, 379, 390, 401, 408, 425, 472, 602
ロレンス, T・E『知恵の七柱』316
ロカルノ国際映画祭 571, 587, 612
ロサンゼルス暴動 665
ロス, フィリップ 32
ロス, リン
11, 295-7, 403, 425-6, 457, 541, 616
ロッゲンベルグ, ビー 668
ロバートソン, ジャニス
188, 472, 474-5, 483, 493, 686, 688-9
ロンドン
188, 245, 249-50, 252, 274-5, 347, 372-3, 376-8, 380, 382, 411, 426-30, 438, 454, 456, 481, 499, 506-8, 524, 541, 554, 557-8, 571, 576, 579-80, 583, 587, 603-7, 612, 618-9, 624, 638, 648, 650, 655-6, 683, 686-7, 689

（わ）
ワーグナー, コジマ 324
ワイルダー, ビリー 456
ワイルド, オスカー
368, 444-6, 479, 646, 650
ワイルド, ローズ 680
「わたしはお前の人生を軽蔑する」
（PH短編）563
ワッツ, ジャネット 29, 645, 651, 689
湾岸戦争 654

(み)
ミーカー, メリージェーン
262, 353, 361, 689
ミーチャム, アン 456-7
「見えない最期」(PH短編) 614
『見知らぬ乗客』(PH長編)
9, 31, 46, 97, 101, 112, 151, 166, 186, 189, 202-3, 208, 210, 213, 217-8, 228, 231-2, 248-9, 263, 265-7, 269, 274-5, 293, 304, 325, 333-4, 339-40, 395, 473, 476, 491, 578, 634, 681, 692, 695
「ミスターD」(または「ミスター死神」、PH未発表短編) 649
ミステリアスプレス 341
『水の墓碑銘』(PH長編)
308-13, 325, 340-1, 374, 406, 499, 652
ミッチェナー, ジェイムズ・A 358
ミッチェル, マーガレット
『風と共に去りぬ』46
ミッテラン, フランソワ 572
ミュラー, グドルン
494, 639-40, 654, 688
ミュンヘン
274, 276, 278, 280, 282, 333, 558, 632
ミラー, アーサー『るつぼ』290
ミンゲラ, アンソニー 12, 681, 696

(む)
六日戦争 (1967) 421
ムッソリーニ, ベニート 124

(め)
メイラー, ノーマン　32, 291, 422
メキシコ
42, 44, 79, 170-1, 176-83, 186, 214, 220, 303, 309, 314, 320, 360, 381, 440
『目覚めの時』(PH脚本)
428-9, 438-9, 455
『目には見えない何か』(日本では『回転する世界の静止点』との二冊に分けて刊行、PH短編集) 682
メニンガー, カール『人間の心』
82-3, 103, 112, 128, 630
メルヴィル, ハーマン『白鯨』
105, 163, 472, 551, 601

(も)
モーガン, クレア
(PHペンネームとして採用)
269, 359, 584, 692, 696
モーネベック, アンネ
539-40, 554, 570, 598, 688
モーパッサン, ギイ・ド 122, 682
モーム, W・サマセット 139, 276
モロー, ジャンヌ 671
モンクール(フランス)
188, 440, 459, 480-1, 501, 507, 520, 523, 540, 542-3, 554, 557, 562, 571-2, 578, 594, 598, 612, 653
モンダドーリ(イタリアの出版社) 275
モンマシュー(フランス)
427-9, 439, 455, 459, 480

(や)
「山羊の遊覧車」(PH短編) 495
『ヤコブの梯子』(PH未発表長編)
277, 280, 695
ヤドー(芸術家と作家のコロニー)
221-2, 228-34, 400, 417, 528, 634, 638, 656, 665-6, 674, 687, 692
「野蛮人たち」(PH短編) 312

(ゆ)
ユイスマンス, ジョリス＝カルル
『さかしま』445
ユスチノフ, ピーター 664

(よ)
「浴槽のウナギ」(PH短編) 127

(ら)
ライアン, デズモンド 459, 480, 497
ライアン, メアリー 653
ライト, クリフォード 230-1
「ラジオ・タイムズ」(雑誌) 339
ラズロ, カール 29, 553, 558, 688
ラティマー, チャールズ
12, 21, 36, 299-300, 385-6, 452, 455, 500, 506, 521, 538, 543, 550, 562, 564-6, 571, 589, 599, 655, 688-9, 690
ラデュルネール, リンダ 541, 571
ラファティ, テレンス 32, 424, 632, 689
ラフォン(フランスの出版社) 397
ラマー, ヘディ 177

(り)
リーヴィー, サー・マイケル
401, 417, 500, 508, 689
リースマン, デイヴィッド『孤独な群衆』
291, 293, 315
リード, ダグラス『シオンの論争』635
リード, ルー 531
リヴェラ, ディエゴ 178-8
リェイダ, カタルーニャ 616
リッジウッド(ニュージャージー州)
27-8, 244-5, 265, 270, 361, 687
リッチ, フランク 472, 578, 689
リッチマン, ジュリア 99
リッピンコット＆クロムウェル(出版社)
550, 565, 568
リプシッツ, エヴァ・クライン

650
ブルーミングデール百貨店
（ニューヨーク）
11, 26-7, 240, 244-246, 251, 328, 361
ブルーミントン（インディアナ州）
565-6, 571
ブルームズベリー（出版社）
425, 618, 624, 649-50, 654-5, 671, 679, 686, 690
ブルーメンシャイン, タベア
13, 538, 540-1, 550, 595, 688, 697
ブレイク, ウィリアム 164
フロイト, ジークムント 62, 126, 223, 238-9, 284, 366, 387, 469, 588, 615
フロスト, ロバート 422
ブロック, ミシェル
507, 543, 551, 565, 571
ブロフィ, ブリジッド
355, 362, 364, 401, 417, 484, 500, 507, 689
フロム, エーリッヒ 513, 630
ブロヤード, アナトール 196, 238
（へ）
ヘイスティングス＝オン＝ハドソン
220, 232, 246, 346
ペイン, トーマス 517
ベーコン, フランシス（画家）31-2
ベギン, メナヘム 634
ベッティーナ, バーチ
104, 300, 385, 451, 518, 553, 568, 584, 595, 597, 599, 601, 669, 688-9
ベトナム戦争
422-3, 466, 468-9, 517, 519
「ベビー・スプーン」（PH短編）552
ヘミングウェイ, アーネスト 107
ベルリン 13, 501, 531, 538-40, 656
ヘレン
（バーナード大学の学生、PHの恋の相手）
149-50, 360
ベロー, ソール『サムラー氏の惑星』
471-2
ペンギン・ブックス（出版社）497
『変身の恐怖』（PH長編）
189, 216, 353, 381, 385, 405-6, 408, 418-9, 421-5, 436, 438, 456, 475, 559, 570
ペンズラー, オットー
341, 590, 599-600, 617, 688
ペンズラー・ブックス（出版社）
599, 618
ベンソン, フレデリック・R『武器をとる作家たち　スペイン市民戦争と六人の作家』124
（ほ）
ホイットマン, ウォルト 98
「ホウセンカ作戦、あるいは《触れるべからず》」（PH短編）589
ボウルズ, ジェイン 43, 219-20
ボウルズ, ポール
142, 176, 178-9, 638-9
ポー, エドガー・アラン
31, 43, 98, 100, 157, 211, 228, 275, 304, 394, 477, 496, 601
ボーヴォワール, シモーヌ・ド 220
ボーエン, エリザベス 234
ポーター, キャサリン・アン
44, 62, 176, 319
「ホーム＆フード」（雑誌）160
ホーム・ボックス・オフィス
（映像制作会社）594
ホール, ラドクリフ『さびしさの泉』104
ボールドウィン, ジェイムズ 479
ボガード, ダーク 559
ポジターノ
188, 251, 281, 297-8, 300, 367, 374, 376-9, 401
「ボタン」（PH短編）580
ホッパー, デニス 13, 696
ホリデー, ジュディ（旧姓チュヴィム）
110, 112, 165
ホリングハースト, アラン 625
ボンド, ジャック
577-8, 598, 606, 612, 688
（ま）
マーカー, クリスタ
538, 557, 570, 583, 612, 619, 639, 648, 652, 686, 688
『舞い降りる鳩』（PH未完小説）181
マイケル社（コミックブックの出版社）
161-2
マクニース, ヘドリ 375
マッカーシー, ジョゼフ, 上院議員
260-1, 290, 517
マッカーシー, メアリー
220, 249, 583
マッカラーズ, カーソン
161, 183, 221
マッキントッシュ＆オーティス（代理人）
333, 554-5
『真っ正直な嘘』（PH未発表長編）
317-8
『真夏の夜の夢』（映画）112
マヨルカ（島）280, 403, 619
「まりつきの世界チャンピオン」（PH短編）
75
マレイ, ナタリア・ダネージ 274-7
マン, トーマス 122-3, 196

『パンダのミランダはベランダにいるよ』
(PHドリス・サンダーズと共著、絵本)
320
ハンブルク 440, 501, 639, 656
ハンマメット(チュニジア) 381, 406
(ひ)
ヒース, A・M(著作権代理店)
439, 497, 554-5
ビーチ, シルヴィア 190
ビートン, セシル 639
ＢＢＣ(英国放送協会)
32, 244, 339, 398, 438, 492, 539, 551, 579, 618, 651, 689, 697
「ピープル」(雑誌) 667
ピカード, リル
206, 220, 248, 408, 468, 497, 507
ビグロー, キャサリン 571
「〈翡翠の塔〉始末記」(PH短編) 589
ヒッチコック, アルフレッド
9, 266-8, 277, 319, 397, 476, 578, 692
『ひとりがたり』(PH未完長編)
359, 372, 696
ヒューズ, トマス
『トム・ブラウンの学校生活』248
ヒューズ, ドロシー・B 319
ヒューズ, ラングストン 291
ヒューバー, アニタ 570, 688
ヒューバー, ピーター
164, 278, 523-4, 570, 598, 646, 688
ヒル, エレン
11, 278-9, 281, 303, 308, 311, 313, 344, 360, 367, 401, 508, 557-8, 569-70, 580, 582, 596, 605, 646
「ヒロイン」(PH短編)
147, 156, 198-9, 214, 222, 281, 283, 360
ピンチョン, トマス『重力の虹』424
(ふ)
フィスケットジョン, ゲイリー
475, 620, 633, 671, 688
フィッツジェラルド, F・スコット
62-3, 76
フィレンツェ(イタリア)
188, 250, 267, 274, 276, 280-1, 283-4
フーヴァー, ハーバート 97
『プードルの身代金』(PH長編)
459, 467-8, 470, 475, 478, 482-4
フェダマン, リリアン 238
フェリーニ, フェデリコ 476
フェルメール, ヤンフェルメールの贋作について 443
フォークナー, ウィリアム
178, 197, 293
フォーセット(出版社) 162, 262
フォートワース(テキサス州)
5, 42-3, 45-6, 48, 51-3, 55, 64, 67, 69, 74, 76, 78-9, 88, 94-6, 110-2, 145, 186-7, 263, 276, 293, 303, 405, 457-8, 460, 498, 509-10, 598, 614, 687, 692
フォンテーヌの森(フランス) 417
フォンテーヌブロー(フランス) 33, 416
『ふくろうの叫び』(PH長編)
361-5, 376-7, 619
「不確かな宝物」(PH短編) 160
ブッシュ, ジョージ(・シニア)
339, 553, 654, 665
ブッフェ, モニーク
14, 551, 571-2, 688, 697
ブライアント, アニタ 68
ブライス, ロナルド
231, 266, 382, 384, 386, 451, 459, 467-9, 478, 480, 489, 494, 497, 499, 601, 686, 688, 694
ブラウニング, エリザベス・バレット
『ポルトガル語からのソネット集』
184
ブラウン, クレイグ
29, 84, 221, 341, 474, 604, 645, 652, 663, 668-9
ブラッドリー, ウィリアム・A(代理人)
332, 687
ブラッドリー, ジェニー
332, 347, 353, 379
フラナー, ジャネット(ジュネ) 200, 274
プラングマン, ジェイ・バーナード
(PHの実父)
3, 51-5, 77, 85, 88, 95, 110-1, 213, 459, 498, 523, 615, 692-3
プラングマン, ミナ
(旧姓ハートマン、ジェイ・Bの母親)
2, 52-3
フランス推理小説大賞(翻訳作品賞)
318
ブランデル, イーディス
233, 594, 686, 688, 694
ブランデル, マーク
(マーカス・ベレスフォード)
9, 230, 232-4, 239, 246, 258, 265, 268, 346, 461, 594, 598-9, 602-4, 606, 628, 656, 694
ブランド, マーロン 234, 499
ブリッジ・コテージ, アール・ソハム
(サフォーク州)
382, 386, 389, 398, 407, 455
プルースト
107, 111, 119, 122, 140-1, 143, 165, 184, 188, 197, 253, 295, 357, 412, 469, 601,

28, 32, 81, 159, 163, 200, 220, 266, 274, 304, 320, 424, 474, 519, 564, 632, 687
ニューヨーク
6, 9-11, 26, 28, 42-3, 54, 62, 74-7, 80, 87-8, 94, 96-8, 100, 103-4, 110-2, 118, 121, 139, 142-4, 160-1, 167, 170-1, 177, 180, 182, 188-90, 196, 199-200, 213, 218, 221, 228, 233, 235, 237-9, 245-6, 256-7, 263, 265, 274, 282, 285-6, 292, 294, 300, 312-3, 324-5, 329-30, 339, 345, 352-3, 358, 373, 381, 389, 418, 451, 457-61, 466-9, 478, 493, 495, 509, 553, 565, 585, 586-90, 594, 599, 613, 619-21, 624, 665-7, 686-7, 692-3
「ニューヨークタイムズ」(新聞社)
103, 197, 228, 270, 310, 362, 381, 441, 564, 606, 621
「ニューレヴュー」(雑誌) 551

(ね)
「猫が引きずりこんだもの」(PH短編)
564, 648
「ネットワーク」(PH短編) 509
ネルソン, ジェイムズ(聖職者) 637

(の)
「ノヴァ」(雑誌) 403
ノートン, W・W (出版社) 599
「望まれない受精卵の冒険」
(PH未刊の短編) 648

(は)
パーカー, ドロシー 61, 220, 358
バーガム, エドウィン・ベリー
『小説と世界のジレンマ』197
パーキンズ, アンソニー 648
ハーディング, ウォレン 60-2
「バーナード・クオータリー」
(大学の機関誌)
121, 127-8, 132, 147, 159
バーナード大学
6, 62, 103, 111-2, 118-20, 123-4, 132-3, 138-41, 145-6, 149, 158, 182, 186, 213, 219-20, 294, 324, 360, 422, 444, 584, 686-7, 692
バーネット, W・R
『アスファルト・ジャングル』263
ハーパー&ブラザーズ
(ハーパー&ロウ、出版社)
248, 266, 269, 276-7, 353, 355, 362, 374, 379, 397, 569, 686
『ハーパーズ・バザー』(雑誌)
147, 167, 199, 222
ハームズワース, マドレーン 426, 688
バーン, ゴードン 604
バーンズ, ジューナ『夜の森』
29, 265, 601
バーンスタイン, レナード 221
バーンハード, ルース 167, 236, 698
ハイスミス, メアリー(PHの母親)
3, 4, 47, 49-55, 64-5, 76-7, 83-4, 87-8, 96, 102, 106, 109, 111, 131, 144-6, 212, 257, 345-6, 398-400, 405, 426, 457-8, 460-3, 498, 509-10, 595, 599, 614-5, 692-3
ハイスミス, スタンリー(PHの継父)
4, 51, 55, 64-6, 70, 75-7, 80, 83-8, 105, 111, 131, 144-6, 149, 213, 257, 405, 460-3, 498, 510, 513, 692-3
ハイネマン(出版社)
188, 355, 362, 374, 380, 385, 424, 474-5, 482-3, 493, 519, 555, 603-4, 606, 618, 649
ハイムズ, チェスター 230
バイロイト 655
パウウェル, トリストラム 482-3
バウチャー, アンソニー 304, 310, 409
ハウデン, デイヴィッド 637
パウンド, エズラ 62
「破局」(PH未完短編) 285
「白鯨II　あるいはミサイル・ホエール」
(PH短編) 588
ハクスレー, オルダス 176, 178
バック, ジョーン・ジュリエット 480
バック, パール・S 358
「バック・ジョーンズ大統領の愛国心」
(PH短編) 568, 616
「バックス・カウンティ・ライフ」
(雑誌) 358-9
バッテン, ジョン 605, 638
『パトリシア・ハイスミス画集』
(絵とスケッチ集) 188, 673
『パトリシア・ハイスミス選集』
(W・W・ノートン版) 599
バノン, アン 262
バフチン, ミハイル 212
ハミルトン, イアン
421-2, 516, 529, 689
「ハムスター対ウェブスター」
(PH短編) 507
ハメット, ダシール 291, 477
ハリー・ランサム・ヒューマニティーズ・リサーチ・センター 672, 687
バルビュス, アンリ『地獄』317
パレスチナ解放機構 (PLO) 617, 633-4
ハワーズ, ターニャ 624, 681, 688
「犯罪の始まり」(PH短編小説)
107, 151

チェンバレン, マリオン 205
『地下室』(PHテレビドラマシリーズ)
398-9
チャタートン, トーマス 445-6
チャンドラー, レイモンド 267, 477
中東におけるユダヤ人委員会 634
「チューブ」(PH短編、構想のみ) 615
チューリッヒ
29, 476, 479, 506, 555, 570, 583, 588-9, 598, 606, 660, 664
「中流の主婦」(PH短編) 450, 453
チュニジア 381, 405-6, 419-20
朝鮮戦争（1950−53）290-1, 363
チョムスキー, ノーム 422, 634

（つ）
『妻を殺したかった男』(PH長編)
37, 190, 249, 281-2, 284, 286, 292-5, 304, 309, 340, 395, 594-5, 694

（て）
「ディ・ヴェルト」(ドイツの新聞) 647
ティートゲンス, ロルフ
6, 7, 167-8, 387, 508, 694
ディートヘルム, バート＆ユリア
34, 688
デイヴィス, ベティ 619
ディオゲネス(スイスの出版社)
29, 84, 188, 476, 479, 555, 582, 590, 595, 603-4, 619, 624, 650, 654, 669, 673, 678-9, 686
ディケンズ, チャールズ
112, 197, 296, 355, 362, 395, 426, 471
ティックナー, マーティン 428-9, 455
ディテクション・クラブ
（英国推理作家クラブ）341
ディレイニー, シーラ 455
ディロン, ミリセント 219
テキサス(PHの生まれ故郷)
42-6, 52-4, 78, 80, 88, 95-6, 111-2, 131, 177, 209, 294, 333, 406, 498, 509, 566, 648, 667, 672, 687, 692
『デザート・アイランド・ディスク』
（ラジオ番組）551
テニャ(スイス)
278, 396, 524, 598, 613, 644-6, 651-2, 656, 664-5, 668, 678, 680
デ・ベルナルディ, ヴィヴィアン
30, 68, 86, 88, 109, 188, 230, 239, 343, 452, 480, 494, 500, 580, 598, 605-6, 612, 616, 621, 646-7, 661, 668, 670, 672-4, 678, 680, 688
デムス, チャールズ 234
デュナン, サラ 244, 651
デュポン, ジョーン
598, 632-3, 681, 688-9

（と）
ドイル, (サー・)アーサー・コナン
78, 341
同性愛
29, 68, 102-3, 165-6, 191, 221, 233, 238, 240, 259-61, 334, 354, 360, 372, 377, 387, 420-1, 441, 461, 471, 530, 550, 660, 666, 668
（レズビアンの項も参照のこと）
『動物好きに捧げる殺人読本』(PH短編集)
425, 459, 492, 494, 500, 507, 563
ドーヴィル 618-9
ドゴール, シャルル 428
ドス・パソス, ジョン 61, 123, 127
ドストエフスキー, フョードル
31, 35, 37, 176, 204, 208-12, 252, 316, 356-8, 394, 469, 601, 679
「とっても素敵な男」(PH短編) 127
ドッド, ミード＆カンパニー(出版社)
206
『扉の向こう側』(PH長編)
563-6, 568-9, 571, 583, 590, 617
トムソン, ピーター
300, 378, 404
トラスク, スペンサー＆カトリーナ
228-30
トリエステ 284-5
「取引成立」(テレビドラマ) 383-4
トレヴァー, ウィリアム
67, 620, 679, 688-9
トーレス, テレスカ『女たちの兵舎』
262
ドロン, アラン 13, 332, 578, 696

（な）
ナイアドプレス 584, 648
「仲間外れ」(PH短編) 563-4
ナサニエル, ホーソーン 472
ナジー, フィリス
43, 510, 621, 624, 696
ナポリ
250-1, 276, 367, 376, 406, 490

（に）
ニーチェ, フリードリッヒ
31, 62, 310, 316, 324-7, 679
ニクソン, リチャード・M
466-7, 497, 517
ニューディール(アメリカ) 97, 125
ニューホープ(ペンシルベニア州)
353, 358, 361, 365-6, 372-6, 389, 459, 511, 687
「ザ・ニューヨーカー」(雑誌)

（ビリー・ワイルダーの映画）456
ジャクリーヌ（PHの友人）438, 453-4
シャロン，アリエル 421, 635
『11の物語』（PH短編集）
121, 185, 257, 312, 366, 403, 456
ジュヴネル，コレット・ド 479-80
「出産狂」（PH短編）453
シュペルベール，マネス 397
ジュリア・リッチマン高校（ニューヨーク）
98-100, 102, 109, 165, 687
ジョイス，ジェイムズ
『フィネガンズ・ウェイク』『若き芸術家の肖像』
52, 122, 186, 197, 284, 424
ショー，ジョージ・バーナード 385
ジョンソン，バフィー 142, 638-9, 688
ジョンソン，マーゴット
205, 222, 260, 266, 269, 276, 332
シラク，ジャック 530
真珠湾攻撃 149-50
シンプソン，O・J 671

（す）
スイス
282-3, 359-60, 396, 476-9, 523-4, 553, 557, 569-72, 598, 602-7, 612, 625, 639, 644, 651, 654, 667, 678-9, 692, 694
スイス文学資料館（ベルン）
34, 672, 674, 686, 690
『水曜スリラー』（テレビ番組）398
スカウデン，マリリン 674, 678, 688
スケットボル，ケイト・キングズレー
（グロリア，キャサリン・キングズレー）
6, 20, 119, 132, 142-3, 145, 149, 160, 170, 176, 183, 186, 188, 220, 231, 248, 265, 274, 277-9, 282-3, 286, 293-4, 304, 330, 343, 361, 366, 378, 382, 384, 395, 401, 444, 450, 452, 460, 462, 474, 477, 493, 518, 528, 550, 571, 583, 585, 589, 606, 614, 625, 632, 635, 638, 646, 655-6, 670-1, 673, 680-1, 683, 688-90
スケルトン，バーバラ
554, 569, 653-4, 669, 689
スタートヴァント，エセル
120, 130, 222, 264
「すっぽん」（PH短編）359, 395
ストーンウォール・イン
（ニューヨーク、ゲイバー）466
スピレイン，ミッキー 332
スプラットリング，ウィリアム
『リトル・メキシコ』179
スペイン市民戦争 516
「スペクテイター」（雑誌）491, 508
スミス，コンスタンス・アソシエイツ
（代理人）392-3
『スモール g の夜』（PH長編）
660-3, 668, 671-2, 680
「スリー・ペニー・レビュー」
（雑誌）666

（せ）
セイガー，ブルーノ 493, 669, 688
セイジ，ローナ 552, 679, 689
『生者たちのゲーム』（PH長編）
120, 176, 181, 189, 314-5, 318-20, 340, 345, 354, 381
青年共産主義連盟 124-6
「聖フォザリンゲイ女子修道院の伝説」
（PH短編）128
『世界の終わりの物語』（PH短編集）
163, 425, 479, 496, 552, 568, 589, 614, 616, 618, 648
セメル，リタ 124, 129, 133, 141, 688
セン，ミセスE・R
（旧姓キャサリン・ウィギンズ）
11, 244-5, 258, 265, 270, 361, 672

（そ）
「総決算の日」（PH短編）494
ゾマー，フリーダ
524, 598, 660-1, 664, 669, 674, 680

（た）
ダイアモンド，デイヴィッド
169, 216, 237, 688
「ザ・タイムズ」（新聞）
355, 399, 442, 483, 568, 635, 679-80
「タイムズ・リテラリー・サプリメント」
（雑誌）381, 409, 440, 483, 519, 563, 604, 625, 634, 656, 663-4, 671
『太陽がいっぱい』（映画）
12, 342, 579, 594, 618, 692, 696
『太陽がいっぱい』（PH長編）
109, 151, 157, 165-6, 181-2, 189, 201, 249, 251-2, 278, 281, 296-7, 300, 302-4, 318, 325, 328, 332, 340, 377, 406, 436, 440-1, 476, 656
ダグラス卿，アルフレッド 444, 650
「凧」（PH短編）563
ダブルデイ 35, 355, 374, 380, 389, 397, 404, 423, 456, 483, 565
「だれもあてにならない」（PH短編）473
ダン，ジョン 158, 167
タンタロス（神話の人物）259
ダンテ，アリギエリ『神曲　地獄編』
28, 119, 143, 152, 301

（ち）
チェイスン，ヘザー
429, 451, 501, 656, 688

（旧姓デッカード、PHの曾祖母）
47
コーツ, ダニエル（PHの母方の祖父）
2, 469, 65-6, 95, 145
コーツ, ダン（PHのいとこ）
54-5, 95, 304, 345, 509, 599, 614, 667, 688
コーツ, ダン（ウィリーメイのひ孫）
47
コーツ, ドン（ウィリーメイのひ孫）
47, 509
コーツ, フローリン（いとこのダンの妻）
648
ゴーディマー, ナディーン 672
ゴードン, ニール
339, 494, 649, 666, 671, 689
コーネル, アリーラ
169-70, 180, 216-7, 236, 360, 399, 651, 682
「コーラス・ガールのさよなら公演」（PH短編）495
コールダー, リズ
624, 654-5, 660, 664, 679, 690
ゴールドクレスト
（イギリスの映像制作会社）594-5
ゴールドバーグ, ベン・ザイオン
159, 203
「ゴキブリ紳士の手記」（PH短編）
459, 495
国際短編映画祭 416
「コスモポリタン」（雑誌）
359, 398, 520, 531
ゴットリーブ, ボブ
483, 509, 518
『孤独の街角』（PH長編）
189, 585, 589, 597, 599, 602-5, 619, 632
コノリー, シリル『不安な墓場』601
「コメンタリー」（雑誌）607
コリンズ, ウィルキー『月長石』
105, 151
『ゴルフコースの人魚たち』（PH短編集）
580, 604
コレット 334, 479
コロンビア・ピクチャーズ 417
コンステーブル, ロザリンド
142, 144, 159, 162, 168, 180, 214, 222, 418, 457, 458, 509
コンラッド, ジョゼフ
100-1, 119, 471, 477, 601

（さ）
ザァニー, アレックス
96, 131, 366, 400, 406, 417, 418, 427, 430, 452, 454, 457, 460, 468, 477, 493, 499, 509, 542, 688
「最大の獲物」（PH短編）492
サイモン＆シュスター（出版社）
519, 550, 565
『サウスバンクショー』（テレビ番組）
13, 576, 578-9
「サクラソウはピンク」（PH短編）107
『殺意の迷宮』（PH長編）
160, 167, 353-8, 380-1, 395, 397, 408
サッコ, ニコラとヴァンゼッティ, バルテルメオ　61
『殺人者の烙印』
（アメリカでは『ストーリーテラー』、PH長編）　382-5, 388-9, 395, 398, 419, 436
サッチャー, マーガレット 553, 599
『ザ・プライス・オブ・ソルト』
（『キャロル』参照のこと）
サモワ＝シュル＝セーヌ（フランス）
417, 426-7, 455, 493
サリバン, メアリー 139, 141, 460
ザルツブルグ 274
サルトル, ジャン＝ポール
31, 200-1, 211-2, 317
サンアントニオ（テキサス州）45, 177
サンタフェ（ニューメキシコ州）
302-3, 457-9, 612
「サンデータイムズ」（新聞）
470, 638-9, 652, 680
「サンデータイムズマガジン」（雑誌）
372, 502, 619
サンドー, ジェイムズ 352

（し）
ジェイムズ, ヘンリー『大使たち』
296
シェイクスピア, ウィリアム
106, 190, 426, 489, 551, 663
シェーンベルク, アーノルド
「浄められた夜」329
ジェブ, ジュリアン 399, 539, 602
「地獄の底」（PH未完短編）648
『死者と踊るリプリー』（PH長編）
339, 628, 634, 638-9, 648, 650, 654-5, 665
実存主義
31, 197, 200, 220, 252, 314, 445, 679
ジッド, アンドレ 183-5
シネマテーク・フランセーズ 650
シムノン, ジョルジュ 474, 601, 664
シャートル, パトリシア
332-4, 354, 379-80, 423, 425, 550, 555, 689
シャープ, トム 601
『シャーロック・ホームズの私生活』

654, 672-4, 679, 681, 686, 688
ギールグッド, (サー)ジョン 219
「記憶喪失」(PH短編小説) 312
岸恵子 417
ギッシュ, リリアン 97
「奇妙な自殺」(PH短編) 552, 648
「奇妙な墓地」(PH短編) 588
キャザー, ウィラ 61
キャザーウッド, ヴァージニア・ケント
8, 214, 217, 219, 240, 244, 257, 265, 279, 360, 425, 695
『キャロル』(旧タイトル『ザ・プライス・オブ・ソルト』、PH長編)
26-9, 120, 134, 150, 189-90, 215, 240, 244, 250, 257-62, 264270, 275-7, 359, 361, 458, 473, 551, 584, 621, 648, 650-2, 692-7
キャンベル, ジェイムズ 656, 663, 682
キューカー, ジョージ 248
共産主義
123-6, 162, 260, 290, 311, 422, 516, 565
切り裂きジャック 625
ギリシャ 331, 346-7, 352, 381, 470, 541
キリスト教原理主義 564-7
キルケゴール, セーレン
26, 31, 252-3, 314-6
「木を撃たないで」(PH短編) 551, 553
キング, マーティン・ルーサー 422, 428
キング, ロドニー 665
「銀の豊穣の角」
(大学雑誌に発表したPH短編)
128

(く)
「クィーン」(雑誌) 426, 456
クーパー=クラーク, ダイアナ
63, 342, 385, 689
クーリッジ, ジョン・カルビン 60
グッゲンハイム, ペギー 276
クノップ, アルフレッド(出版社)
199, 483, 513, 665, 671, 687
クラーク, アン(旧姓スミス)
11, 215, 234-6, 247, 266, 270, 426, 688-9
クラーク, ロジャー 343, 579, 624, 688
クラップ, スザンナ 28, 67, 162, 652, 689
グランヴィル, ブライアン 284, 680, 688
「グランタ」(イギリスの雑誌) 647
グリーン, グレアム
33, 185, 205, 219, 266, 403, 419, 456, 483, 497, 500, 654, 692
グリーン, ジュリアン 156-8
グリーン, ヘスター 439, 497, 688
グリーンウッド墓地(ブルックリン)
621, 625
クリスチャン・サイエンス
105-6, 146, 246
クリスティー, アガサ 333, 409
グリニッチビレッジ(ニューヨーク市)
97-8, 103-4, 131, 139, 144, 146, 169, 182, 196-7, 200, 219, 295, 344, 466-7, 585, 589, 599
クリントン, ビル 665
クレア, アンソニー 637
グレアム, マーサ 654
「クレイヴァリング教授の新発見」
(PH短編) 404
クレイン, スティーブン
『勇気の赤い勲章』 151
クレイン, ハート 176, 178
クレセット・プレス(出版社) 249
クレマン, ルネ 12, 332, 342, 692, 696
グレンジャー, ファーリー 9, 268
「黒い家」(PH短編) 562
『黒い天使の目の前で』(PH短編集)
474, 562-4, 569, 648
クロエ(PHの恋人)
170-1, 177, 186, 360

(け)
ケイン, ジェイムズ・M 185
ケストラー, アーサー
126, 131, 358, 382, 394, 403, 428, 438, 456, 459, 483, 493, 499, 501, 529, 541-2, 583, 687
ケストラー, シンシア 438-9, 541, 583, 687
ケネディ, ジョン・F 380, 422
ケネディ, ロバート 428, 516
ケルアック, ジャック『路上』 258
ケント, ジョナサン
13, 553, 576-9, 582-3, 624, 688

(こ)
コーエン=セア, ジャン=エティエンヌ
671-2, 687
「恋盗人」(旧タイトル「愛とは恐ろしいもの」、PH短編) 257, 648
公共貸与権 508
コーエン, キャサリン(旧姓ハミル)
249, 264, 275, 280, 347, 352
コーエン, デニス 249
コーツ, ウィリー・メイ
(旧姓スチュワート、PHの母方の祖母)
2, 46-50, 64-6, 68, 77, 79-80, 88, 94, 95, 110, 222, 269, 303-4, 346, 462
コーツ, ギデオン(PHの曽祖父)
2, 46-7
コーツ, クロード(PHの伯父)
47, 293, 460
コーツ, サラ

ウルマン, アラン
423-4, 473, 478-9, 483, 550, 555, 577-8, 583, 585, 602, 619, 649,
（カルマン＝レヴィ, ロベールの項も参照のこと）

（え）
「映画デート」(PH短編) 127
英国推理作家協会（CWA）365
エイミス, マーティン 343
エグジット(EXIT、団体名) 539, 549
X（PHの恋人）
372-4, 376-8, 380, 400-1, 403, 405-8, 416, 452-3
エディ, メリー・ベイカー 105-6, 146, 246
エドガー・アラン・ポー賞 275, 304
エドソン, ドロシー 168, 688
「エラリー・クィーンズ・ミステリー・マガジン」(雑誌)
257, 315, 359, 380, 438, 473, 551, 571
エリオット, T・S
62, 107, 119, 122, 213, 513
エリザベス(PHの友人)
405-6, 416-8, 427-8, 455, 493
エリン, スタンリー『闇に踊れ！』590

（お）
オーデン, W・H
33, 123, 196, 282, 601
『O・ヘンリー記念賞受賞作品集1946』
147
「オールディー」(雑誌)
159, 664, 671
オールドバラ（イギリス、サフォーク州）
378, 380
オコナー, フラナリー 230-1
オニール, ユージン
『カーディフを指して東へ』234
「オブザーバー」(新聞) 470, 679
「オブザーバー」(雑誌)
29, 552, 558, 570, 651
オブライエン, エドナ 401, 497
「終わらせる」(PH詩) 562
オンタージェ, マイケル 667
『女嫌いのための小品集』(PH短編集)
65, 163, 437, 450, 452, 492, 500, 507, 563, 639

（か）
カーター, ジミー(大統領) 565
カー＝セイマー, バーバラ
30, 300, 407, 422-3, 426-7, 437-8, 453, 455, 478, 481, 488, 492, 495, 497, 499, 502, 515, 541, 543, 553-4, 572, 583, 586, 589
「ガーディアン」(イギリスの新聞)
438, 508, 650, 679
カーネギー, デール『人を動かす』146
カープ, デボラ(旧姓バーンスタイン)
129, 133, 688
カーライル, トーマス『衣装哲学』140
カーン, ジョーン
248, 265, 315, 319, 330, 346, 353-4, 364, 379
「偕老同穴」(PH短編) 648
『カヴァー・トゥ・カヴァー』（テレビ番組）
499
『掛け金の締まる音』
（PH未完・未発表の作品）
164, 181-4, 186, 203, 695
「かご編みの恐怖」(PH短編)
263, 474, 563
『風に吹かれて』(PH短編集)
385, 438, 495, 551-2, 599
「かたつむり観察者」(PH短編)
219, 403, 404, 456
カトリック 99, 156, 496
「哀しみの柱」(PH短編) 163
カフカ, フランツ
31, 185, 197-8, 316, 453, 495, 583
カポーティ, トルーマン
142, 221-2, 230, 474
ガボール, デニス 515
カミュ, アルベルト『異邦人』
31, 201-2, 419
「カメラ・マニア」(PH短編) 359
『ガラスの独房』(PH長編)
374-5, 378-80, 395, 397, 404, 523
「からっぽの巣箱」(PH短編) 263
ガリマール(フランスの出版社) 397
ガルボ, グレタ 49, 169, 664
カルマン＝レヴィ, ロベール
（フランスの出版社）
266, 397, 423, 478-9, 550, 555, 585, 649, 671, 686-7
カワード, (サー・)ノエル 249, 500, 602
カワード・マッキャン(出版社) 276-7, 320
『贋作』(PH長編)
12, 189, 299, 368, 398, 420, 436-7, 439-46, 456, 458, 475, 479, 488-9, 529, 531, 576, 628-9, 656
「完全なるアリバイ」(PH短編) 315
ガント, ローランド 493, 606
「乾杯」(PH詩) 681

（き）
キーティング, H・R・F 341, 396, 568, 688
キール, ダニエル
29, 32, 34, 476-7, 479, 632, 647, 650,

Index　索引

パトリシア・ハイスミス（PH）の作品は、作品名を見出し語とする。 他著者の場合は、著者名を見出し語とする。

（あ）
『愛しすぎた男』(PH長編)
267, 320, 324, 327-8, 330, 341, 352, 362, 395, 397, 431, 514, 540
アイゼンハワー, ドワイト・D
290-1, 338, 466
「愛の叫び」(PH短編) 121
アインシュタイン, アルバート
61-2, 162, 231
アウリゲノ（スイス）
557, 566, 569-71, 582-4, 594-5, 598, 600, 602, 612, 625, 633
アカプルコ（メキシコ）
177-8, 181, 214, 308, 314-5, 492
「空き巣狙いの猿」(ＰＨ短編) 495
アキム, レイモンド＆ロベール
332, 342
アシュミード, ラリー
35, 389, 404, 423, 474, 476, 550, 565, 568-9, 688
アズウェル, メアリー・ルイーズ
222, 459
『アスファルト・ジャングル』
（映画、ヒューストン監督）263
アトウッド, マーガレット 620, 667
アトランティック・マンスリー・プレス
425, 475, 618, 620
『アフター・ダーク』(テレビのトーク番組)
636, 638
アブダラム, ドミニク・マリオン
520, 540, 688
『アメリカの友人』(PH長編)
488, 490, 492, 496, 499, 507, 696
『アメリカの友人』(独仏合作映画) 13
アルフォード, ミリー（PHいとこ）
293-4, 509
アルモドバル, ペドロ 424
アレン, フレデリック・ルイス
『オンリー・イエスタデイ』54
アンディーナ, イルマ 645, 688
（い）
『イーディスの日記』(PH長編)
385, 474, 508-20, 565, 568, 587, 652, 681
イートン校 579
イスタンブール 597
イスラエル 421, 583, 606-7, 633-6, 665
「鼬のハリー」(PH短編) 494
イタリア 507, 588, 598, 616, 680
（ポジターノ、ローマ、ヴェネツィアの項も参照のこと）
「１はそれ以上割れない整数」(PH短編)
454
「一生背負っていくもの」(PH短編) 385
イラク 654
イル＝ド＝フランス 416
インガム, リチャード 380, 383-4, 698
（う）
ヴァージニア（PHの恋人）
133-4, 141, 165, 265, 369
ヴィダル,ゴア
471, 474, 606-7, 612, 634, 636, 689
ウィリアムズ, テネシー
142, 176, 220, 234, 456, 621
ウィンストン, デイジー
365-6, 389, 401, 423, 455, 459, 482, 495, 497, 502
「ウィンター・クライムズ」(雑誌) 551
ウィンダム, フランシス
376, 502, 603, 686, 688-9
「ウーマンズ・ホーム・コンパニオン」(雑誌)
75
「ウーマンズ・ワールド」(雑誌) 87, 106
ウエスト, ナサニエル 358
ヴェネツィア
188, 276, 285, 367, 401, 408-9, 664
『ヴェネツィアで消えた男』(PH長編)
160, 189, 368, 381, 401, 403, 408, 410, 417, 476, 523
ウェルズ, オーソン 149
ヴェンダース, ヴィム 13, 696
ウォルシュ, トマス
『マンハッタンの悪夢』276
ウォーターゲート事件（1974）
467, 511, 517
ウォーターベリー, ナティカ 190-1, 551
「ウォールストリート・ジャーナル」(新聞)
599
「ウッドロー・ウィルソンのネクタイ」
(PH短編) 438
ウルフ, トーマス 138-9, 197

■著者プロフィール

アンドリュー・ウィルソン　Andrew Wilson

イギリスのジャーナリスト、作家、伝記作家。「オブザーバー」、「デイリー・テレグラフ」、「ザ・ガーディアン」といった一流紙で活躍後、ハイスミスの伝記で伝記作家としてデビュー。ハイスミス以外にもハロルド・ロビンズ、シルヴィア・プラス、アレキサンダー・マックイーンなどの伝記を手掛ける。本書『パトリシア・ハイスミスの華麗なる人生』は２００４年度エドガー・アラン・ポー賞を受賞している。

■訳者プロフィール

柿沼瑛子

英米文学翻訳家。主訳書『妄想の世界史』（ビクトリア・シェパード）、『誰？』（アルジス・バドリス）、『Ｇストリング殺人事件』（ジプシー・ローズ・リー）、『魔術師の帝国』（Ｃ・Ａ・スミス、共訳）、『わが愛しのホームズ』（ローズ・ピアシー）、『キャロル』（パトリシア・ハイスミス）、『ヴァンパイア・クロニクルズ』シリーズ／『眠り姫』シリーズ（アン・ライス）など訳書多数。

パトリシア・ハイスミスの華麗なる人生

2024年12月1日　第1刷発行

著　者　アンドリュー・ウィルソン
訳　者　柿沼瑛子
発行者　池田雪
発行所　株式会社 書肆侃侃房（しょしかんかんぼう）
〒810-0041福岡市中央区大名2-8-18-501
TEL 092-735-2802　FAX 092-735-2792
http://www.kankanbou.com
info@kankanbou.com

編　集　田島安江、兒﨑汐美
装　丁　藤田瞳
校　正　末次宏子
DTP　株式会社 紙とペン
印刷・製本　モリモト印刷株式会社

ISBN 978-4-86385-654-7 C0098